戲劇之王

莎士比亞

經典故事全集

WILLIAM SHAKESPEARE

威廉．莎士比亞 原著　　丁凱特 編譯

繚繞千年的舞台魅影，戲劇皇帝的如戲人生

在數年前英國廣播公司舉辦的「二千年來最佳的詩人與作家」評選活動中，威廉．莎士比亞以最高得票數名列第一，榮登世人眼中最偉大的文學家。在過去，英國人曾說過：「寧可不要一百個印度，也不能沒有莎士比亞。」在他過世四百年後的現在，他留下的作品已不再只是英國人的光榮，更是全人類共同引以為傲的文化遺產！

莎士比亞於一五六四年誕生於英國中部的雅芬河畔史特拉特福，由於家境富裕，年幼時曾在文法學校修習過拉丁文與文學，但不久後便因家道中落而輟學；他隻身離開故鄉，來到英國的政經中心倫敦謀生。起初，他在劇團擔任雜役，工作之餘時常自學語文、歷史，並在舞台旁觀看演出，後來逐漸成為一名演員。

當時，英國正處於文藝復興的鼎盛時期，戲劇演出空前活躍，倫敦的劇團對劇本的需求也非常迫切，要是一齣戲不受觀眾喜歡，就必須立即停演，再上演新戲；因此，莎士比亞很快就從二線演員轉型成劇本作家。一五九二年，他的第一部歷史劇《亨利六世》三部曲在劇院公演，迅速受到廣大市民喜愛，他由此贏得了極高的聲譽，並逐漸在倫敦戲劇界站穩了腳步。之後的二十多年間，莎士比亞更靠著手中的鵝毛筆，為自己打造了一座文學史上不朽的紀念碑。

數百年來，研究莎士比亞的學者曾將他的創作生涯分為三個階段，每一階段都反映了當時的社會風潮以及政治背景。第一個階段是在一五九〇年代，這一時期的莎士比亞時值壯年，且當時正是英國文藝復興的高潮期與伊莉莎白女王統治的全盛期，他的人文主義和愛國情懷高張，心態上滿懷激情和樂觀，因此寫了大量的喜劇與歷史劇（以及大部分的詩作），歷史劇除了《亨利八世》以外，全部完成於此時，其中的代表作當屬《亨利四世》、《亨利五世》，莎士比亞以這兩部作品塑造出亨利五世這位年少輕狂、但後來棄惡從善的一代明君；喜劇與悲劇則有《威尼斯商人》、《第十二夜》、《羅密歐與茱麗葉》等讚頌愛情、友誼的作品，充分顯示出他鮮明的人文主義思想。

第二階段則在一六〇三年前後，這正是伊莉莎白盛世的末期，社會矛盾激化且異常尖銳，也是莎士比亞的悲劇創作最輝煌的時期，著名的「四大悲劇」——《哈姆雷特》、《馬克白》、《奧賽羅》、《李爾王》都完成於此時，另一方面，莎士比亞在這一時期的喜劇作品，也明顯失去了前期樂觀向上的精神。

第三階段在一六一〇年前後，莎士比亞邁入了晚年，漸漸失去了年輕時的熱情與抱負，同時，資產階級與封建王權的矛盾在此時也越來越激烈，身為人文主義者的莎士比亞在理想與現實之間找不到出路，不得不轉向幻想。因此，他在此時期創作的《辛白林》、《冬天的故事》、《暴風雨》動輒以魔法等超自然的力量來化解難題，並富有傳奇與神話故事的色彩。

莎士比亞於一六一三年前後結束了劇團的工作，回到故鄉安享晚年，並於一六一六年逝世。他一生共留下三十八部戲劇作品、一百五十四首十四行詩、兩首長篇敘事詩以及少數雜詩；由於他注重人物的個性變化、複雜化，並善於刻畫人物的肢體動作及內心獨白，使得他筆下創造出的哈姆雷特、羅密歐、茱麗葉、夏洛克等著名角色，無一不為後世劇作家所借鏡。在情節上，莎士比亞注重多層次、多線索、悲喜交錯，使劇本生動活潑，不落俗套；他對結構要求亦十分嚴格，幾乎每一劇本都可用開

端、發展、轉折、高潮和收場等五個階段的正規布局加以分析。此外，莎士比亞的作品除了追求口語化，還融入詩歌的優美，營造出生動的意象、美妙的韻律，時至今日，英語中的許多詞彙與諺語都是來自他的作品，莎士比亞已在無形中影響了人類的語言與生活。

本書收錄了莎士比亞所有的戲劇作品，並將文體由原作的劇本對白改寫為淺顯易懂的白話形式，以方便讀者大眾輕鬆了解故事內容。我們參考了英國查爾斯．蘭姆與安妮．蘭姆姐弟所著《莎士比亞戲劇故事集》的敘述模式，將原作中充滿俚語典故、艱澀難讀的長篇劇本大幅減縮，並以說故事的白話體裁呈現，讓一代文豪的作品不再是令人忘之卻步的高級讀物。

事實上，莎士比亞的戲劇作品總數至今未有定論，本書採用了最常見的三十八部說法，即已經證實的三十六篇，加上較具爭議的《泰爾親王佩里克利斯》、《兩位貴族親戚》兩篇，總計三十八篇。而這些戲劇又分為喜劇十六篇、悲劇十二篇、歷史劇十篇；喜劇以《仲夏夜之夢》、《威尼斯商人》、《第十二夜》為代表作，悲劇以「四大悲劇」與《羅密歐與茱麗葉》最為著名，歷史劇則描寫了包含約翰王到亨利八世等英國七位不同時期君主的傳奇經歷，還有學者在三種分類外又提出了「傳奇劇」的說法，即悲劇、喜劇交雜的故事，典型的有《辛白林》與《暴風雨》。本書將喜劇、悲劇、歷史劇三大題材分門別類，每一分類中的各篇以創作時間排序，歷史劇則以七位君主的先後年代排列，利於讀者體驗莎士比亞在三大階段的創作風格變化，熟悉英國各大王朝的興衰更迭。

在此，我們誠摯的邀請各位讀者，與我們一同參加戲劇之王的故事饗宴，體驗莎士比亞筆下的悲歡離合，並收藏這套百年不朽的傳世經典。

William Shakespeare

CONTENTS

喜劇 Comedies

悲劇 *Tragedies*

歷史劇 *Histories*

William Shakespeare

喜劇
Comedies

失散的雙胞胎在喜劇裡重逢
為了姑娘，他們大打出手
驕傲的美人也向愛情屈服
為了追回情郎，她們不遠千里
善良一方終於得到回報
逝去的親人在寬恕中復生
邪惡一方也真心悔悟
把嫉妒融化在炙熱的溫情中

William Shakespeare

導讀

喜劇是莎士比亞的作品中最重要的典型之一，一共有十六部，而隨著創作時期不同，又可以分為數種形式。他的第一部喜劇《錯誤的喜劇》模仿了羅馬時代的喜劇風格，並嚴格遵守了當時流行的「三一律」——即劇情保持一致性、發生在同一地點、同一天之內；但之後莎士比亞卻屢屢突破這個規則。

在後來的創作之中，莎士比亞經常在劇情中放入友誼、愛情和婚姻的元素，故事主軸多以求婚者角逐愛人的劇碼為主，例如《維洛那二紳士》、《愛的徒勞》、《仲夏夜之夢》等，他希望透過這些貴族青年男女爭取自由戀愛、自主婚姻的故事，來歌頌愛情和友誼，宣揚人文主義思想。

當他這一類型的喜劇越來越成熟，人文主義色彩也越來越鮮明時，就產生了《威尼斯商人》、《無事生非》、《皆大歡喜》、《第十二夜》等最為著名也最有影響力的作品，這時期的喜劇作品總是流露出一些憂鬱和哀愁的氣氛，為喜劇增添了耐人尋味的神韻，其中最具代表性的是《威尼斯商人》，它批判了當時初形成的資本主義，並且塑造出夏洛克這個唯利是圖的商人形象，以及被評為「莎士比亞戲劇中最迷人的女性」的波西亞，是他最成功的戲劇之一。

到了後期，莎士比亞的喜劇已明顯失去前期那種樂觀向上的情調，他創作的《泰爾親王佩里克利斯》、《冬天的故事》、《暴風雨》都具有神話和史詩色彩，他的風格從現實主義轉變為神話與超自然主義，劇中時常出現虛幻的場景、曲折的情節，《暴風雨》一劇中甚至出現不存在於現實的魔法，這反映了莎士比亞的人文主義在當時的英國社會中遭遇了衝擊與矛盾。

在莎士比亞的晚年，他傾向創作所謂的「傳奇劇」，又稱悲喜劇，也就是悲劇與喜劇的元素交雜，故事的主角必須歷經千辛萬苦，遭遇了世上的一切悲歡離合，才能迎來最終的大團圓結局，甚至有的故事到最後仍然沒有圓滿的收場，留給了觀眾一連串的疑問。《泰爾親王佩里克利斯》、《冬天的故事》都有傳奇劇的色彩。

他的最後一部喜劇《兩位貴族親戚》更是備受爭議，在這個故事中，兩個親愛的表兄弟為了一名女子而自相殘殺，不論是過程還是結局，都無法讓人感受到任何喜劇的氣氛，但莎學家一般還是習慣將它歸類於喜劇。

在莎士比亞所有的喜劇作品中，《馴悍記》、《仲夏夜之夢》、《皆大歡喜》、《第十二夜》被部分學者稱為「四大喜劇」，以與「四大悲劇」相互對應。

1 錯誤的喜劇

以弗所跟敘拉古兩個國家長久不和，以弗所還因此訂下一條殘酷的法律：如果敘拉古的商人在以弗所的城裡被發現，除非他能繳出一千馬克的贖金，不然就會被處以死刑。

一名敘拉古的老商人伊濟安在以弗所的街上被發現了，他被帶到公爵面前，公爵問他是要繳納一大筆罰款，還是要接受死刑。

伊濟安繳不出罰款，於是公爵要他在被判處死刑以前，先講講自己的身世，解釋一下為什麼明明知道這條律令，卻還來冒險。

伊濟安說自己並不怕死，因為他早已對人生感到厭倦，反而是要他回憶起自己不幸的一生，這比什麼事都來得痛苦。然而，他還是開始述說自己的身世：

「我出生在敘拉古，從小就學會做生意。長大後娶了妻，兩個人一直過著安穩的生活。後來，我有事必須到厄匹達姆紐一趟，到了那裡後，因為生意的關係待了半年。這時我發現還得再待一陣子才行，於是把妻子也接到了那裡。

她抵達那兒不久，就生下了兩個男孩子。奇怪的是，這兩個孩子長得一模一樣，完全無法分辨。這對雙胞胎出生時，我們正住在旅店裡，有另外一個窮女人也生了兩個兒子，和我們那對一樣也是雙胞胎。由於這對夫妻非常貧窮，於是我把那兩個男孩買了下來，要他們長大之後侍候我的兒子們。

我的妻子對兒子們感到十分驕傲。她天天盼望著早日回家，最後我只好答應她了，我們在一個不吉利的時辰上了船，船才離開厄匹達姆紐沒多久，海上就掀起了一陣可怕的暴風，而且越刮越大。水手們大概知道船快沉了，紛紛擠到一條小船上逃命，把我們丟在大船上不管。

眼看大船隨時都會被猛烈的風暴摧毀，我的妻子在一旁哭個不停，可愛的小寶寶們雖然什麼都不懂，但是一看到媽媽哭了，他們也跟著哭起來。我看到這種情況，雖然心裡也很害怕，但仍然得想辦法保護他們的安全。我把小兒子綁在一根備用的桅杆上，通常航海的人為了防備遇到風暴，都會帶著備用的桅杆；另一端則綁上雙胞胎奴隸中較小的那一個。我教我的妻子也把另外兩個孩子綁在桅杆上。

就這樣，她照顧兩個較大的孩子，我照顧較小的那兩個，我們再把自己和孩子一起綁著。要不是因為這個方法，我們早就淹死了！因為船後來撞到一大塊礁石，整個粉碎！我們緊緊抓住細長的桅杆，浮在水面上，我為了照顧兩個孩子而無暇幫助我的妻子，不久後，她便與那兩個孩子和我失散了，當我還依稀能看到他們的時候，他們已被科林多的一條漁船救了起來，而我只好繼續跟狂暴的海浪戰鬥，保護我親愛的兒子和那個小奴隸。

後來，我們也被一條船救起來，水手認得我，並殷勤地招待我們，還把我們安全地送到敘拉古。可是自從那天起，我就再也沒有聽過家人的消息，只剩下我那個寶貝的小兒子了。

當他十八歲時，他問我關於媽媽和哥哥的事情，還常常懇求我讓他帶著那個小隨從出去找他們，最後我勉強答應了。儘管我很想知道妻子和大兒子的下落，但是放任小兒子離家，就等於再冒一次失去他的危險！自從他離開我後，已經過了七個年頭，我到世界各地去旅行，到處尋找他五年。我去過希臘最遠的邊境，走遍了亞洲，又沿著海岸往回走，結果在以弗所這裡上了岸，凡是有人的地方，我都不會放過，只可惜我的一生必須在今天結束了，要是能知道我的妻兒都還活著的話，我就死而無憾了！」

伊濟安說完了他不幸的遭遇，公爵很同情這位命運坎坷的父親，他為了找尋失蹤的兒子，卻為自己帶來這麼大的麻煩。公爵說，要不是擔心違背法律的話，他一定會馬上放了他。然而，他也不希望按照法律規定的那樣立刻將伊濟安處死，所以公爵給他一天的期限籌出一筆錢來繳納罰款。

可是這一天的期限對伊濟安似乎沒有太大的幫助，因為他在這裡一個熟人也沒有，更不會有陌生人願意借他一千馬克。他不抱什麼希望，只是任由獄卒押著，從公爵那裡退了下來。

伊濟安以為自己在這裡沒有熟人，但就在他險些賠上性命時，其實他的兩個兒子都在以弗所城裡呢！

伊濟安的兩個兒子不但身材相貌相同，連名字也一樣，兩個人都叫做安地勒斯，而那兩個雙胞胎奴隸也都叫做特洛米奧。伊濟安的小兒子帶著他的隨從小特洛米奧，跟伊濟安同一天抵達了以弗所。由於他也是敘拉古的商人，因此處境與父親一樣危險。幸虧他遇見一個朋友，告訴他有一個從敘拉古來的老商人遇到了麻煩，勸他還是暫時冒充厄匹達姆紐的商人為妙。小安地勒斯照做了，他雖然為自己的一位同鄉遭遇生命危險感到難過，但萬萬沒有想到，那個老商人就是他的父親。

伊濟安的大兒子則在以弗所住了二十年。他已經是個有錢人了，足以繳出罰款來替他父親贖命，可是大安地勒斯完全不認得他的父親。當漁夫把他和母親從海裡救上來的時候，他年紀還小，只記得自己被人救了起來，可是父母親的模樣全都不記得了。那些漁夫把他們救上來以後，就把兩個孩子從母親手裡抱走，打算把他們賣掉。

大安地勒斯和大特洛米奧被賣給一位著名的將軍，這位將軍是以弗所公爵的叔叔。他到以弗所來拜訪他的侄子時，也把兩個孩子給帶來了。

以弗所公爵很喜歡年輕的大安地勒斯，等他長大以後，公爵安排他在軍隊裡當一名軍官。他的作戰表現非常英勇，時常在戰場上立功，還曾救過公爵的性命。於是，公爵把以弗所的一位富家女阿德麗安娜嫁給了他，作為獎賞。當伊濟安來到以弗所的時候，他正和阿德麗安娜快樂地生活著，而隨從大特洛米奧也一直在身邊侍候他。

敘拉古的小安地勒斯跟朋友分手後，就給隨從小特洛米奧一點錢，叫他先回旅店去準備晚餐，自己則先在城裡逛逛，看看當地的風土民情。

小特洛米奧是個很風趣的人，每當小安地勒斯感到苦悶無聊時，他就會說一些幽默有趣的俏皮話來替他解悶。因此，小特洛米奧可以在主人面前隨便說話，也比一般僕人自由得多。

小安地勒斯在街上逛了一會兒，想起自己為了尋找母親和哥哥四處漂泊，至今卻沒打聽出任何消息，傷心地自言自語道：「我就像海洋裡的一滴水，原本想要尋找另外一滴水，結果反而在茫茫大海裡迷失了自己。我真是不幸！出來尋找母親和哥哥，卻連自己也迷失了！」

當他正思索著這趟毫無結果的旅程時，大特洛米奧竟迎面走了過來，小安地勒斯訝異地問他，怎麼這麼快就回來了，還問他把錢放到哪裡去了。原來，他並不知道自己正在和小特洛米奧的雙胞胎哥哥講話。這一對雙胞胎到現在仍然長得一模一樣，也難怪小安地勒斯會誤以為是自己的隨從回來了。

「夫人叫我請您快點兒回家吃飯。您要是再不回去，雞都爛爛了！飯菜也都涼了！」大特洛米奧回答。

「現在可不是開玩笑的時候，」小安地勒斯說，「你把錢放到哪兒去了？」

但大特洛米奧仍然說，是夫人派自己來請他回去吃飯。

「什麼夫人呀？」小安地勒斯不耐煩地說。

「老爺，就是您的夫人啊！」大特洛米奧回答道。

小安地勒斯明明還沒有結婚，因此他對大特洛米奧的話十分生氣，說道：「大概是因為我平時跟你閒扯慣了，你就敢在我面前放肆地開玩笑！我現在可沒有心情跟你玩鬧，你到底把錢拿到哪裡去啦？我們在這裡人生地不熟的，保管那筆錢是很重大的責任，你怎麼敢把它交給別人呀？」

一聽到主人說「人生地不熟」，大特洛米奧還以為小安地勒斯是在開玩笑呢！他詼諧地回答：「老爺，等您吃飯的時候再來說笑吧！我的責任是把您請回去，和夫人及她的妹妹一道用餐。」

小安地勒斯再也忍不住了，他把大特洛米奧揍了一頓。大特洛米奧狼狽地跑回家去，告訴女主人說老爺不肯回來吃飯，還說自己根本沒有妻子！

阿德麗安娜聽到丈夫說出這種話，簡直氣壞了。她生性愛吃醋，因此她開始懷疑丈夫一定是看上別的女人了。她狠狠地咒罵自己的丈夫，跟她住在一起的妹妹露西安娜則在一旁規勸她，可是她完全聽不進去。

小安地勒斯回到旅店，發現小特洛米奧好端端地拿著錢在那裡等他，正想責備他剛才的行為時，阿德麗安娜氣沖沖地跑了進來。她完全相信眼前的這個人就是她的丈夫，她開始責備他的不是，然後又感嘆當年還沒結婚時，他是多麼地愛她，如今卻又看上了別的女人。

「怎麼了？」她說，「我哪裡做得讓你不高興了呀？」

「夫人，您這些話是對我說的嗎？」驚慌失措的小安地勒斯說道，他向她解釋，自己來到以弗所才不過兩個鐘頭，不可能是她的丈夫。可是無論他怎麼說都沒有用，阿德麗安娜仍堅持要他跟著自己回家去。最後，小安地勒斯沒有辦法，只好跟她回到「他的」家裡去，跟阿德麗安娜與她妹妹一起吃飯。

在餐桌上，一個女人叫他「丈夫」，另一個則叫他「姊夫」，讓小安地勒斯感到莫名其妙。他開始認為自己一定是在夢裡跟她結婚的，要不就是他根本還在做夢！同時，跟他們一起回來的小特洛米奧也大吃一驚，因為嫁給大特洛米奧的廚娘也一口咬定，自己就是她的丈夫！

當小安地勒斯正和他的嫂嫂吃飯時，大安地勒斯跟著他的隨從回到了家門前，可是僕人不肯替他們開門，因為女主人曾吩咐過，不論是誰都不要讓他進來。他們不停地敲門，說自己是安地勒斯和特洛米奧，女僕們紛紛大笑，因為安地勒斯正在跟女主人一起吃飯呢！而特洛米奧也在廚房裡。

兩人幾乎快把門敲破了，卻還是沒人來開門。最後，大安地勒斯生氣地走了，他聽到有一個男人正跟他的妻子一道吃飯，不禁感到十分驚愕。

小安地勒斯吃完飯，發現這位夫人仍然執迷不悟，還聽說廚娘也認為小特洛米奧是她的丈夫，他覺得這個地方簡直奇怪極了！他們隨便找了一個藉口匆匆離開了，雖然小安地勒斯很喜歡妹妹露西安娜，但他覺得阿德麗安娜很討厭；至於小特洛米奧，他一點兒也不滿意廚房裡的那位嬌妻，這兩個人都巴不得趕快逃離他們的「夫人」。

剛走出屋子，小安地勒斯就碰到一位金匠，金匠和阿德麗安娜一樣，也把他當成了大安地勒斯。

交給他一條金鍊子，但小安地勒斯不肯收下，直說這東西不是他的。金匠卻說這明明是他親自訂做的，硬要把金鍊子塞到小安地勒斯手裡，然後就走掉了。

小安地勒斯在這個地方遇見這麼多古怪的事，他認為肯定是有什麼妖魔鬼怪在作祟！他再也不想待下去了，立刻吩咐小特洛米奧趕緊把行李搬到船上去。

將金鍊子誤交給小安地勒斯的那個金匠，不久後就因為欠下一筆債務被捕了。他被抓的時候，大安地勒斯剛好從一旁經過，金匠看到他，馬上向他討那條金鍊子的貨款，因為那筆款項正好跟他欠下的債務差不多。

大安地勒斯說自己根本沒拿到金鍊子，但金匠卻十分堅持，說自己幾分鐘以前才親手交給他的。兩人爭執了半天，雙方都說自己有理。大安地勒斯堅稱金匠根本沒把金鍊子交給他，而金匠也一口咬定金鍊子確實已經交到他手裡。

最後，官差為了金匠欠下的債務，準備把他帶到監獄去，而金匠為了大安地勒斯欠他的貨款，也叫官差也把安地勒斯抓起來。就這樣，他們爭執的結果，使得兩個人都被關進了監牢裡。

就在大安地勒斯被帶到監獄的路上，他遇見他弟弟的奴隸小特洛米奧，他以為這個人就是大特洛米奧，便要他去找阿德麗安娜，叫她將那筆貨款送來。小特洛米奧不明白自己主人究竟怎麼了，剛才好不容易才從那個古怪的地方逃出來，為什麼又要他回去那裡呢？

小特洛米奧是來告訴主人船就要開了，但他看出大安地勒斯的心情非常不好，現在不是跟他開玩笑的時候，因此他不敢說話，趕緊走開了，一路上還為了這件事暗自抱怨著。

「等會到了那裡，」他嘟囔著，「那個廚娘又要說我是她的丈夫了！可是既然主人叫我去，我也只好照辦。」

阿德麗安娜把錢交給了小特洛米奧。當他回去時，他又遇到了自己的主人小安地勒斯。

小安地勒斯仍舊感到莫名其妙，因為他的哥哥在以弗所是很出名的，因此很多人在街上看到他，都像老朋友一樣向他打招呼；還有人還錢給他，說那是欠他的債；也有人邀他到家裡去玩，更有人跑來謝謝他的幫忙。大家都把他當成他哥哥了！有一個裁縫拿了一匹綢緞來給他看，說是特地為他挑的，一定要量量他的尺寸，替他做一件衣裳。

小安地勒斯越想越奇怪，他覺得這簡直是一個充滿了妖精的古怪國家！小特洛米奧這時又問起他是怎麼逃出監牢的，還把阿德麗安娜的一袋金子交給了他。這麼一來，小安地勒斯更糊塗了！

小特洛米奧詳細地敘述他所看到的情形，以及他從阿德麗安娜那裡帶來一袋金子的原因，這一切使得小安地勒斯完全摸不著頭緒。他心想：「小特洛米奧看起來像是神經錯亂了！難不成我們還在做夢嗎？」

混亂的思緒也使他恐慌了起來，他嚷著：「求上帝把我們從這個奇怪的地方救出去吧！」

這時，又有一個陌生女人走到他面前，她說安地勒斯曾跟她一起吃過飯，他還答應要送給她一條金鍊子。小安地勒斯再也忍不住了，大罵那個女人是妖精！他從來沒有答應過要送她什麼金鍊子，也沒和她一起吃過飯，甚至根本就不曾見過她！儘管那女人一口咬定，小安地勒斯仍然不承認。

她又說，她曾經送給他一只貴重的戒指，如果他不送她金鍊子，她就要把那只戒指要回去。小安地勒斯簡直氣瘋了，拚了命地罵她是妖精、巫婆，告訴她自己從來沒見過什麼戒指，然後就跑開了。

這個女人聽了小安地勒斯的話，又看到他臉上狂怒的神情，心裡十分驚訝，因為他真的和她一起吃過飯，也答應要送她一條金鍊子，而她也給了他一只戒指，這一切都是千真萬確的事。

其實，她跟別人一樣都搞錯了，他們都把小安地勒斯誤認成他的哥哥，她說的那些事情，其實都是大安地勒斯做的。

原來，有一回大安地勒斯回到家門口卻進不去，於是很生氣地走開了。他知道妻子很喜歡吃醋，所以認為她是在跟他開玩笑，因為她常冤枉他，怪他老是偷看別的女人。

為了報復妻子把他關在門外，他索性找了其他女人一起去吃飯。這個女人對他很客氣，由於大安地勒斯在妻子那裡受了很大的委屈，一氣之下，他答應把要準備送給妻子的一條金鍊子送給這個女人。這個女人很高興，於是也給了大安地勒斯一只戒指作為交換。剛才她就是把小安地勒斯當成是他了，以至於鬧出這樣子的一段風波。

她猜想，大安地勒斯一定是發瘋了！於是決定去找阿德麗安娜，說她的丈夫發瘋了。然而，當她正在和阿德麗安娜說話時，大安地勒斯卻跟著一個獄卒回家來拿錢，因為阿德麗安娜交給小特洛米奧的那些錢，早已被他誤交給小安地勒斯了。

阿德麗安娜聽到丈夫責備她不該把他關在門外後，就更加相信那個女人所說的——她的丈夫發瘋了！她想起吃飯的時候，他一直說自己不是她的丈夫，還說他從沒來過以弗所，沒錯！他一定是瘋了。

阿德麗安娜把錢拿給獄卒，打發他離開，然後吩咐僕人用繩子把大安地勒斯綁起來，還請大夫來醫治他的瘋病。大安地勒斯氣沖沖地大聲嚷著，說自己根本沒有瘋，可是他叫得越大聲，他們就越相信他的確瘋了。同時，由於大特洛米奧也和他的主人說著相同的話，於是也被他們綁了起來，然後和大安地勒斯關在一起。

阿德麗安娜把她丈夫關起來後不久，就有一個僕人就跑來告訴她說，大安地勒斯和大特洛米奧一定是逃掉了！因為他們正自由自在地在大街上走著呢！阿德麗安娜聽到後，馬上跑了出去，打算把他們抓回來，還帶了好幾名幫手，她的妹妹也跟著她一起去了。當他們走到附近一座修道院的門口時，看見了小安地勒斯和小特洛米奧。

由於兩人一樣的相貌而造成的混亂，已經讓小安地勒斯感到暈頭轉向。他明明把金匠送給他的金鍊子掛在脖子上，結果剛剛遇到金匠時，他卻責備自己說謊，不應該賴掉他的貨款。小安地勒斯也反駁說，明明是早上他硬要送給自己的。從那以後，他就再也沒見過金匠了。

這時，阿德麗安娜已走到他面前，一直說他是她的瘋丈夫，說他是從家裡逃出來的。當她帶來的僕人正想抓住小安地勒斯和小特洛米奧時，他們已一溜煙地逃到修道院裡面去了。小安地勒斯央求修道院的女院長，讓他們在那裡躲一躲。

這時，女院長親自出來詢問吵鬧的原因。她是一個莊重嚴肅、受人敬重的女人，對任何事物都有明智的見解。她不肯隨便把這個向她要求庇護的男人交出去，因此，她很認真地問起阿德麗安娜事情的經過。

「你的丈夫為什麼忽然發瘋了呢？是因為他的貨物在海上遺失了嗎？還是因為他的好朋友死了，使他神經錯亂呢？」女院長說。

阿德麗安娜說，並不是因為這些原因。

「也許是他愛上其他女人了？」女院長又問，「是這個原因使他發瘋的嗎？」

阿德麗安娜老早就懷疑丈夫有外遇，所以才時常不回家。

其實，把大安地勒斯逼得離家出走的，是阿德麗安娜天生愛吃醋的個性。為了了解實情，女院長說：「他在外面有了女人，你應該好好責備他才對呀！」

「我已經責備過他了呀！」阿德麗安娜說。

「是嗎？」女院長說，「也許你責備得還不夠吧。」

阿德麗安娜很想讓女院長相信她的話，就說：「我們整天談的都是這件事，躺在床上時，我不讓他睡覺；坐在飯桌前，我不讓他吃飯；當我們獨處的時候，也不聊別的話題；有客人來的時候，我也常常暗示他。我總是對他說，除了我以外，如果他再去愛別的女人，那會是一件多麼卑鄙、惡劣的事。」

女院長從阿德麗安娜的嘴裡套出話以後，說道：「所以你的丈夫才發瘋呀！一個愛吃醋的女人謾罵起來，比一隻瘋狗咬人還要凶！你把他罵得難以入眠，難怪他會昏頭昏腦的。他吃的飯都是用你的責罵調味，吃飯的時候得不到安寧，當然會弄得消化不良、精神不濟。你連他和朋友在一起的時候，也用嚴苛的責備打斷他的興致，他既享受不到社交和娛樂，也找不到安慰，自然會悶悶不樂，感到絕望。這麼說來，讓你丈夫發瘋的，其實是你那不時爆發的嫉妒心！」

露西安娜想為姊姊辯解，可是女院長已經讓阿德麗安娜認清自己的過錯了，她說：「經女院長這麼一指明，連我自己都想責備自己了！」

雖然阿德麗安娜為自己的行為感到慚愧，可是她仍然要女院長交出她的丈夫。女院長不允許外人進入修道院，也不肯把這個不幸的男人還給他那善妒的妻子。她打定主意，要用溫和的辦法治好他的瘋病。於是她回到修道院裡，把大門關上，不讓眾人進來。

短短的一天，這兩對未曾謀面的雙胞胎，竟造成了這麼多的誤會！時間一分一秒地過去，太陽即將下山，一天的寬限期限看就要到了。要是伊濟安在日落前繳不出罰款，他就一定得死！

伊濟安要被處刑的地方距離修道院不遠，院長走進修道院後，伊濟安也被帶到了那裡。公爵親自前來監刑，還說如果有人肯替伊濟安繳納罰款，他願意當場釋放他。

這時候，阿德麗安娜卻跑出來攔住公爵，嚷著要他出面主持公道，因為修道院的女院長不肯把她的瘋丈夫還給她。

話還沒說完，她真正的丈夫大安地勒斯帶著僕人從家裡逃了出來，也跑到公爵面前，請公爵幫他們評評理，因為他的妻子誣賴他發瘋，還把他關起來。阿德麗安娜看到她的丈夫後大吃一驚，她一直以為他在修道院裡呢！

一旁的伊濟安看到了大安地勒斯，以為他正是去尋找母親和哥哥的小兒子。他也相信親愛的兒子一定會立刻替他繳付贖金。因此，他用父親慈祥的口吻對大安地勒斯說話，心裡想著：這下他可以獲得釋放了。

可是令伊濟安十分驚訝的是，這個兒子竟說自己根本不認識他！這也難怪，因為大安地勒斯在暴風中跟父親失散後，就再也沒見過他了。可憐的老伊濟安拚命想讓兒子認出他來，卻一點用也沒有。他想，一定是自己太過著急，所以才變得連兒子都認不出他來了；要不然，就是兒子看到他竟然淪落到這副德性，羞於與他相認。

正當一切糾纏不清時，修道院的女院長和小安地勒斯及小特洛米奧走出來了。阿德麗安娜看到面前站著兩個丈夫以及兩個特洛米奧，驚訝得不知所措。

這一連串弄得大家暈頭轉向的誤會，終於一下子被澄清了。公爵一看見兩個一模一樣的安地勒斯和特洛米奧，馬上就猜出事情的原委，因為他想起了伊濟安告訴他的故事。他肯定地表示，這一定就是伊濟安的雙胞胎兒子和那對雙胞胎奴隸。

一件意想不到的事就這樣發生了，早晨時分伊濟安還面臨死刑的威脅，沒想到在太陽落下前卻得到了快樂的結局——那位可敬的女修道院院長，其實就是伊濟安失散已久的妻子，也是大小安地勒斯的母親。

原來，當初漁夫把兩個孩子從她手裡搶走後，她進了修道院。由於處事公正、品德高尚，不久後便當上了這個女修道院的院長。當她收容一個遇到麻煩的陌生人時，卻無意中保護了自己的兒子。

這一對久別重逢的夫妻，和他們的孩子快樂地慶祝著，彼此熱烈地擁抱，一時間竟把伊濟安被判處死刑的這件事忘記了。等他們的情緒稍微鎮定了一些，大安地勒斯立刻向公爵表示，他願意付錢贖回父親的性命。但公爵不肯接受他的錢，還當場赦免了伊濟安。

公爵陪著女院長和剛重逢的家人們，一同走進了修道院，聽他們暢快地談論著苦盡甘來的喜悅。儘管大小特洛米奧的地位卑微，但是他們也開心地問候彼此，愉快地誇讚對方的相貌，同時也很高興能從對方的俊秀模樣中看到自己。

而阿德麗安娜經過婆婆的一番勸導後，得到不少領悟，從此她對丈夫再也不會隨便猜疑、吃醋了。小安地勒斯則娶了美麗的露西安娜做妻子。

善良的老伊濟安跟他的妻兒在以弗所住了很多年。儘管一些迷惑不解的現象都被弄清楚了，可是並不表示未來他們之間就不會再發生誤會。有時候，彷彿為了提醒他們過去的事一般，還不時發生許多可笑的狀況：這一對安地勒斯和特洛米奧，總是被人誤認為另一對安地勒斯和特洛米奧，不時上演一幕幕輕鬆有趣的「錯誤的喜劇」。

2 馴悍記

潑婦凱薩琳娜，是帕度亞有名的富翁巴普提斯塔的大女兒。她和人吵起架來嗓門特別高，是一個脾氣暴躁、個性倔強，很難管教的女孩。因此，在帕度亞大家都叫她「潑婦凱薩琳娜」。

她一直很難找到、甚至也找不到一個男人敢娶她為妻。許多條件好的人紛紛向她性情溫柔的妹妹比安卡求婚，但巴普提斯塔遲遲不肯同意。為了這件事，他已經遭到許多埋怨。巴普提斯塔的藉口是：必須等凱薩琳娜嫁出去以後，他們才可以向年輕的比安卡求婚。

這時，剛好有一位叫彼得魯喬的人，特地來到帕度亞物色妻子。凱薩琳娜脾氣暴躁的傳聞絲毫沒讓他退縮，他知道她家境富裕，人又長得漂亮，就拿定主意要娶這位有名的潑婦，並把她管教成溫柔、聽話的賢淑妻子。

這項困難的任務，除了彼得魯喬以外的確沒有人做得到，因為他的個性就跟凱薩琳娜一樣倔強。同時，他也是一個聰明幽默的人，不但通情達理，又善於判斷是非。當他明明心情很好時，卻能裝出激動生氣的模樣，還暗自為自己的行為表現感到十分得意。他就是這麼一個無拘無束、平易可親的人。

於是，彼得魯喬開始行動了。他先請求巴普提斯塔允許他向「柔順的凱薩琳娜」求婚，還故意說他早已聽聞她的個性靦腆、舉止溫順，所以專程從維洛那到這裡來向她求愛。

儘管巴普提斯塔很希望把她嫁出去，但他卻不得不承認凱薩琳娜跟彼得魯喬口中的形象完全不符合。因為話才剛說完，凱薩琳娜的音樂老師就慌慌張張地跑進來，說「柔順的凱薩琳娜」怪他居然敢糾正她的演奏，於是用琴把他的頭打傷了。

彼得魯喬聽到後，仍然說道：「好一個勇敢的女孩！我現在更加愛慕她了，真想跟她見見面！」為了讓巴普提斯塔能儘快給他一個肯定的答覆，他又說：「巴普提斯塔先生，我很忙，不能天天來求婚。您認識我的父親，他去世後已經把所有的田產都留給了我。請告訴我，要是我能得到凱薩琳娜小姐的愛，您會給她多少嫁妝？」

雖然巴普提斯塔覺得這個小子的態度有些魯莽，不像一個來求婚的人，但是他又很希望能把凱薩琳娜嫁出去，只好說會先給她兩萬克郎作為陪嫁，等他死了之後再分給她一半的田產。於是，這樁奇怪的婚姻很快就定下來了。巴普提斯塔馬上進去告訴他那潑辣的女兒，說有人來向她求婚了！並要她親自出來見見彼得魯喬。

這時的彼得魯喬則在心裡思考著，應該採取什麼樣的方式，他想：「等她出來的時候，我要振作起精神。如果她罵我，我就說她的聲音像夜鶯那樣美妙；如果她對我皺眉，我就誇她如同剛沐浴過露水的玫瑰般清麗；如果她一句話也不說，我就讚美她口才流利；如果她叫我滾開，我就向她道謝，好像她想留我住上一個星期似的。」

這時，凱薩琳娜趾高氣揚地走了進來，彼得魯喬先對她說：「早啊！凱特，我聽說這是你的小名。」

凱薩琳娜不喜歡這樣直率的稱呼，輕蔑地說道：「別人跟我說話時，都叫我凱薩琳娜！」

「你撒謊！」彼得魯喬說，「你是直爽的凱特，也是可愛的凱特，有時候人們也叫你『潑婦凱特』。可是凱特啊！你是天底下最漂亮的女子。我在城裡都聽見人們稱讚你性情柔順，所以特地來向你求婚，請你做我的妻子。」

此刻他們兩人在一起的情景是很奇怪的，凱薩琳娜氣沖沖地咆哮著，將她那「潑婦」的氣質表露無遺，但彼得魯喬卻仍然讚美她是多麼地溫柔可愛、端莊有禮。

彼得魯喬看到她的父親走近，為了趕緊結束這場求婚，他說道：「可愛的凱特，我們不必再說這些沒有意義的話了，因為你的父親已經答應把你嫁給我，連嫁妝都商量好了，不管你答不答應，反正我娶定你了！」

這時候，巴普提斯塔剛好進來，彼得魯喬告訴他說，他的女兒很殷勤地接待了他，並且已經答應在下星期天跟他結婚。

凱薩琳娜完全不承認有這回事，還說她寧願看見彼得魯喬在星期天被絞死！還責備她的父親，不該讓她跟這樣一個瘋瘋癲癲的流氓結婚。彼得魯喬卻請巴普提斯塔不要介意她的這些氣話，因為他們已經事先商量好了。她必須在父親面前裝作很不情願的樣子，但當兩人獨處的時候，她卻變得很溫柔、也很多情。

然後，他又對凱薩琳娜說：「凱特，讓我吻吻你的手吧！我要先到威尼斯去替你準備最華麗的禮服，好讓你在結婚那天穿。岳父大人，請您開始籌辦酒席、邀請客人吧！我一定會準備好美麗的戒指、精緻的首飾和華麗的衣服，把我的新娘打扮得漂漂亮亮的。凱特，吻我吧！星期天我們就要結婚了。」

到了星期天，所有參加婚禮的賓客都到齊了，彼得魯喬卻還沒出現，這讓凱薩琳娜氣得哭出來！

她以為彼得魯喬只不過是在拿她開玩笑。

最後，彼得魯喬總算來了，但是他答應新娘子的那些東西，竟一件也沒帶來。他自己的打扮也不像個新郎，一副吊兒郎當的樣子，彷彿有意要拿這件正經的大事開玩笑似的，他的僕人和坐騎也都打扮得既寒酸又古怪。

無論大家怎麼勸，彼得魯喬說什麼都不肯換裝，只說凱薩琳娜是嫁給他的人，而不是他的衣裳。既然爭辯沒有用，大家也只好先進入教堂了。

在教堂裡，彼得魯喬依舊瘋瘋癲癲的，等到神父問他願不願意娶凱薩琳娜為妻時，他大聲地喊出「我願意！」一聲音大得讓神父嚇得連聖經都掉到地上。當神父彎下腰去撿時，這個瘋癲的新郎卻給了他一拳，把他打倒在地。舉行婚禮的時候，彼得魯喬一直跺腳，嘴裡還不停地咒罵著，一旁的凱薩琳娜嚇得渾身發抖。

婚禮結束後，大家還沒走出教堂，他就叫僕人拿酒來，扯開了嗓子向賓客們敬酒，還把一塊浸滿酒的麵包丟到司儀的臉上。對於這個放肆的舉動，他解釋道，是因為那個司儀的鬍子太稀疏，長得一臉嘴饞相，喝酒時好像一直在向他討那塊麵包似的。如此胡鬧的婚禮讓在場的人都大開眼界。

只不過，彼得魯喬這些無理取鬧的舉動，其實都是裝出來的，目的是為了實現他馴服凱薩琳娜的計畫。

巴普提斯塔早已擺下了豐富的筵席。可是當他們從教堂回來後，彼得魯喬卻一把抓住凱薩琳娜，嚷著要馬上把她帶回家。不管他的岳父怎麼抗議，也不管憤怒的凱薩琳娜如何地怒言相向，他還是堅持作丈夫的有權力隨便處置自己的妻子。於是，他匆匆地帶著凱薩琳娜離開了。他是如此的狂妄、堅決，根本沒有人敢去攔他。

彼得魯喬故意叫他的妻子騎一匹瘦弱不堪的馬，而他和僕人的馬也好不到哪裡去。他們走的路滿是泥濘、坑窪，每當馬兒因為太累而蹣跚摔跤時，彼得魯喬就把那隻筋疲力盡的畜生痛罵一頓，看起來簡直像個全天下最容易發脾氣的人。一路上，凱薩琳娜仍不斷地聽到彼得魯喬發瘋似地痛罵僕人和馬兒。

在走完一段很長的路後，他們終於回到家了，彼得魯喬很客氣地請她進去。可是他早已拿定主意不給她東西吃，也不讓她休息。

不久，桌子擺好了，晚飯也端上來，可是彼得魯喬卻故意挑剔每道菜，不但把食物丟了一地，最後還要僕人把晚飯撤下去。他說，這一切都是為了凱薩琳娜好，他絕不會讓她吃不合口味的東西。

凱薩琳娜又累又餓，當她想回房裡休息時，彼得魯喬又開始嫌東嫌西，拿起枕頭和被子到處亂丟，她只好坐在椅子上休息。才剛剛打了個盹兒，卻馬上又被彼得魯喬的吼叫聲吵醒，因為他正在痛斥僕人沒有把新娘子的床鋪好。

第二天，彼得魯喬還是老樣子，雖然他對凱薩琳娜很和善，但每當她想吃東西時，他就開始對桌上的食物挑三揀四，然後把飯菜丟得滿地都是，就像昨天一樣。飢餓的凱薩琳娜央求僕人偷偷給她東西吃，但是彼得魯喬早就吩咐過僕人們，他們什麼東西也不敢給她！

「唉！」她說，「難道他娶我只是為了把我餓死嗎？乞丐來到我家門前討飯，尚且會得到施捨。可是像我這種從沒開口跟人要求過什麼的人，如今卻餓得半死，頭昏腦脹、四肢無力，他一刻不間斷的咆哮聲吵得我沒法休息。更氣人的是，他竟然說這一切全都是因為愛我！好像我只要一睡覺、吃飯，就會馬上死掉一樣！」

正當她自言自語的時侯，彼得魯喬走進來，把她的思緒打斷了。他並沒有打算真的讓她一直餓下去，所以他端來了一點東西，還對她說：「我可愛的凱特，你好嗎？瞧我對你多麼體貼，這是我親自為你煮的。我相信你一定會感謝我的這份心意。怎麼了，說不出話來嗎？那表示你不喜歡這些飯菜，是我白忙一場了！」

於是，他吩咐僕人把盤子撤下去。凱薩琳娜的銳氣早已被飢餓磨盡了，雖然她的心裡十分不甘願，嘴裡卻不得不說：「把這東西留下吧！」

但是彼得魯喬並未因此滿足，他回答說：「雖然只是小事一樁，但是你在吃東西之前，是不是也應該謝謝我一聲才對呀？」

凱薩琳娜只好勉為其難地說了一聲：「謝謝您。」

他讓凱薩琳娜稍微吃了一點東西後，又說：「凱特，吃點東西對你那溫柔的心腸會有很大的幫助，快點吃吧！我們等一下要去你父親那裡，你會打扮得像貴族一樣漂亮，穿綢衣、戴緞帽、手上戴著金戒指、身上披著圍巾，還會拿一把扇子，所有的東西都會有！」

為了讓她相信他說的話，彼得魯喬叫來一個裁縫和一個帽匠，他們把彼得魯喬替凱薩琳娜訂做的一些新衣裳也拿來了。不等她把飯吃完，彼得魯喬就吩咐僕人把食物撤下去，還故意說：「你應該吃飽了吧？」

帽匠拿出一頂帽子說：「這就是您訂做的帽子。」

彼得魯喬拿起來瞧了瞧，馬上發起脾氣，批評那頂帽子就像一個小碗，還比不上一個蛤蜊或是胡桃殼，他要帽匠拿回去再改大一點。

凱薩琳娜卻說：「我要這一頂就好。所有高貴的婦女都戴這種帽子。」

「等你成為高貴的婦女時，」彼得魯喬回答，「你也可以戴一頂，但是現在還不行。」

凱薩琳娜吃下東西後，精神稍微恢復了一些，便大聲地說：「喂！先生，我也有權利說話。我告訴你，我不是個小孩，那些比你更強的人也都耐心地傾聽我的意見，如果你不愛聽，最好堵上你的耳朵！」

彼得魯喬不去理會她這些氣話，因為他已經想出一個更好的辦法對付她，用不著在這裡跟她吵嘴。他說：「你說的沒錯，這頂帽子果然很難看，我之所以會這麼愛你，就是因為你跟我一樣，都不喜歡它。」

「愛不愛都隨便你！」凱薩琳娜說，「反正我喜歡這頂帽子，我一定要這一頂，別的我都不要！」

「你是說你想看看那件洋裝？」彼得魯喬故意裝作沒聽見。

於是，裁縫把一件很漂亮的洋裝拿給她看，彼得魯喬原本就不想把東西給她，所以又開始挑剔起洋裝的毛病。

「天哪！這是什麼東西！這叫袖子嗎？簡直像支炮管！皺巴巴的像蘋果派一樣！」

裁縫說：「是您要我按照時髦的樣式做的。」凱薩琳娜也說，自己從來沒見過這麼漂亮的洋裝。

對彼得魯喬來說，有凱薩琳娜的這句話就夠了。他一方面請人偷偷告訴裁縫和帽匠，說貨款一定會照付，並且為他那種莫名其妙的態度道歉；另一方面，他卻又破口大罵，粗暴地把他們統統趕出屋子。

然後，他轉過身來對凱薩琳娜說：「好吧，我們就穿著這身衣服到你父親家去吧！」

他吩咐僕人備好馬匹，並且說一定要在吃中餐前趕到巴普提斯塔那裡。事實上，他說這句話的時候已經是中午了，凱薩琳娜這時幾乎已經被他狂暴的態度所征服，因此她試著恭敬地提出意見：「我敢向您保證，現在已經是中午了，我們走到那裡時，將會是晚飯時間。」

可是彼得魯喬還不滿意，他的最終目的是要她完全屈服，無論他說什麼她都必須隨聲附和，就好像太陽、星辰也歸他統治一般。於是，他告訴凱薩琳娜，他高興說是什麼時候就是什麼時候，不然他就不動身。

「不論我說什麼、做什麼，」他說，「你總是跟我唱反調，好！我今天不去了，等我想走的時候，我說幾點鐘就是幾點鐘。」

在一天的折磨後，凱薩琳娜總算學會了忍耐。彼得魯喬一直把她磨到百依百順，甚至不敢有反駁的念頭後，才允許她回到父親那裡去。在路上，她差點又被彼得魯喬送了回來，只因為接近中午的時候，彼得魯喬說天上有月亮，而她無意中表示那是太陽。

「我發誓！」他說，「我說它是月亮，它就是月亮；我說它是星星，它就是星星；我說它是什麼，它就是什麼。如果你不同意，我們就不去你父親那裡了。」

然後，他裝出要回頭的樣子。這時的凱薩琳娜早已不再是「潑婦凱薩琳娜」，而是一位恭順的妻子了，她說：「既然我們已經走了這麼遠的路，我請求您還是繼續往前走吧！隨便您說它是太陽，它就是太陽；您說它是月亮，它就是月亮；您說它是什麼，它就是什麼。您要是高興說它是蠟燭，我也會把它當成蠟燭的！」

他決定試試她，因此又說：「那是月亮。」

「我知道那是月亮。」凱薩琳娜回答。

「你胡說！那明明是太陽。」彼得魯喬說。

「那麼，它就是太陽。」凱薩琳娜回答，「您如果說那不是太陽，那麼它就不是太陽。您說它是什麼，它就是什麼，而我也會這麼認為的。」

這麼一來，彼得魯喬才繼續往前走。可是他還想再試試她。

當他們在路上遇到一位老先生時，彼得魯喬硬要說他是一位年輕女孩，還向他打招呼說：「高貴的小姐，您早啊！」然後問凱薩琳娜是否見過更漂亮的女孩。

他誇讚老先生的臉蛋又白又嫩，把他的眼睛比喻成閃亮的星星，隨後又對他說：「可愛的小姐，日安！」更對他的妻子說：「可愛的凱特，她長得真美啊！你應該讚美她才是。」

凱薩琳娜這時已經完全屈服了，她順著丈夫的意思對老先生說：「年輕美麗的小姐，您長得真漂亮，既活潑又可愛。您要到哪兒去呀？住在什麼地方？您的父母真有福氣，生了您這麼一個漂亮的孩子！」

「喂！凱特，你怎麼了？你瘋啦？這明明是個男人，而且是個上了年紀、滿臉皺紋的男人，才不是你說的什麼年輕小姐啊！」彼得魯喬說。

聽到這話，凱薩琳娜又說：「老先生，請您原諒我。陽光把我照得眼花了，我看什麼都顯得很年輕。現在我知道您是一位可敬的老人家，希望您能原諒我剛才失禮的行為。」

「好心的老伯伯，請原諒她吧！」彼得魯喬說，「請告訴我們您要到哪兒去，如果順路的話，我們很願意跟您作伴。」

老先生回答：「好先生，還有這位有趣的太太，我從沒想過會遇到這麼奇怪的人。我叫文森希歐，正準備去帕度亞看望我的兒子。」

彼得魯喬這才明白，原來這位老先生是盧森希歐的父親，盧森希歐即將跟巴普提斯塔的二女兒比安卡結婚。彼得魯喬告訴文森希歐，這門親事將會為他帶來很多財富，老先生聽了十分歡喜。

他們愉快地結伴來到巴普提斯塔的家，裡面有許多賓客，都是來參加比安卡跟盧森希歐的婚禮。原來，巴普提斯塔把凱薩琳娜嫁出去以後，便高高興興地同意了比安卡的婚事。

他們一走進屋，巴普提斯塔就熱烈地歡迎他們來參加婚禮，除了彼得魯喬之外，在場還有另外一對新婚夫婦。

盧森希歐和這個新婚的男人霍坦西奧，忍不住偷偷地拿凱薩琳娜的潑辣脾氣開玩笑。因為這兩位有自信的新郎，對他們挑的妻子十分滿意，總是譏笑彼得魯喬的運氣多麼不如他們。彼得魯喬原本不想理會他們的揶揄，但在吃過晚飯，女客們紛紛退席後，他才發現竟連巴普提斯塔也跟著他們一起嘲笑他。

當彼得魯喬說他的妻子比另外兩人的妻子更聽話時，凱薩琳娜的父親說：「唉！彼得魯喬，說句老實話，我認為你娶的是這世上最潑辣的女人了。」

「我可不這麼認為，」彼得魯喬說，「為了證明我說的話，我們來打個賭。我們各自派人去叫自己的妻子，只要誰的妻子最聽話、誰的妻子一叫就來，就算他贏了。」

另外兩個人很樂意打這個賭，因為他們十分確信，自己柔順的妻子一定比倔強的凱薩琳娜聽話。他們提議訂賭金為二十克郎，可是彼得魯喬卻興高采烈地說，自己只有拿鷹犬打賭時才會賭得這麼少，如今他要拿自己的妻子打賭，理應將賭金提高二十倍！於是，盧森希歐和霍坦西奧便同意把賭注加到一百克郎。

盧森希歐派僕人去叫比安卡過來，僕人回來後卻說：「先生，夫人說她有事，不能來。」

「怎麼了？」彼得魯喬說，「她說有事不能來？這難道是一個做妻子的人應該有的答覆嗎？」

盧森希歐和霍坦西奧都看著他笑了出來，心想恐怕凱薩琳娜的回答將會更不客氣呢！現在輪到霍坦西奧了，他對僕人說：「你去請我的夫人來這兒一趟。」

「哎呀！還要用『請』的，」彼得魯喬說，「那麼更應該來了吧！」

「先生，」霍坦西奧說，「我才擔心尊夫人連請也請不來呢！」

話剛說完，霍坦西奧看到僕人獨自回來，臉色竟有些蒼白。

「先生，」僕人說，「夫人說您大概在開什麼玩笑，所以她不來了，她還要您過去她那兒呢！」

「這回更糟啦！更糟啦！」彼得魯喬說道，然後他把僕人叫過來。「喂！你到夫人那兒去，告訴她，我命令她到我這兒來。」

大家還來不及想她會不會服從這個命令，巴普提斯塔就驚呼道：「哎呀！老天爺，凱薩琳娜真的來了！」

凱薩琳娜走進來，柔順地問彼得魯喬說：「您叫我來有什麼吩咐嗎？」

「你妹妹和霍坦西奧的妻子到哪兒去啦？」彼得魯喬問。

「她們在客廳裡圍著火爐談天。」凱薩琳娜回答。

「去，把她們找來！」彼得魯喬說。

凱薩琳娜二話不說，就照她丈夫的吩咐去做了。

「如果天底下真有怪事的話……」盧森希歐說，「這一定就是怪事了！」

「真是怪事！」霍坦西奧說，「真不曉得這是什麼預兆呢！」

「這是和睦的預兆。」彼得魯喬說，「這表示我們之間會很恩愛，夫妻生活會很平實。簡單地說，這是一切甜蜜、幸福生活的預兆！」

巴普提斯塔非常高興看到女兒的改變，他說：「彼得魯喬，恭喜你呀！你不但贏了這場賭注，我還要額外再送給你兩萬克郎的陪嫁，就當作是給我另外一個女兒的，因為她簡直是判若兩人啊！」

「為了讓你們心服口服，」彼得魯喬說，「我還要讓你們看看她學到的婦德和順從。」

這時，凱薩琳娜帶著另外兩位夫人進來了，彼得魯喬接著說：「看！她來了，而且她還用道理，把你們那兩位固執的太太像俘虜一樣帶來了呢！凱薩琳娜，你那頂帽子不好看，快把它拿下來丟在地上吧。」

凱薩琳娜馬上脫下她的帽子，丟在地上。

「天哪！」霍坦西奧的妻子說，「簡直沒看過這麼傻的事！」

比安卡也說：「呸！這種愚蠢的行為，算是盡哪門子的本份呀！」

盧森希歐聽到後卻說：「我巴不得你也盡這種愚蠢的本份呢！可愛的比安卡，為了你那聰明的本份，我已經輸掉一百克郎啦！」

「你竟然拿我來打賭！」比安卡說，「你才愚蠢呢！」

「凱薩琳娜，」彼得魯喬說，「我要你去告訴這兩個倔強的女人，做妻子的該對她們的丈夫盡些什麼本份。」

令大家驚訝的是，從前的潑婦凱薩琳娜居然振振有詞地說，做妻子的本份是服從，就像她對彼得魯喬百依百順一樣。於是，凱薩琳娜在帕度亞又再度造成了話題，只不過這回她不是以潑辣出名，而是以成為帕度亞最順從、最盡本份的妻子出名。

3 維洛那二紳士

維洛那城裡住著兩位年輕的紳士，一位名為瓦倫坦，另一位名為普洛特斯，他們之間一向有著堅固的友誼。兩人經常在一起讀書，除了普洛特斯有時會去拜訪情人以外，其餘的時間兩個人一有空就會待在一起。

這兩個人只對一件事抱持著不同的看法，那就是每當普洛特斯談起自己對愛人茱莉亞的熾熱情感時，瓦倫坦便會因為自己沒對象，而對這個話題感到厭煩。也因此，他常常取笑普洛特斯，並用俏皮話來嘲諷他的痴情，還說自己絕不會陷入這種無謂的幻想，他寧可自由自在地過日子，也不願嘗到那種既期待又怕受傷害的戀愛心情。

一天早晨，瓦倫坦告訴普洛特斯自己要去米蘭一趟。普洛特斯不願跟他的好朋友分別，一直勸瓦倫坦不要走。然而，瓦倫坦卻說：

「親愛的朋友，別再勸我了。我不要像個懶人一樣待在家裡，把我的青春給消磨掉！年輕人老是待在家中，是不會有什麼長進的。要不是因為你被茱莉亞的溫柔拴住了，我還想約你跟我一同去見見世面呢！不過，既然你現在忙著談戀愛，那麼就儘管愛下去吧！祝你得到美滿的結果。」

「再會，親愛的瓦倫坦！」普洛特斯說，「要是你在路上看到什麼值得欣賞的事物，希望你能想起我，讓我也一起分享你的幸福！」

於是，瓦倫坦當天就動身前往米蘭了。普洛特斯在朋友離開後，坐了下來，開始寫信給茱莉亞。

他把信交給茱莉亞的女僕露西塔，請她轉交給她的主人。

雖然茱莉亞對普洛特斯一往情深，但她是個性情高傲的女孩，她覺得倘若輕易地就把心交給對方，會有損少女的自尊，所以她常常假裝不理普洛特斯，使他感到相當氣餒不安。

也因此，當女僕露西塔把信交給茱莉亞時，她起初假意不肯收下，還怪罪露西塔不該從普洛特斯手裡把信收下。然而，等露西塔離開房間後，茱莉亞一直急著想知道信裡的內容，只好馬上又把女僕叫了回來。

露西塔回來後，茱莉亞故作姿態的隨意問道：

「幾點鐘啦？」

露西塔知道女主人其實是想看這封信，因此沒有回答她的問題，反而把那封她不久前才拒絕的信又遞了過去。茱莉亞發現女僕居然看透了自己的心思，惱羞成怒，當場將信撕碎，扔在地上，又叫女僕滾出去。當露西塔彎下腰來收撿地上的碎紙片時，茱莉亞不想讓她拿走，又假裝發脾氣說：「給我出去！這些紙片就讓它留在原地吧！不然的話，真不知道你又會做出什麼令我生氣的事！」

女僕離去後，茱莉亞趕緊把碎紙片拼湊起來，很快認出了信上寫的是「愛情受挫的普洛特斯」這幾個字，她不禁望著這幾個字嘆氣。儘管信變成了碎片，她仍然對著這些碎紙片喃喃自語道：

「我要把你們放在懷裡，就像讓你們睡在床上一樣，直到傷口復元。還要親吻每一片碎紙，向你們賠罪。」

她就這樣自言自語著，直到發現信再也拼不起來後，她開始惱怒起自己的虛情假意，竟把如此甜蜜纏綿的信給撕毀了。於是，她也寫了一封信給普洛特斯。

普洛特斯收到信後非常高興，他一邊讀信、一邊大聲地說：「甜蜜的愛情！甜蜜的字句！甜蜜的人生！」正當他得意忘形時，卻被他的父親打斷了。

「喂！」老先生說，「你在讀誰的信呀？」

「父親，」普洛特斯回答道，「是我在米蘭的朋友瓦倫坦寫來的。」

「把信拿來，」他父親說，「讓我看看裡面寫了些什麼。」

「沒什麼，父親，」普洛特斯慌張地說道，「他只提到米蘭公爵是多麼地器重他，他正受到公爵的寵愛。信裡還說，他多麼希望我也能跟他在一起，分享他的幸福。」

「那麼你覺得呢？」他父親問。

「我該聽從的是您的意見，而不是朋友的希望。」普洛特斯說。

正巧，普洛特斯的父親才剛跟朋友聊了這件事情。朋友說，大多數的人都希望把兒子送到國外去闖蕩一番，而他老人家卻放任兒子蹲在家裡消磨青春，實在是太奇怪了！

「有些人投身軍旅，在戰場上立了大功；有的則航行到遠方，發現了海島；還有一些進入國外的大學進修。你兒子的朋友瓦倫坦不也到米蘭公爵的宮廷裡去了嗎？這些事他都做得到，要是不趁年輕的時候到處看看，以後一定會吃虧的。」

聽了朋友這麼說，普洛特斯的父親也深有同感。因此，他決定立刻叫普洛特斯也到米蘭去。這個獨斷的老先生一向只會命令兒子，從來不肯講道理，理所當然，他也不會告訴普洛特斯自己為何突然做出這個決定。他只說：

「我的意見跟瓦倫坦的希望一樣。」

看到了兒子吃驚的表情，他又說：「不必納悶我為什麼突然要你到米蘭去，總之，我心意已決，沒有商量的餘地！明天你就準備動身，什麼都不用多說了，我說到做到。」

普洛特斯知道即使反抗也沒有用，因為父親從來都不准他違抗命令。事到如今，他只能怪自己沒有老實告訴父親那是茱莉亞寫來的信，才會弄巧成拙，造成這種悲慘的後果。

當茱莉亞知道即將跟普洛特斯分開一段很長的時間後，她再也不故作冷淡了，兩人難過地道別，發誓要彼此相愛，永不變心。普洛特斯跟茱莉亞交換了戒指，答應要永遠留作紀念。在一番傷心的告別後，普洛特斯便動身前往米蘭，到瓦倫坦住的地方去。

至於瓦倫坦，他的確獲得了米蘭公爵的寵愛，就像普洛特斯告訴父親的那樣。而且，普洛特斯做夢也想不到，如今的瓦倫坦也跟他一樣，成為一個痴情男兒了！

使瓦倫坦發生這個奇妙變化的是米蘭公爵的女兒西爾維亞小姐，她也愛上了瓦倫坦，不過，他們的戀情卻尚未公開。儘管公爵對瓦倫坦優遇有加，每天都邀請他到宮裡去，不過公爵其實是想把女兒嫁給年輕的臣子修里奧的。然而，西爾維亞非常瞧不起修里奧，他完全沒有瓦倫坦那種高尚的情操和非凡的品格。

這一天，修里奧和瓦倫坦兩人同時來拜訪西爾維亞，瓦倫坦把修里奧的每一句話都拿來揶揄了一番，逗得西爾維亞十分開心。就在這時，公爵走進來，告訴瓦倫坦一個好消息——他的朋友普洛特斯來了。

瓦倫坦高興地說：「要說我最大的願望是什麼，那就是在這兒見到他！」

接著，他就開始當著公爵的面誇獎起普洛特斯來：「公爵，我以前不知道要好好愛惜光陰，但是我這位朋友卻不曾浪費過歲月。無論是人品才學，他樣樣具備；而上流紳士應該有的美德，他也一樣不缺！」

「既然他這麼好，就讓我們一起熱烈歡迎他吧！」公爵說，「我這話是對你說的，西爾維亞。當然，修里奧先生，也包括你。至於瓦倫坦，我想就用不著我提醒了。」

這時，普洛特斯來了，瓦倫坦立刻將他介紹給西爾維亞。

「可愛的小姐，請接納他，讓他和我一樣做您的僕從。」

當瓦倫坦和普洛特斯結束了在公爵家的拜訪後，兩個人獨處在一起。瓦倫坦說：「現在，快跟我說說家鄉的情況吧！你的情人好嗎？你們的感情進展得順利嗎？」

「從前你一聽我提起我的戀愛就感到厭煩，我知道你不喜歡聊這些事。」普洛特斯回答道。

「噢！普洛特斯，」瓦倫坦說，「可是現在我變了！從前我不把愛情看在眼裡，現在我已經受到了懲罰。愛情為了報復我對它的輕視，竟讓我睜著眼睛發呆，整天都睡不著覺！普洛特斯，愛情是一位權傾天下的君王，我已經臣服在它的跟前了！我承認，天底下再也沒有事比愛情的責罰更痛苦、比服侍它更快樂的了。如今只要提起愛情，我就會食不下嚥、睡不著覺！」

戀愛讓瓦倫坦的個性起了很大的變化，在普洛特斯聽來應該是一件好消息，可是此時的普洛特斯早已不是瓦倫坦的朋友了。因為，他們一起談論的愛情——那個萬能的君王，竟也在普洛特斯的心底活動了起來。

在這之前，普洛特斯是一個真摯的情人和忠實的朋友，但自從見了西爾維亞短短的一面後，他竟變成了一個不顧道義的朋友和不忠實的情人！一見到西爾維亞，他對茱莉亞一切的愛就像泡沫似的消失了，而他跟瓦倫坦多年的友誼，也無法制止他萌生奪取西爾維亞的念頭。

當普洛特斯決定遺棄茱莉亞時，心裡也是百般猶豫，正如同許多天性善良的人要做壞事時面臨的掙扎。只是，邪惡的欲望終於扳倒了他的良知，他幾乎毫無招架之力，便讓自己陷進這個不幸的情網裡去。

瓦倫坦把自己跟西爾維亞的戀愛經過都偷偷告訴了普洛特斯。談到他們如何謹慎地瞞住公爵時，瓦倫坦說道，看樣子公爵永遠也不會同意他們的婚事。因此，他已經要西爾維亞當晚從宮裡逃出來，跟他到曼多亞去。他又給普洛特斯看一條用繩子做成的梯子，他要在天黑以後利用這條梯子，幫助西爾維亞從窗口溜出來。

可怕的是，普洛特斯聽了他朋友吐露完這個寶貴的秘密後，竟決定到公爵那裡，把一切都說出來。

不講信用的普洛特斯，先是對公爵說了一堆冠冕堂皇的話；他說，若是以朋友間的道義來說，他理應替朋友隱瞞；但公爵的厚待令他感激不盡，若非如此，無論他得到多大的好處，都絕不會出賣自己的朋友。接著，他就把瓦倫坦對他透露的計畫，一五一十地告訴了公爵，包括瓦倫坦打算藏在長袍底下的那個繩梯。

公爵覺得普洛特斯非常誠實，他寧願背叛朋友，也不肯替他隱瞞這個無恥的秘密。公爵大大地誇獎了他一番，並且答應他一定不會讓瓦倫坦知道是誰告密的，另一方面，公爵還要用計謀讓瓦倫坦自己露出馬腳。為了達到目的，公爵不動聲色地等著瓦倫坦前來。

沒多久，果然看見瓦倫坦匆匆忙忙地朝著宮裡走來，長袍下彷彿藏了一件東西，公爵心想：那一定是繩梯。他將瓦倫坦攔了下來。

「瓦倫坦，你走得這麼匆忙，要到哪裡去呀？」

「公爵，我要寄一封信給朋友，信差正在外面等著呢！我正要把信交給他。」

這個謊也像普洛特斯對他父親撒的謊一樣：失敗了。

「是很重要的信嗎？」公爵問。

「不怎麼重要，」瓦倫坦說，「只不過是告訴父親，我在這裡很平安、快樂。」

「那就好，」公爵說，「來陪我坐一會兒吧！我有些事想問問你。」

接著，公爵開始編造一個故事，想套出瓦倫坦的秘密。他說，西爾維亞知道他想把自己嫁給修里奧，可是她的個性十分倔強，始終不肯答應。

「難道她忘了自己是我的女兒嗎？竟不把我這個父親看在眼裡！不瞞你說，像這樣目無尊長的女兒，我再也不會疼她了！我本來還寄望她盡一點孝心，讓我得以安享晚年。現在，我決定再娶一位姑娘照顧我，至於西爾維亞，我要把她趕出去，誰願意的話就去娶她吧！就讓那副美貌當她的嫁妝。既然她不聽我的話，自然也不會把我的財產放在眼裡。」

瓦倫坦並不曉得公爵的真正意圖，不明所以地問道：「那麼，您希望我做些什麼呢？」

「我決定娶的這位女孩很秀氣、害羞，」公爵說，「像我這樣的老頭子無法打動她的心。而且，現在談戀愛的方式也和我年輕時不同了！所以我想請你教教我，該如何求婚。」

於是，瓦倫坦把時下年輕人向女孩求愛時的一些方法告訴公爵，例如送禮物、去拜訪她等等。

公爵說他送過禮物，可是那位女孩不肯收。而她的父親管教相當嚴，白天誰也無法接近她。

「那麼——」瓦倫坦說，「您只好晚上去看她了。」

「可是到了晚上——」狡猾的公爵終於扯到他想說的話題了，「她的門都上了鎖呀！」

不幸地，瓦倫坦竟傻傻地建議公爵，可以利用一條繩梯爬到女孩的房裡。他還答應替公爵找來合用的繩梯，最後，他甚至要公爵把繩梯藏在他現在穿的這種長袍下面。

「那麼，把你的長袍借我穿吧！」公爵說道。他故意編造了這麼一個故事，就是為了找藉口把瓦倫坦的長袍脫下來。因此，才剛說完，他就一把抓住瓦倫坦的長袍，往後一掀。

繩梯立刻露了出來，除此之外，瓦倫坦身上還帶著西爾維亞的一封情書。公爵馬上打開信，發現裡面竟寫著他們逃跑的計畫，他怒不可遏地責備瓦倫坦不該忘恩負義，自己如此地信任他，而他卻想誘拐自己的女兒。最後，公爵將瓦倫坦從米蘭城裡趕了出去，而且永遠不准他回來。瓦倫坦來不及見到西爾維亞最後一面，當天晚上就被趕走了。

正當普洛特斯在米蘭陷害瓦倫坦時，茱莉亞卻在維洛那為了他苦惱著。她對普洛特斯的思念終於壓倒了禮教的束縛，她決定離開維洛那到米蘭去見情人。為了確保路上不會遭遇危險，她讓自己和女僕露西塔打扮成男人。就這樣，兩個人從家鄉出發了，當她們抵達米蘭時，瓦倫坦剛被趕出來不久。

茱莉亞先在米蘭的一家旅店投宿。她心裡掛念的全是普洛特斯，於是她主動跟旅店的老闆聊了起來，希望能打聽到普洛特斯的消息。

店主很高興有這麼一位容貌俊秀的年輕紳士親切地向他搭話，因為從外表判斷，他猜想這位紳士的身分地位肯定很不尋常。而且，店主是個善良的人，不忍看到客人愁眉不展，為了使這位年輕紳士開心，他邀請茱莉亞去宮裡欣賞美妙的音樂，還告訴她：當天晚上將會有另一位紳士用音樂向他的情人示愛。

事實上，茱莉亞相當煩惱，因為她不曉得普洛特斯會如何看待她這種冒失的行為。她知道普洛特斯愛上的是她的高貴端莊，要是他看到自己現在這個模樣，不曉得會不會看不起自己。但茱莉亞仍欣然地接受了主人的邀請，和他去宮裡聽音樂，因為她希望能在那裡碰到普洛特斯。

沒想到，善良的店主人將茱莉亞帶到宮裡後，卻讓她原本期盼的心完全破碎了。她在那兒看到普洛特斯正用音樂向西爾維亞小姐訴說著對她的愛慕，還聽到西爾維亞責備普洛特斯不該遺棄自己原本的情人，以及背叛自己的朋友瓦倫坦，然後就離開了，根本不屑聽他的甜言蜜語，因為西爾維亞是忠於瓦倫坦的，她厭惡普洛特斯的卑鄙行為。

雖然茱莉亞十分沮喪，但是她心裡依然愛著普洛特斯。之後，她在旅店主人的幫忙下，被安排到普洛特斯的身邊當差，不過，普洛特斯絲毫不知她就是茱莉亞，還派她送信和禮物給西爾維亞，甚至連茱莉亞送給他作紀念的戒指，也交由她送去了。

茱莉亞帶著戒指去見西爾維亞，結果令她非常地高興，因為西爾維亞堅定地拒絕了普洛特斯的求婚。於是茱莉亞開始跟西爾維亞聊起普洛特斯的舊情人，也就是她自己。她告訴西爾維亞，說自己認識茱莉亞，而茱莉亞對普洛特斯是多麼地痴情，她要是知道他變心了，一定會很難過。

接著，她又巧妙地說：「茱莉亞和我差不多高，年紀也和我相近，她的眼睛和髮色也和我很像。」茱莉亞穿上男孩子的服裝後，也稱得上是個美少年。

西爾維亞聽了很感動，開始憐憫起那個被遺棄的女孩。當茱莉亞把普洛特斯要她帶來的戒指送給她時，西爾維亞拒絕了，她說：「他把這個戒指送我就更過份了！因為我聽他說過，這是茱莉亞送給他的。小伙子，我很喜歡你，因為你懂得同情那位不幸的小姐。這兒有個錢袋，因為你深富同情心，所以我把它送給你。」茱莉亞聽到善良的西爾維亞說出這番話，沮喪的心靈頓時受到了鼓舞。

可憐的瓦倫坦在被趕出米蘭後，完全不知道何去何從。遭受這樣的奇恥大辱，他也沒有臉回家見自己的父親。當他在米蘭附近的一座荒涼森林裡徘徊時，冒出了幾個強盜把他圍起來，向他要錢。瓦倫坦告訴他們，自己是個不幸的人，不但被人趕了出來，口袋裡連一毛錢也沒有，唯一的財產就是身上那套衣服。

強盜們發現他的風度高貴、氣質不凡，於是對他說道：

「要是你肯跟我們在一起，當我們的頭目，我們就都服從你的指揮；但要是你不肯接受這個建議，我們就要把你殺掉！」

事到如今，瓦倫坦已經什麼都不在乎了。他回答說，只要這些強盜不欺負良家婦女和路上的窮人，他願意跟他們一起行動，成為他們的頭目。於是，高貴的瓦倫坦竟搖身成了強盜。

另一方面，公爵逼迫西爾維亞立刻跟修里奧結婚，為了逃避這樁親事，西爾維亞終於下定決心，前往曼多亞找瓦倫坦，因為她聽說他逃到了那裡去。

不過，這個消息並不正確，因為瓦倫坦仍然跟強盜們住在森林裡，雖然名義上是他們的頭目，但他從來不參加這群人的搶劫行動，除了在他們欺負過路的旅客時，才會出面勸說他們手下留情。

西爾維亞找了一位叫艾格勒莫的臣子陪她從宮裡逃出來。她讓他陪在身邊，好在一路上保護自己。有一天，他們正經過強盜住的森林，突然，一個強盜跑出來抓住了西爾維亞，艾格勒莫也差一點兒被逮住，幸好他最後跑掉了。

強盜看到西爾維亞十分驚慌，就告訴她不必害怕，因為他們只是要把她帶回自己住的山洞裡，而且他們的頭目為人正直，一向很同情婦女。西爾維亞聽說自己要被帶去見強盜頭目，心裡並不覺得害怕。

「噢！瓦倫坦，」她大聲說，「我是為了你才願意忍受這些的。」

正當強盜要把她帶到山洞裡去的時侯，普洛特斯攔住了他。原來，普洛特斯聽說西爾維亞逃跑後，也一路緊跟著來到了森林。當然，僕人裝扮的茱莉亞也仍然跟在後面。於是，普洛特斯把西爾維亞從強盜手裡救了出來。

還沒等西爾維亞說出道謝的言語，普洛特斯就又開始向她求起婚來，他粗魯地逼迫西爾維亞嫁給他。裝扮成僕人的茱莉亞站在一旁，內心裡十分著急，生怕西爾維亞會因為普洛特斯剛才的搭救，而對他產生好感。

這時，瓦倫坦突然出現了，所有人都大吃一驚。原來，瓦倫坦聽說他的手下捉到一個女孩，正準備跑來解救她。

普洛特斯正在向西爾維亞求愛時，卻被他的朋友撞見，因此感到非常地慚愧，心裡充滿了悔恨，馬上對瓦倫坦表示由衷地愧疚。瓦倫坦不但當場寬恕了普洛特斯，恢復兩人昔日的友誼，還慷慨地說道：

「我原諒你的一切，並將我在西爾維亞心裡的地位也讓給你。」

站在一旁的茱莉亞聽到這種奇怪的事情，深怕普洛特斯會接受這份「好意」，竟急得當場暈倒了。然而，也幸虧她在這個時候暈了過去，讓大家都只顧著將她弄醒，要不然，恐怕西爾維亞會為了瓦倫坦的奇怪言行而感到生氣，儘管她很難想像瓦倫坦的這種慷慨友情能夠維持多久。

茱莉亞醒過來後，說道：「我竟然忘了！我的主人要我把這只戒指交給西爾維亞。」

普洛特斯先前曾派遣喬裝成僕人的茱莉亞，把她送給自己的戒指轉送給西爾維亞。但如今這名僕人手上拿著的，卻是茱莉亞手上的那一只，是之前兩人互送戒指時，他送給茱莉亞的。

「這是怎麼回事？」他說，「這是我送給茱莉亞的戒指，怎麼會在你手上？」

「是茱莉亞給我的，也是茱莉亞把它帶到這兒來的。」茱莉亞說道。

這時，普洛特斯開始仔細端詳眼前的這個人，這才認出她正是茱莉亞！她用行動證明了她的堅貞愛情，也因此深深感動了他。普洛特斯對茱莉亞的愛又重新燃起了，他再次接受了她，也放棄對西爾維亞小姐的一切企圖，把她還給瓦倫坦了。

正當普洛特斯和瓦倫坦沉浸在他們的幸福中時，忽然看到米蘭公爵和修里奧追來了。修里奧衝上前來，一把抓住西爾維亞：「西爾維亞是我的！」

瓦倫坦聽到後，氣沖沖地對他說：「修里奧，給我滾開！你膽敢再說一次西爾維亞是你的，我就要你的命！她現在就站在這兒，你再碰她一下試看看！」

修里奧本來就是個懦夫，聽到瓦倫坦的威嚇後，頓時將手縮了回去，並說他才不稀罕她呢！還說只有傻子才會為了一個不愛他的女孩拚命。

公爵是個很重視榮譽的人，他十分生氣地痛斥修里奧：「你這個無恥的懦夫！從前你還向她苦苦哀求，現在，遇到這麼一點小事你就不要她了！」

然後，他又轉過身來，對瓦倫坦說道：「我很佩服你的膽量，瓦倫坦，西爾維亞是你的了，你值得她愛！」

瓦倫坦十分謙卑地吻了吻公爵的手，感謝公爵把女兒嫁給他。同時，他又趁著這個愉快的時刻，懇求公爵赦免森林裡的那夥強盜，他保證，一旦他們回到社會中，有不少人是能有所作為的。由於這些人大半都沒有犯什麼重罪，公爵一口答應了。

如今，一切都得到了圓滿的解決，除了那個不講信義的普洛特斯，他因為受到愛情的蒙蔽而犯錯。為了懲罰他，他必須當著公爵的面，讓人一一數落他所有的罪狀，直到他的良心真正懺悔了，大家才原諒他。然後，這兩對情人便一起回到米蘭，在公爵面前莊嚴地舉行了婚禮。

4 愛的徒勞

納瓦王國的國王費迪南和他的朋友俾隆、朗格維以及杜曼，為了不使年輕的光陰虛度，他們決定發奮向學，為宮廷中增加一點學術氣息。他們立下誓言，要在這三年內每天堅持不懈地求學、齋戒，每晚只能睡三個小時。

但誓言中最重要的是，他們必須遠離女人，絕不能跟女人說話。國王還頒布了新的法律：要是有女人來到王宮一里內的距離，就要被割去舌頭。而要是他們之中的任何人被發現與女人交談，就必須接受其他立誓者最嚴厲的羞辱。

伶牙俐齒的俾隆對這個誓言不以為然，他認為，無論國王與其他朋友說得有多麼虔誠，但他們都堅持不了太久的。不過，他還是與朋友們一起立下了誓約。

正巧，當時有一位來自西班牙的軍人，名叫唐．亞馬多，他成為了國王的隨從，以他異國的奇腔異調及天馬行空的詩句，為大家帶來不少樂趣，加上另一個名叫考斯塔德的村夫，兩個人組成宮裡的一對活寶，能替這些朋友們排解這三年生活中的枯燥。

這時，俾隆又指出一件事：法國國王的女兒即將來到納瓦王國，與費迪南國王交涉領土的事宜。因此，俾隆取笑國王，要不就廢除這一條戒律，要不就將來自法國的公主拒於門外。

正當國王為了該怎麼做而傷腦筋的時候，一名士兵押著考斯塔德來到國王面前，原來考斯塔德偷偷與一位名叫傑奎妮婭的鄉下女孩說話，卻被經過的亞馬多發現了。於是，亞馬多要士兵把他押到國王面前，以懲罰他違反了國王禁止與女人說話的命令。

國王判考斯塔德禁食一個星期，每天只能吃些米糠跟喝水，由亞馬多負責看守他。而那名女孩傑奎妮婭必須在國王的獵場每天擠牛奶作為懲罰。

由於國王與三個朋友已經立下了那個荒誕的誓言，所以他無法在宮中接待法國公主，只好先安排她們在郊外的一個營帳內舒服地住下。公主在營帳內等待著，她聽說國王與朋友們立下了一個誓言，在三年之內都不讓女人進入他的宮廷，忍不住與三個侍女羅瑟琳、凱薩琳、瑪莉婭聊了起來。

她問起在場有沒有人知道與國王一同立誓的人是誰，一旁的隨從說出了朗格維的名字，公主又問有沒有人認識他。

侍女瑪莉婭回答道：「我認識他，公主，當腓力格勳爵和亞克．福根布里奇的美麗女兒在諾曼第舉行婚禮的時候，我在宴席上見過他。他是一個公認的才能出眾的人，文學、武藝都十分擅長。他願意與人和善時，言行舉止無不得體，要是美德的光彩可以蒙上汙點的話，那麼他唯一的缺點是一副尖刻的機智配上一個太直率的意志：他的機智能夠出口傷人，他的意志使他勇往直前，不為他人留一點餘地。」

公主又問起，還有沒有其他的人一同立誓，這時，另一名侍女凱薩琳也說道：「年少的杜曼，一個才德兼備的青年，受到一切敬愛美德的人士的敬愛；他的智慧可以使一個形貌醜陋的人容光煥發，可是即使他沒有智慧，他的堂堂儀表也可以博取別人的愛慕。我在阿朗松公爵的府上見過他一次，對於他偉大品格的讚美，實在無法道出我在他身上所看到美德的萬分之一。」

侍女羅瑟琳接著說道：「要是我所聽到的話並不虛假，那時候在阿朗松公爵那兒還有一個他們的同學也在一起，他們叫他俾隆；在我所交談過的人中間，從來不曾有一個比他更會說笑的，能夠雅謔而不流於鄙俗，他的眼睛一看到什麼事情，他的機智就會把它編成一段有趣的笑話，他那善於敘述種種奇妙想法的舌頭，會用那樣靈巧而雋永的字句把它表達出來，使老年人聽了娓娓忘倦，少年人聽了手舞足蹈；他的口才是這樣地敏捷而巧妙。」

聽到三名侍女如此形容國王的三個朋友，公主吃了一驚，這才發現三個女孩都已經陷入了情網，才會用誇張的讚美來形容自己的意中人。

這時，費迪南國王來到公主的營帳，當他與公主互行外交禮儀時，被公主深深地吸引了，而他的三個侍臣也分別愛上了公主的三個侍女。俾隆說對羅瑟琳說，他記得自己曾經在一場舞會中與他共舞過，他試著向她求愛，但羅瑟琳不想太快接受他的愛意，對他的言語總是大加取笑，心直口快的俾隆很快地跟她鬥起嘴來。

就在這時，國王與公主的交涉結束了，他向公主表示，明天將會再來拜訪她們，於是，一行人準備告退。俾隆也停下了與羅瑟琳的吵嘴。

臨走之際，杜曼向公主的隨從打聽公主的一名侍女的名字，隨從告訴他：那是阿朗松的女兒，名叫凱薩琳，於是杜曼滿意地離去了。接著，朗格維也向這名隨從打聽另一名侍女的名字，隨從一樣回答了他：那是福根布里奇家的女兒瑪莉婭。最後，俾隆也來打聽那名與他鬥嘴的侍女名字，知道她叫做羅瑟琳。

不久後，國王的隨從亞馬多拜託考斯塔德為他送信。原來，打從他逮到考斯塔德與傑奎妮婭同行的那一刻起，他就愛上了那名鄉村女孩。在那之後，亞馬多一直鬱鬱寡歡，胸中燃燒的愛情更讓他開始進行文學創作，沉迷於作詩。他把考斯塔德從獄中釋放出來，要他替自己送一封情書給傑奎妮婭。

正當考斯塔德走在路上時，他遇到了俾隆，這時，俾隆也交給他一封信，要他交給公主的侍女羅瑟琳。

考斯塔德糊裡糊塗地來到了公主一行人的營地，他找到公主，說一位叫做俾隆的人託他送信，要交給一位名叫羅瑟琳的小姐。他拿出了一封信給公主，沒想到，這封信其實是亞馬多交給他的那封，裡頭充滿了怪誕而華麗的辭藻，讓這幾位女士大感有趣。

另一方面，考斯塔德又把俾隆寫給羅瑟琳的信誤交給了傑奎妮婭，然而，沒受過什麼教育的傑奎妮婭根本看不懂這封信，她找到了當地的教師霍羅福尼斯以及牧師納森聶爾，請求他們為她解釋這封信。牧師打開了信，唸道：

爲愛背盟，怎麼向你自表寸心？
啊！美色當前，誰不要失去操守？
雖然撫躬自愧，對你誓竭忠貞；
昔日的橡樹已化作依人弱柳；
請細讀它一葉葉的柔情密愛，
它的幸福都寫下在你的眼中。
你是全世界一切知識的淵海，

讚美你便是一切學問的尖峰；
倘不是蠢如鹿豕的冥頑愚人，
誰見了你不發出驚奇的嗟嘆？
你目藏閃電，聲音裡藏著雷霆；
平靜時卻是天樂與星光燦爛。
你是天人，啊！赦免愛情的無知，
以塵俗之舌謳歌絕世的仙姿。

傑奎妮娅說，這是宮廷裡的一位侍臣俾隆寫給她的，教師霍羅福尼斯又看了看信上的題名，寫著「獻給最美麗的羅瑟琳」，才知道是送信的人搞錯了。不過，他們知道國王曾與三名朋友共同立誓的事情，於是打算將這封信交給國王。

這個時候，俾隆正拿著寫滿自己情話的紙，在花園中來回踱步，哀聲嘆氣，他說：「戀愛教會我作詩，也教會我發愁，這裡寫著我一部分的詩，這裡則映著我的憂愁。她已經收到了我的一首十四行詩了，送信的是個蠢貨，更可愛的呆子，最可愛的佳人！憑著全世界發誓，即使那三個傢伙都掉入了情網，我也一點都不意外。瞧！那兒有一個人拿著一張紙來了，求上帝讓他呻吟吧！」

原來，這時費迪南國王也拿著一張寫滿情話的紙來了，俾隆見狀連忙爬到了樹上，偷偷觀察著這一切。

國王說：「啊！傾國傾城的仙女，你的容顏使得我搜索枯腸也感到詞窮。她怎麼會知道我的悲哀呢？讓我把這張紙丟在地上；可愛的草葉啊，遮掩我的痴心吧！誰到這兒來了？什麼，朗格維！他在讀些什麼東西？聽著！」

朗格維同樣拿著一張紙來到花園。國王也立刻躲到了樹的後面，學俾隆一樣，在暗處偷聽起他的談話。絲毫不知道俾隆早已先他一步躲在了樹上。

朗格維說道：「唉！我破了誓了！」

聽到他這麼說，俾隆與國王都不約而同搖起了頭，心想：又一個同病相憐的罪人！

朗格維看著紙上的文字，說：「真怕這幾行生硬的詩句缺少了動人的力量。啊！親愛的瑪莉婭，我的愛情的皇后！所以還是廢棄不用，直話直說吧！」

說著，朗格維又隨口吟出了一首十四行詩，當他正在考慮該讓誰來幫他把詩送去給他的瑪莉婭時，忽然看到一個人靠近，朗格維連忙躲到另一棵樹後面。原來，杜曼也來了。

杜曼熱切地自言自語道：「啊！最神聖的凱薩琳！憑著上天起誓，她是一個凡人眼中的奇蹟！她琥珀般的頭髮黯淡了琥珀的顏色。如杉樹一般亭亭玉立，如白晝一般明朗！啊！但願我也能如願以償！」

聽到他這麼講，藏在各處的俾隆、國王、朗格維不約而同地嘆道：「但願我也如願以償！」

接著，杜曼也跟其他人一樣，作了一首獻給凱薩琳的十四行詩，他將詩句吟誦出來後，又說道：「啊！但願國王、俾隆和朗格維也都變成戀愛中的人！作惡的有了榜樣，可以抹去我叛誓的罪名；大家都是一樣有罪，誰也不能怨誰。」

這時，躲在一旁的朗格維跳了出來，指責杜曼背叛誓言，只是他絲毫不知道，俾隆與國王也在暗處觀看到了他的所作所為呢！他說：「杜曼，你希望別人分擔你相思的痛苦，這種戀愛太自私了。你可以臉色發白，可是我要是也這樣被人聽見了我的秘密，我知道我一定會滿臉通紅的！」

「那麼你就讓臉紅起來吧！」國王聽到了朗格維這麼講，也幸災樂禍的跳了出來，指責朗格維自己背叛了誓言，不知道俾隆也早就發現了他的秘密。國王說，朗格維明明也與杜曼一樣，愛上了瑪莉婭，但是他明於責人，暗於責己，比杜曼還要罪加一等！可惜一切都被躲在樹木後的自己給聽到了。國王還說，要是俾隆也聽見他們兩個破誓的事情，真不知道會如何嘲笑他們！

「現在換我挺身而出，揭破偽君子的面目了！」這時，最早到場的俾隆也從樹上跳下來了，這讓三個人都大吃一驚，原來他們的心思早就被同伴們看出來了。俾隆指責國王，說他自己也沉浸在戀愛之中，沒有權利責備這兩個可憐蟲；又說只有無聊的詩人才會寫出那些沒用的十四行詩，他們三個人剛才輪流指責，簡直像一幕愚蠢的話劇！

俾隆又指責其他三人欺騙自己，明明是他們先許下誓言，卻自己先打破了約定，他說：「我真是被你們騙了！我是個老實人，我以為違背一個自己所發的誓是一件罪惡，沒想到竟會受一群虛有其表、反覆無常的人們的欺騙。你們什麼時候看我寫過一句詩，或是為了一個女人而痛苦呻吟？」

正當俾隆痛快地數落國王、朗格維與杜曼時，考斯塔德與傑奎妮婭拿著一封信來了。傑奎妮婭把信交給國王，說信中寫著叛逆的陰謀，希望國王能讀一讀它。國王命令俾隆為他讀出信中的內容。俾隆打開信後嚇了一跳，因為那正是他寫給羅瑟琳的情書！他急得把信撕成碎片。

國王覺得很奇怪，問他為什麼這麼做，俾隆回答說這封信無關緊要。一旁的杜曼撿起了一張紙片，發現上面的字跡是俾隆的，而且還留有他的簽名。

俾隆對著考斯塔德罵道：「啊！你這卑賤的蠢貨！你把我的臉丟盡了！我承認有罪，陛下，我承認有罪！」

國王問起他這是怎麼一回事，俾隆連忙說出自己愛上羅瑟琳的事，大家才知道原來所有人都陷入情網了。事到如今，他們乾脆開始互相稱讚自己情人的美好，俾隆說，羅瑟琳就像太陽，萬物都被她照耀得燦爛生光；國王嘲笑他，說他的愛人黑得就像烏木一般，杜曼和朗格維則說，要是羅瑟琳美麗的話，那麼打掃煙囪的人與煤礦坑的礦夫也稱得上俊美了！就這樣，他們鬥起了嘴來。

最後，他們才意識到，既然所有人都在戀愛，他們為什麼要互相爭論呢？國王要俾隆證明他們的戀愛是合法的，他們的信心並沒有遭到損害。俾隆也指出，陳腐的戒條不能約束少年的熱情，他開始讚頌愛情與女人的美好，他說「女人是藝術的經典，是知識的寶庫，她們裝飾、涵容、滋養著整個世界」。

國王與朋友們決定向那些法國姑娘們求愛，他們計畫好用一些新奇的娛樂來取悅她們，因為飲酒、跳舞和狂歡是戀愛的先驅，就如同繽紛的花朵般鋪出一條康莊大道。決定好之後，俾隆又唱道：

種下莠草哪能收起佳禾？
那昭昭的天道從不會有私心：
輕狂的姑娘嫁給背信的丈夫；
是頑銅怎麼換得到美玉精金？

就這樣，帳篷裡的公主與三個侍女不久後就收到國王與朋友們送來的禮物與情書，她們看著這些男人們拚命獻上殷勤，感到十分有趣，開始對各自的禮物品頭論足。公主說，她收到的情書兩面寫滿了愛情的詩句，連邊上都不留出一點空白呢！

羅瑟琳也從俾隆那裡收到了一首詩，詩裡讚美她是地上最美的女神，還在信中畫了一幅她的畫像。而凱薩琳則得到了杜曼送給她的一只手套，以及一千行表明他愛情忠實的詩句。瑪莉婭拿到了朗格維送的珍珠，他的情書長得足足有半里路長呢！公主與侍女們談論起來，都說這些男人本來都是聰明的傢伙，卻因為愛情成了蠢透的傻瓜，付出了這麼大的代價，卻只得到她們的一陣譏笑罷了。

就在這時，公主的隨從告訴她，國王與他的三個朋友即將來拜訪她們。但是他們不會以本來的面目見她們，而是裝扮成俄羅斯人的樣子，來向各自的愛人求愛和跳舞。公主聽了，打算捉弄這些男人一下，她要三名侍女都套上臉罩，把男人送給她們的禮物佩戴在身上，無論他們怎麼請求，都不能露出自己的臉。

就這樣，羅瑟琳戴上了國王送給公主的禮物，公主自己戴上俾隆送給羅瑟琳的禮物；瑪莉婭與凱薩琳則分別交換了朗格維與杜曼送給她們的飾物。這樣，當他們以自己送的禮物來辨認追求的對象時，就會認錯人而發生有趣的事。

她們才剛準備好，國王以及他的三個朋友扮成的俄羅斯人就來了，他們請求謁見高貴的公主與女士們，公主讓他們進來之後，國王與他的朋友就迅速靠著她們身上佩戴的禮物找到了自己的對象。

國王找到了扮成公主的羅瑟琳，對她說：「皎潔的明月，和你的燦爛的眾星啊！願你們掃去浮雲，把你們的光明照射在我們的眼波之上。」

「愚妄的祈求者啊！你不要追尋鏡裡的空花、水中的明月，你應該請求一些更重要的事物。」羅瑟琳答道。國王請求她與他跳一支舞，但是羅瑟琳不停地推托，還嘲笑國王對她的讚美。

俾隆則找到了與羅瑟琳對調的公主，朗格維找到了戴上珍珠的凱薩琳，杜曼也找到了戴著手套的瑪莉婭。他們拚命向自己眼中的愛人求愛，但是公主與侍女們早已打算捉弄他們一下，因此對於他們的示好始終裝聾作啞，還以她們剃刀般鋒銳的利嘴輕蔑地嘲笑他們。國王與朋友們碰了一鼻子灰，只好狼狽的離開了。留下幾名女孩，互相分享男士們剛才對她們說的情話。

公主說，俾隆對她發了無數的誓，但他越是發誓，人家就越不相信他；瑪莉婭則說，杜曼把自己的劍獻給了她，願意為她作戰，還說自己是她的，就如同樹皮長在樹幹上一般；凱薩琳說，在朗格維的口中，自己就像一塊心病般佔據了他的心靈；羅瑟琳也說，國王因為想不出巧妙的答覆，急得差點要哭出來了呢！

另一方面，落荒而逃的國王與三個朋友們則想出還以顏色的方法，他們打算恢復原來的真面目，重新拜訪她們，以觀察她們的反應。當然，這個詭計也被公主與她那些機靈的侍女料到了。

他們再次來到帳幕下，國王邀請公主去拜訪他的宮殿，但公主回絕了，她說，國王與他的朋友們必須保全他們的誓言；國王又說，是她的美麗讓他不得不破壞了誓言，不過公主仍然十分堅持，表示不希望因為自己的緣故讓國王毀棄了神聖的盟約。

國王又說，公主一行人住在外頭，既沒人看見她們，也沒人來拜訪，擔心她們日子過得太無趣。公主則回答說，她們並不缺少消遣娛樂，因為不久前還有一群俄羅斯人來找過她們呢！

「什麼？公主！俄羅斯人？」國王明知故問。

「是的，陛下，都是衣冠楚楚，神采軒昂，溫文有禮的風流人物呢！」公主回答。

一旁的凱薩琳笑著說：「公主，不要騙人。是這樣的，陛下，我們四個人剛才的確遇見四個穿著俄羅斯裝束的人，他們在這兒逗留了一個小時，囉哩八嗦地講了許多話，但是卻沒有一句有意思的話，我不得不說他們是一群呆子。」

俾隆聽了，不甘示弱地說道：「溫柔美貌的佳人，您的智慧讓您把聰明看成了愚蠢。當我們仰望著天上的太陽的時候，無論我們的眼睛多麼明亮，也會在耀眼的金光下失去它原本的光彩；正因您擁有浩瀚如海的才華，所以才會把聰明看成愚蠢，富有看成疲乏啊！」

羅瑟琳問他，剛才他套的是哪一張假臉。俾隆還想裝傻，羅瑟琳又說：「就是那個時候，在這裡戴著的那一張假臉！您不是戴著一具比您自己好看一些的臉殼，遮掩了一副比它更難看的尊容嗎？」

國王和朋友們聽了都大吃一驚，這才知道自己的秘密早就暴露了！他們只好向女士們招認，說剛才那些俄羅斯人其實就是自己，公主與侍女們揶揄了他們一番，公主問國王：「剛才您在愛人的耳邊輕輕地說了些什麼？」

國王說：「我說我尊敬她甚於整個世界。」

「等到她要求您履行對她的誓言的時候，您就要否認說過這樣的話了！」公主說道，因為她知道國王當時說話的對象其實是羅瑟琳。

國王根本不知道這件事，回答道：「憑著我的榮譽起誓，絕不否認！」

於是，公主命令羅瑟琳說出剛才國王對她說了些什麼，羅瑟琳回答，國王曾發誓要把她當成自己的瞳孔一樣珍惜，重視她甚於整個世界，還說要取她為妻，否則就要去死。

國王連忙否認，說自己不曾對羅瑟琳說出這樣的話。這時，羅瑟琳才把國王送給公主的寶石交給它，表示自己剛才假扮成了公主，國王說話的對象其實是她。當國王驚訝得說不出話來時，公主又說，俾隆才是她的愛人，問俾隆是要娶她，還是要收回他送給羅瑟琳的珍珠。

到了這時，國王和朋友們才恍然大悟，知道自己被這些姑娘們狠狠地捉弄了一回，他們對自己的愛人心悅誠服，所有人都笑了起來。恰巧，國王事前安排表演餘興節目的人也來了，考斯塔德、亞馬多、教師霍羅福尼斯及牧師納森聶爾扮成了古時候的四位偉人，上演了一段有趣的話劇，國王與朋友、女士們開心地與他們同樂，場面十分熱鬧詼諧。

當大家沉浸在歡樂之中，考斯塔德又透露傑奎妮婭已經懷了亞馬多的孩子的消息，大家聽了都感到十分開心。沒想到，這時卻來了一名法國的使者，他通知公主她的父王去世的消息。公主立刻收斂起歡樂的心情，表示今晚就要動身返回法國。

國王請求公主再多留幾天，卻被公主婉拒了，俾隆又說出他們對女士們的愛意，公主回答：「我們已經收到你們充滿情愛的信札，並且收下了你們的領悟。在我們這些少女的眼裡看來，這一切只是調情的遊戲、風雅的玩笑罷了，它們誇張過火而又庸俗異常，我們並沒有看到比這更誠摯的情感；所以才用你們的自己的方式回應你們的愛情，把它當作了一場玩笑。」

杜曼反駁：「但是我們的信裡並不只是一些開玩笑的話。」

朗格維也說：「我們的眼光裡也流露著真誠的愛慕。」

國王熱切地懇求女士們，說：「現在，在這最後的一分鐘，把你們的愛給了我們吧！」

公主說，國王與他的朋友們已經毀了太多的誓言，她已經不願意再相信他了，除非他趕快找一處荒涼僻野隱居起來，遠離一切人世的享樂，直到一年以後。要是這種嚴肅而孤寂的生活改變不了他在一時衝動下作的決定，霜雪和飢餓、簡陋的房間與單薄的衣服摧殘不了他對愛情的渴望，那麼在一年過後，他就可以到法國找她，她願意成為國王的妻子。否則，就請他另尋佳偶。

國王對她承諾自己一定會做到。羅瑟琳也對俾隆開出了條件，她要俾隆戒除那些尖酸刻薄的嘲笑和譏諷，在這一年內，他必須晝夜不休地服侍那些臥病在床的病人，竭力運用他的才智逗這些受疾病折磨的人笑；凱薩琳則要杜曼在一年內保持著一把鬍髮、一個健康的身體，以及一顆正直的心；瑪莉婭也願意在一年後嫁給朗格維。

四個男人都分別對自己的意中人作出承諾後，她們就動身回國了，這場求婚並沒有像舊式的喜劇一樣圓滿收場，一切的問題都留待一年之後再作回答，至於國王與他的朋友們的愛究竟能不能得到回報，就留給大家一個充分的想像空間吧！

5 仲夏夜之夢

很久以前，雅典城有一條法律規定：如果父母高興把女兒嫁給誰，就有權強迫她答應，要是女兒不肯嫁給父母替她挑選的丈夫，就可以憑著這條法律判她死罪。

可是做父母的都不願意犧牲自己女兒的性命，所以儘管女兒們也有不大聽話的時候，這條法律卻從來沒有施行過，而父母親也只是用這條可怕的法律來嚇唬她們。

然而，有一天，一名叫做伊吉斯的老人跑到忒修斯公爵面前，說他要把女兒赫米亞嫁給雅典的貴族狄米特律斯，但是女兒不願意，因為她已經愛上了另外一個叫賴桑德的年輕人。伊吉斯請求忒修斯依照這條殘酷的法律處死他的女兒。

赫米亞說，她違背父親的意思是因為狄米特律斯曾經向她的好朋友海倫娜示愛，而海倫娜也瘋狂地愛著狄米特律斯。然而，儘管赫米亞提出這個合理的原因，卻無法說服嚴厲的父親伊吉斯。

雖然忒修斯是位偉大仁慈的公爵，卻沒有權力改變國家的法律。因此，他只能給赫米亞四天的時間考慮，要是四天之後她仍然不肯嫁給狄米特律斯，就要判她死刑。

赫米亞離開公爵那裡後，立刻去找她的情人賴桑德，把這件事告訴他，說要是自己不肯嫁給狄米特律斯，四天以後就會被處死。

賴桑德聽到這個消息後十分悲傷，這時，他想起自己有個姑媽住在雅典城外不遠處，只要兩人到了那個地方，就不必再理會這條殘酷的法律了。於是他要赫米亞當晚從家裡逃出來，跟他一起到姑媽家去，然後兩人就在那兒結婚。

「我在城外的樹林裡等你，」賴桑德說，「就是我們常跟海倫娜一起散步的那個樹林。」

赫米亞興高采烈地答應了。她沒有把私奔的事告訴任何人，除了她的朋友海倫娜以外，海倫娜卻非常不道德地把這件事告訴了狄米特律斯。雖然洩露朋友的秘密對她自己並沒有好處，唯一得到的，就是能無趣地跟著不忠實的狄米特律斯到樹林裡，因為她知道，狄米特律斯一定會到那裡去找赫米亞的。

賴桑德跟赫米亞約好見面的樹林，時常會有小精靈出沒。仙王奧白朗和仙后蒂坦妮亞有時會帶著所有的小精靈，在樹林裡舉行夜宴。

仙王和仙后常常吵架，每逢皎月當空的夜晚，他們總是在樹林裡的陰涼小道上鬥嘴，那些小仙子經常害怕得爬到橡果殼兒裡躲起來。他們這次吵架的原因，是蒂坦妮亞不肯把她偷偷抱來的小男孩送給奧白朗，這個小男孩的母親是蒂坦妮亞的朋友，她死後，蒂坦妮亞把孩子從奶媽那兒偷走，帶到了樹林裡。

這一對情人約定在樹林裡相會的晚上，蒂坦妮亞正帶著幾個仙子在散步，她遇見了奧白朗，後面還跟著仙宮的精靈。

「又在月光下碰見你了，驕傲的蒂坦妮亞！」仙王說。

仙后回答：「怎麼了，善妒的奧白朗，是你嗎？仙子們，快快離開吧！我發過誓不要再跟他在一起啦！」

「等一等，難道我不是你的丈夫嗎？為什麼蒂坦妮亞要反抗她的奧白朗呢？把你偷來的小男孩給我吧。」

「死了這條心吧，任憑你用整個仙國來交換也得不到這個孩子。」仙后說完後便氣沖沖地離開了。

「好，你去吧！」奧白朗說，「竟敢羞辱我！我要在天亮以前給你一些苦頭！」

於是，奧白朗把他最寵信的大臣迫克叫來。迫克是個狡猾伶俐的精靈，他常在鄰近的村子裡惡作劇，有時候會跑到牛奶房去偷吃，有時則鑽進攪奶器裡。當他在攪奶器裡跳舞時，無論女孩們用多大的力氣，也沒辦法把奶油攪好，即使叫村裡強壯的小伙子去做也不行；只要迫克跑進攪奶器裡去搗蛋，奶油就一定會被他弄壞。

當幾個村民聚在一起，舒舒服服地喝著麥酒時，迫克就變成一隻螃蟹跳進酒杯裡；有時又趁老太婆要喝的時候，跳到她的嘴唇上，把麥酒灑遍她那乾癟的下巴；過了一會兒後，當老太婆正要坐下來講故事給街坊鄰居們聽，迫克又從她身後抽走凳子，害那可憐的老太婆摔倒在地上，讓其他人看了捧腹大笑，還說他們從來沒有這麼開心過。

「迫克，到這兒來！」奧白朗對這個快樂的小精靈說，「去替我採一朵叫『愛情花』的花來，把它的汁液滴在熟睡者的眼皮上，當他們醒來後，無論第一眼看見什麼都會愛上它。我要趁蒂坦妮亞睡著時，把這種花液滴到她的眼皮上，等她一睜開眼，不管看見的是獅子、熊、猴子，還是一天到晚攀上爬下的無尾猿，她都會愛上牠的。雖然我知道有另外一種方法可以替她解除這種魔咒，不過她得先把那個孩子給我才行。」

迫克一向喜歡惡作劇，對主人要玩的這個把戲感到非常興奮，於是趕緊跑去找花了。

當奧白朗等待迫克回來時，正好看見狄米特律斯和海倫娜走進樹林裡，他偷聽到狄米特律斯抱怨海倫娜一直跟著他，還說了許多無情的話，海倫娜則溫柔地勸他，要他想想自己當初是多麼地愛她，還向她保證會永遠忠誠；但他現在卻把海倫娜冷落在一旁，而她卻仍舊拚命地追隨他。

一向喜歡忠實情侶的仙王看見這個情況後，非常同情海倫娜。也許他們從前來到這個愉快的樹林裡散步時，奧白朗還曾經見過她呢！

這時，迫克帶著小紫花回來了，奧白朗便對他說：「拿一點兒花去，樹林裡有個可愛的雅典姑娘，她愛上了一個傲慢的小伙子。要是你看見那個小伙子在睡覺，就滴一些花液在他的眼皮上，可是千萬要記住！要等姑娘離他很近的時候再去滴，這樣等他醒來後，才會愛上這個原本受他輕視的姑娘。別認錯人了！那個小伙子身上穿的是雅典式長袍。」

迫克走後，奧白朗就趁蒂坦妮亞不注意時溜到她的臥室去，她正好準備要睡覺。她的臥室是一個花壇，四周長著香草、蓮香花和芬芳的紫羅蘭，上面則蓋著金銀花、麝香薔薇和野玫瑰。蒂坦妮亞每天晚上都會在這兒睡覺，她蓋的被子是蛇皮做的，雖然很小一塊，卻也夠裹住一個精靈了。

蒂坦妮亞正在交代僕人們，在她睡覺的這段時間該做些什麼：「你們要負責清除薔薇嫩苞裡的蛀蟲，你們去跟蝙蝠打仗，把牠們的皮翅膀拿來給小仙子做外衣，剩下的去監視那隻每天晚上都吵吵鬧鬧的貓頭鷹，不要讓牠靠近這裡。不過，現在先唱支催眠曲給我聽吧！」

於是，她們就開始唱歌：

有毒的花蛇，扎手的刺蝟，
遠遠走開吧！
蠑螈和蜥蜴，不要搗亂，
也不要走近仙后的身邊。
夜鶯，請用甜蜜的歌聲，
爲我們唱一支催眠曲吧！
睡呀！睡呀！睡吧！睡呀！睡呀！睡覺吧！
災害、邪魔和詛咒都走開，
永遠不許接近美麗仙后的身邊。
快睡吧！快睡吧！快快進入甜美的夢鄉吧！

精靈們等仙后睡著後，就去做她吩咐的重要工作。這時，奧白朗輕輕地走近蒂坦妮亞身邊，滴了些花液在她的眼皮上，一邊低聲唱道：

無論你醒來後看到什麼，
你將會把他當作情人。

現在，我們回來看看赫米亞吧！她為了逃避死罪，那天晚上就從家裡逃了出來。當她走進樹林時，看見心愛的賴桑德已經在那兒等她，準備帶她到姑媽家去。可是他們還沒走出樹林，赫米亞就已經累垮了。

賴桑德對她一向十分體貼，因為赫米亞為了他，甘願不顧自己的性命，可見她對賴桑德的愛有多麼真摯！所以他勸赫米亞先在草地上休息一下，等天亮後再出發，他自己也在離她不遠的草地上躺了下來，兩人很快就睡著了。

這時，迫克出現了，他看見一個小伙子正在睡覺，又發現他的長袍是雅典式的，而離他不遠處還躺著一個可愛的女孩。於是迫克猜想，這兩人一定是奧白朗派他來找的那個雅典姑娘和她傲慢的情人。既然這兒只有他們倆，迫克便認為當這個男的醒來後，第一眼看到的一定就是那個女孩。就這樣，他毫不猶豫地在賴桑德的眼皮上滴了一些花液。

然而，事情的發展卻跟原來預料的完全不一樣，海倫娜這時剛好經過，當賴桑德一睜開眼，第一個看見的不是赫米亞，而是海倫娜。說也奇怪，愛情花的魔力真大！賴桑德對赫米亞的愛情竟然全部消失了！他愛上了海倫娜。

如果他醒來第一眼看見的是赫米亞，那麼迫克犯的錯誤就無關緊要，因為他對赫米亞早已非常痴情了。可是，愛情花卻讓可憐的賴桑德忘記他心愛的赫米亞，反而跑去追求海倫娜，他把赫米亞一個人丟在黑暗的樹林裡睡覺，這可真是個悲慘的意外！

原來，狄米特律斯從海倫娜身邊跑開後，海倫娜努力地想追趕上他，可是兩人的速度相差太多，沒多久她就累得跑不動了。過了一會兒，海倫娜看不到狄米特律斯的身影，既傷心又孤單地四處徘徊，就這麼走到了賴桑德的身旁。

「啊！」她說，「賴桑德怎麼會躺在這個樹林裡呢？他死了嗎？還是在睡覺呢？」她輕輕地碰了他一下。「先生，你醒醒吧！」

賴桑德睜開了眼睛，愛情花立刻產生效力，他開始對她說出許多愛慕和讚美的話，說她比赫米亞漂亮，就像鴿子比烏鴉漂亮一樣，還說他願意為可愛的海倫娜赴湯蹈火。

海倫娜知道賴桑德是赫米亞的情人，也知道他們已經訂婚了，所以聽到賴桑德對她說這樣的話，她生氣極了！以為賴桑德在開她玩笑。

她說：「為什麼我要這樣受大家的嘲弄和輕視呢？狄米特律斯不肯溫柔地看我一眼，也不肯對我說句貼心的話，難道這還不夠嗎？你一定要用這樣譏諷的態度來戲弄我嗎？賴桑德，我本來還以為你是個誠懇而有教養的君子呢！」

她氣沖沖地說了這些話後就趕緊離開了，賴桑德緊跟在她身後，把還在睡覺的赫米亞忘得一乾二淨。

赫米亞醒來，發現四周空無一人，她感到既傷心又害怕。她在樹林裡到處徘徊，不知道賴桑德出了什麼事，也不知道該去哪裡找他。

這時，狄米特律斯也在樹林中呼呼大睡。原來，他一直找不到赫米亞和他的情敵賴桑德，而這場沒有結果的搜索早已把他累垮了。奧白朗看見了狄米特律斯後，立刻追問迫克，才知道他把花液滴錯人了，不過，現在他總算找到原本想找的人。於是，又用花液在狄米特律斯的眼皮上碰了一下。

狄米特律斯馬上就醒了，他第一眼看見的也是海倫娜，他就像賴桑德一樣，對她說出許多情話。就在這時，賴桑德也出現了，後面跟著赫米亞。於是，這兩個人便同時向海倫娜示愛，因為他們都受到愛情花的魔力所控制。

海倫娜大吃一驚，她以為狄米特律斯、賴桑德和赫米亞全都串通起來跟她開玩笑。赫米亞也跟她一樣吃驚，因為賴桑德和狄米特律斯本來都是愛她的，不知道為什麼，現在他們卻都喜歡上了海倫娜。在赫米亞看來，這件事可不是開玩笑的啊！

於是這兩個一向親密要好的朋友，現在居然鬥起嘴來了。

「殘忍的赫米亞！」海倫娜說，「是你叫賴桑德用虛偽的讚美來惹我生氣的吧！狄米特律斯，以前他恨不得把我踩在腳底下，怎麼可能叫我女神、寶貝！他恨我！要不是你唆使他來開我玩笑，他不會對我說這種話的。殘忍的赫米亞，你居然跟男人聯合起來，嘲笑你可憐的朋友！我們的友誼你全都忘了嗎？赫米亞，從前我們常坐在一起，唱著同一首歌，繡著同一種式樣的花，我們像並蒂的櫻桃一般一塊兒長大，看起來就像是同一個人。赫米亞，你這樣跟男人聯合起來，嘲弄你可憐的朋友，是不是太不厚道，也太不合乎你的身分了？」

「你說的這些話簡直是莫名其妙！」赫米亞說，「我沒有嘲弄你，我看是你在嘲弄我吧！」

海倫娜回答：「你們儘管裝吧，雖然現在擺出一副苦悶的表情，但等我一轉過身，你們就會對我扮鬼臉，然後再擠眉弄眼地繼續這無聊的玩笑。如果你們還稍微有一點憐憫之心，還懂得風度或禮貌的話，就不會這麼對我了！」

當海倫娜跟赫米亞鬥嘴時，狄米特律斯和賴桑德竟到樹林裡去決鬥了。兩個女孩發現男士們不見後，也跟著離開了，她們各自疲倦地在樹林裡徘徊，尋找自己的情人。

仙王和迫克在一旁偷聽，當她們一走開，仙王就對迫克說：「迫克，這是你故意搞的鬼吧？」

「請相信我，仙王，是我不小心搞錯了，你不是告訴我，那個男人穿的是雅典式的長袍嗎？不過，事情弄成這樣，我一點兒也不難過，因為我看他們這樣也滿好玩的呢！」迫克回答。

「你也聽見了，」奧白朗說，「狄米特律斯和賴桑德已經去找一個地方決鬥啦！我命令你用濃霧將黑夜籠罩，把這些人引到黑暗裡，讓他們迷失方向，誰也找不到誰。你再假裝成他們的聲音，說一些難聽的話，騙他們跟著你走，讓每個人都以為聽到的是情敵的聲音。你要使他們累到再也走不動為止，等他們睡著了，你就把另一種花液滴在賴桑德的眼皮上，等他醒來後，就會忘掉他對海倫娜的愛，恢復對赫米亞的熱情。這麼一來，兩個美麗的姑娘就都能跟她們所愛的男人在一起了，他們會把這一切當作一場惱人的夢。快去辦吧！而我要去看看蒂坦妮亞找到什麼樣的情人！」

蒂坦妮亞還在睡覺，奧白朗看到她身旁有一個鄉巴佬，他在樹林裡迷了路，現在也睡著了。

「這個傢伙，」他說，「就讓他成為蒂坦妮亞的愛人吧！」

他拿了一個驢頭套在鄉巴佬的頭上，大小剛好，彷彿原來就長在他的脖子上一樣。雖然奧白朗只是輕輕地將驢頭套上去，卻還是把他弄醒了。他站起來，並不知道奧白朗在他身上動了什麼手腳，就一直往仙后的花壇裡走去。

「啊！我看見的是什麼呀！」

蒂坦妮亞睜開了眼睛說道，花液開始起了作用。

「你的聰明和你的外貌一樣超凡嗎？」

「啊！夫人，」愚蠢的鄉巴佬說，「要是我真的聰明到能走出這座樹林，那我就很滿足了。」

「請不要離開這座樹林！」著了迷的仙后說，「我是個精靈，我愛你，請跟我在一起吧，我會派人侍候你的。」

於是，她叫了四個精靈來，他們分別是：豆花、蛛網、飛蛾和芥子。

「你們要好好侍候這位可愛的先生，」仙后說，「他走路的時候，你們要跟著；他站著的時候，你們就圍著他跳舞，請他吃葡萄和杏仁，把蜜蜂的蜜偷來給他。」

她又對鄉巴佬說：「來！美麗的驢子，讓我摸摸你那可愛的臉蛋吧！溫柔的寶貝，讓我吻吻你那漂亮的大耳朵吧！」

「豆花在哪兒？」套著驢頭的鄉巴佬說，他並不怎麼在意仙后對他說的情話，卻對剛派給他的隨從感到很驕傲。

「我在這裡。」小豆花說。

「來替我抓抓頭。」鄉巴佬說，「蛛網在哪兒？」

「我在這裡。」蛛網說。

「親愛的蛛網先生，」愚蠢的鄉巴佬說，「替我殺死那叢荊樹上的紅色小蜜蜂，把牠的蜂蜜拿來。記住，千萬不要太慌張，當心別把蜜囊弄破了！你要是打破了蜜囊，我會很難過的。芥子在哪兒呢？」

「在這兒，老爺。」芥子說，「您有什麼吩咐？」

「沒什麼，」鄉巴佬說，「你只要和豆花一樣，替我抓抓頭就行啦！芥子，我該去理髮了，我覺得臉上的毛有些雜亂。」

「溫柔的情人呀！」仙后說，「你想吃點什麼嗎？我有個勇敢的仙子，他能找到松鼠的存糧，替你偷些新鮮的乾果。」

「我想吃一些乾豌豆。」鄉巴佬說，他戴上了驢頭後，口味也變得和驢一樣了，「可是請你先不要來驚吵我，因為我想睡了。」

「那就睡吧，」仙后說，「我要把你摟在我的懷裡。啊！我是多麼地愛你！多麼地疼你啊！」

仙王看見鄉巴佬躺在仙后懷裡，就走到她跟前，責備她不該把愛情濫用在一頭驢子身上。仙后百口莫辯，因為此刻鄉巴佬正睡在她的懷裡，她還在他的驢頭上插滿了花呢！

奧白朗捉弄了她一會兒後，又向她要那個偷來的孩子。她因為自己出軌的行為被丈夫發現，覺得非常慚愧，因此不敢拒絕。

奧白朗就這樣把小孩弄到手了。但是，他卻可憐起蒂坦妮亞來，都是因為他開的玩笑，才害她落到這種見不得人的窘境。於是，他在仙后的眼皮上滴上另外一種花液，她便馬上清醒了。

蒂坦妮亞對自己剛才的行為感到很驚奇，因為她現在非常討厭眼前這個畸形的怪物。奧白朗也把驢頭從那個鄉巴佬的脖子上取下來，讓他繼續睡他的覺。就這樣，奧白朗和蒂坦妮亞終於和好了，他把那兩對愛人的故事和他們爭吵的經過講給她聽，她迫不及待想跟他一起去看看這件事情的結果。

仙王和仙后找到了那兩對情人，他們都睡在草地上，彼此離得不遠。迫克為了彌補他先前的過失，想盡辦法把他們都帶到同一個地方來。他用仙王給他的解藥，輕輕地把賴桑德眼睛上的迷咒給解除了。

赫米亞第一個醒過來。她看到賴桑德正睡在她身旁，她靜靜地望著他，對他剛才莫名其妙的行為感到不解。過了不久，賴桑德也睜開眼睛，一看到赫米亞，他先前被蒙蔽的神志馬上清醒過來，也恢復了對赫米亞的愛。兩人談起夜裡的奇遇，搞不懂那是真實發生過的事情，還是他們都做了同樣的夢。

這時，海倫娜和狄米特律斯也都醒了，海倫娜憤怒的心情漸漸平靜下來。她聽到狄米特律斯對她依然表示愛慕，心裡非常高興，當她發現他說的都是真心話之後，更是感到驚喜。

兩位美麗的女孩不再是情敵了，她們又恢復了昔日親暱的友情，她們寬恕了對方，心平氣和地商量著下一步該怎麼走。之後，大家都同意，既然狄米特律斯已經不想娶赫米亞，那麼他就應該回去說服她的父親取消死刑，為了完成這件事，狄米特律斯準備返回雅典。

這時，赫米亞的父親伊吉斯也趕來了，他是到樹林裡來尋找逃跑的女兒。當伊吉斯知道狄米特律斯已經不想娶他的女兒後，他也就不再反對她嫁給賴桑德了。他答應他們在四天之後舉行婚禮，巧的是，那一天原本是赫米亞要被處死的日子。

現在，狄米特律斯對海倫娜完全忠實了，她也歡歡喜喜地答應在同一天和他結婚。由於奧白朗的幫助，這兩對戀人的愛情最終都得到了美滿的結局，仙王、仙后也感到非常高興。於是，這些好心的精靈決定在仙國舉行宴會，來慶祝即將舉行的婚禮。

如果有人認為這一段故事太離奇、令人難以相信，那麼，就把它當作故事裡的人都做了一場夢吧！這些奇遇都是他們在夢裡看到的幻象。我想，應該沒有人會不喜歡這一場美妙的仲夏夜之夢吧！

6 威尼斯商人

夏洛克是住在威尼斯的猶太人。他靠著放高利貸給基督教的商人賺了許多錢。夏洛克為人刻薄，討起債來十分凶惡，所以大家都討厭他。

有一個叫安東尼奧的年輕商人，尤其痛恨夏洛克，夏洛克也很不喜歡他。因為安東尼奧時常借錢給遇到困難的人，還從來不收利息；因此，這個貪婪的猶太人就跟安東尼奧結下了樑子。每逢安東尼奧在市場上碰到夏洛克時，他總是責備夏洛克不該放高利貸，對人應該寬厚一些，夏洛克假裝很有耐心地聽著，其實心裡卻暗自想著要如何報復。

安東尼奧是世界上最善良的人了，他的家境好，也很樂意幫助別人。老實說，沒有人比他更能發揚古羅馬的精神了！大家都非常愛戴他。

他最親密的朋友是威尼斯的貴族巴薩尼歐，巴薩尼歐只有一點點產業，但由於他不斷地揮霍，連最後那點產業也差不多都花光了。每當巴薩尼歐缺錢用時，安東尼奧就會接濟他。

有一天，巴薩尼歐來找安東尼奧，說他找到一門好親事，可以恢復他的家境。原來，他想跟他愛慕已久的一位小姐結婚，而這位小姐的父親最近過世了，所有的家產都由她一個人繼承。當她父親在世的時候，巴薩尼歐常常到她家去拜訪，他覺得她總是含情脈脈地望著他，好像在暗示他向她求婚。可是，他現在沒有錢去和這位小姐提親，於是他懇求安東尼奧再幫他一次忙，借他三千金幣。

當時，安東尼奧身邊沒有多餘的錢借給他，但在不久後，他的船將會滿載著貨物回來。於是，他決定去找那個放高利貸的夏洛克，先用那些船作擔保，向他借一些錢。

安東尼奧和巴薩尼歐一起去見夏洛克，他們開口向夏洛克借了三千枚金幣，利息照算，將來會以安東尼奧船上的那些貨物來償還。

這時，夏洛克心想：「要是能抓到他的把柄，我一定會狠狠地報仇！他恨我們猶太人，而且自己白白借錢給別人，卻在其他人面前辱罵我！我要是饒過他，那麼我們猶太人就會受到詛咒！」

安東尼奧發現夏洛克半晌都不說話，不知道在想些什麼。他急著拿錢，就說道：「夏洛克，你聽見了嗎？你到底借不借呀？」

夏洛克說：「安東尼奧先生，您時常說我借錢給別人是一種剝削，我一直都忍耐下來，因為忍耐是我們這個民族的特色。您又說我是異教徒，是一條會咬死人的狗，您在我的身上吐口水，還用腳踢我。哦！看來您現在也需要我的幫忙了。您跑到這裡來說：『夏洛克，借錢給我。』哼！一條狗有錢借您嗎？一條狗能拿得出三千枚金幣來嗎？我是不是應該彎著腰回答：『先生，您在上星期三曾對我吐口水，還說我是狗，為了報答您，我必須借錢給您。』」

安東尼奧回答：「我還會再踢你、吐你口水的！你就當作把錢借給仇人好了，要是到時候我還不起，你就儘管懲罰我吧！」

「哎呀！」夏洛克說，「您的火氣真大啊！我願意跟您做朋友，也願意忘掉您對我的侮辱。您要多少，我就願意借您多少，一點利息也不要。」

這個看似慷慨的提議使安東尼奧吃了一驚，夏洛克繼續假仁假義地說道，他這麼做全是為了得到安東尼奧的友誼。他願意借他三千枚金幣，完全不用利息。但是，安東尼奧必須跟他到律師那裡，簽一張形式上的借約：如果到時候還不出錢來，就要讓夏洛克從安東尼奧身上割下一磅肉。

「好吧，」安東尼奧說，「我同意簽署這張借約，我還會對別人說猶太人的心腸真好。」

巴薩尼歐勸安東尼奧不要簽這種借約，但安東尼奧還是執意要簽，因為不久後他的船就會回來，那些貨物的價值比這筆錢還要高出許多倍呢！

夏洛克聽到了他們的談話後，說道：「這些基督徒的疑心病可真重呀！他們自己待人刻薄，所以才會懷疑別人也和他們一樣。巴薩尼歐，要是他到時候付不出錢來，我割下他身上的一磅肉又對我有什麼好處呢？人身上的肉，還比不上羊肉或牛肉值錢呢！我是為了他好才提出這個辦法來的。要是他願意接受就好，要是不願意，那就算了吧！」

儘管這個猶太人表現得很仁慈，巴薩尼歐還是不願意讓他的朋友為了自己冒這種可怕的險。可是安東尼奧不聽巴薩尼歐的勸告，硬是簽下了借約。他想，其實這紙合約不過是鬧著玩罷了。

巴薩尼歐想娶的那位小姐名叫波西亞，她住在威尼斯附近一個叫貝爾蒙的地方，她的外貌和智慧無人能比。巴薩尼歐在得到安東尼奧的資助後，就帶著一群衣著華麗的侍從，由僕人格拉西安諾陪著一起出發。

波西亞的父親曾留給她三個匣子，黃金製的匣子寫著「選了我的人，將得到眾人所希望的東西。」銀製的匣子寫著「選了我的人，將得到他應得的東西。」鉛製的匣子寫著「選了我的人，必須準備犧牲他擁有的一切。」她的父親還立下了遺囑：只要誰能從三個匣子中，挑出裡面放著波西亞畫像的那一個，就可以娶走她，並得到他留下的大筆財產。

許多王子與貴族耳聞波西亞的美貌，紛紛前來碰運氣。有一個摩洛哥親王，他認為「眾人所希望的東西」正是像波西亞這樣的美人，於是選了華而不實的金匣子，但打開匣子後，卻發現裡面只有一個骷髏，跟一首嘲笑他膚淺的詩。

不久後，又有一位阿拉貢親王來向波西亞求婚，他認為自己文武雙全、身分高貴，像波西亞這樣的佳偶正是他「應得的東西」，於是選擇了銀匣子，卻發現匣子裡擺著一張瞇著眼睛的傻瓜畫像，跟一首嘲笑他自大的詩。

最後，巴薩尼歐來了，他看了三個匣子的說明後，說道：「外觀往往和事物的本身完全不符，世人卻容易被表面的裝飾所欺騙。你！炫目的黃金，空有外表的無用之物，我不要你。你！慘白的銀子，在人們手裡來來回回的下賤之物，我也不要你。可是你！寒傖的鉛，你的形狀令人卻步，沒有一點吸引人的地方，然而你的質樸卻比巧妙的言辭更能打動我的心，我就選了你吧！」

他打開了鉛匣子，發現美麗的波西亞畫像就放在裡面！波西亞再也忍不住歡喜的心情，緊緊地抱住了他，並且當場答應嫁給他。這時，巴薩尼歐老實地告訴波西亞，說他沒有什麼財產，唯一可以誇耀的，就是他出生在上流的家庭，祖先是貴族罷了。

但波西亞根本不在乎，她之所以會愛上他，正是為了他那高貴的品德。她自己有的是錢，所以不會在乎丈夫有沒有錢。她很謙虛地說，但願自己擁有一千倍的美麗、一萬倍的富有，才能配得上他。多才多藝的波西亞還說，她是個沒受過太多教育、沒唸過什麼書的女孩子，幸虧她還年輕，還有時間慢慢學習，她要把自己的心交給巴薩尼歐，事事都接受他的指導、管教。

她說：「我所有的一切現在都是你的了，巴薩尼歐。昨天我還擁有這座華麗的房子，我還是一個自由自在的女王，這些僕人也都聽我的指揮，現在，這些都是你的了。憑著這只戒指，我願意把這一切獻給你。」

富有且高貴的波西亞，竟然用如此謙遜大方的態度接受巴薩尼歐的愛，讓巴薩尼歐不知該如何表達自己的快樂，也不知道該如何表示他對波西亞的崇敬，他只好結結巴巴地說了一些愛慕和感謝的話，並拿著戒指立誓，說他會永遠戴著它！

當波西亞答應嫁給巴薩尼歐，成為他的妻子時，格拉西安諾和波西亞的侍女妮莉莎也都在場。格拉西安諾向主人巴薩尼歐和波西亞獻上祝福後，也要求巴薩尼歐讓他和他們同時舉行婚禮。

「我完全贊成，格拉西安諾，」巴薩尼歐說，「可是你得先找到一個妻子才行。」

格拉西安諾說，他愛上了波西亞的漂亮侍女妮莉莎，而她也已經答應了格拉西安諾的求婚。

波西亞問妮莉莎是不是真的，妮莉莎回答：「是真的，只要小姐不反對。」

波西亞很高興地同意了，巴薩尼歐愉快地說道：「格拉西安諾，你們的加入，使我們的婚宴更添光彩了！」

正當兩對情人興高采烈時，卻被剛進來的信差打斷了，信差從安東尼奧那裡帶來一封信，裡面寫著可怕的消息。當巴薩尼歐看這封信時，臉色變得十分慘白，波西亞還以為是他的某位好友死了，問巴薩尼歐為何如此難過。

「啊！可愛的波西亞，這封信裡寫的是世界上最悲慘的事。我當初向你求婚時，就曾坦白地告訴過你，我並沒有什麼財產。其實，我不但一無所有，而且還負債累累呢！」

巴薩尼歐把事情的一切經過都告訴波西亞，包括他向安東尼奧借錢，而安東尼奧又跑去找猶太人夏洛克的事情。當然，他也提到了安東尼奧簽的借約：如果債務到期時他們仍然付不出債款，就要被割下身上的肉！

然後，巴薩尼歐開始唸安東尼奧的信：親愛的巴薩尼歐，我的船全都沉了！看來必須按照跟夏洛克簽的那張借約上的規定受罰了。被割去身上的肉之後，我大概也活不久了，臨死之前，我希望能見你一面。當然，要是我們的友誼不足以讓你走這一趟，你也就不需要來了。

「啊！親愛的，」波西亞說，「你快去把事情處理一下吧！你可以帶一大筆錢去，絕不能因為你的過失，讓你那善良的朋友損傷一根毛髮。你竟然付出了這麼大的代價！我一定會好好地珍惜你！」

波西亞決定，她要在巴薩尼歐動身之前跟他結婚，這樣子他才有使用她財產的合法權利。他們當天就結了婚，格拉西安諾也娶了妮莉莎。巴薩尼歐跟格拉西安諾才剛舉行完婚禮，就馬上回到了威尼斯，趕赴監牢去看望安東尼奧。

由於期限已經過了，狠毒的夏洛克不肯收下巴薩尼歐的錢，他堅持要割下安東尼奧身上一磅的肉。而由威尼斯公爵審理這件案子的日期也已經確定了，巴薩尼歐十分不安地等待著這場審判。

波西亞跟丈夫分手前，曾要他在回來的時候，也順便把他的好友一起帶來，但她擔心安東尼奧凶多吉少，於是思考著自己能不能盡點力量，來幫助巴薩尼歐的朋友。

儘管波西亞為了尊重巴薩尼歐，以妻子的溫順口吻說他比自己聰明，也在所有的事情上聽從他的指示，可是眼看著丈夫的朋友就要送命，她非去救他不可！她一點也不懷疑自己的本領，立刻決定親自到威尼斯替安東尼奧辯護。

波西亞有位當律師的親戚，名叫培拉里奧。她寫了一封信給他，把案情告訴他，並徵求他的意見，她還希望他能先寄一套律師穿的衣服給她。當信差回來後，帶來了培拉里奧的建議和波西亞所需要的服裝。

波西亞和妮莉莎換上男人的衣服，波西亞穿上律師的長袍，妮莉莎則扮成她的秘書，她們在開庭那天趕到了威尼斯。當案子準備開審的時候，波西亞正好走進法庭，她遞上培拉里奧律師寫給公爵的一封信。信裡說他本想親自替安東尼奧辯護，可是卻因病無法出庭，所以他請求庭上允許這位年輕的律師代表他出庭。

公爵批准了這個請求，但他卻望著這個陌生人的相貌感到納悶。波西亞披著律師的袍子，戴著一頂很大的假髮，喬裝得非常好。

審判開始了，波西亞四處張望，她看到了那個毫無仁心的猶太人，也看到了巴薩尼歐，他正站在安東尼奧身邊，為他的朋友煩惱，完全沒有認出波西亞。溫柔的波西亞一想到自己肩負的這項任務有多麼重要時，她的勇氣就冒出來了，她開始大膽地執行這項職務。

她先對夏洛克說，根據威尼斯的法律，他的確有權向安東尼奧索取借約裡寫明的一磅肉，然後她開始讚美仁慈的高貴，她說得是如此動聽，除了那個毫無心肝的夏洛克以外，任何人聽了都會心軟的。

她說，仁慈就像從天而降的甘霖，仁慈是雙重的幸福；對別人仁慈的人會感到幸福，得到仁慈對待的人也會感到幸福；仁慈是上帝的本性，對君王來說，它比皇冠還要美麗，施用威權時，仁慈的成分越多，就越接近上帝的旨意。她要夏洛克明白，他們既然都相信上帝，懇求祂對他們仁慈，那麼他們也應當對別人仁慈。但夏洛克還是一味地用借約上的文字來回應她。

「難道他拿不出錢來還你嗎？」波西亞問。

巴薩尼歐連忙說道，除了三千塊金幣以外，他要加多少利息都可以。可是夏洛克拒絕了這個提議，他還是要安東尼奧身上的一磅肉。

巴薩尼歐央求這位學問淵博的年輕律師，想辦法變通一下法律條文，救一救安東尼奧的命，但波西亞嚴肅地回應道：「法律一旦訂了，就絕對不能變動。」

夏洛克聽到波西亞說法律不能變動，以為她是站在自己這邊的，就說道：「啊！聰明的律師，我多麼敬重你呀！你的學問比你的年齡要高得多了！」

這時，波西亞要求夏洛克讓她看一下借據。看完之後，她說：「毫無疑問地，我們的確應該依照借約上所寫的來辦理。根據借約，這個猶太人能夠合法地從安東尼奧的身上割下一磅肉。」

然後她又對夏洛克說：「你還是發發慈悲，把錢收下，讓我撕掉這張借約吧！」

可是狠毒的夏洛克還是不肯，他說：「我發誓，誰都不能改變我的決心。」

「那麼，安東尼奧，」波西亞說，「你就得讓他的刀子刺進你的胸膛。」

夏洛克正興奮地磨著一把長刀，準備割那一磅肉，波西亞又問安東尼奧：「你還有什麼話要說的嗎？」

安東尼奧帶著鎮定的神情，說自己沒什麼好講的，因為他早就準備好了。然後他對巴薩尼歐說：「把你的手伸給我，巴薩尼歐，再會了！不要因為我的不幸而難過，替我問候尊夫人，告訴她我們之間的友誼。」

巴薩尼歐的心裡痛苦萬分，他說：「安東尼奧，我的妻子對我來說，就和我的生命一樣寶貴，可是在我眼裡，我的生命、我的妻子和整個世界都比不上你的生命寶貴。為了救你，我寧願捨棄這一切，把它都送給這個惡魔！」

善良的波西亞聽到丈夫用這麼強烈的言詞來表示對朋友的情感，雖然並未生氣，卻也不禁說了一句：「要是尊夫人聽到您的這番話，恐怕會很傷心吧！」

而喜歡模仿主人的格拉西安諾，覺得自己也應該說幾句類似的話，他竟對著波西亞身旁扮成秘書的妮莉莎說道：「我非常愛我的妻子，可是只要她能求神靈改變這個猶太人的殘忍性格，我也寧願放棄她！」

「幸虧你是在她背後說這些話，要不然，你們一定會鬧得天翻地覆的！」妮莉莎說。

夏洛克等得不耐煩了，他喊道：「別再浪費時間了，請快點宣判吧！」

法庭裡充斥著一股可怕的氣氛，所有人都替安東尼奧感到悲痛。

波西亞確認稱肉的天秤準備好了之後，便轉頭對夏洛克說：「夏洛克，你得請一位外科醫生來，免得他因失血過多而喪命。」

夏洛克本來就是要安東尼奧的命！他說：「借約裡可沒有這一條。」

波西亞說：「沒有這一條又有什麼關係呢？做點善事總是好的。」

對於這些請求，夏洛克一概回答：「我做不到，借約裡根本就沒有這一條。」

「那麼，」波西亞說，「安東尼奧身上的肉是你的了。法律准許你從他身上割下肉來。」

夏洛克大聲歡呼道：「真是明智又正直的法官！」然後他拿起他的那把長刀，急切地望著安東尼奧說：「來吧！」

「等一等！」波西亞說，「還有一點，借約裡可沒有准許你拿走一滴血！條文上寫的是『一磅肉』。在割這一磅肉的時候，你只要讓這個基督徒流出一滴血來，你的田地和產業就要依照法律規定的，全數歸給威尼斯政府。」

夏洛克沒辦法割下安東尼奧的肉卻又不讓他流血，於是，波西亞這個聰明的發現挽救了安東尼奧的生命。大家都對這位年輕律師的驚人機智表示欽佩，元老院裡響起了歡呼聲。格拉西安諾還用夏洛克剛才說的話大聲喊道：「啊！真是明智又正直的法官！」

夏洛克發覺他的計畫失敗後，只好帶著懊悔的神情，說他願意接受錢了。而巴薩尼歐因為安東尼奧意外獲救，感到非常高興，毫不考慮地對著夏洛克說道：「拿去吧！」

波西亞卻攔住他，說道：「別急，先等一下！這個猶太人不能拿錢，只能割肉。夏洛克，準備割肉吧！可是要記住，你不能讓他流出一滴血來。你割的肉不能超過一磅，也不能少於一磅，要是比一磅多一點或少一點，那就要依照威尼斯的法律判你死罪，你的財產得全數充公。」

「給我錢，讓我走吧！」夏洛克氣急敗壞地說。

「我準備好了，」巴薩尼歐說，「錢在這裡。」

夏洛克剛要接過錢，波西亞又把他攔住了，她說：「等一等，猶太人！你還有把柄在我手裡。根據威尼斯的法律，因為你設計謀害他人的性命，所以你的財產已經充公了，你的死活就看公爵怎麼決定了。跪下來，請求他的饒恕吧！」

公爵對夏洛克說：「為了讓你看看我們基督徒的精神，不用等你開口我就饒恕你的性命。可是，你的一半財產必須給安東尼奧，另一半則給政府。」

慷慨的安東尼奧說，要是夏洛克肯簽一張字據，答應在他死後把財產留給他的女兒和女婿，那麼，安東尼奧願意放棄那一半財產。

原來，夏洛克有一個獨生女，叫做潔西卡，她違背父親的意思跟一個年輕的基督徒結婚，這個人名叫羅倫佐，是安東尼奧的朋友。他們的婚姻惹火了夏洛克，所以他剝奪了女兒的財產繼承權。

無可奈何之下，夏洛克答應了這個條件。他的陰謀不僅失敗了，又損失大筆財產，因此沮喪地說：「請先讓我回家去吧！我不太舒服。字據寫好後就送到我家去好了，我會簽字，將我一半的財產分給我女兒。」

「那麼你走吧！」公爵說，「可是你一定要簽那張字據。如果你真心悔改，成為一個基督徒，國家還會赦免你，把另一半的財產也還給你。」

接著，公爵也釋放了安東尼奧，並宣布審判已經結束。他極力地誇讚這個年輕律師的才智，並邀他到家裡一起吃飯。但波西亞一心想趕在丈夫之前回到貝爾蒙，就說：「您的好意我心領了，可是我必須馬上趕回去。」

公爵對波西亞的回答感到有些遺憾，接著他轉過身來，對安東尼奧說道：「好好酬謝這位先生吧！我想你欠他一份很大的人情。」

公爵和元老們都退庭了，巴薩尼歐對波西亞說：「可敬的先生，多虧您的機智，我的朋友安東尼奧今天才得以免去一場痛苦的懲罰，請您收下本該還給夏洛克的三千枚金幣吧！」

「除了這點微薄的報酬外，我們對您也是感激不盡。」安東尼奧說，「對於您的恩德，我們永遠也忘不了。」

波西亞怎樣也不肯收下那筆錢，但是巴薩尼歐再三地懇求她接受，她又說：「把你的手套送給我吧！我想留作紀念。」於是，巴薩尼歐就把手套脫下來，她一眼就看到他手上戴著的那只戒指。原來，波西亞是想把那只戒指弄到手，然後再找個機會好好捉弄他。因此，她向巴薩尼歐要了手套，然後看著那戒指說道：「既然你想對我表示謝意，那麼，就把這個戒指送給我吧！」

巴薩尼歐十分為難，因為律師向他索取的是他唯一不能給的東西。他神色慌張地說道，這只戒指是他妻子給他的定情物，他已經發過誓要永遠戴著它，所以無法給予，但自己願意買下全威尼斯最貴重的戒指送給他。

波西亞故意裝作很不高興的樣子走出了法庭，她臨走時說道：「您倒是教會我該如何對付一個乞丐了！」

「親愛的巴薩尼歐，」安東尼奧說，「就把戒指送給他吧！看在我的份上，就得罪一次你的夫人吧。」

巴薩尼歐為自己的忘恩負義感到很慚愧，於是讓步了。他派格拉西安諾拿著戒指去追波西亞，而曾給過格拉西安諾一只戒指的妮莉莎，也一樣向他索討戒指，格拉西安諾竟馬上交給了她。兩位夫人一想到丈夫回家後，可以誣賴他們把戒指送給了別的女人時，就忍不住大笑起來。

一個人做了好事之後，總是會覺得心情相當愉快，就像波西亞現在的心情。在這種快樂的心情下，她看到任何事物都覺得很美好，月亮再也沒有比那天晚上更皎潔的了，當那輪明月躲到雲彩後面時，從她家裡透出來的一道光，竟也使她奔放的幻想更加愉快起來。

她對妮莉莎說：「這道光是從家裡透出來的，沒想到小小一支蠟燭，它的光芒竟然可以照得這麼遠！同樣地，在這個充滿罪惡的世界，做一件好事也能得到很大的迴響。」

聽到家裡面正演奏著音樂，她又說：「我覺得這音樂聲比白天時更好聽了。」

這時，波西亞和妮莉莎換上原來的裝扮，等著她們丈夫歸來。一會兒，他們兩人回來了，巴薩尼歐把他的好友安東尼奧介紹給波西亞認識，波西亞也誠摯地祝賀安東尼奧脫離凶險，並表示熱烈歡迎，而妮莉莎跟她的丈夫已經在一旁鬥起嘴來了。

「已經在吵嘴啦？」波西亞說，「是因為什麼事呢？」

格拉西安諾說：「夫人，都是為了妮莉莎給我的一只不值錢的戒指。上面刻著詩句：愛我！不要離開我。」

「我才不管什麼詩句，什麼值不值錢！」妮莉莎假裝生氣地說，「我給你的時候，你發誓說要戴在手上，一直到死！現在，你騙我說你送給律師的秘書，我知道你一定是把它給了別的女人！」

「我向你發誓！」格拉西安諾說，「我把它送給了一個年輕的男孩。他是那位年輕律師的秘書，安東尼奧的命就是那位律師救回來的，所以那個年輕的孩子向我要它作為酬勞，我無論如何也不能不給呀！」

波西亞說：「格拉西安諾，這件事就是你不對了，你不應該把妻子給你的禮物轉送給別人。我也給過巴薩尼歐一只戒指，我敢說，他無論如何也不會把它送人。」

為了掩飾自己的過失，格拉西安諾著急地說道：「主人也把他的戒指給了那位律師啦！所以那個孩子才會也跟我要我的戒指。」

波西亞聽到後假裝很生氣，她責備巴薩尼歐不該把戒指送給別人。她也相信妮莉莎的話，認為戒指一定是被巴薩尼歐送給了別的女人。

巴薩尼歐因為惹惱了他的夫人，感到十分難過，他懇切地說：「我用我的人格向你擔保，戒指並不是給了女人，而是給了一位律師，因為他不肯接受我送的三千枚金幣，非要那只戒指不可，我不答應，他就氣沖沖地走了。可愛的波西亞，你說我該怎麼辦呢？那看起來就像我對他忘恩負義，於是我只好叫格拉西安諾追上去，把戒指交給他。饒恕我吧！夫人。要是你在場的話，我想你一定也會要我把戒指送給那位可敬的律師的。」

「啊！」安東尼奧說，「你們兩對夫妻吵架，都是因為我一個人！」

波西亞請安東尼奧不要為了這件事難過，因為他在這裡還是受歡迎的。安東尼奧說：「我曾經為了巴薩尼歐，拿自己的身體去抵押。要不是有那位律師，我早就沒命了！現在，我敢用我的靈魂擔保，您的丈夫再也不會做出對您背信的事了。」

「那麼您就是他的保人了！」波西亞說，「請您把這只戒指交給他，叫他好好保存。」

巴薩尼歐一看，發覺這只戒指跟他送給律師的那只一模一樣，他覺得很奇怪。波西亞這時才告訴他，她就是那個年輕的律師，而妮莉莎是她的秘書。巴薩尼歐這才恍然大悟，原來救下安東尼奧性命的，正是他妻子卓越的膽識和智慧。

波西亞再一次對安東尼奧表示祝賀。她把幾封恰巧落到她手裡的信唸給他聽，信裡說，安東尼奧原本以為沉沒的船隻，已經安安穩穩地回到港口。而這個故事的悲慘開端，也在後來出乎意料的好運之中被淡忘了。他們有的是閒情逸致去回憶——那只戒指的可笑經歷和兩個認不出妻子的丈夫。

格拉西安諾還打趣地說：只要他還活著，就怕再次弄丟了妮莉莎的戒指啊！

7 無事生非

從前，在墨西拿宮廷裡住著兩位小姐，一位名叫希羅，一位名叫貝特麗絲。希羅是墨西拿總督里奧那托的女兒，貝特麗絲是他的侄女。

貝特麗絲生性活潑，愛說一些輕快的俏皮話，來逗她那性格較嚴肅的表妹希羅開心。對於無憂無慮的貝特麗絲來說，無論是什麼樣的事情，她都能拿來取樂一番。

當這兩個姑娘的故事開始時，一些在軍隊裡擁有極高頭銜的年輕人正好來到墨西拿，他們在剛剛結束的戰爭中英勇無畏，立下赫赫戰功，從戰場返回時途經墨西拿，便來拜訪里奧那托。

這些人之中有阿拉貢親王唐．佩德羅和他的朋友——來自佛羅倫斯的少年貴族克勞狄奧。同行的人還有培尼狄克，他是來自帕度亞的豪放而又富於機智的少年貴族。

在此之前，這些外地來的客人都曾經造訪過墨西拿，因此，熱情好客的總督把他們當成老朋友和知己，介紹給自己的女兒和侄女。

培尼狄克才剛走進屋子，就和里奧那托及親王熱烈地聊了起來。無論別人在談論什麼，貝特麗絲都不喜歡被冷落一旁。於是，她打斷了培尼狄克的話。

「真奇怪，你怎麼還在這兒說個不停啊？培尼狄克先生。沒有人在聽你說話呢！」

培尼狄克也確實和貝特麗絲一樣，是個嘴巴停不下來的人，忽然遭到這樣無禮地的對待，令他感到相當不愉快。他想，一個擁有良好教養的小姐說起話來竟這樣輕率無禮，未免太不合適了。他想起上次來到墨西拿時，貝特麗絲也經常拿他開玩笑。愛開玩笑的人通常也最不喜歡別人開自己玩笑，培尼狄克和貝特麗絲就是如此。過去這兩個精明、嘴快的人每次見面總要展開一場精采的舌戰，彼此挖苦嘲諷，離別時還仍然對彼此氣惱不已。

也因此，貝特麗絲在他說話的時候打斷了他，還說沒有人在聽他講話。培尼狄克也故意裝作不知道她在場，說道：「哎呀！我親愛的高傲小姐，你還活著呀？」

這下子，兩人之間的舌戰又再次開始了。接著便是一場持久的吵鬧的爭執。在爭執中，儘管貝特麗絲知道培尼狄克在最近這場戰爭中充分表現了他那英勇無畏的氣概，卻仍然說自己寧願把他在戰場上殺死的人全部吃掉。

她還注意到，親王很喜歡聽培尼狄克講話，於是就嘲笑他是「親王的小丑」。這句譏諷比貝特麗絲之前說過的任何話都更讓他耿耿於懷。她說自己要吃掉他殺死的人，藉此嘲諷他是個懦弱的人，這點培尼狄克倒不在意，因為他很清楚自己的勇敢。但是，一個辯論家最怕沾上的就是小丑之類的汙名，因為這種指責有時相當接近事實。也因此，當貝特麗絲笑他是「親王的小丑」時，培尼狄克心裡狠透了她。

至於希羅，她是一位端莊謙讓的小姐，在那些高貴的客人們面前總是保持沉默。克勞狄奧專注地盯著比之前更美麗的她，注視著她那姣好的身材，她是那樣地高雅優美，真是一位令人愛慕的年輕小姐啊！

與此同時，親王正興致十足地聽著培尼狄克和貝特麗絲之間的詼諧談話，他低聲對里奧納托說道：「好一個活潑的年輕姑娘！她搞不好可以成為培尼狄克的好妻子。」

聽到這個提議，里奧納托回答說：「啊！殿下，殿下，他們要是真的結了婚，不出一個星期他們就會吵架吵到發瘋的！」儘管里奧納托認為這兩人不適合配成一對，親王還是不肯放棄把這兩個機智的辯論家送作堆的想法。

當親王和克勞狄奧一起離開宮廷時，發現除了他在計畫著培尼狄克和貝特麗絲之間的婚事之外，這夥好友之中也有其他人正在撮合這種事呢！由於克羅狄奧對希羅讚不絕口，親王輕易猜出了他的心思，他對此相當高興，並對克羅狄奧說：「你喜歡希羅嗎？」

克羅狄奧回答道：「啊！殿下，當我上次來到墨西拿時，我是以軍人的眼光來看她的。雖然我是那樣地喜歡她，但卻沒有閒情逸致去談情說愛。但是現在，在這樣和平快樂的日子裡，不用再想著戰爭，腦子裡自然就騰出空位了，取而代之的是綿綿不斷的溫柔細膩的情感。這樣的情感讓我認識到年輕的希羅是多麼的美麗，使我想起在上戰場之前我就喜歡上她了。」

親王聽了克羅狄奧坦白地說出對希羅的愛，備受感動，於是馬上懇求里奧納托同意讓克勞狄奧成為他的女婿。里奧納托同意了這門親事，親王也沒有耗費多大的力氣，就說服了溫柔的希羅接受高貴的克羅狄奧向她求愛。克羅狄奧是一個天資非凡、學識淵博的貴族，加上他這位和善的親王朋友從中幫忙，很快就說服了里奧納托，早早決定了與希羅舉行婚禮的日子。

只要再等幾天，克羅狄奧就可以和他那美麗的姑娘結婚了，但他還是抱怨這段等待的時間太過冗長無聊，再怎麼說，大部分的年輕人在期待渴望的事情實現時，都會感到迫不及待的。親王為了讓克羅狄奧在這段等待的期間內好過一些，提出了一個可以快樂地打發時間的建議：他們要想出一條妙計，讓培尼狄克和貝特麗絲互相愛上對方。

克勞狄奧非常高興地參與了親王一時興起所產生的奇想，里奧納托也答應幫助他們，甚至連希羅也說會盡她的微薄之力，來幫助她的堂姐獲得一個好丈夫。

親王想出的計策，是要這些先生們讓培尼狄克相信貝特麗絲愛上了他，同時，希羅則要讓貝特麗絲也相信培尼狄克愛上了她。

親王、里奧納托和克勞狄奧首先展開了行動。當培尼狄克安靜地坐在一個涼亭裡看書時，親王和他的助手們來到了涼亭後面的樹叢裡，他們慢慢地等待時機，當一伙人來到離培尼狄克近得讓他不想聽到他們談話都不行的距離時，他們隨意地聊了一些話，接著親王說道：「里奧納托，你過來。那天你跟我說了些什麼？你說你的侄女愛上了培尼狄克先生？我怎麼也想不到那位小姐會愛上男人啊！」

「是啊，我也沒想到啊！殿下，」里奧納托回答說，「更沒想到她會如此迷戀培尼狄克先生，因為表面上她似乎一直很討厭他。」

一旁的克勞狄奧也證實了這些話，說希羅告訴過他貝特麗絲深愛著培尼狄克，如果培尼狄克不願意愛她，那她一定會傷心而死的。里奧納托和克勞狄奧似乎都一致認為，培尼狄克絕對不可能不愛貝特麗絲的，因為他向來喜歡逗弄漂亮的女人，對貝特麗絲尤其如此。

親王聽著這些話，假裝很同情貝特麗絲，於是說道：「要是能告訴培尼狄克這件事就好了。」

「有什麼好呢？」克勞狄奧說，「他只會拿它開玩笑的，然後讓這個可憐的女孩更加痛苦。」

「如果他真的會這麼做，」親王說，「不告訴他反而比較好，因為貝特麗絲是個非常可愛的姑娘，做任何事都非常精明，除了在愛上培尼狄克這件事情上有欠聰明之外。」

接著，親王示意他的同伴們繼續往前走，讓培尼狄克靜靜地思考他偷聽到的話。

培尼狄克從剛才就一直非常熱切地聽著這段對話，當他聽到貝特麗絲愛上了他，就自言自語地說道：「有可能會有這種事嗎？風會吹到那個角落裡去嗎？」

當人群走了之後，他又開始這樣獨自揣摩起來：「這不可能是個騙局！他們的神情很認真，而且還是從希羅嘴裡聽說的，他們看起來還很同情貝特麗絲。她愛上了我！哎呀，那我一定要好好報答她才是！我確實從未想過要結婚，當初我曾說要當一輩子的單身漢，那是因為我認為自己活不到結婚的時候。他們說這個女孩美麗善良，她的確是，還說她在任何事情上都很聰明，除了愛上我這件事。可是，他們憑什麼這麼說呢？愛上了我也並不代表她就是愚蠢的呀！貝特麗絲朝這邊走過來了，老實說，她真是位漂亮的姑娘，我真的能從她的表情裡窺探出幾分愛我的意思了呢！」

貝特麗絲朝他走過來了，用她慣常的尖銳口氣說道：「是他們要我來叫你回去吃飯的，我可是很不情願的啊！」

培尼狄克從來沒想過，自己竟會像現在這樣很有禮貌地對她說話，他回答道：「美麗的貝特麗絲，謝謝你，辛苦你了！」

貝特麗絲粗魯地對他說了兩三句話之後，就離開他了。培尼狄克覺得自己從她的無禮的話裡感受到一絲隱約的善意，於是，他大聲說道：「我要是不憐惜她，我就是個惡棍！我要是不愛她，我就是個猶太人！我要去跟她求得一張玉照。」

這位先生就這樣踩進了人們為他設下的圈套，現在該輪到希羅出馬，去完成她套住貝特麗絲的那一部分責任了。希羅派人去把侍女歐蘇拉和瑪格麗特叫來，她對瑪格麗特說：「我的好瑪格麗特，你過去客廳，我堂姐貝特麗絲正在那兒跟親王和克勞狄奧說話。你悄悄告訴她我正和歐蘇拉在果園裡散步，並且談論著有關她的事情。讓她偷偷進入那座宜人的涼亭，那裡的金銀花在陽光的沐浴下長大了，現在卻像忘恩負義的寵臣，濃密如蓋，不讓陽光照進來了。」

希羅要瑪格麗特將貝特麗絲騙去的涼亭，正是培尼狄克曾在那兒專心地偷聽過一次談話的那個可愛的涼亭。

「我會馬上讓她來的，我保證。」瑪格麗特回答道。

於是，希羅帶著歐蘇拉來到果園裡，對她說：「好了，歐蘇拉，待會兒貝特麗絲來的時候，我們就沿著這條小路來回漫步，我們談的必須是只跟培尼狄克有關的事情。我一提起他的名字，你就把他誇得彷彿是天底下最好的男人，而我則對你說培尼狄克是如何愛上了貝特麗絲。現在就開始吧，瞧！貝特麗絲像隻鴨子般俯縮著身子跑過來偷聽我們的談話了。」

於是，她們開始聊了起來。希羅就像在回應歐蘇拉剛才說過的什麼話似的，說道：「不，真的，歐蘇拉，她太高傲了。她的性情就像山上的野鳥那樣自傲。」

「但是你確定嗎？」歐蘇拉說，「培尼狄克真的這樣一心一意地愛著貝特麗絲嗎？」

希羅回答說：「親王和我的未婚夫克羅狄奧都是這樣說的，他們還懇請我一定要告訴她這件事。但我勸他們，如果他們還關愛培尼狄克的話，就永遠不要讓貝特麗絲知道這件事。」

「沒錯，」歐蘇拉回答說，「最好不要讓她知道他愛她，以免她拿這件事嘲笑他。」

「唉，說實話，」希羅說道，「我從來沒見過這樣的男人，他是那樣的精明、高貴、年輕、相貌出眾，但是她卻總是貶低他。」

「對，對！這樣吹毛求疵是不值得讚賞的。」歐蘇拉說。

「是啊，」希羅答道，「可是，誰敢這麼跟她說呢？我要是這麼說的話，她會把我挖苦得無地自容的！」

「哦！你冤枉你堂姐了！」歐蘇拉說，「她不可能這麼沒有眼光，竟然拒絕了像培尼狄克這樣一位難得的紳士。」

希羅說：「他非常有名望，老實說，除了我親愛的克羅狄奧外，他可以算得上是義大利最優秀的男人了！」

這時，希羅暗示她的侍女該轉變話題了。於是，歐蘇拉說：「您什麼時候結婚呀，小姐？」希羅說她明天就會和克羅狄奧結婚，還要歐蘇拉陪她去挑選一些新衣服，因為她希望歐蘇拉能幫她參考一下明天該穿什麼。

貝特麗絲一直屏住氣息，急切地聽著這段談話。當她們走後，她叫喊了起來：「我的耳朵怎麼會這麼熱啊？難道這是真的嗎？再見了，輕蔑和嘲弄，還有少女的驕傲，永別吧！培尼狄克，請繼續愛下去吧！我不會辜負你的，讓我這顆狂野的心被你充滿情愛的手馴服吧！」

無論是誰，當看到這對老冤家變成了相愛的新朋友，看到和善幽默的親王那有趣的計策騙得他倆愛上了對方後第一次見面的情景，都一定會感到高興。

然而，現在也該提及希羅遭遇的可悲的命運轉變了。第二天原本是希羅結婚的日子，卻給希羅和她的好父親里奧納托的心帶來了哀傷。

親王有個同父異母的弟弟，跟親王一起從戰場來到墨西拿。這個弟弟名叫唐·約翰，是個既邪惡又不安份的人，專門喜歡密謀陷害別人。他憎恨他的哥哥親王，也恨親王的好朋友克勞狄奧。他決定阻止克勞狄奧跟希羅結婚，而這只是為了讓克勞狄奧和親王痛苦，好讓他得到傷害別人的滿足感，因為他知道親王一心想成全這樁親事，甚至對這件事的熱心程度絲毫不亞於克勞狄奧本人。

為了達到這個惡毒的目的，唐．約翰雇用了一個跟他一樣壞的人，名叫波拉契奧。為了唆使他去從中破壞，唐．約翰承諾會給他一大筆錢。波拉契奧正在追求希羅的侍女瑪格麗特，唐．約翰知道這件事以後，就慫恿他說服瑪格麗特，讓她在當天晚上希羅入睡後，隔著她女主人的臥室窗戶和他談話，而且還要穿著希羅的衣服。這樣才能更順利地騙過克勞狄奧，讓他相信那是希羅。這就是唐．約翰設下這個毒計想要達成的目的。

接著，唐．約翰去了親王和克勞狄奧那兒，告訴他們希羅是個輕浮的女子，在三更半夜隔著她臥室的窗戶和男人談心，當時正是婚禮的前一天晚上，他自告奮勇，表示願意帶他們過去，讓他們親耳聽見希羅隔著她的窗戶和別的男人談話。於是，他們同意跟他一起前往。

「如果我今晚看到任何我不該與她結婚的事情，明天我就要在婚禮上當著眾人的面羞辱她！」克勞狄奧說道。

「是我幫你贏得她的芳心的，因此我也會一起讓她出醜。」親王也附和道。

當晚唐．約翰把他們帶到希羅的臥室附近，他們看到波拉契奧正站在窗戶下，還看見瑪格麗特正從希羅的窗戶往外看，聽見她正在跟波拉契奧交談。瑪格麗特穿的衣服與他們見過希羅的穿著完全一樣，因此親王和克勞狄奧相信，那就是希羅小姐本人。

當克勞狄奧發現了這件事後，再也沒有什麼比這更令他憤怒的了。他對無辜的希羅全部的愛一下子轉變成了仇恨，他決心要按照之前所說的那樣，第二天在教堂揭穿她。親王也同意他這樣做，還認為無論怎麼懲罰這個不檢點的姑娘都不算嚴厲，因為她竟然在即將與高貴的克勞狄奧結婚的前一天晚上，還隔著她的窗戶和另一個男人談心。

第二天，眾人全都聚集在一起慶祝婚禮。克羅狄奧和希羅站在神父面前，當神父即將宣布婚禮開始時，克勞狄奧卻用最激烈的言詞公開了清白的希羅的罪行。希羅聽見他說出這些莫名其妙的話，非常吃驚，溫柔地說道：「我的愛人病了嗎？他怎麼會說出這麼離譜的話來？」

里奧納托聽到了也驚駭不已，對親王說：「殿下，您怎麼不說話呀？」

「我該說什麼呢？」親王回答說，「我以讓我親愛的朋友去和這樣一個不自重的女人結合在一起而感到恥辱！里奧納托，我以我的人格發誓，我自己、我弟弟還有這位傷痛的克羅狄奧，昨天半夜裡確實看見並聽到她在臥室窗戶旁與一個男人談心呢！」

培尼狄克聽到這些話同樣非常震驚，說道：「這看上去不像在舉行婚禮啊。」

「這是怎麼回事？哦，上帝呀！」傷心的希羅呼喊道，接著這個不幸的姑娘就一下子暈了過去，看上去像死了一樣。親王和克勞狄奧完全不在乎希羅是否會醒過來，就頭也不回地離開了教堂，絲毫不考慮他們拋給里奧納托的痛苦，憤怒使他們變得如此鐵石心腸。

為了幫助貝特麗絲把昏厥的希羅弄醒，培尼狄克也留下來，他問道：「這位小姐怎麼啦？」

「她死了，我想。」貝特麗絲極度痛苦地回答說，因為她很愛她的堂妹，而且，她深知希羅品行端正，一點兒也不相信她聽到的那些指責希羅的壞話。希羅那可憐的老父親卻信以為真了，他相信了有關他孩子的可恥傳聞。人們聽見他對著像個死人一般躺在他眼前的希羅唉聲嘆氣，還說希望她永遠都不要再睜開眼睛了，真是令人感到淒慘呀！

但是，這個老神父是個精明人，善於觀察人的品性。當聽到這個姑娘受到別人指責時，他非常仔細地觀察了希羅的神色，看到她因羞辱而泛起了滿臉紅暈，接著又看到天使般的慘白驅走了她臉上的羞紅，他從她的眼裡看到一團怒火，看出她是一名貞潔的姑娘，親王對她的指責是錯誤的。

因此，他對這名悲痛的父親說：「如果這個姑娘不是無辜地蒙受極大的冤屈，你就叫我傻瓜吧！也別再相信我的學問、我的見識，別再相信我的年紀、我的聲望，也不要再相信我的神職了！」

希羅甦醒後，神父對她說：「小姐，他們指責你跟哪個男人關係曖昧呢？」

希羅回答說：「那些責難我的人知道是誰，但我卻什麼都不知道呀！」接著，她轉過頭來對里奧納托說：「啊！父親，如果您能證明我曾經和什麼人在不合適的時間談過心，或是昨天夜裡我和任何人說過話，那您就不要認我這個女兒，憎恨我，把我折磨到死吧！」

神父說道：「親王和克勞狄奧一定是因為什麼奇怪的事而誤會了。」於是，他建議里奧納托公開說希羅已經死了，因為當他們棄希羅而去時她還處於昏迷狀態，就像死了一樣，所以能讓他們很輕易相信這件事。同時，他還勸里奧納托穿上喪服，為希羅立一塊墓碑，舉行葬禮的所有儀式。

「為什麼要這麼做呢？」里奧納托問道，「這麼做有什麼用呢？」

神父回答說：「一旦她死亡的消息公諸於世，將會使誹謗變成憐憫，這樣是有好處的。但是，我所希望的還不只是這一點好處，當克羅狄奧聽說希羅是因為他的那些話而一下子氣憤而死時，他的腦中就會浮現起她生前可愛的樣子。如果他曾經發自內心地愛過希羅，那他將會因此而哀傷，也會追悔當初不該那樣責難她，儘管他仍然認為自己指控的是事實。」

這時，培尼狄克說：「里奧納托，你就聽從神父的勸告吧！雖然你知道我是多麼愛親王和克勞狄奧，但是我以我的人格保證，絕對不會把這個秘密洩露給他們！」

經過這樣的勸說之後，里奧納托也同意了。他悲傷地說：「我真是傷透了心，甚至連一根最細的線都能牽著我走了。」

後來，為了安慰里奧納托和希羅，善良的神父把他們帶走了，只剩下貝特麗絲和培尼狄克仍然留在那兒，他們的朋友設下的那個有趣計策原本是為了把他們像現在這樣撮合到一起，期待好好地從中取樂一番呢！可是，如今那些朋友都十分苦惱，所有那些尋開心的想法彷彿都從他們的腦中永遠地消失無蹤了。

培尼狄克先開口了，他說：「貝特麗絲小姐，你一直都在哭嗎？」

「是啊，我還想哭一會兒呢！」貝特麗絲回答說。

「事實上，我真的認為你的好堂妹受了委屈。」

「唉！」貝特麗絲說，「要是誰能為她洗清冤屈，這個人將多麼地值得我去愛呢！」

於是，培尼狄克說：「有沒有辦法表達這樣的情感呢？在這個世界上，我愛你勝過一切，這不是很奇怪嗎？」

貝特麗絲說：「我也可以說，我在這個世界上最愛的也是你。可是不要相信我，雖然我也沒有說謊。我什麼都不承認，也什麼都不否認。我為我的堂妹感到難過！」

「我用我的劍發誓，」培尼狄克說，「你愛我，我也鄭重表白我愛你。來吧！儘管吩咐我為你做任何事情吧！」

「殺了克勞狄奧。」貝特麗絲說。

「啊，這絕對不可以！」培尼狄克說道，因為他愛他的朋友克勞狄奧，而且他相信克勞狄奧是被人欺騙利用了。

貝特麗絲說：「克勞狄奧肆意誹謗、嘲弄、羞辱我堂妹，難道他不是個惡棍嗎？啊！我要是個男人就好了！」

「聽我說，貝特麗絲！」培尼狄克說道。但是，貝特麗絲一點兒也聽不進去他為克勞狄奧作的辯解，她仍然逼著培尼狄克為她堂妹所受的冤屈報仇。

她說：「隔著窗戶和一個男人談心？說得就像真的一樣！可愛的希羅蒙受冤枉、遭遇誹謗，她一輩子都毀了！啊！為了教訓克勞狄奧，我如果是個男人該有多好啊！或者如果我有個朋友願意為了我去做一個真正的男子漢就好了。可是，英勇都已經化為禮貌和問候的話語了，我不能如我所希望的那樣成為一個男人，那麼我還是做一個女人，傷心地死去吧！」

「等等！親愛的貝特麗絲，」培尼狄克說道，「我舉起這隻手向你發誓我愛你！」

「你要是愛我，就用這隻手去做別的事情吧！而不只是用它來發誓。」貝特麗絲說。

「憑著自己的良心，你認為克勞狄奧冤枉了希羅嗎？」培尼狄克問道。

「是的，」貝特麗絲回答說，「就如同我知道我有思想，有一顆真心一樣，完全肯定。」

「這樣就夠了，」培尼狄克說，「我答應你，我去向他要求決鬥。讓我親吻你的手再離開你吧！我舉起這隻手向你發誓，我要讓克勞狄奧付出昂貴的代價！等著我的消息吧！也請你想念著我。去吧，去安慰你的堂妹吧！」

正當貝特麗絲這樣強烈地要求培尼狄克，並說出氣憤的話來激發他的俠義心腸，讓他為了希羅兩肋插刀，甚至去跟他最親愛的朋友克勞狄奧決鬥時，里奧納托已先一步向親王和克羅狄奧發出了挑戰，要他們用劍來償還他們對他的孩子造成的傷害，說她已經因傷心而死去了。

可是，他們尊敬里奧納托的高齡，也理解他的悲傷，因此說道：「不，不要這樣和我們爭吵，親愛的老人家。」

這時候，培尼狄克來了，他也向克羅狄奧挑戰，要他用劍來償還他對希羅造成的傷害。克勞狄奧和親王相視說道：「一定是貝特麗絲要他這麼做的！」

雖然以決鬥來決定是非不太可靠，但要不是上天為希羅的無辜提供了更好的證據，克勞狄奧這時肯定會接受培尼狄克的挑戰。

正當親王和克勞狄奧還在談論培尼狄克的挑戰時，一個地方法官把波拉契奧當作罪犯帶到親王跟前。原來，波拉契奧跟他的一個同伴提起唐．約翰雇用他去幹的勾當時，被別人聽見了。

波拉契奧當著克勞狄奧的面，把事情原委如實地向親王招供，他說是瑪格麗特穿著希羅的衣服和他隔著窗戶談心，而他們卻錯誤地把那個姑娘當成希羅本人了。到了這時，克勞狄奧和親王也不再懷疑希羅的清白了。就算他們對此還抱著懷疑的話，那麼唐．約翰的逃跑就完全掃除了他們的猜疑——唐．約翰發現他的惡行已經敗露，害怕哥哥會對他發怒，因此逃離了墨西拿。

克勞狄奧發現自己冤枉了希羅，心裡非常痛苦。他真的相信希羅是因為聽到他殘酷的話當場死去了。他的腦海裡又浮現出他深愛的希羅的形象，依然那樣地美麗，就和他最初愛上她的時候一樣。親王問他剛聽到的話是不是像烙鐵一樣灼傷了他的心，他回答說，聽著培尼狄克敘述這件事的時候，他就像喝了毒藥一樣難受！

克勞狄奧後悔莫及，請求里奧納托老人原諒他所造成的傷害。他承諾說，既然他輕信了別人對他未婚妻的誣陷而鑄成大錯，那麼，無論里奧納托要他怎樣為了親愛的希羅贖罪，他都願意承受。

里奧納托給他的懲罰，是要他在隔天與希羅的一個表妹結婚。他說，這個小姐是她的繼承人，長得跟希羅非常相似。為了兌現他對里奧納托做出的莊嚴承諾，克勞狄奧答應與這個不相識的小姐結婚，哪怕她是個黑人也沒關係。但是，他的內心仍然非常痛苦，當晚他在里奧納托為希羅立的墓碑前以淚洗面。悔恨、悲痛交織在一起，與克勞狄奧在那裡度過了一整夜。

第二天早上，親王陪同克勞狄奧來到教堂。那位好心的神父、里奧納托還有他的「侄女」都已經聚在那裡，準備舉行第二場婚禮。里奧納托把許配給克羅狄奧的新娘介紹給他，新娘戴著一副面罩，不讓克勞狄奧看見她的臉。

克勞狄奧對著這位戴著面紗的小姐說：「在神聖的神父面前，請把你的手給我吧！如果你願意與我結婚，我就是你的丈夫。」

「我活著的時候，就曾經是你的妻子。」這個不相識的小姐說道，接著她摘下了面罩，原來她根本不是什麼侄女，而是里奧納托的親生女兒，希羅小姐本人。

可以肯定的是，對於克羅狄奧來說，這絕對是最令人愉快的驚喜了，因為他原本還以為她已經死去了呢！他快樂得簡直不敢相信自己的眼睛。親王目睹了這一切也驚異不已，大聲叫道：「這不是希羅嗎？不是那個死去了的希羅嗎？」

里奧納托回說：「她是死了，殿下，但那是當誹謗還活著的時候。」

神父答應他們，在結婚儀式完成後，會解釋這個彷彿奇蹟般的事情原委。在他準備為兩人舉行婚禮時，培尼狄克打斷了他，原來他也想趁這個時候與貝特麗絲結婚。

貝特麗絲對這樣的婚配表示了一些異議，於是培尼狄克就以貝特麗絲對他表示過愛意來質問她，但實際上那都是希羅編造的，所以兩人之間因此產生了一段有趣的辯論，直到這時，他們才發現自己被哄騙了，誤以為對方愛上了自己，而實際上這種愛從一開始就不存在。

然而，一個捉弄人的玩笑卻使他們成了真正的愛人。他們是被一個有趣的計策所騙才愛上對方，但現在他們之間的感情已經非常濃烈，再嚴肅認真的解釋也難以動搖它了。

既然培尼狄克提出了要和她結婚，他就已經下定決心，無論人們用什麼方法來反對這門婚事，他都不會去理會。他仍然快樂地繼續和貝特麗絲開玩笑，並對貝特麗絲發誓說，他只不過是出於憐憫才娶她的，因為他聽說貝特麗絲因為愛他，憔悴得快要死去了。

貝特麗絲也爭辯說，她是經過別人一番費力的勸說才答應委身嫁給他的，同時這也是為了挽救他的生命，因為她聽說他得了相思病快死了。於是，這兩個狂野的辯論家和解了，繼克勞狄奧和希羅之後，也跟著結為終身伴侶。

故事還沒告一段落，設下這個陰謀的唐．約翰，在逃亡途中被抓獲，並送回了墨西拿。這個陰險、不安份的人在自己的詭計失敗後，眼睜睜地看著墨西拿宮裡一派歡快和盛宴的景象，這就是對他的最嚴厲懲罰！

8 皆大歡喜

當法國境內各省尚未統一時，其中有一省受到一名篡位者弗萊德里克公爵統治，他將他的哥哥放逐出去，自己坐上了寶座。

這位被趕出來的公爵，帶著幾名忠實的隨從逃到亞登森林裡，暫時先在那兒住了下來。只要政權還在那個篡位者的手中一天，這些人就甘願為了公爵在外面流浪。

由於適應能力很強，他們很快就發現，在這兒過著自由自在的生活比在宮廷裡愜意多了！他們在這兒就像英國古代的羅賓漢一樣，每天都有許多青年貴族從宮廷來到這個樹林裡，大家彷彿生活在黃金時代，無憂無慮地任由時光飛逝。

夏季時，他們並排躺在大樹的綠蔭下，看著野鹿嬉戲。他們非常喜歡這些身上帶有斑紋的動物，每當為了充飢而不得不下手殺死牠們時，心裡總是覺得十分難受。冬季時，寒風總會讓公爵想起自己不幸的命運。他忍耐著，並且說道：「刮到我身上的每一陣寒風都是忠臣，他們不對我諂媚，只反映真實的處境讓我知道。寒風雖然刺骨，可是卻比不上殘忍和忘恩負義的行為那般傷人。無論人們如何抱怨身處的環境，卻還是可以從中獲得一些可喜的益處，就像那些做藥材的貴重寶物，其實是從受人鄙視的癩蝦蟆腦袋裡取出來的一樣。」

這位有耐性的公爵，就這樣從他經歷的每一件事物上得到啟發。雖然生活在這個杳無人煙的地方，他卻靠著這種樂觀的個性，從樹上找到啟發，從小河裡看到知識，從岩石上得到警訓；所有的事物都能帶給他益處。

這位被流放的公爵有一個獨生女，名叫羅瑟琳。篡位的弗萊德里克公爵放逐了她的父親之後，仍然把她留在宮裡陪伴自己的女兒西莉亞。這兩位女孩之間的友誼非常親密，她們父親間的不睦一點兒也沒有影響到她們。西莉亞努力地討羅瑟琳歡心，藉此彌補她父親那種不光采的行為。每當羅瑟琳想起她的父親，以及自己寄人籬下的悲哀時，西莉亞就會安慰她。

有一天，西莉亞像平時一樣對羅瑟琳說：「羅瑟琳，我的好姊姊，請你快樂些吧！」

這時，公爵派了一個人來，告訴她們有一場角力賽即將開始，要是她們想去看，就立刻到宮殿前面的廣場。西莉亞覺得這或許能讓羅瑟琳開心，就答應了。當時宮廷裡的人很喜歡玩這種遊戲，還會當著美麗的夫人和公主們的面較量。

西莉亞和羅瑟琳來到廣場。她們覺得這場比賽一定會很激烈，因為一個身材壯碩、力氣又大的人，正要和一個年輕的人纏鬥，由於這個人的年紀很輕，完全沒有角力的經驗，觀眾都認為他一定會被打死。

公爵看見西莉亞和羅瑟琳，說道：「啊！你們跑來這兒看角力賽啦！你們不會感興趣的，這兩人的實力太懸殊了！為了這可憐的年輕人好，我想去勸他退出比賽。孩子們，你們去勸勸他吧！看能不能說得動他。」

她們都很樂意去做這件合乎人道的事。西莉亞先是苦口婆心地勸這位年輕人放棄這場比賽，接著羅瑟琳又非常懇切地勸退他，並表示她們非常擔心他有生命危險。然而，這些溫柔的話不但沒能說動年輕人放棄比賽，反而讓他更想憑著自己的勇氣，在兩位可愛的女孩面前一顯身手。

他用委婉謙遜的話謝絕了西莉亞和羅瑟琳的請求，這下子，她們對他更加關心了，他只好說：「十分抱歉，我不能答應你們的要求，就讓你們美麗的眼睛和善良的心伴隨我參加這場比賽吧！要是我在角力賽中敗下陣來，那也只不過是一個從來沒有被人愛過的人出了糗；要是我死了，那也只不過是一個心甘情願赴死的人死了。我不會有什麼愧對朋友的地方，因為根本沒有朋友會來哀悼我；我也不會使世間受到什麼損害，因為我在這世上什麼也沒有。我在世界上所佔據的位置如果空出來，也許可以有更好的人來遞補！」

於是角力賽開始了。西莉亞希望這個年輕的陌生人不要受傷，可是羅瑟琳對他的同情更深。他所說的自身境遇和想去死的那些話，使羅瑟琳覺得他跟自己同樣地不幸，因此非常同情他，在比賽的時候，也對他格外地注意，可以說，她當時已經愛上他了。

兩位美麗高貴的女孩對這個不知名的青年所表示的善意，無形中賜給了他勇氣和力量，讓他創造出奇蹟，成功地打敗了他的對手！這名對手傷得很重，好一段時間說不出話來，最後就一動也不動了。

弗萊德里克公爵看到這名年輕人所表現出來的勇氣和武技，心裡很高興。他有意提拔這個人，想了解一下他的姓名和家世。陌生人說他叫奧蘭多，是羅蘭．德．鮑爾爵士的小兒子。

奧蘭多的父親已經去世好幾年了，他還在世的時候，曾是那位被放逐的公爵十分要好的朋友。因此，當弗萊德里克一聽到奧蘭多的父親是哥哥的朋友，他對這個年輕人的好感頓時消失殆盡，並非常不高興地走開了。

雖然他討厭聽到哥哥任何朋友的名字，可是心裡仍然佩服這個英勇的青年，他離開時又說道：「要是奧蘭多是別人的兒子就好了！」

羅瑟琳聽說她的意中人是自己父親的朋友之子，心裡十分歡喜。她對西莉亞說：「我的父親很敬重羅蘭・德・鮑爾爵士，如果我早點知道這個年輕人就是他兒子的話，我就會流著淚請求他不要冒這種險！」

接著，兩位女孩一起走到奧蘭多面前，看到他正因為公爵突然發脾氣而感到不安，就對他說了一些鼓勵的話。

臨走時，羅瑟琳回過頭來，又對這個英俊的年輕人說了些體貼的話。她從脖子上摘下一串項鍊，說道：「先生，請為了我戴上這個吧！我的命運很不好，不然我會送你一件比這更貴重的禮物。」

當姊妹倆獨處時，羅瑟琳的話題總是離不開奧蘭多，西莉亞因此看出她的堂姊已經愛上這個年輕人了，她對羅瑟琳說：「你對他這樣一見鍾情好嗎？」

羅瑟琳說：「我的父親曾經很愛他的父親。」

「那麼你就得去愛他的兒子嗎？」西莉亞說，「照這麼說來，我不就應該討厭他了嗎？因為我的父親不喜歡他的父親。不過我並不討厭奧蘭多。」

自從弗萊德里克得知奧蘭多是羅蘭・德・鮑爾爵士的兒子以後，便覺得心裡很不舒服。因為這件事讓他想起，被放逐的公爵在貴族之中還有許多朋友，同時，因為大家總是誇獎他侄女的德行，且總是看在她父親的面上憐憫她，弗萊德里克早就不喜歡羅瑟琳了。

於是，他突然對她起了壞念頭，正當西莉亞跟羅瑟琳談論著奧蘭多時，弗萊德里克走進屋子里，怒氣沖沖地命令羅瑟琳立刻離開王宮，跟她的父親一塊兒去過流亡的生活，就算西莉亞苦苦替羅瑟琳哀求也沒用，他告訴西莉亞，當初讓羅瑟琳待在宮裡全都是為了她。

「那個時候，」西莉亞哭訴著，「我並沒有懇求您讓她留下來，因為那時候我還太小，不知道她的優點，可是現在我知道她有多麼好了。我們一向形影不離，一塊兒唸書、玩耍和吃飯，要是沒有她的陪伴，我簡直不想活了！」

弗萊德里克回答：「你不了解她！她那種圓滑、沉默的個性，只是在向大家博取同情，你替她求情真是太傻了！只要她一走，你就會變得更聰明、更有德行。因此，不要替她求情！我說出的命令是絕對不能收回的。」

西莉亞發現自己無法說服父親讓羅瑟琳留在身邊，她毅然決定與羅瑟琳一逃走。當天晚上，她離開了宮廷，陪著羅瑟琳到亞登森林裡去找她的父親，也就是那位被放逐的公爵。

出發以前，西莉亞覺得她們穿著華麗的衣裳趕路，恐怕不太安全，因此提議扮成鄉下女孩的模樣，好隱瞞自己的身分。這時，羅瑟琳又說，要是她們其中一個扮成男人，那就更安全了。

於是兩人很快作出決定，因為羅瑟琳的個子比較高，所以由她穿上鄉下男人的衣服，而西莉亞則打扮成村姑的模樣。她們對外宣稱是兄妹，羅瑟琳說她想化名叫蓋尼米德，西莉亞則取了愛蓮娜這個名字。兩位美麗的公主化好妝後，身上帶著一些錢和寶石作為旅費，就開始了長途旅行。

亞登森林很遠，在公爵領土的邊界外。羅瑟琳一穿上男人的衣服後，彷彿也有了男人的勇氣，西莉亞陪著她走過許多顛簸坎坷的路，表現出她的忠實友誼，也使得這個新哥哥極力用愉快的精神，來報答這份誠摯的愛，彷彿他真的是蓋尼米德——鄉下姑娘愛蓮娜的哥哥。

到了亞登森林後，再也找不到舒適方便的旅館住了。蓋尼米德本來一路上都用輕鬆樂觀的話鼓舞著妹妹，但由於缺乏飲食和休息，讓他這時也不得不向愛蓮娜承認，他累得想像個女人般大哭一場。

愛蓮娜也說自己走不動了，這時蓋尼米德才想起，因為女人比較柔弱，身為男人的他有責任安慰、幫助女人。為了在妹妹面前表現得勇敢，他說道：「來！愛蓮娜，堅強一些吧！我們的路就快走完了，已經到亞登森林了！」

可是假裝出來的男子氣概和勉強鼓起的男氣，都已經無法支持她們了，因為儘管她們已到達亞登森林，卻不知道該去哪兒去找公爵。這兩位女孩累垮了，也許她們這趟旅行只會得到一個悲慘的結果——她們可能會迷路，或在半路上餓死。

幸好，當她們坐在草地上，累得幾乎失去希望時，一個鄉下人恰好從這裡路過。蓋尼米德裝出男人的大膽神情向他說道：「牧羊人，在如此荒涼的地方，要是憑著人情或金錢能夠讓我們得到食物的話，那麼就請你把我們帶到一個能夠歇腳的地方去吧！因為這位年輕小姐實在是太疲累了，而且，她也餓昏了。」

那個人說自己只是一個牧羊人的僕人，而他的主人正準備要賣掉房子，因此她們只能得到一丁點食物；不過要是她們肯跟他到那裡去的話，那裡的東西都很歡迎她們一起分享。

於是她們跟著這個人走了，新希望給了她們力量。她們買下了牧羊人的房子和羊群，把牧羊人的僕人留下來侍候她們。就這樣，她們很幸運地得到了一間茅草屋和充足的糧食。她們決定在這兒待下來，一直到她們打聽出公爵的下落。

等她們的精神恢復後，她們開始喜歡上這種新的生活方式，甚至她們還幾乎以為自己就是她們所假扮的角色。不過，蓋尼米德還是忘不了他曾經是羅瑟琳公主，她痴情地愛上了勇敢的奧蘭多——她父親的好朋友的兒子。

雖然蓋尼米德以為奧蘭多在好幾里外，遙遠得就像她們所走過的路一樣，可是不久後他就發現，原來奧蘭多也在亞登森林裡。

奧蘭多是羅蘭．德．鮑爾爵士的小兒子。爵士去世的時候，把他託付給他的大哥奧立佛撫養，並且囑咐他要讓奧蘭多接受良好的教育，要把他教養得跟他們的門第相稱。

可是奧立佛不是個好哥哥，他毫不顧念父親臨終時的囑咐，一直沒把弟弟送到學校去，只讓他待在家裡，無人教導、管束。還好奧蘭多的本性和品德非常類似他的父親，所以儘管沒受過什麼教育，他仍然像個受過教養的謙謙君子。

奧立佛非常妒忌他的弟弟竟然長得比他英俊，舉止又如此落落大方，於是便計畫把他害死。為了達到這個目的，他讓別人去慫恿奧蘭多跟那個有名的拳師角力，這個拳師曾打死過很多人。就因為奧蘭多的哥哥對他漠不關心，才讓他說出了自己無朋無友、情願去死的話。

但結局跟奧立佛的希望相違，他的弟弟居然獲勝了！於是他的嫉妒心和惡念更加深刻，他發誓要放火把奧蘭多的房子燒掉。正當他在起誓的時候，卻被一個侍候過他們父親的忠實老僕亞當聽見了，這個僕人很愛奧蘭多，因為他長得跟羅蘭爵士十分相像。

當奧蘭多從宮廷裡回來的時候，老僕人一看見他，想到這名親愛的少爺身處險境，不由得激動地嚷道：「啊！我善良的主人，我的好主人！您讓我想起了老羅蘭爵士，您為什麼這麼善良、健壯、勇敢呢？您真傻！竟然打敗了那個有名的拳師！您的名聲傳得太快，已經比您先到家了。」

奧蘭多聽到這些話，感到一陣莫名其妙，追問他到底是怎麼回事。於是老僕人告訴他，他那壞心眼的哥哥本來就嫉妒大家對他的愛戴，如今又聽說他在宮廷裡聲名大噪，得到了榮譽，因此打算今天晚上就放火燒掉他的房子，把他害死！他勸奧蘭多立刻逃走，以躲避眼前的危險。

老僕人亞當知道奧蘭多身上沒錢，因此帶來了自己那點微薄的積蓄，說道：「我有五百克郎，這是我在您父親手下做事時，將工錢省吃儉用存下來的，本來打算等我老到不能工作時再拿來花用。現在，您先拿去吧！上帝餓不死烏鴉，等我老了以後，祂也會照顧我的！那筆錢就在這兒，我把它全數獻給您，讓我當您的僕人吧！我雖然很老，但只要您吩咐一聲，我就會跟年輕人一樣勤快。」

「啊！亞當！」奧蘭多說，「從你身上可以多麼清楚地看出真正的忠誠呀！讓我們一塊兒走吧！不必等到把你年輕時賺來的積蓄花光，我就有辦法能賺到錢來維持生活的。」

於是，忠實的亞當就跟著他愛戴的主人一起出發了。兩個人一直往前走，並不知道該走哪條路，最後他們來到了亞登森林。

他們在這兒一直找不到吃的，就像蓋尼米德和愛蓮娜的當初遇到的一樣。他們不停地亂走，尋找有人居住的地方，直到幾乎筋疲力盡了，亞當終於說道：「啊！我親愛的主人，我快餓死了，我再也走不動啦！」

然後，他就躺了下來，想把那裡當作他的墳墓，跟他的主人永別。

奧蘭多看到老僕人如此衰弱，就把他抱到舒適的樹蔭底下，對他說：「打起精神來吧！老亞當，你先在這兒歇一歇。別再說什麼死不死的話了！」

然後，奧蘭多到處去尋找食物，陰錯陽差地來到了公爵住的地方。

公爵和他的朋友們正要吃飯，這位尊貴的公爵坐在草地上，頭頂上除了幾棵大樹的綠蔭以外，沒有任何的帷幕。

飢餓已經把奧蘭多逼得失去理智了，他拔出劍來，打算搶奪他們的食物。他說：「住手！不准再吃了，把你們的食物給我！」

公爵問他，究竟是為了什麼原因竟變得如此強橫，難道他生來就是個不懂禮貌的莽漢嗎？聽了這話，奧蘭多只好告訴他們自己就快餓死了！於是，公爵邀請他坐下來跟他們一塊兒吃飯。

面對公爵如此寬大溫和的氣度，奧蘭多連忙收起他的劍，想到自己剛才魯莽的行為，十分羞愧。

「請原諒我！」他說，「我還以為在這兒一定都要使用暴力，所以我才擺出一副強橫粗暴的樣子。你們住在這個荒野裡，坐在陰涼的樹蔭下，很容易就忘記了時間的消逝。可是不論你們是什麼人，只要你們曾經養尊處優過，只要你去過做禮拜的教堂，只要你們參加過貴族的宴會、擦過淚水、懂得憐憫人和被人憐憫是怎麼一回事，那麼，現在就請用人世間難得的真情來對待我吧！」

公爵回答說：「我們的確養尊處優過，雖然我們現在居住在這個荒涼的樹林裡，可是我們也曾經在城市裡住過，曾經被神聖的鐘聲召喚到教堂裡去，曾經參加過貴族的宴會，也曾擦過因感動而流下的淚水。所以請你坐下來，放開胸懷好好吃飽吧！」

「還有一位可憐的老人……」奧蘭多回答，「都是因為我的關係，害他跟著我一瘸一拐地走了許多路，現在他正受到衰老和飢餓的侵襲。除非他先吃飽，否則我絕不碰任何食物。」

「快去找他，把他帶到這兒來，」公爵說，「我們等你回來了再吃。」

於是奧蘭多離開了，就像一隻母鹿去找牠的小鹿，準備餵牠吃東西一樣。很快地，他背著老僕人亞當回來了。

「放下你背上那位可敬的老人家，你們兩位我們都一樣歡迎。」公爵說道，隨後他們餵亞當吃了一些東西，沒多久他就甦醒過來，健康和體力也恢復了。

公爵問奧蘭多是什麼人，當他知道奧蘭多竟然是他的老友——羅蘭・德・鮑爾的兒子後，就收留了他加以保護，就這樣，奧蘭多和亞當從此跟公爵一塊兒住在森林裡。

就在奧蘭多來到森林後沒多久，蓋尼米德和愛蓮娜也到了這裡，並買下牧羊人的茅屋。有一天，蓋尼米德和愛蓮娜發現一棵樹上刻著羅瑟琳這個名字，旁邊還寫著給羅瑟琳的十四行情詩，她們感到非常驚訝。

正當兩人覺得納悶時，剛好遇到了奧蘭多，並且看見他脖子上掛著羅瑟琳送給他的項鍊。不過，奧蘭多完全沒發現蓋尼米德就是美麗的羅瑟琳。

原來，身分高貴的羅瑟琳的身分對他表示的關心，使奧蘭多對她產生愛慕之心，所以一天到晚都在樹上刻下她的名字，並寫了那些十四行詩。

不過，儘管他沒認出眼前的羅瑟琳，但當他看到這個年輕人優雅的舉止時，仍不禁十分欣賞，於是就跟他攀談了起來。

他覺得蓋尼米德有點像他心愛的羅瑟琳，只是他沒有那位高貴小姐的莊嚴儀表，畢竟蓋尼米德故意裝得像一般年輕人那樣魯莽。

蓋尼米德非常詼諧地跟奧蘭多談起一件事，他說：「有一個人常到我們的樹林裡來，在樹幹上刻滿了『羅瑟琳』這個名字，把剛長大的樹木糟蹋得不成樣子！他在山楂樹上掛起詩篇，在荊棘上吊著哀歌，都是讚美那個羅瑟琳。要是我能夠找出這個痴情郎，一定會替他出個好主意，相信很快就能治好他的相思病。」

奧蘭多承認他就是蓋尼米德口中的痴情郎，並請求蓋尼米德把剛才提到的好主意告訴他。蓋尼米德就說出了自己的辦法，他要奧蘭多每天到他和妹妹愛蓮娜住的茅屋裡來。

「然後，」蓋尼米德說，「我會扮成羅瑟琳，你就把我當成是羅瑟琳，假裝向我求愛。然後我會模仿那些調皮的女孩，用許多奇怪的花樣來捉弄你，直到我能因為你的痴情而感到害羞為止。這就是我醫治你相思病的方法。」

雖然奧蘭多對這個方法沒有信心，不過他還是同意每天到蓋尼米德的茅屋裡，上演一齣求婚戲。於是，奧蘭多每天都來拜訪蓋尼米德兄妹，奧蘭多稱呼蓋尼米德：「我的羅瑟琳！」每天對他說一些溫柔的情話。只不過，蓋尼米德幫助奧蘭多醫治相思病的這個辦法，好像沒有產生多大的效果。儘管奧蘭多以為這只不過是演戲罷了，但是他卻因此得到了一個好機會，可以把心裡一切溫存思念的話都說出來。蓋尼米德也知道這些情話都是說給自己聽的，心裡感到十分快樂，而奧蘭多的快樂也不比蓋尼米德少。

就這樣，這三個年輕人度過了許多美好的日子。善良的愛蓮娜看到蓋尼米德樂在其中，也就放任他胡鬧，反正扮演這齣求婚的戲碼能使她感到快樂。因此，她一直沒有去提醒蓋尼米德——他到現在都還沒有讓她的父親知道，羅瑟琳公主就在森林裡！

其實，她們早已經從奧蘭多那裡打聽到了她父親在森林裡的住處。甚至有一天，蓋尼米德遇到了公爵，還跟他聊了幾句話。公爵問起他的家世，蓋尼米德回答自己的家世跟公爵的一樣好，這句話使公爵聽了不禁微笑起來，因為他完全無法想像，這個俊美的牧羊少年竟會是貴族出身。而蓋尼米德看到公爵的氣色很好，也心想：還是過幾天再去做詳細的解釋吧。

一天早晨，奧蘭多正要去拜訪蓋尼米德的時候，看見一個人躺在地上睡覺，一條大綠蛇正繞在他的脖子上。那條蛇看見奧蘭多走近，就一溜煙地消失在矮樹叢裡了。奧蘭多再走近一些，又看見一隻母獅子趴在那裡，頭伏在地上，像隻貓一樣地守在那裡，等待這個睡覺的人醒來。

彷彿是上天故意要交給奧蘭多這個救人的任務。當他定睛一看，發現這個人正是他的哥哥奧立佛！奧立佛曾經那麼狠心地虐待他，還打算放火燒死他，他幾乎想拋下他，任憑那隻飢餓的母獅子把他吃掉。

然而，手足之情和他善良的本性迅速壓倒了他的憤恨。他拔出劍來朝那隻獅子撲過去，把牠殺死了，這才把他哥哥的性命從毒蛇和猛獅嘴裡救了下來。可是，奧蘭多的一條胳臂卻被母獅子的利爪抓傷了。

當奧蘭多跟母獅子搏鬥的時候，奧立佛醒了。他看見曾經被他虐待的弟弟，正冒著生命危險把他從猛獸嘴裡救出來，心裡頓時感到既慚愧又悔恨。之後，他向奧蘭多懺悔以前卑劣的行為，痛哭流涕地請求他原諒。

奧蘭多看到哥哥真心悔改，心裡很高興，立刻原諒了他。於是兄弟倆熱情地擁抱，從此，奧立佛真心誠意地愛護奧蘭多——雖然，他來到森林原本是想殺死他。

奧蘭多胳臂上的傷口流了很多血，他覺得自己沒有力氣再去拜訪蓋尼米德了，就請求哥哥去把這場意外告訴蓋尼米德。

「我都開玩笑地稱呼他『我的羅瑟琳』。」奧蘭多說。

於是，奧立佛就到羅瑟琳那兒去了，並把奧蘭多救他一命的經過告訴蓋尼米德和愛蓮娜。等他講完了奧蘭多的勇敢行為後，又向他們承認，自己就是曾經虐待過奧蘭多的那個哥哥，不過他們現在已經和好了。

奧立佛懺悔自己的過錯時表現出來的誠懇，在愛蓮娜善良的心裡留下了強烈的印象，她立刻愛上了他。而奧立佛也感覺到，當他述說自己對昔日的過錯有多麼苦惱時，愛蓮娜對他相當同情，就這樣，他也很快愛上了她。

可是當愛情偷偷地鑽進愛蓮娜和奧立佛的心坎裡時，奧立佛還得應付蓋尼米德。因為，當蓋尼米德聽說奧蘭多遭遇危險，被獅子抓傷時，他竟然暈倒了！

等蓋尼米德清醒過來後，他還藉口說自己是為了模仿羅瑟琳才假裝暈了過去。蓋尼米德對奧立佛說：「請告訴奧蘭多，我的驚愕和暈眩裝得有多麼像！」

可是奧立佛從他蒼白的臉色看出，他是真的暈過去了！這個年輕人怎麼會如此柔弱呢？他覺得很奇怪。

「好！你若真是假裝的話，就振作起來，像個真正的男子漢吧！」

「我正想這樣做，」蓋尼米德老實回答，「可是憑良心說，我應該是個女人。」

奧立佛在茅屋裡待了很久後，才回到他弟弟那兒，還帶了很多消息給奧蘭多。除了蓋尼米德暈過去的事情以外，奧立佛還告訴他，自己是如何愛上了那個美麗的牧羊女愛蓮娜。雖然他們是初次見面，但愛蓮娜在聽了他的表白後，也對他表示了好感。

他就像在談一件早已決定了的事情一樣，告訴他弟弟，他將要跟愛蓮娜結婚！他說他非常愛她，想留在這裡當牧羊人，把家鄉的田產和房子都讓給奧蘭多。

「我很贊成，」奧蘭多說，「你們的婚禮就定在明天舉行吧！我去請公爵和他的朋友們過來。你趕快去告訴你的牧羊女吧！她現在是一個人了，因為你看，她的哥哥來啦！」

蓋尼米德來了，他是來慰問受傷的奧蘭多的，於是奧立佛立刻也趕到愛蓮娜那兒去了。

奧蘭多向蓋尼米德談起奧立佛和愛蓮娜之間突然發生的愛情，奧蘭多說他已向他哥哥提議，要他勸那個美麗的牧羊女隔天立刻跟他結婚，接著，他嘆了一口氣，說道：「多麼希望我也能在同一天跟我的羅瑟琳結婚呀！」

蓋尼米德很贊成這個想法，他說，要是奧蘭多真的像他所說的那麼深愛羅瑟琳的話，他的願望一定可以實現，因為第二天他就會把一切都安排好，讓羅瑟琳親自出面，而且羅瑟琳也一定會願意跟奧蘭多結婚。

蓋尼米德騙他說，自己要靠著魔法的幫助來實現這件事。雖然表面上看起來很奇妙，其實是很容易辦到的，畢竟，蓋尼米德就是羅瑟琳呀！

痴情的奧蘭多對於聽到的這些事半信半疑，他問蓋尼米德說的是不是真的。

「我用我的生命起誓，我說的都是真話！」蓋尼米德說，「去穿上你最漂亮的衣服，把公爵和你的朋友們都請來參加婚禮吧！因為你要是願意跟羅瑟琳結婚，她明天就會到這兒來的。」

另一方面，奧立佛也得到了愛蓮娜的同意，第二天早晨他們來到公爵面前，奧蘭多也跟著他們一起來了，他們聚在一起慶祝這雙重的喜事。

可是，到場的新娘卻只有一個新娘，大家議論紛紛，但大多數的人都認為蓋尼米德是在開奧蘭多的玩笑。

公爵聽說自己的女兒將會被人用這種奇怪的方式帶來，他問奧蘭多相不相信蓋尼米德的話。奧蘭多無奈地回答說，他自己也不知道該怎麼辦才好。這時，蓋尼米德進來了，他問公爵：要是他能把他的女兒帶來，他會同意讓她跟奧蘭多結婚嗎？

公爵說：「不管我有幾個王國，我都願意送給她作嫁妝。」

然後蓋尼米德對奧蘭多說：「要是我能把她帶到這兒來，你就願意跟她結婚嗎？」

奧蘭多說：「即使我是統治許多王國的君主，我也願意。」

接著，蓋尼米德和愛蓮娜一起走出去了。蓋尼米德脫下男裝，重新換上女人的衣服，沒有依靠任何魔法的力量就成為了羅瑟琳。愛蓮娜則把鄉下人的衣服脫下來，換上她自己的華麗服裝，毫不費力地就變回了西莉亞。

他們走後，公爵對奧蘭多說，他覺得蓋尼米德長得很像自己的女兒羅瑟琳，奧蘭多也深有同感。

不必等這兩人繼續猜測下去，羅瑟琳和西莉亞就已經穿著自己的衣服走進來了。羅瑟琳不再假裝是靠著魔法的力量到這兒來的，她直接跪在父親的面前，請求他祝福。

如此突然的出現令在場的人都覺得十分奇怪，簡直就像是靠魔法的力量。可是羅瑟琳不想再捉弄她父親了，她把自己被從宮中放逐的經過告訴他，還提到自己假扮成牧羊人住在樹林裡，她的堂妹西莉亞則扮成她的妹妹。

公爵實現了剛才的諾言。奧蘭多跟羅瑟琳、奧立佛跟西莉亞這兩對有情人終於結了婚。儘管婚禮是在這個荒涼的樹林裡舉行的，沒有隆重的儀式和豪華的排場，可是如此快樂的日子是從未有過的。

正當大家在涼爽的樹蔭底下吃著鹿肉，沉浸在幸福美滿的氣氛中時，忽然來了一位信差，他告訴公爵一個可喜的消息：公爵的領土又重新屬於他了！

原來，篡位的公爵對於女兒西莉亞的出走十分生氣，又聽說每天都有賢能的人到亞登森林去投奔被放逐的公爵，他很嫉妒自己的哥哥在逆境裡仍然受人尊敬，於是率領了大隊人馬向森林趕來，打算抓住他的哥哥，把他和所有效忠他的隨從都殺死。

可是上帝卻做了巧妙的安排，讓這個壞心腸的弟弟改變了他惡毒的計畫。當他剛走到這個荒涼的森林外頭，就遇見一位隱居的年老修道士。他跟這位修道士長談許久，終於把心裡的壞念頭完全消除了。打從那一刻開始，他真正地悔改了，決定放棄本來不屬於他的領土，隱居到一個修道院裡度過他的餘生。

他痛改前非之後，第一件事就是派人到他哥哥那兒去，表示自己要將篡奪已久的公國還給他，同時也要把那些隨從的土地和財產都還給他們。

這個可喜的消息來得太巧了！儘管是那麼地令人意外，卻讓大家聽了都很高興，也讓兩位公主結婚的歡樂氣氛更加熱烈了。

西莉亞為公爵的好運向羅瑟琳表示祝賀，誠懇地祝她幸福快樂，儘管她自己不再是公國的繼承人了，可是由於公爵復位，羅瑟琳如今成為了繼承人，堂姊妹的感情依舊融洽如昔，完全不摻雜任何嫉妒的成分在裡面。

公爵現在終於有機會報答那些一直跟在他身邊的忠實朋友了。這些可敬的人曾堅忍地與他共患難，如今他們都很高興，能夠再回到宮裡去享受那豐衣足食的幸福生活了。

9 溫莎的風流太太們

溫莎的法官夏祿與他的侄兒史蘭德前來找愛文斯牧師評理，他們抱怨約翰．福斯塔夫爵士與他的幾名隨從巴道夫、畢斯托爾、尼姆在鎮上作威作福，處處與自己作對，夏祿法官氣得說，他一定要把福斯塔夫告上法院。

牧師安撫了夏祿與史蘭德兩人，勸他們與福斯塔夫爵士和好；同時，他還提起鎮上的有錢人培琪有個美麗的女兒安妮，他希望能把年輕的史蘭德與安妮湊成一對。因為安妮的爺爺過世時曾留給她七百鎊的財產，更別提她父親的嫁妝了！夏祿與史蘭德叔侄十分心動，當場答應了這場提親。

於是，叔侄二人跟著牧師來到嘉德旅店與培琪見面，正巧，福斯塔夫爵士也下榻在旅店中，於是，培琪自告奮勇要作兩方的和事佬。

福斯塔夫與他的隨從們出來了，他問夏祿來這裡做什麼。老夏祿指控爵士毆打了他的佣人、殺了他養的鹿，還闖進他的房子，自己正是來找他算帳的。史蘭德也說，爵士的隨從巴道夫、尼姆和畢斯托爾不久前把他拐到酒店裡去，灌醉了他後，又把他的錢包給偷走了。

爵士轉頭問畢斯托爾有沒有這回事，畢斯托爾與其他兩人都矢口否認，由於雙方都各執一詞，這場爭吵僵持不下。就在這時，培琪的太太與女兒安妮，還有另一位朋友福德的妻子端著酒與食物上來了，培琪趁機要爵士與夏祿叔侄喝一杯，握手言和。

史蘭德看見美麗的安妮，魂頓時飛到了九霄雲外，也把其他的事忘得一乾二淨，這時，牧師又向大家提起史蘭德與安妮的婚事，就這樣，他們與福斯塔斯爵士之間的仇隙就暫時被拋在一邊了。

當培琪與夏祿叔侄說定之後，牧師又叫僕人去找一位叫快嘴桂嫂的女人，她是法國醫生卡厄斯的管家婆，也是安妮小姐的好朋友，牧師希望能請她幫忙，在安妮面前為史蘭德美言幾句。

福斯塔夫與夏祿叔侄和解後，把偷了史蘭德錢包的巴道夫解雇了，又跟剩下的兩名隨從畢斯托爾、尼姆聊了起來。他說：「我覺得福德的太太對我有幾分意思，她剛才跟我說話時的口氣，以及為我切肉的那種姿勢，還有她那一瞟一瞟的含情脈脈的眼光，都好像在說：『我的心是福斯塔夫爵士的。』」

爵士又說，培琪的太太剛才好像也在向他暗送秋波，「她那雙水汪汪的眼睛一眨也不眨地望著我全身上下，一會兒瞧著我的腳，一會兒瞧著我的大肚子。她用貪婪的眼神把我從頭望到腳，她的眼裡簡直要噴出火焰！」

接著，福斯塔夫爵士寫下兩封一模一樣的情書，一封是要送給福德太太的，一封是要給培琪太太的。因為他知道，福德和培琪兩個有錢人把錢財都交給太太管理，要是他能夠勾引到這兩位太太，就能盡情地揮霍他們數不清的財產了！

他要畢斯托爾與尼姆替他分別把這兩情書交給兩位太太，沒想到這兩名隨從卻一口回絕。畢斯托爾說：「我是身佩鋼刀的堂堂軍人，難道你要我為你勾引女人嗎？我才不幹！」

尼姆也說：「這種下流的事情我也不幹，把你的這些寶貝信兒拿回去吧！我的名譽比較要緊。」

福斯塔夫一氣之下，將這兩個隨從也趕走了，只留下隨身的侍童羅賓。他要羅賓為他把兩封信送給福德夫人與培琪夫人。而畢斯托爾與尼姆不甘心遭到解雇，也商量著該如何報復福斯塔夫。畢斯托爾說，他要去向福德告密，說福斯塔夫想侵吞他的財產，還要奪取他的嬌妻；而尼姆則去煽動培琪，要讓他心中充滿了狠意，巴不得立刻用毒藥毒死福斯塔夫。

另一方面，愛文斯牧師的僕人找到了快嘴桂嫂，告訴他牧師打算湊合史蘭德與安妮的事。桂嫂想起之前看到史蘭德的皮膚白淨，身材瘦弱，認為他一點也不適合安妮，但還是答應了牧師。

就在這時，桂嫂的主人卡厄斯醫生一臉憤怒地回家了，桂嫂知道主人脾氣暴躁，要是看到家裡有陌生人，一定會生氣，於是趕緊要僕人躲進壁櫥。沒想到，卡厄斯醫生一進屋，打開壁櫥想找煙草時，就發現了牧師的僕人正躲在那兒。

「你是什麼東西？為什麼躲在我的壁櫥裡？」

他把這個人拖出壁櫥，大聲嚷著要自己的僕人立刻把劍拿來。桂嫂連忙解釋說，那個人是牧師派來的，要請她為史蘭德向培琪家的小姐說親。沒想到，醫生聽完反而更加暴跳如雷，原來，醫生也一直愛慕著安妮小姐，一聽說牧師打算湊和兩人，立刻把一切怒氣都發在牧師頭上。

卡厄斯醫生拿出一張紙，匆匆在上面寫了幾句挑戰決鬥的話，要僕人立刻送去給牧師，然後自己也出門了。

醫生出門後，留下了桂嫂不知所措地站在原地。她的主人卡厄斯愛慕安妮小姐，牧師卻又拜託她為史蘭德美言幾句，但是，她明白安妮真正愛的另有其人，這個人名叫范頓，是一位規規矩矩的紳士，雖然財產不多，但是身為王子的親信，地位很高。桂嫂不知道該偏袒誰多一些。

就在這時，范頓也來了，他向桂嫂問起安妮小姐的近況，桂嫂說：「憑良心說，范頓先生，他真是一位又標緻、又端莊、又溫柔的好姑娘。我老實告訴您吧！她很佩服您呢！謝天謝地。」

范頓問她，要是自己向安妮求婚，有沒有可能成功，桂嫂又回答：「老爺，我可以發誓她是愛您的。您的眼皮上不是長著一顆小痣嗎？當我們聊天時，小安妮光是那顆痣就足足講了一個鐘頭呢！」

范頓向桂嫂道謝，他再次請桂嫂替他向安妮小姐致意，然後就急著離開了。

此時，培琪太太已經收到了羅賓送來的福斯塔夫寫的情書，她用看笑話的心態讀著這封信，因為即使是她在年輕貌美的時候，都不曾收到過情書呢！就在他恥笑福斯塔夫爵士是個一把年紀卻還自命風流的傢伙時，她的好朋友福德太太也來了。福德太太一樣拿出福斯塔夫送給她的情書，這封信同樣令她作嘔，她說，肥胖的福斯塔夫爵士就像一條肚子裡裝滿了油脂的鯨魚。

於是，兩位太太決定捉弄無禮的福斯塔夫，以報復他對她們輕薄的侮辱，同時，福德太太還想趁機看看愛吃醋的丈夫會有什麼反應。培琪太太說：「讓我們跟他約一個日子相會，把他哄騙得心花怒放，然後我們慢慢地引誘他，只讓他聞到魚腥味，不讓嘗到魚兒的肉味，逗得他垂涎三尺，我們一點一滴地搾乾他的一切，直到他把他的馬兒都賣掉為止。」

福德太太表示贊成，她說：「好！為了整治這個壞東西，什麼惡毒的事我都願意做，只要別損害自己的名譽就好。啊！要是我的丈夫見了這封信，那可就糟了，他那股醋勁兒才大呢！」

就這樣，她們也找上好朋友桂嫂，替她們把答覆告知福斯塔夫爵士。同時，被解雇的畢斯托爾與尼姆找到了福德與培琪，把福斯塔夫打算勾引他們太太的陰謀都說出來了。

培琪對這個消息一笑置之，他認為妻子的年紀也不小了，不可能有人看上她的！而且這兩個隨從才剛被福斯塔夫解雇，很有可能是出於怨恨才誣陷之前的主人。他自信滿滿地說道：「要是他真想勾搭我的妻子，我可以假裝痴聾，給他一個可趁之機，看他除了一頓臭罵之外，還能從她身上得到什麼好處！」

但福德卻沒有這麼樂觀，他對這畢斯托爾和尼姆的話半信半疑，他說：「我並不疑心我的妻子，可是我也不放心讓她跟別個男人在一起。一個男人太相信他的妻子是很危險的。這件事不能這樣一笑置之。」

於是，福德暗自作了決定：他要親自去找福斯塔夫，探聽這件事的真實性。

就在這時，夏祿法官與好事的嘉德旅店老闆來了，他告訴培琪和福德一件有趣的消息：原來，卡厄斯醫生向愛文斯牧師挑戰決鬥，性格認真的牧師也接受了他的決鬥，兩人相約在樹林裡交手。培琪抱著看熱鬧以及勸架的心態跟著他們去了，而福德則離開他們，來到了福斯塔夫住的地方。

這時，福斯塔夫已經見過來為福德太太與培琪太太傳話的桂嫂。她對爵士說，福德夫人十分感激他的好意，她希望爵士在十點到十一點鐘之間來家中與她相會，因為那時福德先生不在家。

福斯塔夫滿口答應。然後，桂嫂拿出了一封信，她說那是培琪太太要交給他的，還要她轉告他，培琪先生在家的時間多，不在家的時間少，但是她一定會找到一個機會與爵士見面的。

福斯塔夫又問桂嫂，福德夫人與培琪夫人知不知道福斯塔夫爵士正同時追求她們兩人個？桂嫂保證絕無此事，她說：她們怎麼肯把這種害羞的事情告訴別人呢？

然後，桂嫂要福斯塔夫把侍童羅賓送給培琪太太，因為她很喜歡這個孩子，得意忘形的爵士一口答應了。就這樣，桂嫂帶著羅賓回去，留下沾沾自喜的福斯塔夫爵士，他自言自語道：「老傢伙，真有你的！從此以後我更喜歡這副老皮囊了。好皮囊，謝謝你，雖然人家嫌你長得太胖，但只要胖得好看，再胖些又有什麼關係呢？」

正巧，旅店的侍者進來通報說，有一位叫作白羅克的先生帶來了一瓶白葡萄酒，希望能與爵士交個朋友。爵士想到有酒可喝，毫不懷疑地讓客人進來了，而這個白羅克先生其實就是福德先生。

白羅克將一袋錢交給福斯塔夫，然後說明來意，他說：自己愛上了一名有夫之婦，她的丈夫名叫福德。他追求福德的太太好久了，但一直不曾得到她任何回報，他希望福斯塔夫能為他使出渾身解數，為他勾引福德太太，這樣子的話，到時他就能推翻她那些貞操、名譽之類冠冕堂皇的藉口了。

他還說，由於福斯塔夫爵士是一位涵養豐富、談吐風趣、交遊廣闊的紳士，無論是地位還是人品都是無可挑剔的，因此只要他肯出馬，福德太太沒有理由不上鉤。一席誇張的讚美，加上優厚的酬勞，讓爵士當場就點頭答應了。

爵士還告訴他：「白羅克先生，一切都交給我吧！不瞞您說，剛才她還派了人來約我跟她相會呢！十點到十一點鐘之間，我就會去她家裡看她。因為到了那時，她那愛吃醋的混蛋丈夫就會出門。請您今晚再來看我吧！我可以讓您知道我進行得順不順利。」

福德先生氣沖沖地離開了，他在路上遇到培琪太太，聽說福斯塔夫把侍童送給她以後，又大吃一驚，對福斯塔夫勾引兩位太太的事更加深信不疑了。他連忙跑去告訴好朋友培琪這件事。

這時，培琪與夏祿叔侄剛觀看完決鬥回來呢！原來，卡厄斯醫生與愛文斯牧師握手言和了。福德找到了這一伙人，他拉著他們，硬要所有人到他的家裡喝杯茶，他們只好答應了。

另一方面，福斯塔夫爵士如約來拜訪福德太太了，他對她說著各種情話，口口聲聲求她嫁給自己。就在這時，培琪太太按照事先串通好的計畫，匆匆忙忙趕來了，福德太太趕緊叫福斯塔夫爵士躲起來。

培琪太太氣喘吁吁地說道：「我的福德太太！你的丈夫帶了溫莎城裡所有的捕役，就要到這兒來啦！他說有一個男人在這間屋子裡，是你趁著他不在家的時候約來的，他們就要來捉這個姦夫了！但願你的屋子裡沒有男人，要是真的有的話，那就趕快帶他出去吧！」

福德太太故意裝得很著急的樣子，說的確有一位好朋友躲在她的屋內，問她該怎麼辦，培琪太太建議她：「這個屋子是藏不了人的，瞧！這兒有一個籃子，他要是不太高大，倒是可以鑽進去躲一下，再用些髒衣服堆在上面，讓人家誤以為這只是一籃正準備拿去洗的衣服——啊，對了，就叫你家的兩個僕人把他連著籃子一起抬出去，這樣不是就好了嗎？」

福德太太仍然裝出為難的樣子，但福斯塔夫聽到這些話早已按捺不住，立刻從暗處跳了出來，表示願意接受這個建議。一見到他，培琪太太故意裝得很吃驚，指責他欺騙自己的感情，但爵士早已管不了那麼多了，他迅速鑽進洗衣籃，任由她們把髒衣服蓋在他的身上，再讓僕人抬出屋外。

兩名僕人抬著籃子走出屋，正巧遇見了來興師問罪的福德先生一行人，福德先生見到洗衣籃子，絲毫沒有懷疑裡面藏了人，就直接衝進屋裡搜索爵士的蹤跡。當然，他找了半天還是找不到，同行的眾人還以為他只是在無理取鬧、亂吃醋呢！連卡厄斯醫生也笑他：「在法國根本沒有這種事，法國人從不吃醋的。」最後，福德先生只好向妻子道歉。

然而，最倒楣的還是福斯塔夫了，他被裝在籃子裡抬出屋後，就被僕人連著髒衣服一起倒進了泰晤士河旁的爛泥溝裡，就像一車屠夫切下來的肉骨肉屑一般。當然，這也在兩位太太的計畫之中。

整治這個老人一番之後，兩位太太仍然不滿足，他們還想再捉弄他一次，於是又請桂嫂去找了福斯塔夫。當桂嫂來到旅店時，福斯塔夫爵士正忿忿不平地喝著酒，她一看到桂嫂，又聽說福德太太想約他再次相見，氣得破口大罵，說自己真是太輕信了，竟然會去應一個傻女人的約。但桂嫂解釋說，那都是僕人誤會了福德太太的意思，她覺得十分抱歉，已經把他們教訓了一頓。

桂嫂說：「太太為了這件事，內心感到說不出的難過呢！看見她那種傷心的樣子，誰都會心軟的。她的丈夫今天一早就去打獵了，她請您在八點到九點之間再到她家裡去一次。您放心好了，這一回她一定會好好補償您的！」

福斯塔夫說：「好吧！你回去告訴她，我一定準時赴約。請她好好想一想，有哪一個男人不是朝三暮四，像我這樣的男人，可是沒那麼容易找到的啊！」

桂嫂離開了之後，化名為白羅克的福德先生又來了。他故意來向福斯塔夫詢問事情的進展狀況。福斯塔夫向他講述起一切的經過，告訴他，事情原本進行得很順利，想不到福德太太她那疑神疑鬼的丈夫，竟瘋瘋癲癲地帶了一批狐群狗黨回來，害他嚇得躲進洗衣籃裡。又說起自己是怎麼任由兩位太太把髒衣服蓋在他身上，又是怎麼被兩個僕人抬出屋外，丟進了泰晤士河。

然而，爵士最後仍得意得說道：「不過，白羅克先生，別說他們把我扔在泰晤士河裡，就算把我扔進了火山口，我也不會就此放棄她的。她的丈夫今天早上打獵去了，我已經又得到了她的來信，約我八點到九點之間再去她家一趟。」

福德先生提醒福斯塔夫，現在已經過了八點鐘了，於是，爵士匆匆忙忙出門赴約，留下了氣憤難平的福德先生。他終於知道為什麼那天在家裡搜不到福斯塔夫，又知道妻子背著他再次約了福斯塔夫見面。福德先生下定決心，這回一定要揭穿他們兩人。

福斯塔夫又來到福德太太的家，再次跟她說起了情話。就在這時，培琪太太又按照預先的計畫，氣喘吁吁地跑進屋來，福斯塔夫也連忙躲進暗處。培琪太太說：「我的天！福德太太，你那男人的老毛病的發作啦！他正在那兒拉著我的丈夫，痛罵那些有妻子的男人，不分青紅皂白地咒罵天下所有的女人，還把拳頭握緊了敲著自己的額頭呢！我真慶幸那胖爵士不在這兒！」

培琪太太還提到，福德先生發誓說上回他來搜屋的時候，福斯塔夫爵士是被裝在籃子裡抬出去了，這回他一定要把爵士找出來。福德太太慌張地說，福斯塔夫現在也在屋子裡，是不是應該再把他塞進籃子運出去呢？

福斯塔夫嚇得跳了出來，說道：「不！我再也不要躲在籃子裡了，還是讓我趁著他還沒來趕快走出去吧！」

但是培琪太太說，福德先生的三個兄弟正拿著槍把守在門口，不讓任何人離開屋子，然後，她建議福斯塔夫爵士打扮成一個女人，搞不好能騙過福德先生的眼睛。走投無路的爵士只好聽從這個建議，跟著培琪太太上樓化妝了。福德太太也故意叫兩名僕人再把裝滿了髒衣服的籃子抬出去。

福德先生遠遠看見了兩名僕人抬著洗衣籃，氣急敗壞地衝了過來，對著籃子亂翻一通，還把籃裡的衣服全部倒了出來，但卻沒有發現福斯塔夫。於是，他衝進屋子裡翻箱倒櫃起來。正巧，培琪太太與喬裝成女人的福斯塔夫走下樓來了。

福德先生問起這個老太婆是誰，福德太太回答：「就是我家女僕的姑媽，住在勃倫府的那個老太婆呢！」

福德聽了更生氣了，他說：「什麼！這個賊巫婆！我不是不准她走進我的屋子裡嗎？她又是替誰送信來的，是嗎？我最討厭聽到她那滿口求神問卜的胡言亂語！快給我滾下來，你這鬼巫婆！滾下來！」

說著，福德先生拿起了棒子，朝著福斯塔夫扮成的老太太一陣亂打，彷彿在把對福斯塔夫本人的怨氣都發洩在這個老太太身上。福德太太忍住笑，拚命勸阻丈夫別再打她了，福德先生這才停下了手。當福斯塔夫逃出屋子後，培德太太與福德太太終於告訴她們的丈夫一切經過，包括福斯塔夫寫給她們情書的事，還有她們是如何設下了圈套捉弄他。

福德先生與培琪先生都對太太的機智感到佩服，這時，兩位太太又說，想要再給福斯塔夫一次慘痛的教訓。

原來，溫莎這個地方曾經有個傳說：有一個獵人的鬼魂時常徘徊在一棵橡樹四周，頭上長著又粗又大的角，手裡搖著一串鏈條，發出怕人的聲響；當這個鬼魂一出沒，樹木就會變得枯黃，牲畜就會生病，乳牛的乳汁會變成血液。

福德太太說，她要叫福斯塔夫在頭上裝上大角，扮成鬼魂的樣子，在一棵橡樹的旁邊等著她們。再叫安妮以及三四個差不多大小的孩子穿著白色與綠色的衣服，扮成一隊精靈，頭上戴著蠟燭，手裡拿著響鈴，躲在樹旁的坑洞裡。等福斯塔夫與兩位太太相會的時候，他們就一擁而出，質問他為什麼竟敢在精靈們遊戲的時候，裝扮成鬼魂的樣子闖進這個神聖的地方。再用手把他擰得遍體鱗傷，或用蠟燭燙他的皮膚，直到他招認自己的不良居心為止。

在場的人全都拍手叫好，同意了這個計畫，但培琪先生與培琪太太卻各自打著如意算盤。培琪先生告訴史蘭德，他會叫安妮在當晚穿著白色的衣服，要史蘭德一看準時機就牽住她的手，拉她到牧師家中結婚。而培琪夫人則屬意卡厄斯醫生，她跟醫生說，當晚她會叫安妮穿著淺綠色的袍子，頭上繫著飄揚的絲帶，要醫生也趁機牽住她的手去結婚。然而，這些計畫都被安妮小姐告訴了她真正的意中人范頓先生。

到了約定的晚上，福斯塔夫果然戴著一對大角來到了橡樹下，他見到福德太太與培琪太太，正想上前擁抱她們時，扮成精靈的安妮與其他孩子忽然從藏身處冒了出來。兩位太太故意裝作害怕的模樣，拋下嚇得腿軟的福斯塔夫爵士逃走了。他們把這名倒楣的胖爵士圍在中間，唱著歌曲：

讓我用煉獄火把他指尖灼燙，
看他的心地是純潔還是骯髒；
他要是心無汙穢火不能傷，
哀號呼痛的一定居心不良。

然後，精靈們開始戲弄起福斯塔夫，他們伸手擰他的肥肉，還拿起頭上的蠟燭灼他的皮膚，可憐的福斯塔夫痛得尖叫了起來。福德以及培琪夫婦看見已經爵士整得夠慘了，這才從暗處走了出來，對他大加嘲笑。福斯塔夫終於恍然大悟，知道自己從一開始就落入了兩位太太的圈套。他連忙大聲求饒，逗得大家哈哈大笑。

就在這時，史蘭德著急地跑了過來，跟培琪先生說：他照著培琪先生的指示抱走了穿著白衣的精靈，沒想到卻發現對方竟是一個笨頭笨腦的男孩子！

看到丈夫與史蘭德一臉錯愕，培琪太太得意地說道：「我的好丈夫，別生氣，我事前知道了你的計畫，所以叫女兒改穿綠女服了；不瞞你說，她現在已經跟卡厄斯醫生一同到了牧師家裡，在那兒舉行婚禮啦！」

才剛講完，卡厄斯醫生又急急忙忙地跑了過來，生氣地說自己上當了，他照著培琪太太說的抱走了穿著綠衣的精靈，沒想到那人竟然也是一個男孩子，根本不是安妮小姐！

正當所有人都大感意外的時候，范頓先生帶著真正的安妮來了，他們已經趁著剛才的一陣混亂結婚了。范頓與岳父岳母解釋了一切，當這對父母知道女兒嫁給了自己喜歡的人後，也發自內心地給予她祝福。就這樣，一切都圓滿地結束了，好色的福斯塔夫爵士得到了應有的懲罰，而安妮小姐也與心愛的對象結婚了。

當福德先生臨走時，還對福斯塔夫說，感謝他對白羅克先生的幫助，因為白羅克今晚就要與福德太太共眠了呢！

10 第十二夜

少年西巴斯辛和妹妹薇奧拉是一對雙胞胎，他們住在梅薩琳。這對兄妹從出生時長得就很像，讓周圍的人們都嘖嘖稱奇，要不是穿著不同的衣服，幾乎辨別不出這兩個人。

他們在同一個時辰出生，也在同一個時辰遭遇生命危險，因為他們一同在海上航行時，船隻在伊利里亞海岸失事了。他們乘的船在猛烈的風暴中撞到了礁石，船身被撞得粉碎，船上只有少數人逃了出來。船長和其他幾名存活下來的水手坐著小船上岸，也把薇奧拉帶回了岸上。

這位可憐的姑娘並沒有因為自己獲救而高興，反而為哥哥的失蹤傷心起來。船長安慰她說，船被撞碎時，他曾看見她的哥哥緊緊抱住一根大桅杆，漂在海面上，直到遠得看不見為止。

聽到這話，薇奧拉才覺得有了一線希望，心中寬慰了不少。現在，想到就要一個人在遠離家鄉的陌生國度生活，薇奧拉於是問起船長，他是否了解有關伊利里亞的事情。

「哦！姑娘，非常了解，」船長回答道，「因為我出生的地方離這裡還不到三小時的路程呢！」

「誰統治這個地方？」薇奧拉問。

船主告訴他，伊利里亞的管理者叫做奧西諾，是個地位和性情都同樣高貴的公爵。薇奧拉回答說，她曾聽父親提過奧西諾，那時他還沒結婚呢！

「他現在也還沒結婚呢！」船主說，「至少最近還沒有。大約一個月以前，我從這裡啟程時，人們都在議論這件事，畢竟大家都喜歡討論大人物的事情。他們說，奧西諾正在追求美麗的奧麗維婭小姐，奧麗維婭是位很有品行的姑娘，她父親是個伯爵，去年過世了，他把她託付給她的哥哥照顧。可是她的哥哥不久前也去世了，聽說，她為了表示對親愛的哥哥的愛，發誓再也不見任何男人，也不和任何男人來往。」

薇奧拉也正為失去哥哥而痛苦著，很希望能和這位對哥哥的死如此哀悼的小姐一起生活。就問船長能不能把自己介紹給奧麗維婭，她說自己很樂意服侍這位小姐。但是，船長回答說這件事很難辦，因為自從她哥哥去世後，奧麗維婭姑娘就不允許任何人進入她的房間，連公爵也不行。

忽然間，薇奧拉靈機一動，她要穿上男裝，去當奧西諾公爵的侍童。年輕姑娘穿上男裝打扮成男孩子，這是個奇怪的想法，但年輕美麗的薇奧拉無依無靠，而且又一個人在他鄉漂泊，不得不這麼做，因此，這應該是可以原諒的吧！

她看出船長行為正派，發自內心地關心她的幸福，就將自己的打算告訴他，船長立刻答應幫她這個忙。薇奧拉給了船長一些錢，請他為自己訂做一些合適的衣服，並且要按照他哥哥西巴斯辛平時所穿衣服的顏色和樣式來做。她穿上男裝之後簡直和她哥哥一模一樣！

薇奧拉的這位船長朋友，把漂亮的薇奧拉打扮成了一個小伙子，透過宮中的熟人把她介紹給了奧西諾，同時把名字改成西薩里奧。

這個英俊的少年善於言談、舉止優雅，公爵非常喜歡，就讓西薩里奧成為他的侍童，這也正是薇奧拉想得到的差使。不管主人吩咐什麼事，她總能出色地完成，對他盡心盡責、忠心耿耿，很快就成了他最寵愛的侍從。

奧西諾把自己是如何愛上奧麗維婭姑娘的經過，都講給了西薩里奧聽，還告訴他，他追求這位小姐已經很長時間了，但是一直沒有成功。他不斷地向她獻殷勤，可是都遭到拒絕。她討厭他，不准自己再去找她。

尊貴的公爵因為愛上這位對他如此冷淡的姑娘，把以前熱愛的野外活動和男人們喜歡的運動都放棄了，整天只是無精打采地聽著委靡不振的樂聲，像是那些柔和的音樂和熱烈的情歌。他和過去經常來往的智慧博學的貴族也疏遠了，現在整天都和年輕的西薩里奧聊天，那些嚴肅的朝臣都認為，對於他們這位曾經高貴的主人——奧西諾大公爵來說，西薩里奧實在不是個好伙伴。

一名年輕姑娘成為了年輕英俊公爵的知己，本來就是件危險的事。不久後，薇奧拉也發現了這個事實，她感到非常痛苦。因為公爵把奧麗維婭給他的痛苦都告訴了她，而她因為愛上了公爵，也感受到了同樣的痛苦。

她覺得，像他主人這麼一位無可匹敵的公爵，是應該受到任何人深深景仰的，但奧麗維婭卻這麼冷漠，令她百思不解。她冒著風險，溫和地暗示奧西諾，問他為何偏偏愛上一位無法賞識他高貴品德的姑娘。還說：

「殿下，如果有位姑娘愛上您，就像您愛上了奧麗維婭一樣，如果您不能轉過來愛她，您不也會告訴她自己不能愛她嗎？她得到這個答案，不也得感到滿足了嗎？」

可是，奧西諾不同意這個結論，因為他不相信有任何女人能像他愛奧麗維婭一樣那麼愛他。他說，沒有一個女人的心裡能容納下那麼多的愛，因此，把任何一個女人對他的愛與他對奧麗維婭的愛相比，都是不公平的。現在，儘管薇奧拉非常尊重公爵的想法，但她還是無法對這句話表示贊同，因為她覺得自己心裡就有著和奧西諾心裡一樣多的愛。

她說：「啊！但我就是知道，殿下。」

「你知道什麼，西薩里奧？」

「我很清楚，」薇奧拉回答說，「女人有多麼地愛男人。她們的內心和我們一樣愛得真誠。我有個妹妹，她愛上了一個男人，就像假如我是個女孩，也可能愛上殿下一樣啊！」

「她曾經戀愛過嗎？」奧西諾問。

「殿下，她的情史是一片空白，」薇奧拉回答說，「她從未表明過愛意，只是把愛深藏在心底，就像花蕾裡的蛀蟲一樣，讓這個秘密悄悄侵蝕她粉紅的臉蛋，相思病害她整個人都變憔悴了，臉色蒼白，心情憂鬱，好像『忍耐』的石像一樣坐著，朝著痛苦微笑。」

公爵問這位姑娘，是不是因為相思病死了，薇奧拉對這個問題回答得相當含糊，因為剛才的故事多半是她編造的，這只是為了表達對奧西諾的暗戀和自己無聲的悲傷罷了。

正說著，公爵派去見奧麗維婭的人回來了，說道：「殿下！那位小姐不見我，她要侍女帶給您這樣的答覆：七年之內，就是大自然也見不到她的臉，她將像個修女一樣戴著面紗走路，讓她的淚水灑滿她的面紗，這一切都出於對她已故的哥哥的懷念。」

聽到這席話，公爵大聲說：「啊！她的心地這麼好，對她過世的哥哥都這麼念念不忘了，要是有一天她的心被愛情這支富麗堂皇的金箭射中的話，她會愛得多麼熱烈啊！」

接著，他對薇奧拉說：「西薩里奧，你知道，我已經把心底的秘密都告訴你了。所以，好孩子，請你到奧麗維婭家裡去一趟。要是她拒不見面，你就站在她的門口，告訴她，要是不讓你進去見她，你就要站到腳底生了根為止。」

「殿下，要是我能和她說話，我應該說些什麼呢？」薇奧拉問。

「啊！」奧西諾回答說，「向她表明我對她熱烈的愛，把我的一片痴心仔細地跟她說。由你替我表達我的痛苦再合適不過了，因為她對你將會比對那些扳著面孔的人要好得多。」

於是，薇奧拉去了，雖然她心裡並不願意替公爵求婚——畢竟這是在替自己心愛的男人向別的姑娘求婚。然而，既然接下了這個差使，她還是盡心盡力地設法完成主人的交代。很快地，奧麗維婭小姐就聽說有一個年輕人正站在她的房門前，揚言非見到她不可。

「我告訴過他了，」僕人說，「說您生病了，但他說正是因為知道您病了才來探望您的；我又跟他說您已經就寢，他好像也早就知道，說正是因為這樣才一定要見您。小姐，我應該怎麼跟他說呢？好像怎麼樣都拒絕不了他，不管您想不想見他，他都一定要見您。」

奧麗維婭對這個固執的傳話人非常好奇，想見他一面，就吩咐僕人讓他進來，她用面紗罩住了臉。從這名使者堅決要見她一面看來，這個人一定是奧西諾公爵派來的，因此，奧麗維婭想再聽聽公爵的使者要說些什麼。

薇奧拉進來了，她盡量表現出男人的氣派，學著大人物身邊的侍童們所說的漂亮恭維話，對著這位戴面紗的小姐說道：

「最燦爛、高雅、無與倫比的美人！請問您就是府上的小姐嗎？因為我不願意把話說給其他人聽，因為我即將要說的話不但寫得很優美，而且還花了我好大的工夫才背下來的。」

「先生，你是從哪裡來的？」奧麗維婭問。

「除了我背下來的話，我什麼也不會說，」薇奧拉回答說，「您的這個問題不在我背下的話裡頭。」

「你是個小丑嗎？」奧麗維婭問。

「不是，」薇奧拉回答說，「而且也不是我扮演的角色。」這句話的意思是，她本來是個女人，現在卻假扮成了男人。

接著，她又問奧麗維婭是不是府上的小姐，奧麗維婭只好說她就是。

薇奧拉非常好奇，想知道情敵長什麼模樣，這時她已經不急於替主人傳話了，於是說道：「好小姐，讓我看看您的臉吧！」

對於這個冒昧的要求，奧麗維婭竟然沒有拒絕，因為奧西諾公爵愛慕了很久都無法如願以償的這個驕傲美人，竟然一眼就愛上這個喬裝的侍童——卑微的西薩里奧。

當薇奧拉說要看她的臉時，奧麗維婭說道：「難道你的主人是吩咐你來跟我的臉談判的嗎？」

接著，她拉開面紗，把下定決心戴著它七年的誓言都忘了，說道：「好吧！我就把這帷幕拉開，讓你看看這幅畫吧！畫得好看嗎？」

薇奧拉回答說：「您的臉真是太美了。紅白恰到好處，就如同來自大自然的鬼斧神工。要是您想把這樣的美帶進墳墓，不為世間留下一座複製品，您一定是世界上最狠心的人了！」

「啊！先生，」奧麗維婭回答說，「我不會那麼狠心的。我可以為世間開一張我的美貌清單。例如，第一項，恰到好處的紅唇兩片；第二項，灰色眼睛一雙，還有眼皮；第三項，脖子、下巴各一個。等等！你是奉命來恭維我的嗎？」

薇奧拉回答說：「我看出您是一個什麼樣的人了，您太驕傲了！可是您很美。我親愛的主人愛您，啊！他對您的愛，儘管您用絕倫的美貌也只能勉強回報。因為奧西諾殿下是用崇敬的心和眼淚來愛著您的，他用雷一樣的呻吟和烈火般的嘆息表達著對您的愛。」

「你的主人，」奧麗維婭說，「他非常了解我的想法。我不能愛他，但我絕不懷疑他高尚的品格。我知道他尊貴、富有、正值青春、純潔無瑕。人們都說他學識淵博，待人有禮，而且勇敢無畏。但是，我不能愛他，他早就應該知道的。」

「要是我像我的主人那樣愛您的話，」薇奧拉說，「我會在您的門前用柳木搭一間小屋，大聲呼喊著您的名字；我會以奧麗維婭為主題，寫出哀傷的十四行詩，在深夜裡把它們唱出來，讓群山都迴響著您的名字；我要叫空中那個愛講話的回聲也大喊您的名字奧麗維婭！啊，除非您憐憫我，不然的話，您在天地間就得不到安寧。」

「那樣的話，我就真的會被你征服了。」奧麗維婭說，「你的出身是？」

薇奧拉回答說：「比我眼前的地位來得高，但眼前的地位也不低。我是一位紳士。」

最後，奧麗維婭不情願地把薇奧拉打發走了，她說：「回去稟告你的主人，說我不能愛他。叫他不要再派人來了，除非是你再來一趟，告訴我他是怎麼想的。」

於是，薇奧拉跟這位小姐告別了，還稱呼她為「狠心的美人」。

薇奧拉走後，奧麗維婭一遍又一遍地重複著她的話：「比我眼前的地位來得高，不過眼前的地位也不低。我是一位紳士。」

然後，她大聲說：「我發誓他的確就是這樣！他的話語、臉龐、手足、舉止和熱情都清楚地表明他就是一位紳士。」

同時，她心想要是西薩里奧是位公爵就好了。奧麗維婭感覺到那名侍童已經牢牢地擄獲了她的心，她責備自己這麼突然就愛上了他。只是，人們對自己的這類溫和的責備一向是不深的；沒過多久，高貴的奧麗維婭小姐就把自己和這個喬裝的侍童之間懸殊地位，連同少女的矜持——這個女孩子品德的重要裝飾——都忘得一乾二淨，竟然決定向年輕的西薩里奧求愛了。

緊接著，她派僕人拿著一只鑽戒追上西薩里奧，謊稱是奧西諾遺留下的禮物，希望透過這樣巧妙的安排送給西薩里奧一只戒指，向他表明心跡。薇奧拉收到這只戒指後，的確起了疑心，因為她知道奧西諾根本沒請她送過什麼戒指，她開始回想起奧麗維婭剛才的神情和態度，處處都表達了愛慕之意，薇奧拉馬上猜出來，她主人所愛慕的人一定是愛上她了。

「唉！」她說，「這位可憐的姑娘也是愛上了一場夢啊。我這樣的喬裝不是什麼好事，這只會讓奧麗維婭白白地為我傷心，就像我為奧西諾傷心一樣。」

薇奧拉回到了奧西諾的宮殿，報告她的主人這次求愛仍然沒有成功，又轉達了奧麗維婭的要求，請公爵不要再打擾她了。然而，公爵仍然希望西薩里奧明天能再走一趟，說服她憐憫自己。

在那之前，為了消磨無聊的時光，他請人唱起一支他喜歡的歌，說道：「親愛的西薩里奧，我昨晚聽到那首歌時，覺得心裡的痛苦減輕了不少。西薩里奧，你仔細聽！這是一首質樸的老歌，紡線和編織的姑娘坐著曬太陽時唱，少女們用骨針紡線時也在唱。歌詞沒什麼意義，但我卻十分喜歡，因為它描述的是古代純潔的愛情。」

來吧！來吧！死神，

把我放入淒涼的木棺；
飛去吧！飛去吧！呼吸，
我死在一位美麗卻狠心的女孩手裡。
請爲我準備好白色的屍布，插滿紫杉！
沒有人像我因這樣的眞情而死。
不讓一朵花，甚至花香，
漫到我黑色的棺上；
不讓任何朋友來埋葬我的骨頭的地方，
憑弔我可憐的屍身。
把我的墓穴置在心上人找不到的地方，
省卻千萬次的嘆息和哀傷！

薇奧拉把這首老歌的歌詞都聽出來了，它真摯樸實地表達出單相思的痛苦，同時她的臉上也流露出了那首歌所表達的感情。一旁的奧西諾注意到她憂鬱的表情，對她說：

「我敢發誓，孩子，儘管你還年輕，你的雙眼已經見到你所愛的人了。對嗎？」

「殿下，只見到一點兒。」薇奧拉回答說。

「是個什麼樣的女人，年齡多大？」奧西諾問。

「和您的年齡一樣，長著與您一樣的面容，殿下。」薇奧拉說。

公爵聽到這個年輕的小伙子竟愛上一位比自己年長那麼多的女人，而且皮膚像男人一樣黝黑，忍不住笑了出來。其實，薇奧拉暗指的就是公爵，而不是長得像他一樣的女人。

當薇奧拉第二次前去拜訪奧麗維婭時，很容易就見到了她。如果女主人喜歡和年輕英俊的送信人說話，僕人們總是很容易就能瞧出來。薇奧拉剛來到大門口，門就敞開了。公爵的這名侍童被恭恭敬敬地請到了奧麗維婭的房間，薇奧拉告訴奧麗維婭，這次又是代表公爵前來懇求她的，但她卻說：

「我希望你永遠不要再提起他了。如果你是替另外一個人求婚，我倒很願意聽聽你的請求，比聽到天上的曲子還高興。」

這句話的意思已經相當明顯了，但是，奧麗維婭接著又更加坦白地表明了自己的心思，公開地吐露了對薇奧拉的愛。當她看到薇奧拉臉上露出不悅的困惑神情，說道：「噢！不管是怎樣的嘲笑、蔑視和憤怒，一到他的唇上都變得美麗了！西薩里奧，我憑著春天的玫瑰，憑著貞潔、信譽和真理向你發誓，我愛你！儘管你如此驕傲，可是我沒有理由，也不想隱瞞對你的愛。」

可是，任憑奧麗維婭如何求愛，一切都是徒然。薇奧拉迅速地離開她，還嚇唬她再也不來替奧西諾求愛了。對於奧麗維婭熱烈的懇求，她的答覆是絕對不會愛上任何女人。

才剛離開奧麗維婭，就有人來挑戰薇奧拉的勇氣了。一個曾被奧麗維婭拒絕的求婚者聽說她愛上了公爵的傳話人，就來向她要求決鬥。可憐的薇奧拉該怎麼辦呢？儘管她有著男人的外表，但內心卻完全是個女人，就連自己身上的劍也不敢看一眼呢！

看到可怕的對手拔出了劍，向她逼近，薇奧拉開始思考要不要承認自己是個女人。就在這時，一個陌生的路人將她的恐懼給打消了，也讓她避免了暴露真實性別的難堪。這名陌生人走了過來，就像與她交情深厚一般，以彷彿是她最親近的朋友般的口吻對她的對手說：

「如果是這位年輕人冒犯了你，由我來替他承擔！如果是你冒犯了他，那我會替他來跟你較量！」

薇奧拉還沒來得及對這名保護者道謝，或是問他為什麼這麼好心地拔刀相助，她的新朋友就遇上了他的勇敢抵擋不了的敵人——就在這一瞬間，官差們來到他們面前，因為這名陌生人前幾年曾犯下案子，他們奉公爵之命正要把他捉拿歸案。

他對薇奧拉說：「這些麻煩都是為了找你而惹出來的。」

然後，他又向薇奧拉要回他的錢袋，說：「現在我需要我的錢袋，不得不把它要回來了。我並不是為自己的遭遇感到難過，而是因為沒能幫上你的忙。你好像還很吃驚的樣子，不過，無論如何，請你放心吧！」

他的話確實讓薇奧拉很吃了一驚。她說自己並不認識他，也沒跟他要過錢袋。但是，由於這名陌生人剛才曾好心幫了她，薇奧拉給了他一小筆錢，那幾乎是她身上所有的錢了。沒想到，陌生人說話忽然變得嚴厲起來，大罵她忘恩負義、冷酷無情。

他說：「你們看到的這個小伙子，是我從死神的口中救出來的！就是因為他的緣故，我才會來到伊利里亞的，如今又落到這麼危險的地步！」

官差們才不理會囚徒的抱怨呢！不停催他快走，喝斥道：「這跟我們有什麼關係！」

就這樣，陌生人被帶走了，一路上還朝著薇奧拉大喊「西巴斯辛」。這個男人把她當成西巴斯辛，罵他不認朋友，一直罵到聽不見他的聲音為止。薇奧拉聽到陌生人叫自己「西巴斯辛」，覺得十分奇怪，心想這個人也許把她誤認成她的哥哥了，可是他已經被匆忙帶走了，她沒來得及問個明白。但她仍然希望，陌生人口中被他救起的那個人真的就是她哥哥。

事實上，的確如此。那名陌生人叫做安東尼奧，是個船長。當西巴斯辛在風暴中緊抱著一只桅杆在海上漂流著，累得幾乎筋疲力盡時，是這位安東尼奧將他救上船的。之後，安東尼奧與西巴斯辛產生了真摯的友誼，他決定無論西巴斯辛去哪，他都要陪在一旁。

不久後，西巴斯辛出於好奇，想去公爵的宮廷看看。由於安東尼奧曾經在一場海戰中讓公爵的侄子受了重傷，因此，要是讓人們知道他在伊利里亞，他將會性命不保。但是，安東尼奧寧可來到伊利里亞，也不願意離開西巴斯辛。

一直到安東尼奧遇到薇奧拉的幾個小時前，他才和西巴斯辛一同上岸。他把錢袋交給了西巴斯辛，讓他隨意購買自己想要的東西，還告訴西巴斯辛，當他去城裡閒逛時，自己會在旅店裡等他。但是，一直到了約好的時間，卻還不見西巴斯辛回來，安東尼奧只好冒險出來找他了。

由於薇奧拉穿的衣服、相貌都正好和他哥哥一樣，於是，安東尼奧拔劍保護了這個被他救起的小伙子，因此也難怪，當西巴斯辛不認他，還不肯把錢袋給他時，他要氣得罵他忘恩負義了。

安東尼奧走後，薇奧拉害怕挑戰者再度追上來，趕緊往家的方向逃跑。就在同一時間，她的哥哥西巴斯辛也來到了剛才的地點，那名挑戰者看到他，還以為薇奧拉又回來了呢！

「噢！先生，我們又見面了！吃我一拳吧！」說著，他給了西巴斯辛一拳。西巴斯辛也不是膽小之輩，他用加倍的力氣回敬那人一拳，接著把劍拔了出來。

這時，奧麗維婭從房裡跑出來，阻止了這場決鬥。她也把西巴斯辛誤認成了西薩里奧，因此邀請他到她家去，並為他遇到的粗魯攻擊表示難過。

對於西巴斯辛來說，這位小姐的禮貌，就和剛才素不相識之人的無禮一樣令他感到莫名其妙，儘管如此，他還是欣然進了奧麗維婭的家。奧麗維婭非常高興，她發現西薩里奧終於願意接受她的殷勤了，因為雖然兩人長得一模一樣，但他的臉上絲毫沒有她向西薩里奧表明愛意時的那種輕蔑與不悅。西巴斯辛絲毫也沒有拒絕這位姑娘對他表現出的愛情，他似乎很樂意接受，儘管也忍不住感到奇怪，他想一定是這位姑娘的神智不清楚了。不過，一看到她有這麼華麗的房子，家裡一應事務都聽她吩咐，而且家務也管理得井井有條，除了突然愛上他這點之外，她的神智似乎完全正常，因此他高高興興地接受了她的求愛。

奧麗維婭見西薩里奧心情正好，怕他事後反悔，就說家裡剛好有牧師，建議兩人立刻就結婚，西巴斯辛也同意她的提議。婚禮結束後，他跟新娘說要出門一下子，好把他遇到的好運告訴他的朋友安東尼奧。

這時，奧西諾來拜訪奧麗維婭了，他剛來到奧麗維婭的門口，官差們正好將囚犯安東尼奧押到奧西諾跟前，薇奧拉也和他的主人奧西諾在一起。安東尼奧仍然把她當成西巴斯辛，一見到薇奧拉，就跟公爵講起他是怎樣冒險把這個年輕人從海裡救出來的；又把他確實給過西巴斯辛的好處都說了一遍；最後又埋怨說，三個月來這個忘恩負義的小伙子日夜都跟他在一起。

不過，奧麗維婭這時從家裡走了出來，讓公爵再也沒有心思聽安東尼奧的故事。

「伯爵小姐出來了，天使下凡了！可是你這傢伙說的全都是瘋話！三個月以來，這個小伙子一直在旁侍候我！」說完，公爵吩咐把安東尼奧帶走。

但沒過多久，公爵口中的天使奧麗維婭也讓公爵跟安東尼奧一樣，責怪起西薩里奧忘恩負義，因為他聽出奧麗維婭對西薩里奧說的都是些溫柔言語。自己的侍童竟在奧麗維婭心裡佔了這麼大的份量，讓公爵揚言要報復他，讓他罪有應得。

「跟我來！小子，我要痛痛快快地教訓你一頓！」

看來公爵對薇奧拉的嫉妒使他想立刻置她於死地。但是愛情的力量讓她不再膽小，她說為了讓自己的主人靜下心來，她非常願意去死。可是，奧麗維婭卻不願意就這樣失去丈夫，她大聲喊道：「我的西薩里奧去哪兒了？」

薇奧拉回答說：「我跟著那個我愛他勝過愛自己生命的人走。」

可是，奧麗維婭不肯讓他們走，她大聲宣布西薩里奧就是她的丈夫，還派人把牧師請出來，證明不到兩個小時前，他曾為奧麗維婭小姐和那個年輕人主持了婚禮。任憑薇奧拉怎麼解釋自己沒跟她結婚，也無濟於事，奧麗維婭和牧師的見證讓公爵相信，他的侍童把比他生命還珍視的愛人給奪走了。

一想到事情已經無法挽回，公爵立刻與他那不忠的愛人和她的丈夫西薩里奧告別，他說西薩里奧是一名「年輕的偽君子」，還警告他以後不要再讓自己遇見！

就在這時，奇蹟發生了，另一個西薩里奧出現了，還稱呼奧麗維婭是自己的妻子。當然，這個新來的西薩里奧就是西巴斯辛，也就是奧麗維婭真正的丈夫。看到兩個相貌、聲音和衣著都一樣的人，大家都驚訝不已。這兩兄妹立刻開始問起對方的事來，薇奧拉幾乎不敢相信哥哥還活著，而西巴斯辛看到原以為已經淹死的妹妹穿著一身男裝站在眼前，也完全不明白是怎麼回事。但薇奧拉馬上承認自己確實是他的妹妹薇奧拉，只是穿上了男裝而已。

這對長相極為相似的兄妹所引發的誤會終於都消除了，大家都笑奧麗維婭竟然陰差陽錯地愛上了一個女人，但當他們發現薇奧拉的哥哥代替了妹妹和她結婚後，也覺得沒什麼不好的。

奧麗維婭結婚了，奧西諾公爵的最後一絲希望也永遠地消逝了，連同所有的希望，他那無結果的愛情似乎也跟著凋零了。但是現在，他所有的心思都放在另一件事上，那就是他最寵愛的年輕侍童西薩里奧竟變成了一位美麗的姑娘。

他仔細地端詳了薇奧拉，想起他一向認為西薩里奧長得非常俊俏，相信她穿上女裝後一定也很漂亮。接著，他又想起薇奧拉時常對他說她愛他；那時候，他以為那只不過是一個忠實的侍童真誠的宣示罷了，但是現在他卻猜出了隱含在那其中的含義。她那許多甜言蜜語當時對他來說都像謎一樣難解，可是現在他卻恍然大悟，想起了這一切。他立刻就決定娶薇奧拉做他的妻子，不過，他還是忍不住要稱呼她為西薩里奧，稱她為「孩子」。

「孩子，你對我說過千百回，你永遠都不會像愛我一樣去愛一個女人。既然你不顧自己嬌弱的身子和高貴的教養，忠心地服侍我，既然你稱呼了我這麼久的『主人』，現在你就成為你主人的愛人——奧西諾真正的公爵夫人吧！」

奧麗維婭看到奧西諾正把那顆被她冷漠地摒棄的心轉移到薇奧拉身上，高興地把他們邀請到家裡，提議讓早上為她和西巴斯辛主持婚禮的牧師也為他們兩人主持了婚禮。就這樣，這對孿生兄妹在同一天裡結了婚。曾經將他們拆散的風暴和海灘，如今卻成了他們的好運。薇奧拉成了伊利里亞公爵奧西諾的妻子，西巴斯辛也娶了一位富有、高貴的伯爵小姐奧麗薇婭。

11 終成眷屬

羅西昂伯爵的名字叫做貝特蘭，他的父親最近去世了，他因此繼承了父親的產業和爵位。法國國王貝特蘭的父親曾經非常要好，聽說他死了，便立刻派人去請他的兒子貝特蘭到自己在巴黎的王宮。國王想起了自己與死去的伯爵之間的友誼，因此想給予年輕的貝特蘭特別的關愛和保護。

王宮裡年邁的貴族拉佛前來請貝特蘭去見國王的時候，他正與剛剛失去丈夫的母親，也就是伯爵夫人住在一起。由於法國國王獨斷專權，他請人進宮時，通常不是下旨意就是發命令，再顯貴的臣子都必須服從，因此，伯爵夫人不敢耽擱自己心愛的兒子太久，她立刻與貝特蘭道別，要他出發。

伯爵夫人的丈夫剛去世，現在兒子又要離開了，她傷心得彷彿又死了一次丈夫，於是，來接貝特蘭的拉佛盡可能地用宮廷裡那些恭維的話來安慰她。他說國王很仁慈，一定會像她丈夫一樣地關照她，像父親一般地保護她兒子。其實，他的意思只不過是仁慈的國王肯定會提拔貝特蘭罷了。

拉佛還跟伯爵夫人提起國王得了絕症的事，宮廷裡的御醫都說他已經沒有希望了。伯爵夫人聽到這個消息表示非常難過，還說她相信要是海倫娜的父親還在世的話，一定能治好國王的病。海倫娜是伯爵夫人的一位年輕侍女，她的父親是有名的醫生吉拉．德．拿滂，他臨死前將獨生女送給了伯爵夫人做養女，因此在他死後，海倫娜就一直受到伯爵夫人保護。

之後，伯爵夫人又稱讚了海倫娜賢淑的性格和高尚的品德，說她的這些美德全都來自於她那令人尊敬的父親。伯爵夫人還沒說完，海倫娜已經暗自傷心地哭了起來，伯爵夫人不得不責備了她一下，說她不該為父親的死過度悲傷。

這時，貝特蘭來向他的母親道別。伯爵夫人流著淚水和自己親愛的兒子分離，祝福他，並把他託付給拉佛，說道：「老爺，請您多指點他，因為他只是個沒見過什麼世面的朝臣。」

最後，貝特蘭又跟海倫娜說了一些平常的客氣話，祝她幸福。最後，他對她說道：「你要安慰我的母親，也就是你的主人，要好好服侍她。」

海倫娜在很久之前就已經愛上貝特蘭了。她剛才暗自哭泣，其實並不是在為自己的父親吉拉．德．拿滂流淚呢！海倫娜愛著自己的父親，但此時她更愛的是貝特蘭。眼看就要失去他了，海倫娜的心裡除了貝特蘭以外誰也不想，她甚至連自己死去父親的容貌都記不起來了。

雖然海倫娜愛上貝特蘭很久了，卻一直無法忘記他是羅西昂伯爵，也是法國歷史最悠久世家的後裔。然而，她自己出身卑微，她的父母沒有地位，而貝特蘭家族世代都是貴族。因此，她把出身高貴的貝特蘭視為自己的主人和親愛的少爺，不敢有任何奢望，只有一輩子當他的僕人和家臣。他們之間有著一道鴻溝，貝特蘭的地位高貴，而她的家世低微。

「對我來說，貝特蘭是如此地高不可攀，我就像愛上了一顆異常明亮的星星，竟想和那顆星結婚！」她說道。

貝特蘭不在身邊，使得海倫娜眼睛裡充滿淚水，心裡悲傷極了！儘管她過去對他的愛也是一樣地希望渺茫，但那時至少還能時時刻刻見到他，讓她得到不少安慰。海倫娜時常坐在那兒望著貝特蘭深色的眼睛、彎彎的眉毛和柔軟捲曲的頭髮，直到她似乎能在心裡勾勒出他的肖像，描繪出他俊秀臉龐上的每一根線條。

吉拉・德・拿滂去世時沒留給自己的女兒任何財產，只留下一些稀有的藥方。這些藥方是他對醫學深入研究多年而得來的，都是經過長期實驗、證明萬無一失的良方。其中有一個藥方寫著可以治療拉佛口中國王得到的那種病。海倫娜本來覺得自己地位卑微，對成為伯爵夫人不抱什麼希望；但那時一聽說國王的病，她的心裡頓時想出了一個絕妙的主意：她要親自到巴黎為國王治病。

然而，國王和他的醫生們都認為這個病已經無藥可治了，儘管海倫娜手上有這麼一個秘方，但一個貧苦又沒知識的年輕姑娘，也未必能得到他們的信任。只要他們同意讓海倫娜嘗試看看，她相信自己一定能治好國王的病，雖然海倫娜的父親當年曾是位名醫，但她卻覺得自己比父親更有把握，因為她確信這良藥一定受到了天上所有吉星的保佑，是能帶給她好運的遺產，甚至能使她的身價水漲船高，足以成為羅西昂伯爵的夫人。

貝特蘭才剛離開，伯爵夫人的管家就告訴她，自己曾經聽見海倫娜在自言自語。這名管家從她說的話中聽出她愛上了貝特蘭，打算到巴黎去找她。伯爵夫嘉許了管家一番，又請他去告訴海倫娜，說自己有話要跟她說。

伯爵夫人一聽到關於海倫娜的傳聞，就使她想起自己當初剛愛上貝特蘭父親時的情景。她自言自語道：「即使我自己年輕的時候也是這樣，但『愛情』是長在『青春』這朵玫瑰上的一根刺，只要我們是自然之子，就不免在年少時犯下這樣的錯誤，儘管我們當時並不覺得這是個錯誤。」

正當伯爵夫人思考著自己年輕時在愛情上犯過的錯，海倫娜進來了。夫人對海倫娜說道：「海倫娜，你知道我對待你就像母親一樣。」

海倫娜答道：「您是我高貴的主人。」

「你是我的女兒，」伯爵夫人又說，「我說我是你的母親。為什麼你聽到我的話會神色驚慌，面色蒼白呢？」

海倫娜害怕伯爵夫人已經猜到自己愛上了貝特蘭，所以神情慌張，腦中一片混亂。但她仍然答道：「原諒我，夫人，您不是我的母親，羅西昂伯爵也不是我的哥哥，我也不可能做您的女兒。」

「可是，海倫娜，」伯爵夫人說，「你可以成為我的媳婦。恐怕你想成為我的媳婦，所以母親、女兒這樣的稱呼才會讓你那麼不自在吧！海倫娜，你愛我的兒子嗎？」

「我的好夫人，原諒我！」海倫娜被嚇壞了。

伯爵夫人又把她的問題重複了一遍：「你愛我的兒子嗎？」

「難道您不愛他嗎？夫人。」海倫娜說。

伯爵夫人答道：「不要這樣拐彎抹角地回答我，海倫娜。來吧，來吧！把你的心事說出來吧！因為你的愛情已經全被別人看出來了。」

此時，海倫娜跪下來，承認自己愛上了貝特蘭，然後又害怕又慚愧地請求高貴的主人原諒她。她說自己深知兩人地位不相稱，還說貝特蘭並不知道自己愛他。她把自己處境卑微、毫無希望的愛情比喻成一個可憐的印第安人對太陽的崇拜——太陽雖然照耀著自己的崇拜者，卻不知道他們的存在。

伯爵夫人問海倫娜是否想到巴黎去，海倫娜也承認，當她聽到拉佛談論國王的病症時曾有過這樣的想法。

「你就是因為這樣想去巴黎？」伯爵夫人說，「說實話吧，是這樣嗎？」

海倫娜老實地答道：「我是因為您的少爺才興起這個念頭的。不然，巴黎啊！藥方啊！國王啊！

我當時都不會想到的。」

伯爵夫人聽到她全部的表白，並未表示贊成，卻也沒有加以指責。但是，她仔細地詢問海倫娜，那種藥到底能不能真的治好國王的病。她知道這是吉拉．德．拿滂最珍貴的藥，一直到臨終時才傳給女兒，伯爵夫人不禁想起自己當初鄭重承諾要照顧這個年輕姑娘的莊嚴時刻。現在，海倫娜的未來和國王的性命似乎都要看海倫娜能否實現這個計畫了，雖然這可憐的計畫只不過出自一個痴情的姑娘，但伯爵夫人覺得，或許上天要藉著這個機會使國王痊癒，同時要為吉拉．德．拿滂的女兒帶來好運。

於是，她爽快地答應海倫娜按照計畫行動，還慷慨地為她準備了充足的盤纏，給她派了幾名隨從，並真誠地祝福她成功。就這樣，海倫娜帶著伯爵夫人的祝福出發前去巴黎了。

海倫娜來到巴黎，在老朝臣拉佛的幫助下見到了國王。期間，她遭遇過許多困難，畢竟想要國王嘗試這個漂亮的年輕女醫生的藥，絕非易事。但是，她告訴國王自己是名醫吉拉．德．拿滂的女兒，還把珍貴的藥拿出來，說這是神奇的寶貝，是父親長期的經驗和醫療技術的結晶。

她大膽地發誓，要是兩天之內國王的病無法痊癒，她情願去死！最後，國王終於答應嘗試。他說，要是兩天之後他的病還沒好，就要將她處死；相對地，國王答應海倫娜，假如她成功了，作為報酬，她能在全法國隨便挑選一個男人做自己的丈夫，除了王子之外。

海倫娜希望父親的藥能治好國王，她的願望實現了，國王果然在兩天之內就痊癒了。於是，他也按照先前的約定，將宮裡所有的年輕貴族都召集在一塊兒，讓這位漂亮的女醫生任選一位作為丈夫。她讓海倫娜仔細端詳這些年輕的貴族，任她挑選。海倫娜很快就選好了，因為在這些年輕的貴族中間，她一眼就找出了羅西昂伯爵。

她轉向貝特蘭，說道：「就是他了。少爺，我不敢說自己選擇了您。但是，只要我活著一天，我就願意把我自己獻給您，侍候您，聽您的指導。」

「那麼，」國王說道，「年輕的貝特蘭，娶她吧，她是你的妻子了。」

然而，貝特蘭毫不猶豫地聲明，自己並不喜歡國王賜給他的這個自己送上門來的妻子。他說，海倫娜只不過是一個窮苦醫生的女兒，是他的父親將她撫育成人，現在她又依賴他母親的恩惠活著。

聽了這番拒絕、蔑視的語話，海倫娜對國王說道：「既然現在您的病已經好了，我就很高興了，其餘的事情就算了吧！」

然而，國王無法容忍別人如此輕視他的旨意，因為法國國王眾多的特權之一，就是決定貴族們的婚事。於是，當天貝特蘭仍然和海倫娜結了婚。對於貝特蘭來說，這個婚姻是被強加的，並不稱心；而對這個可憐的姑娘來說，這場婚姻也並沒有幸福可言，雖然她冒著生命的危險才嫁給這樣一位高貴的丈夫，但她得到的只不過是空歡喜一場，因為丈夫的愛情並不是法國國王的權力所能賜予的。

才剛結婚，貝特蘭就要求海倫娜請求國王讓他離開王宮。當海倫娜告訴他國王批准了他的請求時，他就對海倫娜說，自己對這個突如其來的婚姻毫無準備，這使他感到很不安，因此，他希望她不會對他即將採取的行動感到奇怪。

當海倫娜發現丈夫的意圖是要離開她時，感到相當難過。貝特蘭命令她回家，回到他母親那裡去，面對這樣無情的吩咐，海倫娜回答：「少爺，我對這件事無話可說，我只能說我是您最順從的僕人。我的命不好，不配享受這樣的福氣。我要永遠忠誠地侍候您，好彌補我的缺陷！」

但是，海倫娜謙卑的話一點也沒有打動傲慢的貝特蘭，使他憐憫這位溫柔的妻子。他依然離開了她，連一句告別時最普通的客套話也沒說。

這之後，海倫娜便回到伯爵夫人那裡。她達到了此行的目的，拯救了國王的性命，也與自己心愛的羅西昂伯爵結了婚。但她回到自己高貴的婆婆身邊時，卻成了一個失意的女人。一進家門，她就接到一封貝特蘭寫給她的信，這封信差點傷透她的心。

善良的伯爵夫人熱情地歡迎她，就像她是兒子親自挑選的妻子似的，把她當作出身高貴的女士。伯爵夫人還說了一些好話來安慰她，因為貝特蘭對她如此無情，在新婚的當天就自己的妻子獨自一人打發回家。

伯爵夫人寬厚的接納並沒有使悲傷的海倫娜快活起來。她說：「夫人，我的丈夫走了，永遠地離開了！」然後，她就把貝特蘭信裡的那句話讀了出來：當你從我手指上取下這枚戒指的那個時候，你才能稱我為你的「丈夫」。但是戒指是永遠取不下來的，而「那個時候」也是永遠不會到來的。

「這是一個可怕的判決！」海倫娜說。

伯爵夫人請求她有點兒耐心，說既然貝特蘭離開了，那麼她就是伯爵夫人的孩子，還說她配得上一位貴族，由二十名像貝特蘭這樣魯莽的小子來侍候她，時時刻刻稱呼她為「夫人」。然而，不管這位寬厚和善的婆婆如何尊重她的媳婦，對她表示殷勤，說盡各種好話，也無法安慰傷心的海倫娜。

海倫娜的眼睛仍然盯著那封信，痛苦地往下唸道：只要我的妻子還在法國，我在法國就沒什麼可留戀的。

伯爵夫人問她這話是不是信裡寫的，可憐的海倫娜也只好回答：「是的，夫人。」

第二天早晨，海倫娜不見了，她臨走前留給伯爵夫人一封信，告訴她自己突然離開的原因。她在信裡告訴伯爵夫人說，她竟逼得貝特蘭不得不離開自己的國家和家庭，因此感到十分難過。為了彌補自己的過錯，她決定到聖約克．勒．格朗的墓地去朝拜。信的最後，她請求伯爵夫人通知她的兒子，他最痛恨的妻子已經永遠地離開他的家了。

貝特蘭在離開巴黎後來到了佛羅倫斯，成為了佛羅倫斯公爵軍隊裡的一名軍官。他打了一場勝仗，並因為作戰勇猛立下很多功勳。之後，他接到了母親的來信，信中提到了令他高興的消息——海倫娜再也不會來打擾他了。

當貝特蘭正興沖沖地準備回家，穿著朝拜者服裝的海倫娜也來到了佛羅倫斯，因為通常人們要去聖約克．勒．格朗的墓地朝拜時，總會經過佛羅倫斯。

海倫娜路過這座城市時，聽說這裡住著一位好客的寡婦，經常接待要到那位聖人的墳墓朝拜的女朝聖者，為她們提供住處，熱情地招待她們。於是，海倫娜就去找這位好心的夫人。

這位寡婦客氣地接待了她，還邀請她去看看這座有名城市的新奇事物。她說，如果海倫娜想看看公爵的軍隊，可以帶她到一個能目睹整支軍隊的地方去。

「你還會見到一位同胞呢！」寡婦說，「他名叫羅西昂伯爵，在公爵的戰役裡立下功勞。」

海倫娜聽說貝特蘭在軍隊裡，等不及寡婦再次邀請，就一口答應了。她和女主人一起去了那個地方，再次看到親愛丈夫的臉龐，這對她來說是一種既悲傷又淒涼的快樂。

「他長得很英俊吧！」寡婦說。

「我很喜歡他。」海倫娜老實地說道。

她們一路走著，寡婦滔滔不絕地談論著貝特蘭。她跟海倫娜介紹貝特蘭結婚的經過，以及他是如何拋棄了他可憐的妻子，以及因為不想跟她生活在一起，才加入了公爵的軍隊。海倫娜耐心地聽她講述自己的不幸遭遇。

當這件事情講完之後，貝特蘭的故事卻還沒結束，這時寡婦又講起另一個故事，這故事的每一個字都深深刺痛了海倫娜的心，因為她這次講的是貝特蘭愛上她女兒的經過。

儘管貝特蘭不喜歡國王當初強加給他的這個婚姻，但他似乎並非不懂得愛情，因為自從他跟著軍隊駐守佛羅倫斯以來，就愛上了一個名叫黛安娜的漂亮女孩，她的母親正是招待海倫娜的這位寡婦。

每天晚上，貝特蘭都會演奏起各種曲子，用歌聲讚美黛安娜的美貌，在窗下向她求愛。他每天都請求黛安娜在家人躺下休息後，允許他偷偷去看她。然而，黛安娜知道貝特蘭已經結婚了，所以無論如何也不答應他這個不正當的請求，也不鼓勵他的追求，因為她是在一位賢淑的母親教養下長大成人的。這名寡婦雖然如今家境貧寒，卻擁有良好的血統——她是凱普萊特家族的後代。

這位好心的太太向海倫娜講述了這一切，一邊大力讚美自己的女兒謹慎、禮貌，說這全規功於她對女兒的良好的教育和誘導。她還說，貝特蘭希望當天晚上能見黛安娜一面，因為他隔天一大早就要離開佛羅倫斯了。

雖然貝特蘭愛上寡婦的女兒這件事讓海倫娜傷透了心，但她又很快地想出一個計畫，以重新得到她逃走的丈夫的心。她告訴寡婦，自己正是被貝特蘭拋棄的妻子海倫娜，並請求善良的女主人和黛安娜答應這次讓貝特蘭前來拜訪，再她自己裝扮成黛安娜。

海倫娜告訴她們，她之所以想秘密地跟丈夫見面，最大的原因是要得到他的那枚戒指。因為他曾經說過，唯有海倫娜得到戒指，他才會承認她是自己的妻子。

寡婦和她的女兒答應在這件事上幫忙海倫娜，除了因為她們同情這名悲傷、遭到遺棄的妻子之外，海倫娜也承諾會報答她們，這打動了她們的心。為了證明自己日後必定會酬謝她們，海倫娜預先送給她們一袋金錢。

這一天，海倫娜設法寄了一封信給貝特蘭，讓他誤以為自己過世了。海倫娜希望貝特蘭在得知她的死訊後，就會認為自己有尋找新的愛人的自由，也就會向裝扮成黛安娜的海倫娜求婚了。她相信，假如自己能同時得到戒指和他的誓言，這一切一定會在未來為她帶來好運的。

當天夜裡，貝特蘭被准許進入黛安娜的房間。海倫娜正在那兒等著接待他呢！貝特蘭對海倫娜說出一連串的讚美和纏綿的情話，使她聽了感到非常珍貴，儘管她知道那些話都是說給黛安娜聽的。

貝特蘭對她十分滿意，於是鄭重地承諾要做她的丈夫，並且永遠愛她。假如貝特蘭某一天發現這位說出使他如此高興的言語的人正是他的妻子，也就是他瞧不起的海倫娜時，她希望他今天的諾言能成為真正的愛情。

貝特蘭從來不知道海倫娜是個多麼懂事的姑娘，否則，也許他就不會那麼不在乎她了。而且他天天都能見到她，這也使他完全忽略了她的美貌。當一張臉看得久了，也就不會像一張初次見到的臉那樣，讓我們對它的美醜那麼敏感了。海倫娜的理解力對於貝特蘭來說就更不可能判斷，因為她對貝特蘭既愛慕，又是如此敬重，所以在他面前總是保持沉默。

可是現在，她未來的命運和她愛情的美滿結局，似乎都要靠這天晚上給貝特蘭留下的美好印象了。因此，她運用自己一切的智慧來使他高興。她活潑的談吐簡樸而又優雅，舉止可愛而又甜美，這一切深深迷住了貝特蘭，他發誓要娶她為妻。海倫娜請求他取下手上的戒指，讓她作為愛情的信物，他就把戒指給了她，這枚戒指對她來說是如此重要。作為還禮，她也將另一枚戒指送給貝特蘭，那只戒指是國王送給她的。

天亮之前，海倫娜送走了貝特蘭，自己也立即動身前往他母親的住處。她請寡婦和黛安娜和她一起去巴黎，因為她還需要她們幫自己完成接下來的計畫。她們到了巴黎後，卻得知國王已經離開那裡去拜訪羅西昂伯爵夫人了，於是海倫娜又馬不停蹄地去追趕國王。

國王的身體依然很健康，他心裡也還對治好自己的海倫娜非常感謝。因此，他一見到羅西昂伯爵夫人就提起了海倫娜，稱她是貝特蘭愚蠢地捨棄的一顆珍貴寶石。

國王意識到這個話題使伯爵夫人傷心了，她正為海倫娜的死感到悲痛不已，於是國王只好對她說：「尊敬的夫人，我已經原諒一切，忘記一切了。」

那名好心的老臣拉佛也在場，他不願讓他所喜歡的海倫娜輕易地被人遺忘，因此說道：「我必須這樣說，這位年輕的老爺嚴重地冒犯了國王陛下，冒犯了他的母親，也冒犯了他的妻子。但他最對不起的就是他自己，因為他失去了一位如此美貌的妻子，無論是誰聽見她說話，都會被她所吸引。她的完美使所有人都願意侍候她！」

國王說：「越是讚美已經失去的東西，就越使它顯得珍貴。那麼，把他叫出來吧！」

貝特蘭來到國王面前，對自己給海倫娜造成的傷害表示難過。國王聽到他的話，又看在他死去的父親和可敬的母親份上，就原諒了他，並恢復了對他的寵信。

然而，國王慈祥的臉色很快又變了，因為他看到貝特蘭手上戴的戒指正是他當初送給海倫娜的那枚。他清楚地記得，海倫娜當時曾對天上的所有聖人發誓，說她絕不會讓那枚戒指離開手上，除非她遇到極大的災難，真是那樣，她將會把戒指歸還給國王。

國王問貝特蘭是怎麼得到那枚戒指的，他編了一個謊言，說是一個女孩從窗子扔出來給他的，還說自己自從結婚那天之後，就沒有再見過海倫娜。

國王知道貝特蘭不喜歡他的妻子，懷疑是他殺死了海倫娜，當場命令衛兵將他抓起來，說道：「我有個可怕的想法，也許海倫娜是被人害死的。」

這時候，黛安娜和她的母親走了進來，向國王呈上一份文件，文中寫著要國王下令讓貝特蘭與黛安娜結婚，因為他曾向她鄭重地許下婚約。

貝特蘭怕國王生氣，立刻否認自己曾經立過那樣的誓言。黛安娜為了證明自己的話，拿出了海倫娜交給她的那枚戒指。她說，海倫娜當初給了貝特蘭他現在戴的這枚戒指作為回禮，因為貝特蘭在發誓娶她的時候給了她那枚戒指。聽到這話，國王又命令衛兵把黛安娜也抓起來。因為她對戒指的事描述得與貝特蘭不符，更加證實了國王的懷疑。

他說，要是他們不老老實實地把得到海倫娜這枚戒指的經過講出來，那麼兩個人都會被處死。黛安娜請求國王允許她母親把賣給她戒指的珠寶商找來，國王立刻答應。寡婦出去後不久，就領著海倫娜本人進來了。

善良的伯爵夫人見兒子身處險境，暗自悲傷著，甚至擔心他真的殺死了自己的妻子。但現在，她發現自己如親生女兒般疼愛的海倫娜竟然還活著，高興得難以自持。

國王也非常高興，簡直不敢相信那就是海倫娜，他說：「我見到的真的是貝特蘭的妻子嗎？」

海倫娜覺得貝特蘭還沒有真正承認自己是他的妻子，因此回答道：「不，我的好國王，您看到的只是他妻子的影子，是他名義上的妻子，而實際上不是。」

貝特蘭喊道：「名義上是，實際上也是！啊！原諒我吧！」

「啊！少爺，」海倫娜說，「當我扮成這位漂亮姑娘的時候，我發現你是十分體貼的，可是看看你的這封信！」她一邊用愉快的聲調讀出了那些曾經反覆傷心地唸過的話：「當你從我手指上取下這枚戒指的那個時候——現在我得到戒指了，你把戒指送給了我。我現在加倍地得到了你的愛，你願意做我的丈夫嗎？」

貝特蘭答道：「如果你能證明你就是那天晚上和我談話的人，我願意永遠好好地愛你！」

當然，這件事並不困難，因為海倫娜請寡婦和黛安娜一同前來，正是為了證明這個事實。海倫娜曾為國王效勞，得到了他的器重，而黛安娜由於好心地幫助了海倫娜，也得到了國王的喜愛，並答應也為她找一位高貴的丈夫。因為海倫娜的經歷給了國王一個啟示：當美麗的姑娘有了特別的功勞的時候，國王理應賜給她們一位好丈夫，作為報酬。

就這樣，海倫娜終於發現，她父親的遺產的確是受到天上最吉祥的福星保佑，因為如今的她成了她親愛的貝特蘭的愛妻，成了高貴女主人的媳婦，也成為了羅西昂伯爵夫人。

12 一報還一報

從前，有位性情溫和寬厚的公爵統治維也納城，即使他的臣民犯了法，他也不懲治。這裡有一條特別的法律，由於公爵在其統治期間從來沒有實行過，幾乎要被人們遺忘了；這條法律規定，如果任何男人和他妻子以外的女人同居的話，就會被處以死刑。

但公爵的無限寬容使人們完全不去理會這條法律，神聖的婚姻制度也就因此被忽視了。維也納年輕女孩的父母天天都來向公爵抱怨，說他們的女兒被人誘拐，離開了家，和單身的男人同居在一起。

仁慈的公爵看到這種不良的風氣在民間不斷滋長，越演越烈，感到相當難過。但是他想，如果他突然改變自己一貫的寬容作風，嚴厲地執行這條法律以制止這類事情的犯濫，那麼一向愛戴他的人民將會認為他是個暴君。

因此，他決定先暫時離開他的公國，讓另外一個人來代行他的全部職權。這樣，既可以執行這條制約不正當男女關係的法律，又不會因為法律突然變得比往常嚴厲，而使他遭到眾人的批評。

公爵選派安哲魯來執行這項重要的職責，安哲魯生活嚴謹，在維也納被譽為「聖人」，是公爵認為最合適的人選。他把這個計策告訴了他的輔佐大臣愛斯卡勒斯。愛斯卡勒斯也說：「在維也納，如果有人配享有這樣盛重的恩寵和榮耀，那非安哲魯大人莫屬了！」

於是，公爵謊稱去波蘭旅行，離開了維也納，讓安哲魯在他離開期間代理他的職位。可是，公爵的離開只是一個假象，因為他假扮成修道士，又悄悄地返回了維也納，想暗中觀察一下這個被稱為聖人的安哲魯如何執政。

安哲魯擔任這個新職位不久，就有一位名叫克勞狄奧的紳士把一位年輕的姑娘從她父母身邊勾引走了。由於這件事，這位新上任的攝政王下令將克勞狄奧抓起來，關進監獄。根據那條一直以來被人們忽略的法律，安哲魯宣判將犯下這種罪的克勞狄奧斬首示眾。許多人請求安哲魯赦免年輕的克勞狄奧，連好心的老愛斯卡勒斯也親自出面為他求情。

「唉！」愛斯卡勒斯說，「我想挽救這個人，他的父親德高望重，看在他父親的份上，我求你寬恕這個年輕人的罪責吧！」

可是，安哲魯回應說：「我們不能讓法律形同虛設，就像稻草人一樣，架起來只是為了嚇唬毀壞莊稼的鳥兒，等到鳥兒見慣了，發現稻草人對牠們沒有任何威脅，就不再害怕它，反而拿它當成棲身之所了。大人，必須處死克勞狄奧！」

克勞狄奧有個叫路西奧的朋友，來到監獄看望他，克勞狄奧對他說：「路西奧，我求你幫我一個忙，你去找我的姐姐伊莎貝拉，她打算今天進聖克萊阿修道院當修女。請你把我現在的危險處境告訴她，求她親自向那位嚴厲的攝政王說情。我對她很有信心，因為她能言善道，很會勸說人。而且，她少女的憂傷容顏，無須言語就能夠打動男人。」

正如克勞迪奧所說的，他姐姐伊莎貝拉當天就進了修道院見習，她打算在見習一段時間後，就正式成為修女。正當她向一個修女打聽院裡的規矩時，忽然聽見路西奧的聲音，他走進這個修道的地方，說道：「願天主保佑這裡平安！」

「誰在說話？」伊莎貝拉問。

「是個男人的聲音，」那個修女回答說，「親愛的伊莎貝拉，你去問問他有什麼事情。你可以去見他，但我不能。等你正式成為修女後，就不能和男人說話了，除非當著修道院院長的面。即使是說話時，也必須用面紗把臉罩上，如果露出了臉，就不准說話。」

「那做修女的還有其他權利嗎？」伊莎貝拉問。

「難道本來的權利還不夠嗎？」修女回答說。

「是啊，確實夠了，」伊莎貝拉說，「我這麼問並不是因為想得到更多權利，而是希望崇敬聖克萊阿的姐妹們能夠遵守更嚴格的戒律。」

這時，她們又聽見路西奧的聲音，修女說：「他又叫喚了。請你去應答他，問他有什麼事。」

於是，伊莎貝拉走出去招呼路西奧，向他還了禮，說：「平安喜樂！來訪者是誰呀？」

路西奧非常恭敬地走近她，說道：「祝福你！童貞女，你應該是位童貞女，從你那粉紅的臉頰就可以看出來！你能帶我去見這裡的一位見習修女伊莎貝拉嗎？那位美麗的姑娘有個不幸的弟弟，名叫克勞狄奧。」

「為什麼說她有個不幸的弟弟呢？」伊莎貝拉說，「請允許我這樣問，因為我就是那位伊莎貝拉，他的姐姐。」

「美麗溫柔的姑娘！」路西奧回答說，「你的弟弟請我好好問候你，他現在被關在監牢裡。」

「哎呀！為什麼呀？」伊莎貝拉說。

於是，路西奧就告訴她，克勞狄奧是因為勾引了一位年輕的姑娘而被關進監牢的。

「啊！」伊莎貝拉說，「恐怕是我的乾妹茱麗葉吧！」

伊莎貝拉和茱麗葉並沒有親戚關係，但她們稱呼彼此為乾姐妹，以紀念她們昔日的同學情誼。伊莎貝拉早就知道茱麗葉愛著克勞狄奧，恐怕是她對克勞狄奧的愛使她犯下這樣的過錯。

「就是她。」路西奧回答說。

「那麼，就讓我弟弟娶茱麗葉為妻吧。」伊莎貝拉說。

路西奧回答說，雖然克勞狄奧很樂意娶茱麗葉，但是攝政王已經因為他犯了罪判處他死刑了。

「除非，」路西奧說，「你要用溫柔的話語委婉地打動安哲魯，你那個可憐的弟弟要我來找你，就是為了這件事。」

「唉！」伊莎貝拉說，「我的能力太微薄了，能幫上他什麼呢？我懷疑我是沒有能力感動安哲魯的！」

「人們懷疑自己的能力，只會把事情弄得更糟，」路西奧說，「因為不敢去嘗試，會讓我們失去原本可以得到的好處。到安哲魯那裡去一趟吧！少女們只需要跪下來哭訴，男人們就會像上帝那樣慷慨寬容。」

「我會去試試看，」伊莎貝拉說，「但我得先留下來，等我把這件事跟院長說了之後，我就會去安哲魯那兒。請轉告我弟弟，無論成功與否，我今晚都會儘快送一封信去給他。」

伊莎貝拉趕到宮裡，一下子跪在安哲魯面前，說道：「我是一個不幸的人，特地來向大人求情，懇請大人聽我訴說！」

安哲魯說：「那麼，你求什麼事呢？」

於是，伊莎貝拉用最感人肺腑的話請求安哲魯放他弟弟一條生路。可是，安哲魯說：「姑娘，這件事沒有挽救的餘地，你的弟弟已經被判罪了，他必須得死。」

「啊，法律是公正的，但卻太嚴厲了呀！」伊莎貝拉說，「看來，我弟弟必死無疑了。願上帝保佑您！」

說完，她正準備離開，但陪她一起來的路西奧卻對她說：「不要這麼輕易就放棄！再去求求他，在他面前跪下，拽住他的袍子。你表現得太冷淡了。即使你要向別人要一根針，語氣也必須十分懇切呀！」

伊莎貝拉只好再次跪下來，求他開恩。

「他已經被判刑了，」安哲魯說，「太遲了！」

「太遲了？」伊莎貝拉說，「為什麼？不，說出去的話還是可以收回的！請大人相信，大人物權勢的象徵物，無論是國王的皇冠、攝政王的寶劍、元帥的職杖，還是法官的禮袍，都比不上仁慈所能顯示高貴氣度的一半！」

「請你走吧！」安哲魯說。

可是，伊莎貝拉仍然懇求著，說道：「如果我弟弟是您，而您是他的話，您可能也會犯下和他一樣的錯誤，但他絕不會對您這樣冷酷無情。但願我有您的權柄，而您是我伊莎貝拉，結果會像現在這樣嗎？不會的！我會讓您了解當一個法官和一個犯人分別是怎麼樣的心情和處境。」

「夠了，好女孩！」安哲魯說，「把你弟弟定罪的是法律，而不是我。即使他是我的家人，是我的兄弟，或是我的兒子，判決仍然會是如此，明天他必須死。」

「明天？」伊莎貝拉說，「啊！這實在太突然了！請饒恕他吧，饒恕他吧！他還沒準備好赴死。即使是在廚房燒飯，我們也會依照季節宰殺家禽的。難道我們對人命關天的事還不如對自己吃的食物那般慎重嗎？大人，好心的大人，您想想看，有那麼多人犯了和我弟弟一樣的罪行，但誰也沒有因為這樣被處死呀！您要當第一個做出這種判決的人，我弟弟就得當第一個被處刑的人了。大人，您憑良心想想，您心裡是否有想過犯跟我弟弟相同的罪行？如果您心裡也有這樣的犯罪念頭，就請您不要處死他。」

伊莎貝拉最後說的這些話，比她剛才說的一切都更加觸動安哲魯，因為她的美貌已經在他心裡引發了犯罪的欲望，他的內心開始產生不正當戀愛關係的想法，就和克勞狄奧犯下的罪行一樣。他內心的這種矛盾使他慌張地掉過頭去，從伊莎貝拉面前離開。但是，伊莎貝拉把他叫住了。

「仁慈的大人，請您轉過身來，聽聽我要怎樣賄賂您啊！親愛的大人，請轉過身來吧！」

「哦？你要賄賂我？」安哲魯說道，伊莎貝拉居然想要賄賂他，這倒是令他相當吃驚。

「是的，」伊莎貝拉說，「我要賄賂給您的是上帝都想和您分享的禮物，不是金銀財寶，也不是價值任人隨意估量的閃亮寶石，而是日出前上傳給天主的虔誠祈禱——這祈禱是從整日守齋、脫離世俗的女孩們的純潔心靈裡發出來的。」

「好吧！那你明天來見我。」安哲魯說。

伊莎貝拉替她弟弟求得了短暫延續生命的時間，而且安哲魯還允許她明天過去見他，因此，當她離開攝政王時，還滿心歡喜地盼望著，認為這下應該能改變安哲魯那嚴酷的天性，她不禁喊道：「願上帝保佑您平安！願上帝拯救您！」

安哲魯聽見這些祝福，在心裡對自己說：「阿門！願上帝把我從你和你那美德的誘惑中拯救出來吧！」

緊接著，他卻被自己邪惡的念頭嚇了一跳，說道：「這是怎麼回事？這是怎麼回事？我好想再聽見她說話，好想再好好看她一次，難道我竟然愛上她了嗎？我在胡思亂想些什麼？狡猾的魔鬼為了讓聖人上鉤，竟然拿聖人來當誘餌！風流的女人從未讓我動過心，可是，這個貞潔的女人卻完全把我征服了。甚至到現在，我還嘲笑著那些為女人痴情的男人，不懂他們為何竟會如此。」

當天晚上，安哲魯心裡抱著犯罪的矛盾，比起被他判了極刑的囚犯還要痛苦。他既想去做越軌的事，心裡卻又猶豫不決，因而備受煎熬。他一會兒想去勾引貞潔的伊莎貝拉，一會兒又因自己的這種犯罪念頭而感到自責和恐懼。

然而，邪惡的念頭最終佔了上風。不久前，安哲魯聽伊莎貝拉說要賄賂他，還會驚訝地跳起來；但現在，他決定要用更貴重的厚禮——她那親愛弟弟的生命，來賄賂伊莎貝拉，引誘她。

同一時間，善良的公爵卻扮成了修道士，去監牢中探望克勞狄奧，他告訴這個年輕人前往天堂的路，教導他一些表達懺悔和祈求平安的言語。

隔天早上，伊莎貝拉來見安哲魯，安哲魯要她單獨進來見他。進來之後，他對她說，要是她願意把她的貞潔獻給他，就像茱麗葉跟克勞狄奧所犯的罪行那樣，他就饒她弟弟一命。

「因為我愛你，伊莎貝拉。」他說。

「我弟弟也是這樣愛上茱麗葉的，」伊莎貝拉說，「但您卻告訴我他必須因此被處死！」

「但是，克勞狄奧可以不死，」安哲魯說，「只要你願意晚上偷偷來見我，就像茱麗葉晚上偷偷離開她父親的房子去見克勞狄奧那樣。」

聽到他說這些話，伊莎貝拉感到非常驚愕，安哲魯居然想勾引自己去做會被判死刑的行為，就像她的弟弟一樣。

她說道：「即使是為了我可憐的弟弟，我也不會讓自己做出恥辱的事！就算我被判了死刑，我也會把猛烈的鞭子在我身上留下的血痕當成紅寶石來佩戴，把死亡看成就像是躺在渴望已久的床上；但是，我絕不會讓自己蒙受這樣的羞辱！」

然後，她對安哲魯說，希望他剛才說那些話只是為了試探她的操守。可是，安哲魯仍然說：「請相信我，我以人格保證，我說的話是真心的。」

伊莎貝拉聽到他用「人格」這個詞語來表達他那可恥的意圖，心裡十分惱火，忍不住說道：「啊！你還有什麼人格可以讓人相信呀！居心竟然如此惡毒！我一定要把你這件事宣揚出去，安哲魯，你等著瞧吧！請立刻給我簽一張赦免我弟弟的命令，否則我將會告訴世人你是怎麼樣的人！」

「伊莎貝拉，誰會相信你呢？」安哲魯說，「我清白的名聲、我嚴謹的生活、我反駁你的話，都足以壓倒你的指控！你還是屈從了我的意願，以救你弟弟一命吧！否則，他明天就得死。至於你，隨你怎麼說吧！我的虛偽一定會勝過你所說的真相。明天就給我答覆！」

「我該去向誰控訴呢？就算說出這件事，有誰會相信我呢？」伊莎貝拉一邊說著，一邊朝著囚禁她弟弟的沉悶的監獄走去。她來到監獄時，她的弟弟正和公爵虔誠地談著話。公爵也曾以這身修道士的裝扮探望過茱麗葉，並讓這對犯了罪的情人意識到自己的錯誤，不幸的茱麗葉流著淚，真心懺悔，並坦白說她比克勞狄奧更應該受責罰，因為她心甘情願地答應了他那不正當的要求。

伊莎貝拉走進關著克勞狄奧的牢房，說道：「祝你們平安，幸福，願善良的天使伴隨你們左右！」

「誰呀？」喬裝的公爵說，「進來吧！這麼美好的祝福是應該受到歡迎的。」

「我是為了來與克勞狄奧說一兩句話。」伊莎貝拉說。

於是，公爵先離開了，留下兩人單獨在一起，同時要求管理囚犯的獄吏把他安排在一個能偷聽到他們說話的地方。

「姐姐，有帶來什麼好消息嗎？」克勞狄奧說。

伊莎貝拉對他說，要他作好明天赴死的準備。

「沒辦法挽救嗎？」克勞狄奧說。

「有的，弟弟，」伊莎貝拉回答說，「還有挽救的方法，但是，如果你同意那樣做的話，那將讓你徹底喪失人格，讓你再也沒有任何臉面！」

「讓我知道是怎麼回事吧！」克勞狄奧說。

「哦，我真擔心你，克勞狄奧！」他姐姐回答說，「想到你因為祈望活下去，而把多活短短六七年看得比你永久的人格還重要，我就害怕得發抖。你敢面對死亡嗎？死亡只不過是想起來時可怕而已。那些被我們踩在腳底下的可憐甲蟲感受到的痛苦和巨人死時的感覺是完全一樣的。」

「你為什麼要這樣羞辱我呢？」克勞狄奧說，「你以為這些侮辱的言語就能讓我下定決心嗎？如果我必須死，我會把黑暗當作新娘，把它抱在懷裡。」

「這樣說話才是我的好弟弟，」伊莎貝拉說，「這才是父親從墳墓裡發出來的聲音！是的，你必須死。可是，你想得到竟然會發生這樣的事嗎？克勞狄奧。那個表面上像個聖人的攝政王對我說，假如我願意把貞操獻給他，他就會免除你一死。唉！如果他想要的是我的命，那麼為了救你，我會毫不在乎地交給他，就像扔掉一根針那樣。」

「謝謝你，親愛的伊莎貝拉。」克勞狄奧說。

「準備明天赴死吧！」伊莎貝拉說。

「死是一件可怕的事。」克勞狄奧說。

「但是，恥辱地活著是可恨的。」他姐姐回答說。

一想到死，克勞狄奧堅韌的性格就動搖了，加上犯人在臨死前感受的那股恐懼也一起侵襲著他，於是他叫嚷了出來：「好姐姐，讓我活下去吧！你為了拯救弟弟的性命而犯下的罪過，上帝一定會寬恕的，甚至會把它看成一種美德的。」

「啊！你這個沒骨氣的懦夫！啊！你這可恥的無賴！」伊莎貝拉說，「你想讓你的姐姐蒙羞，以保全自己的性命嗎？哦，呸，呸，呸！弟弟，我原以為你的內心這樣高傲，哪怕有二十顆頭，也寧可上二十次斷頭台，而不願讓你姐姐屈服於這種恥辱。」

「不，聽我說呀！伊莎貝拉。」克勞狄奧說。

克勞狄奧原本還想辯解，解釋自己為什麼會懦弱到希望自己貞潔的姐姐出賣貞操來求活命。但這時公爵走了進來，打斷了他的話。

「克勞狄奧，你和你姐姐之間的談話我都聽到了。安哲魯從來沒有要玷辱她的意思，他說的那些話只是為了試探她的品德。她的內心確實貞潔，她這樣堅定地拒絕了他，正是他所希望聽到的呢！安哲魯是絕不可能赦免你的，因此，你還是抓緊時間祈禱，準備赴死吧！」

克勞狄奧對自己的懦弱感到非常後悔，說道：「請姐姐原諒我吧！我對人生已不再眷戀了，所以我要放棄生命。」於是，克勞狄奧退了回去，內心為自己的過錯感到羞辱和哀傷。

公爵和伊莎貝拉單獨在一起，他稱讚了她的堅貞不渝，說：「上帝不僅給了你美貌，也賦予了你美德。」

「啊！」伊莎貝拉說，「善良的公爵真的被安哲魯欺騙了呀！如果我知道他什麼時候回來，如果我能和他說上話，那我一定要把安哲魯的秘密揭發出來！」

伊莎貝拉一點都不知道，她已經正在揭發她發誓要戳穿的事實了。公爵回答說：「這麼做是正確的。可是，根據當前的情形看來，安哲魯會駁斥你的指控的。因此，你還是認真聽聽我的建議吧！有一個可憐的小姐內心受了傷害，我相信你會充滿正義感地對她伸出援手，而她也值得你去幫忙。這麼做還可以把你的弟弟從他觸犯的法律下救出來，不僅不會玷辱你高貴的身體，出行的公爵萬一回來知道了這件事的話，也會非常高興的。」

伊莎貝拉說，只要是正常的事，無論公爵讓她做什麼，她都敢去做。

「有品德的人總是如此勇敢，無所畏懼！」公爵說。

接著，他問伊莎貝拉是否聽過瑪利安娜這個人，她是在海上淹死的那位英勇士兵弗萊德里克的妹妹。

「我聽說過這位小姐，」伊莎貝拉說，「提起她，人們滿口讚譽。」

「這位小姐是安哲魯的未婚妻，」公爵說，「可是，她的嫁妝就放在那艘失事的船上，和她哥哥一起石沉大海了。這一切對於這個可憐的小姐是多麼重大的損失啊！因為她不僅失去了一位高貴、有名望、而且對她一向關愛備至、體貼入微的哥哥；還因為財產掉入海裡，而失去了她未婚夫的愛，也就是那個表面上和善的安哲魯。安哲魯假裝在這個貞潔的小姐身上發現了可恥的過去，拋棄了淚流滿面的她，絲毫不肯加以安慰。照理說，對於無情的安哲魯，瑪利安娜應該已經熄滅了一切的愛，然而，就像是流水受到阻礙時反而流得更急一樣，瑪利安娜依舊用她初戀的情懷愛著她那狠心的未婚夫。」

接著，公爵更加明白地說出了自己的計畫。按照計畫，伊莎貝拉要去見安哲魯，假裝同意他所要求的，在當天半夜前去他那兒，以換取安哲魯答應赦免她的弟弟的諾言。但是，事實上卻由瑪利安娜代替她去幽會，讓安哲魯在黑暗裡把她誤認為伊莎貝拉。

「好姑娘，你不用害怕去做這件事，」裝扮成修道士的公爵說道，「安哲魯是她的未婚夫，把他們這樣湊在一起是沒有罪的。」

伊莎貝拉對這個計畫相當滿意，決定聽從公爵的指示去做。然後，公爵去了瑪利安娜那裡，把他們的計畫告訴她。在此之前，他就曾扮成修道士去看望過這位不幸的小姐，並用宗教來開導她，和善地安慰她。也就是在他拜訪她的那幾次過程中，他才聽到她親口說出這件傷心的事。如今，瑪利安娜把公爵視為一位聖人，立刻表示願意遵從他的安排。

伊莎貝拉見過安哲魯後，就按照公爵約定的那樣來到瑪利安娜的住處跟他見面。公爵說：「你來得正好也正是時候。從那位親愛的攝政王那兒得到什麼消息了嗎？」

伊莎貝拉敘述了自己是如何安排這件事的，她說：「安哲魯有一座四面圍著磚牆的花園，花園西側有一座葡萄園，有一扇門通往那個葡萄園。」

然後，她把安哲魯給她的兩把鑰匙拿出來給公爵和瑪利安娜看，說道：「這把大鑰匙是開花園門的，另外一把小的則是開從葡萄園通往花園的小門的。我答應在深夜去那兒見他，他也跟我保證會赦免我弟弟的死罪。我已經仔細地記住了那個地方，他輕聲地帶我認了兩遍路，樣子既殷勤又鬼祟。」

「你們沒約下其他瑪利安娜需要遵守的暗號嗎？」公爵問。

「沒有，」伊莎貝拉說，「只說好在天黑的時候見面。我已經告訴他我只能待一會兒，因為有個僕人會陪我一起來，不過那個僕人只會知道我是為我弟弟的事情來的。」

公爵稱讚她安排得很周到，伊莎貝拉轉身對瑪利安娜說：「你和安哲魯分手時，盡量少說話，但要溫柔低聲提醒他，請務必記得我弟弟的事！」

那天晚上，伊莎貝拉把瑪利安娜帶到約定的地方。她感到很高興，因為她認為這個辦法不僅保全了她弟弟的性命，又保住了自己的貞潔。

然而，公爵對她弟弟的生命安全還是不太放心，所以半夜又去了一趟監牢。也幸虧公爵走了這一趟，不然克勞狄奧當晚就已經被砍頭了！因為公爵才剛走進監牢，那個殘忍的攝政王就傳來命令，要將克勞狄奧斬首示眾，並在次日早晨五點鐘之前把頭顱送到他那兒。

公爵勸獄吏延後對克勞狄奧的處刑，先將當天早上死在監獄裡的另一個人的腦袋送去騙過安哲魯。獄吏當時只以為公爵是個修道士，完全不知道他竟是個更了不起的人物。公爵為了讓獄吏同意這樣做，交給他一封公爵的親筆信，上面還蓋有公爵的印鑑。獄吏看過信後，斷定這個修道士一定是從出行的公爵那裡接獲了什麼密令，才同意饒克勞狄奧一命。於是，他把那個死人的腦袋割下來，送到安哲魯那兒去了。

隨後，公爵以自己本人的名義寫給安哲魯一封信，說由於發生了一些意料之外的事，他必須停止旅行，第二天早上就會回到納也納。他要安哲魯到城門口迎接他，在那裡把職權交還給他。同時，還下令向老百姓宣布，如果有人要申冤，他一進城就可以攔街告狀。

伊莎貝拉一大早就來到監牢，公爵已經在那裡等她了。為了保守秘密，公爵打算先騙她說克勞狄奧已經被斬首。因此，當伊莎貝拉問起安哲魯是否已經下令赦免她弟弟時，公爵說：「安哲魯已經把克勞狄奧從這個世界上釋放了。他的腦袋已經被割下來，送到攝政王那裡去了。」

這位萬分悲痛的姐姐哭喊著：「啊！不幸的克勞狄奧，苦命的伊莎貝拉，邪惡的世界，狠毒的安哲魯呀！」

假扮成修道士的公爵勸她不要太過悲傷，等她平靜了一些後，他把公爵很快就要回來的消息告訴她，還教她該如何去狀告安哲魯。他對她說，即使這則控告看似一時對她不利，也不要害怕。

在對伊莎貝拉進行一番充分的指點之後，公爵又去找了瑪利安娜，建議她應該怎樣做。然後，公爵脫下修道士服裝，穿著他的貴族長袍，在聚集起來歡呼著迎接他的臣民簇擁下，進了維也納城。

安哲魯早已在那裡迎候公爵了，並且正式把政權交還給他。這時，伊莎貝拉以一個喊冤告狀者的身分出現，她說：「最高貴的公爵，求您為我申冤啊！我是克勞狄奧的姐姐，他因為引誘一個年輕的姑娘而被判處死刑。於是，我前去懇求安哲魯攝政王赦免我弟弟。我無須告訴您我是怎麼懇求他，向他下跪，他又是怎樣拒絕我，我又對他說了些什麼，因為這些說起來話長。現在我懷著悲痛與恥辱，要對您說這件事的卑劣結局！安哲魯要我和他發生不正當的關係，否則他就不會釋放我弟弟。在經過一番掙扎後，姐姐愛憐弟弟的心戰勝了我貞潔的靈魂，我屈服了他。但是，第二天一大早，安哲魯卻背棄了自己的諾言，下令把我弟弟處斬了！」

公爵故意裝作不相信她說的話，安哲魯也說，一定是因為她的弟弟被依法處死，讓她過於悲傷，神經錯亂了。

這時，又一個告狀的人來了，這個人正是瑪利安娜，她說：「高貴的公爵，正如光明是從天上來，真理是從人嘴裡吐出來的一樣；正如真理中有理智，而道德中有真理一樣。我是這個人的妻子，仁慈的公爵，伊莎貝拉說的不是事實，因為她說她和安哲魯在一起的那天晚上，是我和他一起在花園裡度過的。我說的話都是真的，所以我能堅定地站出來，要不然，就讓我變成一座大理石碑永遠立在這裡吧！」

這時候，伊莎貝拉要求公爵之前假扮成的那位「洛度維克修道士」出面，以證明她說的都是事實。事實上，伊莎貝拉和瑪利安娜都是按照公爵的指示說的，因為公爵想在全維也納人民面前公開證實伊莎貝拉的清白。可是，安哲魯根本想不到正是出於這個原因，兩人的證詞才會相互矛盾，他還想利用這個矛盾，洗去伊莎貝拉對他的指控。

於是，他裝出一副受了冤屈的模樣說：「原本我還想一笑置之，可是，聖明的殿下，現在我再也無法忍耐了！我認為這兩個可憐的瘋女人一定是受到某個高明的人指使，她們只不過是被利用的工具罷了。殿下，請讓我把這個陰謀查個水落石出吧！」

「好的，我完全同意，」公爵說，「隨你怎麼去重罰她們。愛斯卡勒斯，你陪安哲魯一同審問，幫他查明誹謗的真相。我已經派人去叫那個指使她們的修道士了，等他來了以後，你儘管給他應受的重罰，來償還對你名譽的中傷。我要暫時離開一下，但是，安哲魯，在你查辦完這件案子之前，不要離開這裡！」

然後，公爵就走了，安哲魯為自己能夠代行法官的職權裁決自己的案子感到竊喜。但是，公爵只離開了一會兒，他脫下自己的袍子，穿上修道士服裝，在那身喬裝掩飾下，再次來到安哲魯和愛斯卡勒斯面前。

善良的愛斯卡勒斯還以為安哲魯真的被人誣告了，他對這位偽裝的修道士說道：「喂！快說，是你要這兩個女人誹謗安哲魯大人的嗎？」

修道士回答說：「公爵在那兒？我要直接跟他說。」

愛斯卡勒斯說：「我們就代表公爵，講給我們聽就行了。如實說來！」

修道士說：「至少我要大膽地說。」

然後，他責備公爵竟然把伊莎貝拉的案子交給她想控告的人審理，他還直言不諱地講了許多發生在維也納的腐敗勾當。他說，這一切都是他以旁觀者的角度親自觀察到的。

愛斯卡勒斯恐嚇他，說他竟敢誣蔑政府、批評公爵的執政，要讓他受嚴刑處罰，並下令把他丟進監獄。就在這時，修道士脫掉他的喬裝，在場的人頓時認出他就是公爵本人，個個大吃一驚，安哲魯更是惶恐不已。

公爵把臉轉向伊莎貝拉，說道：「過來！伊莎貝拉。你的修道士現在是你的公爵了。雖然我的服裝改變，但是我的心始終未變，我仍然要全力為你效勞。」

「啊，請您寬恕我吧！」伊莎貝拉說，「我是您的臣民，一直都不知道您就是公爵殿下，還讓你那樣受累、麻煩您！」

但公爵對她說，自己才更需要她的原諒，因為他沒來得及阻止她弟弟被處死刑。公爵之所以還不肯告訴她克勞狄奧活著的事，是想進一步試探她的品德。

安哲魯終於知道，公爵一直躲在暗處親眼目睹了他幹的壞事，連忙說：「啊！威嚴的公爵，現在我知道您像神明一樣洞察了我的所作所為，如果我還認為自己能蒙騙過去的話，就更是罪上加罪了。殿下，請不要再讓我羞恥地活下去了，不用審問，就讓我自己認罪吧！我向您懇求的恩賜就是定我的罪，立刻處死我吧。」

公爵回答說：「安哲魯，你的罪過是明白無疑的。我們就判你在克勞狄奧被處死的斷頭台上受刑，而且像處決他一般俐落地執行！至於安哲魯的財產，瑪利安娜，我們要判給你，因為在名義上你是他的遺孀。你可以利用這筆財產找一個比他更好的丈夫。」

「啊！親愛的公爵，」瑪利安娜說，「我不求別的任何東西，也不求嫁個比他更好的人！」她跪了下來，就像伊莎貝拉替克勞狄奧求情一樣，這名善良的妻子也在為她那無情無義的丈夫安哲魯苦苦求饒，她說：「仁慈的君主，啊！我的好公爵。親愛的伊莎貝拉，你也幫我一起懇求吧！求你陪我一起跪下，我將用我全部的生命來報答你！」

公爵說：「你這麼求她也太不合情理了。要是伊莎貝拉跪下來為他懇求寬恕的話，她弟弟的陰魂一定會搗開墳墓衝出來，把驚恐萬分的她抓去！」

瑪利安娜仍然說：「伊莎貝拉！親愛的伊莎貝拉！你只要跪在我旁邊，舉起你的手，什麼都不用說！一切都由我來說。人們常說，無論多好的人都是從過錯中鍛鍊出來的。大多數的人因為犯過一些小過失，後來才能變得更好。因此希望我丈夫也會這樣。啊，伊莎貝拉！你能陪我一起跪著嗎？」

「他一定要為克勞狄奧償命！」公爵說。

當善良的公爵看到伊莎貝拉在他面前跪下求情時，他感到相當高興，因為他一直相信伊莎貝拉的言行都是高尚、正直的。伊莎貝拉說：「寬厚無比的殿下！您看，如果您願意的話，就把這個判了罪的人當成是我弟弟吧！就當我弟弟還活著。我認為他在遇到我之前，也是很盡忠職守的。既然是這樣，就免他一死吧！我弟弟因為犯了法而死，這也是公正的！」

面對這個寬厚的請願者如此為她仇人的性命求情，公爵只好給了她最好的答覆——他派人去把那個還不知道自己是否逃過一死的克勞狄奧從監牢裡帶來，把伊莎貝拉所哀悼的弟弟活生生地交到她面前。然後，公爵對伊莎貝拉說：「伊莎貝拉，把你的手給我。看在你這個可愛的人兒的份上，我赦免克勞狄奧的死罪。告訴我，你是我的人了，這樣他也就是我的弟弟了。」

這時候，安哲魯看出自己不會被處死了，公爵也從他的眼睛看出了一些光亮，就對他說：「好吧！安哲魯，你要愛你的妻子，是她的美德使你得到了赦免，祝你快樂，瑪利安娜！安哲魯，好好愛她吧！我聽過她的懺悔，了解她的品德。」

安哲魯想起自己在掌權的那段短暫的日子內，自己是多麼地狠心，如今他才感覺到仁慈是多麼地甘甜啊！

公爵要克勞狄奧娶茱麗葉為妻。而伊莎貝拉貞潔、高尚的行為也贏得了公爵的愛，公爵再一次向她求婚。由於伊莎貝拉還沒有成為真正的修女，因此是可以結婚的。高貴的公爵扮成卑微的修道士時，曾好心幫了她很多忙，也讓她非常感激，於是欣喜地接受了他的求婚。

伊莎貝拉成為維也納公爵夫人後，她以美好的品德為全城的年輕女人樹立了卓越的榜樣，徹底改變了她們的精神面貌和生活。從那之後，再也沒有人犯下茱麗葉那樣的過錯了。克勞狄奧痛改前非，茱麗葉也悔過自新了。仁慈的公爵和他深愛的伊莎貝拉一起執政了很多年，在所有的丈夫和王侯之中，公爵都是最幸福的一位。

13 泰爾親王佩里克利斯

泰爾親王佩里克利斯發現了凶殘的希臘國王安提奧克斯曾經犯下的惡行，窺探大人物隱瞞的罪行往往是件危險的事，果然，國王為了報復，揚言將給親王的臣民和泰爾城帶來可怕的災難。

為了避免災難，泰爾親王自願離開自己的領地，流亡他鄉。他把管理臣民的事務委託給能幹、正直的大臣赫力堪納斯，然後就乘船離開了泰爾。他心想，等到實力強大的安提奧克斯怒氣平息之後，再回到自己的國家。

親王行程的第一站是塔色斯。他聽說當時塔色斯城受到嚴重的災難侵襲，就帶了大批糧食前去救濟。到達塔色斯時，他發現這座城市的處境極度危險，於是親王就像上天派來的使者一樣，為他們送去期待已久的救濟。塔色斯的總督克利翁也懷著無限的感激，歡迎他的到來。

佩里克利斯來到這裡沒多久，忠實的大臣赫力堪納斯就寄來一封信警告他，說安提奧克斯知道他在這裡，將會秘密派人來謀害他，因此留在塔色斯並不安全。佩里克利斯收到信後，就在受他慷慨援助的全體人民的祝福和祈禱聲中，再次坐船離開了。

還沒走多遠，船隻就遭遇了一場可怕風暴的突襲，船上的人全死光了，只剩下佩里克利斯一人赤裸著全身，被海浪沖上一個不知名的海灘。當他在海灘上徘徊時，遇上幾位窮苦的漁夫，這些漁夫邀請他到家中，還給了他衣服和食品。

漁夫告訴他，這個國家叫潘塔波里斯，由國王西蒙尼狄斯統治。因為治理有方，國家太平無事，所以人民都稱他為善良的西蒙尼狄斯。

佩里克利斯還從漁夫口中了解到，國王有個年輕漂亮的女兒泰莎。明天就是她的生日，宮裡將會舉辦盛大的騎士比武大會，來自各地的王子和騎士都會為了爭奪美麗的公主的愛而努力表現。親王一面聽著，一面暗自悲傷，因為他丟失了一套盔甲，使他無法成為這些勇敢騎士中之的一員。

這時，另一位漁夫拿來了漁網，從網中取出海裡撈上來的一套完整盔甲，那正是他遺失的那一套！見到自己的盔甲，佩里克利斯說：「命運呀！多謝你！在經歷了所有磨難之後，你給了我一些補償。這套盔甲是我去世的父親留給我的，為了紀念親愛的父親，無論我走到哪裡都會隨身帶著它。海上的暴風雨使我和它分離，現在風平浪靜了，大海又把盔甲還給了我，我要為此我感謝大海！既然我父親的遺物失而復得，我想沉船也算不上是一場災禍了。」

第二天，佩里克利斯身穿英勇的父親留給他的盔甲，和其他騎士一起擁進西蒙尼狄斯的王宮。他在比武大會上表現出不可思議的才能，以武藝輕而易舉地擊敗了那些和他爭奪泰莎之愛的騎士和王子。

當勇士們在王宮的比武大會上為贏得公主的愛而拚命時，如果有一位勇士戰勝了所有的對手，那位尊貴的小姐總會向這名為她英勇而戰的勝利者表示最大的敬意。泰莎也遵照了這一習俗，她命令那些被佩里克利斯擊敗的王子和騎士們離開，對佩里克利斯表達了特別的好感和敬意，並把勝利的花環戴在他的頭上，讓他作為那天的幸福之王。而佩里克利斯打從看到這位美麗的公主那一刻，就深深地愛上了她。

雖然佩里克利斯為了避免被安提奧克斯發覺而隱姓埋名，宣稱自己只是泰爾的一位普通紳士，但他的確是個成就卓著、技藝高強的男人。善良的西蒙尼狄斯國王雖然不知道這位陌生人的身分，但仍十分讚賞他的英勇和高貴品德。當他發覺女兒已深深愛上佩里克利斯時，就欣然接受了這位無名勇士做自己的女婿。

佩里克利斯和泰莎結婚後才幾個月，他又接到赫力堪納斯的消息，說他的仇敵安提奧克斯已經去世，而泰爾的臣民對他長期不在國內早已失去耐性，就快造反了，他們打算讓赫力堪納斯接替空下來的王位。

然而，赫力堪納斯是親王忠實的臣子，他不願接受別人提高他的地位。於是，他派人來向佩里克利斯傳達人民的意願，希望親王能夠重新回國，接掌法律賦予他的權力。

西蒙尼狄斯發現他的女婿竟然就是大名鼎鼎的泰爾親王，感到又驚又喜。然而，當他明白自己即將與他敬佩的女婿和深愛的女兒分離時，又不免感到遺憾，心想：如果女婿是一開始所說的那個普通紳士，該有多好。

這時，泰莎已經有孕在身，國王不敢讓她去海上冒險，佩里克利斯本人也希望妻子能在分娩前先住在她父親家裡。可是，可憐的泰莎誠懇地請求和丈夫一起離開，最後他們只好同意了，並且希望能在她生下小孩前抵達泰爾。

大海對不幸的佩里克利斯絕對不是友好的。在他們離泰爾還很遠時，又遇到了一場可怕的暴風雨，把泰莎嚇得一病不起。不久後，她的奶媽利科麗達裡抱著一個嬰兒來見佩里克利斯，告訴他一個悲傷的消息：他親愛的妻子在生下孩子就去世了。

奶媽把嬰兒抱到他父親面前，說道：「這個嬰兒就是已故王后留下來的孩子，她還太小，不適合留在這個地方。」

聽說妻子去世，佩里克利斯即使有千萬張嘴，也無法表達自己內心的悲痛！直到他勉強能開口講話時，才說道：「神呀！為什麼祢讓我愛上祢賜給我的美好禮物，又一下子把它們收回去呢？」

「忍耐一下吧！殿下，」利科麗達說，「死去的王后只留下這個小女兒，為了你的孩子，請拿出更多男子漢的氣概吧！忍耐一下，殿下，就算是為了這個需要你撫養的小寶貝。」

佩里克利斯把新生嬰兒抱在懷裡，對小寶寶說：「願你一生平靜，因為沒有哪個孩子在比這更大的狂風暴雨中誕生！願你的生活平穩安定，因為從來沒有哪位親王的孩子會遇上如此最粗暴的歡迎！願你的未來幸福美滿，因為你出生時，水火和空氣都無情地大聲指責，預示著你的降生！你甚至一出生就遭到了巨大的損失——你的母親！這種損失超過了你剛來到人間所得到的一切快樂，永遠也無法彌補的！」

風暴仍在狂怒地咆哮著。由於水手們都迷信如果船上有死人，風暴將永不停息。於是，他們來見佩里克利斯，要求把王后丟到海裡。他們說：「您還有勇氣嗎？殿下？上帝拯救您！」

「我有足夠的勇氣，」悲傷的親王說，「我不懼怕風暴；它已給我帶來了最大的不幸。可是為了這個可憐的嬰兒，這個首次航海的新生兒，我希望風暴能夠平息。」

「殿下，」水手們說，「必須把王后丟下海。海浪很高，風正在怒號，不把死人丟進海裡，風暴就絕不會消退。」

雖然佩里克利斯知道這種迷信有多麼缺乏說服力、毫無根據，但他還是很有耐心地答應了他們的請求，說：「就按你們說的去辦吧！那麼，把最不幸的王后丟進大海吧！」

於是，不幸的親王前來看了愛妻最後一眼，他望著他的泰莎說：「親愛的，你生下孩子的經過太可怕了！沒有燈，沒有火，不友善的惡劣天氣徹底遺忘了你，而我又沒有時間把神聖的你埋葬在墳墓裡，只能把幾乎沒有棺材的你扔進大海。你的屍骨上本來應該建一座紀念碑，但怒吼的海水卻要淹沒你的身體，讓它和普通的貝殼躺在一起。啊！利科麗達，叫內斯把我的香料、墨水、紙、還有我的首飾盒和珠寶拿來！叫尼坎多爾把覆蓋著錦緞的箱子抬來！把嬰兒放在枕頭上。利科麗達，趁我代替牧師向泰莎做最後的道別時，快去辦吧！」

他們替佩里克利斯抬來了一個覆蓋著錦緞的大箱子，把王后放進箱子，身上撒滿了芬芳的香料，身旁放著貴重的珠寶和一張紙條，說明她是誰，並懇求尋獲他妻子遺體的人將她下葬。然後，他親手把大箱子拋進了海中。

風浪平靜後，佩里克利斯命令水手將船駛往塔色斯，他說：「因為嬰兒沒有辦法活到我們回到泰爾的時候，所以我要在塔色斯請人好好撫養她。」

泰莎被扔進大海的那個暴風雨之夜過後，隔天清晨，以弗所一位受人尊敬的紳士，同時也是醫術高明的醫生薩利蒙正站在海邊，僕人們把一只大箱子抬到他面前，說箱子是被海浪沖上陸地的。

「我從沒見過這種事，」一位僕人說，「把它沖上岸的海浪是那麼地大！」

薩利蒙命令僕人把箱子運回家中。當箱子被打開時，他驚奇地看到一位年輕可愛的女人的屍體，而芬芳的香料和一盒華麗的珠寶更使他斷定，這一定是位了不起的人物，才會葬得如此不尋常。

他進一步搜索，又在箱裡發現一張紙條，從中明白到躺在他面前的死者曾經是位王后，而且是泰爾親王佩里克利斯的妻子。

薩利蒙對意外遇到的一切非常驚奇，更對失去可愛夫人的丈夫充滿同情，他說：「佩里克利斯，如果你還活著的話，會因為悲傷而心碎呀！」

接著，他仔細觀察著泰莎的臉，看到她的氣色紅潤，不像是死者的臉色。他不相信這個女人已經死了，說道：「把你丟進海裡的人太性急了。」

他請人把火生上，並拿來治病用的強心藥，還奏起輕柔的音樂。這樣子，如果她復活了，輕柔的音樂將有助於讓她那驚恐的心靈平靜下來。

薩利蒙對著圍繞在泰莎身旁、不知發生什麼事的那些人說道：「啊！各位先生，請讓她透透風，她昏迷不到五小時，你們看！她又開始呼吸了，她活過來了！看哪！她的睫毛在動，這位美人活過來了！我們聽到她的遭遇都會哭泣的。」

泰莎並沒有死，在生下小女兒後，她陷入了深度昏迷，使得看到她的人都誤以為她死了。但現在，她在這位善良的先生照料下又重新醒了過來。

她睜開眼睛，說：「我在哪裡？我的丈夫呢？這是什麼地方？」

薩利蒙設法解釋這一切，讓她漸漸明白發生在自己身上的事情。當他認為泰莎的健康狀況已經恢復，足以承受噩耗時，才把她丈夫寫的字條和珠寶交給她看。她望著字條說：「這是我丈夫的筆跡。我記得曾坐船在海上航行，可是我發誓，我不確定是不是在船上生下了孩子。現在，既然我再也見不到丈夫了，我將要穿上貞女的制服，讓快樂從我的生活中消失。」

「夫人，」薩利蒙說，「如果你有意這麼做的話，黛安娜神廟就在離這裡不遠處，你可以做為貞女住在那裡。如果你願意的話，我有一個侄女，她將會在那裡侍候你。」

泰莎心懷感激地接受了這個建議。當她的身體完全康復後，薩利蒙把她安頓在黛安娜神廟中，成為女神的貞女，也就是黛安娜神廟的女祭司。她在那裡度過了每一天，為她以為已經死去的丈夫哀悼，並奉行著當時最虔誠的教規。

佩里克利斯將新生的小女兒命名為瑪麗娜，因為她是在海上出生的。他來到塔色斯，打算把女兒委託給塔色斯的總督克利翁以及夫人狄奧妮莎照顧。他心想，當塔色斯遭遇災難時，自己曾經做過善事，因此總督夫婦一定會好好對待這個失去母親的小女孩的。

克利翁看到佩里克利斯親王，還聽說他遭受到的巨大損失，說道：「唉！您那位可愛的王后啊！如果您能把她帶到這裡，讓我有幸親眼見見她的話，那該有多好！」

佩里克利斯說：「我必須服從超凡的力量。當大海將泰莎吞沒時，就算我對它發怒、咆哮，結果也是一樣的。這是我的乖孩子，我不得不把她留下，請你好好照顧她，撫養她，並懇請你們讓她接受符合她公主身分的教育。」

然後，他轉向克利翁的夫人狄奧妮莎，說：「好心的夫人！求神賜福於我，讓我的孩子在你的照養下長大成人。」

她回答說：「我自己也有一個孩子，殿下，我對她不會比對您的孩子更親密。」

克利翁也許下了同樣的諾言，說：「佩里克利斯親王，您曾用玉米餵飽過我們全體人民，為此，人民天天祈禱時都會想到您。光憑這件事，我們就必須為您的孩子著想。如果我忽略了您的孩子，所有受過您救濟的人民將會強迫我去盡責，但是，如果我需要督促才去盡責的話，神也會對我和我的子孫施以報復的！」

佩里克利斯認為自己的孩子一定能受到精心照顧，因此就把她交給克利翁和他的妻子狄奧妮莎庇護了，還讓奶媽利科麗達留下來照顧女兒。當佩里克利斯離開時，小瑪麗娜還不知道自己失去了什麼，但利科麗達和主人告別時，卻哭得非常傷心。

「唉！不要流淚，利科麗達，」佩里克利斯說，「不要哭！照顧好你的小女主人，以後你還要依靠她的恩惠呢！」

之後，佩里克利斯平安抵達泰爾，安穩地接過了王位，而他認為已經死去的可憐王后仍然留在以弗所。這位不幸的王后還不曾見過自己的女兒瑪麗娜，而瑪麗娜卻由克利翁以適合她高貴出身的方式漸漸撫養長大，他給了她最精心的培育。

瑪麗娜十四歲時，所學到的知識已經超越了當時最有學問的人。她唱歌如天仙，跳舞如女神。她做針線活時，手巧得似乎能把飛鳥、水果和花卉的自然形狀模擬下來，她用絲綢制作的玫瑰與天然的玫瑰毫無兩樣。

但是，瑪麗娜從所受的教育中學會了這些令人稱奇的能力，卻讓克利翁的妻子狄奧妮莎感到嫉妒，並成了她不共戴天的仇敵。因為她自己的女兒心智遲鈍，凡事無法做得像瑪麗娜那樣完美。她的女兒雖然和瑪麗娜同年齡，也和瑪麗娜一樣得到精心培育，卻沒有取得相同的成績。大家都爭相讚美瑪麗娜，相比之下，她的女兒卻受到忽視。

於是，她的心裡產生了除掉瑪麗娜的邪念。她愚蠢地以為，只要大家看不到瑪麗娜的話，她那不幸的女兒就會受到更多的尊重。為了實現這一想法，她計畫雇人殺死瑪麗娜，還決定了執行這一罪惡計畫的時機——等到忠實的奶媽利科麗達去世之後，她就要立刻下毒手。

沒過多久，利科麗達過世了，當年輕的瑪麗娜為死去的奶媽哭泣時，狄奧妮莎正在和雇來的殺手談話呢！她雇來的這名殺手叫做里厄奈，雖然這個人非常兇惡，但王后也難以說服他接下這項謀殺任務，畢竟，瑪麗娜早已贏得了所有人的愛心。

他說：「她是個好人呀！」

「那麼，神更需要她去做伴了！」瑪麗娜這位冷酷無情的仇敵答道，「她即將來墓前為死去的奶媽利科麗達哀悼。你下定決心服從我的命令了嗎？」

里厄奈不敢違抗她的命令，只好回答說：「我下定決心了。」

這簡短的一句話，就註定了舉世無雙的花朵瑪麗娜即將夭折的命運。這時的她手裡提著一籃鮮花走了過來，說要天天把鮮花撒在善良的利科麗達的墳墓上，只要夏天還沒有結束，她就要在墳墓上撒滿紫羅蘭和金盞花，像鋪上一張錦毯一樣。

「唉！」她說，「可憐我這個不幸的姑娘，剛在暴風雨中出生，母親就離我而去了。對我來說，這個世界就像一場永不停歇的暴風雨，把我從一個個朋友的身邊吹走。」

「瑪麗娜，」狄奧妮莎掩飾著自己的真實感情，說道，「你怎麼獨自在此哭泣呢？我的女兒怎麼沒陪著你呀？別再為利科麗達難過了，就把我當成你的奶媽吧！這種無益的悲傷改變了你的美貌。來吧！把花交給我，不然海風會把鮮花吹壞的。跟里厄奈去散散步吧！清新的空氣能夠使你心情快活的。來，里厄奈，扶著她，陪她去走走！」

「不，夫人，我不能佔用您的僕人。」瑪麗娜說道。

「來吧，來吧！」這個狡詐的女人說道，她想找個讓她與里厄奈單獨待在一起的藉口，「我很愛你的父親——泰爾親王，也很愛你。我們每天都期待著你父親的到來。要是當他來時，發現你因悲傷而改變了容貌，不再是我們所說的美人典範時，他會怪罪我們沒好好照顧你的。懇求你去散步吧！再回到以前那樣高高興興的。你的皮膚很美，它偷走過無數老人和年輕人的心，要好好保護呀！」

瑪麗娜在她這樣糾纏不休的要求下，只好說道：「好吧！我去，可是我實在沒有去散步的心情。」

狄奧妮莎一面走開，一面對里厄奈說：「記住我跟你說過的！」這句話令人震驚，它意味著要里厄奈殺死瑪麗娜。

瑪麗娜望著她的出生地——大海，說道：「現在刮的是西風嗎？」

「是西南風。」里厄奈說。

「我出生時，刮的是北風。」她說道。

一瞬間，狂風暴雨、父親的悲傷、母親的死一下子湧上瑪麗娜的心頭，她說道：「利科麗達告訴我，父親從來不害怕，只是對水手大喊：好水手，拿出勇氣來！繩索擦傷了他高貴的手，但他仍緊緊抓住桅杆，承受著幾乎要把甲板沖裂的海浪。」

「那是什麼時候的事？」里厄奈說。

「當我出生時，」瑪麗娜說，「風浪從來沒有那麼猛烈過。」

接著，她描述了風暴、水手的行動、水手隊長的哨子和船長大聲的呼喊。

「那叫聲使船上的騷動增加了三倍！」

利科麗達過去經常向瑪麗娜講述她出生時的不幸故事，因此這些事似乎一直浮現在她的想像之中。可是，說到這裡，里厄奈忽然打斷了她的話，要她祈禱。

「你這是什麼意思？」瑪麗娜問。她開始感到害怕，但卻不知道為什麼。

「如果你需要一點點時間祈禱，我可以答應你，」里厄奈說道，「但可別祈禱得沒完沒了！神的耳朵很靈，我發過誓，要儘快把事情了結。」

「你要殺我嗎？」瑪麗娜問，「唉！為什麼？」

「以滿足夫人的願望。」

「她為什麼要殺死我？」瑪麗娜問，「就我的記憶而言，我從沒傷害過她，從沒說過她的壞話，也從沒做過有損於任何生靈的事。相信我吧！我從來沒殺死過一隻老鼠或傷害過一隻蒼蠅。有一次我無意踩到一條小蟲，還為它哭泣過。我怎麼可能冒犯別人呢？」

殺手回答說：「夫人派我來是要殺死你，而不是為了解釋殺死你的道理。」

正當他準備動手殺害她時，一伙海盜恰好從海上登陸。他們看到瑪麗娜以後，就把她當成戰利品擄到船上，然後駛離了陸地。

海盜把擄來的瑪麗娜帶到密提里尼，當成奴隸賣掉了。雖然淪落到卑賤的地位，但瑪麗娜很快就因為長得漂亮，加上品德又好，而在全密提里尼出了名。她教人音樂、舞蹈和刺繡，把學生交給她的錢都給了買下她的主人，讓她的主人因而發了大財。

她的才學和勤勞的名聲迅速傳開了，連一位年輕的貴族——密提里尼總督萊西米克斯都聽說了。萊西米克斯親自來到瑪麗娜的住處，看看這位受全城人高度讚揚的優秀人物。她的談吐讓萊西米克斯非常欣賞，因為他雖然聽到了許多敬佩這位姑娘的話，但還沒想到瑪麗娜會像他親身感受的那樣明白事理，那樣地品德高尚、心地善良。

萊西米克斯離開時對瑪麗娜說，希望她能永遠保持勤勞、高尚的好品質，還說，要是她再次聽到他的消息，那一定對她有好處。萊西米克斯覺得瑪麗娜簡直是上帝創造出來的奇蹟，她那麼地通情達理、有教養、品德高尚、容貌美麗、舉止優雅，因此想要娶她為妻。雖然瑪麗娜目前的處境落魄，他還是希望能夠發現她其實出身高貴。然而，每當人們問起她的父母，她總會靜靜地坐在原地哭泣。

回到塔色斯，里厄奈害怕狄奧妮莎生氣，只好騙她已經順利除掉了瑪麗娜。於是，這位邪惡的女人宣布瑪麗娜死了，還假惺惺地為她舉行了葬禮，立起了一座雄偉的紀念碑。

沒過多久，佩里克利斯在忠實的大臣赫力堪納斯陪同下，特地從泰爾乘船到塔色斯來看望自己的女兒，並打算把她接回家去。自從瑪麗娜還是個嬰兒，他把她託付給克利翁夫婦照顧以來，就一直沒有見過自己的女兒。一想到自己即將見到死去的王后留下來的這個親愛的孩子，這位善良的親王是多麼地高興呀！

可是，當他們告訴他瑪麗娜死了，並帶他觀看為她修建的紀念碑時，這位世間最可憐的父親承受了多深的痛苦啊！他再也無法忍受看到那個國家的景物，因為這裡埋葬了他最後的希望，以及對親愛的泰莎王后的唯一紀念。

他上了船，匆匆離開塔色斯。從上船那天起，親王就被一種沉悶而深重的憂鬱情緒所支配，不再講話，對周圍的一切事物似乎喪失了感覺。

船從塔色斯駛往泰爾途中，必須經過瑪麗娜居住的密提里尼。此地的總督萊西米克斯從岸上看到這支皇家的艦船，很想知道是誰在船上。為了滿足好奇心，他乘著小船來到大船旁。赫力堪納斯很有禮貌地接待了他，告訴他這條船是從泰爾來的，現在他們正要把佩里克利斯親王送回他的國家。

「大人，」赫力堪納斯說道，「親王三個月來不和人說話，也不肯好好吃飯，只隨便吃了一點東西好延長他的悲痛。至於他得病的緣由，要是全部講出來也太過冗長，但最大的原因是他失去了妻子和心愛的女兒。」

萊西米克斯請求見一見這位遭受痛苦的親王。當他見到佩里克利斯時，看出這個人的外表曾經很有風采，於是說道：「親王殿下，萬福！願神保佑您！歡迎您，親王殿下！」

但無論萊西米克斯怎麼和他講話，都純粹是白費口舌，佩里克利斯既不回答，似乎也察覺不出有陌生人在自己面前。

這時候，萊西米克斯想起了那位無可匹敵的女孩瑪麗娜，也許她能用甜美的話語讓沉默的親王開口回答。在徵得赫力堪納斯的同意後，他派人把瑪麗娜叫來了。

瑪麗娜的父親正由於悲痛，靜靜地坐在船上。當她一上船，所有人都非常歡迎她，彷彿都知道她就是他們的公主似的。他們高喊：「她是一位漂亮的姑娘！」

萊西米克斯聽到眾人誇獎瑪麗娜，非常高興，說道：「像她這樣的好姑娘，如果我確定她出身高貴，那一定不會再選擇別人了，能娶她為妻將是我的榮幸！」

然後，他非常恭敬地對她說話，就像這位地位卑下的姑娘正是他希望找到的高貴姑娘。他稱她為「皮膚白皙漂亮的瑪麗娜」，告訴她船上有位顯貴的親王正因悲傷、哀痛而沉默不語。他懇求瑪麗娜治療這位陌生親王的憂鬱症，彷彿她擁有賜人健康與幸福的力量。

「大人，」瑪麗娜說，「如果允許只讓我和我的女僕接近他，我將會盡力使他康復。」

在密提里尼，瑪麗娜曾經嚴密地隱瞞自己的身世，羞於讓別人知道自己這位王室的後裔竟淪為了奴隸。可是，在佩里克利斯面前，她卻首次吐露自己反覆無常的命運，說她是從多麼高貴的身分淪落到這種地步。

她似乎知道，只要站在父親面前，講出的每一句話都能道出自己的悲痛。她之所以這樣做，是因為明白最能引起人們對不幸者關注的，正是聽人講述和他們自己相似的災難。

她那甜美的嗓音驚醒了情緒消沉的親王，他抬起那雙許久凝視不動的眼睛，望著和母親容貌相似的瑪麗娜，眼前彷彿又浮現出已故王后的面容。親王感到十分驚奇，沉默多日的他又開口說話了。

「我最親愛的妻子長得很像這位姑娘，」恢復意識的佩里克利斯親王說道，「我的女兒可能就是長得像這樣。她有著王后般的方額頭，身高也相仿，同樣擁有筆直的身段、銀鈴般的嗓音、寶石般的眼睛；年輕的姑娘，你住在哪裡？告訴我，你的父母是誰？我想，你說過自己曾經受過委屈、傷害，還說要是我們都把受過的苦傾訴出來，你的苦不會比我少，是嗎？」

「我的確說過，」瑪麗娜回答說，「而且，我認為自己所說的都是有正當理由的。」

「把你的故事講給我聽。」佩里克利斯說道，「如果我發現你受的苦有我的千分之一，那你就像個能忍受痛苦的男子漢，而我卻像個經不起折磨的女孩子。然而，你看起來的確像個正注視著國王墳墓，對一切苦難微笑以對的忍耐女神。你怎麼會失去了自己的名字呢？最善良的姑娘。把你的故事講給我聽吧！來，坐在我身旁。」

當這個女孩說出自己叫瑪麗娜時，佩里克利斯的驚訝真是難以形容，因為他知道這不是個尋常的名字，而是他專門為自己孩子創造的名字，象徵她是在大海上出生的。

「啊！你在嘲笑我，我一定激怒哪位神明了，以致祂讓全世界都嘲笑我！」

「殿下，請您耐心點，」瑪麗娜說，「否則我就講到此了。」

「繼續說下去！」佩里克利斯說，「我一定會耐心地聽，你說你叫瑪麗娜，但你知不知道你有多麼讓我吃驚呀！」

「為我取這個名字的人很有權勢，」她回答說，「他是我的父親，是位國王。」

「哦，一位國王的女兒！」佩里克利斯說，「而且叫瑪麗娜！你是個有血有肉的人嗎？你不是神仙吧？說下去！你在哪裡出生，為什麼叫瑪麗娜？」

她回答說：「我出生在大海上，所以叫瑪麗娜。我母親是一位國王的女兒，在我剛出生的時候就去世了。這是我的好奶媽利科麗達經常哭著告訴我的。我的父王把我留在塔色斯，但克利翁那個殘忍的妻子卻想要謀害我。之後，一群海盜出現並把我救走，還帶我到了密提里尼。可是，殿下，您為什麼哭呢？或許您認為我是個冒充的騙子吧！殿下，我的確是佩里克利斯親王的女兒。」

佩里克利斯似乎又喜又怕，懷疑這一切是否是真的，於是大聲叫喊著他的侍從。侍從們聽到敬愛的親王的喊叫聲，無不感到高興。

親王對赫力堪納斯說：「啊！赫力堪納斯，打我一下，讓我流出血來，讓我感到現在的疼痛，免得朝我沖過來的那大海般的狂喜，沖破了我生命的海岸。啊！過來吧！你這個生於海上，葬於塔色斯，又在海上被找到的人。啊！赫力堪納斯，跪下吧！感謝至善的神！這就是瑪麗娜，祝福你，我的孩子！赫力堪納斯，把我的新衣服拿來！凶殘的狄奧妮莎本想在塔色斯把她害死，但她沒死，你們向她下跪！稱呼她為你們的公主吧！她會把全部的事都告訴你們的！」

忽然，他把目光轉向了萊西米克斯，直到現在他才發現這個人的存在。

「這是誰？」

「殿下，」赫力堪納斯說，「這是密提里尼的總督。他聽說您心情憂鬱，因此前來探望您。」

「先生，我擁抱您，」佩里克利斯說，「請把長袍遞給我。由於看到瑪麗娜，讓我的病都好了。啊！上天保佑我的女兒！可是，聽啊！那是什麼音樂？」

這時他似乎聽到柔和的音樂，但不知道這音樂是某位仁慈的神送來的，還是自己被快樂的想像所欺騙。

「殿下，我沒有聽到音樂聲。」赫力堪納斯回答說。

「聽不見？」佩里克利斯道，「因為這是來自天球（古時候人們想像的透明球體，內有一個天體，繞地球而行）的音樂啊！」

萊西米克斯也沒有聽到音樂，因此他斷定，親王的認知由於突如其來的狂喜而發生了偏差，於是說道：「惹他生氣也不好，就說的確聽到了音樂吧！」

就這樣，大家都告訴親王自己聽到了音樂。這時，佩里克利斯抱怨起來，說他感到昏昏欲睡。萊西米克斯就勸他在躺椅上睡一會兒，還把一個枕頭放在他的腦袋下面。親王在過度的狂喜下心力疲憊，很快就睡著了，瑪麗娜則靜靜地坐在躺椅旁邊，看著熟睡的父親。

佩里克利斯做了一個夢，這個夢使他決心到以弗所去一趟。她夢見以弗所的女神黛安娜來到他面前，命令他到當地的黛安娜神廟，在祭台前說出他的生平以及不幸的故事。黛安娜女神以她的銀弓起誓，如果親王按照她的命令去做，一定會遇到某種難得的幸運。夢醒後，親王奇蹟似地精神大振，他把夢告訴大家，還說他決定照女神的命令去做。

之後，萊西米克斯邀請佩里克利斯上岸，用他在密提里尼所能找到的娛樂活動使自己休息一下，佩里克利斯也欣然接受了這個殷勤的邀請，同意在此地逗留一兩天。我們可以想像得到，總督在這段時間裡，是如何設宴、歡慶；準備多麼豪華的表演和娛樂節目，來招待他心愛的瑪麗娜的父王。

佩里克利斯知道，當瑪麗娜落難時，萊西米克斯仍對她十分敬重。也知道瑪麗娜本人並不反對他的求婚，因此，當萊西米克斯提出追求瑪麗娜的請求時，他表示相當贊成，欣然同意。不過他還是提出了一個條件：在他答應兩人結婚之前，他們必須陪他去朝拜以弗所的黛安娜神廟。

不久後，三人就乘船前往黛安娜神廟，由於女神為他們刮起強大的順風，一行人只花了幾週就平安抵達以弗所。

佩里克利斯帶著一對隨從走進神廟。這個時候，救活了佩里克利斯的妻子泰莎的好心人薩利蒙年事已高，他與泰莎正站在黛安娜女神的祭台前，泰莎如今已成為神廟中的一位女祭司。

雖然佩里克利斯因為失去泰莎悲痛了好多年，樣子改變不少。但泰莎還是立刻認出了自己丈夫的模樣。當他走到祭台前講話時，她回憶起他的聲音，驚喜交集地聽他講話。

「萬福，黛安娜女神！為完成您公正的指示，我來到這裡。我，泰爾的親王，曾因受到威脅逃離了國家，在潘塔波里斯娶了美麗的泰莎；她因難產死於海上，生下了一個叫瑪麗娜的女孩子；我把瑪麗娜交給塔色斯的狄奧妮莎照顧；當她十四歲時，狄奧妮莎想要殺害她，但福星卻把她帶到了密提里尼；我坐船經過密提里尼的海岸時，瑪麗娜的好運氣把她帶到了我的船上，憑著她最清楚的記憶證明自己是我的女兒。」

聽了他的這席話，泰莎激動不已，歡喜之情再也按捺不住，她呼喊道：「你是！你是——啊！佩里克利斯殿下！」然後就昏倒了。

「這個女人說了什麼？」佩里克利斯問，「她要死了！先生們，救救她。」

「殿下，」薩利蒙說，「如果您對黛安娜女神祭台所說的都是實話，那麼，她正是您的夫人！」

「尊敬的先生，不會吧！」佩里克利斯說，「是我用這雙手把她丟進大海的。」

薩利蒙開始敘述那個狂風暴雨後的清晨，這個女人是如何被沖上以弗所的海岸；他打開箱子，是如何發現箱內擺著貴重的珠寶和字條；他又是如何幸運地救活了她，並把她安排住在這裡的黛安娜神廟中。

此時，泰莎已經從昏厥中甦醒過來，說道：「啊！殿下，你不是佩里克利斯嗎？你講話像他，長相像他。你剛才不是提到了一場暴風雨、一個人的誕生和一個人的死亡嗎？」

他大吃一驚，說：「這是死去了的泰莎的聲音呀！」

「我就是你們認為已經死去並葬在大海的泰莎！」她回答說。

「啊！黛安娜女神真是靈驗呀！」佩里克利斯高喊著，心中充滿誠摯、驚奇的感情。

「現在，」泰莎說，「我更認出你來了。當我們在潘塔波里斯流著眼淚和我父王告別時，他曾送你一枚戒指，它就和我看到戴在你手指上的那枚一樣。」

「神呀！夠了！」佩里克利斯喊道，「如今你們的仁慈使我過去經歷的痛苦如同兒戲呀！啊！來吧！泰莎，再次埋葬在我的懷抱中吧！」

瑪麗娜也說：「我跳動的心，要投入我母親的胸膛中。」

於是，佩里克利斯領著女兒來到她的母親面前，說道：「看看是誰跪在這兒，是你的骨肉！你在海上生的孩子！她叫瑪麗娜，因為她生在海上。」

「上天保佑你，我親生的孩子！」泰莎說。狂喜之下，她緊緊抱住了自己的孩子。

此時，佩里克利斯跪在祭台前，說道：「聖潔的黛安娜，謝謝您托夢給我。為此，我每天晚上都要為您獻上祭品。」

接著，在徵得泰莎同意後，佩里克利斯當場鄭重地宣布，他們的女兒、貞潔的瑪麗娜將與值得她愛的萊西米克斯訂婚。

就這樣，我們從佩里克利斯、王后以及瑪麗娜身上，看到了經上天默許的磨難鍛鍊出他們崇高美德的典範，它教人要忍耐和對別人忠誠，在這樣的美德指引下，終於戰勝意外和變化，獲得成功。

我們又從赫力堪納斯身上看到了真實、誠信和忠誠等重要品德的典範。他本有可能繼承王位，但卻寧願請回合法的國王，也不願讓別人受委屈而自己掌權。

而從救活泰莎的好心人薩利蒙身上，我們得到的教誨是，在知識的指引下行善，為人類謀利益，這接近了神的本性。

只剩下一件事還需要提一下，狄奧妮莎——克利翁那個邪惡的妻子，她得到了罪有應得的結果。當她陷害瑪麗娜的殘酷陰謀被塔色斯的居民得知後，人民紛紛挺身為恩人的女兒報仇，他們在克利翁的王宮裡放火，把克利翁夫婦及全家人都燒死了，神對於這個結果似乎很高興。雖然這樁殘酷的謀殺企圖並未實現，但也應當以正當的方式懲罰這一罪行。

14 冬天的故事

很久以前，西西里國王里昂提斯和美麗賢慧的王后赫美溫妮一起過著幸福和諧、與世無爭的生活。雖然如此，里昂提斯卻一直掛心一件事：他想去看看他的老朋友——波希米亞國王波利克塞尼斯，並把他介紹給王后認識。

里昂提斯跟波利克塞尼斯從小一塊兒長大，可是當他們兩人的父親死後，他們各自回去統治自己的王國。雖然他們經常交換禮物、信件，並且派遣大臣互相問候，但兩人卻已經有好多年沒有見面了。後來，經過里昂提斯一再地邀請，波利克塞尼斯終於答應從波希米亞到西西里來拜訪他。

一開始，里昂提斯對於這次的拜訪感到相當興奮，他請王后要好好地招待他的朋友。能和親愛的老朋友相聚，他真是高興極了！兩人談著昔日的往事，回憶起在學校裡度過的快樂時光和當時玩鬧的一些把戲，他們把這些事說給赫美溫妮聽，赫美溫妮也很樂於聽他們談話。

住了一段日子後，波利克塞尼斯準備回國了。這時，赫美溫妮按照丈夫的意思，前來慰留波利克塞尼斯再多住些日子。沒想到，這竟成為王后煩惱的開始。

波利克塞尼斯原本已拒絕了里昂提斯的挽留，然而，他現在卻被赫美溫妮的溫情所打動，決定再多住上幾個星期。這麼一來，儘管里昂提斯深知波利克塞尼斯為人正直，也同樣明白王后的美好品德，但仍然產生了一種難以克制的嫉妒心。

儘管赫美溫妮對波利克塞尼斯的殷勤是里昂提斯特別交代的，而她這麼做也只是為了讓自己的丈夫高興，但這一切卻加深了里昂提斯的嫉妒心。里昂提斯原本是一個熱情忠實的朋友、體貼溫柔的丈夫，現在竟變成了野蠻、沒有人性的怪物。他把宮廷裡的大臣卡密羅召來，將心中的猜疑告訴卡密羅，並要他去毒死波利克塞尼斯。

卡密羅是個好人，他知道里昂提斯的嫉妒完全是出於幻想。因此，他不但沒有把波利克塞尼斯毒死，反而偷偷將國王的計畫告訴他，並且答應要幫助他逃出西西里國境。

就這樣，波利克塞尼斯靠著卡密羅的幫助，平安地回到了波希米亞王國。從那時候開始，卡密羅就住在波希米亞的宮廷裡，成為波利克塞尼斯的知己和寵臣。

波利克塞尼斯逃走後，里昂提斯更加生氣了。他來到王后的房間，這位善良的女人正和她的小兒子邁密勒斯在一起，邁密勒斯正在講故事給母親聽，國王進了房間後，立刻把孩子帶走，然後下令將赫美溫妮關到監牢裡。

雖然邁密勒斯年紀還小，卻很愛他的母親。他看到母親受到這麼大的委屈，被關到監牢裡，感到非常地傷心，身體因此一天天的衰弱、憔悴，大家都覺得他總有一天會因為悲傷過度而死去。

國王把王后關進監牢以後，就派克里奧米尼斯和戴昂兩位大臣，到德爾弗斯的阿波羅神廟去請示神諭，想知道王后有沒有做出不貞的行為。

赫美溫妮被關進監牢不久後生了一個女兒。這個可憐的女人看到如此可愛的嬰兒，也因此得到不少安慰。她對著娃娃說：「我可憐的小犯人啊！我就像你一樣地清白。」

品格高貴的寶麗娜是赫美溫妮的好朋友，她是西西里大臣安提貢納斯的妻子。寶麗娜一聽說王后剛生了孩子，便馬上到監牢裡看她。她對赫美溫妮的侍女愛米莉亞說道：「愛米莉亞，請你轉告王后，要是她肯把女兒託付給我，我會把她抱到國王面前，說不定他見了這個無辜的孩子會心軟呢！」

「可敬的夫人，」愛米莉亞回答，「我很願意把您的提議轉告給王后知道。她一直盼望著能有人幫她把孩子帶到國王面前。」

「請告訴她，」寶麗娜說，「我還願意在里昂提斯面前替她辯護！」

「願上帝永遠祝福您！」愛米莉亞說，「您對王后真好！」

然後，愛米莉亞向赫美溫妮轉述寶麗娜的好意，赫美溫妮非常高興地把孩子託付給寶麗娜，因為她一直很擔心沒有人願意幫她把孩子帶到國王那裡。

儘管寶麗娜的丈夫竭力阻止，但她還是抱著剛出生的嬰兒，硬闖到國王面前，當著國王的面替赫美溫妮盡力辯護，她嚴厲地責備國王的不是，懇求他可憐無辜的王后和小孩。可是，寶麗娜勇敢的勸諫，只是助長了里昂提斯的怒火，他命令寶麗娜的丈夫安提貢納斯把她帶下去。

寶麗娜離開的時候，把小嬰兒留在她父親的腳邊，她以為，要是讓國王和娃娃單獨在一起，說不定他看到這個無辜的孩子，會興起憐憫之心。然而，善良的寶麗娜錯了。她才剛離開，這個無情的父親就命令安提貢納斯把孩子抱走，丟在荒涼的島上自生自滅。

安提貢納斯跟好心的卡密羅完全不同，他太聽從里昂提斯的話了，因此馬上抱著嬰兒坐船出海，打算等找到荒涼的小島後，就把她丟在那裡。

國王認定赫美溫妮犯了不貞的罪，還沒等到克里奧米尼斯和戴昂回來，也還沒等王后的身體調養好，就急著叫人把她帶來，在所有大臣和貴族的面前審判她。

所有大臣、法官和貴族都聯合起來審問赫美溫妮。當不幸的王后站在臣子面前受審時，克里奧米尼斯和戴昂回來了，他們把得到的神諭呈給國王，里昂提斯拆開封口，上面竟寫著：「赫美溫妮是無罪的，波利克塞尼斯也沒有錯，卡密羅是忠實的臣子，里昂提斯是多疑的暴君。如果不把失去的找回來，國王將永遠沒有繼承人！」

國王不相信這道神諭，他說這都是王后的親信編造出來的，他要求法官繼續審問王后。就在這時，有一個人走了進來告訴國王說，邁密勒斯王子知道母親即將被判死刑，心裡感到非常悲傷，竟然因此去世了。

赫美溫妮一聽到摯愛的孩子竟為了她的不幸而死，馬上昏了過去。里昂提斯的內心也被這個噩耗刺痛了，開始可憐起無助的王后，他命令寶麗娜和侍女將她帶走，想辦法把她救醒。但過了不久，寶麗娜卻回來告訴國王：赫美溫妮也死了！

直到這時，里昂提斯才開始感到後悔。他想，一定是他的行為讓赫美溫妮的心碎了，現在他相信王后是清白的，神諭上的話也都是真的。同時，他還知道，「如果不把失去的找回來」指的就是他的小女兒。如今，邁密勒斯王子已經去世，他沒有別的繼承人了，他真希望能找回失去的女兒。里昂提斯在深刻的悲傷和悔恨裡度過了許多年。

安提貢納斯帶著小公主坐船到海上，被一場暴風雨刮到波希米亞王國的岸邊。安提貢納斯就在那裡把小嬰兒遺棄了。但安提貢納斯也沒有再回到西西里，因為當他正要返回船上的時候，樹林裡突然衝出一隻熊，把他給咬死了。這對他來說倒是個公正的處罰，以懲罰他服從里昂提斯邪惡的命令。

當時，嬰兒身上穿著華麗的衣裳，戴著貴重的飾品，赫美溫妮曾在寶麗娜把嬰兒送給國王之前，將她打扮得很漂亮。安提貢納斯則在她的衣服上別了一張字條，上面寫著帕笛塔這個名字，以及幾句關於她的出身及不幸遭遇的話。

這個可憐的孩子後來被一個心地善良的牧羊人撿到，他把小帕笛塔抱回家，交給他的妻子細心撫養。貧窮令牧羊人起了邪念，他把帕笛塔身上的寶貝藏起來，又偷偷搬了家，以免讓人知道他在哪裡發的財。他用帕笛塔身上的一部分寶石買了很多羊，就這樣成為了一位有錢的牧羊人。他把帕笛塔視如己出，細心撫養長大，而帕笛塔也以為自己本來就是牧羊人的女兒。

小帕笛塔逐漸長成一位可愛的牧羊女，雖然她受的教育不多，可是依然從母親那裡遺傳了先天的美德。她的一舉一動都散發出高貴的氣質，沒有人會懷疑她的身上流著貴族的血液。

波利克塞尼斯有一個獨生子，名叫弗羅利澤，他在牧羊人的房子附近打獵時，看見了帕笛塔。帕笛塔美麗的容貌和高貴的氣質，立刻讓王子瘋狂地愛上了她。於是，王子化名為道爾卡斯，假扮成一個平民，經常到牧羊人家去拜訪。

由於弗羅利澤經常不在宮裡，讓波利克塞尼斯感到很擔心，便派人暗中監視他的兒子，後來才發現，原來他竟愛上了牧羊人的女兒。波利克塞尼斯立刻把大臣卡密羅召來，他要卡密羅陪他到帕笛塔的家裡去一趟。

他們兩人在喬裝一番後來到了牧羊人的家裡。那時，人們剛好在慶祝剪羊毛節，雖然他們是陌生人，可是在剪羊毛節的時候，任何客人都是受歡迎的，於是兩人也被邀請去參加盛會。會場裡充滿了歡笑和歌聲，所有的桌椅都擺好供宴會使用，有些人在房子前面的草地上跳舞，另外一些小伙子則站在門口，向一個賣貨郎買緞帶、手套和小東西。

正當大家熱烈慶祝著的時候，弗羅利澤和帕笛塔卻安安靜靜地坐在角落，他們好像比較喜歡兩個人在一起談心，不願加入人們的遊戲和娛樂。

國王的打扮巧妙到連自己的兒子都沒有認出來。他走過去，躲在不遠處偷聽他們說話。波利克塞尼斯看到帕笛塔跟他兒子談話時，散發出既樸素又優雅的氣質，不禁感到十分驚訝。

他對卡密羅說：「我從來沒見過出身如此低微卻長得這麼漂亮的女孩。她的一言一行是那樣地高貴，跟這個地方一點兒也不相稱！」

卡密羅回答：「是呀，在這些牧羊人的女孩們之中，她算得上是王后呢！」

「這位朋友，請問一下，」國王對牧羊人說，「跟你女兒談心的那個小伙子是誰啊？」

「大家都叫他道爾卡斯，」牧羊人回答。「他說他愛我的女兒。說實在的，要想從他們身上分出誰比較愛對方，簡直是不可能的。如果年輕的道爾卡斯能夠娶到她，她將會替他帶來意想不到的好處。」

牧羊人指的就是帕笛塔剩下的寶石，他花掉了一部分買羊，其餘的那部分則小心翼翼地收藏起來，預備給她作嫁妝。

不久，波利克塞尼斯與自己的兒子攀談起來：「小伙子，你好像滿肚子的心事，是嗎？我年輕的時候常常送許多禮物給我的情人，可是你卻讓那個賣貨郎從眼前走過，什麼東西也沒買給你的情人！」

年輕的王子絲毫沒有察覺到自己正在跟父親講話，他說：「老先生，她並不看重這些東西，帕笛塔要的禮物是鎖在我心裡的。」

他轉過身對帕笛塔說：「啊！親愛的，這位老先生好像也是個過來人，那麼，就讓我當著他的面向你表白吧！」

於是，弗羅利澤請這位陌生的老人當他的證人，他對波利克塞尼斯說道：「請您當我們訂婚的見證人！」

「當你們分手的見證人吧！王子！」國王終於露出他的真面目來，他責備兒子居然敢跟這個身分低賤的女孩訂婚。他還侮辱帕笛塔是「羊崽子」，恐嚇她說，要是她敢再和他的兒子見面，將會毫不留情地把她和她的父親一塊兒處死！之後就氣沖沖地走了，並要卡密羅帶著弗羅利澤王子跟他一起回去。

波利克塞尼斯痛罵了帕笛塔一頓，卻激起了她高貴的天性，帕笛塔心想：「雖然一切都完了，可是我並不害怕。我幾乎就要開口對他說：太陽照著他的宮殿，可是也照著我們的茅屋，連太陽都一視同仁！」

然後她又傷心地說：「我現在已經從這場夢裡醒過來了，離開我吧！先生，我需要一個人靜一靜。」

善良的卡密羅很喜歡帕笛塔，他知道年輕的王子非常愛她，即使是國王的命令也無法讓他決心拋棄她。幸好，卡密羅想出了一個辦法，既可以幫助這對戀人，同時又可以獲得國王的諒解。

卡密羅早就聽說里昂提斯已經真心悔改，儘管卡密羅現在成了波利克塞尼斯的好朋友，他還是想回去看看他的舊主人和故鄉。因此，他向弗羅利澤和帕笛塔提議，要他們跟他到西西里去。里昂提斯一定會照顧他們，還會替他們出面調解，請求波利克塞尼斯的原諒，允許他們結婚。

小倆口聽了很高興，馬上同意這個辦法。卡密羅把所有事情都安排妥當，還答應讓牧羊人跟他們一塊兒走。牧羊人把帕笛塔剩下的首飾、小時候穿的衣服和那張別在她身上的字條也一起帶去了。

經過一段順利的旅程，他們平安地到達里昂提斯的王宮。里昂提斯還在為他死去的妻子和孩子傷心，他非常寬厚地接待了卡密羅，也對弗羅利澤王子表示熱烈歡迎。但他的注意力彷彿全集中在帕笛塔的身上了。

弗羅利澤向國王介紹她時，只說她是一位公主。里昂提斯見她長得很像死去的赫美溫妮，不禁悲從中來。他說，要是當年自己沒有殘忍地遺棄親生女兒，她如今大概也有這麼大了。

「而且，」他又對弗羅利澤說，「我跟你那賢明的父親之間的情誼也斷了，如今，我最盼望的就是能再見他一面。」

牧羊人聽到國王的這番話，知道他曾經遺失過一個女兒，於是趕緊把他撿到小帕笛塔的時間和情況，反覆地驗證了一下，最後他終於得到一個結論：帕笛塔就是國王的女兒！

牧羊人把他撿到孩子的經過向國王仔細敘述了一遍，並告訴他安提貢納斯是怎麼死的，因為他曾眼睜睜地看著他被熊咬死。

當他說這些話的時候，弗羅利澤、帕笛塔、卡密羅和忠實的寶麗娜也都在場。牧羊人又拿出那件華麗的斗篷，寶麗娜記得赫美溫妮就是用它來包孩子的；然後，他還拿出一顆寶石，寶麗娜記得赫米溫妮曾把它掛在帕笛塔的脖子上；最後，他拿出那一張字條，寶麗娜認出上面的筆跡正是她丈夫的。

毫無疑問地，帕笛塔是里昂提斯的親生女兒。一旁的寶麗娜心裡難免感到矛盾，她既為了丈夫的死而難過，又為了神諭真的應驗感到高興。

國王的繼承人終於找到了！里昂提斯一聽說帕笛塔是他的女兒，想到赫美溫妮沒能活著看著她的孩子長大，心裡不禁萬分悲痛，半天都說不出話來，只是不停地喊道：「啊！你的母親，你的母親！」

在這種悲喜交集的情況下，寶麗娜突然對里昂提斯說，她有一座雕像，是傑出的義大利藝術家裘里奧．羅曼諾最近雕成的。這座雕像跟王后的模樣十分相似，要是里昂提斯肯到她家去看看，他一定會以為那就是赫美溫妮本人。國王急著想見見這座赫美溫妮的雕像，而帕笛塔也恨不得馬上看到她素未謀面的母親。於是，大家都一起過去了。

寶麗娜把雕像的帷幕拉開，它果然跟赫美溫妮一模一樣！國王看著雕像，頓時勾起了無限心事，有好長的一段時間，他連說句話的力氣都沒有。

「陛下，我喜歡您的沉默。」寶麗娜說，「這更能表示您的驚奇。這座雕像是不是很像王后呢？」

國王說：「啊！當初我向她求婚時，她就是像這樣站著，散發出雍容華貴的氣質。不過，赫美溫妮當時並沒有這座雕像那麼老。」

寶麗娜回答說：「這便是雕刻家高明的地方，他把雕像雕得跟今天的赫美溫妮一樣，要是她還活著的話，一定就是長得這副模樣。現在，讓我把帷幕蓋起來吧！國王，要不然您會以為它在動呢！」

這時候，國王忽然說道：「別蓋起帷幕！瞧！卡密羅，你不覺得它正在呼吸嗎？它的眼睛似乎在轉動。」

「我必須把帷幕蓋起來了，國王。」寶麗娜說，「您快要把雕像當成活人了呢！」

「啊！可愛的寶麗娜，」里昂提斯說，「就讓我在今後的歲月裡都把它當成活人吧！我仍然覺得她在呼吸。有哪一把好鑿子能把呼吸給刻出來呢？誰也不准笑我，我要過去吻她。」

「啊！陛下，那可不行！」寶麗娜說，「她嘴上的紅顏料還沒有乾，那油彩會汙染了您的嘴唇。我可以把帷幕蓋起來了吧？」

「不，請別這麼做！」帕笛塔一直跪在那裡，默默地仰望著母親的雕像，她說：「只要能看見親愛的母親，我願意在這裡待上一輩子！」

「不要再痴心妄想了！」寶麗娜說，「讓我把帷幕蓋起來吧，等會兒有更讓你們吃驚的事，我能夠讓這座雕像真的動起來！讓它從石座上走下來，握住你們的手。不過，那麼一來你們就會以為是我在使妖術，我可不承認！」

國王說：「不論你能叫她做什麼，我都願意看一看；不論你能讓她說什麼，我都願意聽一聽。既然你能讓她動，我相信你也一定能讓她說話！」

於是，寶麗娜吩咐樂師奏起徐緩莊嚴的音樂，這時，在場所有的人都大吃一驚，因為雕像真的從石座上走下來了！它用它的手摟住里昂提斯的脖子，還讓上帝祝福她的丈夫和她的孩子！

這座雕像之所以會動、會說話，因為它就是赫美溫妮本人，活生生的王后！原來，寶麗娜騙國王說赫美溫妮死了，她認為只有用這個辦法才能夠保全王后的性命。從那時起，赫美溫妮就跟善良的寶麗娜住在一起，要不是她聽說找到了帕笛塔，她還不想讓里昂提斯知道她活著呢！儘管她早就原諒了里昂提斯給她的傷害，卻不能饒恕他對親生女兒的殘酷行為。

死去的王后又復活了！丟掉的女兒也找到了！憂傷了許多年的里昂提斯現在快樂得不得了！人們

熱烈地祝賀這一家人的團聚，國王與王后也向弗羅利澤道謝，感謝他愛上了他們的女兒。同時，他們還祝福善良的牧羊人，因為他救了帕笛塔的性命。

卡密羅和寶麗娜都非常快樂，因為他們能夠親眼看見事情有個圓滿的結局。這時，波利克塞尼斯也來到了西西里王宮。原來，波利克塞尼斯早就知道卡密羅想回到西西里來，當他一發現兒子和卡密羅失蹤後，便馬上猜出可以在這兒找到他們。他拚命地趕路，剛好在里昂提斯一生最快樂的時刻趕到了。

波利克塞尼斯也感染了大家的歡樂，他原諒了里昂提斯過去對他的嫉妒，兩人又回復昔日親暱的友誼。現在也不必擔心波利克塞尼斯會反對他的兒子跟帕笛塔結婚，因為帕笛塔已經不再是「羊崽子」，而是西西里王位的繼承人了。

至於赫美溫妮，她在受了這麼多年的苦後，她那堅忍的德行終於得到美好的報酬。這個了不起的女人跟她的家人一起過著幸福的生活，如今，她是這世上最快樂的女人了！

15 暴風雨

在遙遠的海上有一座孤島，島上住著一個名叫普洛斯帕羅的老頭，以及他的女兒米蘭達。米蘭達是一個美麗的少女，她到這個島上來的時候，年紀還很小，除了父親以外，她從沒見過其他的人。

他們住在一個用石頭鑿成的洞窟裡，當中又隔成好幾個房間。普洛斯帕羅把其中一間當作書房，裡面收藏著許多關於魔法的書。當時，凡是有學問的人都喜歡研究魔法，普洛斯帕羅也不例外。

他是因為一個奇特的機緣漂流到這座島上來的，這座孤島曾經被一名女巫施過法術，她在普洛斯帕羅來到島上之前就死了。於是普洛斯帕羅憑著自己的法力，把許多善良的精靈救出來，這些精靈因為不肯聽從邪惡女巫的命令辦事，一直被她困在大樹幹裡。

從那時候起，這些溫和的精靈便聽從普洛斯帕羅的指揮，他們之中最大的是愛麗兒，除了普洛斯帕羅之外，誰都看不見她。

活潑的愛麗兒並不愛搗亂，但她卻喜歡捉弄一個叫卡列班的醜妖怪，她非常討厭卡列班，因為他是邪惡女巫的兒子。卡列班是普洛斯帕羅在樹林裡發現的一個怪東西，即使是猴子也長得比他像人。普洛斯帕羅把他帶回洞窟，耐心地教他說話，對他非常好。

可是卡列班遺傳了他母親的缺點，什麼本事都學不會。普洛斯帕羅只好把他當成奴隸來使喚，淨派他做一些吃力的工作，愛麗兒的責任就是監督他去做這些事。

每當卡列班偷懶或是忘記工作時，愛麗兒就會輕手輕腳地跑過來掐他，有時候還把他推到爛泥堆裡，然後自己再變成一隻猴子對他做鬼臉，或者是變成一隻刺蝟躺在他的身上打滾。只要卡列班對交代的工作一有疏忽，愛麗兒就會想出許多把戲來捉弄他。

普洛斯帕羅因為有了這些神通廣大的精靈聽他使喚，便能借助他們的力量來操縱大自然。

有一天，精靈們照著他的吩咐興起一陣猛烈的風浪，這時海上剛好有一艘華麗的大船，它在狂暴的波濤中掙扎著，隨時都會被大浪吞沒。普洛斯帕羅指著那艘船對米蘭達說，船上載滿了跟他們一樣的生靈。

「哦！親愛的父親。」她說，「您用魔法興起了這場可怕的風暴，請您可憐可憐他們吧！您瞧，船就要沉啦！不幸的人們啊！要是我有力量的話，寧可叫海沉到地底下，也不要讓船上的寶貴生靈毀滅！」

「米蘭達，你不要這麼著急。」普洛斯帕羅說，「我不會傷害他們的，我早就交代好了，不准讓船上的人受到任何傷害。親愛的孩子，我這麼做都是為了你。你不知道你是誰，也不知道你從哪裡來。至於我呢？你也只知道我是你的父親，住在這個簡陋的山洞裡。你還記得來到這裡之前的事嗎？你一定不記得了，因為你那時候還不到三歲呢！」

「我當然記得！」米蘭達說。

「記得什麼呢？」普洛斯帕羅問，「記得房子或是人嗎？我的孩子，告訴我你記得些什麼。」

米蘭達說：「我常常覺得那就像是一場夢。在夢裡的時候，我身邊總是有四、五個僕人來來去去的。」

普洛斯帕羅說：「嗯！其實不只四、五個。可是，你怎麼還記得這些事呢？那你記得你是怎麼到這兒來的嗎？」

「不記得了。」米蘭達說，「別的事我都不記得了。」

「十二年前，」普洛斯帕羅接著說，「我是米蘭的公爵，米蘭達，你則是個公主，也是我唯一的繼承人。我有個弟弟叫安東尼奧，我非常信任他，每當我想要暫時隱居時，就把國事都交給他處理。但他卻是個不忠實的人，因為當我把世俗的事情完全拋開，一味地埋頭讀書、修身養性時，安東尼奧竟把自己當成了公爵！我給他機會，讓他在人民面前建立威望，沒想到這卻引發出他內心深處狂妄的野心，他竟想奪取我的國家！不久之後，他得到了那不勒斯國王的幫助，終於達到了這邪惡的目的。」

「那時候他怎麼沒有殺死我們呢？」米蘭達說。

「他不敢，因為人民非常愛戴我。於是，安東尼奧先把我們放到一條大船上，等離開港口後不久，他又逼我們坐上另一條小船，船上既沒有繩索、帆篷，也沒有桅杆。他把我們丟在海上，以為這樣一來我們就只有死路一條了，可是宮裡有一個好心的大臣名叫貢札羅，他也很愛戴我，因此偷偷地在船裡放了飲水、乾糧、衣裳，和一些對我來說非常寶貴的書。」

「啊！父親，那時候我簡直就是您的累贅呀！」

「沒那回事！你是個小天使，幸虧有你，我才有了活下來的力量，你那天真的笑容使我能夠忍受一切不幸。後來我們登陸了這個荒島，從那時候起，我最大的快樂就是你，米蘭達，你讓我得到不少歡樂。」

「感謝您啊！親愛的父親。」米蘭達說，「可是，這和您興起這場風浪又有什麼關係呢？」

「因為這場風浪將會把那不勒斯國王和安東尼奧沖到這座島上來。」

這時，愛麗兒剛好出現，她來報告風浪的情形和她處置船上人員的經過。普洛斯帕羅用魔杖輕輕地碰了女兒一下，她就睡著了。儘管米蘭達看不見這些精靈，普洛斯帕羅卻也不希望讓她以為自己在跟空氣說話。

「勇敢的精靈，你的事情辦得怎麼樣了？」

愛麗兒把這場風浪有聲有色地形容了一番：當時水手們都非常害怕，國王的兒子費迪南第一個掉入了海裡，他的父親還以為心愛的兒子被海浪吞沒了呢！

「其實他很安全，」愛麗兒說，「他正坐在島上的一個角落，哀悼著他父親的死，因為他也認為國王被淹沒了。其實，國王連一根頭髮都沒有受傷，他的王袍雖然沾到海水，看上去反而比以前更華麗了。」

「這才是我乖巧的愛麗兒，」普洛斯帕羅說，「把那個年輕的王子帶到這兒來吧！我必須讓我的女兒見見他。國王和我的弟弟呢？」

「我離開的時候，他們還在尋找費迪南呢！不過他們也不抱任何希望。至於那些水手也全都活著，每個人都以為只有自己得救了，因為他們看不到船的影子，就以為其他人都死了，其實，船正安安穩穩地停在海港裡呢！」

「很好，交給你的事都辦妥了，可是，還有一些事——」

「還有事要辦嗎？」愛麗兒問，「主人，請允許我提醒您，您曾經答應要釋放我，請您想想我替您做了多少重要的事情，我從來沒有對您撒過謊，也沒出過任何差錯，侍候您時也沒發過一句牢騷。」

「哈！怎麼了？」普洛斯帕羅說，「你忘了是誰把你從苦難裡拯救出來的嗎？你難道忘記那個凶惡的女巫了嗎？她又老又駝，頭都快碰到地了呢！她是從哪裡來的？說吧！你說說看啊！」

「主人，她是在阿爾及爾出生的。」愛麗兒說。

「阿爾及爾嗎？虧你還記得！這個壞女巫的法術是人見人怕的，所以她才會從阿爾及爾被趕出來，出了海後，水手們又把她丟在這裡。你的心腸太軟，無法照著她的命令去做壞事，所以她才把你困在大樹裡。幸好我後來發現你在裡面哇哇大哭，才把你從那裡救出來的。」

「對不起，親愛的主人。」愛麗兒說，她為了自己的忘恩負義感到慚愧，「以後我會聽從您的使喚。」

「就這樣吧，」普洛斯帕羅說，「到時候我會釋放你的。」

然後他又吩咐愛麗兒去做別的事情，於是愛麗兒馬上就離開了，她先來到剛才丟下費迪南的地方，看到王子仍垂頭喪氣地坐在草地上。

「少爺，」愛麗兒說，「讓我先帶你去給米蘭達小姐看看。來，跟我走吧！」

然後她開始唱起歌來：

你的父親睡在海底深淵，
他的骨骼變成珊瑚，

珍珠則是他的眼睛。
他全身沒一處腐爛，
只是在海水的變幻中，
顯得富麗而又珍奇。
海洋女神每小時敲著喪鐘，
安靜啊！叮叮噹——我聽到了她的鐘聲。

愛麗兒優美的歌聲，很快就讓王子清醒了過來，他莫名其妙地跟著她的聲音走，一直被引到普洛斯帕羅和米蘭達那裡，他們正坐在樹蔭底下。

「米蘭達，」普洛斯帕羅說，「告訴我，你看到了什麼？」

「咦？」米蘭達非常驚訝地說道。她除了自己的父親以外，從沒見過別的男人，「那一定是個精靈！天呀！它在東張西望呢！父親，它長得真好看，它是精靈嗎？」

「不，女兒，」她父親回答說，「他和我們是一樣的。你看見的這個年輕人正是大船上的王子，他因為著急難過，所以看起來有點憔悴，要不然可以稱得上是個美男子呀！他失去了他的同伴，現在正四處尋找他們呢！」

米蘭達本來以為所有男人都像她父親一樣表情嚴肅、留著灰鬍子。所以當她看到這個英俊的王子時，不禁打從心裡喜歡他。

費迪南在這個荒涼的地方遇到許多奇怪的事，首先是愛麗兒宛如天籟般的歌聲，現在又是可愛的米蘭達，他相信自己一定是來到仙島上了，而米蘭達就是這個地方的仙女。

米蘭達嬌滴滴地說，她並不是仙女，只是一個普通的女孩子，正當她要述說自己的身世時，普洛斯帕羅打斷了她的話。他看到兩人互相愛慕，心裡十分高興，因為他看得出來這對年輕人是一見鍾情，可是為了試試費迪南的感情是否真誠，他決定故意為難他們一下。他走過來，嚴厲地斥責費迪南是個奸細，到這裡來是想從他手裡把島奪走。

「我要把你的脖子和腳綁在一起，讓你喝海水、吃貝殼、啃樹根！」

「除非你能打敗我，否則，我不會讓你動我一根汗毛的。」費迪南說著，拔出劍來，可是普洛斯帕羅一揮魔杖，他就定在原地，不能動彈了。

米蘭達緊緊地抱著她的父親說：「您為什麼這麼殘忍啊？請您發發慈悲吧！他是我這輩子所看到的第二個男人，我覺得他是個好人。」

「住嘴！你要是再說一個字，我就要罵人了。怎麼了，難道你想袒護一個騙子嗎？你只看過他和卡列班，就以為世界上沒有其他更好的男人了嗎？我告訴你，傻丫頭，大部分的男人都比他好，就像他比卡列班好一樣。」他這麼說，同樣也只是為了測試他的女兒。

她回答：「我對愛情並不抱有什麼期待，我也不奢求看到一個比他更好的男人。」

「來吧，年輕人，」普洛斯帕羅對王子說，「你沒有力量反抗我。」

「的確沒有。」費迪南說道，他並不知道是魔法讓他失去所有的力量。

他很吃驚地發現，自己的手腳竟然不聽始喚地跟著普洛斯帕羅走，他一路上不停回頭看米蘭達，直到看不見她為止。

當費迪南跟著普洛斯帕羅走進洞窟時，他說：「我的精神完全被困住了，彷彿在夢裡一樣。可是只要我能每天從牢房中看見這位美麗的女孩，那麼所有的恐懼和軟弱都不算什麼了。」

普洛斯帕羅把費迪南關在洞窟裡沒多久，便又把他放了出來，派給他一個很辛苦的工作，還故意讓米蘭達知道，然後他就回去書房了。事實上，他是打算偷看他們倆的動靜呢！

費迪南的工作是把一些沉重的木頭堆好，他做不慣這種吃力的事，沒多久，米蘭達就發現費迪南已經累垮了。

「噢！不要太辛苦了，我的父親正在讀書，三個鐘頭以內不會過來的，你先休息一下吧！」

「親愛的小姐，我可不敢啊！我得先把事情做完才能休息。」

「你先坐下來，」米蘭達說，「我來幫你。」

可是費迪南說什麼也不肯休息，米蘭達不但沒有幫上忙，反而成了累贅，因為他們一直沒完沒了地說話，使工作進行得更慢了。

普洛斯帕羅叫費迪南做這些工作，只是為了測試他的愛情，他並不像米蘭達所想的正在書房裡讀書，而是側著身子躲在旁邊，偷聽他們談話。

費迪南問起米蘭達的名字，她老實告訴了他，還說把自己的名字告訴別人已經違背了父親的命令。

普洛斯帕羅對女兒的行為只是笑了笑，因為，是他用魔法讓米蘭達陷入情網的，所以他並不生氣她違背了命令，反而很高興地聽著費迪南對米蘭達說的話，因為費迪南說，自己愛米蘭達勝過一切，他還稱讚她的容貌，說她是世界上最美的女人。

米蘭達說：「我從沒見過別的女人。除了你、卡列班和我的父親之外，我也沒見過別的男人。我不知道外面的人都長什麼樣子，可是相信我，除了你以外，我不想要別人來陪我；除了你以外，我再也想像不出任何容顏。哎呀！我講的話太輕率啦！竟然把父親的教訓全忘光了。」

普洛斯帕羅聽到後笑了笑，心想：「這事正合我意，我的女兒即將成為那不勒斯的王后了！」

於是，費迪南便告訴天真爛漫的米蘭達說，他是那不勒斯王位的繼承者，他希望她當他的王后。

「啊！」她說，「我真是個傻子，竟高興得流起淚來了。我要用純樸、聖潔的情感來報答你，既然你肯娶我，那麼我就是你的妻子了。」

這時，普洛斯帕羅走了出來，讓費迪南和米蘭達一時不知所措。

「不用害怕，我的孩子，」他說，「你們剛才說的話我都聽見了。費迪南，要是我曾對你太苛刻，現在就讓我好好彌補一下。我答應把女兒嫁給你，你所承受的一切苦難，都只不過是我對你的考驗。現在，把我的女兒帶走吧！就當作是我給你的禮物，也是你真摯情感應得的回報。不要笑我自誇，無論你怎麼稱讚她，都不及她真正的好！」

然後，普洛斯帕羅說他得先去辦一件事，要他們坐下來聊一會兒，等他回來。當然，米蘭達一點也不想違背這個命令。

普洛斯帕羅離開兩人以後，愛麗兒馬上就出現在他面前，她急著要告訴主人，自己是怎麼對付安東尼奧和那不勒斯國王的。

她說，當她離開那些人時，故意讓他們看到一些奇怪的景象，把他們嚇得快發瘋了！等到他們餓得半死的時候，她忽然在他們面前變出一桌美味的酒席，然後又變成一個鳥身人面的妖怪出現在他們面前，再把那桌酒席變不見。最令他們吃驚的是，這個鳥身人面的妖怪竟跟他們說起話來，敘述著當初他們把普洛斯帕羅趕走，讓他和幼小的女兒在海裡漂流的殘忍經過。她還說，就是因為這件事情，所以他們現在必須遭到報應。

那不勒斯國王和安東尼奧都很後悔，責備自己不該對普洛斯帕羅那樣無情無義。愛麗兒也向普洛斯帕羅說，她相信他們是真心悔過了，雖然她只是個精靈，竟也忍不住覺得他們挺可憐的。

「那就把他們帶到這兒來吧！愛麗兒。」普洛斯帕羅說，「你只不過是個精靈，要是連你看了都不忍心，那麼我跟他們一樣都是人，難道能不同情他們嗎？快把他們帶來吧！」

愛麗兒很快就把國王、安東尼奧和跟在他們後面的老臣貢札羅帶來。為了把他們引到主人面前，愛麗兒在空中奏起了豪邁的音樂，讓他們都覺得很驚奇，紛紛隨著音樂走過來，就這樣，他們來到了普洛斯帕羅面前。

他們既傷心又害怕，竟慌張得認不出普洛斯帕羅。他先在好心的老貢札羅面前現身，稱他是自己的救命恩人。於是，安東尼奧和那不勒斯國王這才明白，他就是當年被謀害的普洛斯帕羅。

安東尼奧流著淚，用真誠的話語哀求普洛斯帕羅的寬恕，國王也誠懇地表示懺悔，普洛斯帕羅原諒了他們。當他們保證一定會恢復他的爵位時，普洛斯帕羅對那不勒斯國王說道：「我替你準備了一件禮物。」接著，他打開一扇門，費迪南和米蘭達正在裡面下棋。

再也沒有什麼比這樣意外的相遇能讓他們父子快樂的了，因為他們都以為彼此早已在風浪裡淹死了。

「多奇妙啊！」米蘭達說，「這些人真是高貴啊！世界上竟然有這麼美麗的人們！」

那不勒斯國王看見年輕的米蘭達長得如此漂亮，氣質又這麼優雅，也跟他兒子一樣驚為天人。

「這個女孩是誰？」國王問，「她是那個拆散我們的女神嗎？」

「不是的，父親。」費迪南回答，他發現國王也和他一樣，誤以為米蘭達是仙女，「她是凡人，可是非凡的上天已經把她賜給了我。父親，我沒徵求您的同意，因為當時我沒想到您還活著！她是普洛斯帕羅公爵的女兒，我久聞公爵的大名，可是直到現在才見到他，他給了我全新的生命，是我第二個父親，因為，他已經把這位可愛的女孩許配給我。」

「那麼我就是她的公公了。」那不勒斯國王說，「可是我必須先請求媳婦的饒恕。」

「別提了，」普洛斯帕羅說，「我們已經有了如此快樂的結局，就不必再去回想以前的不幸。」

然後，普洛斯帕羅熱情擁抱他的弟弟，又向他保證一定會原諒他。普洛斯帕羅說，雖然老天爺讓他從米蘭被趕了出來，但這都是為了讓他的女兒當上那不勒斯的王后，正因為他們在這個荒島上相遇，費迪南才會愛上米蘭達。

普洛斯帕羅安慰他弟弟的這一番話，使得安東尼奧十分慚愧，他哭得連話都說不出來了。慈祥的老貢札羅看到這樣令人欣慰的和解場面，也忍不住哭了起來，並在心中祈禱上天祝福這一對年輕人。

這時，普洛斯帕羅告訴他們，船很安全地停在海港裡，水手們也都還活著，他和女兒準備在第二天早晨和他們一起回去。

「現在，請一起來享受我為大家所準備的食物吧，等會兒我還要把在荒島上生活的故事講給你們聽，讓大家解解悶。」

普洛斯帕羅叫卡列班去準備食物，並且把房間收拾好，國王一行人看到卡列班的醜相都大吃一驚。普洛斯帕羅解釋說，卡列班是他在這座小島上唯一的僕人。

在離開荒島以前，普洛斯帕羅釋放了愛麗兒，這個活潑的小精靈高興極了，儘管她對主人十分忠心，卻一直渴望著完全的自由，就像野鳥般無拘無束地在空中飛翔，有時棲息在綠樹底下，有時則躲在充滿果香和芬芳的花叢裡。

「機伶的愛麗兒，」普洛斯帕羅在釋放這個小精靈的時候說，「我會想念你的，現在你應該去享受自由了。」

「謝謝您，我親愛的主人。」愛麗兒說，「可是，讓我先用風把你們的船平安送回家，然後您再和我告別吧！主人，等我恢復了自由，我將會多麼開心啊！」

這時候，愛麗兒唱起了一首曲子：

蜜蜂停留的地方，我也在那兒駐足。
我躺在蓮香花的花冠裡休息，
一直睡到貓頭鷹啼叫時，
我騎上蝙蝠的背四處翱遊，
快活地追趕著炎夏的尾巴。
如今我將要快樂地，
在繽紛的花叢底下生活。

之後，普洛斯帕羅把他的魔法書和魔杖都埋在地下，因為他已經下定決心，再也不使用魔法了。既然他已經戰勝了他的敵人，又跟弟弟和好了，如今只要他能回到家鄉、恢復爵位，並且看到米蘭達跟費迪南王子舉行快樂的婚禮，他的人生也就毫無遺憾了。

國王答應，只要他們一回到那不勒斯，便立刻舉行隆重的婚禮。在精靈愛麗兒的平安護送下，他們經歷了一段愉快的航行，不久就到達了目的地。

16 兩位貴族親戚

底比斯的國王有兩位外甥，一位叫作巴拉蒙，另一位叫作阿賽特。他們認為舅舅克利翁國王窮兵黷武，他統治下的底比斯日漸腐敗，到處都是破敗的景象、戰爭的瘡痍，以及襤褸的衣衫，於是這兩名表兄弟決定離開宮廷，到其他國家去闖蕩。

就在這時，一名將軍前來通知他們，國王下令徵召他們，要他們為國出征，因為雅典公爵忒修斯向底比斯王國下了戰書，即將率領大軍前來攻打他們。原來，在不久前，底比斯與附近的國家打了一仗，有三個敵國的國王戰死，殘暴的克利翁不准任何人埋葬這些國王的屍體。於是，他們的王后找到了忒修斯以及他的夫人希波呂忒，希望他能率領雅典大軍為自己的丈夫報仇。

最後，勇敢的忒修斯戰勝了，他帶領大軍進入底比斯城，見到了兩名氣宇不凡的俘虜，他問隨從這兩個人是誰，隨從回答，那是國王的外甥巴拉蒙以及阿賽特，他們在戰場上彷彿兩頭濺滿了敵人鮮血的獅子，在驚惶的部隊中殺出一條路，雅典士兵好不容易才擊傷了這兩人。

忒修斯讚嘆道：「像這樣的勇士，幾百萬人中才有一個。把我們的醫生全都叫來醫治他們吧！不要吝惜我們最珍貴的鎮痛香膏，要大方地使用！我把他們的生命看得比底比斯寶貴得多。若是他們不處在目前的困境，而是蓬勃、健康而自由，我倒寧可讓他們死去，但是現在，讓他們成為我的俘虜的欲望卻四萬倍於讓他們死亡。」

說完，忒修斯下令精心照料這兩名表兄弟，自己與軍隊則收拾好行李返回雅典了。巴拉蒙與阿賽特恢復健康後，就一直待在底比斯的監獄裡。從昔日的王子淪為階下囚，讓兩位王子都十分沮喪，但他們很快又振作起來了。阿賽特說：「就在這一切在災難底下，在命運橫加於我們的苦難之中，我看到了安慰和純粹的福佑，要是諸神樂意的話，我們應當在牢獄裡堅持勇敢的忍耐，共同享受我們的痛苦。只要巴拉蒙和我在一起，我就不把這兒當作囚牢，否則便讓我死去！」

他的表哥巴拉蒙也說：「沒錯，我們的命運交織到了一起，這是最大的幸福。讓兩個高貴的軀體之中的兩個靈魂共同忍受反覆無常的命運的折磨，直到兩人合成一體吧！這樣他們便不至於沉淪了，即使可能，也不會容許。這是最真實不過的。只有甘願死亡的人才會渾渾噩噩地死去，從而了結一切。」

他們互相鼓勵對方，說要將牢房當成回避邪惡者的神聖庇護所，將彼此當成挖掘不盡的礦山、終身的伴侶，既是父親、子嗣，也是朋友；在牢房內過的生活雖然痛苦，但比起在愛慕虛榮的底比斯王宮，這裡還更加高尚呢！

就在此時，希波呂忒的妹妹愛米利婭來到了監獄外頭的花園，她看見花園裡的水仙花開得十分漂亮，忍不住讚嘆了起來，並摘了幾朵準備綉在袍子上面；牢房裡的巴拉蒙與阿賽特看到了，都為她的美麗著迷不已。

之後，愛米利婭離開了，巴拉蒙與阿賽特開始訴說著各種讚美她的言語，巴拉蒙說她是個女神，自己要向她頂禮膜拜；阿賽特則說她是世間罕見的美人，看見她讓自己開始感到了鐐銬帶來的痛苦。

忽然間，這兩名王子意識到，他們竟愛上了同一個女人，兩人頓時忘了剛才立下要相親相愛的誓言，開始爭執起來。巴拉蒙說，是他先看見愛米利婭的，只有他有資格愛她！阿賽特則說，他跟巴拉她。

蒙不一樣，巴拉蒙把她當成神聖的天仙來膜拜，但自己卻要把她當成女人，要盡心盡力地愛她、讚美

巴拉蒙生氣地說道：「我不允許你愛她！」

阿賽特回答：「不允許我愛？誰能否決我愛她的權利？」

巴拉蒙又說：「我！是我先看到她的，她向人世顯露的全部美色都是我的眼睛第一個發現並佔有了的。要是你竟然愛上了她，或者意圖毀壞我的心願，你便是個不義之徒。阿賽特，你的為人跟對她的權利一樣虛偽！只要你敢動她的腦筋，我便跟你從此斷絕友誼、親情和一切關係。」

阿賽特不甘示弱地說：「是的，我愛她，即使付出我全家的性命，我也一定要愛她。我用我的靈魂愛著她，巴拉蒙，如果我必須因此而失去你，那我們也只好絕交。因為我愛她，所以我堅持跟任何一個巴拉蒙或任何父母生的兒子一樣有身分、有自由，有合理的權利享有她的美麗。」

兩人越吵越激烈，終於一發不可收拾，巴拉蒙甚至說，希望他們兩個手裡都有一把利劍，這樣他就能馬上教訓阿賽特，讓他知道盜竊別人的感情會受到什麼懲罰；還說，要是阿賽特敢再把頭伸出窗外，偷看她的美麗，就要把他的頭釘在窗戶上！阿賽特則輕蔑地回答，他不僅要把頭伸出去，還要整個人跳出窗外，鑽到她的懷裡。

正當兩個人吵得沒完沒了時，監獄的看守長來到牢房外，告訴他們，忒修斯公爵要召見阿賽特，然後就把他帶出牢房了。巴拉蒙看著表弟的背影，不由得胡亂擔心起來：搞不好公爵注意到了阿賽特的家世和外表，打算讓他娶愛米利婭呢！

不久後，看守長回來了，他告訴巴拉蒙，公爵已經宣布將阿賽特放逐，他必須離開底比斯王國，

永遠不得回來。但巴拉蒙還是擔心，表弟總有一天會設法回到底比斯，憑著他勇敢的特質，召喚勇士們拿起武器，為愛米利婭在戰場上廝殺戰鬥，贏得她的心。

阿賽特被釋放後，一個人走在街上，想著必須離開底比斯王國，永遠見不到美麗的愛米利婭，忍不住嘆道：「放逐了我，這正是挖空心思的懲罰，難以想像的死亡！即使我是個作惡多端的老壞蛋，以我全部的罪行也還不應當受到這樣的報復。巴拉蒙，這下你高興了吧！你每天早上都能看到她那雙明媚的眼睛在窗前閃亮，把生命流注給你。神啊！巴拉蒙太幸福了！他一定會跟她說上話的，唉！我相信她最終會屬於他！」

忽然間，他看到幾位村民七嘴八舌地圍著講話，他好奇地詢問他們發生了什麼事，鄉民說，城內舉辦了摔跤、賽跑等運動比賽，連忒修斯公爵也打算親自參加這場盛會。阿賽特靈機一動，他決定參加比賽，因為他知道美麗的愛米利婭也會到場觀看。而無論是摔跤還是拳擊，他都有著不輸常人的天賦，因此，他要偽裝起來贏得這場比賽，搞不好有機會一親她的芳澤呢！

果然，阿賽特在比賽中表現傑出，輕易地擊敗其他對手，成為最終的勝利者。忒修斯公爵召見了他，由於阿賽特的喬裝天衣無縫，因此公爵並沒有認出他是誰。公爵問阿賽特來自什麼家族，阿賽特說自己是一名貴族，這讓公爵嚇了一跳，要他證明自己所說的話是真的。

阿賽特說：「貴族的一切本領我都略知一二。我會養鷹，我調教過一大群吠聲洪亮的獵狗；在馬術方面我不敢自誇，可是認識我的人都說那是我最擅長的事。最後，也是最重要的，我一直被人當成一個英勇的士兵。」

忒修斯與他的妻子希波呂忒以及在場的人聽了都讚賞不已，他對阿賽特說，要安排給他一份高貴的差事，那就是服侍聰明美麗的愛米利婭小姐。這個獎勵正是阿賽特夢寐以求的，他立刻上前吻了她的手，愛米利婭也被阿賽特英俊的臉龐吸引，很高興自己能有一位這麼好的隨從。

接著，忒修斯公爵提醒所有的部下，包括愛米利婭及阿賽特，於明天日出時分在黛安娜的森林裡慶賀花朵繽紛的五月節。臨走之前，他對愛米利婭說：「妹妹，也許我不該胡思亂想：你得到的是一個僕人，但如果我是個姑娘，反而會希望讓他成為自己的主人。不過，你是個聰明人。」

愛米莉婭害羞地回答：「我也希望自己不夠聰明，大人。」

到了隔天，黛安娜森林裡到處吹奏著音樂，傳來嘈雜的吵鬧聲，人們正歡欣鼓舞地慶祝五月節，但愛米利婭一行卻與公爵夫婦走散了。阿賽特替她的女主人在樹林裡到處搜索著。他想到自己這兩天的際遇，不禁得意忘形地說道：「啊！愛米利婭女王，你比五月還要鮮豔，比五月枝頭金色的花蕾還要芬芳，比五月的園林和草場上鮮亮的花朵還要甜蜜。是的，就連仙女居住的河岸也比不上你，儘管她叫溪流開滿了花朵。你就像林裡的寶石，世界的珍品，你為所到的地方都帶去幸福。但願我這可憐的人不久也能在你的沉思之中佔有一席之地！」

說到這裡，阿賽特想起了他的表哥巴拉蒙，忍不住同情起表哥的遭遇。他說，巴拉蒙自以為比他幸福，能夠在獄中靠近地看著愛米利婭，但絕對想不到，他此刻竟與她氣息相通，聽著她的話，生活在她的目光裡。要是巴拉蒙知道了這些，真不知道會陷入一種什麼樣的情緒呢！

沒想到，就在這時，巴拉蒙忽然從樹叢中跳了出來，對阿賽特揚起了拳頭，指責他背叛自己。

原來，巴拉蒙在獄中的生活十分枯燥，因此他有時會跟看守長的女兒聊天，沒過多久，這位姑娘卻愛上了高貴的巴拉蒙。她背著父親把巴拉蒙從牢房中放了出來，與他約好在樹林裡見面，自己則回去準備解開鐐銬的工具。想不到，兩人卻在樹林裡失散了。看守人的女兒回來見不到巴拉蒙，又想起父親可能因為犯人逃跑而遭受懲罰，一急之下竟然瘋了。

巴拉蒙大罵阿賽特是個背信忘義的親戚，表面上裝得風度翩翩，其實內心卻卑鄙狡猾，還說他是個愛情的扒手、不夠格的貴族，連稱作壞蛋都不配。阿賽特則反駁說，自己的所追求和仗恃的正是榮譽和誠懇，與他的表哥是完全平等的。

巴拉蒙根本不想理他，粗魯地說道：「來吧！去掉我這副冷冰冰的鐐銬，給我一把劍，再給我吃點東西。然後你也拿起劍到我這兒來吧！如果你能殺死我的話，就算冥界的英靈們要我談起人間的情況，我也只會說你是勇敢而高貴的！」

「看來，這棘手的問題只有流血才能治療了，你就把你的申訴交給手裡的劍去審理吧！」

阿賽特也禁不起表哥的挑釁，答應了決鬥的請求。他要巴拉蒙先待在樹林裡，他馬上就會回來，並帶來他需要的東西。

酒足飯飽之後，巴賽特接過了阿賽特拿來的劍與甲冑，兩人再次擁抱，並互相說出了與對方道別的言語，然後就準備開始決鬥。就在這時，號角聲卻響起，原來是公爵打獵回來了。

阿賽特著急了起來，他勸表哥：「如果我們被公爵發現，那就完了！為了兩人的榮譽，姑且先離開吧！你趕快安全地逃回你的灌木叢裡去。要是你被他看見了，會因為擅自逃獄而被當場處死，而我的身分如果暴露了，也會因為藐視放逐令而丟掉小命。這樣，我們就會被所有人恥笑，說我們為了一個高貴的分歧而爭吵，處理的方式卻有失身分。」

巴拉蒙卻不以為然，他說：「不！不！表弟，我再也不想躲藏了，也不想把這次重大的冒險留到下次。我知道你的狡猾，也明白你的意圖。誰要是現在退縮了，那丟臉的就是他！準備接招吧！」

但阿賽特早已戰意全失，絲毫不想跟他決鬥，就這樣，在場面僵持不下的時候，公爵一行人騎著馬來了。他看到有人竟敢無視他的權威，在沒有獲得批准、也沒有官員監視的情況下進行決鬥，立刻質問起兩人來。

這時，巴拉蒙終於當著公爵與愛米利婭的面，說出了阿賽特的真實身分，以及他是如何騙過公爵的雙眼，成為了愛米利婭的隨從。他希望忒修斯能允許他繼續與阿賽特決鬥，等決鬥結束之後，他甘願被公爵處死。

巴拉蒙的無畏行徑讓在場的人都大為讚嘆，但公爵卻不同意，還說要按照法律將兩人處死。希波呂忒、愛米利婭以及其他部下都上前勸公爵收回死刑的命令，將他們兩人放逐出國。

公爵對愛米利婭說：「唉！這兩個人懷著愛情的痛苦，就算被放逐了，難道就會放棄互相殘殺的念頭，好好活下去嗎？他們每天都會為了你而尋仇決鬥的，每一個小時都要用他們的劍使你的榮譽遭到眾人的懷疑。與其讓他們死於互相殘殺，倒不如死於法律的制裁吧！」

愛米利婭仍然不死心，她請求公爵無論如何都要饒了這一對表兄弟的命，接著，她也拜託巴拉蒙，希望他們發誓把自己忘了，絕對不要再為了她而決鬥，無論到哪個國家去，彼此永遠成為不相識的人。

然而，就連巴拉蒙也不領她的情，他說：「哪怕你把我碎屍萬段，我也不會發這樣的誓，要是我真的忘了對你的愛，那才是最可恥的事呢！公爵，我必須愛她，為了這份愛，我也必須用世上的任何武器殺死我的這位表弟。」

阿賽特也堅持，與其卑躬屈膝地乞求活命，他寧可願意為了維護愛情而死。公爵聽了也十分動容，最後他想出一個辦法：讓巴拉蒙和阿賽特都先回去，在一個月後帶著三名公正的騎士回到公爵面前，當著他的面決鬥。贏的那一方可以獲得愛米利婭的愛情；但輸的那一方則會被處死，連他帶來的三名騎士也必須陪著一起赴死。巴拉蒙與阿賽特都答應了。

到了決鬥當天，愛米利婭獨自在房中唉聲嘆氣，因為她知道有兩位王子即將為了她付出性命決鬥；她對於這兩名表兄弟都十分喜愛，實在不希望任何一位就這樣子死去，她先讚美起了阿賽特的優點，說他的面貌是那麼地溫柔，他的眼睛是那麼地漂亮，他的前額又是那麼地寬闊、威嚴；但說到這裡，她又忍不住讚美起巴拉蒙來，說他那一張褐色的男子漢的臉龐是何等的粗豪穩重，阿賽特跟他比起來就像一名吉普賽的小丑呢！

就在這時，僕人進來告訴她，巴拉蒙與阿賽特帶著他們的六名騎士進場了，愛米利婭不忍觀看這場決鬥，但還是隨著姐夫忒修斯公爵與姐姐希波呂忒等人一同前往決鬥場地。公爵對著所有觀眾宣誓了比賽的公正性，交手的兩方人馬也各自在神像面前宣誓後，決鬥就要開始了。

正當公爵一行人準備入座，愛米利婭卻再也不想往前走了。她說，自己寧可看鳥兒撲殺一隻蒼蠅，也不願意看這場令人哀傷的決戰！然而，公爵說她必須到場，因為她正是勝利者的獎賞，也正是因為她，才讓巴拉蒙與阿賽特這對王子走上了決鬥場。即使如此，愛米利婭還是不忍看見她的兩名決鬥者互相殘殺，她告別了公爵，把自己關在房間裡。

不久後，愛米利婭仍禁不住好奇心，問僕人是誰贏了決鬥。僕人說，觀眾們正在大聲呼喊著巴拉蒙的名字呢！愛米利婭以為巴拉蒙贏了，她嘆了一口氣，說道：「可憐的情人！你失敗了，你的畫像還擺在我的右邊呢！巴拉蒙在我的左邊。都是我的錯，正因心臟在身體的左邊，巴拉蒙才碰上了最吉利的機會。」

這時，僕人又進來了，他告訴她，雖然剛才是巴拉蒙佔了上風，但他的幾名騎士立刻又奮勇搶救，現在已經扭轉頹勢了。

屋外又傳來了吵鬧的叫喊聲，僕人說，觀眾現在正高喊著「阿賽特！勝利！」接著，象徵決鬥結束的號角聲響起了，阿賽特贏了！

愛米利婭又嘆息道：「神啊！阿賽特那華美高貴的精神透出了軀殼，有如亞麻掩蓋不住的烈火，敗堤抵擋不住的波濤洶湧。我的確想過巴拉蒙會失敗，但我不明白為什麼會這樣想。人的理智並不是先知，而妄想卻往往準確無誤。唉！可憐的巴拉蒙！」

忒修斯當眾宣布了阿賽特的勝利，並將愛米利婭賜給他。阿賽特十分高興，但也感嘆自己為了贏得她的愛，已經失去了最寶貴的東西——他高貴的表哥巴拉蒙。眾人也為了兩名王子的互相殘殺惋惜不已。

按照約定，戰敗的巴拉蒙以及他的三名騎士被押解到刑場，等待處死。巴拉蒙對著他的騎士說，想到自己雖然必須死去，但能在死前得到人們的同情與祝福，也就沒有遺憾了，但卻覺得連累了他的騎士們，不過，他的騎士們也都十分忠實，甘心陪著這位尊貴的王子一同受死。

這時，巴拉蒙又注意到之前監獄的看守長也在一旁，於是向他打聽起他的女兒的近況，他感謝那位姑娘賜給他自由，還說自己聽說她得了重病，不知道她的狀況是否還好。看守長回答他，這位女孩在她的一位愛慕者悉心照料下，已經逐漸恢復了健康，而且馬上就要結婚了。巴拉蒙聽了非常欣慰，把身上所有的錢都送給了看守長，表示要用來增添她的嫁妝。

行刑的時間到了，巴拉蒙躺上了死刑台，準備迎接最後的一刻。就在此時，一名使者跑了過來，大喊「住手！」，在千鈞一髮時制止了行刑。他說自己為巴拉蒙帶來了最甜蜜卻也最為不幸的消息。

使者告訴巴拉蒙，愛米利婭送給了他的表弟阿賽特一匹馬，那是一匹一根白毛也沒有的黑馬——據說這會降低馬匹的價值。阿賽特騎著這匹馬在雅典的石頭街道上奔馳。這匹馬本來就性烈如火，但在受過訓練後一直很聽話，這天忽然又發起了怪脾氣，用盡全力地又蹦又跳，死命地想把騎在上面的阿賽特給甩下來；但阿賽特騎術十分高超，就如同粘住一般夾住了馬背，於是，這匹馬竟抬起了前蹄，往後翻了一個跟斗，將背上的阿賽特重重地壓在下面。如今，阿賽特已性命垂危，就如同遭受重創的船艦，等著下一個波浪將它打碎。在臨終之前，他希望能見到親愛的表哥最後一面。

巴拉蒙急忙來見奄奄一息的阿賽特，在他最後的時刻，巴拉蒙又重新燃起了對這位表弟的關心與愛護，他對病榻上的阿賽特說，無論他有什麼遺言，自己都一定會為他實現的。

阿賽特只告訴巴拉蒙，請他娶了愛米利婭吧！讓世上的一切歡樂也隨著她歸於他。說完這寥寥數語後，阿賽特就嚥下最後一口氣了。就這樣，決鬥場上的勝利者意外得到了悲傷的結尾，而戰敗的巴拉蒙卻從斷頭台下活了過來，並得到愛米利婭的愛情。

最後，巴拉蒙才終於明白，欲望的真正代價其實正是失去自己所希望的東西，而想要得到寶貴的愛也必須先失去寶貴的愛。一旁的公爵也說，人們總是為了沒得到的東西歡笑，為了得到的東西悲痛，就像一群孩子一般。一場因為愛情而摧毀了珍貴友情的悲劇，就在巴拉蒙贏得了美人的歡喜結局中收場了，只留下了眾人對於命運反覆無常、不可預見的無限感嘆。

悲劇
Tragedies

愛情在仇恨的火焰中消逝
猜疑在嫉妒的漩渦中誕生
權力的誘惑逼瘋了良知
黃金的光芒所迷惑理智
悲劇一向始於憤怒
悔悟總是為時已晚
正義最終還是不敵邪惡
好人與壞人也一起死去了

導讀

悲劇是莎士比亞三大類型的劇作中評價最高的一類，最為著名的當為《羅密歐與茱麗葉》與「四大悲劇」——《哈姆雷特》、《奧賽羅》、《馬克白》、《李爾王》。

莎士比亞的悲劇共有十二部，創作年代跨越了他的半生，因此也可區分為多種風格。第一部悲劇《泰特斯·安德洛尼克斯》刻意仿造了古羅馬的史詩風格，在故事中加入了大量希臘羅馬中常見的亂倫、虐殺情節，由於題材原始野蠻，部分血腥的情節到了現代已不太能為大眾所接受。

第二部的悲劇《羅密歐與茱麗葉》是莎士比亞最成功的悲劇之一，創作於人文主義思想高張的時期，他在劇情中加入了對青春的禮讚及對愛情的憧憬，羅密歐與茱麗葉這一對戀人的結局更顯示了莎士比亞對於封建禮教的否定態度。由於這部作品的知名度，時至今日仍有不少遊客湧入男女主角的故鄉維洛那，對著這兩位虛構角色從未站立過的陽台灑下熱淚。

莎士比亞悲劇的創作巔峰是在第二個階段，也就是伊莉莎白女王過世、兩個朝代更迭的時期，英國社會的矛盾激化促使他熱衷於寫作悲劇。在此時期，誕生了聞名於世的「四大悲劇」，在這些悲劇的故事中，莎士比亞透過友誼、愛情、婚姻、家庭，將人與人之間的猜疑、嫉妒以及爭權奪利的行為描寫得淋漓盡致，並指出人類的黑暗面所帶來的種種災難。最具代表性的當屬《哈姆雷特》，劇中的王子哈姆雷特的性格中同時具有敏感、理性、善良的一面，卻也有著易怒、抑鬱、徬徨的一面，多種要素的結合，使他成為莎士比亞筆下最為成功的角色。

在這些悲劇之中，《雅典的泰門》一劇沿襲了《威尼斯商人》的部分精神，揭露出資本主義表現出的許多罪惡，並批評當時的資產階級「金錢主宰一切」的醜陋心態，顯示了莎士比亞對於資本主義本質的深刻了解。

此外，莎士比亞的作品中也不乏中世紀文學常見的史詩題材，不論是介紹羅馬共和時期的英雄《科利奧拉納斯》，還是講述羅馬帝國建國史的《凱撒大帝》、安東尼與屋大維之爭的《安東尼與克麗奧佩特拉》，或是以特洛伊戰爭為背景的《特洛伊羅斯與克瑞西達》，都讓這些原本已在歐洲流傳千年的神話、歷史在莎士比亞的年代再次蔚為風潮。

在莎士比亞最後的創作階段留下的幾部「傳奇劇」中，《辛白林》被歸在悲劇一類，若以結局來論，它是父子重逢、夫妻和解、惡人受罰的大團圓收場，然而，由於這部作品完美刻畫了人性中「嫉妒」的醜陋面，仍被多數莎學家劃入悲劇的範圍之內。

1 泰特斯・安德洛尼克斯

年邁的羅馬將軍泰特斯・安德洛尼克斯在一次出征中打敗哥德人，還將哥德人的女王塔摩拉與她的三個兒子俘虜，帶回了羅馬。然而，泰特斯在這場戰爭中也付出了慘痛的代價，他有二十一個兒子死在戰場上，只剩下路西斯、昆塔斯、馬歇斯，以及繆歇斯四個人。

為了替死去的兄弟報仇，泰特斯的兒子們向父親請求，希望能殺死哥德女王塔摩拉的長子阿拉勃斯，作為獻祭亡靈的祭品。泰特斯同意了他們的要求，塔摩拉急著叫道：「慢著！仁慈的征服者，勝利的泰特斯啊！憐憫我這個母親為了她的兒子所流下的眼淚吧！我的兒子已經成為你的囚徒，被俘到羅馬來誇耀你們的勝利了，難道還必須把他處死在市街上，只因他們曾為自己的國家而戰嗎？求求你，尊貴的泰特斯，赦免我的兒子吧！」

泰特斯告訴塔摩拉，說他的兒子們失去了親愛的兄弟，十分悲痛，而這些兄弟正是被哥德人殺死的，因此，為了安慰這些憤怒的冤魂，他們必須獻上她的兒子作為祭品，因此，阿拉勃斯非死不可。說罷，泰特斯就讓兒子們將阿拉勃斯帶下去處死，還把他的屍首放在烈火上焚燒。這名心碎的母親忍不住哭喊了起來：「啊！殘酷的！傷天害理的行為！」

阿拉勃斯的弟弟狄米特律斯悲憤地說：「母親，我們必須堅信著，只要哥德人還是哥德人，塔摩拉也還是哥德女王，復仇的天神總有一天會向她的敵人報復這股血海深仇！」

由於泰特斯為羅馬立下了豐功偉業，羅馬的護民官打算推舉他成為下一任羅馬皇帝的候選人，與前任皇帝的二子薩特尼納斯與巴西安納斯角逐王位。泰特斯聽了笑著說道，羅馬光榮的身體上不該擺著像他這樣一顆老邁衰弱的頭顱。他為羅馬征戰四十年，如今只要能夠安享晚年也就足夠了。

他的弟弟馬克斯說道：「我的哥哥，只要你開口要求，皇位就非你莫屬。」

二位皇子這時也在場，薩特尼納斯眼見泰特斯威脅自己即將到手的王位，急忙朝著民眾與貴族們呼喊，懇求他們支持自己當皇帝，還恐嚇泰特斯：「要是你敢奪取民眾對我的信心，我一定會把你送入地獄！」

泰特斯向所有人說道：「羅馬的人民和護民官們，你們願意接受我的建議嗎？」

在座的護民官都表示願意支持泰特斯的任何決定，於是他說道：「請你們擁戴前任皇帝的長子薩特尼納斯登上皇位，要是你們願意聽從我的建議的話，就請把皇冠加在他的頭上，高呼萬歲吧！」

聽到泰特斯這麼說，在場的人也都欣然同意。於是，薩特尼納斯成為羅馬皇帝，為了感謝泰特斯讓賢給自己，薩特尼納斯向眾人宣布，他願意迎娶泰特斯的女兒拉維妮婭為皇后。泰特斯感謝薩特尼納斯的恩典，同時，他將作為俘虜的塔摩拉與她剩下的兩個兒子獻給這名新皇帝。

薩特尼納斯見到妖豔的塔摩拉，不禁在心中讚嘆：「好一名絕色佳人！要是讓我重新選擇的話，這才是我想要的配偶啊！」

忽然間，他的弟弟巴西安納斯衝了上來，將拉維妮婭從皇帝身邊搶了去。原來，他與拉維妮婭互相愛慕已久，兩人已私下訂了婚約。馬克斯以及泰特斯的兒子都知道這件事，他們看到巴西安納斯的舉動也紛紛挺身而出，幫助兩人抵擋追兵。

泰特斯勃然大怒，提劍追了上去，卻被兒子繆歇斯擋在門前。泰特斯一氣之下，親手把他殺了。

另一個兒子路西斯指責父親不應該殺害自己的兒子，泰特斯卻說：「你跟他都不是我的兒子！我的兒子絕不會為我帶來這樣的羞辱，快把拉維妮婭還給皇帝！」

就在這時，薩特尼納斯走了過來，面色鐵青地說道：「不，泰特斯，我不需要她了。你們竟敢故意串通好這一切來羞辱我，我再也不相信你家族的人了。」

他還說，泰特斯一定認為他的皇位是自己施捨給他的，不然怎麼敢當著皇帝的面做這種事！接著，薩特尼納斯將頭轉向一旁的塔摩拉，宣布要改立她為皇后。一心報仇的塔摩拉也答應了皇帝的求婚，兩人立刻在萬神殿舉行婚禮。

一聽說薩特尼納斯娶了另一位女子，巴西安納斯又帶著拉維妮婭回來，向他的哥哥表達祝賀之意。薩特尼納斯恨恨地對他說道，要是羅馬還有法律，皇帝還有權力的話，他的同黨總有一天會後悔自己的惡行。

不過，巴西安納斯還是堅持地說，奪回與自己有婚約的拉維妮婭，才不是什麼強盜行為呢！同時，他還為年邁的泰特斯抱不平，說他為了對皇帝盡忠，竟在一怒之下親手殺死了兒子，世上再也沒有像他這麼忠心的臣子了。

塔摩拉也在一旁說好話，勸薩拉尼納斯既往不咎，與泰特斯重修舊好。她說：「我敢憑著我的榮譽擔保，善良的泰特斯將軍在一切事情上都是無罪的，他真誠的憤怒說明了他內心的悲痛。所以，聽從我的請求，用溫和的眼光看待他吧！不要因為無稽的猜疑而失去這樣一位高貴的朋友。」

然而，她真正的想法卻不是這樣，她一直在等待將泰特斯所有兒子與朋友一網打盡的機會，以報殺子之仇。她私底下對薩特尼納斯說：「把你的一切憤恨暫時遮掩一下，你現在即位未久，不要把人民和貴族趕到泰特斯一方去，使他們覺得你是個忘恩負義的皇帝，而將你廢黜。聽我的話，總有一天我會把他們殺得一個不留！」

於是，薩特尼納斯聽從女王的話，表面上原諒了泰特斯，並與巴西安納斯和拉維妮婭這一對新人一同宴飲，心裡卻想著：總有一天要向這些人報復！

塔摩拉成為了皇后，但她卻背著薩特尼納斯偷偷與宮中一名叫艾倫的摩爾人勾搭起來。這一天，艾倫在皇宮前面見到塔摩拉的兩個兒子狄米特律斯與契倫正在爭執，他走上前關心，才知道這對兄弟竟不約而同愛上了拉維妮婭，正為了她爭風吃醋。吵到最後，兩個人都拔出了劍，艾倫趕忙勸道：

「別鬧了！你們這一場無聊的爭吵會把我們一起毀了！拉維妮婭已是有夫之婦，你們認為她與丈夫會容忍你們這樣爭風吃醋，而不找你們算帳嗎？要是皇后知道了你們爭吵的原因，一定不會放過你們的！」

狄米特律斯與契倫這才停下手來，艾倫告訴他們，與其在這裡爭得你死我活，倒不如合作將她從巴西安納斯身邊搶過來。兩兄弟也覺得艾倫的話很有道理，問他該怎麼做。

「明天將舉辦一場盛大的狩獵，可愛的羅馬女人們都會一顯身手。森林裡的道路廣闊而寬大，有許多人跡未至的地方，適合進行各種暴力與陰謀。你們就選一處地方，把拉維妮婭這頭小鹿引到那邊去，在那裡滿足你們的願望吧！」

然後，他又建議兩兄弟到他們的母親那裡去，聽聽她的想法，因為他知道塔摩拉計畫著復仇的陰謀已經很久了，她將會為他們想出一個既惡毒又周到的辦法。就這樣，塔摩拉與他的兒子和愛人共同策劃了一個可怕的計畫。

隔天，薩特尼納斯、巴西安納斯帶著他們的妻子，還有泰特斯父子一同來到森林，他們各自朝著盯上的獵物追逐而去。同一時間，艾倫則拿著一袋黃金來到了森林深處，黃金是塔摩拉交給他的；他將它埋在土裡，打算利用它完成一個天衣無縫的圈套。沒過多久，塔摩拉也來了，她再三確認一切都佈置妥當後，就在原地靜靜等待著。

巴西安納斯與拉維妮婭果真如她們預期的經過那裡，這時候，塔摩拉要艾倫去把她的兩個兒子找來。而巴西安納斯與妻子早已聽聞皇后與一名摩爾人暗通款曲的傳聞，如今，他們看到塔摩拉跟艾倫在一起，才終於發覺謠言是真的，兩人都痛斥了她一番。

「我的皇兄必須知道這件事情！」巴西安納斯震驚地說道。

「可憐的皇帝，竟然遭受如此重大的恥辱！」拉維妮婭也說。

就在這時，狄米特律斯與契倫趕來了，他們發現母親的臉色慘白，急忙問她發生了什麼事。塔摩拉告訴兩個兒子，巴西安納斯與他那陰險的妻子將她帶來這裡，打算將她縛在一棵杉樹上，讓她在恐懼與飢餓中死去，她還說，要是他們還愛自己的母親的話，就馬上為她復仇！

聽到母親這麼說，狄米特律斯與契倫立刻拔劍刺死巴西安納斯，把他的屍體扔進了一個地洞裡。塔摩拉還要他們殺死拉維妮婭，但是兩兄弟垂涎她的美色，不想這麼隨便就殺掉她。

「好吧！隨便你們想對她做什麼，總之絕不要讓她活下來！」

於是，禽獸一般的兩人將拉維妮婭拉到樹林深處，在那裡玷汙了她。之後，為了不讓她洩露他們母子的惡行，他們割去了拉維妮婭的舌頭，砍下她的雙手，然後對著她嘲笑道：「要是你的舌頭還會講話，就去告訴人家是誰玷汙了你吧！要是你的斷臂還會握筆，就把你心裡所想的話寫出來吧！」

另一方面，艾倫找到了泰特斯的兒子昆塔斯與馬歇斯，告訴他們，有一隻很棒的獵物正在一個地洞裡熟睡，沒有比這更棒的機會了！兩兄弟不疑有他，跟著艾倫來到了一個地洞旁。這時，馬歇斯腳下一滑，失足跌到了洞裡。

「兄弟！你受傷了嗎？」昆塔斯喊道。

馬歇斯在漆黑的地洞裡摸索著，突然，他發現一件發光的東西，那是巴西安納斯手上的戒指，而巴西安納斯冰冷的屍體就躺在洞裡！馬歇斯不禁叫了出來。

「啊！哥哥！我碰到了一樣東西，這東西才真讓人觸目驚心啊！」

他要昆塔斯馬上拉他上去，但突如其來的恐懼已讓兩兄弟嚇得失去了力氣，他們試了好幾次都無法順利脫身，最後甚至連昆塔斯也跌進了洞裡。沒想到，就在此刻，艾倫領著皇帝與泰特斯一行人來了。

薩特尼納斯聽說自己的弟弟死了，十分震驚，連忙質問是誰謀殺了他。這時，塔摩拉假裝氣喘吁吁地趕到了現場，向皇帝獻上一封信，說是在地上撿到的。薩特尼納斯打開了信，讀道：

親愛的獵人，萬一談判破裂，請你替他挖好墳墓，我們說的是巴西安納斯，你懂得我們的意思。只要到那株覆蓋著巴西安納斯葬身地穴的大樹下，撥開地上的那些草，就可以找到你的酬勞了。只要照著我們的話去辦，那你就是我們永遠的朋友。

接著，艾倫又當著皇帝的面，把自己事先埋下的黃金挖了出來。薩特尼納斯看見罪證確鑿，憤怒地朝著泰特斯大罵：「都是你生下這一對狼心狗肺的畜牲，害死了我的兄弟！」但泰特斯仍然向皇帝保證，自己的兒子絕不可能犯下這樣子的罪行。薩特尼納斯卻絲毫不相信他的話，還發誓一定要讓這對兄弟嘗嘗比死還痛苦的滋味！接著就下令將兩人押往刑場。這時，塔摩拉還在一旁虛情假意地說道：

「泰特斯，放心吧！我會向陛下求情，不要為你們的兒子們擔憂了，他們一定會平安無事的。」

然而，昆塔斯和馬歇斯還是被判了死刑，另一個兒子路西斯也被判處流放。聽到了這項判決後，泰特斯來到市場，拚了命向路過的民眾與護民官們苦苦哀求，說自己為了羅馬的榮耀征戰了大半輩子，還失去了二十二個兒子，但他從未為此流過一滴眼淚，因為他們都是光榮的戰死。如今，他無法眼睜睜地看著兩個兒子被處死，懇求民眾與護民官為他的兒子求情，免去他們的死罪。然而，沒有一個路人願意對泰特斯伸出援手。

路西斯告訴父親，自己打算用武力將兩個兄弟從獄中劫出來，泰特斯卻將他痛罵一頓，叫他不要莽撞，以免害了自己的兄弟。就在此時，馬克斯帶著殘廢的拉維妮婭來到泰特斯面前，說自己在樹林中發現了她，像隻迷路的小鹿般在那徘徊不去。

看著拉維妮婭慘不忍睹的模樣，路西斯難過地掩住了臉，泰特斯也對她說：「我的兩個兒子正朝著死亡走去，我的另一個兒子遭到放逐，而我的兄弟正為了我的惡運而悲傷；可是最讓我受到打擊的，卻是親愛的拉維妮婭！你沒有手可以擦去你的眼淚，也沒有舌頭能告訴我誰害了你，你的丈夫已經死了，為了他的死，你的兄弟們也被判死罪了啊！」

說著，父女倆相擁而泣。這時，摩爾人艾倫出現在眾人面前，他轉達了薩特尼納斯的旨意：只要讓馬克斯、路西斯，或是泰特斯自己任何一人砍下一隻手來，送到他面前，他就可以赦免泰特斯兩個兒子的死罪。

泰特斯聽了立刻說道：「很好，我願意把我的手獻給陛下，幫我砍下它來！」

路西斯急忙插嘴：「且慢，父親，您那高貴的手曾經推倒無數的敵人，不能將它砍下，還是用我的手代替吧！」

馬克斯也說：「你們兩人的手都曾建立赫赫的功業，我的手卻無所事事。就讓它去贖回我侄子們的死罪吧！」

三個人爭先恐後地想獻上自己的一隻手。艾倫不耐煩地告訴他們，要是再不快點決定的話，或許等不到皇帝頒布赦令，昆塔斯與馬歇斯就已經被處死了。於是，泰特斯叫馬克斯與路西斯兩個人自己決定，而他卻私底下找到艾倫，說他打算瞞著家人，將自己的手交給皇帝，他請求艾倫幫忙砍下他的手。

於是，艾倫砍下了泰特斯的左手，拿著它回去向皇帝交差了。之後，泰特斯向家人展示他的斷臂，馬克斯與路西斯看了都心疼不已，連拉維妮婭也哭了起來。

沒想到，泰特斯的犧牲並沒有換來應得的回報，沒過多久，一個使者奉皇帝的命令來見他，還呈上了兩顆血淋淋的頭顱，那正是昆塔斯與馬歇斯的頭！薩特尼納斯不僅不守信用，還將泰特斯砍下的左手還給他，藉此譏笑他的愚蠢。聽聞這樣的噩耗，泰特斯頓時呆住了，接著，他又大笑了起來。

「哈哈哈！」

馬克斯不解地問道：「你為什麼笑？現在不是笑的時候啊！」

泰特斯說：「我的淚已經流完了，它會蒙蔽我的視覺，使我找不到復仇的路徑。現在，這兩顆頭顱彷彿在向我說話，恐嚇我：要是不讓那些害慘我們的人親身經歷我們的苦痛，我就永遠上不了天堂。我要用我的靈魂對著你們每一個人宣誓，我將會為你們復仇。」

接著，他要路西斯立刻離開羅馬，因為他已經被放逐，要是被人發現還留在城裡，將會被處死，他必須馬上到哥德人的地盤召集一支大軍，回來為他親愛的家人報仇。

有一次，泰特斯與家人一同用餐，他看到馬克斯用刀子打死一隻蒼蠅，氣得罵馬克斯是該死的凶手，還說殘殺無辜的人不配做他的兄弟，「假如那蒼蠅也有父母親該怎麼辦？牠們將怎樣搧動那纖弱的翅膀，用嗡嗡的細語訴說心中的悲痛啊！可憐善良的蒼蠅，牠飛到這兒來，用牠可愛的振翅聲娛樂你們，你卻把牠打死了！」

馬克斯連忙解釋，他打死的是一隻黑色的醜惡蒼蠅，他覺得牠長得就像塔摩拉身邊的摩爾人艾倫，因此才打死牠。泰特斯聽了，頓時轉怒為喜，拍起手誇他做得好，還拿起刀再次猛刺這隻蒼蠅，就像他真的是摩爾人艾倫一樣，馬克斯看到泰特斯因為復仇心切，竟然近乎瘋狂，分不清幻象與真實，忍不住嘆了一口氣。

幾天後，泰特斯的孫子小路西斯正在看書時，他的姑姑拉維妮婭不知道為什麼，突然衝了過來，還緊追著他不放，嚇得小路西斯把書掉在地上。泰特斯覺得很奇怪，走近一看，才發現拉維妮婭正用她的斷臂翻著小路西斯的書，還不時將手舉起來。

馬克斯若有所思地說：「或許她是指參與這件暴行的不止一個人，否則就是在祈求上天為她復仇。」

泰特斯問：「路西斯，她在翻的那一本是什麼書？」

小路西斯回答：「爺爺，那是奧維德的《變形記》。」

忽然間，拉維妮婭的手停了下來，將書本停在了某一頁，上面寫的是菲羅墨拉悲慘的故事——菲羅墨拉是一位雅典公主，被她的姐夫色雷斯王忒瑞俄斯玷汙了，還被割掉舌頭。她的遭遇正好跟拉維妮婭一模一樣！

接著，拉維妮婭又用嘴巴叼著木杖，用腳撥動著木杖，辛苦地在沙地上寫字，她寫出了「侵犯，契倫，狄米特律斯」。泰特斯與馬克斯都不禁驚呼，原來塔摩拉的兩個兒子才是犯下這件慘無人道行為的罪人！

馬克斯揚言要立刻為他的侄女報仇，但泰特斯說：「當你追捕這兩頭小熊的時候，當心母熊可是會醒來的。現在她正和獅子勾結得非常親密，等他熟睡以後，她就可以為所欲為了。你還是一個經驗不足的獵人，不要輕舉妄動。」

不過，泰特斯還是送給了這對兄弟幾柄寶劍與一張紙條，上面寫著：

正直無辜心胸坦蕩者
無須配備摩爾人的矛矢。

契倫與狄米特律斯都不明白這句話的意思，還以為泰特斯向他們送禮獻媚呢！但一旁的艾倫卻心知肚明：泰特斯已經發現這對兄弟的罪行了，還向他們送出預示復仇的證明。

這時，響起了一陣祝賀的喇叭聲，以告訴所有人：皇后塔摩拉已為皇帝生下一位小王子。正當兩兄弟為了這個消息振奮不已時，王子的奶媽慌慌張張地抱著一個嬰兒跑來，把懷裡的嬰兒拿給這三個人看。原來，那竟然是一個黑人的孩子！

奶媽惱怒地叫道：「但願我能把它藏在不見天日的地方。這是皇后的羞愧！是羅馬的恥辱！」

狄米特律斯和契倫立刻明白發生了什麼事——這孩子是艾倫與皇后通姦生下的。萬一讓皇帝知道這件醜事，說不定會把皇后判死刑呢！他們氣得大罵艾倫，還打算殺了這個嬰兒，但艾倫卻從劍下救走了他的孩子，還威脅這對兄弟，絕對不准殺害他們的這位「弟弟」。

兩兄弟問艾倫下一步該怎麼做，艾倫二話不說，拔劍刺死了這名奶媽。然後又說，在不遠處住著一對摩爾人夫婦，他們前一天晚上也生下了一個小孩，是個白人。他要兩兄弟賄賂這對夫婦，勸他們把自己的孩子跟這個黑人嬰兒對調，只要告訴他們，孩子進了皇宮之後，將會享受一輩子的榮華富貴，這對夫婦一定會欣然接受的，這樣一來，他們就可以神不知鬼不覺地瞞過皇帝了。狄米特律斯和契倫聽了，覺得這是個好方法，就分頭去行動了。而艾倫也抱著他的孩子逃到哥德人的地方，打算把他好好撫養長大。

之後，泰特斯時常裝成發瘋的樣子，帶著他的家人朝薩特尼納斯的皇宮裡射箭，一下說是要寄信給天神朱比特，一下又說要寄給太陽神阿波羅，或是戰神瑪斯。薩特尼納斯偶然看到這些用箭射進來的書信後，相當憤怒，嚷著要找泰特斯算帳。就在這時，信使又送來了一封泰特斯的信，上面寫滿指責他是暴君的話，皇帝讀完後更加暴怒，他下令把這名信使吊死，又吼道：「把那個老頭揪住頭髮抓過來！他的年齡和地位都不能讓他討到一點便宜！」

忽然，有人跑到皇帝面前，告訴他：哥德人已經集合大隊人馬，在路西斯的帶領下來勢洶洶地殺向羅馬。薩特尼納斯這才慌了起來，他聽說羅馬的民眾都傾心於路西斯，搞不好會趁機叛變推翻自己。一旁的塔摩拉要皇帝安心，說她願意親自出面安撫哥德人，於是，薩特尼納斯也派人去找路西斯，要求他在父親泰特斯的家中與自己談判。

路西斯率領哥德人的軍隊來到羅馬城外後，有一名哥德人上來向他報告，說在廢墟裡找到了一個抱著嬰兒的摩爾人，這個人對著嬰兒喃喃自語：「你是皇后的孩子。」他覺得十分可疑，就把這個人抓住帶過來了。路西斯一看，這名摩爾人正是艾倫。

正當路西斯準備處死他和嬰兒時，艾倫忽然說：「我可以告訴你許多驚人的秘密，只要你能答應我，保住這個孩子的性命！」

路西斯答應了他，於是，艾倫開始述說一切陰謀，包括巴西安納斯是如何被塔摩拉的兩個兒子殺害的；這兩個禽獸又是如何玷汙拉維妮婭，並砍下她的雙手，割下她的舌頭；他又是如何陷害路西斯的哥哥，把殺死巴西安納斯的罪嫁禍給他們；他還設計欺騙了年邁的泰特斯砍下自己的手，卻只換得兩個兒子被砍下的頭……路西斯聽完，要士兵馬上將艾倫從絞架上押下來——因為他不想讓這個作惡多端的壞蛋如此痛快地死去。

羅馬皇帝的使者在這時抵達了，他邀請路西斯到泰特斯的家中與皇帝談判，路西斯心繫父親的安危，只好先答應了使者。

另一方面，塔摩拉穿上了奇裝異服，與她的兩個兒子來到了泰特斯家門口，打算誘騙神智不清的泰特斯，把他的兒子路西斯召回來。她對泰特斯說：「我不是你的仇敵塔摩拉，而是復仇的女神，只要你能歡迎我進入你的家，我就會幫你把任何殺人的凶手都找出來，使他們心驚膽裂！」

泰特斯也裝出痴呆的樣子，假裝相信了皇后。他把皇后與兩個兒子迎進屋內，然後請馬克斯去城外找路西斯。皇后眼見計謀成功，正要離開時，泰特斯卻忽然說，希望她把兩個兒子留在屋裡陪他。

當皇后走了之後，埋伏在暗處的泰特斯的部下忽然衝出來，把契倫和狄米特律斯抓住，兩兄弟急得大喊：「住手！我們是皇后的兒子！」

這時，拉維妮婭用斷臂捧著一個盆子走了過來，泰特斯也拔出他的刀。他當著這對兄弟的面歷數了他們的罪行，之後就用刀子割開了他們的咽喉，拉維妮婭則用手中的盆子接住他們噴出的血。接著，泰特斯親自下廚，他要把這對兄弟的血與肉作成餡餅，讓他們的母親吃下肚裡。

路西斯在叔父馬克斯的引領下回到泰特斯的家。就在同時，羅馬皇帝薩特尼納斯與他的皇后塔摩拉也到了，他們一進屋，就看見泰特斯與他的家人正穿著廚師的衣服，皇帝覺得很奇怪，問他為什麼要打扮成這個樣子。

「為了確保萬無一失，所以我親自下廚調理一切。」

泰特斯將做好的餡餅呈給皇帝和皇后吃，接著他問皇帝，曾經有一個羅馬人，當他知道自己的女兒被玷汙後，為了不讓她繼續活在世上受辱，於是親手把女兒殺了。他問皇帝，這麼做到底是對還是錯？

薩特尼納斯說這麼做是對的，泰特斯聽了之後，立刻拿刀把拉維妮婭殺了。皇帝嚇了一跳，問他為什麼殺死自己的女兒，泰特斯說，因為拉維妮婭也像那名羅馬人的女兒一樣，被人玷汙了！

皇帝又問他，是誰玷汙了拉維妮婭，泰特斯這時才說出，凶手正是塔摩拉的兩個兒子——狄米特律斯和契倫。薩特尼納斯要他立刻把這兩對兄弟抓來見他，但泰特斯忽然大笑著說道：

「嘿！他們就在這個盤子裡，那烘烤在餡餅裡的就是他們的血肉！他們的母親剛才吃得津津有味的東西，就是她親生的兒子！」

說著，他發狂似地舉起了手中的刀，當場殺死了塔摩拉。薩特尼納斯見狀大怒，也拿劍刺死了泰特斯，路西斯為了替父親報仇，又殺死了皇帝。就這樣，無論是好人還是壞人，頓時都喪命在屋內。

之後，路西斯向人民宣布了塔摩拉的兩個兒子的罪行，以及偉大的泰特斯一家蒙受的冤屈。馬克斯也舉起摩爾人艾倫的孩子，公開他與皇后的不倫關係，並指出他才是一切慘劇的罪魁禍首。

羅馬人紛紛高呼：「路西斯萬歲！羅馬的尊嚴的皇帝！」

成為皇帝的路西斯下令，將艾倫的胸部以下的身體埋在土裡，不給讓他食物，直到他活活餓死。將死去的皇帝薩特尼納斯葬在他父皇的墳墓裡，他的父親泰特斯與妹妹拉維妮婭則葬在家墓裡。至於狠毒的塔摩拉，則不准舉行任何的葬禮，也不准任何人為她服喪哀悼，他們將她的屍體丟在曠野中，任由不知憐憫的野獸猛禽啃咬啄食，如同她活著時一般。

2 羅密歐與茱麗葉

有錢的卡帕萊特和蒙特克是維洛那城的兩大家族。他們之間曾發生過一場爭執，後來越吵越厲害，仇恨因此結得非常深，連遠房親戚甚至是兩家的侍從和僕役也都受到牽連。到後來，只要是蒙特克家的人碰到卡帕萊特家的人，他們一定會互相叫囂，有時甚至還會鬧出流血事件。由於這種情形時常發生，嚴重影響了維洛那的安寧。

有一次，老卡帕萊特舉辦了一場盛大的晚宴，邀請許多漂亮的女士和高貴的賓客，維洛那所有的名媛淑女都來了，除了蒙特克家的人以外，任何來賓都受到熱烈的歡迎。

老蒙特克先生的兒子羅密歐愛慕的女孩羅瑟琳也參加了這場宴會，由於蒙特克家的人出現在這個宴會上是非常危險的，因此羅密歐的朋友班伏里奧要他戴上面具去參加宴會。

班伏里奧說，羅瑟琳並不美，只要把她拿來和維洛那出色的美女們相比，羅密歐就會覺得他心目中的天鵝不過是一隻烏鴉罷了。不過，羅密歐毫不相信班伏里奧的話，為了看羅瑟琳，他堅持要去這場宴會。羅密歐是個真摯多情的人，他為了愛情睡不著覺，一個人在遠處痴心地想念著羅瑟琳。可是羅瑟琳對他沒什麼好感，從來不顯露一點點情感來回應他的愛。班伏里奧想讓他的朋友見識一下其他女人，企圖醫治好他對羅瑟琳的痴情。

於是，年輕的羅密歐、班伏里奧和他們的朋友墨古修，都戴上面具去參加卡帕萊特家的宴會。老卡帕萊特不疑有他，對他們說了些歡迎的話，並告訴他們，只要女孩們的腳趾沒受傷，大家都願意跟他們一起跳舞。這名老人的心情非常輕鬆愉悅，他說自己年輕時也戴過面具，還能低聲在女孩的旁邊說東道西呢！

於是，他們也跟著賓客跳起舞來了。忽然間，羅密歐被正在跳舞的一位女孩所吸引，他覺得燈光好像因為她的緣故，而變得更明亮了，她的美貌像一顆貴重的寶石，在夜晚特別燦爛！這樣的美女實在是太罕見了，美得令人簡直不敢直視！她的美貌和才藝遠遠勝過跟她在一起的其他女孩們，就像一隻雪白的鴿子與烏鴉結群一樣。

當羅密歐這樣讚美著她時，竟被卡帕萊特的侄子提伯特聽見了，他認出這正是羅密歐的聲音。提伯特的脾氣非常暴躁易怒，他無法容忍蒙特克家的人居然敢戴著面具混進來，在他們這個隆重的場合大肆胡鬧。於是，他狂暴地發起脾氣，大聲叫囂著，恨不得當場把年輕的羅密歐殺死。

但是老卡帕萊特認為，主人對所有賓客都應該表示尊重。而且，羅密歐的舉止很正派，全維洛那城的人都誇讚他是位品行好、有教養的青年，所以不願讓提伯特當場傷害他。提伯特不得已，只好先捺住性子，可是他仍暗自發誓，總有一天要對這個卑鄙的闖入者進行報復。

舞曲結束了，羅密歐的視線還一直在那位女孩的身上游移，由於臉被面具遮著，他的放肆彷彿得到了一些諒解。羅密歐壯起膽子，溫柔地握了握她的手，並把她當成聖人般對她說道，既然他褻瀆地碰了它，作為一個羞怯的朝聖者，他想吻它一下，好替自己贖罪。

「好個朝聖者！」女孩說，「你朝拜得太過殷勤、隆重了吧！聖人有手，可是朝聖者只許摸，不許吻！」

「聖人有嘴唇，朝聖者不是也有嘴唇嗎？」羅密歐說。

「是啊！」女孩說，「但他們的嘴唇是用來祈禱的。」

「哦？那麼我親愛的聖人，」羅密歐說，「請你傾聽我的祈禱，答應我吧！不然我會失望的！」

兩人正說著這種曖昧的情話時，女孩的母親把她叫走了。之後，羅密歐稍一打聽，很輕易地得知這位標緻的女孩原來是蒙特克家的大仇人——卡帕萊特的女兒茱麗葉。他竟然在無意中愛上了自己的仇人，這件事使他感到苦惱，然而卻無法使他放棄那份愛情。

而當茱麗葉發覺跟她談話的人是蒙特克家的羅密歐時，她也同樣感到不安，因為她也愛上了羅密歐，就像他愛上她一樣。茱麗葉覺得這份愛情非常不可思議，她已經愛上了她的仇人，而她的心卻又必須承受家庭所帶給她的壓力，這讓她內心矛盾不已。

到了半夜，羅密歐和他的同伴離開了，可是沒過多久他們卻找不到他，因為羅密歐已經把他的心留在茱麗葉的家裡了！他捨不得離開，於是從茱麗葉住的屋子後面翻牆跳進去，在那裡默默地想著剛剛發生的戀情。

不多時，茱麗葉出現在頭頂上的窗口，她那迷人的外貌就像東升的太陽般放出光影；映在果園上空的黯淡月色，在這輪旭日的燦爛光輝下，看起來顯得憔悴蒼白而且滿懷憂愁。

茱麗葉用手托著香腮，羅密歐熱切地希望自己就是她手上的一隻手套，這樣他就能觸摸到她的臉了。茱麗葉以為附近沒有其他的人，於是深深地嘆了口氣，然後說了聲：「啊！」

羅密歐聽到她說話，頓時狂喜了起來，他用輕得令人聽不見的聲音說道：「啊！光明的天使，再說點兒什麼吧！因為妳在我的上方出現，正像一個從天上降臨人間的使者，凡人只能仰起頭來瞻望。」

茱麗葉並未意識到有人正在偷聽她說話，她心裡充滿了因為晚上的奇遇所引發的柔情，仍然不停呼喚著情人的名字。

「啊！羅密歐，羅密歐！」她說，「你在哪兒？羅密歐，為了我，別認你的父親了，拋棄你的姓氏吧！要是你不肯的話，只要你發誓永遠愛我，我將不再姓卡帕萊特了！」

羅密歐受到這番話的鼓舞，非常想出聲跟她說話，可是他又想再多聽一些。那位女孩繼續熱情地自言自語，她仍然怪羅密歐不該叫羅密歐，不該是蒙特克家的人，但願他姓別的姓，或者把那可恨的姓丟掉。那個姓並不是他本身的任何一部分，只要丟掉它就可以得到她的一切了。

羅密歐聽到如此纏綿的話，再也按捺不住了，彷彿她剛才是直接對著他說話般，他也接著說道，他要她把他叫做「愛」，或者隨便什麼名字，如果她不喜歡羅密歐這個名字的話，他就不再叫羅密歐了！

茱麗葉聽到花園裡有男人的聲音，大吃一驚。最初她不曉得是誰，竟趁著深更半夜躲在黑暗裡偷聽她的秘密。可是情人的耳朵總是厲害得很，當他再次開口，她馬上認出那正是年輕的羅密歐。她告訴羅密歐，爬牆進來是件危險的事，萬一被她家裡的人發現他是蒙特克家的人，一定會小命不保！

「唉！」羅密歐說，「妳的眼睛比他們的二十把劍還要厲害。妳只需要對我溫柔地望上一眼，我就不怕他們的仇恨了。我寧可死在他們的仇恨下，也不願意延長這可恨的生命卻得不到妳的愛。」

「你是怎麼到這兒來的？」茱麗葉問，「誰指引你來的？」

「是愛情指引我的！」羅密歐回答說，「哪怕妳身在天涯海角，為了妳，我也會冒著風險去找妳。」

茱麗葉想到自己竟在無意中讓羅密歐知道對他的愛，臉上不禁泛起了一陣紅暈，不過或許是因為夜色太暗，羅密歐並沒有發現。她很想收回剛才的話，但那是不可能的；她很想依循謹慎淑女的習慣，守著禮法，跟情人保持一定的距離；皺眉頭、耍脾氣，先狠狠地給他幾個釘子碰；心裡明明很喜歡，卻要裝得很冷淡，或是滿不在乎。這樣，情人才會覺得她們不是能輕易得到的，因為一件東西追求起來越是吃力，它的價值就越高。

不過，茱麗葉卻已經不能使用這些吊人胃口的手法，因為在她做夢也沒料到羅密歐會出現的時候，他已經聽到她親口吐露的愛意。她所處的情況跟一般初戀中的女孩不太一樣，於是，她只好坦率地承認他剛才聽到的都是真心話，並且稱呼他俊秀的蒙特克。

茱麗葉希望羅密歐不要因為她輕易地吐露愛意，就覺得她是個輕佻或是不端莊的女孩。如果這是一個錯誤的話，就只能怪今晚的相遇太巧了，她一點都沒料到竟會洩露了自己的心思；她還說，雖然用婦女的禮法來衡量，她的舉止也許不夠矜持，可是比起那些偽裝出來的端莊和矯揉造作的靦腆，她要真實多了。

羅密歐正要開口對天發誓，說他絕不會認為她有一絲一毫不體面的地方，茱麗葉趕緊把他攔住，求他不要發誓。因為儘管她很喜歡羅密歐，可是卻不想在當天晚上就交換誓言，那樣做也未免太倉促、輕率，也太突兀了。

可是，羅密歐還是急著想跟她交換愛情的盟誓。茱麗葉說，在他還沒要求她發誓前，她就已經對他發過了——也就是他已經偷聽到她傾吐的話了。可是現在她要把已經發過的誓再收回來，因為那樣才能好好享受重新對他發誓的快樂，因為她的愛情像大海一樣沒有邊際，她的愛也像大海一樣深。

兩個人還在情話綿綿時，茱麗葉忽然被她的奶媽叫去了，原來天已經快亮，跟她一起睡的奶媽覺得她該休息了。之後，她又急急忙忙地跑回來，跟羅密歐說了三、四句話。她說：如果羅密歐真心愛她，想要娶她，那麼明天她會派一個人去見他，約好結婚的時間，她要把自己的命運託付給他，嫁給他為妻，陪他到海角天涯。

兩人正在商量這件事的時候，奶媽又不斷地喊著茱麗葉，她只好進去了一下，又再出來，又進去，又出來；因為她捨不得讓羅密歐走開，就像一個年輕女孩捨不得放走她的鳥兒一樣，她讓牠從手掌心跳出去一點兒，又用絲線把牠拉回來。羅密歐也捨不得離開她，因為在情人的耳裡，最甜蜜的音樂就是他們在深夜裡互相傾吐的話語。可是他們最後還是必須分開了，並彼此祝福著那晚能夠睡得香甜、睡得安寧。

他們分手時已經天亮了，羅密歐一心想著他的情人和他們那場幸福的幽會。他不想睡覺，也沒有回家，而是繞到附近的修道院找勞倫斯神父。這位虔誠的神父已經起床禱告過了，他看到年輕的羅密歐這麼早就過來，就猜出一定是有什麼戀愛的煩惱讓他闔不上眼，他一定整夜沒睡了！

神父推測羅密歐沒睡覺的原因是愛情，這完全猜對了，可是他卻猜錯了愛的對象——他以為羅密歐的對象是羅瑟琳。可是當羅密歐告訴勞倫斯神父自己愛上了茱麗葉，並且請神父替他們主持婚禮時，聖潔的神父抬起頭，舉起手來，對羅密歐情感的突然變化感到驚奇，因為羅密歐對羅瑟琳的愛，和他屢次埋怨羅瑟琳看不起他的事情，神父全都一清二楚。

神父說，年輕人並沒有真正把愛放在心裡，而只有放在眼睛裡。可是羅密歐卻說，神父不也常常責備他，不該對不愛他的羅瑟琳那麼痴情嗎？如今，他愛上了茱麗葉，而茱麗葉也愛他。

神父同意了他的一部分理由，同時也心想，也許可以藉由茱麗葉與羅密歐的戀情，消解卡帕萊特跟蒙特克兩家多年來的冤仇。這位神父跟兩家人都很要好，時常想替他們調解，卻一直沒有成功，對於這件事，再也沒有人比神父更覺得惋惜的了。為了達到這個目的，也為了年輕的羅密歐，神父答應替他們倆主持婚禮。

此時的羅密歐感到幸福極了！茱麗葉也依約派人過來，她透過這名傳話者了解羅密歐的心意後，就趕到了勞倫斯神父的密室，兩人在那裡舉行神聖的婚禮。神父祈禱上天祝福這段姻緣，並希望藉著年輕的蒙特克與卡帕萊特的結合，能消弭兩個家族昔日的恩怨和長期的不和。

婚禮完畢後，茱麗葉趕緊回家去，焦急地盼著黑夜來臨，羅密歐答應天一黑就到昨晚兩人見面的果園去跟她相會。這段時間對她來說真是難熬啊！就像滿心期盼大節日前夕的孩子，雖然做了新衣裳，可是非得等到第二天早晨才能穿一樣。

大約中午時，羅密歐的朋友班伏里奧和墨古修走在維洛那城的街上，碰到了卡帕萊特家的一群人，走在前頭的是性情暴躁的提伯特，也就是在老卡帕萊特的宴會差點與羅密歐打起來的提伯特。他看到墨古修時，立刻粗魯地指責他不該跟蒙特克家的羅密歐來往。

墨古修也跟提伯特一樣血氣方剛、性情暴烈，他對這個指責回答得有些尖刻。雖然班伏里奧極力勸解，想平息他們的怒氣，但兩人還是很快吵了起來。這時，羅密歐剛好從那裡經過，於是，凶悍的提伯特拋下墨古修，轉身去找羅密歐的碴，並且用「惡棍」這樣侮蔑的話辱罵他。

羅密歐盡可能避免跟提伯特起衝突，因為提伯特是茱麗葉的親戚，茱麗葉也很愛他。再說，年輕的羅密歐為人聰明溫和，從來沒有參與過家族間的爭吵，而且卡帕萊特是他最愛的茱麗葉的姓氏，與其說它是引起憤怒的暗號，倒不如說是消解仇恨的靈符。所以他努力跟提伯特講理，還和藹地稱他為「好卡帕萊特」。可是，提伯特對蒙特克家的所有人恨之入骨，怎麼也講不聽，一下子就把劍拔了出來。

墨古修不明白羅密歐想跟提伯特和好的真正原因，只是把他的這種容忍視為軟弱、屈服，於是又用了許多輕蔑的話挑釁提伯特，以繼續剛才的爭吵。就這樣，提伯特和墨古修打了起來，正當羅密歐和班伏里奧努力地想把兩人分開時，墨古修卻遭受致命的一擊，隨即倒臥在血泊裡。

看見墨古修一死，羅密歐再也無法容忍，他用提伯特剛才用來罵他的「惡棍」一詞拿來回罵提伯特，然後兩人也開始決鬥，最後，羅密歐把提伯特殺死了。

這件可怕的意外發生在中午時分的維洛那市中心，當消息一傳出去後，一群人很快就趕到了出事地點，其中也包括了老卡帕萊特夫婦和老蒙特克夫婦。不久之後，親王也到場了，由於他和墨古修是親戚，而且卡帕萊特和蒙特克兩家的爭吵時常擾亂城裡的安寧，他決心要查出殺人真凶嚴加懲辦。

班伏里奧是親眼目睹這場格鬥的人，親王命令他說明事情的經過，他只好在盡可能不連累羅密歐的情形下說出實情，並盡力替他的朋友開脫。提伯特被殺，讓卡帕萊特夫人非常痛心，發誓無論如何也要報復，並要求親王嚴懲凶手，不要理會班伏里奧的話，因為他既是羅密歐的朋友，又是蒙特克家的人，說話一定有所偏袒。她就這樣告了羅密歐一狀，絲毫不知他早已成為她的女婿和女兒茱麗葉的丈夫了。

另一方面，蒙特克夫人則拚命懇求親王饒了她孩子的命，她義正辭嚴地提出反駁，說儘管羅密歐殺了提伯特，可是他不應該受到處分，因為是提伯特先殺了墨古修，他自己已經先犯了法！親王沒有被這兩個女人激動的喊叫所影響，他仔細地調查凶案事實，然後宣布了他的判決：根據判決，羅密歐必須被放逐出維洛那。

對年輕的茱麗葉來說，這是個很悲慘的消息，她才成為新娘子幾個鐘頭，但如今，這道命令卻彷彿判決她作一名永遠的棄婦。

當這個消息傳到她耳裡的時候，起初她很生羅密歐的氣，因為他竟殺了自己親愛的堂兄！她用「俊秀的暴君」、「天使般的魔鬼」、「像烏鴉的鴿子」、「像豺狼的羔羊」、「花一樣的臉蛋埋藏著一顆蛇蠍的心」這一類互相矛盾的字眼來稱呼羅密歐，在愛與恨之間掙扎著。可是最後還是愛情佔了上風，她最初為了堂兄的死流出的傷心淚，後來卻變成了快樂的淚水，因為她的丈夫本來可能被提伯特殺死的，如今卻還活著。接著，她又流起淚來了，因為羅密歐即將被放逐，對她來說，聽到羅密歐被放逐要比聽到死了好幾個提伯特還可怕！

在決鬥發生以後，羅密歐一直躲在勞倫斯神父的密室裡，這時候他聽到了親王的判決，對他來說，放逐比死刑要可怕多了！羅密歐知道維洛那的城牆外不是他想要的世界，要是看不見茱麗葉，他根本活不下去！茱麗葉在的地方才是天堂，除此之外全是酷刑和煉獄。

那位好神父本想用哲理來安慰他，可是這個瘋狂的青年什麼也聽不進去。他像瘋子一樣猛揪自己

的頭髮，整個人趴在地上，說是要量一量墓穴的尺寸。

當羅密歐正感到痛不欲生，他親愛的妻子茱麗葉忽然派人送信來了，這讓他的情緒稍微恢復了平靜。神父趁機規勸他，說他剛才的表現實在是太軟弱了，他已經殺了提伯特，難道還要再殺了自己、殺了跟他相依為命的妻子嗎？

神父還說，人若是只有外表高貴，而心裡卻沒有堅定的勇氣，那就只不過是個蠟人罷了。法律對他已經十分寬大，他犯的本來是死罪，親王卻只判了他流刑；本來提伯特想殺死他，自己卻反而被他殺了；這件事本身就是一種僥倖。再說，茱麗葉仍然好好地活著，並且成了他的妻子，在這一點上他是無比幸福的。羅密歐聽了神父的話後，仍像一個任性的孩子一樣理都不理。神父不得不要他當心，自暴自棄的人是不會有好下場的！

等羅密歐稍稍平靜了一些，神父勸他當晚偷偷去跟茱麗葉告別，然後馬上到曼多亞去，在那裡先住一陣子，直到神父找到適當的機會向大家宣布他跟茱麗葉的婚姻，這個喜訊也許可以使兩家和解，那時候他也一定可以求得親王的赦免。雖然現在必須傷心地離開，但到時他就可以歡天喜地回到維洛那來了。

羅密歐被神父這些賢明的勸告說服了，就向他告辭去探視茱麗葉，打算與她共度最後一晚，等天亮後就獨自動身前往曼多亞。那位好神父還答應會時常寫信給他，讓他知曉家裡的情況。

那天晚上，羅密歐從果園偷偷爬進茱麗葉的房間，跟他親愛的妻子過了一夜。那是充滿快樂和狂歡的一夜，可是一想到兩人馬上就得分別，還有前一天種種不幸的遭遇，他們那一晚的歡樂又被悲哀的心情沖淡了。

不受歡迎的黎明彷彿來得特別快，當茱麗葉聽到早晨雲雀的歌聲時，還努力地想讓自己相信那是晚上唱歌的夜鶯呢！只不過，那的確是雲雀，而且歌聲聽起來很不和諧、非常刺耳；同時，東方的曙光也不斷地催促這對情人該分別了。

於是，羅密歐懷著一顆沉重的心跟親愛的妻子分手了，他答應到曼多亞之後一定會隨時寫信給她。羅密歐從她房間的窗口爬下來，站在地上抬頭望著她；茱麗葉也懷著悲傷、不安的心情。在她看來，他彷彿是墳坑上的一具屍首，羅密歐對茱麗葉也有同樣的錯覺。不過他現在必須趕緊離開，如果天亮以後他被人發現還留在維洛那城裡，就會被處死刑。

然而，這只是這一對不幸戀人的悲慘開始。羅密歐才離開幾天，老卡帕萊特就為茱麗葉找了一門親事，他做夢也沒有料到女兒早已私下結了婚。他替她挑選的對象是帕里斯伯爵，他是一位年輕英俊的高貴紳士，如果年輕的茱麗葉沒遇到羅密歐的話，他的確也是個配得上她的人。

擔驚受怕的茱麗葉聽到父親的話後，困惑苦惱極了。她央求父親，說她年紀還輕，不適合結婚；而且最近提伯特的死也讓她提不起精神來，她無法用笑臉去迎接別人，況且在喪事剛結束就立刻舉行婚禮，也未免太不成體統了！她想出一切可能的理由來反對這門親事，唯獨沒有說出真正的理由：她已經結婚了。

老卡帕萊特對女兒提出的這些理由都不予理睬，他很堅決地要她準備好，在下星期四嫁給帕里斯。他替茱麗葉找到了這麼年輕又富有的高貴丈夫，一心以為就算是維洛那城裡最驕傲的女孩，也會心甘情願地接受帕里斯的，因此，卡帕萊特把茱麗葉的拒絕看作是少女的羞澀，他不能聽任女兒這樣阻礙自己的大好前途。

在這種極端絕望的情況下，茱麗葉只好去請求勞倫斯神父幫忙，當她遇到困難時神父總是最佳的顧問。神父問她，有沒有決心採取一個迫不得已的辦法。茱麗葉堅定地說道，自己寧可讓人把她埋了，也不能在她的丈夫還活著時嫁給帕里斯。於是，神父要她先回家，裝得很高興的樣子，並依照父親的意思答應與帕里斯結婚。

之後，他交給她一小瓶藥水，叫她在第二天晚上，也就是舉行婚禮的前一天晚上，把它吞下去。這樣的話，之後的四十二小時，她看起來就會像是一具僵硬而毫無知覺的屍體。等隔天早晨新郎來接她的時候，會認為她已經死去，那時人們將會依照當地的風俗，將她放在靈車上運走，葬到本族的墓穴裡。要是她能夠克服女人的膽怯，同意這個可怕的嘗試，那麼四十二小時以後她一定會醒過來，就彷彿做了一場夢似的。在她醒過來以前，神父會先把這個計畫告訴她的丈夫羅密歐，叫他在半夜裡趕來，把她帶到曼多亞去。

對羅密歐的愛使得年輕的茱麗葉鼓起勇氣決定進行這一個可怕的嘗試。她從神父手裡接過藥瓶，答應按照他所吩咐的去做。

從修道院回來的路上，茱麗葉遇到年輕的帕里斯伯爵，她裝出害羞的樣子，並且答應嫁給他。對老卡帕萊特夫婦來說，這真是個值得高興的消息！當初茱麗葉拒絕跟伯爵結婚，讓卡帕萊特很不高興，不過現在他看見女兒答應了，又疼愛起她來。全家大小都為即將舉行的婚禮忙碌著，卡帕萊特家花了無數的金錢來布置這次空前隆重的婚禮。

星期三晚上，茱麗葉把藥喝下去了。雖然一開始她有很多顧慮，擔心神父為逃避為主持她與羅密歐結婚的責任，要她吃下真的毒藥——儘管大家都說他是位聖潔的人；她又擔心羅密歐還沒來時，她就先醒過來了，這樣一來，那個放置著卡帕萊特家的屍骨，以及滿身是血、正裹在屍衣裡腐爛著的提伯特的可怕墓穴，會不會把她嚇得神經錯亂呢？

她又想起以前聽過的一些故事，像是鬼魂如何在放著它們屍體的地方作怪。然而，最後她還是想起自己對羅密歐的愛，以及對帕里斯的厭惡，因此她不顧一切地把藥吞了下去，然後就失去了知覺。

隔天早晨，年輕的帕里斯來了，他想用音樂叫醒他的新娘子。然而，他看到的不是活生生的茱麗葉，而是躺在房內冷冰冰的屍體，這對他的滿腔熱情來說無疑是個極大的打擊。

卡帕萊特家陷入了一片混亂，可憐的帕里斯哀痛著自己的新娘子竟被最可恨的死神帶走了，甚至沒讓他們結合就把他們拆散了；老卡帕萊特夫婦更是哭得死去活來，因為他們就只有這麼一個孩子，這麼一個可憐孝順的孩子，帶給他們快樂和安慰，正當他們即將看見她跟一位有前途、門第又好的青年結婚，從此可以過著幸福快樂的日子時，殘酷的死神卻把她從他們身邊奪走了。

原本為婚禮準備好的一切，頓時成為喪禮所用。婚宴成了悲哀的喪席，婚禮時唱的頌詩改成沉痛的輓歌，輕快的樂音變成憂鬱的喪鐘；本來預備撒在新娘走過路上的鮮花，現在只能用來撒在她的屍體上了；本來預備請來主持婚禮的神父，現在卻得主持她的葬儀了。

茱麗葉果真如預料的被抬進教堂裡，然而，那不是為了給活著的人增添喜悅的希望，而是替死人堆又加上了一名不幸者。

勞倫斯神父派人去通知羅密歐葬禮是假的，茱麗葉的死也是計畫出來的，他可愛的妻子只是在墓穴裡沉睡一會兒，希望羅密歐儘快前來，把她從那個陰森森的密室裡救出去。

可是，壞消息總是比好消息傳得更快。勞倫斯神父派去的人還沒到達，羅密歐在曼多亞就先聽聞了茱麗葉的死訊。

在這之前，羅密歐原本覺得非常輕鬆愉快，因為就在前一晚，他夢見自己死了，當茱麗葉趕到時看到他死了，就一直吻他，把生命的芬芳吐進他的嘴裡，他才又活了過來，並且成為一個皇帝！沒想到，就在這時，有人從維洛那城裡送信來了，他想這一定是來證實他夢見的好兆頭。

可是事情竟然跟他夢見的恰巧相反，死去的其實是他的妻子，而他再也無法讓她復活了。於是，他要僕人立刻為他備馬，決定在當天晚上趕回維洛那，到茱麗葉的墳前看她。

人在絕望時，總是會想出一些傻念頭，他想起曼多亞有一個可憐的藥劑師，他最近還從他的店門前走過。那個人窮得像個乞丐，面黃肌瘦，他那骯髒的貨架上陳列著一排空盒子，店裡顯得很寒傖，這些跡象都說明了他的貧困。羅密歐當時看到曾說：「根據曼多亞的法律，賣毒藥的人會被判處死刑。但如果有人需要毒藥的話，這兒有個可憐蟲一定會賣給他。」

現在，他又想起自己曾說過的這句話。他很快找到那個藥劑師，對方一開始裝得猶豫不決，直到羅密歐掏出黃金後，貧窮才不允許他再抵抗了。他賣給羅密歐一瓶毒藥，只要吃了這瓶藥，哪怕他有二十個人的力氣，也會一下子就死掉。羅密歐帶著藥回到維洛那去，準備到墓穴裡見他親愛的妻子，並在那時吞下毒藥，永遠地躺在她的身邊。

他在半夜時分抵達維洛那，找到了教堂的墓地，正中央就是卡帕萊特家古老的墓園。他準備了火把、鏟子和鐵鉗，正要撬開墓門時，一個聲音打斷了他，那個人叫他「卑鄙的蒙特克」，要他馬上住手，不許再做這種犯法的事。

原來，說話的人是年輕的帕里斯伯爵，他剛好也在這個時候來到茱麗葉墓前，想替她撒些鮮花，在這個本來應該成為他新娘的人墳上大哭一場。他不曉得羅密歐跟茱麗葉的關係，只知道他是蒙特克家的人，是卡帕萊特家的死對頭。他猜想，羅密歐在三更半夜跑來，一定是存心來侮辱屍體。因此，帕里斯氣沖沖地喝令他住手，並且說羅密歐是已經被判刑的罪犯，進了城必須被處死，自己非把他抓起來不可。

羅密歐勸帕里斯離開，否則將會落得跟埋在墓中的提伯特一樣下場。他還警告帕里斯不要惹他，逼他痛下殺手，再犯一次罪。然而，帕里斯伯爵不理會他的警告，動手要抓住這個重罪犯。羅密歐為了掙脫，便與帕里斯打了起來。

最後，帕里斯也倒下了，羅密歐藉著燈光看清楚自己殺死的人是誰，赫然發現是本來打算迎娶茱麗葉的帕里斯，就一把拉起他的手，準備把帕里斯葬在勝利者的墳墓裡，也就是茱麗葉的。

他打開了墳墓，裡面躺著他的愛妻茱麗葉，她仍舊是那樣地艷麗動人，死神好像一點也沒有改變她的容貌和膚色，彷彿祂也愛上了她，才故意把她保存下來供他欣賞。

茱麗葉的旁邊躺著提伯特，羅密歐看見後也向他的屍體道歉，因為茱麗葉的緣故，他也稱呼他為「堂兄」。他說，自己馬上就要做一件事，那就是把提伯特的仇人殺死！

這時，羅密歐吻了吻妻子的嘴唇，跟它們訣別，他已準備好從疲乏的身上卸下這厄運沉重的負擔，於是一口把藥劑師賣給他的毒藥吞下去了。

羅密歐的這劑藥是貨真價實的毒藥，跟茱麗葉服的假毒藥完全不同，她的藥效不久之後就會解除，到了那時，她將會甦醒過來，抱怨羅密歐不守時，或者應該說：他來得太早了。

終於，神父預計茱麗葉甦醒的時間到了，他聽說自己派到曼多亞送信的人不幸在路上耽擱了，以至於沒把信送到羅密歐手裡，就急忙親自帶著鋤頭和燈火連夜趕來，準備先把關在這裡的茱麗葉救出來。

可是，當他看到卡帕萊特家的墳墓裡已經點上了火把，附近遺留著劍和血跡，又看到羅密歐和帕里斯倒在墳墓旁邊，兩人都已經沒有了鼻息時，不禁大吃一驚。

神父還來不及想懂這件不幸的意外究竟是怎樣發生的，茱麗葉就從昏迷中醒了過來。她看到神父在旁邊，才恍然想起自己身處何地，為了什麼來到這裡。她問起羅密歐的事，可是神父已經聽到外面傳來的聲音，趕緊叫她先離開這裡，因為一種無法理解的力量已經破壞了他們的計畫。

神父聽到有人走近，他出於害怕，一溜煙地跑出了墳墓。可是茱麗葉看到她那忠實的情人手裡拿著藥瓶，就猜出他服毒而死。要是瓶子裡還剩些毒藥的話，她一定也會把它吞下去的，她吻了吻他那仍然留有餘溫的嘴唇，希望舔到一些殘餘的毒液，但是她的期待落空了。聽到人聲越來越近，茱麗葉拔出了身邊佩帶的一把短劍，刺進自己的心臟，就這樣倒在她的羅密歐身旁。

這時，守墓人來到了這裡。原來，帕里斯伯爵的僕人看到主人正在跟羅密歐格鬥，馬上跑去找人來幫忙。因此消息很快就傳遍了全城，市民在維洛那的街道上跑來跑去，大家聽到的謠言都是片斷的。有的人喊：「帕里斯！」有的人喊：「羅密歐！」有的人則喊：「茱麗葉！」吵嚷的人聲終於讓蒙特克和卡帕萊特從睡夢中驚醒，和親王一道來查看動亂的原因。

神父已經被守墓人抓到了，他正從墓地裡走出來，渾身發抖。他一邊嘆氣，又一邊流著淚，形跡十分可疑。卡帕萊特家的墳墓外早已擠得人山人海，親王問起神父這件既離奇又悲慘的事，命令他把知道的一切情形說出來。

就這樣，神父當著老蒙特克和老卡帕萊特的面，把他們兩家兒女這場不幸的婚姻一五一十地講了出來，他還說出他是如何促成他們的婚姻，希望藉著這個結合消弭兩家多年來的冤仇。他指出死在墓裡的羅密歐是茱麗葉親愛的丈夫，而死在那裡的茱麗葉是羅密歐忠實的妻子，可是他還來不及找到一個合適的機會來宣布兩人的婚姻，就有人向茱麗葉提親了，為了避免犯下重婚罪，茱麗葉按照他的指示服下了安眠藥，讓大家都認為她死了。同時，他又寫信給羅密歐，要他趕來，等藥效退去後再把她帶走。沒想到信差卻誤了事，使羅密歐一直沒接到信。之後的事神父也不知道了，他只曉得自己親自跑來，打算先把茱麗葉從這個地方救出去，可是卻看到帕里斯和羅密歐雙雙死在現場。

羅密歐的僕人補充了剩下的細節：忠實的情人羅密歐曾經把寫給他父親的信交給這個僕人，囑咐僕人說，如果他死了，就替他把信轉交給他的父親。這封信證實了神父說的話——他坦承自己已跟茱麗葉結了婚，要求他的父母饒恕他；也提到他從那個可憐的藥劑師手裡買到毒藥，而他回來這裡就是為了尋死，好跟茱麗葉永遠長眠。

由於所有的情節都十分吻合，神父的嫌疑因此洗清了，事實證明他原是一番好意，只是他想出的辦法太荒唐了，才在無意之中闖下了禍。親王轉過身來，責備老蒙特克和老卡帕萊特彼此不該懷著這種既野蠻又沒理性的仇恨，他們已經觸犯天怒，讓上天甚至藉著他們子女的不幸戀情，來懲罰他們的冤仇。

這兩個冤家至此才終於同意盡釋前嫌，把多年來的所有不愉快都埋葬在子女的墳墓裡，不再視對方為敵。卡帕萊特請求蒙特克跟他握手言和，好像已經承認兩家的姻親關係，他請求蒙特克把手伸出來，就算是看在他女兒的份上！

可是，蒙特克卻說他願意再給她多一些面子，他要用純金替茱麗葉鑄一座人像，只要維洛那還存在一天，那一座雕像就會像真誠的茱麗葉般輝煌精緻；卡帕萊特也表示要替羅密歐鑄一座雕像。

這兩位可憐的老人家一直到事情無可挽救時，才爭著對彼此表示好感。在他們的兒女經歷了如此可怕的毀滅之後，這兩個貴族家庭才終於消除了彼此間根深蒂固的仇恨。

3 凱撒大帝

羅馬將軍尤利烏斯·凱撒擊敗了他的敵人龐培，當他凱旋回到羅馬時，受到所有民眾的夾道歡迎，在一片歡呼聲中，凱撒的親信安東尼向他獻上了一頂王冠，暗示要凱撒登基做皇帝。雖然凱撒非常想接受這次推舉，但為了不讓民眾看出他的野心，他回絕了安東尼的要求。民眾都為了凱撒的謙恭高聲歡呼。然而，安東尼仍然不死心，又將王冠獻上一次，但凱撒還是拒絕了。安東尼接連獻上三次，凱撒都沒有點頭，他每拒絕一次，圍觀的群眾就大聲歡呼一次，每一次都比前一次更為熱烈。

雖然凱撒很想做羅馬皇帝，卻不得不三次拒絕這頂王冠，他一氣之下，竟然口吐白沫，當場暈了過去。這次事件讓歡樂的凱旋儀式蒙上了一層陰影，還有一名預言者警告凱撒，要他「當心三月十五日」！之後，凱撒一直悶悶不樂，他還下令剝奪了兩位護民官的發言權，因為這兩個人公然將彩帶從他的雕像上扯下。

就在此時，一群貴族害怕凱撒的野心日益擴大，他們擔心凱撒總有一天會登基為皇帝，於是私底下聚集在一起，密謀推翻凱撒。這群人之中的首腦名叫卡西烏斯，他首先找到了凱撒的另一名親信布魯托斯，向他說道：「我近來留心觀察你的態度，我發現你的眼光中已經沒有從前那樣的溫情和友愛；你對愛你的朋友太冷淡而疏遠了，這是為什麼呢？」

布魯托斯回答：「唉，我近來為矛盾的情緒所苦，某種不可告人的隱憂使我在行為上或許有些反常之處，卡西烏斯，作為一位好朋友，請不要因此見怪啊！」

卡西烏斯說道：「我曾經聽見羅馬那些最有名望的人——除了凱撒之外，他們提到了你，都希望高貴的布魯托斯能夠睜開他的眼睛。」

布魯托斯嚇了一跳，他聽出卡西烏斯的話似乎有弦外之音，質問他這句話是什麼意思，卡西烏斯問道：「你贊成人民推舉凱撒做他們的王嗎？」

布魯托斯說：「我不贊成，雖然我很敬愛他。」

於是，卡西烏斯講出了各種詆毀凱撒的言語，他說，凱撒有一次曾與他打賭，要在狂風暴雨中跳進台伯河的怒浪中，結果卻自己溺水，還呼喊卡西烏斯救他一命；還有一次，凱撒在西班牙得了熱病，他渾身顫抖著，像個女人一般哀求別人給他水喝。這樣軟弱的人，竟然能站在萬人之上，實在令他大感意外。

布魯托斯明白卡西烏斯慫恿他推翻凱撒，但他還是說：「我現在還不願意作進一步的計畫或行動，但我會仔細考慮你說的話。要是你還有什麼話想對我說的話，我也願意洗耳恭聽。」

最後，他更發誓「布魯托斯寧願做一個鄉下的賤民，也不願在這種將要加在我們身上的恥辱之下，自命為羅馬的兒子。」卡西烏斯知道布魯托斯的想法已經被自己的一席話動搖了，心中不禁竊喜。接著，他又找到了一位叫卡斯卡的人，這個人也是凱撒的部下之一。

這一天風雨交加，卡斯卡正為了最近遇到的幾件怪事心慌不已。有一次，他遇見了一名奴隸，他的左手被烈火燃燒著，但卻一點都不覺得疼痛，也沒有灼燒的傷痕；之後，卡斯卡又在荒野遇到一頭獅子，但獅子沒有撲過來，只是斜睨著他，一臉憤怒地走了過去；接著，又有一百個女人驚嚇地對他說，有一個渾身發著火焰的男人在街上走來走去；他還聽到夜梟在市場上發出淒厲的叫聲。各種異象彷彿上天在預示些什麼，讓卡斯卡坐立難安。

卡西烏斯聽了卡斯卡述說他的遭遇後，說道：「唉！要是你仔細思考這一切的原因，就會明白上天是要藉著這些異象，警告人們預防即將到來的一場巨變！卡斯卡，我可以跟你提起一個人的名字，他就像這個可怕的夜晚一樣，叱吒雷電。雖然他的能力並不比你我來得強，可是他的勢力已經扶搖直上，變得像這些異兆一樣可怕了！」

卡斯卡警覺起來，問道：「你說的是凱撒，是嗎？」

卡西烏斯說：「是的，雖然羅馬人擁有跟祖先一樣偉大的軀體，但他們卻被母親的靈魂統治著，缺少男子的氣概，如同綿羊一般成就了凱撒這匹狼！明天元老們就要推舉他為王了，他可以君臨海上或陸地的任何地方，但我們絕不能容忍這樣一位暴君統治羅馬！」

卡斯卡回答道：「只要您允許我跟您合作推翻暴政的統治，我願意赴湯蹈火，勇往直前！」

卡西烏斯非常高興，他說自己已經聯絡了好幾名勇敢的義士，要一起幹一件轟轟烈烈的大事，他們約好在元老院會合，打算在那裡下手。這時，一名卡西烏斯的同志來了，卡西烏斯交給他一封信，要這名同志偷偷放在布魯托斯可能看到的地方，他說：「布魯托斯的心裡已經有四分之三向著我們，只要再稍為勸說一下，他就會完全成為我方的人了！」

這時，布魯托斯正在家中，他也在煩惱著是否應該參與謀殺凱撒的計畫，雖然凱撒跟他無怨無仇，但要是凱撒意圖登基的話，他就必須為了大眾的利益，挺身而出阻止他。

接著，他又想起那名預言者說的：「當心三月十五日！」連忙叫僕人去看日曆確認日期。沒過多久，僕人回來了，告訴他三月確實已過了十四天。同時，僕人還拿出一封信，說是在窗口發現的。布魯托斯打開信，上面寫著：

布魯托斯，你在沉睡，醒來瞧瞧你自己吧！難道羅馬將要——說話呀！攻擊呀！拯救呀！布魯托斯，你睡著了，快醒來吧！

「這些人總是把這類煽動的信丟在我的屋子附近，上面寫著『羅馬將要——』到底是什麼意思呢？難道羅馬將要處於獨裁者的威嚴之下嗎？『說話呀！攻擊呀！拯救呀！』他們是在請求我仗義執言，挺身而出嗎？好吧！羅馬，我向你保證，布魯托斯一定會拯救你的！」

就在布魯托斯終於下定決心時，卡西烏斯剛好帶著反對凱撒的同黨上門了，他向布魯托斯介紹了這些同黨，並要大家宣誓殺死凱撒的決心。布魯托斯卻說不需要發誓，因為這一次起義是為了解救人民的苦難，是光明正大的。

有人問道，是不是應該邀請德高望重的元老西塞羅加入他們，卡西烏斯說，西塞羅是個自視甚高的人，絕對不會按照別人的指揮去做的，因此絕不能邀請他。接著，又有人問道：「除了凱撒以外，別的人一個也不要碰嗎？」

卡西烏斯認為，凱撒的心腹安東尼深受他的寵愛，與凱撒有很深的感情，而且詭計多端，應該把他跟著凱撒一起除掉，否則將有可能成為他們一股重大的阻礙，然而，布魯托斯卻嗤之以鼻：「我們是獻祭者，不是屠夫。安東尼只是凱撒的一隻手臂而已，我們沒有必要割下了頭，又去切斷肢體。再說，像安東尼這種喜愛交際和飲宴的放蕩男子，能做的只不過是哀悼罷了。」

這時，傳來了天亮的鐘聲，眾人打算先行離去，臨行前，他們約定八點鐘的時候在元老院會合，準備在那裡刺殺凱撒。

這天晚上，凱撒的妻子凱爾弗妮婭作了一個惡夢，他夢到凱撒的雕像如同一座噴水池一樣渾身流著鮮血，許多健壯的羅馬人歡天喜地地把自己的手浸在血裡。她嚇得在睡夢中之中高喊「教命！他們殺了凱撒了！」

凱撒聽說妻子的這個惡夢，心中不安，命令卜人為他獻祭，向神明詢問他今天的吉凶。過了一陣子，卜人慌張地回報說，當他們剖開獻祭用的牲畜的肚子，打算掏出它的內臟時，竟發現找不到這隻牲畜的心臟。他們認為這是不祥之兆，建議凱撒今天不要外出。

但凱撒說，神明顯示這樣的奇蹟，是要讓怯懦的人知道慚愧。要是他今天因為恐懼而閉門不出的話，就如同那隻沒有心臟的牲畜！然而，他的妻子苦苦哀求他，要他請安東尼代他去元老院，就告訴元老們自己身體不舒服，不想出門。

正當凱撒決定屈服於妻子的請求時，一名叫狄歇斯的人來到他的家。狄歇斯也是密謀陷害凱撒的其中一人，他聽到凱撒決定今天不去元老院，又聽到他的妻子作的惡夢後，對凱撒說道：

「那個夢明明是一個不可多得的吉兆啊！您的雕像噴著鮮血，許多歡歡喜喜的羅馬人把手浸在血裡，這表示偉大的羅馬將要從您的身上吸取復活的新血，許多有地位的人都一窩蜂地來向您爭寵！這才是您的妻子的夢真正的意義。」

凱撒點點頭，狄歇斯又說：「當您聽到我帶來的消息後，就會知道這樣解釋一點都沒錯：元老院已經決定要在今天替偉大的凱撒加冕了！要是您今天不去的話，他們或許會反悔也說不定呢！」

凱撒聽了，急得說道：「唉！凱爾弗妮婭！你的恐懼現在看起來是多麼愚蠢，我差點聽了你的話而錯過大好機會了！」說著，凱撒穿上了袍子，在親信安東尼等人的簇擁下朝元老院而去。

當凱撒來到元老院門口，他遇到之前的那位預言者，忍不住嘲笑他：「三月十五已經來了！」預言者說：「是的，凱撒，但是它還沒有去。」

凱撒還是不理他的勸告，跟著部下一同往大殿內走去。這時，一名叛黨走過來將安東尼支開，免得他破壞了謀殺計畫。凱撒走進元老院後，又有叛黨上前陳情，請求凱撒赦免他被流放在外的兄弟。凱撒不肯，於是卡西烏斯、布魯托斯以及其他叛黨也下跪為這名朋友求情，但凱撒早已鐵了心，不願意收回自己的成命。

「那麼，就讓我的手代替我說話吧！」卡斯卡吼道，然後就拿劍朝凱撒刺了過去，叛黨們也紛紛上前，用手中的劍將凱撒殺死。

偉大的凱撒就這麼死了，他在死前看到了自己一直信任的部下布魯托斯，絕望地說道：「布魯托斯，你也在其中嗎？」叛黨們殺死凱撒後，將他們的手浸在凱撒流出的鮮血中，接著，他們跑上羅馬的街頭，到處向民眾宣布「暴君已死」的消息。

這時，卡西烏斯忽然想起了安東尼，急忙向人打聽他的下落，一名叛黨說，安東尼嚇得躲在屋裡不敢出來，還派出了自己的僕人，要向布魯托斯表示效忠之意，希望布魯托斯能饒他一命。儘管卡西烏斯勸布魯托斯不要答應他，但布魯托斯還是決定放過安東尼，並同意讓他到元老院來見面。

安東尼來到了殿內，見到凱撒的屍首後忍不住痛苦失聲。他向布魯托斯說，希望能允許他把凱撒的屍體搬到市場上去，讓他以一個朋友的身分，在民眾面前為凱撒說幾句哀悼的話。對於這個請求，布魯托斯也答應了，但只有一個條件：他必須在安東尼之前先對民眾發言。

於是，所有人來到了市場，布魯托斯向鼓譟的人民解釋了殺死凱撒的原因，他說：「並不是我不愛凱撒，而是因為我更愛羅馬。」還說凱撒是個野心家，殺死他是為了人民的自由著想，讓羅馬不至於落入獨裁者的手中。

正當民眾對布魯托斯的演講拍手叫好時，安東尼護送著凱撒的遺體來了，他向民眾說：「凱撒曾經帶著許多俘虜回到羅馬來，他們的贖金都繳入了國庫中，這是野心家的行徑嗎？我曾經三次向凱撒獻上王冠，他都拒絕了，這難道是野心嗎？你們過去都曾愛過他，但為什麼現在卻要阻止自己哀悼他呢？唉！你們已經遁入了野獸的心中，失去辨別是非的能力了！」

民眾聽了這一席話，漸漸改變了原來的看法，覺得凱撒死得很冤。這時，安東尼又向人們展示了凱撒的屍體，他一一指出叛黨們在他身上留下的傷口，尤其是布魯托斯在凱撒心口刺的一刀，是殺死他的致命傷。他說，凱撒過去是多麼地愛布魯托斯，但他卻用無情的背叛擊碎了凱撒的心，用致命的一擊奪走了凱撒的性命！

人民憤怒的情緒被挑起了，安東尼趁機拿出凱撒的一封遺囑，遺囑上說，他將要發給每個羅馬市民七十五個德拉克馬（古希臘貨幣），還要把台伯河一側屬於他的庭院、花圃全部送市民，供他們自由使用。人民聽到這裡再也忍不住了，他們開始暴動起來，要向殺死凱撒的凶手尋仇。

布魯托斯、卡西烏斯與其他叛黨狼狽地逃出了城外，他們重新集結了人馬，準備東山再起。而安東尼則與凱撒的養子屋大維聯手，準備徹底消滅他們。

布魯托斯與卡西烏斯將軍隊駐紮在薩狄斯，自從他們被趕出羅馬後，兩人逐漸產生了嫌隙。有一天，卡西烏斯氣沖沖地來找布魯托斯興師問罪，因為布魯托斯懷疑自己的一個朋友收受了薩狄斯人的賄賂，而把他定罪，雖然卡西烏斯曾在事後寫信向他求情，但布魯托斯卻置之不理，讓他氣得大罵布魯托斯心胸狹窄，全然不顧朋友的道義。

但布魯托斯卻反過來指控卡西烏斯貪汙，說他曾因為貪圖黃金，把官爵出賣給無能的有錢人。同時，布魯托斯也責怪卡西烏斯，說自己曾派人向他借一點錢，但卡西烏斯卻拒絕他；卡西烏斯解釋說，這全是傳話人搞錯了他的意思。

不過，兩個人最終還是為了大局著想，重修舊好。布魯托斯這才解釋說，自從他離開羅馬之後，他的妻子因為太過思念他，又擔心安東尼和屋大維的勢力太過強大，竟然心智錯亂，把火吞下肚裡而死。悲痛之下，他才故意激怒卡西烏斯，想藉著卡西烏斯的手殺死自己。

之後，他們開始討論作戰的事宜，布魯托斯想向腓利比一地進攻，但卡西烏斯卻不贊成，他認為應該以逸待勞，等著敵人自己上門，這樣子，當敵人耗費了軍糧，士兵疲累不堪時，他們卻已養精蓄銳，嚴陣以待。

布魯托斯仍然堅持進軍，因為他認為他們的軍隊實力正達到巔峰，進攻的時機已經成熟，應該趁著士氣高昂時勇往直前，給未成氣候的安東尼與屋大維一次重大打擊。最後，卡西烏斯同意了布魯托斯的戰略，他回到自己的軍隊，而布魯托斯也打算休息一下，為了明天將到來的決戰保留體力。

布魯托斯打開了口袋中的書，正要開始讀時，蠟燭的光突然變暗，他轉頭一看，發現一個鬼魂站在自己面前，他嚇得汗毛直豎。

「你是什麼！是神？天使？還是魔鬼？」

「我是你的冤魂，布魯托斯。」

「你來做什麼？」

「我來告訴你，你將在腓利比看見我。」

「好，那麼我們在腓利比再會。」

鬼魂消失了，驚魂未定的布魯托斯連忙叫醒他的僕人，要他們通知卡西烏斯立刻出發。

隔天一早，兩軍在腓利比平原遭遇了。在戰爭開始前，卡西烏斯不安地對布魯托斯說道，當大軍從薩狄斯出發的時候，他發現有兩隻雄鷹從空中飛下，棲息在旗手的肩膀上，啄食士兵們手中的食物，一路陪著他們；但一到了腓利比，牠們就飛去不見了，反而來了一群烏鴉，在士兵們的頭頂盤旋，彷彿把他們當成垂死的獵物一般。他認為這一定是個不祥之兆。

布魯托斯請他放寬心，但也說道，三月十五日那天開始的行動，必須在今天做出一個了結。若是他們戰敗了，這將是兩人最後一次見面；若是勝利了，到時再相視而笑吧！

戰爭開始了，布魯托斯迅速將屋大維打得落荒而逃，但遠遠落在後方的卡西烏斯卻遭到安東尼的軍隊包圍，卡西烏斯派他的朋友泰提涅斯去討救兵，但沒過多久，部下卻向他報告說，泰提涅斯已經被敵人俘虜了。

卡西烏斯十分絕望，他叫來自己的隨從，讓隨從拿著自己的劍，說道：「這柄劍曾經穿過凱撒的內臟，現在，你也拿著它朝我的胸膛刺進去吧！凱撒，我將要用殺死你的這柄劍為你復仇了！」說完，他命令隨從刺死自己，結束了罪惡的一生。

但實際上，泰提涅斯並沒有被敵人俘虜，而是順利來到了布魯托斯的陣營，正當他討回救兵，準備將屋大維已經被擊敗的消息告訴卡西烏斯時，卻看到了他的屍體，泰提涅斯悲痛之下也自殺了。

布魯托斯得知卡西烏斯與泰提涅斯的死訊，大為氣餒。他對天喊道：「啊！尤利烏斯·凱撒！你就算死了還是有本事的！你的英靈不滅，借著我們自己的刀劍，刺穿我們自己的心臟！」

在卡西烏斯的軍隊被消滅之後，布魯托斯也遭到了安東尼軍隊的攻擊，最後戰敗。一名叫做路西律斯的部下為了掩護布魯托斯逃跑，偽裝成他的樣子，企圖將敵軍引走。但他的犧牲也沒有為布魯托斯爭取太多時間，最後，布魯托斯要求部下也學卡西烏斯一樣把自己殺死，但沒有一個部下願意。

於是，布魯托斯要部下緊握著他的劍，他自己朝著劍尖撲過去，結束了自己的生命，臨死前，他悲哀地笑道：「凱撒，現在你可以瞑目了，我殺死你的時候，還不及現在的一半堅決。」

戰爭結束了，安東尼與屋大維在檢視戰果的時候，看到了布魯斯托的屍體，安東尼嘆息道：「在這一群人之中，他是最高貴的羅馬人，其他的叛徒都是因為嫉妒凱撒才下了毒手，只有他是為了正義而加入他們的陣線。他一生良善，交織在他身上的各種美德，足以使任何生靈肅然起敬！」

在一片勝利的榮耀與喜悅之中，屋大維下令厚葬了布魯托斯，讓這名悲劇的英雄能在最後獲得與他的美德相應的禮遇。

4 特洛伊羅斯與克瑞西達

特洛伊的王子帕里斯一次外出經過斯巴達，受到斯巴達國王墨涅拉俄斯的款待，但帕里斯卻愛上了墨涅俄拉斯的妻子海倫。最後，他將海倫偷偷帶回特洛伊，憤怒的墨涅俄拉斯於是在兄長阿加門農的幫助下，號召了六十九個希臘國王，帶領大軍浩浩蕩蕩地從雅典出發，發誓要消滅特洛伊。

希臘聯軍來到忒涅多斯，從龐大的船舶上搬下了他們的堅甲利器，在達耳丹平原上設下了他們威武的營寨，而特洛伊國王普里阿摩斯也用鐵鎖將六個城門緊緊封閉起來。就這樣，希臘人與特洛伊人開始了漫長的攻防與對峙。

兩軍的激戰遲遲沒有分出勝負，圍城就這樣邁入了第八個年頭，雙方都漸漸為了這沒完沒了的戰爭不耐煩起來。這一天，特洛伊的另一個王子特洛伊羅斯從戰場上回到王宮後，急著叫僕人替他脫下盔甲，然後就去見一位名叫潘達洛斯的老人。

原來，特洛伊羅斯在一次偶然的機會下，見到了潘達洛斯的外甥女克瑞西達，對她一見鍾情，從此再也無心作戰。他向潘達洛斯抱怨說，克瑞西達對於他的求愛總是非常冷淡，希望潘達洛斯再加把勁，為他美言幾句。

潘達洛斯滿腹委屈，他說：「我為你們費了許多力氣，但是她也怪我，您也怪我，我每天擔任你們兩人之間的傳話者，來回奔波，卻不曾聽見任何一句感謝的話！」

說著，潘達洛斯忍不住發起脾氣，他說自己以後再也不想管別人的閒事了，然後就負氣離開。特洛伊羅斯正想再拜託他，卻被另一位將軍攔住了，原來他的兄長帕里斯在與墨涅拉俄斯的決鬥中受傷了，軍隊需要另一位王子前去指揮。特洛伊羅斯只好暫時將煩惱放在一邊，隨著這位將軍奔赴戰場。

不過，儘管潘達洛斯裝得不情願，但他還是去找了克瑞西達，向她說起特洛伊羅斯的好話，說他既聰明、又英俊，要是自己有女兒或妹妹的話，一定會將她獻給這位王子的。然而，任憑舅舅怎麼說，克瑞西達還是不領情，對王子的追求表現得漠不關心，最後，潘達洛斯只好又氣餒地離去了。

其實，克瑞西達也早已愛上了特洛伊羅斯，但是她害怕自己要是輕易點了頭的話，特洛伊羅斯就不會再像以前那麼珍惜她了，她嘆息道：「女人在被人追求的時候才是個天使。但無論是什麼事情，都只有在進行的時候才最有興趣。一個被人愛上的女子，要是不知道男人重視得不到的事物勝過得到的事物，那她就太愚蠢了，這是我從戀愛中歸納出的箴言。所以，雖然我的心中裝滿了愛情，我卻不會讓我的眼睛洩露我的秘密！」

這個時候，特洛伊的大王子赫克托在戰場上遇到了一位叫做埃阿斯的人，雖然他是希臘的將領，卻有特洛伊的血統，還是赫克托的表弟。埃阿斯力大無窮，一口氣將赫克托打下馬來，這讓赫克托惱羞成怒，回到王宮後，他決定對希臘聯軍發下挑戰書，打算藉此討回顏色。

希臘的陣營正籠罩在一片愁雲慘霧之中。原來，雖然希臘大軍的人數是特洛伊的好幾倍，但由於每個國王都各自為政，毫不團結，因此圍攻了七年都沒辦法攻克特洛伊城，這讓聯軍的統帥阿加門農十分苦惱。

他召集了幾位國王開作戰會議，對他們說道：「你們為什麼悶悶不樂呢？是因為我們圍攻特洛伊七年卻還不能得勝嗎？我跟你們說，這其實只是偉大的天神有意試探人類恆心的考驗而已！」

伊塔卡的國王奧德修斯回答：「特洛伊至今屹立不搖，是因為我們漠視了軍令的森嚴所致。看看這支大軍駐紮的陣地吧！散佈著多少虛有其表的營寨！每一支軍隊都各懷野心，互相猜忌，傷害了整個大軍的實力！特洛伊之所以能苟延殘喘，不是靠著它自己的力量，而是靠著我們的這一弱點！」

阿加門農問：「你已經很明確地指出了病因，那麼應該如何對症下藥呢？」

於是，奧德修斯指出，希臘聯軍中公認的第一勇士阿基里斯因為聽慣了人家的讚譽，養成了驕矜自負的心理，整天與他的朋友帕特洛克羅斯懶洋洋地躺在營帳裡，譏笑著希臘軍隊的戰略，或說些粗俗的笑話，或用荒唐古怪的動作模仿著希臘將領們。許多人受到這兩個人的影響，也漸漸沾上了他們的惡習，使得士氣越來越低落。

奧德修斯說：「他們斥責我們的戰略，說我們怯懦，他們以為打戰不需要用到頭腦，也不用先見之明，只有動才是一切。至於該怎樣調遣兵力，怎樣估計敵人的強弱，這一類運籌帷幄的智謀在他們眼中都不值一提，認為只是些紙上談兵罷了。因此，在他們看來，一輛憑著蠻力衝破城牆的戰車，它的功勞遠遠超過制造這輛戰車的人，也遠遠超過運用智慧駕馭它行動的人。」

忽然間，喇叭聲響起，一名特洛伊的使者來到希臘軍帳內，向阿加門農以及希臘諸將傳達赫克托王子所下的挑戰。

他說：要是在希臘的濟濟人才之中，有誰重視榮譽更甚於安樂；有誰為了博取世人的讚美，不惜冒著重大的危險；有誰信任著自己的勇氣，不知道世間有可怕的事；有誰愛他的情人，不僅敢在情人面前甜言蜜語，也敢對別人發誓她的美貌和才德；那麼，就請他接受赫克托的挑戰，與他一決勝負。

赫克托將要以他的全力證明他比任何一個希臘人擁有更聰明、更美貌、也更忠心的愛人。

阿加門農對於赫克托的挑釁十分惱怒，他發誓希臘一定會接受赫克托的挑戰，要是沒有人自告奮勇，他甚至願意親自出馬！在場許多希臘將領也紛紛表示願意代表聯軍與赫克托決一死戰。

幾名將領發表了自己的意見，他們認為，雖然赫克托這一次的挑戰並沒有指名道姓，但聰明人都能看出，他擺明是針對希臘第一勇士阿基里斯而來；再說，赫克托是特洛伊最強的戰士，也只有阿基里斯才可能戰勝他。這場決鬥將會是攸關名譽的一大考驗，無論是哪一方獲勝，他們的士兵都將勇氣百倍，因此，必須挑出希臘最有本領的戰士出戰才行。

奧德修斯卻說：「正是因為這樣，所以絕不能讓阿基里斯去接受赫克托的挑戰，我們應該像商人一樣，盡可能先把次等貨拿出來，試試看有沒有拋售的可能；要是次等貨賣不出去，再把上等貨拿出來，這樣才能襯托出它的光彩。」

原來，奧德修斯心想，要是赫克托和阿基里斯交戰，無論是哪一方得勝，勝利的榮耀都不會屬於希臘大軍。因為若是阿基里斯贏了，全希臘的士兵都將置身於他輕蔑的目光之下；若是阿基里斯輸了，他的恥辱也將打擊全軍的聲譽。

最後希臘將領們決定，表面上採取抽籤的方式，但卻在私底下動手腳，設法讓愚蠢的大力士埃阿斯抽中，然後他們再趁機吹捧他，讓埃阿斯以為自己比阿基里斯還強。這樣子，就能讓埃阿斯與阿基里斯兩強相爭，藉此削弱阿基里斯狂妄的氣焰。而且，無論埃阿斯與赫克托誰勝誰負，都不會影響到希臘大軍的榮譽。

不久後，阿加門農、奧德修斯等國王帶著埃阿斯來到阿基里斯的營帳，阿加門農假意要奧德修斯進去，請求阿基里斯為了希臘的榮譽與赫克托決鬥，埃阿斯聽了，有些不服氣地問道：「他有什麼勝過別人的地方？」

阿加門農回答：「他只不過自以為比別人還強罷了。」

埃阿斯說：「你也認為他比我強嗎？」

阿加門農知道埃阿斯已經開始嫉妒了，就說：「不！尊貴的埃阿斯，你的頭腦比他清楚，你的人格也比他高尚，一個驕傲的人，總會讓驕傲毀了自己。」

這時，奧德修斯從帳內出來了，果然就像一開始所預料的，阿基里斯拒絕為希臘出戰。阿加門農提議，可以請埃阿斯去拜託阿基里斯，因為他們的交情還不錯，但奧德修斯故意回答道：「我們怎麼能讓這位比阿基里斯更勇猛的戰士低身下氣地去向他請求呢？天神絕對不容許這樣的事啊！」

另一名將領也說，阿加門農對阿基里斯太過寬容了，這一回絕對不可以依靠阿基里斯的力量，要靠希臘自己打敗特洛伊人。奧德修斯卻說，除了阿基里斯之外，恐怕沒有人能夠戰勝赫克托了。

埃阿斯終於落入了圈套，他的野心已經被這些將領煽動，他當場站了出來，表示願意代表希臘出戰，奧德修斯也呼喊道：「最大的勝利將是屬於埃阿斯的！」

在特洛伊王宮，國王普里阿摩斯與王子們正在商量與希臘和解的事宜，因為希臘對特洛伊發出了通牒：只要將海倫還給希臘，那麼不論是名譽上的侮辱、時間上的損失、還是財物的消耗、將士的傷亡等都可以一筆勾消。

赫克托同意希臘開出的條件，他認為，戰爭的開端正是因海倫而起，數年來已經犧牲了許多特洛伊士兵；而海倫卻是一件既不屬於他們，對他們又沒有多大價值的東西，實在沒有必要為了她而再增添損失。

「哥哥，你說什麼！」特洛伊羅斯說道，「你把我們偉大尊嚴的父王的榮譽，去和微賤的生命放在一個天平上稱量嗎？這實在太丟臉了！」

赫克托說：「兄弟，她不值得我們花費這麼多代價去保留下來。」

特洛伊羅斯說：「哪樣東西的價值不是按照人們的估計而決定的？」

赫克托回答：「價值不能憑著私人的愛憎而決定！」

特洛伊羅斯又說，當初大家都贊成帕里斯去向希臘人報復，因為希臘人過去曾經俘虜過特洛伊的一個公主，所以他也奪回了一個希臘的王妃作為交換。當他帶著海倫回來的時候，所有人大家都拍手歡呼，說她是無價的；為什麼他們現在卻要詆毀自己的智慧造成的結果呢？他還說，明明已經把贓物偷回來了，卻不敢把它保留下來，這才是最卑劣的偷竊！

一旁的帕里斯也說，要是自己不能貫徹始終，那麼世人將會譏笑他行動的輕率，也會譏笑特洛伊人決策的魯莽；倘若他手中擁有足夠的權力，他絕不會從已經做到一半的事情中縮手，也絕不會半途而廢！

赫克托無奈之下，只好回答：「錯誤已經鑄成，如果再執迷不悟地堅持下去，那就是更大的錯誤了。然而，我勇敢的弟弟們，我仍然贊成你們的意思，把海倫留下來，因為這事關特洛伊全部人的榮譽啊！」

雖然特洛伊羅斯在敵人之前表現得意氣風發，毫不退讓；但會議結束後，他立刻又陷入了愛情的煩惱裡，當他的哥哥與其他特洛伊戰士上場殺敵時，他卻來到了克瑞西達的家門前。

這時，潘達洛斯剛好也在那裡，特洛伊羅斯對他說：「唉！我就像一個站在冥河岸邊的鬼魂，等待著渡船的接引，我求你當我的船夫，把我載到得救者往生的樂土裡去，或是從丘比特的肩上拔下他的羽翼，陪著我一起飛到克瑞西達身邊吧！」

潘達洛斯說：「你先在花園裡逛一下，我馬上就帶她過來。」

過了不久，潘達洛斯就帶著美麗的克瑞西達出來了，一向高傲的克瑞西達這回看到特洛伊羅斯，竟變得嬌滴滴的，一句話也不好意思說出口。潘達洛斯將兩個人引進屋內，克瑞西達終於說道：「我現在已經鼓起了我的勇氣，特洛伊羅斯王子，我已經朝思暮想，苦苦地愛著您幾個月了。」

特洛伊羅斯吃了一驚，問道：「那麼我的克瑞西達為什麼這麼不易征服呢？」

克瑞西達說：「當您第一眼看到我的時候，我就被您征服了。雖然我這麼愛您，卻沒有向您表示愛意；我真希望自己是個男人，或者女人也像男人一樣有先開口求愛的權利。啊！親愛的，快封住我的嘴吧！否則它一定會得意忘形，繼續洩露我的秘密的！」

特洛伊羅斯笑著說道：「好吧，我願意用一吻封住它。」

兩人輕輕的一吻之後，克瑞西達卻說她必須離開了，因為她說出了自己的秘密，為了懲罰自己，她不能再跟王子相見，特洛伊羅斯連忙說道：「只要我能夠相信我對您的一片至誠和忠心，能交換到您同樣純潔的愛情，那我的靈魂將會飄舉起來！從今以後，世上真心的情人們都要以特洛伊羅斯為榜樣，當他們需要一個最棒的例子來形容忠誠時，他們就可以說：『像特洛伊羅斯一樣忠心！』」

克瑞西達聽了十分開心，她也說道：「要是我變了心，或者有一絲不忠的地方，那麼願特洛伊滅亡的那一天，我們的不貞繼續留存在人們的記憶裡，永遠受人唾罵！從此以後，當人們要舉出一個最輕浮最虛偽的榜樣時，他們就會說：『像克瑞西達一樣負心！』」

潘達洛斯對於湊合了這對佳偶感到相當滿意，他要兩人在自己面前發誓，今後一定會對彼此忠誠，還說：「從今以後，讓一切忠心的男人都叫作特洛伊羅斯，一切負心的女子都叫作克瑞西達，一切媒人都叫做潘達洛斯！」

沒想到，就在不久之後，特洛伊與希臘發生一場戰鬥，特洛伊的將領安忒諾被希臘人俘虜。於是特洛伊國王派出使者，希望阿加門農能歸還安忒諾，作為條件，特洛伊願意交出希臘人夢寐以求的美人克瑞西達。

阿加門農答應了這個請求，他命令一位叫做狄俄墨德斯的將領前往特洛伊將克瑞西達帶回來。接著，他與手下的將領們一同到軍隊中視察，途中刻意經過了阿基里斯的營帳前。

阿基里斯聽說主帥又來了，還以為他又是來請求自己出戰的呢！想不到，阿加門農來到他的帳前，只是向他說了一聲「早安」，就若無其事地離開了。

阿基里斯感到有些錯愕，他問一旁的帕特洛克羅斯：「這些傢伙是怎麼搞的？他們都不認識阿基里斯了嗎？」

帕特洛克羅斯也說：「真是奇怪，從前他們看見你，總是恭恭敬敬地，就像是在禮拜神明一樣。」

正當阿基里斯疑惑不已時，奧德修斯剛好自一旁走過，阿基里斯連忙走過去，想問他到底發生了什麼事。奧德修斯回答他：「無論一個人的天賦如何優異，他的外表或內在的資質如何卓越，他也必須先將德性的光輝照到他人的身上後，才能從別人反射回來的光輝中，體會到自身價值的存在。」

阿基里斯聽了這些話，感到有些慚愧，他對奧德修斯說，剛才阿加門農走過他的身旁，就像守財奴看見了乞丐一樣，一句話都不想講，也沒有任何好臉色，難道他的功勞都已經被人遺忘了嗎？

奧德修斯回答：「世人有一個共同的天性，他們都喜歡新的玩物，寧願拂拭著發光的銀器，也不願意看那些被灰塵掩蔽了光彩的銀器。所有人都開始崇拜埃阿斯，因為活動的東西比停滯不前的東西更引人注目，是你把自己給活活埋葬的啊！」

阿基里斯這才知道，原來埃阿斯將要取代他，前去與赫克托決戰，自己的名譽正遭遇著極大的危機。奧德修斯的一番話讓他心有所感，於是，他派了一名手下去見埃阿斯，請他在決戰完畢之後，邀請特洛伊的戰士們到自己帳內，大家把酒言歡。

狄俄墨得斯來到特洛伊城，見到了帕里斯王子。帕里斯知道他是來帶走克瑞西達的，也知道自己的弟弟特洛伊羅斯愛著克瑞西達，但受到情勢所逼，他還是讓這名將軍前去特洛伊羅斯那裡，把克瑞西達帶回希臘。

這時的特洛伊羅斯與克瑞西達還在花園裡打情罵俏呢！使者卻在這時來到他們面前，宣布了特洛伊將以克瑞西達為代價，換回安忒諾將軍的消息，再過一小時，狄俄墨得斯就要來帶走克瑞西達了。這一對情人頓時晴天霹靂。

特洛伊羅斯嘆息道：「好不容易如願以償，卻又變成了一場夢幻。」

克瑞西達也說：「我不願意去！要是我有一天離開了特洛伊羅斯，那就讓我的名字永遠被人唾罵吧！我不願意離開特洛伊一步！」

然而，兩軍共同決定的事已無法違背，最後，克瑞西達還是任由希臘人將她帶走了。臨別前，特洛伊羅斯與克瑞西達互相擁抱，特洛伊羅斯說自己愛她愛得太過虔誠，勝過對神明的膜拜，因此才會觸怒天神。克瑞西達則說，自己將在快活的希臘人中間當一個傷心的克瑞西達。

最後他們互相約定，要永遠對彼此忠誠。特洛伊羅斯特別提醒克瑞西達，不要被狡猾的希臘人誘惑了，因為有些事情往往不是自己的意志所能作主的，人們總是過於相信自己脆弱易變的心性，而變成引誘自己的惡魔，最後身敗名裂。

就這樣，克瑞西達被狄俄墨得斯帶走了。她來到希臘大軍的陣營之中，所有的將領見到她，都為了她的美貌驚嘆不已，紛紛向她索吻，但是克瑞西達卻巧妙地以言語一一應付過去。

不過，當她離開後，奧德修斯卻冷笑道：「這是個不要臉的女人，她的眼睛裡、臉龐上、嘴唇邊都說著話，甚至連她的腳都會講話呢！她身上的每一處關節，每一個行動，都透露著風流的性格！」

此時，戰場上響起了號角聲，赫克托與埃阿斯約定決鬥的時間到了，他們在兩軍的圍觀下展開了激烈的交手，場邊的士兵們都拚命加油吶喊，一直戰了數個小時都還分不出勝負。最後，兩人平手收場。

赫克托與埃阿斯互相表示了敬意，赫克特說，埃阿斯是高貴的特洛伊國王的外甥，也是他的表弟，因此，他絕對不能讓自己劍上沾到任何一滴血；埃阿斯也說，赫克托是一個仁厚慷慨的人，他要邀請他到希臘的陣營中一敘。

於是，赫克托與特洛伊羅斯來到希臘軍的營帳中，赫克托見到了阿基里斯，他們知道眼前的人正是敵軍之中最厲害的戰士，忍不住多看了對方一眼。之後，赫克托向希臘將領告辭，準備回到特洛伊；但特洛伊羅斯卻向人問到了克瑞西達住的地方，並在奧德修斯的帶領下到了那裡。

沒想到，當特洛伊羅斯來到克瑞西達的帳篷時，卻看到一幅令他生氣的景象：狄俄墨得斯正在勾引他的愛人克瑞西達！起初，克瑞西達不理睬他，但狄俄墨得斯故意裝出忿忿不平的樣子，負氣離去，讓克瑞西達漸漸心軟了。為了向狄俄墨得斯證明自己的誓言，她拿出了特洛伊羅斯送給她的手帕，送給他作為信物。

「啊！美人！你的忠心呢？」在一旁偷窺的特洛伊羅斯暗自吶喊道，他的心都碎了。

克瑞西達交出了手帕後，又感到有些後悔，希望狄俄墨得斯將它還給自己。狄俄墨得斯不肯，他說：「你的心已經給了我了，這東西也是我的。」

狄俄墨得斯問道：「我一定要這個，它是誰的？」

克瑞西達說：「您不能拿走它，狄俄墨得斯，我願意把其他東西給您。」

克瑞西達說：「您不用問。」

狄俄墨得斯生氣地說道：「快說！它本來是誰的？」

克瑞西達害怕了，她回答：「它屬於一個比您更愛我的人，可是您既然已經拿去了，就送給您吧。」

狄俄墨得斯還想繼續追問，但克瑞西達堅持不肯說出特洛伊羅斯的名字，於是他惡狠狠說，要把這條手帕佩在自己的頭盔上，讓手帕原本的主人來向自己挑戰，就算那名主人不敢出面，當他看到了這條手帕，也會因此氣得牙癢癢的。一旁的特洛伊羅斯聽到他這麼說，心裡暗自發誓，一定要在戰場上找出這名情敵，然後殺死他。

狄俄墨得斯離開了，留下克瑞西達一個人怔怔地想出神，她望著遠方說道：「永別了！特洛伊羅斯。我的一隻眼睛還在望著你，但另一隻卻已經隨著我的心轉換了方向。唉！可憐的女人，我們的眼睛所犯的錯誤支配著我們的心，一時的失足把我們帶到了錯誤的路上。」

一旁的特洛伊羅斯也絕望地嘆息道：「啊，克瑞西達！負心的克瑞西達！你好負心！一切的不忠、無情比起你的失貞來，都如同光榮一般！」

就在這時，一名特洛伊的將軍找到了特洛伊羅斯，告訴他赫克托王子已經準備啟程回特洛伊，請他也一同回去。於是，特洛伊羅斯向奧德修斯告別，離開了這個讓他傷心的地方。

隔天，特洛伊和希臘兩軍又展開了一場大戰。原先溫和的特洛伊羅斯在歷經情人的背叛後，彷彿變了一個人，他嘲笑赫克托太過仁慈，不應該輕易饒過戰敗的希臘人，他說：對敵人不需要惻隱之心，應該讓殘酷的憤怒指揮自己手裡的劍，進行無情的殺戮。

「這樣才是戰爭呀！我的哥哥！」特洛伊羅斯狂妄地說道。

「特洛伊羅斯，我今天沒有要你上戰場。」赫克托說道。

但特洛伊羅斯仍然瘋了一般地往戰場奔去，他一心想找到狄俄墨得斯，殺死他，從他的頭盔上摘下自己送給克瑞西達的手帕。就在此時，潘達洛斯來了，他從懷裡拿出一封信交給特洛伊羅斯，說是克瑞西達要寫給他的。

「空話！全是空話！沒有一點真心！」他氣得把信撕成碎片，「她就像風一樣輕浮，就跟著風飄去，也化成一陣風吧！她用空話和罪惡搪塞我的愛情，卻用行為去滿足他人！」

特洛伊與希臘的戰鬥空前慘烈，許多希臘將領戰死，統帥阿加門農也陷入敵軍的包圍之中。特洛伊羅斯找到了他的仇人狄俄墨德斯，將他打得落荒而逃，但狄俄墨德斯很快又扳回一城，奪走了特洛伊羅斯的馬；兩人一來一往，互不認輸。

另一方面，赫克托遇到帕特洛克羅斯，將他誤認成阿基里斯，親手殺死了他。希臘人將帕特洛克羅斯的屍體抬到了阿基里斯的營帳內，眼見好友被殺，讓阿基里斯發狂了，他披上鎧甲，一邊哭泣一邊咒罵地衝上了戰場，發誓要殺死赫克托為好友報仇。

赫克托奮戰了一天，他把頭盔脫下，將盾牌懸掛背後，打算休息一會兒，沒想到，阿基里斯與他的將士忽然從一旁衝了上來。

赫克托高喊：「我現在已經解除武裝了，不要乘人之危！希臘人！」

但阿基里斯不理會他的話，對著手下大喊「動手！」於是，一群士兵衝上前去，將措手不及的赫克托殺死了。

「現在，特洛伊，你也跟著倒下吧！戰士們，齊聲高呼：『阿基里斯已經把英勇的赫克托殺死了！』」阿基里斯喊道。接著，他把赫克托的屍體縛在馬的尾巴上，將他一路拖過戰場。

聽到阿基里斯殺死赫克托的消息，希臘大軍士氣大振。埃阿斯不禁感嘆，說偉大的赫克托其實並沒有不如他的地方。阿加門農則十分高興的說，這是天神有心照顧希臘，特洛伊這下是他們的了，殘酷的戰爭也終於要結束了！

特洛伊的軍隊則陷入了恐慌之中，特洛伊羅斯絕望地說道：「赫克托死了！他的屍體被縛在凶手的馬尾上，慘無人道地拖過了充滿恥辱的戰場。天神啊！趕快降下你的懲罰來，眷顧特洛伊吧！」

他迅速指揮了剩餘的將領與士兵撤回特洛伊，要向國王普里阿摩斯與王后赫卡柏報告赫克托的死訊。就在這時，潘達洛斯一路尾隨著特洛伊羅斯來到了戰場，聲嘶力竭地向他喊道：「聽我說！聽我說啊！王子！」

但特洛伊羅斯早已陷入憤怒與絕望之中，他對潘達洛斯罵道：「滾開，卑賤的奴才！願醜惡和恥辱追隨著你，永遠和你的名字連在一起！」

說完，他策馬離去，留下錯愕的潘達洛斯。這名老人對天吶喊道：「啊！世界啊！一個替人奔走的人，竟是這樣被人輕視！做賣國賊的，做媒人的，當人們用得著你們的時候，是多麼地重用你們！可是他們又給了你們什麼好處呢？為什麼人家這麼喜歡我們所做的事，卻又這樣痛恨我們的行為？」

高貴的王子赫克托戰死了，特洛伊羅斯也失去了他的愛人克瑞西達，在潘達洛斯無奈的抗議聲中，戰爭終於結束了，特洛伊城遭到希臘大軍攻陷，而希臘人不僅為特洛伊帶來了死亡，也毀滅了他們的偉大的英雄與真摯的愛情。

5 哈姆雷特

丹麥王后葛楚德，在國王哈姆雷特去世後不到兩個月，就跟國王的弟弟克勞迪亞結婚。全國人民都感到很奇怪，認為王后在這件事上太過草率，也很沒情義。因為，不論從人品或是性情來看，克勞迪亞跟她已故的丈夫沒有任何相似之處，他的外貌醜惡，個性卑鄙下流。

有些人不免懷疑，克勞迪亞是為了要娶他的嫂子並且篡奪丹麥的王位，所以偷偷把他的哥哥害死，因為這樣一來，他就能把先王的合法繼承人——年輕的哈姆雷特撇到一邊兒去。

事實上，受到最大刺激的是年輕的王子。他深愛他的父親，甚至把他當成偶像一般崇拜。哈姆雷特為人正直，舉止也非常地得體，他為母親葛楚德的可恥行為感到十分難過。這名年輕的王子一方面為父親的死哀悼，另一方面又為母親的行為感到恥辱，他就這樣被一種沉重的憂鬱所籠罩著，一點也不快樂。本來俊秀的容貌也憔悴下來，平日對讀書的愛好也消失，以往深深吸引他的一些遊戲、運動，他也都不喜歡了。

他把世界看成一個雜草叢生的花園，所有新鮮的花草都枯死了，只剩下荒煙蔓草。他突然對這個世界感到厭倦。他最無法釋懷的，並不是他繼承不了王位——儘管這件事對於一個王子來說是一種創傷，也是一個屈辱；然而最使他氣憤不已、遭受打擊的，是他的母親竟然那麼快就忘掉他的父親——一位多麼好的父親！多麼溫柔體貼的丈夫！

葛楚德看起來是個多情、柔順的妻子，跟老哈姆雷特總是如膠似漆的，好像她的愛在他身上生了根一樣。如今，丈夫去世不到兩個月，她卻再嫁了，而且還是嫁給兒子的叔父、亡夫的胞弟。從血統關係來說，這樁婚姻本身就是不正當、也是不合法的。尤其是她如此匆忙地結婚，簡直是太不像話了！而且選的又是一個最不配做國王的人。這些殘酷的事實讓王子意志消沉，終日深陷在陰霾的情緒中。

葛楚德和新國王想盡辦法要讓哈姆雷特快樂，卻始終不見成效。他在宮裡仍然每天穿著黑色的衣服來哀悼父親的死，他不肯脫去喪服，甚至在母親結婚那天，他也不願換一套衣裳。在那可恥的一天，任何宴會、慶祝他都拒絕參加。

最令他苦惱的是，他一直不清楚父親究竟是怎麼死的。克勞迪亞說，國王是被蛇咬死的，可是年輕的哈姆雷特懷疑，那條蛇其實就是克勞迪亞。也就是說，克勞迪亞為了要當上國王，於是把哈姆雷特的父親害死了！現在坐在王位上的，正是咬死他父親的那條毒蛇。

這樣的猜測究竟有沒有道理？他到底應該如何看待母親？她是否參與了這樁謀殺？她知不知情？這些疑問不斷地困擾著哈姆雷特，使他心神不寧。

哈姆雷特還聽到一個謠傳：一連三個晚上，守望的哨兵在城堡的高台上看見一個鬼魂，長得很像他的父親。這個鬼影出現時，它從頭到腳穿著一套甲冑，就和死去國王的那套一模一樣。

凡是看到鬼魂的人，對於鬼魂出現的時間和描述都是一致的：當鐘敲響十二下時，它就會到來。蒼白的臉上，悲哀多於憤怒，他的鬍子烏黑裡略微帶些銀白色——就和國王一樣。哨兵試著對它講話，但它從沒回答。有一回他們看到它抬起頭來，好像要說話的樣子，可是這時候雞鳴了，它又趕快縮回去，消失在黑夜的盡頭。

王子聽完後，感到十分驚奇，這些士兵的敘述全都有頭有尾、前後一致，他不得不相信。他想，他們看到的一定是父親的亡魂。於是他決定當天晚上跟哨兵一起站崗，期待著能有機會看到它。他認為鬼魂不會無緣無故出現，它一定有話想說！儘管它一直沒開口，可是它一定會對他講的。

於是，他焦急地盼著黑夜的到來。天一黑，他就跟好友何瑞修，和一個叫馬賽勒斯的衛兵登上了高台。那是一個寒冷的夜晚，冷風刺骨，哈姆雷特、何瑞修和馬賽勒斯三人開始談起夜晚的寒冷。忽然，何瑞修打斷了他們的談話：鬼魂來了！

哈姆雷特看到父親的鬼魂，感到既驚奇又害怕。最初他還呼喚天使和守護神保佑他們，因為他不知道那個鬼魂是善是惡，也不知道它帶來的是吉還是凶。可是他的膽子漸漸大了起來，他發現父親憂愁地望著他，好像想跟他講話，從各方面看來，鬼魂都和他父親活著的時候一樣。

年輕的哈姆雷特不禁叫出父親的名字，對鬼魂說：「哈姆雷特，父王！」王子求它說出到人間來的原因，也請鬼魂告訴他們，該如何替它安魂。於是，鬼魂要哈姆雷特跟它到僻靜的地方去，他們可以單獨地談一談。

何瑞修和馬賽勒斯都勸王子不要去，他們擔心它是個惡鬼，要把他引到附近的大海或者懸崖上面，然後露出猙獰的原形將王子嚇瘋！他們的勸告和懇求沒能改變哈姆雷特的決心，他早就把生命看開了，他並不怕死。至於他的靈魂，既然同樣是永生不滅的，鬼魂又如何陷害它呢？他覺得自己就跟獅子一樣強壯！儘管何瑞修和馬賽勒斯使勁地拉住他，他還是掙脫了他們，任憑鬼魂帶他到未知的前方去。

等他們單獨在一起時，鬼魂終於打破了沉默，它說自己是哈姆雷特的父親，是被人害死的！它還說出自己被謀害的經過。就像哈姆雷特一直懷疑的，這件事果然是克勞迪亞幹的，目的也正是為了霸佔他的妻子和王位。

原來，當老哈姆雷特按照每天的習慣，在花園裡睡午覺時，起了歹念的弟弟趁他睡著後，偷偷走到他身邊，把毒草汁灌進他的耳朵裡。這種毒液是十分致命的，它像水銀一樣快速地流過他全身的血管，把血燒乾，使他的皮膚長了一層硬癬。就這樣，在他沉睡的時候，他的兄弟一下子就奪去了他的王位、妻子和他的生命。

鬼魂對哈姆雷特說，要是他真的愛他的父親，他一定得替他嚴懲這個卑鄙的凶手！鬼魂又對它的兒子哀嘆：他的母親竟然也墮落了！背棄她的丈夫，嫁給了謀殺他的人。可是鬼魂囑咐哈姆雷特，在對他的壞叔叔進行報復時，千萬不要傷害到他的母親，就讓上天去制裁她，讓她的良心去審判她吧！哈姆雷特答應一切都照它的吩咐去辦。然後，鬼魂就消失了。

哈姆雷特下了決心，要把他從書本裡學到的東西都忘掉。他的腦子裡只剩下鬼魂告訴他的話和要他做的事。這段談話的內容，哈姆雷特沒有告訴任何人，只讓他的好朋友何瑞修知道，並且要何瑞修和馬賽勒斯對那晚所看到的一切保守秘密。

在這之前，哈姆雷特的身體本來就很虛弱，精神也很不好，鬼魂的出現幾乎使他神經錯亂。哈姆雷特怕自己繼續這樣下去，會引起別人的注意，使叔叔對他存有戒心。於是，哈姆雷特為了不讓叔叔懷疑他，竟做了一個奇怪的決定：他決定假裝發瘋。這麼一來，叔叔就會認為他不可能有什麼意圖，也就不會去猜疑他了。同時，在發瘋的掩護下，他真正的心神不安就可以被巧妙地遮蓋起來了。

從那時候起，哈姆雷特在服裝、言語和行為上，都顯得有些狂妄怪誕。他裝起瘋子來十分地維妙維肖，連國王和王后都被哄騙過去。他們不知道有鬼魂出現的這件事，所以認為他的瘋狂不僅是為了哀悼父親的死，一定也是為了愛情！

在哈姆雷特尚未變得如此憂鬱以前，他十分愛慕一位叫做奧菲莉亞的美麗女孩，她是大臣波洛涅斯的女兒。他曾經寫信給她，送她戒指，作過許多愛的表示，更曾正大光明地向她求愛，而她也相信他的誓言都是真的。

可是，由於之後的種種不幸，他開始對她冷淡了起來。自從他想出裝瘋的計畫後，他就故意對她很無情、粗暴。可是奧菲莉亞並沒有責備他，她努力地讓自己相信，哈姆雷特之所以對她不像以前那樣地殷勤，並不是由於本性上的冷酷，完全是因為他的精神失常。他以前高貴的心靈和卓越的理智，就像一串美妙的風鈴，能奏出非常動聽的音樂。可是現在他的心靈和理智被深深的憂鬱壓抑著，只能發出刺耳的聲響。

儘管哈姆雷特要做的事是殘暴的，跟求愛的心情完全不相稱，而以他現在的情況看來，愛情也是一種太過悠閒的情感，他不容許自己有這種情緒。可是他有時仍不免想起他的奧菲莉亞。有一回，他覺得自己對那位溫柔的女孩太殘酷了，就寫了一封情書給她，裡面滿是狂熱激情的言語，措詞十分誇張，很符合他瘋子的神態，可是字裡行間卻也微微流露出一絲柔情，使奧菲莉亞不得不認為，哈姆雷特在心裡仍然對她懷著深厚的情感。他請她儘管懷疑星星不是一團火、懷疑太陽不曾動、懷疑真理是謊言！可是永遠不要懷疑他的愛。

奧菲莉亞把這封信拿給她的父親波洛涅斯看，波洛涅斯覺得有義務把這件事告訴國王和王后，也因為如此，他們就更加相信讓哈姆雷特發瘋的原因是愛情。王后希望他真的是為了奧菲莉亞的美貌而發瘋的，那樣的話，奧菲莉亞的美貌也能讓哈姆雷特恢復到原來的樣子，這對他們兩個人來說都是好事。

可是哈姆雷特的病比她想像的還要嚴重，並不是只憑這個方法就能治得好了。他腦子裡仍然想著他父親的鬼魂，在它那神聖的命令還沒被執行以前，他就永遠沒有安寧的一天。可是國王身邊整天都有衛兵保護著，想把他殺死並不是一件容易的事。即使能夠接近他，哈姆雷特的母親平常也總是跟國王在一起，讓他下不了手，這個障礙他一直沒辦法突破。除此之外，篡奪王位的人現在是他母親的丈夫，這種情形也使他感到有些痛心，動起手來便更加猶豫不決了。

哈姆雷特天性溫厚，要他去害人，這種事對他來說是很可怕的。而他長時間的憂鬱和精神上的頹廢，也使他產生了搖擺不定的心情，他一直無法採取最後的行動。而且，他看到的鬼魂究竟是他的父親呢？還是一個惡魔？他不免有些遲疑。他聽說魔鬼想要變成什麼就可以變成什麼，它也許是趁他身體虛弱、心情苦悶時，裝出他父親的樣子來驅使他犯下那些可怕的事。於是，他決定不能單憑幻象或是幽靈的話行事，因為那可能只是他一時的錯覺，他必須找到更確實的證據。

正當他心裡這樣想著的時候，宮裡來了幾名演員。哈姆雷特從以前就很喜歡看他們的表演，他特別喜歡聽他們裡面的一個演員述說一段悲劇的台詞，內容是講特洛伊的國王普里阿摩斯被殺和王后赫卡柏的悲痛。

哈姆雷特對這些老朋友表示熱烈歡迎，他想起了過去聽那段台詞時自己有多麼陶醉，於是，便要求他們再演出一次。那名演員又很生動地表演了一遍，敘述衰老的國王如何被人殘忍地謀害，整座城市都被火燒毀，年老的王后難過得像瘋子一樣，光著腳在宮裡跑來跑去。本來戴著王冠的頭上現在頂了一塊破布，本來披著王袍的腰上，現在只裹了一條在慌忙中抓來的毯子。這一場戲表演得十分生動，使站在旁邊的人都流下淚來，就連演員說台詞的時候嗓子也啞了，還流出眼淚來。

哈姆雷特意識到，那個演員只不過唸了一段台詞，居然就讓自己動起感情，替千百年前的古人赫卡柏流下眼淚。他責怪自己太遲鈍了，他明明有應該痛哭的理由和動機——一個國王，他親愛的父親被謀殺了！但他竟如此無動於衷，他的復仇心彷彿一直沉睡著。

他想到演得維妙維肖的一齣好戲，帶給觀眾的震撼有多大。他又想起有些凶手看到舞台上演的謀殺案後，僅僅由於場面的感人和情節的類似，竟受了感動，當場承認自己犯下的罪。於是，他決定請這幾個演員在他叔叔面前，表演類似謀殺他父親的劇情，他要仔細觀察叔叔的反應，從他的神色就可以確定他是不是凶手。他吩咐演員們趕緊準備一齣戲，還邀請國王和王后來觀賞。

這齣戲描寫的是發生在維也納的公爵謀殺案。公爵名叫貢札古，他的妻子則叫作白普蒂絲坦。公爵的一個近親路西安納斯為了得到公爵的田產，竟在花園裡把他毒死，而這個凶手後來竟也得到了白普蒂絲坦的愛。

國王不知道這是一個精心佈置的圈套，他和王后以及滿朝官員都來觀賞這齣戲。哈姆雷特坐在鄰近他的地方，以便仔細觀察他的神色。

戲劇開演了。貢札古跟他的妻子正在談話，妻子一再地表明她對丈夫的愛：即使貢札古先死，她也絕不會再嫁，如果有一天她再嫁，她會受到詛咒！她還說，除了那些謀害親夫的壞女人，沒有人會想再嫁！哈姆雷特發現國王聽到這段話後臉色就變了，這些話使國王和王后都如坐針氈般地難受。

當路西安納斯準備毒死睡在花園裡的貢札古時，這情景跟國王在花園裡毒害他哥哥的罪行太相像了，他的良心受到強烈的刺激，再也無法坐下去把戲看完。國王忽然叫人點上火把，準備回宮，稱說自己得了急病，便匆匆離開了劇場。

國王一走，戲也停了。哈姆雷特眼睛所見的已經足以讓他相信鬼魂說的是實情，而不是他的幻覺。就像一個人心裡一直懷著很大的疑問，忽然得到了解答一般，哈姆雷特感到有些興奮。

他對何瑞修說，鬼魂說的話都是真的，他確定父親是被叔叔謀害的。在他還沒想好該如何報仇時，他的母親派人請他到她的內宮去談話。王后是奉國王的旨意召見哈姆雷特的，他要王后告訴哈姆雷特，他們都很不喜歡他剛才的舉動。

國王想知道他們談話的全部內容，因為他怕王后會偏袒兒子，隱瞞一些話，而那些話也許對他自己而言是很重要的。所以他吩咐大臣波洛涅斯躲在帷幕後面偷聽。這個任務特別適合波洛涅斯，他在宮廷裡勾心鬥角的生活中過了大半輩子，一向善於用間接或是狡猾的手段來刺探內幕。

哈姆雷特來到母親面前。她先是很婉轉地責備他的行為，說他已經得罪了他的父親——她指的是新國王，他的叔叔克勞迪亞。因為她與克勞迪亞結了婚，所以她稱他是哈姆雷特的父親。

哈姆雷特聽到她把「父親」這樣一個十分親熱、值得尊敬的稱呼用在一個壞蛋身上，而這壞蛋正是殺害他父親的凶手，感到非常地生氣，他激動的大喊：「母親，是妳得罪了我的父親。」

王后驚愕地責備他在胡說八道。

哈姆雷特說：「妳那樣問，我就這樣回答。」

王后問他是不是忘記自己在跟誰講話了！

「唉！」哈姆雷特回答說，「但願我能夠忘記。妳是王后，妳丈夫弟弟的妻子，妳又是我的母親——我寧願妳不是！」

「好吧，」王后說，「既然你對我這麼無禮，我只好去找那些會講話的人來。」

王后打算去找克勞迪亞或波洛涅斯來跟哈姆雷特談話。可是哈姆雷特不讓她走，他既然單獨跟她在一起了，便試著想讓她明白，她正在過一種墮落的生活。他一把抓住母親的手，硬要她坐下來。

哈姆雷特的這種神情令她害怕了起來，擔心他會因為發瘋而做出傷害她的事，於是她叫了出聲。同時，帷幕後也傳出：「救命呀！快來救王后呀！」的呼喊聲。

哈姆雷特聽到後，以為是國王本人躲在那裡，就拔出劍來，朝發出聲音的地方猛刺，彷彿刺死一隻從那兒跑過的老鼠。後來，帷幕後沒有了聲息，他斷定那個人已經死了。當他把屍體拖出來一看，死的人並不是國王，而是躲在後面當密探的大臣波洛涅斯。

「哎呀！」王后尖叫道，「你做了一件多麼魯莽而殘忍的事呀！」

「沒錯，母親，一件殘忍的事！」哈姆雷特說，「可是還比不上妳所做的呢！妳殺了父王，還嫁給他的弟弟。」

哈姆雷特把話說得太露骨，收不回來了。他當時的心情是想對母親坦白，而他也真的那麼做了。雖然對於父母的錯誤，身為兒女的應當盡量包容；但是當父母真的犯了嚴重的罪時，即使兒女嚴厲地斥責父母親也是情有可原的，只要出發點是為了他們好，為了使他們改邪歸正，而不只是為了責備。

這時，品德高尚的王子用感人的言詞指出，王后犯的罪是多麼地醜惡。他責備她不該輕易地忘掉已故的國王，還這麼快就跟他的弟弟結婚。她曾對她的丈夫發過誓，結果卻做出這樣的舉動，足以讓人懷疑所有女人的誓言，懷疑一切美德都只是偽善，而婚姻的誓約還比不上賭徒的一句諾言，宗教不過是一片空話罷了，她做的是一件讓上天羞愧、大地厭惡的事。

哈姆雷特給她看了兩幅肖像，一幅是已故的國王哈姆雷特，她的第一任丈夫；另外一幅是現在的國王克勞迪亞，她的第二任丈夫。他要母親注意他們之間的差別——他父親的面容是多麼地慈祥，氣宇多麼地非凡！他的頭髮像太陽神，前額像天神，眼睛像戰神，他的姿勢則如同剛降落在山峰上的傳信神，這個人曾經是她的丈夫！然後他又讓王后看看，如今取代他父親的是怎樣的一個人，他是害蟲及黴菌，因為他把自己的哥哥毒死了。由於哈姆雷特使她看到自己靈魂的深處，王后覺得十分慚愧，她現在知道第二任丈夫是骯髒醜陋的。

哈姆雷特問她怎麼能跟這種人生活在一起，做這種人的妻子？他正說著的時候，他父親的鬼魂也出現了，樣子跟他生前一樣，也跟哈姆雷特之前見到的一樣。

哈姆雷特十分害怕，問它來做什麼。鬼魂說，哈姆雷特似乎忘了要替它報仇的諾言，它是來提醒他的。鬼魂又叫他去和母親說話，不然她會因為悲傷和恐懼而死。然後，鬼魂就不見了。

只有哈姆雷特一個人看得見鬼魂，因此，不論他指出鬼魂站的地方，或是將模樣形容給他的母親聽，王后始終看不見什麼鬼魂。她看到哈姆雷特對著空氣說話，一直很害怕，認為這是他發瘋的前兆。

哈姆雷特請求她不要再替自己邪惡的靈魂找尋安慰，因為把他父親的鬼魂引到人間來的，正是王后自己的罪過！他要她摸一摸他的脈搏，跳得多麼地正常，一點也不像瘋子般狂亂。他還流著淚，懇求王后對上天承認過去的罪，不要再和克勞迪亞在一起，不要再對他盡妻子的本分。要是她能拿出做母親的態度來對待他，他也會用兒子的身分祈求上天原諒她。她答應照他所說的去做，於是，母子間的談話就到此結束了。

現在，哈姆雷特有時間來看清楚被他殺死的人究竟是誰了。當他知道他殺死了奧菲莉亞的父親波洛涅斯時，他把屍體拉開，等到心神鎮定了一些後，忍不住哭了出來。

波洛涅斯的死給了國王克勞迪亞一個把哈姆雷特驅逐出境的藉口。國王知道哈姆雷特對自己來說是個威脅，一心想把他弄死，然而又怕人民反抗，因為他們很愛戴哈姆雷特。他也顧慮到王后，儘管她的兒子有許多過錯，她還是愛著他的。

因此，詭計多端的克勞迪亞要兩個朝臣陪著哈姆雷特坐船到英國去，說這是為了王子好，使他不需要因為波洛涅斯的死而受處分。當時英國是丹麥的屬邦，國王寫了一封信給英國朝廷，交給這兩個臣子帶去，信裡編造了一些理由，囑咐他們等哈姆雷特在英國一上岸，就立刻把他處死。

哈姆雷特懷疑這其中藏有陰謀，於是在夜裡偷偷弄到那封信，還巧妙地把他的名字塗掉，將那兩個朝臣的名字寫上去，然後再把信封起來，放回原來的地方。

後來，船在航行中受到海盜的襲擊，雙方打了一場海戰。作戰時，哈姆雷特急於表現自己的英勇，獨自拿著刀登上敵船，這時，他所坐的那條船竟怯懦地逃掉了，那兩個朝臣把他撇下，就這樣帶著信急急忙忙地趕到英國去了。由於信的內容已經被哈姆雷特改過了，他們也嘗到罪有應得的惡果。

海盜俘虜了王子以後，對他十分客氣，由於他們知道哈姆雷特的真實身分，所以很快就把他帶到最近的一個丹麥港口，放他上岸，希望有一天王子在朝廷中可以幫他們的忙，以報答他們這番好意。

哈姆雷特從那個地方寫信給國王，告訴國王他因為一場奇怪的遭遇又回到了國內，還說他第二天就要去覲見國王。但是，回到家後他卻看到一幕淒慘的景象，那就是奧菲莉亞的葬禮。

自從奧菲莉亞可憐的父親死了以後，這個年輕女孩的精神就開始不正常了。波洛涅斯死得這麼慘，而且竟然是死在她所愛的人手中，這件事傷透了這位年輕女孩的心，讓她的精神很快就崩潰了。她到處跑來跑去，把花撒在宮裡，說那是為了父親的葬禮而撒的；又唱起關於愛情和死亡的歌，有時候則唱一些毫無意義的歌，而以前發生過的事她則完全記不得了。

有一天，她趁沒人看見的時候來到一條小河旁邊，河畔長著一棵柳樹，柳葉會倒映在水面上。她用雛菊、蕁麻、野花和雜草編成一只花環，然後爬到柳樹上，想把花環掛到柳枝上，沒想到柳枝卻折斷了，這個美麗、年輕的女孩就和她編的花環一起跌落溪水裡去。

她靠衣服托著，在浮木上漂了一會兒，還斷斷續續地唱了幾句古老的曲調，彷彿一點也不在意自己所遇到的災難，或是她本來就是生在水裡的動物一樣。可是沒多久，她的衣服被水浸溼，變得越來越重。她還沒唱完那支婉轉的歌曲，就被淹死了。

哈姆雷特回來的時候，她的哥哥雷歐提斯正在為她舉行葬禮，國王、王后和所有的朝臣也都在場。起初，哈姆雷特不曉得這是在舉行什麼儀式，只是站在一旁不去打擾。

他看到他們按照處女葬禮的規矩在她墳上撒滿了花，花是王后親自拋的，她邊拋邊說：「鮮花應當撒在美人身上！我本來希望用花替妳鋪新娘子的床，可愛的姑娘，沒想到現在卻要撒在妳的墳墓上了。妳本來應該做我的媳婦的。」

哈姆雷特又聽到奧菲莉亞的哥哥雷歐提斯說，希望她的墳墓能長出紫羅蘭。雷歐提斯還跳進奧菲莉亞的墳裡去，悲傷得像發瘋似的。他吩咐侍從拿土來覆蓋在他的身上，讓他跟奧菲莉亞埋在一起。

此時，哈姆雷特對這位女孩的愛又恢復了，他不能容忍她的哥哥如此地悲傷，因為他認為自己對奧菲莉亞的愛比四萬個雷歐提斯還要深！這時，哈姆雷特走上前去，也跳進墳墓裡面，跟她的哥哥一樣地瘋狂，甚至比他更瘋狂！

雷歐提斯認出他是哈姆雷特，他的父親和妹妹都是因為這個傢伙而死的，於是他把對方視為仇敵，狠狠地掐住他的脖子，直到兩人被衝上前的侍從拉開。

葬禮結束後，哈姆雷特向雷歐提斯道歉，說他剛才的行為太魯莽了，讓在場的人都以為他是為了跟雷歐提斯打架才跳進墳墓裡去的。其實，他只是因為不能容忍有人為了奧菲莉亞的死比他更傷心，兩個高貴的青年於是講和了。

可是克勞迪亞卻想利用雷歐提斯的悲憤，暗地裡設法謀害哈姆雷特。他慫恿雷歐提斯在和好的假象下向哈姆雷特發出挑戰，來一場劍術友誼賽。哈姆雷特也接受了這個挑戰，並且約定好比賽的日子。

比賽當天，宮裡的人都在場，而雷歐提斯則在國王的指示下準備了一把毒劍。大家都知道哈姆雷特和雷歐提斯兩個人皆精通劍術，所以朝臣們都為這次比賽下了很大的賭注。按照規矩，比劍應該用圓頭劍，哈姆雷特挑了一把圓頭劍，他一點也沒有懷疑雷歐提斯會有什麼詭計，也沒有去檢查雷歐提斯的劍，可是，雷歐提斯用的卻是一把尖頭劍，上面還塗滿了毒藥。

一開始，雷歐提斯並沒有真的跟哈姆雷特比試，他先讓他佔了一些上風，克勞迪亞也故意誇讚哈姆雷特的技巧，努力喝采著，並為他的勝利乾杯。他還下了很大的賭注，打賭哈姆雷特一定會贏。

可是經過了幾個回合，雷歐提斯出手越來越狠，不停用毒劍猛刺哈姆雷特，想給他致命的一擊，這讓哈姆雷特感到很生氣，然而，他還不知道全部的陰謀。之後，哈姆雷特的手臂不慎被劍劃傷。

又一次，雙方的劍因激烈的比鬥掉落地面，哈姆雷特不經意地拿到了雷歐提斯的那把毒劍，然後在接下來的決鬥中，用雷歐提斯自己的劍回刺他一下。於是，雷歐提斯自食惡果地中了他自己的奸計。

這時，王后尖叫著自己中毒了！原來，國王替哈姆雷特準備了一杯酒，本來是要等哈姆雷特比劍口渴時遞給他。但陰險的國王事先在碗裡下了猛烈的毒藥，打算如果哈姆雷特沒被雷歐提斯刺死，就要用這杯酒來毒死他，然而，這杯酒最後卻被王后在無意之中喝下去，因為國王忘記事先告訴她。王后喝下毒酒之後馬上就死去了，並用最後一口氣喊出自己是被毒死的。

哈姆雷特懷疑這之中藏著某種陰謀，就命令侍衛把門統統關起來，他要查出幕後的主使人！這時，雷歐提斯告訴他不必查了，並老實承認是他出賣了朋友，因為他發覺自己挨了哈姆雷特一劍，就快要死了。

他開始招出自己所策劃的奸計。他告訴哈姆雷特劍頭已塗上劇毒，哈姆雷特已經活不了半個鐘頭了，因為什麼藥也救不了他。臨死的時候，他控訴這一切都是國王的陰謀，還要求哈姆雷特饒恕他，然後就斷氣了。

哈姆雷特知道即將死去，而劍上還有些剩餘的毒藥，就奮力朝狡詐的克勞迪亞撲了過去，把劍頭刺進他的胸膛。就這樣，他實踐了對父親許下的諾言，完成鬼魂要他做的事，讓那個卑鄙的殺人凶手得到報應了。

然後，哈姆雷特覺得渾身無力。眼看自己就要死了，他轉過身來，用最後的一口氣要求好朋友何瑞修一定要好好活在世上，把整件事情的前因後果告訴全世界的人。何瑞修答應他一定會忠實地照做，因為他知道這一切的經過。

哈姆雷特滿足地嚥下了最後一口氣。何瑞修和在場的人都流著淚，把王子的靈魂託付給天使。哈姆雷特是一位仁慈寬厚的王子，因為他擁有其高貴的美德，大家都十分愛戴他，如果他沒死的話，想必會是一位最優秀的丹麥國王。

6 奧賽羅

富豪勃拉班修是威尼斯的一位元老，膝下有位漂亮溫柔的女兒，名叫苔絲狄蒙娜。由於苔絲狄蒙娜品德高尚，日後還可能會繼承一筆豐厚的遺產，四面八方的人紛紛來向她求婚。

只是，這些本國的白種人，還沒有一個能讓她動心的，因為這位高貴的小姐把人的心靈看得比相貌更為重要。最後，她以一種別人欽佩卻沒法效仿的獨特眼光，選中了一個摩爾人。這個摩爾人是黑人，深受她父親的喜愛，經常應邀來她家中做客。

然而，沒有人能指責苔絲狄蒙娜挑選這個情人有什麼不合適之處。要不是他是個黑人，憑著這位高尚的摩爾人的各項條件，就是最高貴的小姐也會暗許芳心的。他是位軍人，而且是位驍勇的軍人，在與土耳其的多次血戰中表現出傑出的指揮才能，因此被拔擢為威尼斯軍隊的將軍，受到國家的尊敬和信任。

奧賽羅以前曾是位旅行家，苔絲狄蒙娜十分喜歡聽他講他的冒險故事，就像所有的姑娘一樣。於是，他就會從最早的故事講起，講起他經歷過的戰爭、圍攻、會戰；講起在海陸兩地遭遇的種種危險，講起他如何在踏進敵人的重圍或者衝到敵人炮眼上的千鈞一髮之際僥倖脫險；講起他怎樣被傲慢的敵人俘虜，又被賣為奴隸；講起那時候他是怎樣忍氣吞聲、怎樣逃脫。

當他講述這些故事的時候，還會順便提到在國外見到的種種奇聞軼事。他講到一望無際的荒野、傳奇瑰麗的洞穴、石坑、岩石，和高聳入雲的山峰；講到野蠻的國家、吃人的食人部落，還有一個頭驕長在肩膀下的非洲民族。這些旅行的故事把苔絲狄蒙娜深深地迷住了。每當她因為家務事不得不離開一會兒時，總是趕緊把事情處理完就回來，然後興味盎然地聽他下去。

有一次，奧賽羅趁著適當的時機，引誘苔絲狄蒙娜要求他把他一生的故事都詳細地講給她聽。雖然那些故事她已經聽了不少，但都是些不完整的片段罷了。於是，奧賽羅順勢答應了她的請求，他講到自己年輕時遭受的不幸和打擊時，賺了苔絲狄蒙娜不少眼淚。他的故事講完了，她也不知道為了他受過的苦嘆了多少氣。

苔絲狄蒙娜巧妙地發誓說，這些故事太離奇，也太悲慘了，她真希望自己沒有聽到那些故事，但又希望上天為她創造出這樣一位男子來。然後，她向奧賽羅表示感謝，還告訴他，如果他有朋友愛上了她的話，只要教那位朋友該怎樣講他的故事，就可以成功追求到她了。

聽到這雖然坦率但也不失含蓄的暗示，又看見漂亮迷人的苔絲狄蒙娜臉上泛起了紅暈，奧賽羅自然就明白了。於是，他明白地向她表示了愛意，趁著那次極佳的機會，奧賽羅得到了苔絲狄蒙娜的同意，她表示願意與他私下結婚。

然而，以奧賽羅這樣的膚色、財產，別指望勃拉班修點頭答應讓他做自己的女婿。雖然勃拉班修一直都沒干涉自己的女兒，可是他確實希望女兒能在不久後，與其他威尼斯的千金小姐一般，嫁給一位元老或者可能成為元老的人。

可惜他的期望落空了，苔絲狄蒙娜愛上了這個摩爾人。雖然這個摩爾人是名黑人，但苔絲狄蒙娜還是把自己的心和命運都交給了這位英勇、高尚的人。即使他的黑皮膚是所有女人都難以接受的，可是頗具慧眼的苔絲狄蒙娜卻覺得他比那些向她求婚的、膚色白淨的威尼斯貴族青年還要高貴，而且委身嫁給了他，全身心地愛著他。

雖然他們的婚禮是秘密舉行的，可是這秘密也沒能保守太久。很快地，這件事就傳到了老勃拉班修的耳朵裡。老人家氣憤地到莊嚴的元老院會議上控告摩爾人奧賽羅，他堅決地指控奧賽羅用符咒和巫術誘惑他美麗的女兒，使苔絲狄蒙娜愛上了他，並且在未徵得父親的同意下就跟她結婚，這嚴重違背了主客之道。

當時剛有消息傳來，說土耳其人調集了一支強大的艦隊，正往塞浦勒斯島進發，想從威尼斯人手中把這個軍事據點重新奪回去。在這緊急關頭，政府只好把希望寄托在將軍奧賽羅身上，認為只有他才足以擔此重任，指揮威尼斯軍隊抵擋土耳其軍，打贏這場塞浦勒斯保衛戰。政府要奧賽羅即刻前往島上赴職。

奧賽羅就這麼被召進了元老院，當時他是以雙重身分站在各位元老面前。一方面，他是被政府指定臨危受命的軍人；另一方面，根據威尼斯法律，他又是個犯人，被指控多項應當處以死刑的罪名。

想到老勃拉班修一大把年紀了，又是元老，大家都很有耐心地聽他在這莊嚴的會場上指控奧賽羅。不過這位怒氣沖沖的父親控訴起來一味地放縱自己的情緒，只舉出一些臆測和斷言作證據。也因此，只要奧賽羅被傳上庭進行自我辯護時，把他的戀愛經過一五一十地講出來就行了。

他的故事講得樸實無華而又娓娓動聽，就和我們前面描述過的一樣。他把追求苔絲狄蒙娜的全部過程講了一遍。他的故事是那麼地坦白、光明磊落，證明他的話全是真的，連擔任審判長的公爵大人都忍不住承認，要是他女兒聽到這樣的故事，也一定會愛上他的。奧賽羅使用的符咒和魔術只不過是男人在戀愛中使用的誠實手段，他所使用的唯一魔法就是運用了自己溫柔說故事的才能，讓女人感興趣。

苔絲狄蒙娜小姐走上庭來，親口證實了奧賽羅的陳述。她先是承認父親生養她、教育她，她應當盡為人女的本份，然後又請父親允許她明言一種更高尚的職責——去向她的主人、丈夫盡到作為人妻的職責，甚至就像她母親雖然喜歡自己的父親，可是更喜歡自己的丈夫勃拉班修一樣。

這位老先生沒辦法再堅持他的控訴了，只得萬分心痛地把摩爾人叫過來，把自己的女兒交給了他。勃拉班修告訴他，要是他有權把女兒留下的話，他是絕不會讓他娶走她的！還說他很慶幸自己沒有其他的孩子，因為，苔絲狄蒙娜的私奔將會讓他變成一位暴君，從此給其他的孩子都戴上腳鐐的。

這些年來奧賽羅已經習慣了艱苦的軍旅生活，在他看來，這就像別的男人吃飯睡覺一樣自然。所以當這件棘手的問題一解決，他就決定立刻奔赴塞浦勒斯指揮戰事。雖說奧賽羅和苔絲狄蒙娜正逢新婚，本該像其他新婚夫妻一樣愉快地享受愛情，可是苔絲狄蒙娜更希望丈夫能為國爭光，她雖然明白戰爭的危險，但還是欣然同意隨丈夫出征。

奧賽羅夫婦一到塞浦勒斯，就獲知一場猛烈的暴風雨已經把土耳其艦隊吹散了，於是敵人無法馬上發動進攻，塞浦路斯島暫時解除了危機。然而，奧賽羅將要面臨的那場真正的戰爭即將就要開始了。這個敵人惡意地挑起了他對清白的妻子的猜忌，比外人和異教徒還來得致命！

在奧賽羅將軍的朋友之中，他最信任的人是凱克爾．凱西奧。凱西奧是位年輕的軍官，佛羅倫斯人。他天性活潑，為人多情，嘴巴也甜，有很多討女人喜歡的地方。他長相英俊、能言善辯，正是使那些上了年紀卻娶了年輕漂亮女人的男人嫉妒的那種人，對奧賽羅來說也不例外。

但是，奧賽羅品德高尚，從不會猜忌別人，要是他自己做不出這樣的事，也就不會懷疑別人會作出那種卑鄙的事來。當初他與苔絲狄蒙娜戀愛的時候，還請凱西奧居中幫忙過，也可以說，凱西奧算是他們的媒人。

當時，奧賽羅擔心自己不會說話，不懂得討女孩子歡心，卻發現自己的朋友倒是很有一手，所以常常拜託凱西奧代他去向苔絲狄蒙娜求愛。這種單純的性格不僅不是這個英勇摩爾人人性上的汙點，反而是他的光彩之處。因此，也難怪除了奧賽羅本人之外，溫柔的苔絲狄蒙娜最喜歡、也最信任的人就是凱西奧了。

不過，正如賢德的妻子應該做的那樣，她對凱西奧始終保持著適當的距離。他們結婚之後，對待凱西奧就如婚前一般，沒有什麼改變。凱西奧常常到他們家中作客。雖然奧賽羅是個嚴肅的人，可是聽著凱西奧東拉西扯、活潑開朗的閒聊時，也感到很高興，畢竟性格相反的人總是喜歡聽彼此的談話，這樣才能使自己嚴肅的性格不至於太沉悶。苔絲狄蒙娜和凱西奧經常一起有說有笑，就像當年他替朋友求婚時一樣。

不久前，奧賽羅提拔了凱西奧，讓他成為自己的副官。這是個很受信任的象徵，也是跟將軍最為親近的職位。可是，這次的升遷激怒了一位名叫伊阿古的資深軍官。伊阿古認為自己比凱西奧更有資格得到這個職位。他常說凱西奧只不過會陪陪女人罷了，在戰術或者指揮上的能力的還比不上一個女人。

伊阿古恨凱西奧，也恨奧賽羅。一方面，他覺得奧賽羅偏袒凱西奧；另一方面，他對奧賽羅產生了沒有根據的猜疑，他一廂情願地認為這個摩爾人看上了他的妻子愛米利婭。在這些假想的刺激下，伊阿古策劃了一場陰險的復仇計劃，他要把凱西奧、奧賽羅和苔絲狄蒙娜一網打盡。

伊阿古生性奸詐，對人性了解得十分透徹，他知道折磨一個人的精神遠比折磨他的身體要痛苦多了，而在所有折磨人精神的方式中，嫉妒是最讓人難以忍受、最令人感到錐心之痛的了。要是他能成功地讓奧賽羅嫉妒起凱西奧來，那將是個絕佳的報復手段，可能還會讓其中一方或者兩方都死掉，不過，他才不在乎呢！

土耳其的艦隊被暴風刮散了，將軍和將軍夫人也來了，島上頓時如同過節一般，人人都盡情地吃喝玩樂。他們縱情飲酒，一次又一次地舉杯恭祝黑人奧賽羅和他的妻子——美麗的苔絲狄蒙娜身體健康。那天晚上，凱西奧負責指揮警衛隊。奧賽羅吩咐他別讓士兵們喝太多酒，以免發生爭吵，嚇著了當地的居民，使他們對軍隊產生反感。就在這晚，伊阿古終於開始實行他那蓄謀已久的詭計了。

他先是連聲向將軍表示忠誠和愛戴，接著不停地慫恿凱西奧喝酒。由於警衛官縱酒是重罪，一開始凱西奧拒絕了，可是伊阿古熟練地裝出誠懇、坦率的樣子繼續勸他，沒過多久，凱西奧就感到盛情難卻，把酒一杯接一杯地喝下肚，伊阿古還不住地在一旁唱著勸酒歌，要他喝酒；同時，他口中不斷地讚美著苔絲狄蒙娜，一遍又一遍地向她敬酒，誇她是個十全十美的女人。

凱西奧吞進肚子裡的敵人終於偷走了他的理智。沒過多久，伊阿古又慫恿一個傢伙去招惹他，就這樣，兩人很快拔出了劍來決鬥，一位受人尊敬的軍官蒙太諾連忙上前平息紛爭，卻在扭打中不慎受了傷。

這場騷亂越鬧越大，陰謀的幕後黑手伊阿古故意散播恐慌，要人去敲響城堡上的鐘，就像發生了兵變，而不只是酗酒鬧事的小事一樣。鐘聲驚醒了奧賽羅，他匆忙穿好衣服來到事發現場，詢問凱西奧出事的原因。

這時，他的酒勁已經退去了一些，凱西奧逐漸清醒過來，當他明白自己做了什麼事之後，羞愧地不能回答。而引起這一切的伊阿古則裝出一副為難的樣子，表示自己不想說凱西奧的壞話。可是，奧賽羅一定要知道真相，逼他把真相說出來。

於是，伊阿古裝出無奈的表情，把整件事情的經過說了一遍，當然，他省去了自己參與的那一部分，因為凱西奧也根本不記得了。在他巧妙地挑撥下，眾人都覺得他越是替凱西奧開脫，凱西奧的罪過就顯得越重。最後，嚴格執法的奧賽羅只好將凱西奧革職。

就這樣，伊阿古奸計的第一步圓滿實現了。現在，他已經打擊了他的仇敵並把他拉下了馬，不過他接下來還要把這個災難的夜晚發生的事好好利用一番。

經過這場不幸，凱西奧已經完全清醒過來了。他向表面上裝成好朋友的伊阿古悲傷地訴苦，說自己真是個傻瓜，竟然作出了畜生般的行為。他的前途已經完了，因為他怎麼還有顏面請求奧賽羅讓他復職呢？奧賽羅肯定會罵他是個醉鬼，事到如今，就連他也瞧不起自己了。

伊阿古安慰他說，這件事也沒什麼大不了的，不管是誰都會有喝醉的時候，事情還有轉圜的餘地。如今將軍夫人才是真正的將軍，奧賽羅對她言聽計從。他可以去找找苔絲狄蒙娜夫人，請她向她的丈夫說情。夫人生性直爽、樂於助人，再說幫兩個朋友和好是件好事，她一定會幫忙的，這樣就能再度得到將軍的寵信了。要不是伊阿古出於邪惡的目的才這麼說，這倒是個不錯的建議。

於是，凱西奧按照伊阿古的建議去求苔絲狄蒙娜夫人幫忙。每當有人懇請苔絲狄蒙娜幫忙時，她總是很容易就點頭了。果然，她答應會替凱西奧向她的丈夫求情，還說她寧願死也不想對他見死不救。

她馬上跑去找奧賽羅，她向他說的話是那麼地真誠、漂亮，奧賽羅雖然對凱西奧有些埋怨，但也沒辦法拒絕她。不過，奧賽羅說現在赦免一個犯人未免太急，還是等個幾天再說，可是她不死心，一定要他在隔天晚上或者第三天早上、最遲在第四天早上就赦免凱西奧。她還告訴他可憐的凱西奧有多麼後悔、多麼慚愧，他犯的錯不應受到這麼嚴厲的懲罰。

奧賽羅還是不肯，最後她說：「怎麼了？我的夫君，我為凱西奧求個情就這麼困難嗎？當初凱西奧代替你來向我求婚的時候，我經常說些對你不滿意的話，他還總是替你說好話呢！現在，我只不過要求你一件小事而已，要是我真的想測試你對我的愛的話，我會要你做一件大事的。」

苔絲狄蒙娜這樣求他，奧賽羅完全無法拒絕。他只請求妻子給他一點時間，他答應一定會再次重用凱西奧的。

有一天，苔絲狄蒙娜在房間裡，奧賽羅和伊阿古走了進來。這時，前來求苔絲狄蒙娜幫忙的凱西奧正好從另一側的門走出去。詭計多端的伊阿古看見了，自言自語地低聲說道：「我不喜歡那樣。」起初，奧賽羅沒怎麼留意他的話，很快地跟夫人商量起事情來，把這話給拋在腦後。不過他後來還是想起來了，因為當苔絲狄蒙娜離開後，伊阿古裝作單純想滿足一下自己的好奇心，問奧賽羅當年向夫人求婚的時候，凱西奧知不知道他們正在戀愛。

奧賽羅說知道，還說他常常為他們兩個當傳話人呢！聽到這話，伊阿古皺起了眉頭，就像某件可怕的事又有了新的證據，喊了聲：「真的呀！」

這一喊，讓奧賽羅想起了他們剛走進房間看見苔絲狄蒙娜和凱西奧在一起時，他脫口說出的話。奧賽羅開始懷疑伊阿古肯定話中有話，因為他覺得這句話要是出自小人嘴裡，那可能就是別有用心了，但他認為伊阿古是個正人君子，這話從他嘴裡說出來，應該是真實感情的自然流露，一定是有重大的事難以啟齒。於是，奧賽羅就拜託伊阿古把他知道的事全都說出來，就是最壞的想法也不要隱瞞。

「唉！」伊阿古說，「哪座宮殿沒有汙穢之物呢？要是有些邪惡的念頭闖進了我的心裡，那該怎麼辦呢？」

他接著說道，要是他觀察到的這些瑣碎小事為奧賽羅帶來麻煩，那就太遺憾了！要是奧賽羅知道了他的想法，一定會變得心神不寧；還說，不能因為一點點懷疑就隨便毀掉別人的好名聲。

他的說話方式引得奧賽羅疑神疑鬼，就快要發瘋了。這時，伊阿古又假裝很關心奧賽羅的心情，勸他別輕易起了嫉妒之心。奧賽羅毫無心防，當這個壞蛋假意勸他不要隨意猜忌，卻反而引起了他的疑心。

「我知道，」奧賽羅說，「我的妻子長得很漂亮，喜歡交際和宴會，也愛聊天；她會彈琴，也能歌善舞。可是，只要她是忠貞的，這些都稱得上是美德。我必須要看見證據才能認為她對我不忠。」

聽見他這麼說，伊阿古裝成很高興的樣子，慶幸奧賽羅不會隨便懷疑自己的妻子，坦率地承認他的確沒有證據。但是，他又請求奧賽羅多注意一下凱西奧在場時，他妻子的行為舉止。伊阿古勸他既不要嫉妒，也不要太放心！因為在他的國家義大利，那些女人們所使的花招，他可是比奧賽羅清楚得多了。還說威尼斯的妻子們背著丈夫耍了不少詭計，上帝都看在眼裡呢！

接著他又巧妙地暗示說，當初苔絲狄蒙娜跟奧賽羅結婚的時候，曾騙過了她的父親。她把一切掩飾得那麼好，讓她可憐的父親還以為奧賽羅使了什麼巫術呢！伊阿古的這番話終於把奧賽羅說動了，他覺得很有道理。他心想當初她曾騙了自己的父親，誰知道她現在會不會欺騙自己的丈夫呢？

伊阿古要奧賽羅原諒自己挑起了他的不愉快。雖然奧賽羅裝出無所謂的樣子，但在聽到伊阿古的這番話後，他心裡已經痛苦地顫抖起來了。奧賽羅又請他接著說下去，伊阿古先是連聲道歉，好像凱西奧是他的朋友，不想說他的壞話似的，接著卻又死死地切中要害：他提醒奧賽羅，當初苔絲狄蒙娜是如何拒絕了許多同國家、同人種、門當戶對的求婚者，偏偏嫁給了他這個摩爾人，這對她來說也太不合理了，足以明白苔絲狄蒙娜是個任性的姑娘。那麼，一旦她恢復了理智，她會不會把奧賽羅跟國內那些年輕俊秀、膚色白淨的義大利人相比呢？這種可能性有多大呢？最後，他建議奧賽羅先別急著與凱西奧和解，好好觀察一下苔絲狄蒙娜幫凱西奧求情時有多麼殷勤，因為這上面可以看出許多端倪。

這個狡猾的壞蛋就這樣設下了毒計。他要把清白無辜的苔絲狄蒙娜那溫柔的性情變成毀滅她自己的利器；用她的善良織成一張網，把她自己誘入圈套。他先慫恿凱西奧向苔絲狄蒙娜求情，就在這個時候，又設下另一個計謀將她毀滅。

在這段談話結束之前，伊阿古請求奧賽羅在得到確切的證據之前，仍然將他的妻子視為清白無辜的，奧賽羅答應會耐住性子。然而，從那之後奧賽羅就再也沒有品嚐過安寧的滋味了。不論是罌粟花、曼陀羅汁，還是世界上所有的安眠藥，都再也不能讓他享受前一天還享受得到的好眠了。

他開始討厭他的職務，再也不能從戰爭中獲得歡樂了；過去他看到軍隊、戰旗和作戰隊形時就會高興；聽到戰鼓、號角或者嘶鳴的戰馬，就會激動、跳躍。可是現在軍人的美德——驕傲、雄心都從他身上消失了，他對軍事的熱心和一直以來的愉快心情也都離他遠去了。

他一下子覺得妻子是忠貞的，一下子又覺得她不忠貞；他一下子覺得伊阿古是正直的，一下子又覺得他不正直。然後，他就希望自己永遠不要知道這些事，因為要是他一無所知的話，就算她真的愛上了凱西奧，也不會讓他這麼痛苦。這些心煩意亂的想法把他的心都撕碎了。

有一次，他掐住了伊阿古的脖子，要他拿出苔絲狄蒙娜不忠的證據來，否則就要立刻殺死他，讓他為誣陷他的妻子付出代價。

伊阿古假裝很生氣，說他的一片好心竟被奧賽羅當成了蛇蠍心腸。他問奧賽羅，是不是曾經送給妻子一條繡了草莓花樣的手帕。奧賽羅說自己的確給過她這樣的一條手帕，那是他送給她的第一件禮物。

伊阿古說：「今天我還看見凱西奧用那塊手帕擦臉呢！」

「如果真的像你所說的那樣，」奧賽羅說，「我要是不狠狠地復仇，把他們殺掉，絕不罷休！首先，為了表示你對我的忠心，我命令你三天之內殺死凱西奧。至於那個美麗的魔鬼，我會想個辦法讓她死得痛快。」

在嫉妒的人看來，即使是空氣般輕盈的小事也會變得像《聖經》一樣確鑿，奧賽羅只不過看見凱西奧手裡有一塊他妻子的手帕，就想置他們二人於死地，絲毫沒想過親自去問凱西奧是如何得到手帕的。苔絲狄蒙娜從來沒有送過凱西奧這麼一件禮物，這位忠貞不渝的姑娘也不可能做出把丈夫的禮物轉送給別的男人這種壞事，來傷害她的丈夫。

凱西奧和苔絲狄蒙娜都沒有要冒犯奧賽羅的意思，可是壞蛋伊阿古卻無時無刻不想著壞點子，他叫自己善良卻軟弱的妻子把手帕從苔絲狄蒙娜處弄來，假裝要描下手帕上面的花樣，實際上卻把它丟在凱西奧的身旁，讓他把手帕撿起來。這樣子，伊阿古就可以趁機暗示奧賽羅，說手帕是苔絲狄蒙娜送給他的。

奧賽羅見到妻子後，開始裝出頭痛的樣子，希望她能給他一條手帕按在太陽穴上。苔絲狄蒙娜就給了他一條。

「不是這一條，」奧賽羅說，「我要我送你的那一條。」

當然，由於那條手帕早已被偷走了，苔絲狄蒙娜當然無法拿出來給他。

「什麼？」奧賽羅說，「這下糟了！那條手帕是一個埃及女人送給我母親的。那女人是個巫婆，能看透人的心思。她曾跟我母親說，只要把手帕握在手裡就會人見人愛，我父親也會愛她；但只要遺失了或者送給了別人，我父親就會變得花心，過去有多愛她，這時就有多討厭她。她在死前把它給了我，叫我將它送自己的妻子，我照她說的做了。你要小心保存，要像珍惜你的眼睛一樣珍惜它。」

「真的嗎？」苔絲狄蒙娜驚訝地說道。

「真的，」奧賽羅繼續說，「那手帕是有魔法的，是一個兩百歲的女巫心血來潮時在一陣狂熱中織成的，做絲線的蠶繭也不是人間所有。織成以後還必須在用處女木乃伊的心臟煉成的汁液裡染過。」

苔絲狄蒙娜聽說那條手帕具有如此神奇的功效，嚇得說不出話來，因為她清楚地記得自己把它弄丟了，她害怕手帕不見後，丈夫將不再愛她。奧賽羅跳了起來，好像要作出什麼魯莽的事情。他說自己堅持要那條手帕，可是苔絲狄蒙娜卻拿不出來，她竭力想把丈夫的注意力從這些沉重嚴肅的事情上移開。忽然，她興高采烈地說自己明白了，原來奧賽羅跟她說手帕的事，只是為了不讓她再替凱西奧求情罷了。

接著她又誇獎起凱西奧來了，就像伊阿古預料的那樣。這讓奧賽羅發了瘋似地衝出門去了，直到這時，苔絲狄蒙娜才不情願地開始相信她的丈夫吃醋了。

她不知道自己對丈夫做了什麼，竟讓他吃起醋來。接著，她又責怪起自己不該這樣責備高貴的奧賽羅。她猜想肯定是威尼斯傳來了壞消息，或是國家遇到大麻煩了，才害得他心情煩躁，使他失去了原先的溫柔。

「男人又不是神仙，我們總不能指望結了婚之後他們還能對我們像結婚那天一樣體貼。」她說道，然後她又責備自己不該因為丈夫無情就往壞處去想。

奧賽羅又到了苔絲狄蒙娜面前，這一回，他更加明白地指責苔絲狄蒙娜對他不忠，愛上了別的男人，不過他沒說出那人是誰。接著就哭起來了。

苔絲狄蒙娜說：「唉！今天真是個不幸的日子。你怎麼哭了？」

奧賽羅說他可以堅忍地承受各種磨難、貧窮、疾病和恥辱，這些事都休想擊垮他，可是她的不忠卻讓他心碎了。他稱她為野草，看上去很美麗，聞起來也很香，但一看見眼睛就痛，一聞見鼻子就痛，但願她沒有來到這個世上。

奧賽羅又離開了，他清白無辜的妻子錯愕不已，她沒想到丈夫竟會這樣誤會她、懷疑她。之後，一股昏昏沉沉的倦意向她襲來，她命令僕人為她鋪床，把她結婚那天鋪的床單鋪上。她說，大人教孩子做事情時，總是會溫柔地引導他們，叫他們從簡單的事情做起。奧賽羅完全可以這樣責備她，因為當她受責備的時候，也不過是個孩子，這就是這位溫柔的夫人唯一的抱怨了。

苔絲狄蒙娜坐上了床，想著她丈夫很快就會回來。她心裡亂糟糟的，沒過多久就睡著了。也不知睡了多久，奧賽羅進了房間，他滿腦子都是殺死自己妻子的邪惡念頭。他看見苔絲狄蒙娜睡得正香，不想讓她流血，也不想在她那比雪花石膏還要白的肌膚上留下疤痕。但是，他已經下定了決心要讓她死，否則讓她活著也只會背叛更多的男人，就像她背叛了自己一樣而已。

他最後一次吻了她，那一吻是那樣地甜美，讓他忍不住又吻了一下。接著他哭了，但那卻是無情的眼淚。苔絲狄蒙娜被奧賽羅的這一吻喚醒了，她睜開眼睛望著他，看見他咬著下唇，滾動著眼珠，她很明白，每當他做出這副表情時，肯定會作出要命的事情來。

奧賽羅要她做好赴死的心理準備，做一段禱告，因為他不願殺死她的靈魂。至此，這位清白無辜的妻子只能任憑他擺佈了。她請求他發發慈悲，讓她知道自己究竟錯在哪裡。於是，奧賽羅提起了凱西奧的名字，以及那條不見了的手帕。

這位無辜的夫人正想為自己洗清冤屈，奧賽羅卻不想聽了。他用被子把她的頭蒙住，活活悶死了。

就在這時，伊阿古的妻子愛米利婭來了，她是來向奧賽羅報告凱西奧遇刺的事情。原來，伊阿古暗中指使了一名爪牙前去暗殺凱西奧，沒想到這名刺客沒能殺死凱西奧，僅讓他受了傷。

愛米利婭看到奧賽羅殺死了苔絲狄蒙娜，嚇得大聲呼喊。很快地，大家都趕到了奧賽羅的房間，包括她的丈夫伊阿古。於是，愛米利婭當著眾人的面，揭發了丈夫的陰謀與惡行。伊阿古聽到妻子的指控，又驚又怒，當場拿劍刺死了妻子，然後逃離現場。

真相大白了，這對奧賽羅來說真是個晴天霹靂。他現在清楚地明白了自己跟一個殺人犯沒什麼兩樣，他的妻子，可憐又清白的夫人一直都是忠於他的。真相是那麼地殘酷，讓他痛心疾首、痛不欲生。最後他拔劍自刎，倒在他親愛的死去的妻子身上，嚥下最後一口氣。

看到這些魯莽的行為導致這樣悲慘的結果，在場的人都覺得既恐怖又驚愕。奧賽羅的名聲一直很好，沒想到卻中了小人的奸計；他天生品德高尚，從來沒有想過懷疑那個壞蛋。他本是個多情的丈夫，雖然愛得不理智，但愛得極深，他那雙剛毅的眼睛從不會為了小事流淚，可是當他知道自己犯了錯之後，淚水卻像阿拉伯橡樹的樹膠一樣流個不停。

奧賽羅死後，人們仍然記得他以前的豐功偉業和英勇事蹟，他的繼任者凱西奧唯一能做的就是嚴懲伊阿古，將他處以極刑，並派人向威尼斯政府報告這位著名將軍的慘死經過。

7 馬克白

蘇格蘭國王鄧肯執政時，國內有一位顯赫的貴族，名叫馬克白。他是國王的親戚，由於在戰場上表現英勇，所以很受朝廷的尊敬。

最近，馬克白和班柯這兩位蘇格蘭將軍打敗了一支由挪威軍隊援助的叛軍，正準備班師回國時，他們經過一片枯黃的荒原，在那裡被三個奇形怪狀的人攔住。她們看起來很像女人，可是卻又留著鬍子，從她們滿是皺紋的皮膚和身上穿的粗陋衣服來看，她們簡直不像人。

馬克白先跟她們打招呼，但她們好像很生氣，一個個都把手指頭放在鬆弛的嘴唇上，作為保持沉默的暗示。站在中間的那個人首先向馬克白致敬，稱他為「葛萊密斯爵士」，馬克白發現她們居然知道自己是誰，忍不住吃了一驚。

可是第二個人更讓他吃驚了，她稱呼他為「考特爵士」，這種殊榮他是沒有資格享受的。然後，第三個人對他說：「萬歲！未來的國王！」她們這種未卜先知的能力使他感到意外，不過他知道，只要國王的兒子還活著一天，自己是絕對沒有希望繼承王位的。

接著，她們又轉過身去用謎語般的話對班柯說：他將比馬克白低微，可是卻又比他偉大；他沒有馬克白那麼幸運，可是卻又比他有福氣。她們並預言：雖然他當不成國王，可是他的子子孫孫都會成為蘇格蘭的國王。說完後，她們就化作一縷輕煙消失了。兩位將軍這時才知道，原來這三個人是女巫。

正當他們站在那裡感到納悶的時候，國王的信差來了，國王加封馬克白為考特爵士。這件事讓馬克白感到很驚奇，因為，這恰好跟巫婆的預言完全一樣！他站在原地發愣，對著信差半晌說不出話來，但很快地，他滿心盼望著第三個巫婆的預言也能應驗，這樣一來，他就會成為蘇格蘭國王了。

他轉過身來對班柯說道：「巫婆告訴我的事竟然如此奇妙地應驗了，難道你不希望你的子子孫孫也成為國王嗎？」

「這種希望會引起對王位的貪念。」班柯回答，「這些幽冥的使者時常在小事情上向我們透露一些無用的秘密，結果反而害我們做出後果更嚴重的事來。」

然而，巫婆的預言在馬克白心裡留下了深刻的印象，他完全不想理會班柯對他的忠告。在這之後，他便把所有的心神都放在奪取蘇格蘭王位上。

馬克白把女巫們奇怪的預言和已經應驗的事都告訴了妻子，他的妻子是個野心勃勃的壞女人，為了使她的丈夫和她自己成為大人物，她做起事來可以完全不擇手段。雖然馬克白的意志還有些不堅，畢竟一想到殺人，他的良心總會覺得不安，可是他的妻子極力慫恿他，不斷地告訴他：如果想要實現那個預言，就非得把國王殺死不可。

國王鄧肯時常到顯赫的貴族家中拜訪，剛好這時他在兩個兒子馬爾康和唐納班的陪伴下來到馬克白的家裡。為了對馬克白在戰場上所立下的功勞表示尊崇，國王還帶了許多爵士同行。

馬克白住的城堡環境很優美，空氣也十分清新，在城堡的石牆上，只要是可以築巢的地方，都可以看見燕巢，因為燕子喜歡在空氣清新的地方繁殖。國王對這個地方十分滿意，也對馬克白夫人的殷勤和禮貌表示讚賞。馬克白夫人善於用微笑掩飾她的陰險心腸，她可以裝得像花一樣地純潔，實際上卻是一條毒蛇。

國王由於旅途勞累了，很早就上床就寢了。在他的寢室裡有兩個侍從睡在旁邊，他對這一切感到非常放心。睡前他賜給大臣們一些禮物，也送給馬克白夫人一顆很貴重的鑽石，並且誇她是最稱職的夫人。

這時已經是半夜了，世界彷彿睡死了一般，惡夢擾亂著人們的心靈，只有狼和凶手才會待在外頭。這時，馬克白夫人醒來了，她準備去做謀害國王的事。對於一個女人來說，殺人是很可怕的，她本來不願意親手去做，然而她又怕丈夫的心腸太軟，不敢照預定的計畫下手。

她知道馬克白有野心，可是也知道他為人謹慎，像殺人這樣的惡行，是要野心膨脹到了極點才做得出手，而馬克白不會這麼做。雖然他已經答應她去殺人，可是她懷疑他的決心，她怕丈夫天生的好心腸會阻礙他達到目的。

因此，她乾脆自己拿了一把尖刀，走近國王的床邊，兩位侍從早已被她用酒灌得爛醉，拋棄他們的國王，醉醺醺地睡死了。而鄧肯也很累了，睡得正熟。她仔細地望了望，看見熟睡中的國王，容貌竟有些像自己的父親，一時竟失去了動手的勇氣。

她又回去跟丈夫商量，馬克白的意志早就動搖了，認為這件事千萬不能做，因為他不但是國王的臣子，也是他的親戚，當晚國王又在他的家裡作客。按照規矩，他的責任應該是要把門戶關好，不讓刺客進來，怎麼能反而拿刀行刺他呢！

他又想到鄧肯是個多麼公正、慈祥的國王，從來沒有欺負過老百姓，對貴族們——尤其對他，又是那麼地賞識。上天對這樣的國王一定會特別加以保護，如果他被殺死了，老百姓也會想要替他報仇的！而且由於國王對馬克白的寵愛，使得所有的人都很尊重他，他怎麼能讓這卑鄙的謀害行為來玷汙自己的名譽呢！

馬克白夫人發現丈夫內心的矛盾，而且似乎決定放棄計畫。但她是那種下定決心後就不會輕易罷手的女人，她開始在他耳邊不停地鼓動著，把自己的想法灌輸到他心裡，舉出許多理由來說服他：既然答應去殺人，就不應該退縮，而且這件事辦起來很容易，很快就可以完成，短短一個晚上的行動可以讓他們在今後的日子裡掌握大權、享盡榮華富貴！

然後，她又對他的猶豫不決表示輕蔑，責備他反覆無常、沒有骨氣。還說，她曾經餵過奶，懂得如何溫柔地去愛吃奶的娃娃，但她也可以在娃娃正對著她微笑時，把他從懷裡扔到地上，摔出他的腦漿，因為她發過誓要那樣做，就像馬克白已經發誓去殺人一樣。接著她又說，這件事其實很簡單，只要把謀殺的罪行推到兩個喝醉的侍從身上就行了。她就這樣嚴厲責備馬克白的猶豫不決，讓他終於又鼓起勇氣去幹這件血腥的勾當。

於是，他拿著尖刀，摸黑溜進鄧肯的房間，正準備靠近國王的時候，他好像看到空中有另外一把尖刀，刀柄正朝著他，刀刃和刀尖上還滴著血。可是當他伸手一抓時，才發現那只不過是他窒悶的心境所引起的幻覺。

他擺脫了恐懼，一刀殺死了國王。正要離開現場時，其中一個侍從在睡夢中笑了，另外一個則嚷著：「殺人啦！」於是，他們兩個都醒了，做了一段禱告後，其中一個說：「願上帝祝福我們！」另外一個則回答：「阿門！」然後，兩人就又睡著了。

馬克白躲在那裡聽他們說話，當第一個侍從說：「願上帝祝福我們！」時，他很想和第二個侍從一起說「阿門！」儘管他很需要祝福，然而這句話彷彿卡在他的喉嚨裡，一點也說不出來。

馬克白隱約又聽到一個聲音嚷著：「不要再睡了！馬克白把國王殺死了，把那清白無辜的生命謀殺了！」

這股聲音不斷地在屋子裡迴盪：「不要再睡啦！」「馬克白已經把國王殺死了，所以馬克白再也睡不著覺了，馬克白再也睡不著覺了。」

馬克白懷著這些可怕的幻覺，回到他的妻子面前，馬克白夫人看見他神情恍惚，就責備他不夠堅決，然後叫他快去清洗手上的血跡。接著她拿起尖刀，把鮮血塗在兩名侍從的身上，打算把這樁大逆不道的弒君罪行嫁禍到他們身上。

第二天，這件謀殺案被發現了，儘管馬克白和他的妻子裝出十分悲慟的模樣，而且兩名侍從行凶的證據也很充足，可是大家還是不免把懷疑集中在馬克白身上。因為，比起這兩個可憐而愚蠢的侍從，馬克白更有殺死國王的動機。

鄧肯的兩個兒子馬上逃走了，大兒子馬爾康逃到英國宮廷去請求庇護，小兒子唐納班則逃到愛爾蘭去。王位原本應由國王的兒子繼承，如今既然他們放棄了這個權利，馬克白順利成章地以血統最近的繼承者身分當上了國王。就這樣，女巫的預言完全應驗了。

儘管得到了王位，馬克白和王后仍然沒有忘記女巫的預言：馬克白當了國王，但是繼承王位的，將不是他的子孫，而是班柯的子孫。

想到這一點，又想到他們犯下這麼大的罪，到最後卻只是把班柯的子孫捧上了王位，夫妻倆便覺得十分不甘心。女巫對馬克白所做的一部分預言已經神奇地應驗了，於是他們下定決心，要把班柯和他的兒子一塊兒害死，好讓剩下的預言無法實現。

為了達到這個目的，他們舉辦了一場盛大的晚宴，把所有重要的爵士都請來了，其中，還特別隆重地邀請了班柯和他的兒子弗里安斯。但是，馬克白事先在班柯前來參加宴會的路上埋伏刺客，殺死了班柯，但弗里安斯則在混戰中逃掉了。

弗里安斯的後代最後當上了蘇格蘭的國王，一直延續到詹姆斯六世時，蘇格蘭才與英格蘭合併，不過這是後話，我們再把故事拉回到馬克白的晚宴上。

在晚宴上，王后態度優雅、氣質雍容，對客人們彬彬有禮，招待得十分周到，參加宴會的人都對她讚不絕口。馬克白跟大臣和貴族們自在地談天，說假如他的好朋友班柯在的話，那簡直可以說本國所有的賢士都齊聚一堂了。他還說，希望班柯的缺席只是因為他忘記了，這樣將來只需好好責備他一頓，而不必因為班柯遭遇不幸而哀悼他。

就在這時，班柯的鬼魂走進來了，並且在馬克白剛要坐的椅子上坐了下來。儘管馬克白是個勇敢的戰士，面對魔鬼也不曾發抖，可是當他看到眼前這可怕的景象時，竟嚇得臉色慘白，呆呆地直望著鬼魂，一點兒男子氣概也沒有了。

王后和貴族們什麼也看不見，只看到馬克白對著空椅子發愣，以為他一時神經錯亂。她小聲地對他說，這和那天他謀殺鄧肯時在空中看到的尖刀一樣，只不過是出於幻覺罷了。可是馬克白仍然看得到鬼魂，他對旁人說的話完全不予理會，只顧著跟鬼魂胡言亂語，然而，雖然他語無倫次，卻不停說出一些意味深長的話，王后擔心馬克白會把那樁可怕的秘密洩漏出來，趕緊佯稱馬克白疾病發作，把客人全部打發走。

從此，馬克白就被這種可怕的幻覺折磨著，他和王后夜夜都做著可怕的夢。而弗里安斯帶給他們的威脅，則與班柯的死一樣嚴重；馬克白認為弗里安斯的子孫將來一定會回來繼承王位，他會讓馬克白的子孫永遠都當不了國王。種種想法使他們坐立難安，馬克白決定再去找那三個女巫，問問她們事情將會壞到什麼樣的地步。

他在荒原的一個山洞裡找到了她們，她們也知道馬克白要來，正替他準備一些可怕的符咒，這種符咒可以將地獄裡的鬼魂召來，向她們顯示未來。

那些符咒都是用一些奇怪的材料做成的，有癩蛤蟆、蝙蝠和蛇，有水蜥的眼睛、狗的舌頭、壁虎的腿、貓頭鷹的翅膀、龍鱗、狼牙、鯊魚的胃、女巫的木乃伊、毒草根、山羊膽、猶太人的肝、長在墳墓上的水松枝和一個小孩的手指頭。把這些東西統統放到一只大鍋裡去熬，等到要開鍋的時候，就立刻澆上狒狒的血，等它涼了以後，再澆上吃下自己幼仔的母豬血，並且把絞刑架上人犯流下來的脂肪倒進鍋裡去。有了這種符咒，鬼魂就必須回答她們的問題。

她們問馬克白，打算由她們來解答他的問題呢？還是由鬼魂來回答？剛才看到的那些可怕東西一點兒也沒有嚇倒馬克白，他大膽地說：「鬼魂在哪裡？我要見見它們！」

女巫就把鬼魂召來，一共有三個。第一個鬼魂看上去像是一個戴著鋼盔的腦袋，它叫著馬克白的名字，要他當心麥克德夫。馬克白聽到這個忠告，就向它道謝，因為他一直嫉妒著麥克德夫。

第二個鬼魂看上去像是個血淋淋的孩子，它叫著馬克白的名字，要他不必害怕，他大可不必把凡人的力量放在眼裡，因為只要是從女人胎裡生出來的人，都不能傷害他。它勸他要冷酷、勇敢、堅決！

「那麼你就活著吧！麥克德夫！」馬克白大聲地嚷著，「我何必怕你呢？不過我還是要做到萬無一失才行，我要你死！那樣我就不必再提心吊膽了，就算是打著雷我也能安心睡覺。」

把這個鬼魂打發走後，第三個鬼魂又出現了，它是個戴了王冠的孩子，手裡拿著一棵樹，它呼喚著馬克白的名字，安慰他不要怕任何陰謀，因為他是永遠不會被人打敗的，除非伯南的樹林移動到鄧西納的山上。

「幸運的預兆，好極了！」馬克白大叫道，「有誰能拔起森林，把它從生根的地上移開呢？那麼一來，我就可以跟平常人一樣活一輩子，不會死於非命了！可是我還想知道一件事：既然你的魔法能告訴我那麼多事，就請告訴我，班柯的子孫能不能當上國王呢？」

這時，那口鍋沉到泥土裡面，然後奏起音樂來，有八個象徵國王的影子從馬克白面前走過去，班柯是最後一個。他手裡拿著一面鏡子，鏡子裡反射出更多的人形，班柯渾身血淋淋的對著馬克白微笑，並且指了指那些人形。馬克白知道那就是班柯的後代，他們將當上蘇格蘭的國王。

女巫奏了一段悠揚的音樂，又跳了一支舞，表示她們對馬克白已經盡到責任，之後就消失了。從那個時候起，馬克白心裡想的盡是些血腥、可怕的事。

走出女巫的山洞後，他聽到的第一個消息，就是麥克德夫已經逃到英格蘭去了，他去參加鄧肯的長子馬爾康組織的一支軍隊，好將馬克白趕走，讓合法的王位繼承人馬爾康當國王。馬克白非常生氣，馬上派兵攻打麥克德夫的城堡，把他的妻兒殺死，還將所有跟麥克德夫有關係的人也都殺光。

然而，馬克白做的這些事，漸漸使所有的貴族都離他而去。這個時候，馬爾康和麥克德夫已經在英格蘭組成一支強大的軍隊，正向這邊攻來，凡是能逃到他們那裡去的人都逃走了。而留下的人雖然懼怕馬克白，不敢積極地參加叛軍，卻也都暗地裡希望他們打勝仗。

馬克白招募士兵的工作進行得很緩慢，因為人人都憎恨他這個暴君，不信任他，沒有人愛戴他，也沒有人敬重他。他開始羨慕起被他害死的鄧肯，雖然鄧肯遭到叛徒最陰險的暗算，可是他現在卻安安穩穩地睡在墳墓裡，任何武器和毒藥、國內的陰謀和國外的戰事，都再也不能傷害他了。

當馬克白在做這些壞事時，王后一直是他唯一的同謀，他也只有在她懷裡時，才能暫時忘掉那些折磨他們的惡夢。但就戰爭開始不久，王后卻死了，或許是她受不了良心的譴責和民眾的仇恨，結束了自己的生命。如今，馬克白變成了孤單一人，再也沒有一個愛他、關心他的人，也沒有一個可以和他一起討論壞主意的知心朋友。

馬克白開始對生命漠不在乎了，他一心想尋死。可是隨著馬爾康軍隊的逼近，他的雄心又被激起了，他決定要披著鎧甲而死。

除此之外，女巫們那些空洞的諾言也給了他一種錯誤的自信，他想起鬼魂的話：只要是從女人胎裡生出來的人，都不能傷害他；他是永遠不會被人打敗的，除非伯南的樹林挪到鄧西納山上。他認為這種事是永遠不會發生的，所以他安心地把自己關在城堡裡，這座城堡蓋得非常堅固，經得起圍攻，他就這樣消沉地等著馬爾康的到來。

有一天，一個信差向他跑來，他的臉色蒼白，嚇得渾身發抖，幾乎無法把所看到的說出來，他戰慄著說道，當自己正在山上巡邏，朝向伯南瞭望時，突然覺得那裡的樹林都移動了起來！

「你這撒謊的僕人！」馬克白尖叫道，「要是你說的是假話，我就要把你吊在旁邊的這棵樹上，讓你活活餓死！要是你說的是真的，你就儘管把我吊死吧！」

馬克白的信心開始動搖了，他想起鬼魂告訴他的話：除非伯南的樹林挪到鄧西納的山上，否則他什麼也不必怕。但是，如今樹林真的移動了！

「可是萬一信差的話是真的……」他想，「那麼我們就披上鎧甲，出去應戰吧！既然沒有地方可逃，待在這裡等死也不是辦法。我已經對陽光感到厭倦了，我巴不得生命就這樣了結！」

說完這些絕望的話，馬克白率領軍隊朝著圍攻的敵人衝去，馬爾康的軍隊這時已經逼近城堡了。

事實上，樹林移動的奇異現象並不難解釋。原來，當馬爾康的軍隊經過伯南的樹林時，這位精通戰術的將軍命令他的士兵，每人砍一根樹枝捧在面前，這樣可以掩蓋軍隊的確實人數。從遠處望去，士兵捧著樹枝前進的情形，就成了信差看到的可怕景象。這麼一來，鬼魂的話也應驗了，可是卻和馬克白當初理解的不一樣。他最害怕的事終究還是發生了。

就這樣，雙方展開了一場激烈的戰鬥，只有一些自稱是馬克白朋友的人勉強支持他，但實際上他們也很憎恨他，心裡仍是向著馬爾康和麥克德夫。不過，馬克白打起仗來依舊非常凶猛，把跟他交手的人砍得落荒而逃。

最後，馬克白來到麥克德夫那兒，他望著麥克德夫，想起鬼魂曾警告過他，在所有人中，首先要躲避的就是麥克德夫。馬克白很想掉頭離開，可是麥克德夫在整場決戰中一直在找他，準備隨時攔住他的去路。他痛罵馬克白殺害了他的妻兒，欠下他一家人太多的血債，而雖然馬克白的良心遭受譴責，但仍不想應戰，可是麥克德夫不停罵他是位暴君、凶手、惡魔和壞蛋，硬逼著他和自己交手。於是，兩人開始了殊死的決鬥。

這時，馬克白又想起了鬼魂的話：只要是從女人胎裡生出來的人，都不能傷害他。於是他滿懷自信地對麥克德夫微笑說：「麥克德夫，你別白費力氣了！你要是能夠傷害我，你也就能用劍在空中劃出一道缺口了！我身上有法力，只要是從女人胎裡生出來的人，都無法傷害我！」

「不要再相信那些無稽的魔法了！」麥克德夫說，「讓我告訴你，麥克德夫不是從女人胎裡生出來的，他不是和平常人一樣被生出來的，他是不足月就從他母親身體裡剖腹取出的！」

「願那些鬼魂受到詛咒！」馬克白顫抖地說道，這時，他感覺那股最後的自信也消失了。他說：「願人們以後再也不要相信那些巫婆和鬼魂說的謊話！它們用模糊的話來欺騙我們，雖然看起來句句都應驗了，然而卻跟我們所期望的恰恰相反。我不跟你打了！」

「那麼我就饒了你這條命吧！」麥克德夫輕蔑地說，「我要像人們對待妖怪那樣，把你帶去遊街示眾，脖子上掛著一塊木牌，上面寫著：『瞧瞧這位暴君！』」

「不行！」馬克白說，他在絕望中又恢復了勇氣，「我不願意向馬爾康低頭，也不願意挨賤民的咒罵！儘管伯南的樹林已經移動到鄧西納的山上，而你也不是從女人胎裡生出來的，但我還是要反抗到底！」

說完這些話，他就朝麥克德夫撲去，經過一場激戰，麥克德夫終於打敗了他，把他的腦袋砍下來，當作禮物獻給合法的國王馬爾康。而馬爾康重拾失去已久的政權，在舉國民眾的歡呼聲中，登上了王位。

8 李爾王

不列顛的國王李爾有三個女兒，分別是奧本尼公爵的妻子貢娜莉、康瓦爾公爵的妻子蕾岡和年輕的克蒂莉亞。克蒂莉亞還沒結婚，但法蘭西國王和勃艮第公爵已經同時向她求婚，兩人正住在李爾的王宮裡。

李爾王已經八十多歲了，由於他上了年紀，並且為國事過度操勞，身體早已衰弱不堪。他決定把國家讓給年輕有為的人去治理，自己不再過問。如此一來，也讓他有時間去準備後事，因為死亡不久就會降臨了。

於是，他把三個女兒叫到面前，想從她們的嘴裡知道誰最愛他，他才能依照她們愛他的程度，來分配各人應得的國土。

大女兒貢娜莉說，她對父親的愛不是言語所能表達，她愛父親勝過愛她身體的任何一部分，勝過愛她的生命和自由。其實，在這種場合只要老實地說幾句真心話就夠了，可是她對父親並沒有真實的愛，所以就編了一大套花言巧語。

國王聽到貢娜莉親口保證一定愛他，心裡十分高興，真的以為她說的是實話。於是，憑著一股父愛的衝動，他就把廣大國土的三分之一賜給了她和她的丈夫。

然後他又把二女兒蕾岡也叫來，要她表達一下自己的想法。蕾岡跟她的姐姐一樣虛偽，說謊的技巧一點兒也不比姐姐差。她說姐姐的話還不足以用來形容她對父王的愛，因為世界上所有的歡樂都無法引起她的興趣，只有在孝順親愛的父王時，她才會感到無比的幸福。

李爾以為孩子們都如此深愛他，便在心裡替自己高興。既然蕾岡對他擁有這麼熱烈的情感，他也應該同樣賞賜她。於是，他也把三分之一的國土賜給她和她的丈夫，面積跟他剛才賜給貢娜莉的一樣大。

然後，他轉過身來問他的小女兒克蒂莉亞——李爾常說她是自己快樂的源頭。他問克蒂莉亞想說些什麼，心想，這個小女兒一定也跟她的姐姐們一樣，會說些甜蜜的話，也許她的話比她們的還要熱烈呢！因為他一向最寵愛克蒂莉亞，比起她兩個姐姐來，他最喜歡這個小女兒。

可是克蒂莉亞十分討厭姐姐們的奉承，她知道她們嘴上說的跟心裡想的絕不相同，也看出她們的諂媚只是為了從年老的父王手裡騙取國土，這樣，不必等到國王去世，她們和各自的丈夫就可以掌握大權。因此，克蒂莉亞只是回答：她的愛不多也不少，她照著做女兒的本分去愛國王。

國王聽到他最寵愛的孩子竟然講出這種話，忍不住吃了一驚，覺得這個女兒也太過忘恩負義了。他要她重新考慮一下她的措詞，修正她的話，不然對她的前途是非常不利的。

克蒂莉亞告訴父親，他是她的生父，把她養育成人且疼愛她，她也盡了自己的義務來報答他、聽他的話、愛他、尊敬他。可是她不會像姐姐們那樣誇大自己對父親的愛，也不能保證世界上除了父親以外，她不會去愛別人。如果她的姐姐們除了父親以外誰也不愛，她們為什麼還需要丈夫呢？總有一天她會結婚的，娶她的那位男士一定會分走她一半的愛，她也必須要用一半的心去照顧他，盡到妻子應盡的責任。假使她只愛父親一個人的話，那她永遠也不會想結婚了。

實際上，克蒂莉亞是真心誠意地愛她的父親。若是在更早的時候，也許她會明明白白地這麼告訴父親，而且會說出更像一個女兒會說的話，言詞也會更親熱些。她剛才說的這些話確實不大中聽，可是在聽了姐姐們虛偽的奉承後，又看見她們因此得到豐富的賞賜，她便決定，自己要默默地敬愛她的父親，這樣才可以使她的愛不至於沾染上圖利的色彩，也才能表明她是誠心誠意愛著父親，而不是為了得到什麼。雖然她的話沒有那麼動聽，卻比姐姐們的話更加真摯、誠懇。

然而，李爾王卻把克蒂莉亞這番誠懇的話解讀為驕傲，十分生氣。國王年輕的時候個性一向很急躁，動不動就亂發脾氣，上了年紀之後又更糊塗了，竟分不清花言巧語和真心話。

於是，在一陣暴怒後，他把原來打算留給克蒂莉亞的三分之一國土收回來，平分給她的兩個姐姐和她們的丈夫奧本尼公爵和康瓦爾公爵。

李爾王把他們叫了過來，當著所有朝臣的面把王冠賜給他們，還把全部的權柄和國政都交由他們共同管理。之後，他放下了國王的職權，僅僅保留國王的頭銜，只提出一個條件：他要一百名士兵當他的侍從，並且每個月在他兩個女兒的王宮裡輪流居住。

朝臣們看到國王處理政事如此荒唐，全憑一時的意氣，完全沒有理智可言，都感到既震驚又難過。但除了肯特伯爵以外，誰也不敢去招惹國王，肯特伯爵正想替克蒂莉亞說幾句好話，暴跳如雷的李爾王便叫他閉嘴，否則就要他的命！

不過，好心的肯特並沒有被嚇到，他一向對李爾王忠心耿耿，把他當成父親一樣地尊敬。他從來不看重自己的生命，認為自己活著不過是為了當一名馬前卒，好跟敵人打仗。為了保衛李爾王的安全，他從不貪生怕死。如今，李爾王卻做出對自己不利的事來，這個忠實的臣僕本著他一貫維護國王的精神，為了李爾王的利益而起來反對他，而正因為李爾王失去了理智，肯特才會對他如此無禮。

一直以來，他都是國王最忠實的諫臣，所以他請求國王接受他的意見，照他的勸告去做。他勸國王好好再三考慮，收回他草率的命令。他敢用性命擔保，李爾王的小女兒對他的孝心絕不比姐姐們少，她說話時的聲音低，是因為懷著真誠的情感，那正是她內心充實的證明。當掌握大權的人一旦向諂媚者低了頭，正直的朝臣就只好把話坦率地說出來了。

不管李爾王怎樣恫嚇他，肯特都不害怕，因為他早就準備隨時為國王犧牲自己的性命，肯特要盡到自己的責任，再大的威脅也封不住他的嘴。然而，肯特伯爵直率的諫言只不過讓國王更加生氣而已，就像一個瘋子殺害為他治病的醫生，卻對那要他性命的病症依戀不捨一樣。李爾王放逐了肯特，限他在五天內做好動身的準備，如果第六天肯特被發現仍然留在不列顛，就要立刻將他處死！

於是，肯特向國王告辭，既然他已經說出了那些話，留在宮裡就跟被流放沒什麼兩樣。他在臨走之前，祈禱上天保佑克蒂莉亞這個思想正直、說話謹慎的好女孩；又說希望她的兩個姐姐真的能用孝順的行為，來證實她們說過的話。於是，肯特走了，他說他要到一個新的國家去生活。

這時，李爾王召見了法蘭西國王和勃艮第公爵，告訴他們自己對克蒂莉亞的懲罰。國王想知道，如今克蒂莉亞已經失去了父親的寵愛，她什麼財產也分不到，只剩下一個人，他們是否還會向她求婚。

勃艮第公爵謝絕了這門親事，表示在這種情形下他不想娶她了。可是法蘭西國王了解克蒂莉亞為什麼會失去父親的寵愛，他知道那只是因為她說話遲鈍，不像姐姐們那樣善於諂媚。他握住克蒂莉亞的手說：她的品德是比一個王國還要貴重的嫁妝。

他要克蒂莉亞跟兩個姐姐告別，也向父親告別，然後跟他走，做他的妻子，也就是法蘭西的王后，她統治的王國將比她姐姐們的更強大。然後，他又用輕蔑的口氣稱勃艮第為「如水的公爵」，因為他對這位年輕女孩的愛，就像流水般一眨眼就不見了。

於是，克蒂莉亞淌著淚水跟姐姐們告別了，臨行前，她還殷殷叮嚀她們要好好地照顧父親，要實現她們對李爾王的承諾。她的姐姐們繃著臉說，她們會盡自己的本分，用不著她叮嚀！還用嘲笑的口氣對她說：她的丈夫既然把她當作命運施捨給他的東西，她還是好好地滿足丈夫的願望吧！

就這樣，克蒂莉亞便帶著沉重的心情離開了，她知道姐姐們為人刁滑，把父親交給她們，她實在有些不放心。

克蒂莉亞剛走，她的姐姐們就露出惡魔般的本性。依照約定，李爾王第一個月要跟大女兒貢娜莉住，可是不到一個月，李爾王就發現她的行為跟她說的話完全是兩回事。這個刁婦已經得到了父親所賞賜的一切，他要李爾王把頭上戴的王冠摘下來，因為她說，自己不能容忍這個老人家為了使自己像個國王，而保留下那些多餘的排場；她也討厭看到國王和他那一百名衛兵。

每當看到父親時，她總是愁眉苦臉的。而且，當李爾王想跟她說話時，她就裝病，或者用別的方法躲開他。顯然，她把李爾王當成了一個累贅，把他的侍從當作一種浪費。不僅她自己對國王越來越不耐煩，而且受到她的行為影響，以及她暗地裡的唆使，連她的僕人們也開始對國王很冷淡，不聽他的吩咐，甚至輕蔑地裝作沒聽見他的要求。

李爾王並非看不出女兒的改變，可是他還是睜一隻眼閉一隻眼，畢竟，人們總不願承認由於自己的錯誤和固執所造成的不幸結果。

一個人的愛和忠誠如果是真實的，縱使你對這個人再壞也無法使他疏遠你；相反地，一個虛偽的人，對他再好也不能將他感化。這一個特點在好心的肯特伯爵身上最為明顯。雖然他被李爾王流放，然而只要還能對他的主人盡忠，他就願意冒險留下來。忠誠的人有時被情勢所迫，必須裝成低賤的樣子來掩蓋自己的身分，但這絕不代表他是下賤或者卑微的，因為這樣的裝扮只是為了便於盡到他應盡的責任。

這個好心的伯爵放棄他的尊嚴，喬裝成一個僕人，請求國王雇用他。國王不知道他是肯特喬裝的，當他問話時，肯特故意回答得很直爽，甚至有些粗魯，但卻使得國王很高興。於是，李爾王收下肯特做他的僕人，他說自己叫卡厄斯，國王絕對想不到，這就是他昔日最得意的寵臣——肯特伯爵。

卡厄斯很快就找到了機會來表現他對國王的忠誠和敬愛。有一天，貢娜莉的管家對李爾王十分侮慢，言語態度都很無禮，毫無疑問的，這都是受他的女主人私下唆使的。卡厄斯看到這人公然侮辱國王，就絆了他一跤，讓那個沒禮貌的奴才摔到水溝裡去，因為這個舉動，李爾王跟卡厄斯更加親近了。

跟李爾王要好的不只肯特一人。依照當時的習俗，國王或是大人物的身邊都會養一些「弄臣」，當主人忙完一天的繁重公事後，弄臣就會負責替他們解悶。當李爾王還擁有自己的王宮時，宮裡也曾有一位可憐的弄臣，雖然只是一名地位低微的人，現在卻盡他所能地對李爾王表示敬愛。

在李爾王放棄了王位之後，這個可憐的弄臣仍然跟著他，用他機智的口才來逗國王開心，不過有時候他也會譏笑國王放棄王位，把一切都給了女兒的輕率舉動。他編了許多曲子，例如：

喜出望外，流下眼淚，
他卻長歌訴悲哀；
堂堂一國的國王，
竟跟弄臣捉迷藏。

他總愛創作這種荒誕不經的話和歌詞。即使是當著貢娜莉的面，這個正直的弄臣也毫不避諱地表達他的真心話，把這些尖銳的譏諷和笑罵刺進她的心坎裡。例如，他把國王比作一隻麻雀，麻雀把幼小的杜鵑鳥養大，杜鵑鳥為了報答麻雀的養育之恩，竟把麻雀的腦袋咬掉了。

他還說，連驢子都知道什麼時候應該拉著車走，就如同李爾王的女兒本應隨侍在國王身後，可是如今卻站到她們父親的前面去了。他又說，李爾王已經不是李爾王了，他只是李爾王的影子。因為這些話，弄臣也挨過一、兩頓鞭子。

李爾王一開始只是覺得女兒對他很冷淡、越來越不尊敬他，然而這個糊塗老人所遭遇的還不只是這些。大女兒現在明明白白地對他說，如果他一定要保留那一百名衛兵，她就不再讓他住自己的王宮。她認為那種排場既無用又浪費錢，衛兵們到處吵鬧、大吃大喝，把她的王宮鬧得不成體統。她要求把人數減少，只留一些像他那樣上了歲數的人，這樣才跟他相稱。

李爾王最初還不敢相信自己的眼睛和耳朵，他不相信說出如此刻薄話語的正是他的女兒，也不敢相信從他手裡得到王冠的貢娜莉，居然想裁掉他的侍從，對他晚年應得的尊貴享受如此吝嗇。

可是貢娜莉仍堅持她的要求，李爾王於是大發脾氣，罵她是隻「可惡的鳶」，並且說她撒謊。的確，李爾王的一百名衛兵都是些品行端正的人，他們在小細節上也懂得禮節，並不像她說的那樣吵吵鬧鬧、行為不端。

他吩咐侍從把馬準備好，他要帶著一百名衛兵到二女兒蕾岡家裡。他說，忘恩負義是用大理石做成的魔鬼，一個孩子要是忘恩負義，那將比海裡的妖怪還要可怕！他還詛咒大女兒，願她永遠不能生兒育女！萬一生出來的話，長大了也會用同樣的嘲弄侮辱來報答她，讓她知道一個負心的孩子咬起人來，比毒蛇的牙齒更可怕！

這時，貢娜莉的丈夫奧本尼公爵連忙替自己辯解，他希望李爾王不要以為他也參與了這種不義的行為。不等他把話講完，李爾王又發了頓脾氣，吩咐侍從儘快備馬，一行人動身到二女兒蕾岡家去了。

李爾王心想，克蒂莉亞的過錯與她大姐的行為比起來，是多麼微不足道啊！於是，他哭了。他又想到貢娜莉居然目無尊長，把她父親的權威壓倒，便感到十分痛心。

李爾王派他的僕人卡厄斯先帶著信去見他的二女兒，這樣可以在他到達之前做好接待的準備。可是貢娜莉似乎先下手了，她也派人送信給蕾岡，責備她的父親固執任性、脾氣乖張，要妹妹不要收容他的侍從。

這個送信的人跟卡厄斯同時到達，卡厄斯發現他就是貢娜莉的管家，卡厄斯曾因為他對李爾王的態度蠻橫，絆過他一跤，他很不喜歡這個傢伙，也馬上就猜出這名管家的來意，於是破口大罵，吵著要跟他決鬥，但那名管家不肯。卡厄斯一時氣不過，就把這個製造禍患的送信人狠狠地揍了一頓。

蕾岡和她的丈夫聽到後，也不管卡厄斯是父王派來的，應該受到最高的禮遇，仍然給他戴上腳枷。就這樣，國王走進王宮裡最先看到的，就是他忠實的僕人卡厄斯屈辱的坐在一旁。然而，這還只是國王一連串苦難的開頭罷了。

緊接著，更壞的事情發生了。當他問起他的女兒和女婿時，所得到的回答是：他們走了一夜的路，很累了，所以不能見他。最後，由於李爾王十分堅決，他們才勉強出來見他，可是陪他倆一起出來的不是別人，偏偏就是那個可恨的大女兒貢娜莉，她跑來向妹妹告了一堆狀，並且挑撥妹妹反對父王。

李爾王看到這幅情景十分生氣，尤其是蕾岡竟然還握著貢娜莉的手！他問貢娜莉，看看他這一大把白鬍子，難道她不覺得慚愧嗎？蕾岡則勸他回到貢娜莉家裡去，把侍從裁掉一半，向她賠不是，安安靜靜地跟她一起生活。因為他年紀大了，缺乏辨別是非的能力，必須要有一個有見識的人來管教他、帶領他。

李爾王認為要他低聲下氣地向女兒乞討吃穿，實在是太荒唐了！他恥於這種勉強的依靠，堅決地表示永遠不再回到貢娜莉那裡，他和一百名衛兵要留下來跟蕾岡一起過日子。他提醒蕾岡不要忘記他把半個王國都給了她，還說蕾岡的眼神是溫和善良的，不像貢娜莉的那麼兇狠。然後又說，要是叫他把侍從的人數裁掉一半，再回到貢娜莉那裡，那他還不如到法國去，向那個娶了他小女兒的國王請求一筆微薄的養老金呢！

李爾王以為蕾岡會比貢娜莉好一些，可是他錯了。蕾岡彷彿有意要贏過她姐姐的忤逆行為，她認為用五十名衛兵來侍候父親還是太多，二十五名就夠了。李爾王這時的心幾乎都碎了，他轉過身來告訴貢娜莉，他願意跟她回去，因為五十好歹還是二十五的雙倍，證明她對他的愛還比蕾岡的多出一倍。

可是這時候貢娜莉又變卦了！她說，為什麼要用二十五名呢？事實上連十名、五名也用不著，因為他大可以使喚她和她妹妹家裡的僕人。這兩個壞心腸的姐妹在虐待她們的父親方面，就像是在比賽一般，竟想一步步地把代表他曾是個國王的那點尊嚴全都抹煞掉。

雖然並非一定要有一群衣冠華麗的侍從才算幸福，可是從國王淪為乞丐，從統治著幾百萬人的君王，落魄到身邊沒有一個侍從，這的確是很殘酷的變化。不過最讓國王傷透了心的，還不只是因為他失去了侍從，而是他女兒忘恩負義，狠心拒絕他的要求！

李爾王一方面受到女兒們的虐待，一方面又懊悔自己不該糊裡糊塗地把王位拱手讓人，他的神智開始有些不正常了！他說著連自己都不明白的話，發誓要向不孝的女兒報仇，讓她們遭到報應！

當他正這樣說著自己根本做不到的事時，眼看天就要黑了，即將有一場猛烈的暴風雨要來。但是，他的女兒們仍然不讓他的侍從進去，他只好命令侍從把馬拉過來，說他寧可在外面去承受狂風暴雨的襲擊，也不願意跟這兩個無情無義的女兒同住在一個屋簷下。

她們反駁說，固執的人不管遭到什麼樣的傷害，只要是自找的，那就是對他正當的懲罰。於是，她們關上大門，任由李爾王在那樣的情況下離去。

風刮得很猛，雨勢也更大了，風雨的襲擊畢竟比不上女兒們的狠毒來得令人痛心。國王在黑夜裡迎著狂風暴雨，在一片荒原上獨自與暴風雨搏鬥。他祈求狂風把大地刮到海裡去，不然就乾脆把海浪刮上岸來，將大地淹沒，好讓忘恩負義的人絕跡。這時，老國王身邊只剩下可憐的弄臣，他依然跟著國王，竭力地想用詼諧和怪誕的言語來淡化國王的悲傷。他說：在這麼糟的夜晚游泳真沒意思！老實說，國王還不如去向女兒們乞求原諒！

只怪自己沒腦筋，
任憑風吹和雨淋！
別怨天也別怨地，
只怕雨呀下不停。

他還說，這是一個讓傲慢的女人懂得謙卑的晚上。

曾是堂堂一國之主的李爾王，如今卻孤零零的只剩下一個侍從。這時，他忠實的僕人卡厄斯找到了他，原來，他一直形影不離地跟著國王，而國王還不曉得他就是肯特伯爵。

卡厄斯說：「國王，您在這兒嗎？即使是夜行動物也不會喜歡這樣的黑夜。風雨已經把野獸都嚇得躲到山洞裡去了，人類的心靈可經不起這樣的折磨啊！」

李爾王反駁說：一個人生重病時，就感覺不到小小的痛苦了，只有在安逸的時候，才會對一切事情變得敏感。他心靈裡的暴風雨已經奪去了他所有的感覺，只剩下熱血還在心頭沸騰。他談到女兒們的忘恩負義，說那就像一張嘴把餵他吃飯的手咬下來，因為對於兒女來說，父母就像是手，供應食物和一切。

好心的卡厄斯一再地請求國王不要在風雨裡待著，他把國王帶到荒原上一間破草棚底下。弄臣剛走進去，就慌慌張張地跑了出來，嚷著說裡頭有鬼。仔細一看，這個鬼原來只是一個可憐的瘋乞丐，他爬到這個沒有人住的草棚裡避雨，對弄臣說了些瘋瘋癲癲的話，把弄臣嚇得半死。

這是一群很可悲的人，他們要不是真的瘋了，就是裝瘋，好讓那些心腸軟的鄉下人救濟他們。他們在鄉下到處漂泊，嘴裡嚷著：請可憐可憐我吧！然後把針、釘子或是迷迭香的刺扎到手上，讓自己流血。他們一面祈禱，一面瘋瘋癲癲地詛咒，靠著這些可怕的舉止使那些無知的鄉下人同情或者害怕，因而救濟他們。這個可憐的傢伙就是這種人。

國王見他這樣窮苦，全身一絲不掛，只在腰間圍了一條毯子，就以為這個人也把自己所有的財產分給了女兒們，以至於落到這步田地。他認為除非是養了狠毒的子女，否則再也沒有別的原因可以把一個人弄得如此悲慘。卡厄斯聽到國王說出這些瘋話，明白他的精神顯然有點不正常，女兒對他的虐待的確把他氣瘋了！

這時，可敬的肯特伯爵得到一個機會，可以表現他對國王的忠誠。他在一些仍然忠於國王的侍從幫助下，把國王送到了多佛爾城堡去。那裡有他的朋友，他的影響力也比較大。他自己則搭船到法國，趕到克蒂莉亞的王宮去，向她轉述她父親悲慘的處境，並詳細告知她那兩個姐姐種種大逆不道的行為。

這個善良孝順的孩子激動得流下淚來，要求她的丈夫准許她坐船回到英國，並帶上足夠的人馬去討伐這兩個殘忍的姐姐和她們的丈夫，把父親重新扶上王位。她的丈夫同意了，於是，她帶著一支軍隊出發，在多佛爾登陸。

李爾王發瘋後，好心的肯特伯爵派了一些人照顧他，李爾王卻趁機從那些人手裡逃了出來。當他正在多佛爾附近的田野裡徘徊時，被克蒂莉亞的侍從發現了。當時李爾王的模樣真是淒慘，他已經完全瘋了，一個人大聲地唱著歌，頭上戴著用稻草、蕁麻和其他野草編成的王冠。

雖然克蒂莉亞急於見到父親，但還是遵照醫生們的勸告，暫時不去刺激她的父親，好讓藥草的作用使李爾王完全鎮定下來。克蒂莉亞承諾，只要國王的病能治好，她就把所有的金子和珠寶都送給這些醫生。在他們的細心治療下，李爾王不久後就清醒過來，跟他的小女兒見面。

父女團圓的情景十分感人！可憐的老國王一方面為了能重新見到孩子而歡喜，另一方面卻又感到慚愧。當初他為了那麼一點點過錯就生她的氣，還誤會她，如今在他如此落魄之時，他才終於了解，克蒂莉亞才是真正關心他的人。這種複雜的情感和他尚未痊癒的身心不斷地激盪著他，使他那半瘋狂的頭腦有時又會搞不清自己身在哪裡。

他瘋瘋顛顛的問道，是誰這麼好心地親吻著他、陪他說話？還說，這位夫人想必是他的女兒克蒂莉亞，如果他認錯了，請旁邊的人不要笑他。接著，他跪下來，向他的女兒請求寬恕，而克蒂莉亞也跪在那裡請他原諒，並且對他說，他不應該下跪，這是她應盡的孝道，因為她是他的孩子，他真真實實的克蒂莉亞！

她吻了他，希望這一吻可以拭去姐姐們對他的傷害。克蒂莉亞說，她們把慈祥的父親趕到寒冷的野外，應該覺得羞愧。即使是仇人的狗，儘管牠咬了她，在那樣的夜晚她也還會讓牠待在她的火爐旁邊，暖暖身子。

克蒂莉亞告訴父親，這次從法國回來是為了救他，李爾王說，請她原諒自己過去所做的事，因為他老了、糊塗了，不知道自己在做些什麼。她有理由可以不必孝順他，可是她的姐姐們卻沒有！但克蒂莉亞仍然說，她跟姐姐們一樣，都必須孝順他。

就這樣，我們暫時把國王託付給他的孩子吧！國王被他那兩個狠毒的女兒弄得精神錯亂；幸好，最後靠著克蒂莉亞和她丈夫的力量，用藥草把他治好了。現在我們要來談一談他那兩個狠毒的女兒。

這兩個無情無義的女人對父親姑且那麼地虛偽，對丈夫自然也不會忠誠了。不久之後，她們連表面上的和諧與恩愛也不願裝出來，公然表示她們愛上了別人。

沒想到，她們兩個人的情夫竟是同一個人，也就是已故伯爵葛羅斯特的庶子愛德蒙。愛德蒙曾用詭計奪取了原本該由他哥哥埃德加繼承的爵位，靠著卑劣的行為當上了伯爵。他是個壞人，跟貢娜莉和蕾岡這兩個壞女人在一起，正好是門當戶對。

蕾岡的丈夫康瓦爾公爵這時候剛好去世了，蕾岡馬上宣布要跟愛德蒙伯爵結婚。但這個卑鄙的伯爵也同時向貢娜莉示愛，貢娜莉知道了兩人準備結婚的消息，十分氣憤，因此派人把蕾岡毒死了。

不過，這件事情卻被她的丈夫奧本尼公爵發現，他也聽說她跟愛德蒙之間曖昧的關係，於是就下令把她關進監獄。貢娜莉因為感情遭受挫折，不久後便自殺了。天理就這樣報應在這兩個壞女兒的身上。

大家都聽說了這件事，還說這兩個人死有餘辜！忽然之間，他們又轉移了焦點，驚訝地看到同一股力量是如何奇妙地施展在品德高尚的女兒克蒂莉亞的命運上。她的善良行為本來應該得到更幸運的補償，然而可怕的事發生了：世界上純潔和孝順的人並不一定會得到好報。

貢娜莉和蕾岡曾經派那個卑鄙的愛德蒙伯爵率領軍隊與克蒂莉亞的軍隊交戰。最後愛德蒙勝利了，這個壞伯爵不想讓人妨礙他篡奪王位，竟把克蒂莉亞關在監牢裡殺死了。

就這樣，上天讓這個純潔無辜的女人替世界留下了美好的榜樣，然後在她年紀還輕時，就把她接回天上去了。這個善良的孩子死後沒多久，李爾王也去世了。

從李爾王最初受到女兒的虐待，到了他最悲慘落寞的時候，好心的肯特伯爵一直緊緊跟隨著他。李爾王去世以前，肯特想讓國王知道他就是卡厄斯。可是，此時的李爾王因為女兒的死再度發瘋，完全無法明白肯特和卡厄斯就是同一個人。肯特明白，事到如今也用不著解釋了。沒多久，李爾王死了，這個忠實的臣僕也由於上了年紀，加上為了老主人的死過於悲傷，沒多久就跟隨他進了墳墓。

然而，公理終究還是會懲罰卑劣的愛德蒙伯爵。他在與他哥哥的一場決鬥中被刺死了。貢娜莉的丈夫奧本尼公爵並沒有參與殺死克蒂莉亞的計畫，也從來沒有鼓勵過他的妻子虐待父親，所以在李爾王死了以後，他就當上了不列顛的國王。

這些事情總算告一段落，而李爾王和他三個女兒的故事，也隨著他們的死去，在人們的記憶中漸漸被淡忘了。

9 安東尼與克麗奧佩特拉

凱撒死後，羅馬落入了安東尼、屋大維及雷比達三個將軍手裡。安東尼在一次出征帕提亞的路途中，經過昔特納斯河，在那裡認識了埃及女王克麗奧佩特拉，這兩個人很快陷入了熱戀。安東尼從此佇留在亞力山卓不肯離開，整日沉溺於溫柔鄉中，他漸漸失去了往日的雄心壯志，也忘記了自己在羅馬的使命。這讓安東尼的部下們十分憂心。

這一天，安東尼正與克麗奧佩特拉互吐情話時，有一名使者來了，他說要向安東尼呈上一封來自羅馬的信。安東尼有些不高興，正想趕走使者時，克麗奧佩特拉卻說：「聽聽信上怎麼說吧！安東尼，或許富爾維婭在生氣了，想叫你立刻回家；也可能是乳臭未乾的屋大維又降下一道自以為偉大的諭令，要你為他征服哪個國家呢！」

富爾維婭是安東尼的妻子，安東尼出征時將她留在羅馬。之後，克麗奧佩特拉要安東尼住在埃及，不肯讓他回去與妻子見面。她猜想，這封信一定是羅馬的某個人寄來，打算將安東尼從她身邊奪走的，因此忍不住吃起醋來。

安東尼明白情人的心意，他抱著克麗奧佩特拉，對她解釋道：「這裡才是我永遠的歸宿，我們要讓全世界知道，我們有多麼地恩愛！」

但克麗奧佩特拉酸溜溜地說道：「巧妙的謊言！既然你不愛富爾維婭，為什麼要跟她結婚呢？我還是裝作痴呆好了，你就去接見羅馬來的使者吧！」

她說完後就轉身準備離去，安東尼連忙攔住她，對他說自己絕對不會接見什麼使者的，只想跟她在一起。接著就把使者拋在一邊，擁著她到街上閒逛。羅馬來的使者看到大名鼎鼎的安東尼竟對一個女人低聲下氣，十分驚訝。安東尼的部下菲羅搖了搖頭，說道：「有時候他不是安東尼，他的一言一行都配不上安東尼該有的偉大品格。」

使者也說：「那些在羅馬造謠的小人把他說得極為不堪，沒想到安東尼竟然會親身證實他們的話！」

隔天，安東尼還是接見了這名羅馬的使者，使者告訴他一件壞消息：他的妻子富爾維婭因為與屋大維不合，率領了軍隊攻擊羅馬，卻被屋大維打敗，逐出了義大利。同時，帕提亞的軍隊已經沿著幼發拉底河岸，擴張到了呂底亞和伊奧尼亞。安東尼聽完有些慚愧，因為這全是因為自己沉迷於女色所致。

這時，又有一名使者來了，他告訴安東尼，富爾維婭逃到西西昂一地後，在那裡生病死去了。這個消息讓安東尼更加後悔。他嘆道：「直到妻子死了，我才感念到她生前的好；我必須割斷情絲，離開這個迷人的女王，否則千萬種意想不到的災禍就會在我的怠惰之中滋長！」

接著他叫來了部下愛諾巴勃斯，說自己將立刻返回羅馬，要他去準備。愛諾巴勃斯勸他不要這麼做，因為克麗奧佩特拉會因為思念他而死的；再說，富爾維婭死了對安東尼來說是件好事，因為這下他就可以再娶一位新的夫人了！但安東尼十分堅持地說，他必須回到羅馬處理妻子的後事。

當一切準備就緒後，安東尼去見了女王。還沒等他開口，克麗奧佩特拉已經猜到了是什麼事，她難過地向隨從說道：「扶我進房！我快要倒下來了，我的身子再也支撐不住，恐怕不久於人世了！」

安東尼叫住她，告知她自己妻子的死訊，並溫言軟語地說道：「為了應付時局的需要，我不得不暫時離開這裡，可是我的心還是繼續與你廝守在一起的。義大利正面臨危機，龐培仗著他父親的威名，他的軍隊已經威脅了羅馬的海域，要是我再無所事事的話，那將會天下大亂的。」

克麗奧佩特拉聽了以後，心裡雖然一百個不願意，但還是對安東尼說：「您的榮譽在呼喚您回去，請不要聽我不足以憐憫的痴心和哀求，願勝利的桂冠懸在你的劍上！」

於是，安東尼離開了埃及，克麗奧佩特拉每天都非常思念他。就在此時，龐培的軍隊在海上的勢力越來越大，許多曾因畏懼而臣服凱撒的人，現在紛紛見風轉舵投降了龐培；同時，兩名叫做茂尼克拉提斯和茂那斯的海盜也聚集了船隊響應龐培，在海上四處劫掠，這讓屋大維和雷比達心急如焚。

屋大維抱怨起安東尼，說雖然他過去是一名真正的戰士，曾以無比的毅力擊敗許多偉大的敵人，但如今卻只知道享樂，在國家多災多難之時依舊執迷不悟，害得他們肩頭的負擔越來越沉重。

「現在我們兩人必須立刻召集將士，決定應戰的策略，龐培的勢力是在我們在怠惰中一天一天壯大起來的。但願安東尼自知慚愧，趕快回到羅馬來！」屋大維嘆了一口氣，他要求雷比達跟他各自去調度兵馬。

但沒過多久，安東尼就回到了羅馬。雷比達知道他與屋大維素來不和，事先提醒他在會面時收斂一下脾氣。雖然安東尼忍住了，但屋大維卻還是毫不留情地指責他，他說：雖然安東尼本人留在埃及，卻照樣圖謀危害他的地位，讓他的妻子富爾維婭與其他兄弟以他的名義向自己宣戰。

安東尼解釋，他的妻子富爾維婭太過強悍，連自己都無法馴服她。屋大維又說，當安東尼在亞力山卓飲酒作樂的時候，曾對他的書信置之不理，還把使者辱罵一頓並趕走了；對此，安東尼則解釋說，當時他的確酒後失態，但事後已經向那名使者道過歉了。

一旁的雷比達也出來為安東尼緩頰，他要兩人停止爭吵，以大局為重。就在此時，一名將領提到屋大維有一個同母妹妹，名叫屋大薇，而安東尼也適逢喪偶，是一個鰥夫。為了讓這兩名英雄永結同心，可以讓安東尼娶了屋大維的妹妹。

安東尼與屋大維都同意這個建議，於是，兩人握手言和，屋大維說道：「我給了你一個妹妹，沒有一個兄長像我一樣愛他的妹妹，願她聯繫我們的國家和我們的心，彼此永不分離！」

接著，他們重新把焦點放回了戰爭之上。屋大維指出，龐培正駐紮在密西納山，他的軍隊已經握有了海上的主權，在陸地上也有相當龐大的軍力。這時候，安東尼想起了龐培曾有恩於他，他希望能夠與敵人和談，在場的人也都接受了這個提案。

屋大維、安東尼、雷比達與幾位羅馬將領來到了密西納，向龐培提出了和談的請求，在和約中，龐培可以得到西西里與薩丁尼亞兩個島，但他必須為羅馬掃除海上的海盜，還要支付大量的小麥。

龐培看到安東尼這位英雄已經回到羅馬，大為驚訝，於是答應了這些條件。為了慶祝談判成功，他邀請這些羅馬將領上了他的船，接著將船航行出海，讓所有人開始在船上飲酒作樂。當羅馬將領們都喝醉之後，海盜茂那斯向龐培建議道：「統治羅馬的三位英雄都在你的船上，只要我割斷纜繩，把船開到海心，砍下他們的頭，那麼全天下都是你的了！」

但龐培搖搖頭，說：「我一向把榮譽看得比利益還重要。要是你在沒有告知我的情況下殺死他們，我會覺得你做得很好；但現在我已經知道了，我就必須譴責這樣的行為，放棄吧！」

他又從安東尼的部下愛諾巴勃斯那裡聽說，安東尼與屋大維的妹妹結婚了，他感嘆道：「這下子屋大維與他將會永遠聯手了！」

但愛諾巴勃斯卻不置可否地說道，「我可不敢這麼樂觀，這一樁婚事只是一時的權宜之計，不是出於男女雙方的愛戀。安東尼遲早會再回到埃及女王的懷抱，恐怕不久之後，原本是兩人友情聯繫的屋大薇，就會變成促使他們反目的原因了！」

這一天，獨守空閨的克麗奧佩特拉接見了羅馬來的使者，她滿心期待地想知道情人的近況。當使者告訴他安東尼十分平安，而且還與屋大維恢復了昔日的友情時，克麗奧佩特拉高興地跳了起來，說要賜給使者許多獎勵，她要把黃金像暴雨一般淋在他的頭上，把珍珠像冰雹一樣撒在他的身上。

「可是——」使者說道，「他已經與屋大薇締結了百年之好。」

這個消息對克麗奧佩特拉猶如晴天霹靂，她美麗的臉一下子變得慘白。

「願最惡毒的瘟疫染在你身上！」她叫道，接著開始對這名倒楣的使者一陣拳打腳踢，踢完了還不滿足，又拔出了刀想要殺掉他，嚇得這名使者趕緊逃出了宮殿。

在發洩了好一段時間之後，克麗奧佩特拉氣消了，她嘆道：「當我讚美安東尼的時候，總是不停地詆毀屋大維，現在總算遭到報應了！」

最後，她又叫來這名使者，問他聽屋大薇長得什麼模樣，使者為了怕再度遭到毆打，只好欺騙女王說，屋大薇身材矮小、聲音低沉、臉孔滾圓、前額很低，而且年紀已經超過三十了，還結過一次婚，是個寡婦！

克麗奧佩特拉聽了之後破涕為笑，按照約定賞給了使者很多黃金。她對手下說，安東尼的妻子這麼醜陋，這段婚姻一定無法長久。

一切就如埃及女王所預料的。沒過多久，屋大維與雷比達趁著安東尼到雅典的時候，背著他重新向龐培宣戰，這讓兩人之間的友誼再度決裂。

之後，屋大維翻臉不認人，他拿出雷比達過去寫給龐培的信，指責他通敵，並將他關進監牢。從此，羅馬從原本的三強並立，變成了屋大維與安東尼的兩人之爭。憤怒的安東尼於是決定出兵攻打屋大維，但他的妻子，也就是屋大薇，卻苦苦哀求安東尼，懇求他想出其他的兩全之道。

「好吧！」安東尼說道，「那麼就有勞你在我們兩人之間斡旋了，但我仍然會一邊積極準備作戰，萬一我們不幸必須兵戎相見，恐怕你哥哥的英名就要毀於一旦了！快去吧！」

然而，當屋大薇離開他後，安東尼卻背著她回到了埃及，與克麗奧佩特拉相見，讓女王十分開心，她答應親自率領埃及的軍隊幫助他對抗屋大維。

屋大薇風塵僕僕地趕到了羅馬，但屋大維卻露出諷刺的表情，對妹妹說道：「他讓你來見我，是因為你成了他享受風流樂趣的最大阻礙啊！」

「絕對沒有這回事，哥哥。」屋大薇反駁道。

「我隨時注意著他，他的一舉一動我這裡都知道，他現在在什麼地方？」

「在雅典。」

屋大維忍不住笑了出來，他告訴屋大薇，安東尼早已趁她不在的時候，重新回到克麗奧佩特拉的懷抱了！他還把自己的帝國送給這個蕩婦，兩人共同召集了非洲與亞洲各國的君王，準備與他決一死戰。屋大薇聽到這個消息幾乎要崩潰了，屋大維好言安慰她，並趁機把她留在羅馬，還承諾她：一定會為她討回公道！

當屋大維看見安東尼與克麗奧佩特拉駐紮在阿克興海岬的大軍時，判斷他們在陸地上的勢力較強，因此他挑釁安東尼，希望能將他引誘到海上決戰。安東尼與克麗奧佩特拉打算接受這個挑戰，但部將勸他：

「我們的船隻缺乏得力的人手，大部分的水兵只不過是倉促徵召的農民罷了，但屋大維的艦隊卻屢次與龐培交鋒，都是些能征善戰的勇士。而且他們的船隻靈活輕便，不像我們的那麼笨重。您在陸地上已經儲備了充分的實力，拒絕與他在海上決戰也沒什麼丟臉的。」

另一名部將也說，在海上決戰無疑是捨棄了穩操勝算的機會，而去冒毫無把握的危險，這不僅會動搖大軍的士氣，也會埋沒他那卓越的陸戰才能。只是，任憑部下苦口婆心地勸他，安東尼仍十分固執，他下令把全部的士兵移到船艦上，到海上與屋大維作戰。

部下見勸阻無望，嘆道：「我們的領袖正被人家牽著鼻子走，我們都成了供婦人驅策的男人了！」

果然，戰爭開始沒多久，克麗奧佩特拉就坐著她的旗艦「安東尼號」臨陣脫逃，埃及大軍見到女王逃跑，也立刻一哄而散。安東尼被她突如其來的舉動嚇了一跳，頓時無心戀戰，帶領大軍落荒而逃了。就這樣，原先處於不利的屋大維打贏了這場戰爭，安東尼卻因為輕輕一吻，斷送了無數的王國州郡。

安東尼與克麗奧佩特拉狼狽地逃回亞力山卓。丟掉了大好江山，令安東尼十分懊惱，他開始自暴自棄起來，要部下索性將他的財產分掉，然後把軍隊解散算了！克麗奧佩特拉看他這樣，有些內疚地說：「唉！我的主，原諒我因為膽怯而揚帆逃走，可是我沒有想到你竟然會追上來。」

安東尼嘆道：「女王！你明知道我的心已經被繩子縛在你的舵上，只要你一走，也會把我一起拖走啊！」

最後，他們派人去見屋大維，希望屋大維能與他談和，哪怕要他從此在雅典做一介平民也沒關係；克麗奧佩特拉則說，願意率領埃及王國投降屋大維，只要他允許她的子孫世代統治埃及。

屋大維告訴使者：「對於安東尼，他的任何要求我一概不理。至於女王的要求，只要她能夠將她那名譽掃地的情夫逐出埃及，或是直接在國內把他殺了，我就答應。」同時，他又派出一個叫賽琉斯的部下到埃及，企圖離間女王與安東尼之間的感情。

賽琉斯見到克麗奧佩特拉後，對她說：屋大維十分同情她，因為他知道女王之所以依附安東尼，並不是因為愛他，而是因為懼怕他。

克麗奧佩特拉卻不領情，她說自己的榮譽並不是自己甘心屈服，而完全是被人征服的。但她還是告訴賽琉斯，自己願意隨時把王冠獻在屋大維的腳下，成為他的臣屬。她讓賽琉斯吻自己的手，沒想到，就在這時安東尼走了進來，他已經知道屋大維對他要求的回應，正在氣頭上。

安東尼看見使者在吻克麗奧佩特拉的手，厲聲問道：「你是什麼東西！」

賽琉斯傲然回答：「我是奉全世界最有威嚴、最值得服從之人的命令而來的使者！」

安東尼勃然大怒，他下令將賽琉斯鞭打一頓，之後要他轉告屋大維：「把你在這裡受到的款待告訴他！再跟他說，他傲慢的態度使我非常憤怒！」

接著，他將矛頭轉向了克麗奧佩特拉，他指責她是個水性楊花的女人，竟然讓一個下賤的使者吻自己的手；他還說，羅馬的枕頭不曾留住他，羅馬的任何名媛也沒讓他放在眼裡，他也從來沒生下一個合法的兒女，但到頭來反而被一個到處賣弄風情的女人給騙了！

克麗奧佩特拉聽了十分傷心，她發誓道：「唉！親愛的，要是我真的對你不忠，願上天在我冷酷的心裡釀成一陣有毒的冰雹，讓第一塊雹石落在我的頭上，融化我的生命；再讓我的孩子和勇敢的埃及人一個個喪命在這陣冰雹之下，讓他們死無葬身之地，充作尼羅河上蠅蚋的食物！」

安東尼聽到她的表白，才稍微打消了心中的憤怒。接著，他告訴她，屋大維的軍隊已經來到亞力山卓，打算與他作最後的決戰；而他也已經將陸上的軍隊集結起來，並整頓了潰散的海軍，準備迎戰。克麗奧佩特拉又再次表示，願意帶領埃及軍隊幫助他。

戰爭前夕，幾名巡邏的士兵在宮門前閒聊，突然間，他們聽見一陣樂聲從地下傳來，為此驚慌不已；士兵們紛紛謠傳，這股聲音是安東尼所崇拜的赫拉克勒斯神，現在祂也離他遠去了。

隔天，部下告訴安東尼，說有許多士兵連夜逃走投奔了屋大維，其中還包括他的親信愛諾巴勃斯。大家都以為安東尼一定會大發雷霆，沒想到安東尼卻心平氣和地問道：「他的行李財物都帶走了嗎。」

部下回答：「都沒帶走。」

安東尼聽了著急地說：「快！把他的錢財送還給他，再寫一封信，向他表示惜別歡送的意思。對他說，希望他今後再也不需要更換新的主人了！想不到我衰落的命運，竟害得他這樣忠心的人也變心了啊！」

許多逃到屋大維陣營的將領都沒有好下場，一個叫艾勒克薩斯的人，奉安東尼的命令出使猶太王國，但他卻背叛安東尼，還勸說猶太的希律王歸附屋大維，但屋大維不但不感激他，反而把他吊死了！其他投降的將領雖然都被屋大維收留，但是誰也沒有得到信任。也因此，當愛諾巴勃斯收到了安東尼送來的財物後，感到懊悔不已。

「唉！安東尼，我真是世上最卑鄙無恥的人！如今，悔恨就像一柄利劍般刺進了我的心，原諒我對你所加的傷害，讓世人記住我是一個叛徒吧！」愛諾巴勃斯哭喊道。當晚，他就在自己的營地內自殺了。

戰事一開始，安東尼記取了前一戰的教訓，率領他勇猛的陸上部隊，將屋大維的軍隊打得潰不成軍。屋大維被迫再次將戰線轉移到海上，這回，安東尼已早有準備，他要埃及海軍嚴陣以待，準備在海、陸兩面都給屋大維迎頭痛擊。

沒想到，就在第二天的戰事開始前，一隻燕子飛到了女王的船上築巢，占卜的人嚴肅地指出這是不祥之兆。果然，埃及軍隊又再度讓安東尼失望了，開戰沒多久，安東尼與克麗奧佩特拉的海軍就被打敗，紛紛棄械投降。

安東尼絕望得幾乎失去理智，他對著克麗奧佩特拉大罵：「你們這些無恥的埃及人葬送了我！我要把你這負心的埃及女人交給屋大維，讓他在歡呼的庶民之前把你高高舉起，把你拴在他的戰車後面，告訴人們你是女性中的恥辱！我將你當成唯一的歸宿，你卻用狡詐的手段將我引誘向滅亡！」

說著，他拔出劍想殺死女王，嚇得克麗奧佩特拉趕緊退開。這一次，克麗奧佩特拉也受夠了安東尼不分青紅皂白的指責，為了躲避他的追殺，她將自己鎖在墓室裡，要手下告訴安東尼：「埃及的女王克麗奧佩特拉自殺了，死前她仍然用非常淒哀的聲音呼喚著安東尼的名字！」

安東尼聽到了這個消息，誤以為克麗奧佩特拉真的死了，才又後悔起來，又聽說她死前仍然不停呼喚著自己的名字，這讓他心都碎了！於是，他叫來了部下愛洛斯，告訴他埃及女王已經死去的事情，自己不願意在這樣重大的恥辱之中苟且偷生，他請求愛洛斯在他被屋大維俘虜前殺死他。

愛洛斯不肯服從這個命令，當著安東尼的面自殺了。最後，安東尼只好親自拿起劍，朝自己的身體刺去，沒想到，這一擊沒能立刻奪走他的命，安東尼奄奄一息地倒在地上等死。他請求士兵們結束他的性命，但沒有一個人下得了手。

就在此時，克麗奧佩特拉的另一名部下趕來了，他看到安東尼的傷，不禁嚇了一跳，連忙立刻告訴他埃及女王還活著的事實。

安東尼氣若游絲地問道：「她在什麼地方？」

這名使者回答：「她把自己關在墓室裡，因為她知道您會懷疑她與屋大維勾結。雖然這完全是一派胡言，但是她想不出法子平息您的憤怒，只好先騙您說她死了。可是她又擔心這個消息會引起不幸的結果，所以派我來向您說明真相，沒想到還是太遲了。」

安東尼說道：「不！還不遲，把我抬到克莉奧佩特拉那裡去，這是我最後的命令了！」

部下們抬著安東尼來到墓室，克麗奧佩特拉看到安東尼生命垂危，忍不住驚叫了起來。安東尼對她說，不是屋大維戰勝了安東尼，是安東尼戰勝了他自己，他只希望能在死前的最後一刻，再得到克麗奧佩特拉的一吻。

克麗奧佩特拉深情地親吻了安東尼，安東尼又對她說：「親愛的，聽我說，屋大維左右的人，除了普洛丘里厄斯以外，誰也不可以相信。」

女王回答：「我不相信屋大維的人，我只相信自己的決心與自己的手。」

最後，安東尼嚥下了他的最後一口氣。他的死訊很快就傳到了屋大維的耳裡，屋大維感嘆地說：「安東尼，是我把你逼到這一步，但我們是無法在這世界上並立的，要不就讓我看見你的沒落，要不就讓你看見我的死亡。」

不久後，克麗奧佩特拉派來了使者，向屋大維傳達投降的意圖。屋大維也叫來了部下普洛丘里厄斯和道拉培拉，要他們到埃及向女王傳達自己的旨意：「告訴女王，我們絕對沒有要羞辱她的意思，別讓她自尋短見，以免破壞了我們光榮的勝利。」

普洛丘里厄斯向克麗奧佩特拉轉達了屋大維的話，克麗奧佩特拉想起安東尼死前說過的遺言，他曾說這個人是可以信任的。於是她也回答：只要屋大維願意把埃及賜給她的子孫，她一定會滿心感激地向他跪拜。但是，普洛丘里厄斯的部下卻打算強行抓住她，克麗奧佩特拉急得拔出了劍，想要自殺。

「與其讓他們把我懸吊起來，任由羅馬的下賤人民鼓譟怒罵，我寧願葬身在埃及的溝壑裡！」

普洛丘里厄斯連忙制止他，說：「您想得太可怕了，屋大維絕對不會這樣對待您的！」

為了讓她放心，普洛丘里厄斯撤走了手下的士兵，只讓道拉培拉看守克麗奧佩特拉。等到所有人離去後，克麗奧佩特拉問道拉培拉：「你知道屋大維準備怎樣處置我嗎？他會把我當成一個俘虜帶回去誇耀他的凱旋嗎？」

道拉培拉語重心長地說：「陛下，他一定會這麼做的，我知道他的為人。」

不久後，屋大維來到埃及，他見到克麗奧佩特拉，問她希望自己怎麼處置她。克麗奧佩特拉將記載著國庫中金銀珠寶的清單獻給屋大維，請求他放過自己。於是屋大維安撫了女王，向她保證自己絕沒有把埃及的一切當作戰利品而加以沒收的意思，這些永遠是屬於她的。

「相信我，屋大維不是一個唯利是圖的商人，會去跟人家爭奪一些商人手裡的貨品。親愛的女王，請不要憂鬱了，因為我們在決定如何處置你之前，還會再徵求你自己的意見。把我們始終當作你的朋友吧！再見。」

然而，克麗奧佩特拉卻從屋大維驕傲的神色中，看出這個人絕不會那麼輕易放過自己，為了保全自己的榮譽，女王決定自殺。

她從一個鄉下人手中取得一種劇毒的蟲子，據說這種蟲能在毫無痛苦下致人於死命。之後，克麗奧佩特拉讓自己的婢女為她穿上女王的豪華裝束以及王冠，那是過去他在昔特納斯河與安東尼相遇時的打扮。

她在唇上沾了毒蛇的汁液，吻了自己的貼身婢女。眼見婢女死去後，克麗奧佩特拉嘆了一口氣：「要是讓她先遇見了安東尼，他一定會向她問起我；她還會得到他的第一個吻，奪去我在天堂中無上的快樂。來吧，小東西，用你的利齒完成你的使命吧！」

最後，克麗奧佩特拉將小蟲放在自己的胸前，又拿起一隻蛇放在手臂上。不久後，這兩隻劇毒無比的生物就奪去了她美麗的生命。

屋大維聽聞了克麗奧佩特拉的死訊，又得知她是如何自殺的，對她的勇氣大為折服，說道：「她在臨終的時候顯示出無比的勇敢，她推翻了我們的計畫，為了自身的尊嚴，她決定了自己應該走的路。」

之後，屋大維為克麗奧佩特拉舉行隆重的喪禮，將女王與她的情人安東尼同穴而葬，以紀念這兩人至死不朽的愛情，他們用悲慘的結局成就了屋大維一個人的光榮。對所有人來說，世界上再也不會有第二座墳墓，懷抱著這樣一對著名的情侶了。

10 科利奧拉納斯

羅馬曾經發生過一次飢荒，在這次飢荒中，憤怒的人民將責任歸咎在羅馬的貴族及元老們身上。到後來，他們甚至認為，政府們救濟他們的食物，其實都是貴族們吃剩下來的東西，在貴族眼中，人民的痛苦飢寒與枯瘦憔悴，只不過是列載著他們富裕的一張清單罷了。

在所有貴族與元老中，人民尤其憎恨自大的將軍卡厄斯・馬歇斯。因為他態度傲慢，總是以鄙夷不屑的眼光看待民眾。最後，許多羅馬市民聚集起來，手裡拿著武器，打算反抗這位將軍，把他們的這股怨恨發洩在他身上。雖然也有一些市民說馬歇斯是一位偉大的將軍，曾為祖國立下許多不可抹滅的戰功。然而，群眾的怒氣最後還是壓倒了這些聲音。

就在這時，德高望重的元老米尼涅斯・阿格立巴來了，他試著在事情鬧大前安撫住憤怒的市民。他說：「朋友們，貴族們對於人民是非常關心的。你們與其把自己的窮困和飢餓歸怨於政府，倒不如舉起手中的棍棒來打天！因為這次飢荒是天神的意旨，而不是貴族們造成的。唉！災禍使你們迷失了本性，引導你們通往更大的災禍，你們毀謗著國家的舵輪，他們像慈父一樣愛護你們，你們卻像仇敵一樣詛咒他們！」

然而，對於這番善意的勸導，人民仍然聽不進耳裡，他們堅持貴族們都是假惺惺的，讓人民忍受著飢寒，自己的倉庫裡卻堆滿了穀粒；頒布保護高利貸的不合理法令，並取消了不利於富人的正當法律。

眼見無法平息眾怒，米尼涅斯又說了一個故事：從前，身體上的各個器官曾經聯合起來反抗肚子，它們指責它像一個無底洞似地盤據在身體的中央，無所事事，不像其他器官有的掌管吃，有的掌管聽，有的掌管思想，有的掌管行走；各個器官分工合作，才能應付全身的需要，而肚子只知道容納食物，不知分擔勞苦。但肚子卻從容不迫地回答：「沒錯，但你們全體賴以維生的食物，都是由我收納下來的，因為我是整個身體的倉庫和工場。這些食物就是我利用你們的血液的河流一路運輸出去，一直傳送到心的宮廷和腦的寶座；不論是人身體的五官百竅、最強韌的神經和最微細的血管，都從我這裡獲得保持他們活力的食糧。」

米尼涅斯說，羅馬的元老院就是這一個肚子，而人民就是那群作亂的器官。他要人民把一切想清楚，就會明白公眾的所有利益都是從貴族手裡取得的。正當他要繼續向民眾曉以大義時，那位受民眾憎恨的將軍馬歇斯卻來到了現場。

「你好，尊貴的馬歇斯！」米尼涅斯連忙向他致意。

馬歇斯已經聽聞了群眾作亂的理由，也明白他們要反對的正是自己。對此他感到怒不可遏，所以趕來這裡，想親自斥退這些反對他的民眾。

「這些民眾要求照他們所提出的價格賣給他們穀物，他們聲稱倉庫裡還有非常充足的穀物。」

「該死的東西！」馬歇斯罵道，「這些人只會坐在火爐旁邊，假裝對議會裡所決定的事瞭如指掌——誰正在崛起，誰將要掌權，誰將會失勢。凡是他們所贊成的事情，就誇讚它的強大；反是他們所反對的事情，就放在他們的破鞋底下踐踏！他們竟然敢在這信口開河，說我們還有很多的穀？」

說著，馬歇斯拔出了劍，說道：「要是那些貴族們願意放下他們的慈悲，讓我運用我的劍，我一定會把那幾個帶頭的奴才殺死，堆成一座像我舉起的槍尖一樣高的屍山！」

馬歇斯露出怒目圓睜的凶狠模樣，讓還未成氣候的反抗民眾頓時作鳥獸散了。看著這些四處逃竄的百姓，馬歇斯又破口大罵，說這些卑賤的人民只會到處抱怨，要貴族以及元老院對他們予取予求。不久前，元老院才剛同意了民眾的要求，選出了五個代表民意的護民官。

忽然間，一名傳令兵匆匆來到馬歇斯面前，向他報告沃爾西人入侵羅馬的消息。接著，羅馬將軍考密涅斯、護民官之中的西西涅斯及布魯托斯，還有多名元老也來到了現場，要請馬歇斯與米尼涅斯一同前去商討此事。

馬歇斯想起，沃爾西人有一位偉大的將軍，叫做塔勒斯・奧菲狄烏斯。他是個非常高貴、英勇的戰士，馬歇斯將他視為平生的勁敵，為了與奧菲狄烏斯這樣可敬的對手交手，他甚至不惜背叛祖國。事實上，過去馬歇斯也曾與奧菲狄烏斯打過好幾場戰役，而且也一直都是馬歇斯佔上風。

就這樣，馬歇斯與其他元老一同離開了，剩下護民官西西涅斯與布魯托斯留在原地。這兩個小人開始竊竊私語起來，原來，被民眾推舉出來的他們，私底下也對馬歇斯不滿已久。

西西涅斯說道：「你見過像馬歇斯一樣驕傲的人嗎？」

布魯托斯回答：「沒有人可以跟他相比。你注意到了嗎？當我們被選為護民官時候，他那嘴唇和眼睛流露出的嘲諷是多麼地明顯！」

西西涅斯又說：「你說得對。依我看，當他動怒的時候，就算是天神也免不了挨他一頓罵，溫柔的月亮也要遭到他的譏笑呢！我真不知道，憑著他這種傲慢的脾氣，怎麼肯俯首接受考密涅斯大人的號令。」

「那是因為要爭取名譽啊！只要讓自己處在次於領袖的地位，要是犯錯的話，他就可以完全歸咎於上司，然後跟群眾說自己已盡了最大的努力；相反地，要是立功的話，他又會把上司的功勞也掩蓋過去，自己一個人成為英雄。」

這兩位護民官不停地說著馬歇斯的壞話，他們議論著他過去的一舉一動，彷彿這個人無論做什麼事，都是別有居心一樣。其實，這全是出於他們兩人對這名將軍偉大功績的嫉妒罷了，他們發誓要鬥垮馬歇斯，一有機會就要扳倒他。

馬歇斯的母親伏倫妮婭及妻子維吉利婭已經聽聞兒子以及丈夫即將出征的消息。伏倫妮婭是十分傳統的羅馬女人，十分贊同男子為國出征，她寧願馬歇斯戰死在殘酷的沙場上，也不要流連家中，貪戀著閨房中的兒女私情。但維吉利婭卻跟婆婆不同，她祈求上帝保佑丈夫，不要讓他在戰場上受傷、流血，更別讓沃爾西人的將軍奧菲狄烏斯傷害他的一根頭髮；為了替馬歇斯祈福，維吉利婭決定一直待在家中不出門，直到丈夫凱旋歸來的那一天。就這樣，馬歇斯滿載著眾人的期待出征了。

奧菲狄烏斯率領的大軍在平原上遭遇了考密涅斯的羅馬軍隊，兩軍立刻陷入混戰。在僵持了很久之後，兩方都暫時退兵，在不遠的距離外與敵人互相對峙著。

另一方面，馬歇斯聽到考密涅斯與奧菲狄烏斯交戰的消息後，決定率領軍隊趁虛而入，攻打奧菲狄烏斯後方的城堡科利奧里。他勸城裡的沃爾西人投降，但守城的軍士鬥志高昂，不理會馬歇斯的招降，反而從城裡殺了出來。於是，馬歇斯也親自帶領軍隊上前應戰。

在勇猛的沃爾西人強攻下，戰況逐漸陷入不利，羅馬軍隊被逼得節節敗退，一些怯懦士兵也開始逃跑。馬歇斯忍不住對著這些人破口大罵：「願南方的一切瘟疫都降在你們身上，你們這些羅馬的恥辱！你們的背後受了傷流著鮮紅的血，臉上卻因為逃竄和恐懼而變成了慘白！這還算是勇敢的羅馬士兵嗎？跟我來！我要把他們打回妻子的懷抱裡去，就像他們現在把我們逼回了戰壕一樣！」

說完，馬歇斯高舉著寶劍，親自衝進了敵陣之中，士兵也跟在他的後面。很快地，羅馬軍隊就因為他的奮戰而反敗為勝，沃爾西勇士紛紛敗退。馬歇斯一直追擊到城門下，他高喊道：「城門開了！大家加油！命運打開它們，是為了讓我們追趕敵人，不是為了讓敵人逃走。跟我上！」

馬歇斯頭也不回地衝進了城裡，但士兵都害怕有埋伏而卻步不前。就在這時，城門果真關上了，馬歇斯一個人被困在了城裡。

正當大家都認為馬歇斯這下必死無疑時，他卻出現在城牆之上，揮舞著手中的劍，與圍攻他的士兵交手。羅馬士兵見到主帥的英姿，都高聲歡呼著，接著也開始對科利奧里城猛攻。最後，羅馬軍隊終於佔領了這座城。

攻下了沃爾西人的大本營後，馬歇斯一刻也不停地來到考密涅斯的營帳裡，向他傳達這個好消息。聽到了科利奧里的捷報，讓此地的羅馬軍隊士氣也跟著高漲，於是，考密涅斯下令全軍出擊，而馬歇斯也加入了這場戰爭，幫助羅馬軍隊打敗了奧菲狄烏斯。奧菲狄烏斯逃回科利奧里，發現城池被羅馬人佔領，只好又逃到了安齊奧。

由於馬歇斯在這場戰爭中立下卓越的戰功，讓所有貴族及元老都對他欽佩不已。考密涅斯說，馬歇斯可以從戰地和城中搜刮來的一切珍品寶物中任取十分之一，但是馬歇斯謝絕了。他說，自己不能同意讓自己的劍受人賄賂，希望所有參與這場戰役的人都能受到同樣的待遇。於是，他在眾人之間的評價中又更高了。

考密涅斯又說：「從今以後，為了紀念馬歇斯在科利奧里所建立的不世戰功，在全軍的歡呼聲中，他將被稱為馬歇斯．卡厄斯．科利奧拉納斯，讓他永遠光榮地戴上這一個名字！」

在眾人齊聲的歡呼中，馬歇斯得到了「科利奧拉納斯」這個象徵榮譽的稱號。之後，羅馬軍隊決定與撤退到安齊奧城的奧菲狄烏斯議和，奧菲狄烏斯也答應了這個請求，然而，他對再次敗給羅馬感到耿耿於懷，心底想著總有一天要復仇。

科利奧拉納斯英勇戰勝沃爾西人的事蹟傳回了羅馬城，讓反對他的人覺得有些失望，尤其是西西涅斯與布魯托斯。這兩位護民官甚至說，羅馬軍隊的勝利對人民來講實在不是一個好消息！

然而，善良的米尼涅斯卻指責這兩個自私的人的想法。他說，與英勇的馬歇斯相比，西西涅斯和布魯托斯才是一對全羅馬最驕傲、狂妄又無用的官員！這兩位護民官也懶得與這個老人爭論，馬上就閃到了一旁。就在這時，改名為科利奧拉納斯的馬歇斯凱旋歸來了。

市民們喊道：「歡迎你到羅馬來，著名的科利奧拉納斯！」

科利奧納拉斯說道：「請你們別這樣，我不喜歡這些客套的形式。」

但民眾仍然興高采烈地歡迎他，圍在他身旁歌頌他的功績，向他訴說著各式各樣的讚美言語。一旁的布魯托斯看了又說道：「你聽！所有的舌頭都在談論他，所有人都爬上牆頭，爬上貨攤、陽台、屋頂去看他。這麼熱鬧的場景，簡直就像把他當成了一尊天神的化身了呢！」

然後，他又嘆息道：「我看，這回他一定會當選執政了。當他握權的時候，我們兩人就只好無所事了！」

但西西涅斯卻說：「放心吧！市民們本來對他抱著敵意，只要再為了一些小事情，就會忘記他新得的光榮。憑著他這副驕傲的脾氣，我相信他一定很快就會做出些得罪人的事情來。」

這時，有使者前來傳喚他們兩位到議會，因為元老們即將推舉科利奧拉納斯作羅馬人的執政。原來，下一任執政的候選人共有三個，雖然科利奧拉納斯性格驕傲，對人民也十分無禮，本來當選的機會十分渺茫。但他這回擊敗了來犯的敵人，為國家立下了極大的功勞，因此元老院仍打算推舉他。

然而，按照羅馬歷來的慣例，因戰功而成為執政的人，都必須在民眾面前袒露出他在戰爭中得到的傷疤，並一一講述這些傷疤的由來，然後再由人民對他進行一番讚美，並推舉他為羅馬的領袖。這讓科利奧拉納斯感到無法忍受，因為他不願意向無知的人民祈求讚美與承認，更不想在他們面前露出自己的傷痕。

「請你們原諒，我寧願讓我的傷痕消失無踪，也不願聽人家講起我是如何得到它們的；我寧願在號角吹響的時候讓別人在太陽底下踩過我的頭，也不願呆坐著聽別人誇飾我一些微不足道的功勞。」

科利奧拉納斯的堅持卻讓好事的兩位護民官有了攻擊他的藉口，西西涅斯說道：「將軍，這是人民表示他們意見的方法，他們也絕不願意變更長期以來的儀式。」

科利奧拉納斯說：「要我去演出這可笑的一幕，那我一定羞愧得無地自容的，還是免了吧！」

他十分固執，不肯聽從眾人要他遵照傳統形式的建言。於是，各位元老也只好尊重他的意見，拜託兩名護民官幫忙在市民面前為科利奧拉納斯說好話。然後，科利奧拉納斯就在許多元老與貴族的陪同下離開了，他們要去羅馬的市集，向市民們宣布這位將軍即將成為新任執政的事實。

西西涅斯對布魯托斯說道：「但願人民知道他的用心！他將要用一種鄙夷不屑的態度去請求他們，好像他從人民手裡得到恩惠是一件恥辱一樣。」

在市場上，科利奧拉納斯仍舊不願向市民說出一句善意的話，讓米尼涅斯急得說道，過去羅馬許多尊貴的人也都做過這樣的事，要是科利奧拉納斯不願意學著前人的作法的話，將會壞了大事的。正當米尼涅斯苦口婆心地規勸著，迎面已走來了幾位市民。

科利奧拉納斯告訴這些市民，希望自己能得到他們的承認。市民說，代價很簡單，就是他必須好言好語地向他們請求。科利奧拉納斯說：「好吧！先生，我請求你們讓我做執政吧！要是你們想看我的傷痕，我願意在隱密一點的地方讓你們看。這樣可以嗎？」

這些市民只好硬著頭皮同意了。緊接著，科利奧拉納斯又遇到了幾個市民，他一樣向這些人請求承認他的執政身分，市民也要求他露出自己的傷疤。

「既然你們已經知道我有這些傷，那我也用不著袒露我的身體來向你們證明了！」科利奧拉納斯回答道。於是，這些市民也只好承認他了，看到他如此頑固，其他的市民也不想自討沒趣，紛紛對他表示認同，儀式終於順利完成了。

在完成全部手續之後，科利奧拉納斯急著換下他那身平民的服裝，換回本來的軍人裝束，就帶領元老們一起離開了，留下西西涅斯與布魯托斯兩人，然而這兩位護民官不僅沒有設法說服民眾接受新的領袖，反而挑撥離間了起來。

西西涅斯說：「啊！各位朋友。你們已經選中了這個人嗎？」

布魯托斯也說：「但願這個人不會辜負了你們的好意！」

在他們的挑撥下，民眾開始鼓譟起來，有人說，剛才科利奧拉納斯在請求人民同意的時候，彷彿在譏笑他們一樣；也有人說，他應該把象徵他戰功的傷疤給人民看，但是誰也沒看到！

西西涅斯趁機說：「為什麼你們這麼愚蠢，就像個孩子一樣容易欺騙，明明發現了這些事，卻還是同意他了呢？」

布魯托斯也起鬨說：「看吧！即使是在需要你們承認的時候，都用這樣公然侮蔑的態度向你們請求了，難道你們沒有想過，要是他有了壓迫你們的權力的話，這種侮蔑的態度豈不是會變成公然的傷害嗎？」

經過兩人這麼一恫嚇，市民們開始害怕了起來。他們對自己剛才的決定感到反悔，打算再次聚集起來反對他的就任。兩位護民官又慫恿他們立刻行動，還指點他們該如何向元老們辯論，於是，被挑起怒火的民眾們來勢洶洶地朝著議會而去。

然而，剛成為執政的科利奧拉納斯卻沒有心思去管市民的感受，因為沃爾西人的將軍奧菲狄烏斯又再次捲土重來，打算對羅馬發起進攻呢！正當他與幾位將軍討論著作戰計畫，兩名護民官卻率領著憤怒的群眾闖進了議會，宣稱科利奧拉納斯的執政地位是不合法的，因為他並未向人民展示他的傷疤。

看到眼前的情景，科利奧拉納斯與幾位元老很快明白了：一切都是西西涅斯與布魯托斯的陰謀。考密涅斯與米尼涅斯還希望能化解事端，但科利奧拉納斯卻再也忍無可忍，他對著兩名護民官破口大罵，指責他們惡意挑撥群眾；還說羅馬的人民是多麼地無知、貪婪，竟會相信他們的話。

他說：「當國家危急存亡的關頭要他們出征的時候，他們卻連城門也懶得走出；一到了戰場，他們只有在叛變內訌這種事上表現出最大的勇氣。就算為他們做得再多，他們又會感激元老院的好意嗎？我們不停地貶抑自己的地位，讓那些烏合之眾把我們的謹慎稱為恐懼。總有一天，他們的膽子會大到打開元老院的鎖，像一群烏鴉般飛進來向鷹隼亂啄！」

沒想到，這一席話才正是護民官所希望的，他們的目的就是希望科利奧拉納斯在一氣之下，說出忤逆民意的話，這樣一來，他們就能指控科利奧拉納斯羞辱全體羅馬市民，意圖實行獨裁政治。

西西涅斯說：「這正是叛徒說的話，他必須受叛徒的處分！」

布魯托斯也說：「公然的叛逆！士兵呢？把他逮捕！」

接著，西西涅斯呼叫來了在外頭等待的民眾，要他們抓住科利奧拉納斯；米尼涅斯、考密涅斯以及其他元老則圍在科利奧拉納斯四周，要保護他的安全。兩群人就在議會中相互對峙，隨時都可能大打出手。

護民官說，科利奧拉納斯打算在羅馬獨裁專政，他遲早會拆毀城市、將屋宇夷為平地，把井然有序的一切埋葬在瓦礫中，按照法令，應該判處死刑，他們要把他從大帕岩上推下山谷。米尼涅斯老人卻不停地安撫他們，希望將一切以溫和的手段解決，同時，他要科利奧拉納斯先回去家裡，等群眾的憤怒平息下來後再出面。

科利奧拉納斯離開後，米尼涅斯向兩名護民官保證，科利奧拉納斯一定會改掉對人民惡言相向的習性，希望他們能再給他一次機會。西西涅斯答應米尼涅斯的請求，要他等一下再帶著科利奧拉納斯來到市場面對群眾。

而科利奧拉納斯回到家後，仍然忿忿不平，他說：「就算他們每個人都來扯我的耳朵，或是把我用車輪輾死、馬蹄踏死，或是堆十座山在大帕岩上，把我推下深不見底的山谷，我也一樣要用這副態度對待他們！」

他的母親伏倫妮婭勸道：「兒啊！我希望你不要在基礎不穩之前，就丟失了你手中的權力。你曾說過，在戰爭時，為了達到目的，不得不採用欺騙敵人的謀略，而這樣的行為並不損及個人的榮譽。那麼，萬一在和平的時候也需要權謀，為什麼它反而會違背你了所謂的榮譽呢？」

科利奧拉納斯被母親說得有些心軟了，這時，考密涅斯來到他的家中，請他到市場與群眾見面。伏倫妮婭又說：「我的好兒子，你曾經說過，當初你因為受到我的嘉獎，所以才會成為一個軍人；現在請你再接受我的嘉獎，扮演一次你從來沒有扮過的角色吧！」

於是，科利奧拉納斯決定聽從母親的請求，他跟著考密涅斯來到了市場。西西涅斯、布魯托斯以及市民早已在那裡等著他，這兩名護民官已想好該如何抓住科利奧拉納斯的話柄，將市民的怒火再次挑起。

西西涅斯說：「請你回答，你是否願意服從人民的意見，承認他們官吏的權力，當你的罪名成立以後，甘心接受合法的制裁？」

科利奧拉納斯回答：「我願意。」

米尼涅斯也趁機說：「各位市民，他說他願意啊！想一想，他立過多少的戰功！想一想他身上的傷痕，就像墓地上的墳墓一樣多！」

還不等民眾的心裡發生動搖，西西涅斯又說道：「那麼，科利奧拉納斯，你企圖推翻一切羅馬相傳已久的政體，造成個人專權獨裁的地位，所以我們宣布你是人民的叛徒！」

科利奧拉納斯聽到別人宣判他是「叛徒」，那僅存的最後一絲理智也斷了，他對著西西涅斯大罵：「你這害人的護民官！在你的眼睛裡藏著兩千萬個死亡，在你的兩手中握著兩千萬種害人的詭計，在你說謊的舌頭上含著無數殺人的陰謀，我要用向神明祈禱一樣坦白的聲音，向你說：你說謊！」

這一陣怒吼正中下懷，西西涅斯冷笑著向著民眾說道：「你們聽見了嗎？」

民眾鼓譟了起來：「把他從大帕岩丟下去！把他從大帕岩丟下去！」

這時，布魯托斯又假情假意地說道：「雖然他的罪行已經觸犯了最嚴重的死刑，可是既然他為羅馬立過功勞，我們以人民的名義宣布，從現在開始，將他放逐出這個城市，要是他敢再次進入羅馬，我們就要把他從大帕岩上丟下去。這判決必須執行！」

民眾也開始呼喊「這判決必須執行！」眼見大勢已去，米尼涅斯及考密涅斯也不禁搖頭嘆息，科利奧拉納斯則更加憤怒地對著群眾咆哮，但最後，他還是在群眾的驅趕下狼狽地離開羅馬。

科利奧拉納斯被趕出家鄉後，來到了沃爾西人的安齊奧城，他向路人請問沃爾西人的將軍奧菲狄烏斯住在什麼地方。這位路人如實告訴他，還跟他說今晚奧菲狄烏斯即將在家裡設宴款待幾名高官。

他來到奧菲狄烏斯家門前，被僕人擋在了門外，因為如今的科利奧拉納斯穿著十分破爛，他們還以為他只是個流浪漢呢！這幾名僕人想要趕他走，但科利奧拉納斯十分難纏，死死地賴著不走，這些僕人只好立刻去通報他們的主人。

奧菲狄烏斯出來了，他對著這名邋遢的客人說道：「你叫什麼名字？」

科利奧拉納斯回答：「要是你還不認識我，看見了我的臉也想不起我是什麼人，那我也只好自報姓名了。不過，我的名字在沃爾西人的耳中是不太好聽的，你聽了想必會覺得刺耳。」

「我不認識你，你叫什麼名字？」

「我的名字是卡厄斯．馬歇斯，我帶給沃爾西人極大的痛苦，我的姓氏科利奧拉納斯就是最好的證明！殘酷猜忌的人民已經一致遺棄了我，抹殺了我一切的功績，因此，我來到你的家裡，不是為了來向你求恩乞命，而只是因為出於氣憤，想報復那些放逐我的人。如果你也有一顆復仇的心，想為你的國家洗雪前恥，那麼機會來了，因為你可以利用我的不幸，達到你的目的。」

奧菲狄烏斯聽了驚喜交加，他說，沃爾西人早已暗中整頓了一支軍隊準備攻擊羅馬。因為他自從被馬歇斯打敗後，夜夜都做著與他交戰的夢呢！如今，他要與尊貴的馬歇斯一起合作，把戰爭洶湧的洪流倒向羅馬忘恩負義的心臟。

他說：「要是你願意為了報復自己的仇恨而做為我軍的前導，我可以分我的一半兵力歸你指揮，你可以憑著對羅馬的瞭解以及作戰的經驗，決定進軍的戰略，要不就直接向羅馬進攻，或者在騷擾遠處的村莊，讓他們在滅亡以前先嘗嘗驚恐的滋味！」

說完，他牽著科利奧拉納斯的手，兩人走進了營帳。

在羅馬城內，西西涅斯和布魯托斯還在為了自己做了一件好事而沾沾自喜呢！正當他們站在羅馬街道上接受民眾的致意時，一名使者慌慌張張地跑來，告訴他沃爾西人已經出動了兩支軍隊，攻進了羅馬領土的消息。

當他們聽說科利奧拉納斯與奧菲狄烏斯合作之後，都張大了眼睛不敢相信，這時，考密涅斯也來了，他證實了這個殘酷的事實，並怪罪兩名護民官，是他們將馬歇斯——高貴的科利奧拉納斯逐出羅馬的，害他一氣之下跑去跟沃爾西人聯手。

羅馬城裡的人全都慌了手腳，他們開始後悔不該放逐這名偉大的將軍，如今，這名偉大的將軍即將率領異族人攻打自己的家鄉，羅馬遭遇了空前的危機，在這個關頭，考密涅斯與米尼涅斯再度挺身而出，動身前往沃爾西人的陣營勸說科利奧拉納斯。

面對這兩位老人，科利奧拉納斯一律裝出不認識對方的樣子，對於他們的呼喚以及勸告也一概不理。他已經鐵了心腸，發誓要消滅羅馬，以報復市民們對他的忘恩負義。然而，就在這時，卻換成他的母親以及妻子來了。

孝順的科利奧拉納斯無法違背母親的意思，他對奧菲狄烏斯說道：「親愛的朋友，雖然我不能幫助你們戰勝，可是我願意為雙方斡旋和平。好奧菲狄烏斯，要是你也與我處在相同的立場上，你會聽你的母親這樣說話，而不答應她嗎？」

奧菲狄烏斯表示自己十分感動，也願意停止對羅馬的戰爭，因為這時他掛念的早已不是與羅馬的戰爭，而是科利奧拉納斯對於自己的威脅。原來，科利奧拉納斯率領的軍隊所到之處，羅馬人紛紛表示降服，因為他們對科利奧拉納斯的名聲十分敬畏，甚至連沃爾西人的士兵都漸漸佩服起這位羅馬將軍。這讓奧菲狄烏斯擔心了起來，他害怕科利奧拉納斯遲早會取代自己的地位。

奧菲狄烏斯向自己的手下以及科利奧里城的居民說道，自己好心收留被放逐的科利奧拉納斯，沒想到他卻喧賓奪主，彷彿把自己當成了他的下屬一般，還擅自與即將戰敗的羅馬定下了和議；奧菲狄烏斯又提醒科利奧里城的居民，科利奧拉納斯曾經攻打他們，還殺害了他們的許多親人，他們應該要起來反抗他才對。

這時，科利奧拉納斯結束了與羅馬人的談判，返回了科利奧里城，他還被蒙在鼓裡呢！當他進城向沃爾西人宣布已經順利完成自己的使命，結束了這場戰爭時，奧菲狄烏斯卻指著他大罵：「各位大人，對這個叛徒說，他已經越權濫用你們的權力，罪無可赦了！」

科利奧拉納斯吃了一驚，說：「什麼？叛徒！」

奧菲狄烏斯說：「是的，各位執政的大臣，他已經不忠不義地辜負了你們的託付，為了女人的幾滴眼淚，把屬於我們的羅馬城放棄在他的母親和妻子的手裡！他破壞他的誓言和決心，就像拉斷一根絲線一樣，也沒有諮詢其他將領的意見，就這樣擅自犧牲了你們的勝利！」

四周的民眾也開始大聲叫嚣，高喊「殺死他！殺死他！」科利奧拉納斯才終於知道，原來奧菲狄烏斯也背叛他了，他惡狠狠地瞪著奧菲狄烏斯，說道：「啊！要是我手裡有一把劍，即使有六個奧菲狄烏斯，或是他所有的手下都在我面前，我也一定要殺了他！」

就在這時，一群奧菲狄烏斯的手下衝了出來，拔出劍朝著科利奧拉納斯一陣亂刺，一旁的官員大喊「住手！」但科利奧拉納斯已經倒臥在血泊之中，沒有了氣息。

看著這位科利奧拉納斯的悲慘結局，奧菲狄烏斯的終於感到深深的悔恨，內心的憤怒也頓時煙消雲散，他決定為這名偉大的將軍舉行光榮的葬禮。他親自抬起了科利奧拉納斯的屍體，將他埋葬。在這座他曾經屠殺了許多敵人的城裡，科利奧拉納斯這位英雄悲劇的一生，就在敵人為他奏起的喪事進行曲中悄然地落幕了。

11 雅典的泰門

雅典有一位貴族，名叫泰門。他享有像王子般那麼多的財產，而且為人慷慨，花錢毫無節制。縱使他富可敵國，但賺錢的速度總是趕不上開銷，因為他將錢財都揮霍在形形色色、不同地位的人身上了。

不僅窮人得到他的好處，就連達官貴人們也樂意屈尊當他的會客和隨從。他的餐桌時常坐滿了奢侈的食客，他的住處對所有往來雅典的人敞開。由於他喜愛揮霍自己的萬貫家財，性情又豪爽，贏得了所有人的愛戴。從那些臉上的表情能像鏡子一樣隨時迎合他心情變化的諂媚者，到那些粗暴強橫的憤世嫉俗者，各種性情和志趣的人都到泰門的面前獻殷勤。儘管憤世嫉俗者假裝看不起人類，對一切世俗的東西毫不關心，但也經不住泰門老爺優雅的風度和慷慨的性情吸引，竟然同樣違背著他們的本性，來分享泰門的盛宴。假如泰門對這些人點點頭或打個招呼，他們回去時便會以一位有頭有臉的大人物自居。

假如一位詩人完成了一部作品，需要一篇將它推薦給世人的序言，他只要把作品呈給泰門，這麼做不僅詩作有銷路，他還能從泰門那兒得到一筆贈款，並且每天出入他的住處，做他的食客。假如一個畫家有一幅畫想賣，他只要把畫拿給泰門，假裝請他鑑賞一下畫的價值，這位慷慨的老爺便會二話不說把它買下來。

假如一個珠寶商有一顆貴重的寶石，或是綢布商有什麼上等的布料，因為價錢太高而無法賣掉，那麼，泰門的家永遠是他們現成的市場，他們的貨物或珠寶無論以多高的價格都可以賣得掉。和善的泰門還會向他們道謝，就像他們把如此貴重的商品拿來讓給他挑，是為了對他示好、獻殷勤。

就這樣，泰門的家裡堆滿了多餘的貨品。它們派不上什麼用場，只不過增加了令人別扭的、虛有其表的奢華罷了。而泰門更是整天被這群無聊的客人死死糾纏著：有滿口謊言的詩人、畫家，狡詐的商人、貴族、婦人，寒傖的朝臣，還有拜託他辦事的人。這些人不斷地擠滿了他的門廊，在他耳邊說著令人生厭的恭維話，把他讚頌得如同神一般，連他上馬時踩的馬蹬也被當成了聖物；好像他們之所以能呼吸到自由的空氣，都是由於他的恩賜。

在這些整天依賴泰門的人當中，有些是出身高貴的年輕人，他們揮霍無度以至於無法償還債務，被債主關進了監獄。泰門好心把他們贖了出來，從此這些年輕的浪子就纏上了泰門，也許是因為志趣相投，這些胡亂花錢的人和生活放蕩的人都與泰門十分親近。

他們的財產比不上泰門，但他們發現，學著泰門的方式去揮霍他自己的財物要來得簡單多了。這些寄生蟲當中有個名叫文提狄斯的人，因為不務正業欠下了一大筆債，不久以前泰門才花了五個太倫（古代錢幣）替他還債呢！

不過，在這大批絡繹不絕的食客中，最惹人注意的是那些送禮和帶物品來的人。假如泰門喜歡上他們的一條狗、一匹馬，或是他們任何一件不值錢的傢俱，那他們就走運了！只要泰門一開口誇獎，隔天早晨那件被誇獎的東西就會被送到府上來，送禮的人會在上面寫著希望泰門收下禮品之類的客氣話，並且還為禮物的微薄向他表示抱歉。

不論這些人送的是狗還是馬，所有的禮物都必然會得到泰門的賞賜，他從來不會在還禮上面吝畜。他也許會回贈他們二十條狗，或是二十匹馬，無論如何，泰門還的禮總是比人家原來送的還要來得值錢。

那些假裝送禮的人心裡也十分清楚，他們假意送出那些禮物，就像是把一筆錢借出去，不用多久便會得到一筆可觀的利息。最近，路西斯就曾用這個辦法，把他那四匹載著銀質馬具的乳白色駿馬送給了泰門，因為這位狡猾的貴族注意到泰門有一次誇獎這些馬；另外一個貴族路庫勒斯則聽說泰門欣賞一對獵犬，說牠們長得漂亮、動作敏捷，於是也假惺惺地把牠們當作微薄的禮物送給了他。

好心的泰門接受這些禮物時，絲毫沒有懷疑到送禮的人可能別有用心。他都理所當然地用鑽石或別的珠寶來回贈他們，這些東西比他們原來送的那些虛情假意、有所貪圖的禮物要貴重二十倍！

有時候，這些傢伙的作法更直接，手段也更加明顯、露骨，然而容易受騙的泰門還是看不出來。他們看到泰門擁有的一件東西，不論是舊的還是新的，他們會假裝很羨慕，對這件東西滿口誇獎。最後，他們只付出了很小的代價——不值錢的、顯而易見的恭維話，就使輕信別人、心腸太軟的泰門把他們所稱讚的那件東西送給他們。

有一天，泰門就這樣把自己正在騎乘的一匹栗毛馬送給了一名卑鄙的貴族，只因為那名貴族說馬的模樣相當好看，跑得又快。泰門知道，要不是一個人想要得到那件東西，他絕不會把那件東西誇得那麼貼切。

事實上，泰門是在用自己的心去衡量他那些朋友的心。他非常喜歡贈予人東西，要是他擁有許多王國，他也會把毫不保留地分給他的這些「朋友」們，永遠不會感到厭煩。不過，泰門的家產也並非全部送給了這些卑劣的諂媚者，他也能用錢去做一些高尚的、值得稱讚的事情。

有一次，他的一名僕人愛上了一位雅典富豪的女兒，可是，這名年輕女孩的父親要求男方的財產必須與他給的嫁妝相稱；那名僕人的財產和地位都遠遠不如他愛上的那位女孩，因此根本沒有希望與她結婚。於是，泰門老爺慷慨地送給那個僕人三枚雅典太倫，讓他順利地與富豪的女兒結婚。

然而，泰門的財產大部分都用在那些惡棍和寄生蟲身上了。他們假裝成他的朋友，而泰門卻渾然不知，他相信這些人既然簇擁著他，就一定愛他；他們既然對他笑，恭維他，那麼他的行為就一定會得到一切明智和善良的人的讚許。

當泰門坐在這些諂媚者和虛偽的朋友中間吃著酒席的時候；當他們吃盡了他的財產，一面大口喝著最貴重的酒，為他的健康和幸福乾杯，一面把他的財產喝乾的時候，泰門一點兒也看不出朋友和諂媚者之間的區別。而且，在他那雙被蒙蔽的眼睛裡，他竟覺得有這麼多兄弟般的朋友不分彼此地分享著錢財是一件可貴的盛事。他快樂、驕傲地看著這一切，在他眼裡這是個真正歡樂、友好的聚會，完全沒想過他們花的全都是他一個人的家產。

他就這樣努力地做著善事，源源不絕地施捨著，彷彿財神布魯托斯只不過是他的管家一樣；他就這樣漫無節制地花費著錢財，根本不在乎開銷多少，從不去想能否一直這樣維持下去，也不收斂自己的恣意揮霍。但他的財產終究是有限的，這樣沒有節制地浪費下去，一定有耗盡的一天。只是，誰會去提醒他這件事呢？他的那些諂媚者嗎？他們還寧願他一直閉上眼睛呢！

泰門誠實的管家弗萊維斯曾經想辦法把家裡的情況告訴他，把帳本攤在他的面前，勸導他、央求他，流著眼淚哀求他評估一下自己的財產。要是換個角度來看，弗萊維斯這樣的堅持早就超出了僕人的身分。

然而，這一切都無濟於事，泰門仍然對他的忠言置之不理，總是刻意把話題轉到別的事情上，因為家道中落的有錢人最不願意聽人勸說了！他們不願意相信自身的處境，不願意相信財產的真實情況，不願意相信自己竟會開始走下坡。

這個老實的好管家經常看到主人的高樓大廈裡擠滿了放蕩的食客，那些酒鬼把酒灑得滿地都是，所有的房間都亮著明亮的燈光，傳來音樂和宴飲的聲音。這時候，弗萊維斯往往一個人躲到隱秘的角落裡流著眼淚，比大廳酒桶裡糟蹋著的美酒流得還快。

他看著自己的主人這樣瘋狂地施捨，心裡想，當各式各樣的人真心讚頌的、也就是泰門的那些家產消失以後，這些讚頌的聲音也會很快地隨之消失。一旦宴席停止了，宴席換來的恭維也就停止了。只要下一場冬雨，就會讓這些蒼蠅自動消失。

事到如今，泰門再也不能堵上耳朵，不聽他這位忠實管家的話了，他必須籌出錢來。當泰門吩咐弗萊維斯把一部分的田產賣掉換錢的時候，弗萊維斯把自己曾好幾次想告訴泰門、但他卻不肯聽的話對他說了：他大部分的田產都已經賣掉或者拿去抵償債務，而他現有的全部財產連一半的債務也償還不了。

泰門聽了大吃一驚，趕緊回答說：「可是，從雅典到拉西台蒙，都有我的田產呀！」

「唉，我的好老爺！」弗萊維斯說著哭了起來，「世界不過就這麼一丁點兒大，它也是有邊界的啊！假如整個世界都是您的，只要您一句話把它送走，它也會很快就沒有了！」

泰門只得安慰自己，想起他至少沒有把這些錢拿去幫助壞人；就算說他任意揮霍財產很不明智，至少他沒有拿錢去為非作歹，只是用來取悅朋友們。

他叫這名好心的管家儘管放心，因為只要他的主人還有這麼多高貴的朋友，他就絕對不會缺錢用的。昏頭昏腦的泰門還告訴自己，就算他一遇到困難，只要派人去向那些曾得到他好處的人借錢，他就可以任意地享用這些人的錢財，就像享用自己的一樣。

接著，他就像對自己的想法信心十足似地，滿心歡喜地派人分別去找路西斯、路庫勒斯和辛普洛涅斯這些人。他過去曾經毫無節制地送給這些人許多禮物。

他還派人去見文提狄斯。由於泰門替他還了債，讓他最近才得以從監獄裡出來。如今，他從過世的父親那裡繼承了一大筆財產，完全有能力報答泰門對他的好心幫助。泰門請求文提狄斯把當初替他支付的五個太倫還給他，又向其他幾位貴族每人借了五十個太倫。他確信這些人為了表達感激，就算是五百倍於這個數字的要求，只要是他需要，他們都會如數送給他。

泰門第一個找到的是路庫勒斯。這個卑鄙的貴族昨夜才夢見一只銀盤和一只銀杯呢！他一聽說泰門的僕人來了，那貪婪的心裡馬上想到這肯定是老天要替他圓夢，讓泰門派人來送他銀盤和銀杯了！可是，當路庫勒斯得知實情，知道泰門缺錢用了，他立刻顯露出他的友誼有多麼冷淡。他一遍又一遍地對這名僕人發誓說，他早就看出泰門的家產即將揮霍殆盡了，他好幾次陪著泰門吃午飯就是想要提醒他這件事，還好幾次想藉著吃晚飯的機會勸他節省一點；可是他嘗試了好幾次，泰門始終不肯聽從他的規勸和忠告。

這個無恥的傢伙的確常常參加泰門的酒宴，而且還在更大的事情上得過泰門的好處，但他說自己到泰門的家裡是為了規勸或者責備他，這卻是個天大的謊言！當路庫勒斯說完了這番謊話，他給了那個僕人一些賄賂，叫他回去告訴主人路庫勒斯不在家。

至於前去找路西斯的僕人也沒得到什麼好結果。這個滿嘴謊言的貴族肚裡裝滿了泰門的酒肉，泰門送給他的值錢禮物使他的倉庫富裕得都快要脹破了。但他一聽說泰門破產，那個大量施捨的泉源也忽然斷絕了的消息時，一開始他還幾乎不相信這件事。但等事實得到了確鑿的證明，他立刻裝出很遺憾的樣子說，自己昨天很不湊巧地買了一大批東西，所以手上沒有什麼金錢，沒有餘力為泰門盡一點心力，當然，這其實是個無恥的謊言。

他罵自己是個畜生，因為竟然沒有能力替這麼一位要好的朋友效勞，還說，無法讓這麼一位高貴的紳士滿意，簡直是他一生中最大的苦惱！

誰說跟自己同桌吃飯的人就是朋友呢？恰巧每一個諂媚者都是這樣的食客。大家都記得泰門對待路西斯就像父親對待兒子一樣，掏錢替他還債、替他支付僕人的工錢；由於路西斯愛慕虛榮，泰門還為他雇用工人，流著汗替他建造豪華的宅子。可是，唉！一旦人們忘恩負義起來，就會變成魔鬼！相較於泰門給過路西斯的好處，如今他拒絕借給泰門的金錢還不如善人施捨給乞丐的來得多呢！

辛普洛涅斯和泰門派人挨家挨戶拜託的那些貪婪貴族都一樣，要不就回答得相當含糊，要不就乾脆一口回絕了。就連文提狄斯——那個泰門曾替他還了債，將他從監獄裡救出來的人，即使如今已經發了大財，居然也不肯借五個太倫來幫助泰門。當初他身處困境的時候，泰門可並沒有把借他的五個太倫當成借款，而是慷慨地送給他的。

正如泰門富有的時候人人搶著奉承他、向他求助一樣；如今他破產了，人人又都開始躲避著他。

從前曾不停地歌頌他的人，稱讚他寬厚、慷慨、手頭大方的人，如今又毫不慚愧地責備他，說他的慷慨不過是愚蠢，他的大方只是揮霍。事實上，泰門真正愚蠢的地方，是他竟然選擇這麼一幫卑鄙下流的人作為慷慨施捨的對象！

現在，沒有人來光顧泰門那王侯一般的府第了。他的家成了大家躲避和厭惡的地方。大家只是從他的家門前路過，而不是像從前那樣，在路過這裡時總然會停下來品嚐他的酒宴。他家裡擠滿了的不再是那些豪飲和歡笑的客人，而是許多不耐煩的、大吵大鬧的債主、高利貸和敲竹槓的人。他們一個個要起債如同凶神惡煞，毫不留情，逼著他索要債券、利息和抵押品。這些鐵石心腸的人要起什麼來都讓人無法拒絕，也不容許拖延片刻。

於是，泰門的房子現在成了他的監獄了，他們逼得他進退兩難。這邊向他催討五十太倫的欠款，那邊又拿出一張五千克朗的債券，就算泰門能用自己的血一滴一滴去還債，他全身的血液也還是不夠還。

看起來，泰門的家產已經敗落到無可挽救的地步了，忽然間，大家卻又驚奇地發現，這輪落日又綻放出了令人難以相信的新光芒——泰門老爺宣布要再舉行一次筵席。他把過去經常邀請的客人、貴族和貴婦，以及雅典所有的名流都請來了，也包括路西斯、路庫勒斯兩位貴族，以及文提狄斯、辛普洛涅斯等人。

沒有人比這些只會奉承的傢伙更難堪了，他們懊悔萬分地發現，原來泰門只是裝成很窮的樣子，想試探這些人是否真的對他心懷愛戴。他們後悔沒有看穿泰門的這個把戲，否則的話，當初豈不是只花一些錢就可以買到他的歡心嗎？

另一方面，他們又感到高興，因為本以為已經枯竭的那座高貴的施捨之泉，原來還在源源不絕地冒著泉水。這些貴族們一個個應邀前來了，裝腔作勢地向他反覆解釋，說泰門派人去向他們借錢的時候，他們手邊恰巧沒有錢，不能答應這位尊貴朋友的請求，為此感到非常抱歉和慚愧。可是泰門要他們不必介意這些小事，因為他早就把這些事全忘得一乾二淨了。

當泰門遇到困難的時候，這些卑鄙、諂媚的貴族連一分錢都不肯借他；可是一旦泰門重新富裕起來、再度發射出光芒的時候，他們又都忍不住來到他的府上。就算是燕子追隨夏天，也比不上這些傢伙追隨富人的錢財那麼急切，只是，燕子在躲避冬天時，卻不會像這些傢伙一般，看到他人一顯露出衰敗的跡象就急著閃躲。人類就像這種趨炎避寒的鳥兒一樣。

音樂聲響起了，冒著熱氣的酒宴陸續擺上桌。所有客人都不免大吃一驚，詫異著破產的泰門竟能弄到大錢準備這麼講究的酒席。人們都不敢相信自己的眼睛，不知道這一切到底是真是假。

這時候，有人打了一個信號，原本蓋住的盤子瞬間露了出來，泰門的本意終於顯露在眾人面前。盤子裡盛的不是賓客們所期望的山珍海味，就像過去泰門在家中的筵席上所供應的，反倒與泰門貧窮的家境更相稱，因為盤中只有蒸氣和溫熱的水。同時，這桌宴席也與這一群表面上的朋友十分相稱——這些人說的話就像蒸氣一般，他們的心就像泰門請他們喝的水一樣，不冷不熱，滑溜異常。

泰門對他們喊道：「狗兒們，揭開吧！舔吧！」

客人們驚魂未定，泰門就開始往他們臉上潑水，要他們喝個夠，又把杯盤往他們身上摔。那些夫人與老爺們都慌忙地拿起帽子，一團混亂地往外頭逃跑。泰門在後面追趕著，嘴裡還一邊罵著他們罪有應得的話。

「你們這些滑溜溜、笑咪咪的寄生蟲！戴著殷勤的面具專搞破壞的東西！假裝和藹的狼、假裝柔順的熊，金錢的奴隸、酒肉朋友、趨炎附勢的蒼蠅！」

為了躲避泰門，賓客爭相往屋外擠，比進來時還要著急。有的人把長袍和帽子擠丟了，有的人在手忙腳亂中遺留了首飾，一個個都巴不得能從這位瘋狂的貴族面前和這頓假筵席的嘲笑裡逃出去。

這是泰門最後一次舉行宴會，在宴會散後，他就與雅典和人群告別了。他來到樹林裡，遠離了他所痛恨的城市和所有的人類，盼望著那個可憎的城市和城牆倒塌，斷垣殘壁壓在屋主人的身上；盼望著各種侵襲人體的瘟疫、戰爭、暴行、貧窮、疾病纏繞著居民；祈禱公正的神明不分老幼貴賤，把所有的雅典人都消滅掉。

他就這樣一邊想著，一邊走進了樹林。對他來說，這裡最殘暴的野獸也比他的同類仁慈多了。為了不再保留人的裝束，他脫得一絲不掛，為自己挖了一個洞穴當成住處，就像野獸一樣孤單地生活。他啃食野樹根，喝生水；他躲開同類，跟那些比人類友善而且不會傷害他的野獸生活在一起。

從人人爭相拜見的富有貴族泰門，到赤身裸體、嫉恨人類的野人泰門，這是多麼大的一個轉變呀！那些恭維他的人到哪去了呢？那些侍從和僕人到哪去了呢？難道那吵吵嚷嚷的僕人——蕭瑟的寒風，能夠服侍他、替他穿衣服、讓他暖和嗎？難道那些壽命比鷹隼還長，屹然不動的樹木會變成年輕活潑的小童，任憑他使喚嗎？要是他前一天晚上因為吃壞肚子而生病，難道冬天裡那結了冰的小溪會替他準備熱騰騰的湯和雞蛋粥嗎？難道住在那荒涼樹林中的動物會來舔他的手，恭維他嗎？

有一天，他正在樹林中挖樹根以填飽肚子時，他的鐵鍬忽然敲到一堆沉甸甸的東西。他仔細一看，原來這堆東西竟然是黃金，這一大堆黃金或許是哪個守財奴在混亂的歲月裡埋藏起來，打算將來把它掘出，卻沒能等到這一天到來，也沒來得及把埋藏地點告訴別人就死了。黃金原本來自大地之母的肚子裡，如今，它就像從沒離開過大地一樣躺在那裡，不行善，也不作惡，直到偶然碰到泰門的鐵鍬才又重見天日。

要是泰門的心態和過去一樣的話，這一大筆財富又可以為他收買朋友和恭維者了。但泰門已經厭煩了這個虛偽的世界，一看到黃金就覺得嫌惡。他本想將那些黃金重新埋回地下，可是一想到黃金可以為人類帶來無窮的災難——為了貪圖黃金，人與人之間會發生搶劫、偷盜、壓迫、冤屈、賄賂、暴力和凶殺；泰門對人類充滿了很深的仇恨，因此他愉快地想像著，這堆黃金可以創造不少折磨人類的禍患。

就在這時，恰巧有些士兵從樹林裡穿過，經過他的洞穴附近。他們是雅典的將軍艾西巴第斯率領的一部分軍隊。雅典人是出了名的忘恩負義的民族，他們時常被自己的將軍與朋友遺棄，艾西巴第斯正是因為厭惡雅典的元老們，轉而帶兵反對他們。過去，艾西巴第斯曾經帶領勝利的大軍保衛他們，如今他卻率領同一支軍隊來攻打他們。

泰門很贊成這些士兵的所作所為，就把黃金送給了艾西巴第斯，叫他發給部下。泰門只要求艾西巴第斯帶著這支軍隊把雅典城夷為平地，讓士兵們把雅典的居民都燒死，把他們趕盡殺絕。不要因為老人長著白鬍子就饒了他們，因為他們不過是放高利貸的惡人；也不要因為孩子們的笑容天真燦爛就饒了他們，因為他們長大之後就會變成叛徒。泰門要艾西巴第斯堵起耳朵，閉上眼睛，不要因為任何景象或是聲音而感到同情，也不要讓處女、嬰兒或是母親的哭聲妨礙他在全城進行一次大屠殺，要在一場戰爭中把他們全部消滅掉。

泰門向天神祈禱，等這個將軍把雅典人征服後，再由他把這個征服者也一併毀滅。泰門就是這樣徹頭徹尾地痛恨雅典，痛恨雅典人和一切人類。

當泰門像這樣孤單地過著野人般生活的時候，有一天，他忽然看見一個人仰慕地站在他洞穴的門口。他感到相當吃驚，原來那人竟是他誠實的管家弗萊維斯。為了愛護、關懷他的主人，他找到這個可憐的住處要來侍候他。

弗萊維斯一眼望見自己當年高貴的主人竟淪落到這種地步，渾身上下就像剛出生的時候一般赤裸，與動物們一起過著野獸般的生活；他看上去就像是自己悲哀的廢墟，又像是一座衰老的紀念碑。這個善良的僕人哀傷地站在原地，一句話也說不出來。他完全被恐怖的感覺包圍住了，不知所措。等他終於能說話的時候，他的話音也早已被淚水哽咽住了，說得含糊不清。

泰門費了好大工夫才認出這個人是誰，也才明白什麼人在他潦倒的時候還願意來侍奉他，就跟他熟悉的那些人類完全相反。起初，當泰門看到弗萊維斯的身影時，曾懷疑他是個奸細，懷疑他流的眼淚也是假的。然而，這個好僕人拿出許多證據來證明自己對泰門的確是忠實的，說明他完全是出於對親愛的主人的愛護和關懷才來的。泰門才不得不承認，原來世界上還有一個誠實的人。

可是，既然弗萊維斯長的也是人類的模樣，當泰門看到他的臉時就一樣感受到憎惡，聽到他從嘴裡發出的聲音時就一樣地感到厭煩。最後，這個唯一的誠實好人也不得不離他而去，因為他是人，儘管他的心腸比普通人善良、更有同情心，但他終歸有著人類那可憎的形狀和相貌。

現在，比這個可憐的管家地位高得多的一群不速之客要來打攪泰門野蠻的隱居生活了。因為雅典城裡那些忘恩負義的貴族已經為當初虧待了高貴的泰門感到後悔莫及。當時，艾西巴第斯正像一隻憤怒的野豬般在城牆周圍肆虐，猛烈地發起進攻，眼看就要把美麗的雅典城糟蹋成廢墟了。直到這時，那些健忘的貴族們才想起泰門過去在戰場上英勇的表現，因為他曾是雅典的將軍，是一位既勇敢又富有智謀的軍人。每個人都認為，在所有的雅典人之中，只有泰門能夠應付這樣的圍攻，抵擋艾西巴第斯的瘋狂進攻。

在這種緊急的情況下，元老們推選了幾個代表來拜訪泰門。他們在遭遇困境的時候來找泰門了，但泰門有困難的時候他們卻不理不睬；當泰門請求他們的時候，他們是那麼地冷漠，現在反而覺得泰門應該對他們心存感激；他們對泰門是那麼地不留情面，毫無同情心，現在卻認為泰門應該對他們恭恭敬敬。

如今他們前來懇求他，痛哭留涕地請他回到不久前才被無情地驅逐出來的雅典，以拯救這座城市的命運。只要他肯跟這些使者回去，拯救他們，他們樂意給他錢財、權力、地位，以補償過去給他帶來的一切損害，要大家再度尊重他，愛戴他；他們願意把自己的生命和財產全都交給他來支配。

可是赤身裸體、憎恨人類的泰門，現在已經不再是富豪泰門，不再是樂善好施的貴族和超凡的勇士了。他不再是那個在戰爭中替同胞打仗，和平時任他們諂媚逢迎的泰門了。如果艾西巴第斯要殺死泰門的同胞，那都不關他的事；如果美麗的雅典遭到艾西巴第斯的劫掠，老老少少全部被殺害，他會更加高興！泰門就這樣告訴他們，還說道，那些暴徒手中的每一把屠刀在他看來，都比雅典元老們的咽喉來得更貴重！

這就是泰門給那些失望得痛哭的元老們的唯一答覆。不過在離別之際，他吩咐元老們替他問候自己的同胞，告訴他們，如果想減輕悲痛和憂愁、避免凶猛的艾西巴第斯發洩狂怒的後果，他還能指點他們一條出路，這是因為他對親愛的同胞們仍然還有感情，願意在死前為他們做點好事。元老們聽了這番話，又忽然有了一些希望，因為他們以為泰門對雅典的熱愛又恢復了。

沒想到，泰門卻對他們說，他的洞穴旁邊有一棵樹，不久後他就要將它砍掉了。他願意讓雅典城內所有不想遭受痛苦的朋友，不分貴賤高低，都在他把樹砍掉之前先來嚐一嚐它的滋味——也就是說，如果他們想逃避痛苦，可以在這棵樹上吊死。

過去，泰門曾給過人類許多恩惠，這是他最後一次表示友好，也是他的同胞最後一次見到他了。沒過多久，當一名可憐的士兵走過距離泰門出沒的樹林不遠的海灘時，在海邊發現了一座墳墓，上面刻著字，說這正是厭惡人類的泰門之墓，墓誌銘中說道：

> 他活著的時候，憎恨一切人類；死的時候，希望一場瘟疫把所有留在世間的卑鄙之人統統毀滅！

沒有人知道泰門究竟是用暴力結束了自己生命，還是僅僅死於對世間的厭惡和對人類的憎恨，然而，大家都說他的墓誌銘寫得十分貼切；他的結局也跟他的一生十分相稱：他死的時候正如同他在世的時候一樣，憎恨著人類。有的人覺得，他選擇海灘作為自己葬身之地的想法很特別，因為這樣一來，浩瀚的大海就可以永遠地在他墓旁哭泣，來蔑視那些偽善的人類所流下的短暫、輕浮的眼淚。

12 辛白林

羅馬皇帝奧古斯都．凱撒在位時期，英國還被稱為不列顛，是由一位叫辛白林的國王所統治。

當辛白林的三個孩子年紀還很小時，他們的母親就死了。最大的孩子伊摩琴公主是在王宮裡長大的，而她的兩個弟弟在很小的時候，就被人從嬰兒室裡偷偷抱走了。當時大的才三歲，小的還在襁褓中。辛白林一直打聽不到他們的下落，也不曉得抱走他們的人是誰。

辛白林的第二任王后是一位凶惡、陰險的女人，曾經結過一次婚，對伊摩琴來說，她是個殘酷的後母。雖然王后憎恨伊摩琴，可是卻希望伊摩琴能嫁給她與前夫生下的兒子克洛頓，因為這麼一來，當辛白林死後，克洛頓便能繼承不列顛的王位。她知道，要是國王的兩個兒子找不回來，王位就一定是由公主伊摩琴來繼承。

可是，伊摩琴看出了王后的計謀，她沒得到父親和王后的同意，甚至也沒讓他們知道，就悄悄地結了婚。她的丈夫名叫波塞摩斯．里奧納托，是一位學問淵博、才華洋溢的年輕紳士。他的父親在替辛白林打仗時陣亡，當時波塞摩斯才剛出生不久，他的母親由於太過於悲傷，竟也跟著去世了。

辛白林同情這個孩子無依無靠，就把他收留在宮裡，將他命名為波塞摩斯，這個名字本身的意思就是「遺腹子」。伊摩琴和波塞摩斯從小一起念書、一起玩耍，從那時起就已經彼此相愛了，他們的愛情隨著歲月日漸增長，最後兩人決定私下結婚。

由於王后經常派人窺探伊摩琴的行動，所以很快就發現了這個秘密。失望之餘，她也馬上把伊摩琴跟波塞摩斯結婚的事告訴國王。辛白林聽說他的女兒竟不顧自己高貴的身分，跟一個平民結婚，感到非常的生氣。他命令波塞摩斯馬上離開不列顛，永遠不准回來！

王后假裝同情伊摩琴失去丈夫的痛苦，並表示願意在波塞摩斯離開前，設法讓兩人私下見面。只是，她的這番好意其實是在為克洛頓做打算，她想等伊摩琴的丈夫走了之後再勸她，讓她明白這段婚姻是不合法的，畢竟他們結婚的時候並沒有得到國王的同意。

伊摩琴跟波塞摩斯依依不捨地分別了。伊摩琴送給他一枚鑽石戒指，那是她母親留給她的，而波塞摩斯也答應將它永遠戴在手上。他把一只鐲子套在伊摩琴的手腕上作為愛情的紀念，並要她好好保存。然後他們發誓：一定要永遠相愛，永遠忠實！就這樣，伊摩琴孤苦伶仃地留在王宮裡，而波塞摩斯則被流放到了羅馬。

波塞摩斯在羅馬認識一群來自各國的紳士，他們毫無顧忌地談論著女人，每個人都極力誇耀自己的情人。波塞摩斯則惦記著他親愛的妻子，他一直堅持美麗的伊摩琴是世界上最純潔、聰明的女人。這群人當中有一位叫阿埃基摩的紳士，他聽到波塞摩斯說不列顛的女人比羅馬的女人好，覺得很不高興。於是故意激怒波塞摩斯，說不相信他誇耀的妻子會對他忠實。

經過了一番爭執後，最後波塞摩斯接受了阿埃基摩的打賭，由阿埃基摩到不列顛去，試試看能否得到伊摩琴的愛情。要是阿埃基摩失敗了，他就必須賠上一大筆賭金，可是，萬一他得到了伊摩琴的愛情，並從她手裡拿到那只波塞摩斯送給她的鐲子，那麼波塞摩斯就必須把伊摩琴送給他的戒指轉送給阿埃基摩。波塞摩斯對伊摩琴非常有信心，他認為在這場對她的考驗中，他是絕對不會輸的。

阿埃基摩到了不列顛後，就藉著波塞摩斯的名義見到了伊摩琴，受到她殷勤的招待。可是當他開口向她示愛時，卻被鄙夷地拒絕了。阿埃基摩很快就發現，他卑劣的計畫是不可能成功的，但他仍一心一意想贏得這場賭局，於是便想出一個方法來欺騙波塞摩斯。

他買通了伊摩琴身邊的侍女，要她們偷偷把他帶到伊摩琴房裡去，他先躲在一個大箱子裡，等到伊摩琴睡著了以後，才從箱子裡出來，把房間看個仔細，並記錄下所看到的一切。尤其他注意到，伊摩琴的脖子上長了一顆痣。

然後，他輕輕地把波塞摩斯送給她的那只鐲子摘下來，再躲回箱子裡去。第二天，他立刻返回羅馬，向波塞摩斯誇口說伊摩琴把鐲子送給他了，還讓他在房裡待了一夜。

「她的臥房裡掛著用絲線和銀線織成的壁毯，上面繡的是一對情侶的愛情故事。」阿埃基摩說。

「沒錯。」波塞摩斯說。「可是你有可能是聽別人講的，並沒有親眼見到。」

「還有，火爐是在屋子的南面。」阿埃基摩說，「爐壁上雕著月神出浴的石像，雕得真是栩栩如生。」

「這也有可能是從別人那裡聽來的。」波塞摩斯又說，「因為時常有人讚美那座石像。」

阿埃基摩進一步精確地形容了房裡的擺設，並且說：「我差點忘了告訴你，火爐旁邊是放木柴的架子，上面有一對用白銀鑄成的小愛神，彼此對望著。」

然後，他就拿出那只鐲子來，說道：「先生，你認得這件飾物嗎？她把這東西從手腕上摘下來送我，我還記得她當時的神情與姿態，她比這份禮物更具價值，也使這份禮物更加貴重！她把這只鐲子給我時還說，她曾經珍愛過它。」

最後，他又把他在伊摩琴脖子上看到的那顆痣形容了一番。

波塞摩斯原本還將信將疑的，但到了這時，他再也忍不住激動的情緒。當初他曾答應阿埃基摩，要是他能從伊摩琴那裡拿到鐲子，他就會把伊摩琴送給他的鑽石戒指給他，現在他必須履行承諾了。

波塞摩斯非常生氣，於是寫了一封信給在不列顛的一位紳士畢薩尼奧，他是伊摩琴的一名侍從，也是波塞摩斯多年的朋友。他先把伊摩琴對他不忠的事告訴畢薩尼奧，然後要畢薩尼奧把伊摩琴帶到威爾斯的密爾福特港，在那裡把她殺掉！

同時，他又寫了一封信給伊摩琴，騙她說如果不能再見她一面，自己就不想活了，儘管國王不讓他回到不列顛，他還是決定偷偷地到密爾福特港，他求她跟畢薩尼奧一起到那裡與他見面。伊摩琴是個善良的女人，向來不隨便猜疑，而且又非常愛她的丈夫，想見到他的心比什麼都急切。於是，在收到信的當晚，她就隨著畢薩尼奧匆匆趕往密爾福特港。

雖然畢薩尼奧對波塞摩斯很忠心，可是並非所有的事都願意聽他指使。等即將抵達目的地的時候，畢薩尼奧把這個殘忍的計畫告訴了伊摩琴。伊摩琴才發現自己不是去見心愛的丈夫，反而是去赴一場死亡約會，心裡頓時萬分痛苦。

畢薩尼奧勸她先別著急，要耐心地等待波塞摩斯清醒過來，了解事情的真相。同時，既然她也不肯回到她父親那裡，為了安全起見，畢薩尼奧建議她換上男裝。就這樣，伊摩琴準備到羅馬去找她的丈夫波塞摩斯——儘管他對她如此殘忍，她仍然不能忘情於他。

至於畢薩尼奧，因為他必須回到宮裡，所以在幫伊摩琴打理好了一切之後，就讓她一個人自行去闖蕩了。臨走前，他送給伊摩琴一小瓶藥，說那是王后賜給他的妙藥，能醫治百病。

原來，王后很討厭畢薩尼奧，因為他跟伊摩琴和波塞摩斯十分要好，她命令御醫給她一些毒藥，說是要給動物吃的，她一直以為藥裡有毒，可是御醫早就知道王后為人陰險，不肯給她真的毒藥，因此，吃下那瓶藥之後，最多只會讓人沉睡幾個鐘頭，看起來就像是死了一樣，但實際上並沒有什麼害處。畢薩尼奧卻把這瓶藥當成上好的禮物送給伊摩琴，要她在生病時吃下去。於是，他在祝福伊摩琴一路平安後就跟她告別了，然後又寄了一封信給波塞摩斯，告訴他自己已經殺死了伊摩琴。

然而，命運自有巧妙的安排。伊摩琴之後竟被引領到失散多年的兩個弟弟那裡。

原來，把這兩個弟弟抱走的，是王宮裡的一個貴族白雷利阿斯，因為他被人誣告有謀反的意圖，國王把他從宮裡趕了出去。為了報復，他將辛白林的兩個兒子偷走，在樹林裡把他們撫養長大，然後就隱居在一個不容易被發現的山洞裡。

一開始，白雷利阿斯只是為了報復，可是不久後，他就將兩個孩子視如己出，百般疼愛他們，並將他們教育成優秀的少年。他們都擁有高貴的心靈，做事既英勇又果敢。再加上平常靠著打獵過活的，因此他們的行動矯健，能吃苦耐勞。他們時常要求白雷利阿斯讓他們上戰場去建功。

伊摩琴很幸運地來到這個隱密的山洞。她原本想穿越森林，走那條前往密爾福特港去的大道，可是她卻在途中迷了路，又不知道在哪裡可以買到食物。她又餓又累，幾乎快昏了過去，畢竟一個平時嬌養慣了的女人，並不是在穿上男人的衣服後，就真的能像男人一樣在荒涼的森林裡跑來跑去。

她發現了山洞，毫不考慮地走進去，希望能遇到一個人，向他要點食物。但是，這時候山洞裡沒人，於是她四處看了看，找到一些冷肉，因為她實在太餓了，所以連想都沒想就開始吃了起來。

「現在我知道男人的生活有多麼無聊了！」她自言自語地說，「這真是把我累壞了！在又冷又硬的地上睡了兩夜，要不是靠著堅強的意志，我早就病倒了。畢薩尼奧在山頂上指出密爾福特港時，它看起來是多麼地近呀！」

她又想起丈夫殘忍的計畫，忍不住說道：「親愛的波塞摩斯，你真是個負心的人呀！」

這時，她的兩個弟弟跟白雷利阿斯正好打獵回來。白雷利阿斯替他們命名為波里多和凱德華，不過這兩位王子其實早就有了名字，分別叫作吉德利阿斯和阿維拉格斯。只是他們完全不知道自己的身世，認為白雷利阿斯就是他們的生父。

白雷利阿斯首先走進山洞，他看到伊摩琴後，立刻攔住兩個孩子說：「先別進來，有人在吃我們的東西！」

「怎麼啦！父親？」年輕人說。

「老天！山洞裡來了一位天使啦！要不然，也是個絕世美少年。」扮成男人後的伊摩琴看起來俊美極了。

一聽到聲音，伊摩琴就從洞裡走出來，對他們說：「請不要傷害我，我本來想向你們討點東西吃，也願意出錢向你們買。我什麼也沒偷，即使是看見地上散著黃金我也不會拿。現在應該要償還你們那些食物的錢，就算你們沒回來，我本來也打算吃飽後把錢放在桌上，替你們禱告後才走。」

但他們誠懇地拒絕了她的酬金。

「我知道你們在生我的氣。」伊摩琴膽怯地說，「可是，先生們，要是你們想因為這件事而殺死我，你們要明白，即使我沒做錯事也是活不下去的啊！」

「你要到哪兒去呀？」白雷利阿斯問，「你叫什麼名字？」

「我叫菲拉利歐。」伊摩琴回答，「我有一個親戚要到義大利去，他在密爾福特港搭船。我正要去找他，因為快餓死了，所以才犯下這件錯事。」

「英俊的少年！」白雷利阿斯說，「請不要把我們當成鄉巴佬，也不要以我們住的這個地方來貶低我們的善心。你很幸運，眼看天就要黑了，我們還想好好款待你一下呢！留下來陪我們吃飯吧！孩子們，快向他表示歡迎！」

於是，兩個舉止溫柔的少年把伊摩琴請到山洞裡去，還表示一定會把她當成親兄弟看待。當大家都進了洞之後，伊摩琴馬上施展出她的本領，為他們做飯，讓這些人十分高興。當時的婦女非常講究烹飪，伊摩琴在這方面很有心得。就如同她的親弟弟們說的：菲拉利歐煮的湯就像特別調製過的一樣。

「而且，」波里多對他的弟弟說，「他說話的聲音多麼像天使的歌聲呀！」

他們你一句我一句地談笑，菲拉利歐雖然很開心，可是她那可愛的臉龐卻始終籠罩著一層愁雲，彷彿心裡充滿了憂苦和傷痛似的。

由於她的個性溫厚，兩個弟弟都非常喜愛伊摩琴，而伊摩琴也很喜歡他們。她心想，如果不是因為自己必須去找親愛的波塞摩斯，她十分樂意跟森林裡的這兩位少年過一輩子呢！不過，她還是很高興地答應留下來住一陣子，直到她認為自己可以再上路為止。

吃完飯後，他們又要出去了。菲拉利歐因為身體不舒服，不能跟他們一起去，她的病是由於過度傷心和長途跋涉所引起的。於是，他們只好跟她告別，然後就離開了，一路上仍不停地誇獎菲拉利歐的品格高貴，舉止大方。

他們才剛走，伊摩琴想起畢薩尼奧給她的那瓶藥。她一口喝下去，立刻就睡著了，整個人就像是死了一樣。

當白雷利阿斯和兒子們回來的時候，波里多還以為她睡著了，就把自己笨重的鞋子脫掉，躡著腳輕輕地走，生怕把她驚醒。但沒過多久，他發現自己怎麼也叫不醒她，才驚覺她似乎已經死了。

波里多悲慟地哀悼她，簡直像哀悼自己的親人一般。白雷利阿斯提議把她抬到森林裡，依照當時的習俗用莊嚴的輓歌來舉行葬禮。於是，他們把她抬到陰涼的樹底下，輕輕地放在草地上，替她逝去的靈魂唱起安息歌。

波里多把樹葉和花蓋在她的身上，說道：「菲拉利歐，只要夏天還沒結束，只要我還住在這兒，我就會每天用鮮花來裝飾你的墳墓。我要去採來潔白的櫻草花，它就像你的臉；還有純淨的風信子，它就像你潔淨的血管；還有野薔薇的花瓣，它比不上你芬芳的氣息。我要把所有的鮮花撒在你的身上。到了冬天，百花凋零時，我就把青苔蓋在你的身上。」

舉行完葬禮後，父子三人很悲傷地離開了。

不久，安眠藥的藥效退去了，伊摩琴漸漸甦醒，把鋪在她身上的一層樹葉和花瓣撥開，站了起來。她還以為自己做了一場夢，說道：「我記得我走進一個山洞，替一群善良的人做飯，怎麼會跑到這兒來，身上蓋滿了花呢？」

她一點也不認得身邊的景物，又看不見她的新朋友，就斷定自己一定是在做夢。就這樣，伊摩琴又開始她那令人疲累的旅程，盼望著能走到密爾福特港，從那裡搭上開往義大利的船。因為她仍然惦記著她的丈夫波塞摩斯。她打算扮成一個僕人去見他。

就在這時，發生了一件大事——羅馬帝國與不列顛之間爆發了戰爭。一支羅馬軍隊已經登陸不列顛，並佔領了伊摩琴所在的這片森林。跟著這支軍隊同行的還有波塞摩斯。雖然波塞摩斯隨著羅馬軍隊來到了不列顛，可是他並不打算效忠於羅馬君王，他想加入不列顛的軍隊，為那位放逐他的國王打仗。

波塞摩斯仍然認為伊摩琴對他不忠，可是他摯愛的人已經不在世上了，而且還是他下命令將她殺死的，他的心裡為此感到十分痛苦。因此，他決定回到不列顛，想死在戰場上，或是讓辛白林把他處死。

伊摩琴還來不及走到密爾福特港，就被羅馬軍隊俘虜了。但因為她的舉止和儀態很討人喜歡，所以他們派她當羅馬將軍路希阿斯的侍從。

這時，辛白林的軍隊也到了，並衝進森林。波里多和凱德華這時也加入了國王的軍隊，兩個年輕小伙子急著立功，絲毫不知道自己正在替他們的父親作戰。老白雷利阿斯也跟他們一道上了戰場，他早已後悔當初不該傷害辛白林，把他的兩個兒子拖走。由於他年輕時也是個戰士，所以很樂意為被他傷害的國王作戰。

雙方展開了一場大戰，在波塞摩斯、白雷利阿斯和辛白林的兩個兒子奮戰下，不列顛逃過了敗仗的命運，而辛白林也得以在激戰中保住性命。他們救了國王，保全了他的性命，還把戰局整個扭轉過來，幫助不列顛取得了勝利。

戰爭結束了，本來一心尋死的波塞摩斯沒能像原先計畫的那樣戰死沙場，他主動向辛白林國王坦白，表示願意接受他私自回國的刑罰。而伊摩琴和她的將軍也被俘虜，一起被帶到辛白林面前；同時，她的仇人阿埃基摩也被帶過來了，因為他是羅馬軍隊的一名軍官。

當這些俘虜來到國王面前時，波塞摩斯也一起被帶上來接受審判。更巧的是，白雷利阿斯、波里多和凱德華這時也都被帶到辛白林面前，為他們的英勇戰績請賞；國王的侍從畢薩尼奧當時也在場。可以說，故事的人物全都站在國王面前了——波塞摩斯、跟著羅馬將軍來的伊摩琴、忠實的僕人畢薩尼奧、不義的朋友阿埃基摩，還有辛白林兩個失蹤的兒子，以及把他們偷走的白雷利阿斯。

除了羅馬將軍以外，所有的人都安靜地站在國王面前，雖然他們當中有許多人的心都在怦怦地跳著：伊摩琴看到了波塞摩斯，儘管他喬裝成農民的樣子，她還是認出他來了，不過，波塞摩斯卻沒認出扮成男人的伊摩琴。她還認出阿埃基摩，發現他手上戴著一只戒指，那正是她送給丈夫的戒指！只是，她還不知道阿埃基摩就是她一切災難的根源。而且，她現在是以一個戰俘的身分站在她父親的面前。

畢薩尼奧認得出伊摩琴，因為是他替她喬裝打扮的。

「這是我服侍的公主啊！」他想，「她還活著！不管怎樣，我總算可以放心了。」

白雷利阿斯也認出她來了，他對凱德華說：「那個男孩又活過來了！」

「這個紅臉蛋的可愛少年，」凱德華說，「跟死去的菲拉利歐簡直長得一模一樣，就像兩粒沙子般，完全分辨不出來！」

「是他死了又復活啦！」波里多說。

「安靜點，安靜點！」白雷利阿斯說，「如果是他的話，一定會跟我們打招呼的。」

「可是我們明明看見他死了。」波里多又低聲說。

「不要說話！」白雷利阿斯說。

波塞摩斯默默地等著，盼望聽到死刑的宣判。他甚至不想讓國王知道，自己曾經在戰場上救過國王的性命，因為他怕那樣一來將會使辛白林感動，因而赦免了他的罪。

這時，收留伊摩琴作為侍從的羅馬將軍路希阿斯對國王說：「我聽說被你抓到的人都要判處死刑。我是羅馬人，我要用一顆羅馬人的心來接受死亡。可是我想向你請求一件事。」

於是，他把伊摩琴帶到國王面前說：「他是在不列顛出生的，請赦免他吧！他是我的侍從，我這個當主人的，從來沒有遇過像這樣善良、忠於職守的侍從，他時時刻刻都是那麼地勤勉，那麼地忠實可靠、體貼入微。他雖然服侍過羅馬人，可是他從沒做過一件對不起不列顛人的事，就算你不打算饒過別人的性命，也請你饒了他吧！」

辛白林目不轉睛地盯著他的女兒伊摩琴。她喬裝得很成功，連她的父親都認不出她來，不過，萬能的造物主想必還是影響了他！因為他隨即說道：「我一定在哪裡見過他！他的相貌很面熟，我也不知道為什麼會這麼說。孩子，你起來吧！我饒過你的命了，並且隨便你向我要什麼，我都會賞給你。即使你要我饒了所有俘虜的性命，我也答應你。」

「謝謝陛下的恩典。」伊摩琴說。

在那時，國王必須嚴格遵守自己的諾言，所以不論伊摩琴要求什麼，國王都必須答應。也因此，大家都專心地聽著這個侍從想要些什麼。

她的主人路希阿斯對她說：「好孩子，我並不需要你替我求饒，儘管我知道那正是你心裡所想的。」

「唉！不是的。」伊摩琴說，「好主人，我還有別的事情想做呢！我不能救您的命。」

羅馬將軍吃了一驚，覺得這個孩子真的是太忘恩負義了。

伊摩琴的眼睛緊緊地盯著阿埃基摩，她的要求是：命令阿埃基摩說出他手上戴的戒指是怎麼得到的。

辛白林答應了，並且威脅阿埃基摩說，要是他不把得到手上那枚鑽石戒指的經過供出來，就要對他嚴刑拷打。於是，阿埃基摩招認了他全部的罪行，把他跟波塞摩斯打賭的一切事情全都說了出來。

波塞摩斯發現他的妻子原來是清白的，心裡難過地無法形容。他立刻走上前去，向辛白林承認自己曾經叫畢薩尼奧把公主殘忍地殺死。然後他狂叫著：「啊！伊摩琴，我的王后，我的生命，我的妻子！啊！伊摩琴，伊摩琴，伊摩琴！」

伊摩琴不忍心看到丈夫如此痛苦，終於露出她本來的面目，這一瞬間，波塞摩斯心裡真是說不出地歡喜，他從長久的不安中解脫，並且重新得到了妻子的愛。辛白林奇妙地找回失蹤的女兒，也跟波塞摩斯一樣高興得不得了，他像過去一樣地疼愛伊摩琴，不但饒了波塞摩斯的命，並且承認波塞摩斯是他的女婿。

白雷利阿斯則挑了這個歡樂、團圓的時機向國王承認，他把波里多和凱德華介紹給辛白林，並告訴他，這兩個年輕的男孩就是他失蹤的兒子吉德利阿斯和阿維拉格斯。

辛白林一樣赦免了老白雷利阿斯，因為在這種歡喜的時刻，誰還會想到懲罰呢！國王看到女兒活著，兩個失蹤的兒子又成為了搭救自己的英雄！這一切都是他意想不到的結局！

這時，伊摩琴又替她的主人——羅馬將軍路希阿斯請命，她一開口，國王馬上就赦免了這個人的罪。之後，在路希阿斯的幫助下，羅馬跟不列顛講和，從此以後兩國之間一直都相安無事。

至於那個壞心腸的王后，她看到自己的陰謀失敗了，又受到良心上的折磨，就生病死了。臨死之前，她那愚蠢的兒子克洛頓，竟在一場爭吵中被人殺死！這些悲慘的事我們只姑且提一下，不讓它妨礙這個故事歡喜的結尾。總而言之，凡是應該得到幸福的人都得到了幸福。甚至連阿埃基摩，由於他的奸計最後並沒有得逞，所以他也被無罪釋放了。

William Shakespear

歷史劇
Histories

親情在權力面前一文不值
篡位者總是冠冕堂皇
得來的永遠比失去的要好
失敗也能成就勝利
堅強的信念是最鋒利的劍
實力才代表最大的正義
停戰往往連結著下一次開戰
和平的代價最終仍是血腥

William Shakespeare

導讀

莎士比亞的歷史劇一度是英國相當受到歡迎的劇目，但在英國以外的地區卻乏人問津，較不為人熟知。原因是這十部劇本講述的歷史全部是英國本土或是英、法之間的歷史，並融入了莎士比亞生活年代的政治背景與愛國浪潮。

這十部歷史劇橫跨英國三百年的歷史，涉及了從約翰王到亨利八世之間共九名國王的興衰。這些劇目的創作年代除《亨利八世》之外，都是在同一階段完成的，在這一階段，英國正處於伊莉莎白女王統治的黃金時代，英國的海軍更是剛戰勝西班牙的「無敵艦隊」不久，舉國上下洋溢著強烈的愛國氣氛，莎士比亞也將當時的民族精神和對英雄的推崇反映在作品之中。

首先問世的《亨利六世》三部曲與《理查三世》是一系列連貫的作品，莎士比亞藉由懦弱無能的亨利六世以及陰險狡詐的理查三世兩位主要角色，帶出了英國「玫瑰戰爭」的前因後果，並仔細講述了約克王朝的興衰以及都鐸王朝的建立。在這幾部作品中，英國王室家族間爭奪王位的行為所造成的長期內戰以及人倫慘劇，都被莎士比亞血淋淋地記錄了下來，他筆下的理查三世「陰謀家」的形象——殘酷、嫉妒、狡詐、自卑等特點雖然未必切合事實，但無疑已在觀眾的心中建立起一個「邪惡」的典型。

最能代表莎士比亞的愛國主義的作品是《亨利五世》。莎士比亞先是藉由《理查二世》、《亨利四世》等三部作品，提到了亨利五世的少年時代，他沉溺於酒色，與狐群狗黨到處胡作非為，後來卻痛改前非、棄惡從善，成為年輕有為的一代英主。在接下來的《亨利五世》中，莎士比亞更帶出了這位民族英雄一生功績的最高點——阿金庫爾戰役，他帶領英國人戰勝了五倍於己的法國人，並逼法國承認自己是合法的君主。莎士比亞藉由這四部曲，歌頌了亨利五世這位自己心目中「理想君主」，並將他的英雄形象深植人心。

而《亨利八世》則是莎士比亞晚期創作的作品，在當時，都鐸王朝的統治剛畫下句點，亨利八世的女兒——伊莉莎白女王在英國人的心中還有一定的地位與影響力，莎士比亞以緬懷都鐸王朝的心情，將亨利八世晚年淫亂、殘暴的行為大筆刪去，僅提及他在迎娶安妮．波林（伊莉莎白之母）前的事蹟，並將亨利八世描寫成一個起初聽信權臣的讒言、誤殺忠臣，但隨著年齡與智慧的增長，終於明辯是非、懲奸除惡的君主，並在劇末預言了伊莉莎白女王即將為英國帶來光輝的歲月。

莎士比亞的歷史劇刻意讚揚英雄主義與愛國精神，劇中的角色台詞以現代人的角度來看，或許在立場上有失公正，但也足以使觀者體會到那個時代的社會背景與人文思潮。

1 約翰王

獅心王理查的弟弟約翰是金雀花王朝第三個國王，他與法國國王菲利普都有著擴張領土的野心。有一天，法王派遣使者前來英格蘭，要求約翰王將王國讓給他的侄子亞瑟．金雀花，因為亞瑟才是最有資格繼承王位的人。

面對這樣奇怪的要求，約翰王當然不肯答應，他向使者嚴厲地說出了自己的回答：英格蘭將以戰爭回答戰爭，以流血回答流血，以武力回答武力。

不久之後，執法官將一對兄弟帶到約翰王面前，請求國王對他們的爭論作出裁決。國王一問之下，得知這對兄弟是已故的老羅伯特．福康布里奇爵士的兒子，哥哥叫做菲利普，弟弟叫做羅伯特；羅伯特說，菲利普其實根本不是老羅伯特爵士的親生兒子，而是他的母親與外頭男人生的私生子，當老羅伯特爵士發現了這件事後，曾立下遺囑，要將土地全部讓給羅伯特。因此，羅伯特請求約翰王，命令菲利普交出所有從父親那裡繼承的土地。

約翰王看著這個叫菲利普的男人，忽然覺得他長得很像自己已故的哥哥——獅心王理查。一問之下，才發現理查王曾經瘋狂愛上了老羅伯特爵士的夫人，為了見到愛人，他故意派老羅伯特出使德國，然後趁機到他家中與爵士夫人相會，最後生下了一名私生子，也就是菲利普。

知道這個年輕人竟是前任國王的兒子，讓約翰王與太后都喜出望外。太后問菲利普，是否願意放棄自己的財產，把土地讓給羅伯特而加入軍隊呢？由於英國即將與法國作戰，這將是一個獲取榮譽的好機會，菲利普當場點頭答應了。約翰王十分高興，他給了菲利普一個高貴的身分以及新的名字——理查爵士，因為他長得與他父親理查王非常像。接著，國王就帶著理查爵士前往了法國。

法王菲利普帶著約翰王的侄子亞瑟以及法國大軍，來到法蘭西西北部的安吉爾城，他對亞瑟說，自己一定會為他主持公道，奪回被他叔叔約翰搶走的王位。曾經擊敗過獅心王理查的奧地利公爵也在場，他也說，為了向理查的後裔表示補償，他願意為亞瑟出一份力。

就在這時，法王派去見約翰王的使者回來了，他向國王報告約翰王拒絕了自己要求的消息，還說約翰已經率領大批英國軍隊來勢洶洶地殺了過來。同行的還有約翰王的太后，以及她的外孫女布蘭琪公主。由於使者在路上耽擱了，當他向法王報告完之後，英國軍隊也幾乎同時抵達了法國。

約翰王帶著他的軍隊來到安吉爾城外，他見到菲利普的軍隊，怒吼道：「我是代表上帝的震怒來懲罰頑固的法蘭西的，如果法蘭西容許我按照我繼承的正當權利統治自己的土地，她就可獲得和平，否則便讓她流血，讓和平升上天！」

菲利普王也不甘示弱地喊道：「要是你們停止戰爭，從法蘭西退回英格蘭安份地過日子，英格蘭就可獲得和平！亞瑟的父親喬弗雷是你嫡親的哥哥，英格蘭的王位本該屬於他，而你們竟敢排擠英格蘭合法的君王，僭號稱王！」

接著，法國方面提出了他們的要求：約翰王必須把王位以及所有的領土，包括英格蘭、愛爾蘭、安茹、土倫、曼恩等地還給真正的繼承人亞瑟！

約翰王說道：「我寧願犧牲生命。接受挑戰吧！法蘭西！」

他又呼喊亞瑟的名字，對他說，要是他肯重新回到英格蘭的懷抱，自己將會在親情的考量下，給予他比法國更多的利益。年輕的亞瑟感到十分為難，但他的母親卻叫他千萬別答應。就這樣，兩軍一來一往的談判陷入了僵局。

菲利普大叫：「安靜！別吵，大家溫和一點吧！在大庭廣眾之下，這樣氣勢洶洶地吵來吵去多不像話。喇叭手，吹起喇叭，召喚安吉爾城的人到城頭上來，讓我們聽聽他們承認誰是他們的君主，是亞瑟，還是約翰。」

喇叭聲響起，安吉爾的眾多市民聽到聲音，紛紛走上了城頭。約翰王首先向城裡的人民喊道，自己才是這座城的真正統治者，由於法國人在安吉爾城下做好了一切進攻準備，打算進行血腥的圍困和無情的屠殺，他才急忙率領軍隊前來保衛，因此，他希望人民能夠打開城門，讓他的軍隊進去休息。

輪到菲利普說了，他向民眾解釋道，年輕的亞瑟．金雀花，才是英格蘭的合法君主，他為了捍衛這位王子應得的權利，因此才率領軍隊來到此地；他命令安吉爾的市民打開城門，迎接他們真正的國王。

安吉爾的代表赫伯特聽完兩方的說法後，說道：「我們是英格蘭王的臣民，我們為了國王和他的權利而保衛這座城市。因此，只要誰能向我們證明自己的國王身分，安吉爾的城門就會為他敞開。」

約翰王指著自己的王冠以及身後的三萬名英格蘭士兵，向赫伯特證明自己是名副其實的國王，但是赫伯特卻不同意，他的意思是：英王必須與法王打一仗，來決定誰到底最有資格統治這座城。

約翰王聽了，冷冷地說道：「那麼，在天黑之前，將有許多人的靈魂消逝在爭奪王位的可怕考驗之中，願上帝寬恕他們的罪孽！」

菲利普王也叫道：「阿門！騎士們！拿起武器！」

英國與法國的軍隊立刻展開了激戰，戰爭才進行到一半，兩方都迫不及待地派遣傳令官到安吉爾城下，向城裡的人宣示自己那一方獲勝了。赫伯特仍然搖了搖頭，說道：「我們從塔樓上觀察了雙方的攻守進退，在我們眼中，你們無疑只打了個平手。雖然我們對雙方的實力同樣欣賞，但總得有一方更為強大，才有辦法解決問題，既然分不出高下，我們只好繼續為你們守住這座城市了。」

雙方又激戰了一陣子後才各自撤退，接著，約翰王與菲利普王再次來到安吉爾城下，大喊：「說話吧！市民們，你們的國王是誰？」

然而，任憑他們如何吹噓各自的戰功，赫伯特總是語帶保留地說，希望兩人能分出一次真正的勝負，安吉爾市民才會承認勝利者是他們的國王。理查爵士聽了，氣憤地告訴兩位國王：「這些安吉爾的刁民正在捉弄你們哪！他們逍遙自在地站在城樓上，像看戲一樣觀賞著兩軍痛苦的廝殺與搏鬥！但願兩位能暫時化敵為友，聯合起來進攻這座城市，等把它夷為平地之後，我們再來拚個你死我活，你們認為如何？」

約翰王與菲力普王一致贊成這個提議，他們約定好，由約翰從西面攻打安吉爾，奧地利公爵攻打北面，菲力普進攻南面。於是，兩支大軍一同包圍了城堡準備進攻。赫伯特發現自己成了眾矢之的，嚇得要他們住手，並且說自己有一個兩全其美的解決方法，能讓兩名國王同時得到這座城池，而且不用犧牲任何一名士兵。

約翰王說：「說下去吧，我們很想聽聽。」

赫伯特說，約翰王的近親布蘭琪公主年輕貌美、冰清玉潔，與菲利普王那高貴、英俊的路易王子年齡相近，而且朗才女貌、十分般配，要是兩人能夠結婚，成為英國與法國友誼的橋樑的話，安吉爾的市民將會打開大門歡迎他們的軍隊。

約翰王表示欣然同意，還願意將安茹、土倫、曼恩、普瓦提埃和伏克森五省的土地，以及三萬枚金幣當作公主的嫁妝。而菲利普王也沒有異議，因為他發現兒子路易已經對布蘭琪公主一見鍾情了呢！

這一對新人就在兩國的大軍見證下完成了訂婚，菲利普這時才想起來，自己原本是為了替亞瑟母子伸張正義而來，如今卻被利益蒙蔽了雙眼，擅自與敵方和談。法王感到有些不好意思，他問約翰王，應該如何補償亞瑟與他的母親。

約翰王說：「我要封年輕的亞瑟做布列塔尼公爵兼里奇蒙德公爵，以及這座富饒美麗的城市的主人，這樣子，那位寡婦心中的創傷便可以痊癒了，快去通知他們來參加婚禮吧！」

然而，亞瑟的母親聽說兩名國王竟背著她們講和後，感到怒不可遏，她堅持不參加這一場婚禮，還跑到菲利普王面前，指責他是個虛偽的國王，背棄了自己立下的盟誓，不僅沒有為她們母子主持公道，反而帶著法國軍隊依附了約翰王。

「啊！上帝，為我這個寡婦作主，拿起武器懲罰這些背棄盟誓的國王吧！我求您在日落之前，讓兩個背誓的國王開始火併！啊，聆聽我的禱告吧！」

這名母親歇斯底里了起來，兩位國王都勸她冷靜。就在這時，紅衣主教潘杜爾夫來到了法蘭西的營帳之中，他是由教皇親自派遣的欽差，要來向約翰王傳達教皇最嚴厲的質問。原來，不久前教廷曾指派一名教士擔任英國的坎特伯雷大主教，但這名教士卻被約翰王給趕走了，令教皇十分震怒。

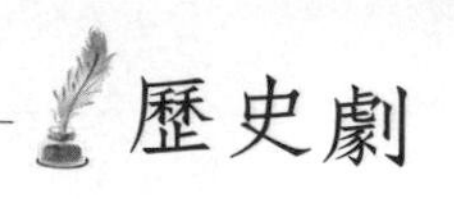

約翰王聽了，語帶輕蔑地告訴紅衣主教，說沒有比教皇更渺小、無聊、可笑的名義了，也沒有任何義大利的教士有權在英格蘭的領土上徵收稅賦，因為英格蘭的一切都是他的，他才是上帝派來統治國家的最高元首。就算別的國王都願意聽從教皇擺佈，或向他繳納貢品，但他卻無論如何也要與教廷抗爭到底！

菲利普王驚呼道：「英格蘭王兄，你這話褻瀆了神明。」

紅衣主教也說：「那麼，我便以我的合法權力宣布你受到詛咒，並被逐出教會，宣布凡是撤銷對你這個異教徒的效忠誓約的人，都將受到祝福。任何人只要能取走你可憎的性命，都將被封為聖徒，受到崇拜！」

接著，紅衣主教要求法王與約翰王絕交，並且率領法蘭西的軍隊征討他，否則將會受到詛咒。路易也勸他的父王，比起英格蘭輕微的友誼，還是來自羅馬教廷的詛咒要來得嚴重多了！而奧地利公爵一樣希望法王與英國斷交。

菲力普王的心裡非常為難，對他來說，兩國不久前才建立起友好的關係，兩名國王還信誓旦旦地保證要永遠保持忠誠與和平；難道對於誓言可以出爾反爾，輕易捨棄嗎？他希望紅衣主教能夠收回成命，讓他們維繫剛產生的友誼。

然而，潘杜爾夫卻表示，為了保衛神聖的教會，只有與英國絕交一途！他說：「法蘭西，你可以握住毒舌的舌頭，籠裡獅子殺人的利爪和餓虎的獠牙，可是千萬別跟你現在握住的手保持和平！」

奧地利公爵在一旁鼓動：「背誓吧！乾脆背誓算了！」

路易王子也說：「父王，拿起武器吧！」

在眾人的連聲勸說下，菲利普也終於下定決心，他對約翰王說：「我決定跟你絕交了，英格蘭！」約翰王也回答道：「法蘭西，不到一小時你就會後悔莫及。」

於是，兩個國王剛建立起的友好關係迅速破裂，菲利普與約翰各自將軍隊帶開，準備與對方再次來一場決戰，布蘭琪公主則跟著路易王子回到了法國。

之後，英國與法國就在安吉爾附近的平原開戰，英國軍隊連戰皆捷，約翰王英勇的侄子理查爵士殺死了奧地利公爵，砍下他的頭，而約翰王也親手俘虜了亞瑟，法國軍隊被打得落荒而逃。

約翰王安慰年輕的亞瑟，向他承諾自己一定會善待他，就像他的父親一樣，然後就將這個孩子交給了太后。但是，亞瑟才一離開，約翰王就找來了赫伯特，要他為自己辦一件事。

赫伯特說道：「我向上帝發誓，您要我做什麼我都願意，就算是死也願意。」

於是，約翰王指著亞瑟的背影，對他說：「你看看那邊那個孩子，我告訴你，他是我前進路上的一條毒蛇，我的腳步所到之處總有他擋著路。我要派你看管他，你明白我的意思了嗎？」

赫伯特忠心地回答：「我會將他管得嚴嚴實實，絕不讓他冒犯陛下。」

約翰王搖搖頭，說：「死。」

赫伯特聽了大吃一驚，他這下終於明白了國王的意思，恭敬地行了一禮。

另一方面，法蘭西的軍營內一片愁雲慘霧，菲利普國王與路易王子正為了戰敗氣餒不已，他們失去了安吉爾城、英勇的奧地利公爵，以及許多法國士兵，連亞瑟都被英國人俘虜了，這讓亞瑟的母親哀傷得幾乎要發瘋！

不過，紅衣主教卻告訴路易：「雖然約翰王認為他贏得了這場戰爭，其實他損失慘重。亞瑟成了他的俘虜，但只要這那個孩子的血管裡還有血液奔流，篡位的約翰內心就不會有一刻安寧。他要是想穩固自己的統治，就一定會除去亞瑟。」

路易不解地問：「年輕的亞瑟死了，對我們有什麼好處？」

紅衣主教回答他，只要亞瑟一死，他就可以憑著他的妻子布蘭琪公主的權利，提出亞瑟曾要求的一切爵位與領土。同時，他還告訴路易，約翰王的侄子理查爵士目前正在英格蘭掠奪各地的教會，鬧得天怒人怨，只要有人發出起義的號召，人民就會起來支持他。

果然，約翰王回到英國沒多久，就發布了一道密令，要赫伯特用燒紅的鐵烙瞎亞瑟的眼睛。赫伯特接到了這份命令後，雖然於心不忍，卻不得不遵守國王的旨意，於是，他把亞瑟帶到了牢房，將寫著這道命令的文件拿給亞瑟看。

「你願意做這麼惡毒的事嗎？」亞瑟天真地問道。

「我發過誓了。」赫伯特回答道。

接著，他要劊子手將烙鐵拿過來，並且把亞瑟綁在椅子上，亞瑟急得大聲叫喊：「救救我！赫伯特，我的眼睛見到這些人的樣子就已經要瞎了！」

赫伯特露出不耐煩的樣子說道：「你們出去！讓我自己來就好。」

他把劊子手都趕出了牢房，接著，他看著亞瑟嘆了一口氣。

「好了，留著你的眼睛，活下去吧！即使你的叔叔把他全部的財產給我，我也不會再做這種事了。」赫伯特終究還是不忍心傷害這個可愛的孩子，他決定編造一些假消息來搪塞國王，讓他以為亞瑟真的死了。

約翰王正在王宮裡舉行第二次的加冕典禮，因為他想再次向世人宣示自己王位的合理性，而大臣們對於他的舉動雖然不太認同，但還是一一送上了賀詞。約翰王很高興，他要在場的大臣提出自己尚需改進的地方，他會很樂意傾聽並滿足他們的要求。

大臣索爾茲伯里與彭布洛克立刻進言，希望約翰王能夠釋放年輕的亞瑟，因為囚禁這位侄子是一件有失民心的行為，將為他招致許多謠言與批評。再說，既然約翰王享有的是他應得的權利，那為什麼還要害怕這名稚嫩的侄子呢？

約翰王聽了，覺得很有道理，正當他要下令釋放亞瑟時，赫伯特上氣不接下氣地來了，他告訴國王與大臣們亞瑟已經去世的消息。大臣們頓時鼓譟起來，所有人都相信一定是約翰王命令部下殺死他的，索爾茲伯里憤怒地說：「這顯然是一樁骯髒的勾當，高高在上的人物竟會肆無忌憚地做出這種事來，實在可恥！」

說完，他就離開了王宮，彭布洛克與其他大臣也紛紛背棄了國王。約翰王感到相當後悔，就在這時，又有一名使者著急地跑進來，告訴國王，法蘭西的路易王子再次徵召了一支大軍登陸英國，朝著他的王宮直逼而來！同時還告訴國王，英明的太后已在幾天前過世，使他在法國的領土變成了一團亂。

理查爵士也帶著一名預言者來到王宮，這名預言者聲稱：約翰王即將在下一個升天節正午之前，交出他的王冠！約翰聽了大怒，要部下把這名預言者關進牢裡，在他預言自己將失去王冠的那天正午把他絞死。

國王還命令理查爵士立刻把他的大臣追回來，以協助他對付法國。接著，他開始怪罪赫伯特，不應該曲解他的旨意，擅自把亞瑟殺掉，他說：「做國王的真是太倒楣了，因為他的身邊隨時有一群下人，當國王發一點脾氣，他們就當成命令，去草菅人命；國王使一個眼色，他們就用它來詮釋法律；國王因為一時的情緒而皺皺眉頭，並未經過思考，下人們就根據它來揣摩君王的意圖！」

赫伯特拿出文件，委屈地說：「這可是您的親筆命令，還蓋了御印的。」

國王又抱怨起他身邊的小人，每當事情鬧到不可收拾的地步時，就會拿出那些親筆命令和上面蓋的章作為證據，讓他陷入萬劫不復的境地。看到國王逐漸歇斯底里起來，赫伯特這才說出小亞瑟還活在世上的消息。約翰王欣喜若狂，連忙叫他去告訴大臣這個好消息。

然而，就在赫伯特找到約翰王的大臣之前，這些大臣卻先發現了可憐的小亞瑟的屍體；原來，亞瑟為了逃出監獄，冒險從高聳的城牆跳下來，想不到竟然摔死了！大臣們傷心欲絕，他們要追上來的理查爵士捫心自問，能否容忍這樣的罪行？理查爵士也不禁哀痛地說道：「這是一樁該下地獄的血腥勾當，如果它出於人類的手，那隻手就是一隻邪惡的、褻瀆了神明的手。」

之後，赫伯特好不容易追了上來，卻被理查爵士和這群大臣們痛罵了一頓，他們異口同聲說他是殺人凶手。最後，大臣們要赫伯特轉告約翰王：他們即將去投靠法國軍隊，請國王去路易王子那裡找他們吧！

約翰王這下走投無路了，他決定向教廷屈服，將王冠交給紅衣主教潘杜爾夫，再由潘杜爾夫為他重新加冕，以表示他對於教廷的效忠。此時，約翰王才想起，這一天恰好是升天節，他就像那位預言者所說的，心甘情願地交出了王冠。

儀式結束後，紅衣主教向約翰王承諾，願意為了他到法國軍隊的營帳中談判，說服路易王子退兵，這項協助對約翰王來說猶如雪中送炭，他立刻將重責大任交給了紅衣主教。

當紅衣主教先來到路易面前，告訴他約翰王已經與教廷妥協，法國可以收起威風凜凜的旌旗，凱旋回國了，路易卻嚴正地回絕了紅衣主教的要求。他說，自己娶了英國的公主，有權利成為英格蘭的國王，而且他的大軍已經征服了半個王國，豈能夠因為約翰王與教廷的和解就半途而廢呢？再說，教廷從來沒有資助過法國軍隊一毛錢，也沒有派出一兵一卒，法國絕不能白白承受戰爭中的損失；最後，王子還指出，他的軍隊所到之處，英國人民都夾道歡迎他，並高喊「國王萬歲」，表示他們心底也不認同約翰是他們的王。

聽完了路易的理由，紅衣主教只好灰頭土臉地離開了。另一方面，理查爵士也對約翰王說：「我們站在自己的土地上，卻要向入侵者提出卑躬屈膝的條件，跟他們妥協？我們絕不能讓一個養尊處優的王子瞧不起我們的士兵，在這片土地上橫行無阻，陛下，請拿起武器吧！」

約翰王聽完這些話後再度下定決心，他要理查立刻去向路易王子宣戰，並任命他指揮英國軍隊，對付來犯的法國大軍。在理查爵士的英勇作戰之下，英國與法國的軍隊打得不相上下。不幸的是，約翰王卻在這時發了高燒，一病不起。

最後，約翰王要部下將他送到史文斯特德修道院，在那裡靜養，還命令理查爵士立刻趕到那裡見他。就在同時，那些投降法國的大臣之間也流傳起一則消息：路易王子打算在征服英格蘭之後，就砍掉他們的頭！這些大臣嚇得又回到了約翰王身邊。

沒想到，當所有大臣見到約翰王的時候，他卻快要死了。原來，修道院裡的一個教士偷偷在他的食物裡下毒，想謀殺他。這名教士為了取信於國王，甚至親自為他試毒，最後也死了，國王則因為痛苦而變得語無倫次。

理查爵士報告約翰王，他的部隊在經過海灘時，被突然襲來的潮水給吞噬了，而法國軍隊正一步一步朝著這裡接近。他希望國王能告訴他該怎麼做，可是，約翰王還來不及回答，就嚥下了最後一口氣。

就在大臣們為了國王的死不知所措的時候，紅衣主教潘杜爾夫來了，他是受了路易王子的委託，前來與英國求和的。因為路易得知原本投降他的大臣叛逃，而且法國的援軍在穿越英吉利海峽時觸礁沉沒，讓他再也無心作戰了。最後，由理查爵士出面與法國達成了圓滿的協議，而約翰王的兒子亨利則繼承了王位，在大臣的協助下收拾了他父親留下的殘局。

2 理查二世

金雀花王朝的第八個國王理查二世是個昏庸的君主。有一天，海福德公爵亨利．波林布魯克，與諾福克公爵湯瑪斯．莫布雷來到國王理查二世面前，向國王指控對方的罪行。

亨利說，湯瑪斯以支付國王士兵薪餉的名義，領取了八千金幣，卻將這些錢佔為己有，任意地揮霍掉了；另外，他還陰謀害死了國王的叔父葛羅斯特公爵。湯瑪斯則辯解說，軍餉的四分之三早已付給了士兵，剩的四分之一則是用來償還國王積欠的債款；他也絕對沒有殺害葛羅斯特公爵，他的死只不過是一場意外罷了。

原來，葛羅斯特公爵曾經聯合一些大臣，脅迫國王趕走了身邊的一些小人。然而，事後國王不但不感激，還把公爵抓了起來，交給湯瑪斯看管，沒過多久，公爵就莫名其妙死在獄中，因此也有人謠傳，是國王教唆部下殺掉他的。

雙方各執一詞，互不相讓。亨利將他的騎士手套擲在地上，向諾福克公爵提出了決鬥的要求，公爵則撿起亨利的手套，毫不示弱地接受了他的挑戰。理查沒想到他們竟如此憎恨對方，連忙阻止這兩人，還叫亨利的父親——蘭開斯特公爵「岡特的約翰」也幫忙勸阻。

然而，亨利與湯瑪斯結怨很深，執意要將這件事付諸武力，於是，國王生氣地說：「既然你們不願意按我的請求重新和好，那你們就得用性命擔保，在聖蘭伯特節的時候到考文垂去決鬥！」

到了聖蘭伯特節當天，就在兩人都穿戴整齊，準備開始決鬥的時候，國王卻忽然舉起他的權杖，阻止了兩人的對決。國王說，為了避免英國的土地被她所哺育的人的鮮血所汙染，也為了不讓刺耳的刀槍聲打破了美好的和平，他決定要將亨利與湯瑪斯從國土上放逐出去。

於是，他宣布了對兩人的判決：諾福克公爵湯瑪斯終身不得回到英國，否則處死；而亨利原本應該被放逐十年，但看在他的老父親蘭開斯特公爵的份上，將刑期縮短為六年。亨利與湯瑪斯對於這個結果都十分錯愕，想不到自己對國王的一片忠誠，竟然會換來流落異鄉的下場！

國王還命令兩人按著他的權杖發誓：在流放期間，他們兩人永遠不許和好，不許見面，也不許書信往來，互通款曲；他們在國內結下的仇恨永遠不許消除，也不許他們聯手圖謀不軌，進行一切不利於國家與國王的活動。

年邁的老約翰沒想到居然要與親愛的兒子分開，不禁哀痛欲絕，開始後悔不該支持理查這個昏君，但他還是安慰亨利道：「這只是暫時的離別罷了，六個年頭很快就會過去的。走吧！親愛的兒子，就當成是我打發你去尋求榮譽，而不是國王放逐了你。」

亨利就這樣離開了英國，但理查王還是不滿意，他發現這個堂弟經常用各種手段討好百姓，還裝出一副彬彬有禮、平易近人的樣子，很得民眾愛戴，儼然成了英格蘭真正的君主，威脅到他的地位。

不久後，愛爾蘭發生了叛亂。國王召集了大臣開作戰會議，就在這時，有一名使者前來告訴國王，蘭開斯特公爵約翰病危，希望他能立刻過去探望這位叔父。

理查興災樂禍地說道：「哈！但願他的醫生儘快把他送進墳墓，這樣我們就能用他金庫的錢來縫製戰袍，把我們出征愛爾蘭的部隊打扮起來了！」

岡特的約翰這時正躺在床上奄奄一息，他的弟弟約克公爵陪在一旁，兩人都在猜想國王會不會來，因為約翰還想在死前對國王提出最後的忠告。

約克公爵難過地說道：「不要浪費唇舌了，一切勸告他都會當做耳邊風的，他的耳朵早已被各種諂媚與享樂的聲音塞滿了。」

約翰說：「但是人們都說，垂死者的話有如美妙的音樂，能夠引起注意。」

沒過多久，國王果真來到了他的病榻前，看著約翰病重的情形，忍不住感嘆道：「叔父，你快死了！」

約翰回答他：「不，要死的是你，儘管我病得比你重。」

國王疑惑地說：「但是我身體健康，還能呼吸，是我看見你在生病。」

「我自己雖然老眼昏花，但卻不如你病如膏肓。你的國土就像你的床，你躺在床上，聲名已經奄奄一息，還把象徵自己身體的權位交給了一群馬屁精，讓他們禍害你的國家；要是你的祖父知道他的孫子將會毀掉他的王國，一定會在你取得王位之前先把你廢黜！」

理查聽了勃然大怒，他認為老約翰是想趁著死前詛咒他，好將對他的不滿一股腦兒發洩出來。國王氣得破口大罵，但約克公爵連忙為他的哥哥緩頰，要國王原諒他。最後，理查只好氣匆匆地離開了，沒過多久，約翰的朋友諾森伯蘭公爵走出來，報告國王：偉大的蘭開斯特公爵已經過世了。

國王得知這個消息，絲毫沒有難過的感覺，反而立刻下令沒收蘭開斯特公爵留下的全部金銀器皿、土地、收入和財產。約克公爵聽了氣憤地說：「您打算把被放逐的海福德公爵應得的特權和利益都據為己有嗎？老約翰難道不該有繼承人嗎？他的繼承人難道沒有資格繼承嗎？您若是剝奪了海福德的權利，就等於取消了歷來的制度，而您不就是靠著制度才繼承王位的嗎？如果您這麼做的話，將會給自己惹來一千種危險，失去一千個效忠您的心！」

即使如此，理查王還是回答：「不管你怎麼想，我都要沒收他的財產。」

國王的作法很快地在大臣間引起了一股不滿，諾森伯蘭、洛斯、威羅比三位伯爵時常私下聚在一起討論這件事。諾森伯蘭伯爵說，像蘭開斯特這樣高貴的皇室宗親，竟然蒙受這樣的冤屈，這真是國家的恥辱！洛斯伯爵也抱怨說，百姓在理查的橫徵暴斂下，早已心懷不滿，貴族們也因為動輒遭到罰款而心生叛意。威羅比則說，國王把祖宗用戰爭贏來的東西又賠給敵人了，花在求和上的錢比戰爭上還要多！

「我們看到了即將來臨的災難，當初我們對國王的作為不加理睬，現在危險已經無法避免了。」洛斯伯爵感嘆起來。

「並非如此，我已經從黑暗中看見了一絲曙光。」諾森伯蘭伯爵語帶玄機地說。

「這是什麼意思？諾森伯蘭。不妨把你的想法說出來吧！」威羅比和洛斯都急著追問。

「我從布列塔尼的伯朗港得到了情報，說海福德公爵與好幾名顯赫的人物，已經從布列塔尼公爵那兒得到了一批優良的裝備，乘了八艘巨大的戰艦，帶了三千名士兵，全速往英格蘭趕過來，打算在北方海岸登陸。不過，還是必須先等國王去愛爾蘭。等海福德公爵到達時，我們就追隨他，把國家從昏君手裡拯救出來吧！」

威羅比和洛斯當場響應了這個計畫。幾天後，國王就前往了愛爾蘭，他將英格蘭的政務都交給了一向公正、忠誠的叔叔約克公爵。這個消息給了叛亂人士一個大好機會。

這一天，王后忽然有種不好的預感，彷彿有種莫名的憂傷在她的心中揮之不去，讓她不自覺地顫抖起來。沒過多久，國王的親信就氣喘吁吁地跑了進來，告訴王后一個不妙的消息：被放逐的亨利．波林布魯克已經登陸英格蘭，率領他的大軍來到雷文斯泊，諾森伯蘭、威羅比、洛斯公爵都投靠了他，連宮廷大臣華斯特伯爵一聽到叛軍來到的消息，也帶著宮裡的全部僕役全部投降了。

王后聽到這個噩耗，正感到不知所措時，代理國王的約克公爵也趕到了。他安撫了慌張的王后，告訴她自己將會處理一切。然而，大部分的英國軍隊都跟著國王去愛爾蘭了，約克公爵只能勉強地湊到三百名士兵，就匆匆趕赴前線。

他在葛羅斯特的荒野見到了亨利。亨利向約克公爵行禮，說道：「仁慈的叔父，你好。」約克公爵卻痛斥道：「呸！別說什麼仁慈，也別說什麼叔父，我不是你這種亂臣賊子的叔父。你已經遭到放逐，卻在期滿之前擅自回國，還使用武力反對你尊貴的國王！」

亨利說：「高貴的叔父，請求您公平對待我的冤屈。你能眼睜睜地看著我的王室特權和一般權利被人強行奪去，交給幸運的小人揮霍嗎？既然我的堂兄是英格蘭的國王，我就理所當然應該成為蘭開斯特公爵。國王不允許我主張自己的權利，於是，我只好親自來要求歸還我應有的繼承權了。」

亨利的部下與追隨者也紛紛起鬨，為蘭開斯特公爵的下場抱不平。約克心中也同意侄子說的話，但還是嘆了一口氣，說：「我也同情你的遭遇，也希望能盡力為你伸張正義，但像這樣起兵作亂卻是叛逆的行為。這一場衝突的後果我已經能夠預見，只是我的兵力不足，難以主持大局，因此我宣布保持中立。」

之後，約克公爵將軍隊解除武裝，對亨利的大軍毫不抵抗，亨利趁機攻下了布里斯托爾城堡，殺死了國王寵信的奸臣布希和格林，在英格蘭的勢力與日俱增。

幾天後，理查終於從愛爾蘭回到威爾斯，早在他抵達之前，威爾斯這裡就流傳起國王駕崩的謠言，讓士兵聽了紛紛逃跑。因此，當理查上岸的時候，他已經孤立無援，手中根本沒有多少軍隊。他又聽到英國的百姓都拿起武器反抗他的統治，他所寵信的大臣也被亨利處死，頓時變得垂頭喪氣。他絕望地大喊：「我的國土，我的生命和一切全都歸波林布魯克所有了！」

約克公爵的兒子奧墨爾這時也在軍隊中，他對國王說，自己的父親還有一支軍隊，可以先去投靠他，再設法挽回局勢，但使者又不給面子地報告一個更遺憾的消息：約克公爵已經跟亨利聯手，國王在北方的城堡全部放棄了抵抗，南方的武裝貴族也全部歸附了亨利。

理查絕望了，最後，他帶領部下進入福林特城堡，打算在這裡等待亨利的大軍來到。既然情勢已經無法挽救，他決定以一國之君的氣度面對自己的敵人。

沒過多久，亨利與他的軍隊來到了福林特城堡外，理查帶著幾位大臣，以不可一世的威嚴出現在城頭，對著下面的敵人喊道：「我已經久候多時，等著看你惶恐地向我下跪，因為在我看來，我是你合法的君王。你們在我的國土上前進的每一步都是危險的叛逆行為，直到波林布魯克安然戴上他所追求的王冠之前，將會有千萬個男人的血將濺灑在英格蘭的原野上！」

這時，叛軍中帶頭的是諾森伯蘭伯爵，他向國王解釋他們起兵的理由，還發誓亨利只是為了爭取他世襲的王家權利而來，只要國王能允許他的請求，他願意立刻放下武器，重新獻出他的忠心為國王效命。理查對這些條件表示同意，於是諾森伯蘭也回去向亨利覆命，不久之後，他又回來了，請國王過去與亨利會面。

理查不安地喃喃自語：「他會要我投降嗎？會廢黜我嗎？非讓我失去國王的稱號不可嗎？唉！這

也是無可奈何。」

兩人見面之後，亨利再次向國王聲明，自己叛亂的動機只是為了要求本該屬於他的權利，理查對他的任何要求一概同意，還語帶諷刺地回答：「你受之無愧。懂得用最強硬可靠的手段獲取所需的人，都受之無愧。」

最後，亨利帶著國王返回了倫敦。事到如今，亨利手中握有英格蘭大部分的土地與軍隊，還有人民的支持；而國王除了剩下幾名親信外，已經一無所有了。所有人都看得出，向叛徒低頭的理查丟掉王位只是遲早的事。

亨利帶著理查與眾多大臣來到倫敦的西敏寺，他在這裡召見了國王過去的寵臣巴各特，質問他葛羅斯特公爵是怎麼死的，打算從中抓到理查的把柄。沒想到，巴各特要求約克公爵的兒子奧墨爾出來與自己對質，他指控奧墨爾才是真正的凶手。

奧墨爾聽了惱怒成怒，他當著眾人的面丟出了自己的手套，向巴各爾提出挑戰，要他為了誣陷自己而付出代價。這時，一名叫費茲沃特的大臣也站了出來，向奧墨爾說道：「我以美麗的太陽發誓，我曾聽見你說過，高貴的葛羅斯特是因你而死的，說的時候還自鳴得意。」

奧墨爾大罵：「費茲沃特，憑你這句話你就得下地獄！」

想不到，諾森伯蘭的兒子波西也向前站出來，說道：「奧墨爾，你撒謊！你的話完全是一派胡言，我的手套就扔在這裡，我發誓要證明你的虛偽，直到我吐出最後一口氣！」

大臣們紛紛站了出來，有的人反對奧墨爾，有的人支持他，兩派人馬針鋒相對。亨利眼見事情一發不可收拾，只好先命令所有人停止爭論。

這時，他又想起了曾被理查放逐的諾福克公爵，他向大臣們說，雖然諾福克公爵是他的仇敵，但還是決定把他召回，並把土地和財產都歸還他。英國的大主教卡萊爾卻回答，諾福克公爵在離開英國後，加入了十字軍四處打擊異教徒，最後在義大利戰死了。亨利聽了，忍不住嘆一口氣。

接著，約克公爵也來了，這回他帶來亨利日思夜想的好消息：失去了權勢的理查王願意讓他成為自己的繼承人，把自己崇高的權杖與王座都讓給亨利。亨利聽了十分得意，當場回答：「那麼，我以上帝的名義登上王座。」

卡萊爾主教立刻表示反對，他說：「哪有人臣對君王定罪的道理？理查是在位多年的一國之君，而且此時也不在場，身為臣民和下屬的我們豈能私下審判他？若是給這個卑鄙的叛賊加冕，我能預言：不幸將會降臨在這個國度！」

但是，在場沒有人同意他的話，一旁的諾森伯蘭公爵指控卡萊爾的話觸犯了叛國罪，揚言要將他逮捕；而亨利則命令約克把理查帶來。

理查很快就來到亨利面前，他已經從約克那裡得知亨利接受他的禪位，於是交出了他的王冠，說道：「這東西有如一口深邃的水井，它有兩個水桶，交替提水，空的一只總是懸在空中晃蕩，另一只雖沉在下面看不見，卻盛滿了水。」

亨利回答：「我還以為你是心甘情願讓位的。」

理查無奈地說：「不管願不願意，我都已經無能為力。」

接著，諾森伯蘭拿出一份文件，上面寫著理查與他的部下所犯下的一切禍國殃民的罪行。他要理查當著眾人的面讀出文件的內容，好讓全英國都相信：自己遭到廢黜全是咎由自取。但是理查堅決不肯唸，他的眼淚已遮住了他的視線，使他看不清紙上的字跡，亨利只好取消了這一個要求。

然後，理查要亨利給他一面鏡子，好讓他看看自己一敗塗地的容顏。鏡子很快取來了，理查看著鏡中的自己，嘆道：「唉！阿諛奉承的鏡子，你和在得意時跟著我的人一樣，是在欺騙我！這還是當初每天有萬人在它的庇蔭下生活的那張臉嗎？這就是當初縱容過各種荒唐行徑，卻最終黯然失色的那張臉嗎？這張臉還閃著些許脆弱的光輝，但它也脆弱得有如它的光輝！」

說著，他將鏡子摔成了碎片。在場的人都是理查昔日的臣子，看到這一幕不禁感傷。最後，理查向亨利請求答應他一件事。

「說吧！好哥哥。」

「您一定會恩准嗎？」

「一定會的。」

「那就放我走，只要看不到您，到哪裡去都行。」

亨利大笑出來，對手下喊道：「來人啊！把他投進倫敦塔監獄。」

於是，侍衛上前將理查帶走，這名被罷免的國王忍不住對著篡位者破口大罵，但沒有一個人敢再出面聲援他。在前往倫敦塔的路上，理查遇到了他的王后，也就是法蘭西的公主。他要妻子儘快回到法國避難，找一家修道院終老一生，但王后早已哭得不成人形，說什麼也不肯與他分別。

沒想到，亨利王這時又下了另一道命令，要理查到龐弗萊特的監獄去，他的王后則必須回到法國。理查得知這輩子再也見不到親愛的妻子，難過地唱道：

兩人一同哭泣，悲哀合在一處。
你去法國哭我，我在這兒哭你，
與其近而睽違，不如索性遠離。
去吧，算算行程，你用呻吟，我用哀嘆。

就這樣，理查告別了妻子，前往了龐弗萊特，一路上，他時常遭到粗魯的民眾從窗戶投擲泥土與垃圾。大臣們聽說這位國王的遭遇都不勝唏噓，沒想到尊貴的一國之君竟會淪為人人喊打的階下囚。另一方面，亨利卻飛黃騰達，成了英國最有權力的人。他騎著馬漫步在大街上接受民眾歡呼，全城的人們都高呼著「上帝保佑你！波林布魯克！」無數個迫切的面孔從窗戶裡向他投出了熱烈的目光，而亨利則脫下帽子，左顧右盼，一一答謝民眾對他的讚美；他所騎的駿馬原本是理查的馬，但似乎也明白牠的背上載著一個雄心勃勃的新主人，竟變得趾高氣昂起來了！

有一天，約克公爵與夫人正在談論倫敦近來的事，當他們聊到國王即將在牛津舉行比武和祝捷大會時，他們的兒子奧墨爾走了進來，臉色十分陰沉。

「你胸前的那是什麼？」約克公爵忽然問道，「怎麼了，你的臉為什麼忽然變得這麼白？」

「沒有什麼，父親。」奧墨爾慌張地回答道，邊說邊把一封像書信的東西塞進懷裡。

「既然如此，就拿給我看吧。」

「請父親原諒，是個無關緊要的東西，只是由於某些原因，我不想給別人看。」

約克公爵憤怒地從兒子懷裡扯出文件，將它打開來看。沒想到，這一看令他氣得火冒三丈，原來竟是奧墨爾與幾名同黨預謀在牛津暗殺國王的計畫！

「叛逆！大逆不道！你這個叛徒！奴隸！」

約克公爵大聲嚷著要揭發自己的兒子，公爵夫人聽了罵道：「約克！你要幹什麼？你親生的兒子犯了錯誤，你都不能饒過他嗎？你打算從我這個老太婆身邊把我可愛的孩子搶走，奪去我做為一名母親的幸福嗎？」

但公爵不聽，他衝出了屋子，打算立刻向國王報告此事。公爵夫人也叫奧墨爾立刻去追父親，要趕在他之前向國王承認自己的罪行，以祈求赦免。

此時的亨利王也正為自己的兒子傷透了腦筋，三個月前，王子忽然從皇宮中消失了，每天都跟著一群放蕩的狐群狗黨在酒店、妓院之類的場所流連。直到最近，國王才從部下那裡聽到他的消息。

奧墨爾慌慌張張地來國王面前，請求國王斥退左右，單獨聽他懺悔。國王答應了，他命令部下全部離開。接著，奧墨爾說道：「在我起立或是開口之前，我希望陛下能赦免我的罪。」

「你是圖謀犯罪還是已經犯罪？如果是前者，只要你以後仍然忠於我，不管這件事有多嚴重，我都會赦免你。」

「那麼，請同意我鎖上門，在談話結束前不要讓人進來。」

於是，奧墨爾將門鎖上。但他還來不及向國王自首，約克公爵已上氣不接下氣地跑了過來，在房間外用力敲著大門，大喊：「陛下小心，你身邊有一個叛徒！」。

國王將門打開，約克公爵向他獻上了從兒子手中搶得的文件。國王讀完勃然變色，痛斥奧墨爾是個大逆不道的兒子，為他高貴的家族帶來恥辱，但看在他忠心耿耿的父親份上，仍然願意赦免他的罪。約克公爵卻堅持處死自己的兒子，他說：「請別憐憫他！否則你的憐憫會變成毒蛇，咬傷您的心的！您若是免了他一死，就跟殺了我沒有兩樣，只有他的恥辱死去，我的榮譽才能生存！」

這時，公爵夫人也氣喘吁吁地趕到了，她先是責罵丈夫竟然想害死自己的兒子，接著又向亨利下跪，請求他放過奧墨爾一命，否則她就不起來。亨利想起了自己那不成器的兒子，心裡也感觸起來，於是回答：「我寬恕他，願上帝也寬恕我。」

雖然國王饒過了約克公爵的兒子，但他還是處決了企圖暗殺他的其他同夥；同時，還在世的前任國王理查也時常令他如坐針氈。有一次，他在與大臣們談話時，無意間說道：「有沒有朋友願意除去我的這一塊心病？」

這句話被一個叫艾克斯頓的大臣聽見了，他認為國王提到的「心病」一定是指理查。於是帶著幾名部下，要到龐弗萊特的地牢去謀殺他。

艾克斯頓先是在理查的飯菜裡下藥，還不准獄卒為他試毒，這讓理查察覺出不對勁，詭計因而失敗，他只好與部下闖進牢房，要親手殺死他。理查雖然英勇反抗了一陣子，還殺死幾名歹徒，但還是慘遭艾克斯頓的毒手，他在臨終前利用最後的力氣喊道：「用國王的鮮血，染紅國王的土地！」

艾克斯頓將理查的棺材送到亨利面前，原以為將能因此獲得加官封爵，但亨利卻發出嘆息，他說，雖然自己希望理查死去，但不想背負殺人凶手的罪名，而艾克斯頓卻用骯髒的手做出一件為他招致誹謗的勾當，而這誹謗將會永遠落在他與他的國家頭上。為了哀悼這名悲劇的國王，亨利決定披上黑色的喪服，坐船到聖地朝拜，以從罪惡的手上洗掉血跡。

3 亨利四世（上）

亨利四世在貴族們的幫助下推翻理查，成為了英格蘭的國王。他登基後想做的第一件事，就是徵集一支英國的軍隊到遙遠的基督教聖地耶路撒冷，將異教徒趕出那裡，也為了替理查王的死贖罪。

然而，就在這時卻有人向國王報告，不久前曾率領軍隊與蘇格蘭人作戰的馬契伯爵莫蒂默，遭到蘇格蘭人殲滅，莫蒂默自己也淪為敵人的階下囚，這個不幸的消息使亨利王不得不取消遠征聖地的計畫。

同時，國王還得知一個消息：曾幫助他奪取王位的「烈火騎士」，也就是諾森伯蘭伯爵的兒子亨利．波西，也率領軍隊在另一處與蘇格蘭人打仗，但是他戰勝了，還俘虜敵方的好幾位貴族。只是，波西一家仗著自己建立輝煌戰功，作風十分拔扈，拒絕將這些俘虜獻給國王，這讓亨利王十分惱火。他下令召見諾森伯蘭一家的成員，要他們給自己一個交代。

烈火騎士波西與他的父親諾森伯蘭伯爵、叔父華斯特伯爵來到國王面前，國王斥責他們：「因為我太過溫和、寬大，在這樣的侮慢面前也激動不起來，所以你們才敢踐踏我的耐性。但是你們要相信，從今以後我要露出我的本色，變得威嚴可畏！」

華斯特伯爵驕傲地回答：「我們的家族沒有理由受到這樣的申斥，難道陛下忘了您有今天崇高的地位，正是受到我們所擁戴的嗎？」

國王聽了勃然大怒，但諾森伯蘭伯爵卻及時站出來，向國王解釋說，他的兒子波西並沒有拒絕獻出俘虜，這只不過是一場誤會罷了。波西也說，因為國王派去向他索要俘虜的使者態度太過無禮，才讓他一時氣憤，出言不遜；同時，他還請求國王向蘇格蘭人支付贖金，以換回被俘虜的莫蒂默——也就是波西妻子的兄弟。

沒想到，這個請求卻讓亨利王更加憤怒，他叫道：「我可以用靈魂發誓，莫蒂默的軍隊是被他自己出賣了的，他甚至娶了蘇格蘭人首領格蘭道爾的女兒！我們能用國庫裡所有的錢去贖回一個叛徒嗎？他自己打了敗仗，卻要我們出面跟卑鄙的蘇格蘭人妥協嗎？不行！從今以後，誰都不准在我面前開口，要我拿出一個便士去贖回叛變的莫蒂默！」

波西向國王辯解道，莫蒂默在戰場上英勇殺敵，身受多傷，最後是因為走投無路才會向蘇格蘭人投降，但國王連聽都不肯聽就離開了。脾氣暴躁的波西嚥不下這口氣，向他的父親與叔父抱怨國王忘恩負義，將士為了他捨命作戰，但他卻想將戰勝的榮譽佔為己有，還吝嗇於一點金錢，不肯贖回被俘虜的部下。

野心勃勃的華斯特伯爵又向波西提起一件事，他說：去世的理查王曾經指定讓莫蒂默作為他的王位繼承人，因此亨利在當上國王後，擔心莫蒂默威脅自己的地位，才千方百計地想要害死他。波西聽了更加暴跳如雷，他發誓要讓亨利王和他的兒子小亨利永無安寧之日！

華斯特伯爵又趁機挑撥離間，他建議波西把抓來的蘇格蘭俘虜全部釋放，只留下其中最英勇的騎士道格拉斯，讓他到蘇格蘭為自己建立一支軍隊以對抗亨利。他還要哥哥諾森伯蘭伯爵去拜訪約克大主教，說服這名對國王早已不滿的主教也加入他們的軍隊。

「再會！但願時間迅速飛逝，讓戰場、砍殺和呻吟讚美我們的計畫！」說完，三個人就各自分頭行動了。

國王的兒子亨利是個貪玩的少年，他時常與幾名酒肉朋友流連在各種不良場所，或是進行一些胡鬧的勾當，完全沒有一點王子應有的樣子。他的朋友中有一個滑稽的大胖子，名叫福斯塔夫爵士，亨利與其他朋友都喜歡捉弄這個愚蠢的老人。

這一天，一名叫波因斯的朋友來到酒館，告訴亨利與福斯塔夫，有一群朝聖者帶著豐厚的捐獻品，要到坎特伯雷去朝聖，他們將在隔天的凌晨路過城外的山路。這個朋友邀請亨利與福斯塔夫到山裡埋伏，打劫這一群朝聖者。福斯塔夫一口答應，但亨利拒絕了，因為他雖然很貪玩，但還不想做出這種打家劫舍的勾當。

就在福斯塔夫離開後，波因斯卻說出了自己真正的打算。他要亨利先假裝加入他們，不過下手前卻故意找藉口退出，留下福斯塔夫去搶劫那些人；等到福斯塔夫成功得手，正為自己的成果沾沾自喜時，亨利卻與他喬裝成真正的強盜，衝上去把福斯塔夫打得落荒而逃，再搶走他的戰利品。

「等到我們見面吃晚飯的時候，這個老胖子一定會在我們面前吹牛，說他至少跟三十個強盜交過手，到了那時，我們再把真相講出來，好好地糗他一下。」

亨利聽了拍手叫好，立刻答應加入波因斯有趣的計畫。到了當天，一行人埋伏在山路旁，果然看到遠遠來了好幾個旅行者，王子叫福斯塔夫和其他人到路上攔截這些人，而他與波因斯則到山下等待，要是有逃掉的旅行者，他們就能在那裡逮到他們。兩人離開了福斯塔夫後，立刻在樹林裡換上了強盜的衣服。

當惡狠狠的福斯塔夫打劫了倒楣的朝聖者，並將他們全部捆綁起來後，亨利與波因斯忽然衝了出來，欺善怕惡的福斯塔夫還以為遇到真正的土匪，與他的同伴嚇得拔腿就跑，連財寶都顧不得拿了，亨利與波因斯看到這個胖子狼狽的模樣，忍不住哈哈大笑。

他們兩人回到了酒館，沒多久，福斯塔夫也灰頭土臉的回來了，原來，他為了掩飾自己被嚇得落荒而逃的醜事，刻意把自己的刀用匕首磨鈍，還用雜草把鼻子戳得流血，再把鼻血抹在衣服上，裝出自己曾經苦戰一番、傷痕累累的假象。亨利和波因斯看了都暗自發笑，他們問福斯塔夫：

「錢呢？老兄，錢在哪兒？」

福斯塔夫回答：「在哪兒？被人搶走了！我們這可憐的四個人，被一百個強盜給搶了！」

亨利訝異地說道：「什麼？一百人嗎？」

福斯塔夫露出得意的樣子說：「沒錯，我跟十幾個人打了起來，打了兩個小時，憑著奇蹟才殺出了重圍，我的上衣被戳了八個洞，褲子被刺穿了四次，我的肩膀也一次又一次被人捅穿，連我的劍都砍到鈍了！」他舉起了自己的劍，「這就是證據！不過，這也是我生平最精彩的一次戰鬥，雖然最後還是無濟於事，讓他們搶走了東西。我發誓，要是我說的有半句假話，那我就是個無賴！」

福斯塔夫越說越誇張，他口中的敵人也越來越多：先是十來個強盜對他們發起了進攻，但是被他們捆了起來，接著又來了六七個人朝他們殺來，其中有四個人朝著他衝過來，卻被他一揮盾給擋住了，然後他又朝強盜殺過去，一轉眼之間就幹掉了七人……到最後，福斯塔夫甚至說自己至少解決了五十名強盜！

亨利與波因斯聽到這裡再也憋不住笑，他對福斯塔夫說，自己正是他口中的那些偷襲他們的強盜，還取笑福斯塔夫當時慌張地挺著他的大肚子，一溜煙地逃了——他從未見過跑得那麼快的人。

福斯塔夫頓時羞紅了臉，連忙改口說道：「你們聽我說，我早就認出你們倆了！可是難道我能殺死王位的繼承人嗎？我能對尊貴的王子刀劍相向嗎？雖然我勇敢得就像大力士海克力斯一樣，但還是不願意傷害真正的王子，因此只好假裝成一個懦夫了。」

亨利正想繼續取笑這個老胖子，酒館的老闆娘慌張地跑了進來，告訴亨利，他的父王派了一名使者來找他，命令他明天早上立刻進宮。原來，烈火騎士波西與他的父親諾森伯蘭、叔父華斯特，聯合了蘇格蘭人以及投降了蘇格蘭的莫蒂默，組織了一支大軍要對抗國王。亨利王聽到這個消息，急得頭髮都白了！

接著，幾名巡丁也來到了酒店門口，他們是來搜索犯下搶劫案的強盜的，福斯塔夫急忙躲了起來，要亨利替他掩護。巡丁見到了亨利後，說要找一個叫福斯塔夫的大胖子，亨利也隨口打發了他。但當他回來找福斯塔夫爵士時，只見這個老人已經喝了酒，醉得不省人事了。

雖然亨利表面上裝得很貪玩，但心裡卻也有著自己的打算，他要用這些荒腔走板的舉動讓世人對他產生錯誤的印象，然後再在適當的時機改過自新，償還他虧欠別人的一切人情，這樣，他的悔改就會如同深色背景襯托下反射出寒光的刀劍，在他的缺點襯托下變得格外美麗耀眼。

國王王見到了這個總是令他頭疼的兒子，責備他：「親愛的兒子，請你告訴我，你這些放縱的行為，這些無聊的娛樂，這些粗鄙的交遊，與你偉大的血統相稱嗎？跟你這個王室子孫的心靈般配嗎？」

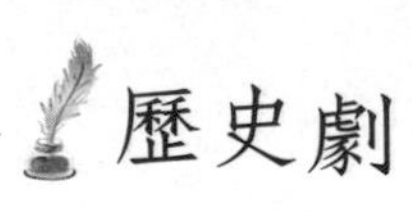

亨利王子回答說，他的許多罪名都是由國王身邊的諂媚之徒和卑鄙的謠言家捏造出來的，至於其他的過失，他衷心地承認那是由於他年幼無知而誤入歧途，並祈求父王寬恕他。

國王搖搖頭，繼續說道：「由於你的交友不慎，已經失去了王子的地位，你在大臣與王室貴族的心中已宛如路人，你辜負了別人對身為王子的你所懷的希望，大家都在心裡期待著你的覆滅！」

亨利王子又信誓旦旦地說：「從此以後，我一定要恢復我的本色。」

國王聽到他這麼說，才稍微露出欣慰的臉色。但他仍憂心地告訴王子，波西與許多貴族已經聯合了蘇格蘭的軍隊還有約克的大主教，拿起武器反對他。波西是全英國最勇敢的騎士，他過去曾率領騎兵在英國的土地上所向披靡。現在的波西就像是當年的自己，而亨利王子卻像是當年的理查王！

亨利向他的父王保證，一定會親自上陣，用鮮血洗去自己過去留下的恥辱，並砍下波西的頭獻給父王，亨利王點了點頭，說：「你的這一番話，足以抵得上十萬大軍。」就這樣，國王帶著王子和多名貴族，以及他的英格蘭大軍，浩浩蕩蕩地朝叛軍駐紮的地方行進。亨利還找來了福斯塔夫爵士，讓他作自己手下的步兵隊長。

這時，波西與他的叔父華斯特和莫蒂默，以及蘇格蘭的軍隊在城堡中會師了。然而，當波西一見到蘇格蘭人的首領格蘭道爾是個迷信巫術的巫師時，頓時起了厭惡之心；同時，在這些叛黨訂下的協議書中，將英國的領土分成了三份，波西對格蘭道爾分到的土地比自己的還要肥沃這件事感到相當不滿，讓這場會議最後不歡而散。

莫蒂默勸波西不要頂撞蘇格蘭人，破壞了團結的氣氛，華斯特伯爵也告訴波西：「雖然你的做法有時表現了高貴的品德、勇敢和膽識，使你超群出眾，卻也表現了暴躁、不禮貌、不懂分寸、驕矜傲慢，只相信自己，瞧不起別人的毛病。一個人身分高貴的人只需沾染了一點點這種毛病，便會失去人心，使他的種種美德失去原本應得的稱讚啊！」

但年輕氣盛的波西卻聽不進去，他天真地相信，憑著自己的勇氣就足以戰勝國王了。只是，沒過多久，波西就得知一個不幸的消息：他的父親諾森伯蘭伯爵病倒了，無法帶領他的大軍前來幫忙。

波西急得大叫：「該死！在這麼緊急的關頭，他怎麼有心情生病？」

華斯特伯爵擔心這個消息會讓士兵動搖，但波西還是安慰大家，說他的父親不在更好，這樣反而能讓士兵更加佩服他勇於反抗國王的氣魄，為他們即將進行的偉大行動增添光彩。接著，使者又帶來一個壞消息：蘇格蘭的首領格蘭道爾宣布，他無法趕在十四天之內徵召一支軍隊。這讓波西心中終於感到了一絲不安。

不久之後，國王的軍隊也抵達了，隨軍出征的亨利王子頭戴面甲，腳上綁著護腿，打扮得英姿颯爽，讓波西的軍隊都眼睛一亮。不過，波西打從心底不相信這名放蕩的王子能有什麼好表現，他還誇下海口，要用手中的槍刺入這位王子的心窩。

戰爭開始之前，國王派了一位使者到波西的營帳中傳達自己的旨意，他質問波西，為何他心懷不軌，要在人民和平的胸懷裡煽動起敵意？如果國王遺忘了他們的不滿，他將會允許他們申訴自己的委屈，並盡可能滿足他們的要求，還會無條件赦免他們，以及被他們煽動而誤入歧途的人。

波西回答，他與他的父親曾經在亨利王落難的時候，向他伸出援手，並且幫助他推翻了理查王，擁護他登上了王位。但亨利不但不感激，還開始以一個偉大的人物自居，對昔日功臣露出傲慢的態度，增加人民的稅賦；尤其，國王還陷害他們一家，將他的叔叔趕出樞密院、把他的父親趕出宮廷，並放任他的妻弟莫蒂默落入蘇格蘭人手裡，而不肯贖回他……國王破壞了一個又一個的誓言，做出了一件又一件的壞事，才逼得他們為了自保而起事，要將這位不適任的國王趕下台。

不過，波西還是派了華斯特伯爵去見國王。一見到國王，華斯特虛偽地說：「尊貴的陛下，對我來說，只要能安享晚年的平靜時光，我就已心滿意足。我保證自己從來不希望看見今天這樣子的衝突！」

國王很高興，他再次要華斯特轉告波西：「只要你們肯接受我的善意，你們所有的人都必將成為我的朋友，我也將成為他的朋友。把我的這句話告訴你侄子，然後回覆我他打算怎麼辦。他要是堅持反抗，我就會用嚴厲的手段加以譴責。我給予的條件公正合理，你們還是明智一點，接受了吧！」

一旁的亨利王子也說：「在活著的人當中，沒有任何人能比烈火騎士更加勇敢、活躍，年輕有為。但我願在父王的面前宣布，我要跟波西單獨比武，試一試我的運氣，減少雙方部隊的流血犧牲！」

華斯特伯爵帶著國王的旨意回到了波西的營帳，他心想，這個旨意千萬不能讓他的侄子知道！因為他認為國王絕不可能遵守他的諾言，重新接納他們這些叛黨，而只會永遠懷疑他們，並找出其他的理由來報復他們這回的背叛。再說，大家都知道「烈火騎士」波西的脾氣火爆，或許國王能原諒他血氣方剛，做事不經頭腦，但侄子犯下的罪過將會落到作父親與叔父的人身上，所以，最後遭殃的還是自己。

他騙波西說，儘管自己心平氣和地向國王陳述了自己的委屈，提起了他背棄誓言的事，但國王卻連寬厚的樣子也沒裝一下，還憤怒地說自己根本不曾背棄過誓言，罵他們是叛徒、奸賊，恐嚇要用自己帶來的武力給叛軍一個慘痛的教訓！然後，他還告訴波西，亨利王子在國王面前挺身而出，要求和他單獨比武。

波西說：「好吧！但願這場爭端可以由我們兩人解決，除了我與亨利之外，再也用不著誰的力量。告訴我，叔父，他向我挑戰時的態度如何？是否帶著輕蔑的神氣？」

華斯特回答：「我平生從未見過這樣謙和的挑戰，他承認了你具有一切男人的長處，一一列舉了你過去的功績；他也羞愧地談起了自己，大方地斥責了自己的少年放蕩。然後他要我向世人宣布，若是他能夠闖過今天的厄運，英格蘭將會具有一種最為溫馨的希望，那希望因為他的荒唐曾遭受過極大的誤會。」

波西聽了，笑著說道：「我看你是愛上他的胡鬧了，我還從未聽說過像他這麼放縱荒唐的王子呢！既然他想向我挑戰，我就讓他付出性命作為代價吧！」

說完，波西就身先士卒，領著他的士兵朝著國王的軍隊衝鋒，國王也不甘示弱地迎上前去，於是，一場慘烈的戰鬥開始了。激戰之中，波西手下的道格拉斯殺死了一位穿著國王衣服的戰士，但當道格拉斯下馬查看屍體時，才發現那個人根本不是國王！原來，亨利王要許多部下穿上了自己的袍子，好讓敵人掌握不到他真正的行蹤。

亨利王子在戰鬥中受了傷，國王命令他退出戰場休養，但王子不肯，他說：「上帝不容許英格蘭的王子因為這點淺淺的創傷而被逐出戰場，因為戰場上滿身血汙的貴族還躺著遭受踐踏，而叛軍卻在大砍大殺中取得勝利！」

就在這時，英勇的道格拉斯殺到了眼前，他看到亨利王穿著國王的戰袍，心想他可能又是冒牌貨，但還是大喊：「雖然不知道你是真國王還是假國王，但是，只要是穿上你這身裝束的人，都必須死！」

國王立刻拔劍應戰，但很快就屈居下風，亨利王子看到父王情況危急，把自己受了傷的事忘得一乾二淨，也馬上拿劍衝了過來，把道格拉斯擊退了，國王看見兒子奮不顧身的跑來營救自己，感到非常欣慰，對著王子說：「你已經贖回了你失去的名譽，這次你救我脫險，看得出你對我的生命還是有幾分重視的。」

亨利王子護送他的父王離開了戰場後，這回他遇到了叛軍的領袖波西，波西一直在戰場上尋找亨利，要與他決鬥，他一看到亨利，立刻就認出了他的身分。亨利意氣風發地向波西說，英格蘭容不下亨利．波西和亨利王子兩名英雄並存；波西也回答說絕不會有那樣的事，因為他們兩個之中有一人的末日就在今天。於是，兩個人交戰起來，最後，王子殺死了烈火騎士。

王子說：「再會了，波西，帶著你的美譽到天上去吧！你的恥辱陪著你長眠在墳墓裡，卻不會銘刻在你的墓碑之上！」

忽然，他發現福斯塔夫爵士竟倒臥在一旁，沒了氣息。亨利悲傷地嘆了一口氣，對著這具肥胖的屍體說道：「唉！老朋友！在這一大堆肉體之中，卻不能保留一絲小小的生命嗎？可憐的福斯塔夫，再會了！死了一個比你更好的人，也不會像死了你一樣使我這樣不忍心，你就先陪著高貴的波西躺在血泊裡吧！」

戰爭結束了，國王的士兵俘虜了華斯特伯爵，還有因為倉皇逃命而跌落山谷的道格拉斯。國王下令處死華斯特伯爵，因為他辜負了國王的信任，將偽造的旨令傳達給波西，從而引起了這場戰爭。至於勇敢的道格拉斯則被釋放了，因為他在戰爭中表現出的勇氣是值得任何人欽佩的。

這時，亨利很驚訝地看見，福斯塔夫竟然死而復生出現在他的面前，原來，福斯塔夫在戰場上被一個蘇格蘭的士兵盯上，為了保住一命，他立刻躺在地上裝死。等到英格蘭的軍隊戰勝後，他才從地上爬了起來，還到處向人說，烈火騎士是被他殺死的呢！王子聽了也只能苦笑，他告訴福斯塔夫，自己很樂意為了他的榮譽，幫他掩飾這些謊話。

之後，國王與王子重整旗鼓，準備討伐剩餘的敵人，亨利王子的兄弟約翰王子則朝著約克郡前進，因為諾森伯蘭伯爵和約克大主教正在那兒嚴陣以待，而國王和亨利則到威爾斯去，打擊另一支蘇格蘭軍隊以及莫蒂默伯爵。他們相信，這股叛亂只要再遇到像今天這樣一次重大的打擊，就會在這國土上失掉它的聲勢，英格蘭的軍隊即將乘著戰勝的威風，一鼓作氣，繼續取得全部的勝利。

（待續）

4 亨利四世（下）

亨利四世的軍隊在索魯斯伯雷戰勝了叛軍，王子更親手殺死了烈火騎士波西。他們的軍隊氣勢如虹地朝著剩餘的叛黨前進，準備打倒諾森伯蘭伯爵、約克大主教等人，讓和平重新降臨在英國的土地。

這一天，諾森伯蘭伯爵在他的城堡裡見到了巴道夫勳爵，伯爵連忙向他打聽兒子波西的作戰行動是否順利。巴道夫得意地告訴他，他從一個戰場來的人打聽到，波西在戰爭中大獲全勝，不僅使國王重傷幾乎死去，還親手殺死了年輕的亨利王子，俘虜了他那又肥又蠢的部下福斯塔夫；英勇的道格拉斯也殺死了國王的侍衛，把亨利的兄弟約翰王子打得逃之夭夭。自從百戰百勝的凱撒以來，還沒有人取得如此光榮的勝利過呢！

諾森伯蘭聽了相當訝異，簡直不敢相信自己的耳朵，他再三追問巴道夫，這是不是真的。就在這時，伯爵的部下也回來了，並帶來戰場的消息，這名部下臉色蒼白地說道：「叛軍的時運不濟，年輕的亨利．波西的屍體已經冰涼了！」

諾森伯蘭伯爵似乎早已預料到，只是搖了搖頭，但巴道夫卻不肯接受這個事實，還堅持自己帶來的情報才是正確的，伯爵的另一名部下只好又說：「我這雙眼睛的確見到他血淋淋躺在地上的樣子，氣喘吁吁地向亨利作出微弱的反擊，但亨利卻再次把勇敢的波西擊倒在地，讓他永遠無法再站起來。」

這名部下還說，當波西的死訊一傳出，他部隊裡久經考驗的戰士們頓時力量全失，紛紛逃離了戰場，隨後高貴的華斯特伯爵也成了俘虜；而憤怒的蘇格蘭人道格拉斯，雖然曾用手中的劍三次殺死國王的替身，卻也開始失去勇氣，向後逃跑，最後失足墜崖遭到俘虜。更糟糕的是，國王在戰勝後，已經派出了一支軍隊朝著諾森伯蘭的城堡而來！

伯爵聽到這裡再也忍不住悲傷，他精神錯亂地吶喊道：「讓天塌下來，跟大地接吻吧！願造物主聽憑洪水泛濫吧！讓秩序毀滅吧！讓每顆心都熱衷於流血吧！讓黑暗把死去的人全部埋葬！」

他的部下和巴道夫勳爵都勸他不要過度激動，巴道夫還要伯爵振作起來，舉兵為他的兒子報仇！他的部下也說，高貴的約克大主教已經組織了一支裝備精良的部隊，還從龐弗萊特監獄的石頭上刮下了理查王的血，用來鼓動人民，他把叛亂化為了宗教，說服人們相信他的思想是真誠且純潔的，因而都樂意追隨他。諾森伯蘭聽了才強打精神，要巴道夫勳爵去見大主教，一起商量接下來的計畫。

當巴道夫來到了約克，大主教也正與黑斯廷斯勳爵，以及諾福克公爵的兒子莫布雷討論作戰計畫。莫布雷對於諾森伯蘭伯爵的態度相當憂心，認為他不會派出援軍，但黑斯廷斯卻相當樂觀，認為就算少了伯爵的幫助，也足夠對付國王，因為國王除了對付他們之外，還需要防備法國人和蘇格蘭人的襲擊，這樣一來，他的軍隊將會大大分散。

大主教同意黑斯廷斯的看法，當即宣布起事。但他還是嘆了一口氣，指責這些人的心態——過去和未來都是好的，只有現在是醜陋的。大主教說：「愚蠢的人們，在亨利王還沒有獲得王位時，你們是怎樣向他表示祝福與讚頌的？為了他，你們不惜把尊貴的理查王趕下台來。如今，卻又愛上了他的墳墓，對著它大喊：啊！把那個國王還給我們，把這個拿走吧！願上帝詛咒你們！」

福斯塔夫爵士在戰場上立下了戰功，又被國王派到約翰王子的手下當官，他風風光地回到了常去的酒館，向人們吹噓自己的功績。想不到，就在這時，一名大法官走了進來，他看到福斯塔夫正是之前涉嫌搶劫的那名強盜，立刻要僕人過去傳喚他。

福斯塔夫緊張地告訴侍童：「孩子！告訴他我是聾子！」

大法官聽了侍童的回答，冷笑道：「我就知道他會聾，好話他是聽不見的。」

說完，他走過來拉住福斯塔夫的手，問他為什麼不肯出庭作證，福斯塔夫打趣地回答道，這是為了保住一命。法官又指責他帶壞了亨利王子，但福斯塔夫卻反過來說，是亨利王子帶壞了他。

最後，大法官懶得再與這個無賴的老頭子糾纏，又看在他曾為國家立下戰功的份上，對他說：「你能逃過了罪行，全得感謝這不太和平的時局。既然平安無事，就別再惹事了！」

當福斯塔夫為自己逃過一劫而竊喜時，酒館的女主人急急忙忙地跑了過來，要向大法官告一狀，因為福斯塔夫賴在她的酒館裡不走，快要把她的家當全吃光了！法官要求福斯塔夫好好負起責任，他只好又哭喪著臉問：「我一共欠你多少錢？」

女主人回答，總共是一百馬克，然後還罵他：「你不只欠我錢，還欠我人！還記得那一天，你說王子的父親是溫莎的一個賣唱者，被王子打得頭破血流時，我曾經為你洗傷口，你對著我發誓，要娶我當你的太太，你難道想賴帳嗎？你還親了我的嘴，跟我要了三十先令，你敢賴帳嗎？」

福斯塔夫急得向法官大罵她是個瘋子，但大法官搖著頭說：「你那套歪曲事實的技倆我看多了，但是騙不了我。你欠她的債必須償還，騙了她感情也要作出補救。前者要用金錢償還，後者用真誠的懺悔補救。」

說著，法官叫僕人把福斯塔夫抓起來，福斯塔夫嚇得哇哇叫，連說自己有王命在身，必須馬上趕到約克去跟叛軍作戰，還再三向女主人保證自己一定會娶她。此時，有使者來向大法官報告，說國王與王子已經回到了倫敦，又派了兩千名士兵協助約翰王子對付叛軍。大法官聽完連忙把女主人的事擱在一邊，心事重重地離開了，福斯塔夫也寫了一封信問候王子。

王子回到了倫敦後，憂心忡忡地告訴好朋友波因斯他的父王病了的消息，雖然他心裡十分哀傷，卻無法把這種情緒表現出來，因為他平常總跟一群品行不佳的壞朋友混在一起，那樣做只會讓別人覺得他是個偽君子，哀傷也是偽裝出來的。

這時，福斯塔夫的侍童拿著信來了，亨利王子打開了信，讀道：

約翰．福斯塔夫，騎士，向國王最親密的兒子威爾斯親王亨利致敬，在此仿效光榮的羅馬人簡短的說話方式——我致敬，我讚美，我告別。不過，你可別太親近波因斯，他濫用你的恩寵，甚至發過誓，說你要娶他的妹妹爲妻，如果你有時間的話，務必三思而後行。再見。

你的（或不是你的，由你決定）

傑克．福斯塔夫（用於密友）

約翰（用於兄弟姐妹）

約翰爵士（用於全歐）

看到福斯塔夫還是老樣子地胡言亂語，王子與波因斯不禁相視一笑，他決定再次喬裝一番，到酒館見一見這位老朋友。不過，當王子與波因斯喬裝來到酒館時，福斯塔夫卻正在跟一個女人講他的壞話呢！這個女人問他王子是個什麼樣的人，福斯塔夫回答：「是個淺薄的好小子，處理伙食問題還可以，剁剁麵包皮也還不錯。」

這個女人又問起王子的朋友波因斯，福斯塔夫不屑地說，他只不過是一隻猴子罷了！王子之所以那麼喜歡他，是因為他們兩個的腿一樣粗，而且頭腦簡單，四肢發達。王子在一旁聽了，氣得臉都白了，忍不住走上前揪住他的耳朵。

福斯塔夫看到王子，立刻嬉皮笑臉地說：「原來是國王的兔崽子和他的哥兒們波因斯。」

「你剛才在這位良家婦女面前說了我什麼壞話？」

「你聽見我的話了？」

「當然，而你明明也知道我就在背後，卻還故意這麼說，我要讓你知道蓄意誹謗王子會有什麼下場！」

在當時，誹謗王室成員是要割掉耳朵的，福斯塔夫嚇得說自己不是故意的，還解釋道，他之所以會在那個女人面前這樣講，是為了避免她愛上王子，這麼做才是一個忠心的臣子的本份，王子反而要感謝他才是。

亨利聽到福斯塔夫又在胡話八道，笑著說：「為了怕我們生氣，你竟然冤枉起這位貞潔賢淑的良家婦女來了，這是出於純粹的恐懼，還是完全的怯懦？」

忽然間，宮廷的使者來了，使者告訴王子，北方來了二十名探子，向國王報告了戰場的消息。他的父王已經召集大臣們到他的王宮，要商量討伐叛徒的計畫。門口也有十幾個軍官，正在等著迎接王子過去。王子才驚覺到，當自己在酒館浪費了寶貴時間的時候，叛亂的風暴正以可怕的速度向他們席捲而來呢！他連忙跟著使者走了。

這時，諾森伯蘭伯爵正在自己的城堡裡坐立不安，因為他不知道自己到底打不打得贏國王的軍隊，而且他的夫人與媳婦也都勸他不要參加戰爭，她們說，當波西需要他的父親幫助的時候，諾森伯蘭伯爵沒有伸出援手，才害得他死在戰場，要是現在卻輕易對別人許下諾言的話，將會讓波西的英靈含冤的！

諾森伯蘭夫人勸丈夫逃到蘇格蘭去，讓那些的貴族和起義的平民靠自己的力量對抗國王，要是他們贏了，到時再去跟他們會師，增強他們的實力；若是他們輸了，自己也不會有任何損失。諾森伯蘭覺得有道理，於是帶領一家逃到蘇格蘭去了。

亨利王在王宮裡召見了他的大臣，告訴他們，國家現在的形勢極為嚴峻，猖獗的禍亂正在蔓延，接著，他還感慨地想起了過去的事：十年前，理查王與諾森伯蘭曾是一同宴飲作樂的莫逆之交，但才過了兩年卻化作敵人；而波西曾是他靈魂的知己，像弟弟一樣為他鞠躬盡瘁，如今卻因為反抗他而死在戰場。

國王又說：「當時，理查王遭到諾森伯蘭斥責，淚流滿面地說道：『諾森伯蘭，你是我堂弟亨利通向王座的階梯，總有一天，時機成熟時，那骯髒的罪惡會形成膿疱，迸裂出膿血來！』這正是預告了現在的情形和我們友誼的破裂啊！」

大臣們要國王放寬心，好好休養，因為不久前已經傳來一個好消息：蘇格蘭的首領格蘭道爾死了，英格蘭的軍隊很快就能取得最後的勝利。國王很欣慰地接受了他們的建議，並且宣布，等到內亂平息後就要去遠征聖地。

另一方面，大主教、莫布雷，以及黑斯廷斯勳爵的軍隊抵達了約克。那時，約翰王子已經率領了三萬名軍士在那裡嚴陣以待。在戰爭開始前，約翰派了使者到叛軍的陣營中，指責叛軍是一群用暴戾的行為粉飾自己的烏合之眾，並向大主教說：

「尊貴的大主教，為什麼你要錯把你溫文爾雅的和平詞句化作騷亂刺耳的戰爭語言？為什麼要把你的書籍變成墳墓，把你的墨水化成鮮血，把你的筆頭變作長矛，把你那神聖的舌頭當成淒厲的喇叭和戰爭的喧囂呢？」

大主教回答，他們早已向國王陳述過自己的委屈，但無論他們如何請求，國王都置之不理，也不願親自接見他們。因此，他們不得不訴諸武力，他們的目的不是破壞和平，而是要建立起真正的和平。

使者又對著莫布雷說：「無論是國王還是當前的時勢，都不曾給你們一家感到絲毫委屈的理由！過去，你的父親諾福克公爵被理查放逐時，國王不是赦免了他的罪，放他回國，還將全部財產都歸還給他了嗎？」

莫布雷回答，理查王對他父親一向很倚重，都是因為受到亨利的挑撥，才不得不把他放逐；而且，要是當時理查王沒有丟下權杖，宣布決鬥中止的話，他的父親早就把他的槍刺進亨利的胸膛裡了！

最後，使者傳達了約翰王子的旨意：凡是叛軍的正當要求，都可以批准，而他們曾經對朝廷武力相向的事，也可以不必再追究。聽到使者這麼說，大主教也拿出了一份文件，上面詳細地寫出了他們這幾位首領所受過的冤屈，希望王子滿足他們所有的條件。那樣的話，叛軍願意立刻放下武器，向王子投降。

使者帶著文件走了之後，幾名首領開始議論起來，莫布雷說，國王絕不可能完全地赦免他們，因為他對背叛過他的人都有著成見，今後仍會竭盡所能地找他們麻煩；大主教卻認為，國王已經又累又病，對爾虞我詐的政治感到厭倦了，而且他會發現，用死亡去結束猜疑，只會產生更大的猜疑；黑斯廷斯也附和說，國王的力量已經在歷次的反叛中消耗殆盡，沒有能力再去討伐他厭惡的人了。

不久之後，約翰王子親自來到敵營，向叛軍說出自己的回答：「我以我王室血統的榮譽在此發誓，你們的冤屈將立即得到糾正。如果我的承諾能令你們高興，那就解散你們的部隊，讓士兵們各回故去吧！我們也會解散我們的軍隊。讓我們在兩軍陣前友好地暢飲，彼此擁抱吧！讓雙方士兵的眼睛把善意和友誼的證明帶回家去！」

就這樣，王室的軍隊和叛軍終於握手言和，兩軍的統帥各自下令解散自己的軍隊，發給士兵們軍餉，要他們各自回到鄉里。接著，約翰王子與大主教等人舉杯暢飲，互相祝賀對方身體健康，對所有人來說，這次的和解既象徵著和平，又象徵著征服，因為雙方都已高貴地讓步，卻又沒有一方戰敗。

這時，王子忽然提議道，希望讓兩軍的部隊在解散之前，再次列隊從他們身邊經過，讓彼此見識一下原本要與自己作戰的部隊究竟長什麼樣子。大主教欣然答應了，於是，他們各自讓部下前去帶隊。

沒過多久，約翰王子的部下回來了，他向王子報告：他的將士非常堅持嚴守崗位，在聽見他親自吩咐之前都不肯擅離職守；接著黑斯廷斯也回來了，他向大主教報告說，他們的軍隊早已作鳥獸散，跑得不見蹤影了。

這時，約翰王子忽然說道：「既然如此，我就以大逆不道的罪名逮捕你們！」

叛軍將領當場被抓了起來，他們不服氣地說道：「這種做法公平嗎？你打算破壞自己的誓言？」

王子回答：「我以我的榮譽保證，將會對你們提出的冤屈進行糾正。但是你們仍必須為了你們的反叛行為付出代價，接受應得的懲罰，帶下去！」

最後，王子將大主教、莫布雷、黑斯廷斯送上斷頭台，又率領他的軍隊掃蕩還未離開的叛軍。福斯塔夫也參加了這場戰鬥，還俘虜了一名叫柯爾維爾的騎士呢！就這樣，約翰王子平息了這場叛亂，這時，他聽說亨利王的病情加劇，趕緊班師回到倫敦。福斯塔夫也趁機向王子請了一回假，讓他繞道回葛羅斯特郡拜訪朋友。

此時，國王已經集結了他的軍隊，準備從王宮出發。他見自己的兒子都到場了，唯獨缺了最重要的王太子亨利，就問大臣他去了哪裡。大臣回答，亨利又跟那群酒肉朋友出去了。

國王嘆息道：「他就像一塊最肥沃的土地，最容易受到雜草的盤踞，如今他的周圍也確實長滿了雜草，恐怕這憂慮在我死後也難以消失。我真擔心，在他那無法無天的行為有了發洩的地方時，會用什麼樣的翅膀撲向危險和腐敗！」

然後，他再三叮嚀亨利的弟弟克萊倫斯公爵，要他在自己死後，作為下任國王亨利與其他兄弟之間的橋樑，在他犯錯的時候責備他，心情快活的時候尊敬他，並在必要的時刻掩護自己的親友，因為克萊倫斯是亨利最親近的弟弟。

華列克伯爵十分瞭解王子的為人，他向國王解釋說，王子只不過是把那群壞朋友當做異邦的語言在研究罷了！當他學會了這種語言之後，就會把它淘汰不再使用，因此，他肯定會在最恰當的時刻拋棄這群伙伴，就像拋棄粗鄙的詞語一樣，而過去對於這些壞朋友的記憶，則將在未來成為一種衡量臣子的標準。

這時，約翰王子的使者為國王帶來了戰勝的消息。接著，另一支遠征軍也送來了捷報，告訴國王諾森伯蘭伯爵、巴道夫勳爵以及蘇格蘭的聯軍也已經被消滅了。想不到，就在這時國王忽然腦袋一陣暈眩，昏了過去，大臣們連忙將他抬到床上。看著他的病情，所有人心裡都明白：亨利王已經活不長了。

亨利王子聽到父王病重的消息，急忙回到皇宮。他見到國王昏迷不醒，以為他已經死去了，於是請求大臣全都退下，讓他靜靜地陪伴他的父親。當大臣們離去後，亨利憂傷地說：「我的父親！您這一睡可真舒暢，這是一種使多少英格蘭國王跟他那黃金的王冠分手的酣眠！我應當給您的是出自天性、摯愛和孝順的無窮眼淚和椎心泣血的哀傷！」

說著，亨利看見擺在國王身邊的那頂王冠，將它拿起來戴在自己的頭上，「啊！親愛的父親，您要給我的卻是這頂至尊的冠冕，它直接從您的地位和血統傳到了我的頭上，即使把全世界的力量集中到一隻巨大的手臂上，也無法從我頭上取走這世襲的榮耀，它還將由我傳給我的子孫，正如同您傳給了我！」

之後，亨利就走出了國王的房間。不知過了多久，國王醒了，他大聲呼喊自己的部下。當大臣們又聚集到他的身邊時，國王責怪他們不應該在自己病重時，離開自己身邊。

「我們讓王子留下來陪著您呢！陛下，這是他自己要求的。」

「王子？他在哪？我沒看到他，他不在這裡。」國王叫道，接著他又看到王冠不見了，「王冠呢？誰從我的枕頭上拿走了王冠！」

大臣們面面相覷，國王立刻猜想，一定是被亨利王子拿走的，他氣得說道：「他就那麼迫不及待想要當國王嗎？」他要所有人立刻把王子找回來，打算好好責備他一頓。

沒過多久，華列克伯爵回來了，他告訴國王，王子就在隔壁的房間而已，他正一臉哀悼，流著發自內心的眼淚；那副悲傷的模樣，就算是以鮮血為食糧的暴君也會感到不忍的呢！

亨利王子看見父王還活著，開心地說：「我簡直以為再也聽不到您說話了。」

國王斥責他：「你那想法來自於你的願望啊！你就那麼急著填補我的空位，竟然不等時機成熟就把我的王冠戴到你的頭上了嗎？啊！愚昧的青年，你所追求的權力會壓垮你的！」

王子跪下來，向他的父王解釋說，當時他以為自己死了，忍不住在心中斥責這頂王冠：「隨你而來的憂患已經吞噬了我的父親！」然後，他將王冠戴上頭上，把他當成殺死父親的仇人，與它進行著較量。王子還說，要是他曾經以叛逆與虛榮的心對這頂王冠表示過絲毫的歡迎，願上帝永遠別讓它落到他的頭上！

聽見兒子說得如此誠懇，讓國王也心軟了。他原諒亨利拿走他的王冠，並給了他忠告：「我是靠著朋友們的武力才登上王位的，因此我總是提心吊膽，擔心再次被他們取而代之。雖然你的王位是從我這裡繼承而來的，但你的地位還不夠穩固。為了避免受到威脅，你必須往國外擴張，讓心懷叵測的人忙於境外的爭執，而消磨掉他們對往日的仇恨。」

這個時候，約翰王子也趕回了王宮。國王見自己的兒子都到齊了，相當滿意，他認為自己在世上沒有遺憾了。忽然，他又想起一件事，問道：「我昏倒的那個房間，有沒有名字？」

大臣們回答：「有，它叫做耶路撒冷廳，高貴的陛下。」

國王安祥地說：「多年前曾有人對我預言，說我將會死於耶路撒冷，如今，我終於明白了，我的生命將會在那裡結束。」

他命令部下將他抬到耶路撒冷廳，就在那裡嚥下了最後一口氣。

亨利王子即將登基成為亨利五世，大臣們知道他過去的放蕩行為，對於這位王子就要成為自己未來的君主，都不免感到疑慮。像是那位盡職的大法官，過去曾因為被王子揍了一頓，而把他送進監獄過，很擔心自己受到新國王的報復。

亨利召見了這位法官，對他說：「你看我的眼神很奇怪，看來你已經認定我不會喜歡你。」

大法官驚恐地說：「我確實這樣相信，但要是對我作公正的評價，陛下卻沒有正當的理由恨我。」

國王說：「沒有嗎？你竟敢把英國的王子關進監獄，這種恥辱難道是可以輕易忘記的嗎？」

大法官解釋說，當時他是運用著亨利四世賦予他的權力，代表國王本人。而亨利在他秉公執法的時候，竟然公然蔑視法律的尊嚴，毆打代表國王的法官，因此他才大膽行使自己的權力，把王子監禁起來。他還說，假如亨利也有一個這樣的兒子，膽敢無視他指派的法官，違法亂紀，破壞治安，他能夠對這個兒子容忍嗎？

國王點點頭，說：「你說得對，大法官。你能夠衡量國法私情的輕重，所以請你繼續保持你公正無私的精神，就像過去對待我一樣。直到有一天我看見我的兒子也因為冒犯了你而被你定罪，那時我也可以說：我何其有幸有這麼一個勇敢的臣子，敢把我的兒子定罪！又何其有幸能有這樣的兒子，甘願服從法律的制裁！」

他又說，他過去狂放的感情如今已隨著他的父親一同下葬，他要一反世人的期待，將人們加於他的誹謗一掃而空，還要召集最高議會，選拔出幾位德高望重的大臣，使這個偉大的國家能夠與鄰近的強國媲美，無論是戰爭還是和平時，都能夠應付自如。

福斯塔夫爵士來到葛羅斯特探望老朋友，正與他們把酒言歡時，忽然聽到昔日的部下告訴他亨利王子登基了，國王也從亨利四世變成亨利五世了！福斯塔夫驚訝地叫了出來：「快！把我的馬兒備好！我們要飛黃騰達了！」

他帶著幾個朋友馬不停蹄地回到了倫敦，想起自己過去與亨利王子的交情，福斯塔夫心想這回一定能夠撈個一官半職來做做，還能把羞辱過他的那個大法官整治一頓呢！然而，當國王見到他之後，只是冷冷地告訴身旁的大法官：「過去問那個狂妄的傢伙，他想說些什麼。」

福斯塔夫喊道：「是我啊！我的陛下，我的天神，我在對你說話！我的心肝！」

亨利五世回答道：「我不認識你，老頭！跪下來向上天祈禱吧！我一直以來總是夢見這樣一個人：腦滿腸肥、年老而邪惡。當我一覺醒來，卻憎惡我自己所做的夢。不要以為我還跟從前一樣，因為世人即將明白，我已經拋棄了過去的我，我也同樣要拋棄過去跟我在一起的那些伙伴。要是有一天，我變回了過去的那副模樣，到時你再來見我吧！但是在那一天沒有到來以前，你必須接受我放逐的宣判——凡是距離我所在地方的十哩之內，不准你停留駐足，要是你敢妄越一步，一經發覺，就要立刻處死！滾吧！」

福斯塔夫仍然天真地以為，國王只是在外人面前裝出改過自新的樣子，等自己一走，他一定會暗地裡跑來找自己的。沒想到，福斯塔夫還沒走出王宮，國王又下令把他抓起來，丟到監獄裡去。

國王要福斯塔夫待在牢裡好好反省自己過去的惡行，同時還召開了國會，大臣們都對這位新的君主十分滿意。約翰王子也說他敢打賭：不到一年，內戰的刀兵與民族的戰火就會轉移到法國的領土上去。

5 亨利五世

放蕩不羈的亨利王子登基成為亨利五世，他的野性也彷彿一下子死去了，他將昔日的種種罪過掃蕩一空，成了一位溫文好學的國王。

如今，當人們跟他談起神學，都會佩服得五體投地，內心巴不得他能成為一名修士；聽他討論國家大事，都會不由得懷疑他是一位高明的政治家；聽他提起打仗，一場可怕的戰鬥就會透過他那滔滔雄辯的嘴巴，生動地描述出來。他的大臣們都對這位年輕的國王敬愛不已。

勵精圖治的亨利五世將英格蘭治理得井井有條，接著又將腦筋動到了法國的王位上——因為他的祖先愛德華三世的母親是法國公主，他請來了坎特伯雷大主教，向他請教自己的血統中是否擁有法國王位的繼承權。坎特伯雷大主教對國王解釋道：根據法蘭西的法典中，婦女是不允許繼承王位的，但在法國過去的歷史之中，不論是丕平王、休・卡佩，還是路易十世，這些國王都是憑著他們母親的血統，向王位提出了合法的繼承權。因此，擁有法國血統的亨利王，當然也有資格成為法國國王。

亨利王問：「我可以合理合法、問心無愧地向這個王位提出要求嗎？」

大主教又說，聖經裡有一句話：「人若死了，沒有兒子，就要把他的產業歸給他的女兒。」亨利王的繼承權絕對是無庸置疑的！他又提到亨利王的許多祖先都曾經率領大軍，英勇地在法國的土地上征戰，將法國軍隊打得全軍覆沒，因此，只要國王肯拿出他的一半兵力，就足以對付整個法國。

國王的大臣也鼓勵他：「世人都在期待著您發奮圖強，他們都知道陛下有藉口、有財富、也有兵力。英格蘭的國王從來沒有現在這樣富足的貴族、這樣忠實的臣民，他們雖然身在英格蘭，但心已到了法蘭西的戰場了！」

但國王還是擔心，因為北方的蘇格人一直是個反覆無常的鄰居，在英國的歷史中，每當英格蘭的軍隊入侵法國，蘇格蘭人總會趁虛而入，在後方騷擾英國國內的安定。所以，英格蘭有一句老話：「如果你想戰勝法蘭西，蘇格蘭的收服是第一。」對此，坎特伯雷大主教建議國王，可以把軍隊分成四份，只將一份帶到法蘭西，另外三份則留下來保衛國土。

一切都準備就緒後，亨利王就向法國國王查理提出了繼承王位的要求。沒過多久，法國的王太子路易也派了使臣來到英格蘭，輕蔑地回覆亨利王：「我們的王子殿下要我轉答，說您太年輕氣盛了，勸您還是小心謹慎為好。在法蘭西，沒有什麼東西僅僅憑著跳一場舞就能拿到手，也休想靠著吃喝玩樂就從法國人手裡拿走幾個公國，因此，關於這件事還是別提了吧！」

說完，使者又獻給國王一箱網球。亨利明白，這是法國王子在嘲笑他過去的貪玩呢！但是他並不生氣，反而自信地告訴使者：他一定會保持國王的尊嚴，而且，總有一天他要振奮起來，登上法蘭西的寶座，到了那個時候，法國王子的嘲笑將會讓他的那箱網球成為炮彈，無情地落在法蘭西的土地上！

使臣帶著亨利王的宣戰書離去了，亨利王也迅速召集大臣，要他們儘快徵召到一支精良的軍隊與法國作戰。國王的命令讓全英國的青年都熱血沸騰了起來，為了參加這場戰爭，他們把華麗的絲綢服裝收進衣櫥，換上威風凜凜的盔甲；把牧場賣掉，買來打仗用的駿馬，大家都爭先恐後地追隨這位基督教國王中的完美典範。

法國人聽到英國人積極備戰的消息，嚇得提心吊膽，於是想出了一個卑鄙的詭計來破壞英國人的計畫：他們用金幣賄賂了劍橋伯爵、斯克魯斯勳爵、葛雷爵士三名貴族，說服他們背叛英國，就這樣，這三人決定趁著亨利王坐船前往法蘭西之前，在南安普敦暗殺他。

然而，國王很快就從這三名貴族的來往信件中得知了他們的企圖，但是他仍然若無其事地來到南安普敦。當國王即將登船時，三名貴族按照計畫前來送行，亨利王問他們，是否相信他能夠帶著這支大軍打贏法蘭西軍隊，為國家爭取到榮耀？三名貴族都異口同聲地表示相信，並對國王讚揚了一番。

國王十分高興，於是下令把昨天因為羞辱他而被關進牢裡的一個犯人放出來，因為這個人肯定是因為喝了太多酒，才會說出那些話來，現在他已經反省過了，國王願意寬恕他的罪。

但斯克魯普勳爵卻表示反對：「您未免太縱容了，還不如讓這個人受到懲罰，否則一旦破了例，搞不好還會再發生更多類似的事情。」

劍橋伯爵也附和：「陛下可以表示慈悲，但懲罰也不可少。」

葛雷爵士又說：「先讓他好好嘗一嘗懲罰的滋味，反正您只要饒他不死，就算是大發慈悲了！」

國王嘆了口氣，他已經知道這三個大臣的陰謀，想給他們一個機會，但是這三個大臣死到臨頭卻還不知悔改。他語重心長地說道：「如果對於酗酒之類引起的小小過失尚且不能寬恕，那麼，當那些經過深思熟慮後安排好的滔天大罪出現在我們眼前時，我們又應該如何嚴懲呢？」

接著，國王問起最近任命的法國事務大臣是誰，這三名貴族回答正是他們，於是，國王要部下取來了交給他們的任命狀。這三名貴族看見任命狀上的內容，臉色頓時變得慘白，因為那根本不是任命狀，而是寫著他們陰謀的罪狀！

三個人立刻跪下認罪，並請求國王開恩赦免他們。亨利王卻厲聲斥道：「我的仁慈剛才還活在我的心中，但已經被你們自己的勸告被殺了！如果你們還有羞恥心，一定不敢再提什麼仁慈，因為你們的論點現在就要反過來撲向你們自己的心臟了！」

他下令逮捕這三名貴族，當著他們的面一一列舉自己過去給予的恩惠。他說，反是符合他們身分的榮華富貴，他無不欣然同意地賞賜給他們；只要他們願意，甚至能從國王那裡獲得他們希望的任何利益，而如今竟然為了法國人的幾塊金幣，就狠心地背叛他！

最後，他下令將這三位大臣處以死刑，然後就登上了戰艦，準備出發前往大海另一端的法國。這一次成功揭發陰謀讓亨利王信心大增，他相信上帝也站在自己這一邊，因此在心中暗暗發誓：倘若不能稱霸法蘭西，他也絕對不當英國國王！

英國大軍即將到來的消息，讓整個法國王宮籠罩著恐慌的氣氛，國王召見了布列塔尼、勃拉邦與奧爾良等公爵，要他們整軍備戰，謹慎對付英國人這一次的入侵，因為他們過去曾多次為法國帶來了慘痛的經驗。王子不以為然地說，英國人根本沒什麼好怕的，因為他們竟選出一個無用、輕浮，又任性的少年來當他們的國王。

法國大元帥說：「您看錯這位國王了，根據最近派去的使臣們所說，他聽取他們使命的時候，神情是那麼地莊嚴，他左右不乏足智多謀的大臣，他提出異議的時候態度是那麼地克制，那堅定的決心又是那麼地凜然！他過去所做的那些蠢事，只不過是用痴呆的外衣掩蓋著內心的智慧罷了。」

法王也說，姑且相信亨利五世是強大的吧！因為他想起過去的克雷西戰役，當時英國的黑太子愛德華就曾經血腥地屠殺法國軍隊，還俘虜了許多王宮貴族，而亨利王正是這個恐怖的勝利者留下來的後裔。

就在這時，英國的使臣也到了，他向國王獻上了一卷王室族譜，並義正詞嚴地說明：亨利五世才是法蘭西的合法君主。他要法王立刻歸還從亨利那裡「侵佔」而去的王冠和王國，否則亨利王將不惜流血，發動戰爭奪回他應得的東西。

法國王子不服氣地說，他願意跟英格蘭的國王一較高低，要亨利王儘管放馬過來。國王卻不想與英國打仗，他告訴使臣，願意將女兒凱瑟琳公主嫁給亨利王，並送上一個公國做為她的嫁妝。

然而，把目標放在法國王位上的亨利當然不能滿足這種提議，他率領英格蘭的艦隊包圍了哈福婁，並將憤怒的砲火對準了這座臨海城市的城牆，命令士兵發起進攻。哈福婁的總督急忙向法國王子請求援軍，但王子卻說，自己還沒有準備好足夠的軍隊來迎戰強大的英格蘭人，最後，彈盡糧絕的哈福婁只好向英國投降。亨利王命令他的叔叔駐守這座城，自己則帶領軍隊前往加萊過冬。

法國領土接連淪陷的消息傳回了盧昂的法國王宮，大元帥氣得向國王說：「要是不去跟他打一仗，我們就不必在法蘭西生存了！那我們不如放棄一切，把我們的葡萄園都交給這個野蠻民族吧！」

法國王子也說，英國人都是法國諾曼人的子孫，身為老祖宗的法國人怎麼能放任他們欺到自己頭上來呢？布列塔尼公爵則說，要是再聽任英國人長驅直入而不去迎戰的話，他寧願賣掉自己的公國，到英國去買一塊農場種田！

聽了這些慷慨激昂的言詞，法國國王終於下定決心，他派出一名信使去見亨利王，向他傳達自己力戰到底的立場，接著對大臣說：「起來吧！諸位王公，把你們光榮的勇氣磨礪得比你們身上的寶劍還要鋒利！趕快奔向戰場！為了你們的高貴地位，現在要洗雪你們蒙受的奇恥大辱，阻擋住英國國王亨利！把他裝進囚車，押回到盧昂來！」

大臣們看見法王的勇氣，精神都為之一振，大元帥此時又說，英格蘭的軍隊人數太少，而且長途行軍，士兵早已又病又餓，只要看見聲勢浩大的法國軍隊出現在他們眼前，就會嚇得拔腿逃命，顧不得勝負了。

亨利王在開戰前曾經發布一道命令：當英格蘭的軍隊在法國鄉村行軍時，不准從當地村莊強奪任何東西，拿東西要照價付錢，對法國百姓也不准惡言申斥或辱罵。因為亨利很明白，當寬厚和殘暴同時爭奪一個王國的時候，寬厚總是會贏得最後的勝利。之後，他聽說有一個士兵趁著英國的軍隊勝利時，搶劫了村裡的教堂，立即下令處死了這名士兵。

他聽到法國國王要他懺悔自己的愚蠢、明白自己的弱點，並且準備好自己被俘虜時必須支付的贖金時，絲毫沒有動怒，只是告訴使者他知道了。同時，儘管對敵人太過坦白是一件不明智的事，亨利還是告訴使者：他手下的士兵由於生病，力量與人數都大為削弱；然而，就算剩下的英國人再少，只要身強體壯，有兩條腿，一個人就可以抵得過三個法國人！

不久之後，法國人的大軍終於集結完畢，亨利王也帶著英國軍隊來到附近，準備與法國人展開一場大戰。然而，英國士兵經過長途行軍，加上疾病的摧殘，力量已大不如前，又看到法國軍隊的人數是自己的五倍，士氣更加低落了。但是身為統帥的亨利王並沒有因此氣餒，他知道，越是處於危險的境地，就必須拿出越大的勇氣。

戰爭前夕，亨利王微服來到軍營中巡視。他遇到一群士兵正在閒聊，也過去加入了他們的對話，士兵都不知道他是國王，有的人問他：「你受哪位長官指揮？」

「我是歐平漢爵士的部下。」亨利王回答。

「那是一位很好的老將軍，他有跟國王說過他對這場戰爭的看法嗎？」

「沒有，而且我認為他也不應該告訴國王。因為國王也不過是個凡人，他也會感覺到跟我們一樣的恐懼，但是，誰也不應該試圖使他露出恐懼的樣子，因為一旦他流露出來，軍心就會動搖。」

士兵嘆了一口氣說，即使國王能裝出勇敢的樣子，但在這種不安的夜晚，他也巴不得自己還留在英國吧！亨利王卻向士兵保證，除了他們現在待的這個地方，國王絕對不會想跑到別的地方去。

另一名士兵諷刺地說：「那樣的話，希望他一個人留在這裡就好，反正最後他一定會拿錢來贖他自己的命，而且許多窮人的命也可以保住了！」

這些士兵還發起牢騷，說要是這場戰爭的理由不正當，那麼國王的罪孽可就深重了——包括那些在戰爭中被砍下來的腿、手臂和頭顱，而這些士兵之所以會死傷，都是因為國王逼他們跟隨自己上戰場，將他們領到了死路上。

國王只好跟士兵舉了一個例子：如果有一個僕人受他主人的差遣運送一批錢財，卻在路上被強盜襲擊，帶著許多未得到上帝赦免的罪過就死去了，這樣難道能說是因為主人的差遣，才害得這個僕人下地獄的嗎？同樣地，國王要士兵為自己效勞的時候，也從來沒有打算叫他們去死。而且，有許多士兵曾在國內犯了法，他們是為了逃避懲罰才投軍的，這些人都無法逃出上帝的制裁。也因此，要是有士兵在毫無準備中死去了，為了自己的罪惡而下了地獄，國王一概不負責。士兵們聽了都點頭表示贊同。

亨利王又說，他曾經聽國王親自講過，要是他被法國人俘虜，絕對不會拿錢來贖回自己。有一名叫威廉斯的士兵立刻不屑地說：「哼！他這麼說，只是為了讓我們高高興興為他打仗，但是等我們都掉了腦袋之後，他也許就會拿錢去贖自己的命，而我們卻糊裡糊塗地死了！」

國王對威廉斯的無禮感到不高興，他說：「你這樣講話也太粗魯了，小心改天我對你不客氣！」

威廉斯也狂妄地說：「要是你能活下來，這就算是我們兩人結下的仇恨吧！」

於是，他們想出了一個主意：亨利與威廉斯互相交換一隻手套，各自將它戴在頭盔上，要是戰爭過後他們兩人還活著，就可以憑著帽子上的手套找到對方，然後給對方一個耳光，或是向對方要求決鬥。

亨利王離開了這群士兵後，獨自對著上帝祈禱，他懇求上帝赦免他父親亨利四世在篡奪理查王的王位時犯下的罪過，因為他已經把理查王的遺體重新安葬，還在上面落下了比流出的鮮血還多的眼淚，並且每一年雇請五百名窮人為死去的理查王祈福；只希望上帝能保佑他的士兵，幫助他戰勝法國人。

隔天，兩軍都已在戰場上整裝待發，法國大元帥當著士兵的面嘲笑英國軍隊：「看這一支貧窮而飢餓的隊伍，你們這副輝煌的軍容就能把他們嚇得靈魂出竅，他們只剩下人的空殼和皮囊！我們只要拿嘴向他們吹一下，我們英勇的氣息就會把他們沖得人仰馬翻！」

另一方面，亨利王在戰爭開始前，再次視察了自己的軍隊。他聽到部下在一旁嘆息，說要是英國的軍隊能再增加一萬名就好了，亨利王卻愉快的告訴他：「如果我們註定要戰死，那麼我們使國家遭受的損失已經夠多了；如果我們不死，人越少，分享的榮譽也會越大。我請求你，別再希望英格蘭再增加一個人了！」

這名部下聽了，也勇敢地說道：「但願只剩下你我兩人，不需要任何增援，就能打這一場壯麗的戰鬥！」

接著，國王又向士兵們宣布，凡是不想參加這場戰鬥的人都可以離開，並從軍隊那裡領取通行證跟一些金幣，好讓他們在歸國途中使用；因為凡是害怕與英國軍隊一起戰死的人，英國軍隊也不願意跟他死在一起。令國王欣慰的是，沒有一名士兵畏懼死亡，都心甘情願地留下來為他打仗。

這時，法國的使臣再次來到了亨利王面前，威脅他拿出贖金來妥協，那樣的話，搞不好法國軍隊還能饒過他們呢！但是亨利王仍然堅定自己的答案——要法國人放馬過來！他還勸法國的大元帥，不要像一個愚蠢的獵人，在獅子還沒死的時候就急著賣掉獅子的皮，結果反而被獅子咬死了。

在亨利王振奮人心的鼓舞以及英勇無畏的帶領下，英國奇蹟似地打贏了法國，法軍死傷無數，許多王親貴族都被俘虜，但英軍也失去了高貴的約克公爵。後來，亨利王聽說法國騎兵又捲土重來，於是果決地下令處死所有俘虜。

法國的使臣又來了，但這回他的態度十分謙卑，他懇求亨利王讓剩餘的法國軍隊回到戰場，把他們死去的戰友記錄下來並埋葬，不要再讓死去的王親貴族繼續浸泡在雇傭兵的血泊之中，也別讓已經死去的人被發狂的戰馬用馬蹄再次蹂躪。亨利王搖搖頭，他說現在還不知道勝利屬於哪一方，所以不能答應。

使臣只好無奈地說：「勝利是屬於你的。」

亨利王與將士齊聲歡呼，由於戰場附近有一座城堡，叫做阿金庫爾，於是亨利王也將這場戰爭命名為「阿金庫爾之戰」，並讓這場光榮的勝利永遠載入英國的史冊之中，與他祖先們的英勇事蹟交相輝映。

這個時候，亨利王忽然看到那名曾經向自己挑釁的士兵威廉斯，他的頭上正插著國王的那隻手套呢！國王把這名士兵叫過來，問他頭上的手套是怎麼一回事，威爾斯回答：

「是昨天晚上向我大吹大擂的一個流氓抵押在我這裡的，我發過誓，只要他能活下來並且敢來招領這隻手套，我一定要用力打他一個耳光！那個人也發了誓，只要讓我看見他在帽子上插著手套，我就要狠狠地把它打下來！」

國王打算捉弄一下這名士兵。他下令把威廉斯帶走，然後把自己從威廉斯那裡換來的手套交給一名軍官，要他把它戴在頭上，並且告訴這名軍官：這隻手套是從一名叛黨的身上扯下來的東西，要是有人膽敢出面指認這隻手套，他一定就是叛黨的同伙，必須立刻抓起來！

後來，威廉斯在軍營裡遇到了這名軍官，還看到這個人頭上戴著自己的手套，以為他就是那個大言不慚的傢伙，立刻衝上去狠狠地甩了他一個耳光。這名軍官是個脾氣暴躁的人，他當場糾住了威廉斯的衣服，一邊罵他是叛國賊，一邊把他拽到了國王跟前。

亨利王這時告訴威廉斯，自己才是跟他交換手套的人，這樣子捉弄他全是為了懲罰他對於自己的冒犯；不過，為了嘉獎威廉斯在戰場上的英勇表現，國王又在自己的手套裡裝滿了銀幣，送給這名士兵。

戰爭結束了，英國軍隊統計了戰場上的傷亡人數，驚訝地發現，參與戰爭的六萬名法國士兵竟然死了一萬人，其中大部分的死者都是法國親王與貴族；他們還俘虜了法國國王的侄子奧爾良公爵、波旁公爵和蒲西加勳爵，以及大大小小一千多個爵士，而英國軍隊卻只陣亡了二十幾個人。

之後，亨利王與他的軍隊回到了國內，英格蘭的海灘上擠滿了男女老幼，夾道歡迎這群遠征法國回來的英雄們，他們的歡呼和鼓掌聲把洪亮的海濤聲都給蓋住了。大臣們希望國王能允許他們把他殘破的頭盔與寶劍舉在他面前走過市區，亨利沒有答應，因為他沒有虛榮心，也沒有驕傲的氣息。

過了不久，德國的皇帝出面為英法兩國調解，並由法蘭西王族成員之一的勃艮第公爵邀請亨利王到法國王宮，向法王提出英國方面的條件，並由幾名高貴的公爵代表國王與法國朝廷討論和解的條約。

亨利發現美麗的凱薩琳公主也在場，於是請求法國王后讓他們兩人單獨聊聊，他幽默地說：「她才是我的條款中，最重要的請求。」

當所有人都離開後，亨利對公主說道：「美麗的凱薩琳！最美麗的人兒，你可願意教一位軍人怎樣說話，才能進入一位小姐的耳朵，並且向她的芳心表明求愛之情？」

凱薩琳公主羞紅了臉說：「啊！天哪！男人的嘴裡充滿了欺騙。」

亨利王又說：「不，公主，如果你瞭解我，就會發現我只是一個樸實的國主，你甚至會以為我是賣掉了田地才買到這頂王冠。我求愛時不會裝腔作勢，只會直截了當的說：『我愛你。』然後再問：

『你愛我嗎？』請接受像我這樣一個樸實但是堅定的人吧！因為我一定會真心對待你，就像太陽永遠遵循自己的軌道一樣。把你的答覆告訴我吧！然後我倆一點頭，事情就這麼決定了，好嗎？」

公主猶豫地說，她不能去愛一個法蘭西的敵人。亨利則回答她，總有一天他會擁有整個法蘭西，而當他佔有了法蘭西，她又佔有了他的時候，法蘭西就同時屬於他們兩個人了，他們還可以生下一個既是英國人、又是法國人的男孩，同時統治這兩個王國。

到了這一步，凱薩琳公主終於肯對亨利的示愛點頭了，亨利王高興地想要吻她，但公主卻害羞地說：「法國的小姐，可沒有在結婚前就讓人家親嘴的習慣。」

亨利王卻大方地告訴他：「伴隨著我們地位而來的自由，足以堵住所有挑剔者的嘴，就像我要堵住你的嘴一樣。」說完，他輕輕地吻了公主一下。

法國國王與英國的大臣們出來了，法國已經接受亨利提出的任何條件，包括今後在國王的詔書中稱亨利王為「我最高貴的女婿亨利，英格蘭的國王，法蘭西的繼承人」，同時，凱薩琳公主也答應了亨利的求婚，所有人都希望這次莊嚴的婚姻能夠在兩國之間建立起深厚的感情，讓流血的戰爭永遠不會再降臨在美麗的英格蘭與法蘭西之間。

6 亨利六世（上）

偉大的亨利五世統治英國短短九年就英年早逝，王位的重擔從此落在年幼的亨利王子頭上。這個時候，英國與法國的戰爭又重新開始了，法國人得知亨利五世去世的消息，就迅速展開了行動，相繼收復被英國奪去的蘭斯、巴黎、奧爾良等大城市。

勇敢的塔爾博特勳爵以少量的英國軍隊對抗法國大軍，在一次戰鬥中創造了奇蹟似的勝利；他匆忙地準備了一些木樁，胡亂地插在地上以阻擋騎兵，然後用長矛和利劍接連殺死了幾百個敵人，讓法國士兵嚇得魂飛魄散，節節敗退的英軍終於穩住了腳步。但是，塔爾博特勳爵的一名部將卻不爭氣地臨陣脫逃，害得英國軍隊戰敗了，塔爾博特也被僕人出賣，交給了法國人。

法國人極盡所能地羞辱塔爾博特，他們諷刺、譏笑、作弄他，還把他帶上街頭，向法國民眾說他是「英國人用來嚇唬法國的稻草人」。最後，英國派出培福公爵再次擊敗法國軍隊，討回了顏面，還用一個俘虜換回塔爾博特勳爵。之後，培福公爵、塔爾博特勳爵來到奧爾良，協助索爾茲伯里伯爵圍攻這座城市，他們要重新奪回奧爾良，讓法國人屈服。

索爾茲伯里伯爵打起仗來就像不要命一樣，他的士兵也如同飢餓的獅子般，瘋狂追逐他們的獵物。很快地，法國人又被英國人打得潰不成軍，法國王子查理率軍前來支援，也被打得落荒而逃。正當王子與大臣們商量著是否應該放棄這座城市時，奧爾良公爵為法國人帶來了一個好消息。

他說，有一位少女名叫貞德，她是一位聖女，上帝曾經向她顯靈，派她來解救岌岌可圍的法國人，她有很高深的預言能力，能夠洞察過去，預示未來。王子聽了相當高興，但他還是半信半疑，於是要安茹公爵賴格尼爾裝成他的樣子接見這名少女，自己則躲在後面觀查。

奧爾良公爵領著聖女貞德上前，賴格尼爾以王子的語氣問她：「好姑娘，是你將要來進行這不凡的行動嗎？」

貞德卻傲然地說道：「賴格尼爾，你想騙我嗎？請王子殿下快從後面出來吧！不要驚訝，因為什麼事也瞞不過我，現在，我想和您單獨談話。」

王子對貞德的智慧與勇氣深感佩服，但他還是再想試試這名少女。他希望貞德能與自己比武，如果她能勝過自己，他就願意相信她的確是上帝派來的救星。聖女貞德一樣用她的劍輕易地贏過了王子。

查理讚美她是個女英雄，還說她的勇氣已經贏得了他的心。他向貞德求愛，希望她能成為自己的王后，但是貞德卻說，她負有上天授予的神聖使命，絕對不能受愛情支配，必須等到把他們的敵人——英國人驅逐之後，才會考慮接受賞賜。

這時，有大臣向王子請示是否應該放棄奧爾良。貞德聽了憤怒地說道：「絕不放棄！多疑的膽小鬼們，戰鬥到最後一口氣吧！由我來做你們的保護人！」

王子也點頭同意：「我同意她的話，我們要戰鬥到底。」

當晚，奧爾良的軍隊得到王子的密報，知道英國人會在城外的塔樓窺視他們，於是在對面安置一尊大炮，果然成功炸死了前來瞭望的索爾茲伯里伯爵，就在同時，聖女貞德也指揮法國大軍前來支援，打敗了塔爾博特勳爵，成功將英國軍隊趕走。

查理王子進入了奧爾良，對著歡欣鼓舞的民眾說道：「奧爾良被收復了，法國從來沒有這樣走運過！是貞德為我們打了這場勝仗！為此，我將要與她共享王權，讓所有的教士列隊遊行，永遠歌頌她的偉大！今後貞德將成為法蘭西的守護神！」

然而，沒過多久，英國人得到了勃艮第公爵的幫助，再次攻下了法國的大片領土，還重新回到奧爾良，打算向法國軍隊還以顏色。聽說法國人得到了聖女貞德的幫助，培福公爵不屑地說，法國軍隊一定是對自己的武力失望了，才會和一個巫婆聯合起來，尋求地獄的幫助，但他們這樣做只會玷汙自己的名聲罷了！

而法國軍隊自從解救了奧爾良之後，就一直沉浸在勝利的喜悅之中，城池四周的警衛逐漸也鬆懈。在某個晚上，英國軍隊忽然發動攻城，將疏於防範的法國守軍打得措手不及，查理王子與大臣們從睡夢中被驚醒，慌張地逃離了城堡。就這樣，奧爾良再次落入英國人手裡。

當塔爾博特勳爵在巡視戰果的時候，有一名使者跑來告訴他，鄰近的奧凡涅伯爵夫人十分仰慕他的名聲，希望能邀請他蒞臨她的城堡，讓她一睹這位英雄的丰采。塔爾博特很有風度地答應了，他隻身前去拜訪伯爵夫人。

然而，這場邀約其實是場陰謀，當塔爾博特走進伯爵夫人的府邸後，大門立刻被鎖了起來，伯爵夫人說道：「你是我的俘虜了！嗜血的大人，就是為了這個目的我才引誘你到這裡來的。多年來你以暴虐蹂躪我們的國土，殘殺我們的國民，將我們的兒子和丈夫變成俘虜。現在，我要鎖住你的手腳，讓你成為我的奴僕！」

沒想到，塔爾博特忽然笑了起來，他說，站在這裡的只是他的影子，真正的他並不在這裡，而伯爵夫人看到的是他這個人最小的一部分；他還說，要是他整個人都在這裡，這間小房子可能塞不下他的高大身材呢！說完，他拿出自己的喇叭，大聲吹了起來。

一瞬間，四周鼓聲大作，一大群英國士兵衝進了夫人的宅邸。塔爾博特動爵自豪地說道：「這些士兵才是塔爾博特的身體、他的筋骨、手臂和力量，我正是靠著他們，才能夠套住法國人叛逆的脖子，使你們的城市在片刻之間變成荒地！」

伯爵夫人為塔爾博特的氣概折服不已，她請求他的原諒，並為了沒有禮貌地接待這位貴客致上歉意，塔爾博特也十分紳士地接受了夫人的道歉，但是有一個條件——他希望能嘗嘗夫人城堡內的美酒與佳餚。

相較之下，英國的國內就沒有這麼歡樂了，年幼的國王無法控制朝廷，他的大臣們紛紛開始明爭暗鬥，尤其是葛羅斯特公爵與溫徹斯特主教之間的爭端最為嚴重。葛羅斯特公爵常說，偉大的亨利五世之所以早逝，都是教會的祈禱害的，因為他們希望上帝給英國一個軟弱的君主，任由他們予取予求；溫徹斯特主教也反擊說，葛羅斯特憑著自己是護國公，就與他的夫人在英國獨斷專權，遲早會害國家陷入災難。

有一次，葛羅斯特公爵前來視察倫敦塔，卻被守衛擋在門外。他氣得大罵是誰那麼大膽，竟然敢違抗護國公的命令？守衛回答：「溫徹斯特主教下令不准開門，他還特別吩咐我，絕不能讓您或您的人進來。」

葛羅斯特公爵暴跳如雷，他命令手下立刻把門砸開。就在這時，溫徹斯特主教也帶著隨從來到了門口，輕蔑地向葛羅斯特說道：「怎麼啦？野心勃勃的葛羅斯特，你打算做什麼？」

公爵正在氣頭上，一看到這位羞辱他的仇人，就二話不說地舉起拳頭，朝溫徹斯特主教的鼻子揍了過去，兩人的隨從們也立即跳上去加入戰局。就這樣，場面頓時陷入混亂，沒過多久，倫敦市長也被驚動了，急忙帶著官員趕來。

市長搖著頭說：「唉！大人們，你們都是最高長官，為何不顧一切地破壞治安呢？」

葛羅斯特叫道：「市長！這個傢伙既不尊重上帝，也不尊重國王，竟然將倫敦塔據為己有！」

溫徹斯特主教也說：「葛羅斯特是人民的敵人，他不停地發動戰爭破壞和平，還隨意罰款勒索人民，甚至企圖推翻教會，從塔裡運出武器，好推翻現在的國王！」

說著，雙方人馬又打了起來。市長勸架不成，只好搬出倫敦的法律，命令他們立刻放下武器停手，否則就要把他們全部關進牢裡！葛羅斯特公爵與溫徹斯特主教這才氣沖沖地帶著手下離開，然而，在場的圍觀者都不禁這兩位貴族的好鬥感到嘖嘖稱奇。

之後，這兩個人絲毫沒有收斂，他們的衝突反而越鬧越大，雙方人馬甚至在口袋裡裝滿石塊，在街道上互相投擲攻擊，路邊的窗戶都被打碎了，老百姓嚇得躲在屋子裡不敢出來，倫敦市長十分無奈，只好請求國王出面解決這件事。

國王語重心長地告訴兩人，儘管他還年幼，但也知道內訌乃是吞噬國家內臟的惡毒蛀蟲。他要求公爵與主教當著大臣們的面互相擁抱，這兩位貴族只好照做了，並說出祝福對方的話語，但是，他們的心底都十分地不情願。

除了葛羅斯特公爵與溫徹斯特大主教之外，其他的大臣也在私底下暗自較勁，還拉攏志同道合的人組成黨派，打擊與自己意見不合的政敵。這一天，幾名貴族在王宮的花園中聚會，以調解理查．金雀花爵士與索默塞特伯爵之間的一件糾紛。兩人各自說出自己的理由，希望能獲取旁觀者們的支持，但是沒有一個人表示意見。

這時，理查從花叢中摘了一朵白玫瑰，說既然大家都緘口不言，不願講出自己的意見，那就用無聲的標誌來表示想法吧！凡是出身高貴、維護其家族光榮的人，如果認為他說的是真理，就學他從花叢中摘取一朵白玫瑰。索默塞特也說，誰要是不怕危險，不阿諛奉承，敢於維護真理，就隨他摘一朵紅玫瑰。

於是，在場眾人紛紛表示了自己的立場，華列克伯爵說：「我不喜歡顏色，我摘一朵白玫瑰，不帶任何卑劣的諂媚色彩。」

薩福克伯爵選擇了紅玫瑰，他說：「我和年輕的索默塞特一樣摘一朵紅玫瑰，而且我還要說，他是對的。」

還有一名貴族說：「為了真理和顯而易見的事實，我摘下這朵淡白嬌嫩的玫瑰花，以顯示我的立場。」

另一名律師也說：「如果我的研究與書上的知識沒錯的話，索默塞特的論點是錯誤的，因此我也摘一朵白玫瑰。」

最後，選擇白玫瑰的人多過了選擇紅玫瑰的人，但索默塞特伯爵仍然不願意承認理查爵士的論點，還羞辱他是叛徒的後代。原來，理查爵士的父親劍橋伯爵曾經因為企圖謀殺亨利五世而被處死，理查也因此被取消爵位，並逐出他那偉大而古老的家族。

聽到索默塞特的羞辱，理查恨恨地說：「我以我的靈魂發誓，我和我的一派將永遠佩戴這朵無色的憤怒玫瑰，作為我血海深仇的標誌，直到它和我一起枯萎進入墳墓，或者隨我成熟茂盛！」

然而，理查對於索默塞特的辱罵仍然耿耿於懷，於是他來到了倫敦塔，找到他被關在這裡的舅舅莫蒂默公爵。莫蒂默公爵曾經起兵反抗亨利四世，因此被關在這裡，理查希望能從他的口中問出自己的父親為什麼會被處死。

莫蒂默開始向他敘述起一段歷史：幾十年前，亨利四世將他的堂兄理查王廢黜，自己登上了王位。當亨利四世在位時期，烈火騎士波西指控他非法篡位，起兵反抗他，並計畫擁立莫蒂默家族的人當國王，因為過去被廢掉的理查王沒有子嗣，而莫蒂默家族與理查王的血緣又是最近的。後來，烈火騎士戰敗了，但是仍然有許多人同情莫蒂默公爵的遭遇，劍橋伯爵就是其中之一，他與幾名同夥打算刺殺亨利五世，為莫蒂默討回公道。但最後也失敗了，並落得身首異處的下場。

理查終於明白自己的身世，於是，他與幾名「白玫瑰」的好友聯合，向國王請求恢復自己的地位與權利。亨利王也決定對於上一代的恩怨既往不咎，欣然同意了，他封理查為約克公爵，並將約克家世代相傳的產業和土地都歸還給他。

雖然國王盡心盡力地消弭貴族們的內鬥與不滿，但是聰明的大臣都聽過一句話：「生於蒙穆斯的亨利將贏得一切，生於溫莎的亨利將失去一切。」生於蒙穆斯的是亨利五世，而生於溫莎的正是他的兒子亨利六世。他們也看得出，這些爭端表面上被虛情假意掩蓋了，而真正的混亂卻如同灰燼底下的火星，早晚會形成烈火，慢慢地吞噬英國的和平與強盛。

不久之後，聖女貞德喬裝成農民，成功偷襲了里昂，而英國人也很快作出反擊，包圍了這座城堡。當時，培福公爵病得很重，躺在椅子上奄奄一息，塔爾博特勳爵與勃艮第公爵都勸他回國靜養，但他堅持不走，要留下來指揮作戰。最後，他果然帶領英國軍隊奪回了里昂，就在勝利之後，培福公爵也安祥地去世了。

法國人再次戰敗了，查理王子安慰士兵說：「各位，不要因為已經發生的事灰心喪氣，為了無法挽救的事煩惱也不是辦法，只會腐蝕你的心靈罷了。」

貞德也向王子提出了另一個妙計，她決定親自去說服勃艮第公爵，要他脫離英國，重新回到法國的懷抱。當英國軍隊離開里昂，打算進軍巴黎的時候，她來到殿後的勃艮第軍隊前，向公爵說道：

「請看你的國家，請看法蘭西美麗的土地和城市是如何被殘酷的敵人蹂躪的。看看這些傷痕！其中有些正是你的骨肉相殘所造成的，把你的利刃掉轉，去對付傷害我們的敵人吧！不要傷害自己人了，你讓同胞流的一滴血，比敵人的大量鮮血都要使你悲痛，快回來吧，用淚水洗刷掉你祖國身上的汙痕吧！」

她又告訴公爵，全法蘭西的人都譴責他，指責他不是法國人，而且，傲慢的英國人既利用他，又不肯相信他，當亨利王成為了法國的統治者之後，他只會被當成一個叛徒而被排斥的。貞德還說，勃艮第公爵現在的作法，正是和打算殺他的人聯手，為了反對自己的同胞而戰。勃艮第公爵覺得很有道理，二話不說帶著他的士兵加入了法國軍隊。

這個時候，亨利王與他的眾多大臣，浩浩蕩蕩地渡海而來，在巴黎的王宮裡舉行了加冕典禮，藉此向法國人宣示自己的權力。加冕才剛結束，國王就收到了勃艮第公爵表示與英國人絕交的信，上面寫著：

致國王！

由於我國受到的蹂躪和你們的殘酷壓迫引起的人民的哀怨，我決定和你們的惡勢力斷絕關係，歸附法國的合法君主查理。

就在亨利王為了這個壞消息感到心慌意亂時，約克公爵理查又與索默塞特伯爵來到國王的面前，互相控訴對方的僕人侮辱自己，希望國王同意讓他們的決鬥。一旁的葛羅斯特公爵斥責他們：「讓你們的決鬥見鬼去吧！你們這樣大吵大鬧，讓陛下和大臣們都不得安寧，難道不羞愧嗎？我勸你們還是和睦相處吧！」

國王也說，他們如今正在敵人的土地上，萬一讓法國人看出英國人內訌的跡象，將會激起他們的反抗心；而且，萬一讓各國知道亨利王的重臣和親戚為了一些微不足道的事毀滅了自己，而喪失了在法國的領土，那將是多麼大的恥辱！

接著，國王隨手揀了一朵紅玫瑰佩戴在衣服上，說道：「我沒有理由認為如果我戴上這朵玫瑰，就有人會認為我偏向索默塞特，而不是約克。他們都是我親愛的臣子，我同樣愛他們。同樣地，人們也不能因為蘇格蘭王戴著王冠，就責備我也學他戴著王冠。」

最後，國王要兩個人握手言和，還要索默塞特率領騎兵、約克率領步兵，一同聯手，把怒氣發洩在法國人身上。大臣們都認為國王說得很好，但是約克公爵仍然不太滿意，他還在私底下埋怨國王，不應該佩上索默塞特的紅玫瑰呢！

英國大軍首先來到了波爾多城，由塔爾博斯伯爵打頭陣。然而，塔爾博斯卻中了法國人的計謀，迅速陷入了重重包圍。雖然他與他的士兵英勇抵抗，仍無法突破重圍，不得不趕緊向索默塞特與約克的軍隊發出求援。

請求援軍的使者首先找到了約克公爵，但是約克卻不願意派出援軍，理由是他曾經向索默塞特要求一些騎兵，但是索默塞特說話不算話，遲遲不肯把承諾給他的騎兵交出來，害得他沒有足夠的力量去支援前線。使者急得直跳腳，懇求約克公爵儘快去解救塔爾博特，否則他的性命將要隨著法國的領土以及英國的榮譽一同葬送了！但約克公爵還是事不關己地說：

「他死亡，我們戰敗；我們哀悼，法國人笑；我們損失，他們獲得。再會了，我無能為力，這全都是叛徒索默塞特按兵不動的錯。」

使者又來到了索默塞特的營帳，請求他出兵支援。索默塞特也說，一切都是約克公爵的錯！是他慫恿塔爾博特伯爵攻打波爾多城，才害得伯爵被包圍；而且，他對於約克公爵沒有任何責任，更沒有義務把自己的騎兵交給他，再說，就算少了騎兵，約克公爵一樣有足夠的兵力可以支援。

使者氣急敗壞地說：「使高貴的塔爾博特陷入絕境的不是法國軍隊，而是英國人的爾虞我詐。他再也回不了英國了！他很倒楣，死於你們的鉤心鬥角。」

索默塞特這才心不甘情不願地派出騎兵，但一切都太遲了，塔爾博特的士兵已經所剩無幾。伯爵要兒子約翰趕快逃走，約翰不肯，還說父親才應該逃走，因為就算法國人殺死沒沒無名的自己，也沒什麼好誇耀的，但要是父親死了，他們的國家將會蒙受無可替代的損失；另一方面，如果他逃了，世人都會指責他臨陣退縮、膽小怕死，但如果是父親逃了，大家卻會說他這是為了等待報仇的機會。

塔爾博特只好答應兒子留下來陪他赴死，這時，法國人的進攻越來越猛烈，伯爵身旁的士兵一個接著一個地倒下，伯爵不久也受了重傷。約翰為了保護父親，舉起寶劍砍向了衝上來的法國士兵，最後也耗盡力量，英勇地犧牲了。

「噢！我的兒子，在斷氣之前對你父親說一句話吧！用言語來表示對死神的蔑視吧！可憐的孩子，他笑啦！好像是在說，如果死神是個法國人，那他今天已經把他殺死了！唉，我的精神再也不想忍受這些摧殘了。士兵們，永別了！」就這樣，塔爾博特抱著約翰的屍體，昏昏沉沉地死在了戰場。

法國軍隊戰勝了，查理王子前來巡視戰場。他感嘆地說：「如果約克和索默塞特派來援兵，今天就會是一場血戰了。」

接著，王子察看了死去的塔爾博特伯爵父子，有大臣建議王子將他們的屍體剁成碎塊，以報復他們對法國人民的血腥屠殺。但查理卻搖著頭說：「他們活著時，我們逃避他們；他們死後，我們不要侮辱他們。」之後，王子將屍體還給了英國人，讓他們能夠為這兩位英雄舉行盛大的葬禮，並永遠紀念他們。

亨利王也回到了倫敦，教皇以及神聖羅馬帝國皇帝都寫信給他，希望英國能與法國言歸於好；已經登基為法王的查理的親戚阿敏奈克伯爵也告訴亨利，他願意居中調解，並且將自己的獨生女兒嫁給亨利，還會附上豐富的嫁妝。國王早已厭倦了多年來的戰爭，爽快地答應了伯爵的提議。

沒過多久，法國軍隊又收復了巴黎。遺憾的是，貞德竟然在一次戰爭中被約克公爵俘虜了，英國人針對她召開了法庭，並迅速作出了火刑的判決。在行刑當天，一名牧羊人來到刑場，對貞德說自己是她的父親，但貞德卻絲毫不肯承認，她對圍觀的人群說：

「讓我告訴你們，你們即將燒死的是什麼樣的人。我不是牧羊人生的孩子，我是王族的一員，賢德而神聖。上天選擇我，給我啟示和靈感，到人間創造奇蹟。我從來不和惡魔打交道，而你們這些人利欲薰心，沾滿了無辜的鮮血，腐化墮落，十惡不赦！你們缺乏別人具有的美德，便認為只有依靠惡魔才能創造奇蹟，但你們錯了，貞德從生下來到現在都是一位守身如玉的純潔處女。而你們殘酷地叫我流的鮮血，將在天堂的門前請求為我昭雪。」

約克公爵怒斥道：「快把她帶走！立即行刑！」

華列克伯爵對於要燒死一名少女心有不忍，他命令劊子手在火刑柱旁多加幾根柴火，再澆上幾桶油，以縮短貞德受苦的時間。就這樣，英國人用他們無情的烈火，吞噬了這名解救法國的聖女。

不久之後，薩福克伯爵在戰場擄獲了一位漂亮的女孩，名叫瑪格麗特，她是安茹公爵賴格尼爾的女兒。薩福克迷戀她的美色，不想將她還給法國人，於是就將瑪格麗特獻給了國王，希望國王能娶她當王后。他心想，這樣子的話，以後就能時常見到瑪格麗特了。

賴格尼爾同意讓女兒成為英國王后，條件是英國今後不再侵擾他的領土安茹及緬因；至於亨利王，儘管已與阿敏奈克伯爵的女兒訂下婚約，而且賴格尼爾的家族比較窮，拿不出豐厚的嫁妝，但他也深深為瑪格麗特高尚的品德與出色的美貌所吸引，於是不顧葛羅斯特等大臣的反對，斷然決定封她為王后。

英國與法國再次走上了談判桌，英國人要法王查理發誓向英王效忠，名義上成為代表英王的總督，但仍然能享有國王統治法國的權力。查理國王同意了這項條件，並要求英國人從此不能再對法國的任一座城市訴諸武力。於是，條約成立了，然而，雙方都知道這不會是永遠的和平，總有一天，兩個國家會再次為了彼此的利益和過去的仇恨交戰起來，同時，更大的危機也一步步地逼近了英國，準備將她拉向崩潰的邊緣。

（待續）

7 亨利六世（中）

亨利六世決定娶法國安茹公爵賴格尼爾的瑪格麗特為王后，他派遣大臣薩福克伯爵到法國迎回這位公主。在這場婚姻中，法國並沒有支付任何婚禮的開銷與嫁妝，還要求英國軍隊撤出安茹及緬因，把這些土地還給賴格尼爾。

亨利王非常喜歡瑪格麗特，於是便爽快地答應這些條件，為了履行條約，他解除約克公爵的法國總督職務，還把代替他出使法國的薩福克升為公爵。但是，這些舉動卻讓大臣們十分不滿，護國公葛羅斯特公爵說，無數英國的將士們曾經付出鮮血，為國王打下了大片法國土地，大臣們也曾不分晝夜地坐在議會大廳裡，只為了討論如何鎮壓法國人的反抗，並且讓亨利王順利在巴黎的王宮登基；然而，這些偉大的功績如今卻要因為一個女人的甜言蜜語而化為烏有！

約克公爵也忿忿不平地說：「這一切都是薩福克公爵的錯！他玷汙了這個國家的榮譽，要是我的話，就絕對不會承認這樁婚姻！我只知道過去的英王都從他們的王后那裡得到了許多黃金和豐富的嫁妝，可是我們的亨利王卻賠上許多東西，換來一位什麼都沒有的新娘！」

一向與葛羅斯特公爵不和的溫徹斯特主教此時已經晉升為紅衣主教，他語帶諷刺地對葛羅斯特說，只要國王喜歡這麼做，又有什麼關係呢？葛羅斯特明白來者不善，他不想跟紅衣主教發生爭執，只好憤怒地離開了。

紅衣主教又對在場的大臣挑撥道：「這位護國公是國王的近親，王位的合法繼承人，各位得小心一點，不要被他的話迷惑住了，我怕他表面上道貌岸然，實際上是個危險的護國公，時時覬覦著王位！」

他這麼一講，大臣們頓時議論紛紛，他們心想：亨利王已經成年，可以親自治理國家了，英國的確不再需要葛羅斯特來當護國公了！於是，索默塞特伯爵與白金漢公爵私下聯合，打算幫助薩福克公爵一起扳倒葛羅斯特。然而，約克公爵理查．金雀花、索爾茲伯里伯爵與他的兒子華列克伯爵多次耳聞紅衣主教的惡行，知道他時常縱容屬下侵佔百姓的土地與財物，反而是葛羅斯特公爵為人較正派，因此他們決定為了公眾的利益，站在葛羅斯特這一方。

就這樣，一場王宮貴族間的內鬥又悄悄揭開了序幕。而在所有人之中，約克公爵是最有野心的一位，儘管他表面支持葛羅斯特公爵，但私底下卻對王位虎視眈眈，他在等待時機，推翻亨利六世文弱的統治，從蘭開斯特家族的手中奪取王位。

有一次，國王接到了民眾的陳情：有一位叫做彼得的鐵匠，他指控他的師傅霍納私底下曾說「約克公爵才是王位的合法繼承人」，這句大逆不道的話犯了叛國重罪。一旁的薩福克公爵聽到了，立刻幸災樂禍地對國王說，必須嚴厲追究這件事才行！

國王找來了霍納以及約克公爵，要他們當面對質。約克公爵罵霍納不該這樣胡說八道，還勸國王立刻處死這個叛徒。而霍納則堅持自己從未講過這番話。國王十分傷腦筋，索性要彼得與霍納進行一場決鬥，由輸贏來決定誰說的話是真的。決鬥之前，約克公爵故意把霍納灌醉，讓他死在彼得的劍下。

雖然躲過了國王的猜疑，但約克公爵仍然警惕起來，他決定趁早累積自己的實力。於是，他找來索爾茲伯里與華列克伯爵，請求他們支持他奪取王位。索爾茲伯里父子請約克公爵說出自己的理由，要是他的確有合法的繼承權，他們的家族才會願意為他效力。

約克公爵開始向他們解釋英國國王的家世：在愛德華三世的幾個兒子之中，大兒子黑太子愛德華、三子克萊倫斯公爵、四子蘭開斯特公爵、五子約克公爵都留下了子嗣。後來，愛德華的兒子理查繼承了王位，但蘭開斯特公爵的兒子亨利卻把他推翻，自己當上了國王，也就是亨利四世。按照順位，克萊倫斯公爵的兒子莫蒂默最有資格繼承王位，但他卻被亨利四世害死在牢裡。然而，莫蒂默的妹妹與劍橋伯爵還留有一個兒子，他比蘭開斯特家族的後代更有資格繼承王位，這個兒子也就是他——現任的約克公爵理查。

索爾茲伯里父子聽完立刻高呼：「理查國王萬歲！」約克公爵要他們謹慎行事，嚴守秘密，不論是無禮的薩福克公爵、傲慢的紅衣主教，還是有野心的索默塞特伯爵、白金漢公爵，都不要去理睬。直到他們把最大的敵人——高尚、正義的葛羅斯特公爵擊倒之後，再開始行動。

約克公爵很快就等到葛羅斯特公爵的垮台。原來，葛羅斯特的夫人是個瘋狂的女人，她無時無刻都希望丈夫能成為國王，自己當上王后；她時常對人說，要不是薩福克用兩個公國換回了亨利的王后，她穿的最破爛的衣裳也比瑪格麗特父親的領土要值錢呢！有一次，瑪格麗特藉故打了公爵夫人一巴掌，更讓夫人懷恨在心，發誓總有一天要取代她成為王后。因此，她不停地暗示葛羅斯特公爵，要他背叛亨利王，自己坐上國王的寶座。

某天晚上，葛羅斯特做了一個惡夢：他夢見代表他護國公身分的權杖被紅衣主教折斷了，折斷的手杖上掛著索默塞特與薩福克的頭顱。當他把這個夢告訴夫人時，夫人卻說自己也做了一個夢呢！在她的夢裡，她不可一世地坐在西敏寺教堂內的寶座上，也就是國王和王后加冕的地方，接受亨利王和王后瑪格麗特向她下跪行禮，為她戴上王冠。

葛羅斯特聽了勃然大怒：「我必須馬上叱責你！大膽妄為的女人。你不是朝廷的第二夫人嗎？你不是護國公親愛的妻子嗎？你不是享盡了榮華富貴，要什麼就有什麼嗎？為什麼還要時時刻刻策劃著陰謀，把我跟你從最高的地位上拖下來，名譽掃地呢？快走開！我不想再聽了！」

公爵夫人慫恿丈夫不成，又想出了求神問卜的方法。她找來了一個巫婆，請她召喚出幽靈來替她解答心中的疑問。這名巫婆果然當著公爵夫人的面召喚出一個幽靈，夫人迫不及待地問它：「告訴我，國王將來會怎樣？」

幽靈回答：「活著的公爵將廢黜英王，他活得比他長，後來死於非命。」

夫人立刻將幽靈的話寫在紙上，接著又問：「等待著薩福克的是什麼結局？」

幽靈回答：「他死在水裡，了此一生。」

夫人再問道：「索默塞特的命運如何？」

幽靈回答：「叫他不要靠近堡壘，待在沙地平原上比在堡壘裡安全。」

回答完最一個問題後，幽靈就消失不見了。這個時候，約克公爵與白金漢公爵忽然帶著手下衝進來，把公爵夫人與巫婆逮捕了，原來，有人向他們密告，說公爵夫人圖謀不軌，找來了巫婆企圖詛咒國王。白金漢公爵把公爵夫人押走後，約克公爵看到了她在紙上寫的字，若有所思地說道：「這些預言就像希臘神話裡阿波羅所說的那些模稜兩可的神諭。它們還沒有應驗，也很難懂。」

葛羅斯特公爵正與國王和大臣在郊外打獵，當他們經過一個村莊時，有民眾對國王說這裡剛發生了一件奇蹟：一個天生的瞎子在朝拜聖人的墳墓之後，竟然看得見東西了。國王很高興，認為這是一個吉祥的預兆，他召見了這個瞎子，問他是不是真有其事？這個人不停點頭，說上帝知道他很虔誠，所以派了一位聖人到他的夢中召喚他，要他到自己的墓前祭拜，以向他顯示神蹟。

這時，大臣又注意到這個人除了是瞎子外，還是個瘸子。他說，這是因為他的太太喜歡吃梅子，他為了替她摘梅子而爬到樹上，卻不小心掉下來把腿摔斷了。葛羅斯特公爵懷疑地說：「你的眼睛看不見，竟然還敢冒這個險。」

接著，他指著紅衣主教的袍子，問瞎子這是什麼顏色，瞎子回答「是紅的，像血一樣的紅。」公爵又指著自己的衣服，問他顏色，瞎子回答「是黑的，像黑玉一樣黑。」

國王訝異地問：「怎麼回事？你知道黑玉的顏色？」

葛羅斯特也冷笑：「你這個最會說謊的無賴！視力雖然能夠辨別顏色，但復明之後要馬上說出顏色的名稱，卻是不可能的！」

說著，他叫部下拿來了一條鞭子與一張凳子，說他也要創造一個奇蹟，那就是讓一個瘸子重新恢復行走的能力。他告訴那個瞎子，要是他不想挨鞭子的話，就當著所有人的面跳過這張凳子，然後滾蛋！瞎子還想裝蒜，但被抽了一鞭之後，立刻尖叫著跳過凳子，一溜煙地逃走了。

正當所有人都為葛羅斯特的機智欽佩不已時，白金漢公爵卻押著他的夫人來到國王面前，並向國王報告公爵夫人犯下的罪行，葛羅斯特痛心地說：「我對陛下和國家絕無二心，如果我尊貴的妻子忘記了榮譽和品德，竟和些玷汙她身分的匪徒打交道，我願意將她趕出家門，並將她交由法律制裁！」

公爵夫人被送上了法庭。最後，國王判決她必須被剝奪名譽，遊街示眾三天，然後放逐到荒島上度過餘生，為她作法的巫婆則被判處火刑。葛羅斯特公爵也被國王下令交出他那支象徵護國公的權杖，並等候進一步的審判。

反對葛羅斯特的人這時紛紛站了出來，極盡所能地朝他落井下石。瑪格麗特王后告訴國王，葛羅斯特公爵是他的近親，只要國王死了，他就能順理成章地坐上寶座了！因此，他時常用甜言蜜語拉攏人心，打算伺機作亂；薩福克公爵也說，公爵夫人所幹下的邪惡勾當，根本就是葛羅斯特自己一手指使的；也有大臣指責公爵濫用護國公的權力貪贓枉法，對犯人施以酷刑，還對全國課徵重稅，使得民眾怨聲載道，各地都發生了嚴重的叛亂！

國王不以為然地說：「葛羅斯特品德高尚，忠心耿耿，絕不會傷害我或企圖把我推翻的。」

這時，又有消息傳來，說法國人已經毀約，把英國國王在法國的統治權給剝奪了。約克公爵趁機搬弄是非，說這全是因為葛羅斯特收受法國的賄賂，扣留了英國軍隊的薪餉，才使得他們喪失了在法國的領土。

面對眾多大臣的誣陷，葛羅斯特只能無奈地告訴國王：「唉！陛下，現在正是最危險的時刻！醜陋的野心扼殺了正直的人，正人君子都被仇人趕走了，惡意陷害到處盛行，公道被逐出您的國土。我死不足惜，但是我的死亡只不過是他們陰謀的前奏，還有千千萬萬的陰謀還沒有暴露出其危險性啊！」

然而，善良的亨利王不相信這位正直的老公爵會背叛他，他命令部下暫時將葛羅斯特關起來，由紅衣主教嚴加看守。當國王離開後，這些大臣又開始討論下一步的作法，他們看出國王有意袒護公爵，因此決定使用最愚蠢的手段——謀殺葛羅斯特。最後，薩福克公爵自告奮勇接下了這個任務。

約克公爵已經看出，這些大臣正一步步走上自取滅亡之途，他果斷地離開了他們。正巧，愛爾蘭這時發生了叛亂，大臣們都推舉他代表朝廷出去打仗，約克公爵也很爽快地答應了。就這樣，他率領軍隊離開英國，計畫在愛爾蘭擴張自己的勢力。

幾天之後，亨利王打算審問葛羅斯特公爵。他派人前去找他，卻得知公爵早已死在床上，國王哀痛之餘竟然昏了過去。當他醒來之後，連忙追問起葛羅斯特的死因，他猜想，這位老公爵一定是被壞人害死的！

華列克伯爵站了出來，告訴國王，葛羅斯特正是被薩福克公爵和紅衣主教謀殺的，民眾們知道這件事情之後，就像一窩憤怒的蜜蜂要找它們的蜂王一樣，要求國王為這位高貴的公爵討回公道。國王聽了，立刻下令檢查葛羅斯特的屍體。

當公爵的屍體被抬到國王面前時，華列克解釋說，正常死亡的人總是臉色蒼白、毫無血色，因為血都聚集到心臟裡，以便跟死亡作最後的搏鬥；但公爵的面孔卻充血發黑，雙眼睜大、突出，像一個被絞死的犯人，而且頭髮豎起、鼻孔張開、雙臂前伸、鬍鬚凌亂，這些都是死前曾經做過一番掙扎的最佳證明。

薩福克公爵要他拿出自己謀殺的證據，華列克說：「你與紅衣主教都是公爵的死敵，而紅衣主教又負責看守他，這還不夠明顯嗎？如果有人看見豬死了，流著鮮血，它的旁邊站著一名手持斧頭的屠夫，他難道還需要懷疑殺死豬的是不是屠夫嗎？」

索爾茲伯里也慌慌張張地跑進來，向國王報告說，憤怒的老百姓們都聚集在王宮之外，他們嚷著要國王把薩福克處死或是永遠逐出英格蘭，否則就要馬上衝進來，讓他受盡折磨而死。最後，國王宣布：薩福克確實玩弄手段危害國家，限他三天之內離開英國，否則立刻處以極刑。

而紅衣主教也遭到了報應，他某天忽然一病不起，意識模糊之中，彷彿見到了葛羅斯特的鬼魂，他嚇得張大眼睛，朝著空氣亂揮亂抓，口裡還不停胡言亂語，說著詛咒上帝與全人類的話。當國王前來探望他時，紅衣主教仍語無倫次地大叫：

「他不是死在床上了嗎？他應該死在哪裡？我能夠讓他復活嗎？不要折磨我了！他復活了嗎？指給我看他在哪裡，我願意付一千英鎊見他一面！看哪，他的頭髮都豎起來了，正朝我衝過來，想要捕捉我的靈魂！快給我最厲害的毒藥，讓我喝下去吧！」

沒過多久，紅衣主教就斷氣了，人們都說他的慘死是由於一生做盡壞事所致。

薩福克公爵離開了英格蘭，在王后的建議下前往法國，但卻不幸在途中遭遇海盜，他英勇地抵抗了一陣子，仍然與所有乘客一起被海盜俘虜。海盜打算殺死他洩憤，薩福克公爵連忙說：

「慢著！你的俘虜是一位王室成員，我是高貴的薩福克公爵。」

海盜的隊長聽了反而更生氣，說道：「我要把你貪婪的嘴堵住！薩福克公爵。你能有今天的地位全靠著陰謀詭計，你讓尊貴的英王娶了一位一貧如洗的公主，還把安茹和緬因出賣給法國；由於你的緣故，反覆無常的法國人不肯向我們稱臣，還殺了我們的總督，襲擊我們的堡壘，把我們的士兵殺傷趕回英國，這一切全是你的過錯！」

海盜們要薩福克低頭承認自己的罪行，那樣的話就饒過他一命。但薩福克絲毫不肯向身分卑賤的海盜們屈服，最後，他被一名叫華特（英語中發音同「水」）的海盜殺死，也應驗了巫婆曾經對他作出的預言。

約克公爵的敵人一一滅亡了，他又煽動一名叫做凱德的平民起兵造反。凱德只是一個水泥匠的兒子，但他卻自稱是莫蒂默公爵的私生子，擁有王位的繼承權，還率領一群暴民與強盜攻進了倫敦。叛軍逐漸逼進王宮，雖然他們的士兵都是些穿著破爛的農夫，但仍然打敗了倫敦的軍隊。凱德更公開指稱亨利是篡位者，揚言要在西敏寺加冕登基，還說所有學者、律師、大臣們都是英國的敗類，應該全部處死。

國王聽了，只能無奈地嘆息道：「有哪個國家的君主像我這麼不開心的呢？有哪個臣民想當國王的欲望，比我想當老百姓的欲望來得強烈呢？」

在白金漢公爵的建議下，國王與王后逃離了倫敦。倫敦很快陷入了一片混亂，暴民在城裡大肆破壞，凱德要士兵們把王宮、學會及貴族的府邸都拆了，還下令處死好幾名忠心的大臣。

沒過多久，白金漢公爵與克列福爵士率領朝廷的軍隊回到倫敦，克列福對著凱德的士兵們說，他們總是叫嚷著要追隨凱德，難道凱德是亨利五世的兒子嗎？他能夠帶領士兵攻下法國領土，將部下們封為伯爵和公爵嗎？當他們四處作亂時，法國人卻隨時準備從海上進攻英國，難道這不可恥嗎？

凱德的士兵們都啞口無言，克列福又說：「到法國去！到法國去！去收回你們失掉的領土！饒了英國吧，她是你們自己的故鄉。寧可犧牲一萬個下賤的凱德，也絕對不要受到法國人的擺佈！」

聽完克列福一番慷慨激昂的演說後，這群暴民們紛紛高喊「要克列福！我們追隨國王和克列福！」叛軍一瞬間作鳥獸散，凱德也狼狽地逃之夭夭了。他在逃亡好幾天後，由於過度飢餓，闖入一間民宅找尋食物，被憤怒的屋主當成小偷殺掉了。

亨利王這時正在聖奧爾本，他很高興地嘉獎了平定叛亂的將士，然而，沒過多久又有使者告訴他一個壞消息：約克公爵從愛爾蘭回來了，他率領一支由愛爾蘭士兵組成的強大部隊，耀武揚威地來找國王，宣稱這麼做是為了從國王身邊除掉索默塞特公爵這個大奸臣。

國王無助地對大臣說：「這就是我的處境啊！就像一艘船剛逃過了風暴，又遭到了海盜的襲擊。剛消滅凱德的叛軍，約克又來頂替了他！」

他下令將索默塞特暫時關進倫敦塔，希望能平息約克公爵的不滿，讓他自行退兵，並派出白金漢公爵去跟他談判。白金漢將國王的回應告訴約克公爵，要求他依照約定解散自己的軍隊，約克也同意了，還說只要能將索默塞特判死刑，他願意跟白金漢公爵一起回去見國王。

沒想到，當約克前來拜見國王時，卻發現索默塞特已經被釋放出來，好端端地站在他的面前。他再也忍不住怒火，指著國王罵道：「騙人的國王，你為什麼失信於我？你知道我最恨言而無信的人。我剛才稱你為陛下嗎？不！你不是國王，你沒有資格統治百姓，因為你連一名叛賊都不敢處置！」

說完，約克公爵呼叫來他的兒子愛德華與理查，國王和王后也找來了克列福與他的兒子，雙方的人站在原地怒目相視。沒過多久，索爾茲伯里伯爵與華列克伯爵也來了，他們向亨利王說，根據他們父子倆的討論後，認為約克公爵才是最有資格繼承王位的人。

國王驚訝地問：「難道你們沒向我發誓效忠過嗎？」

索爾茲伯里伯爵冷笑說：「遵守邪惡的誓言，比違背誓言的罪來得更重！」

國王見情勢已經不可收拾，只好要他的大臣們立刻武裝起來，約克與索爾茲伯里父子也回到了自己的軍隊中，準備採取最後的行動。就這樣，戰爭開始了，約克公爵帶領當初在花園中跟他摘下「白玫瑰」的貴族們，與代表亨利王的蘭開斯特家族的「紅玫瑰」陣營展開了殊死的決戰，就如同一場「玫瑰戰爭」。

交戰過程中，約克遇見了克列福爵士，他十分仰慕克列福的英勇，對他說道：「我很欣賞你的氣度軒昂，可惜你是我的敵人。」

克列福也回答：「你的勇武也值得稱讚和敬佩，可是它卻表現在卑鄙的叛逆行為上。」

最後，約克公爵在決鬥中殺死了克列福。另一方面，約克的兒子理查也找到了索默塞特，一路追著他到了一間酒館，在那裡殺掉了他。由於那間酒館名為「堡壘」，這再度應驗了巫婆的預言。

國王的軍隊節節敗退，約克公爵的軍隊最終贏得了這場戰爭。之後，國王與王后匆匆忙忙地逃回倫敦，打算召開議會，號召全國各地的軍隊前來援助。約克公爵也來勢洶洶地朝他們追去，發誓要趕在他們之前抵達倫敦，不讓亨利王擁有任何捲土重來的機會！

（待續）

8 亨利六世（下）

亨利六世在聖奧爾本戰役中敗給了約克公爵理查．金雀花率領的叛軍，他拋下自己的部下白金漢公爵、史塔福德勳爵及諾森伯蘭伯爵的軍隊，與幾名隨從逃回倫敦。沒想到，約克公爵與他的兒子愛德華、理查都已經早一步到了國會，準備在那裡推翻他。

約克公爵聽說理查殺死了索默塞特公爵，十分高興。他向所有人說理查立下的戰功是他們之中最大的，還對著索默塞特的人頭說道：「怎麼了，索默塞特大人，你死了嗎？」華列克伯爵也趁機對公爵說，趁著亨利王還沒有回來，他應該把國會的寶座據為己有，因為那本來就是屬於他的。

於是，約克公爵在眾人的擁戴下坐上了王座。沒過多久，國王也終於回到國會，他看見約克坐在他的位子上，氣得說道：「諸位，看那個專橫的叛徒坐在哪裡！他竟坐上我的寶座啦！有虛偽的華列克作為後盾，他就覬覦起王冠，想要做國王了！」

接著他對身旁的克列福公爵、諾森伯爵伯爵（他們已經繼承戰死的父親的爵位）說，約克公爵殺了他們的父親，這個仇一定要報。諾森伯蘭與克列福聽了，立刻就想衝上去與對方拚命，但國王卻阻止了兩人，他希望先用嚴辭厲句指責那些叛徒，讓他們知難而退。

華列克說：「如果你能提出證據，證明你的繼承權無懈可擊，就由你當國王！」

亨利回答：「我的祖父亨利四世是因為戰功而獲得王位的。」

約克公爵吼道：「他是靠著造反從他的君主那裡篡奪王位的！」

亨利王又說，亨利四世的王位是理查王在所有大臣面前公開讓給他的，而亨利五世繼承了亨利四世的王位，他又繼承了亨利五世的王位，一切都合情合理。約克卻反駁說，理查王是被迫交出王位的，就算他是自願，他的近親後代——也就是約克公爵自己，也仍然擁有合法的繼承權。

在場一些支持國王的大臣，聽到這裡也不禁改變心意了，轉而支持約克公爵的觀點，但諾森伯蘭伯爵與克列福勳爵卻堅持不向殺父仇人低頭，表態支持國王到底，於是，兩方人馬各自招來了自己的軍隊。亨利王看見他們又要打起來，只好再三懇求約克公爵放過自己。

約克公爵說：「只要你死後將王位交給我和我的後代，我就讓你安安靜靜地當一輩子國王。」亨利王聽說能夠保住王位，立刻喜出望外地答應了，他向約克公爵承諾：在自己死後，將會把王位讓給約克公爵與他的子孫，前提是他們必須停止內戰，並且發誓在他還活著時不再企圖以武力推翻他。約克公爵聽完，滿意地跟著兒子與部下離開了，只留下華列克伯爵在倫敦監視國王。

然而，支持亨利的大臣看到自己的君主如此沒用，都對他嗤之以鼻，斥罵他是卑鄙、膽小的人，還找了瑪格麗特王后以及王子來勸他收回自己的誓言。瑪格麗特譴責國王自作主張，剝奪了自己辛苦養大的兒子的繼承權，還說要是自己在場，寧願讓士兵殺死她，也絕不會同意這種要求！王后甚至自行徵集了一支軍隊，要與約克家族的人決一死戰。

約克公爵回到城堡後也變卦了，他認為要等到亨利王過世太久了，他現在就想當國王！約克的兒子們都勸他放棄自己的諾言，因為只要是為了王位，什麼誓言都可以不算數。愛德華說，只要能讓他當一年的國王，他寧願背棄一千個誓言；理查也說，亨利是個篡位者，在他面前起的誓毫無任何效力。

約克公爵聽完這些話，恨恨地說：「我下定決心當國王，不然我就去死！」他要兒子們各自回去整頓軍隊，並把支持他的貴族們全都召集起來。然而，還沒等到他們重新準備好，王后的大軍就來到了約克的城堡，將他打了個措手不及。

約克的舅舅莫蒂默公爵在戰鬥中陣亡，他的次子拉特蘭伯爵也被克列福動爵俘虜。克列福一心想為父親報仇，不顧這個少年的苦苦哀求，仍然把他處死了。約克公爵也與其他的兒子們一一失散，最後不幸落入王后的手裡。

王后不想馬上殺死他，她打算先羞辱一下這位尊貴的公爵。她要克列福拿出一塊沾滿血的手帕讓約克公爵擦臉，然後才告訴公爵：那些血是克列福用刀刺進拉特蘭伯爵的胸膛時流出來的。她還要士兵拿了一頂紙做的王冠，把它戴在約克的頭上，嘲笑道：

「現在他的樣子像一位國王啦！是他霸佔了亨利的王位，是他成為亨利的繼承人，可是為什麼偉大的理查．金雀花這麼快就違背誓言，戴上了王冠呢？這是不可饒恕的罪過啊！把他的王冠連同他的腦袋一起摘下來吧！」

約克公爵大聲咒罵王后是法蘭西的母狼，比吃人的野獸更無人性、更無情，一旁的大臣看到過去呼風喚雨的約克公爵下場如此落魄，都覺得相當悲哀；但王后仍然殘酷地叫克列福把他處死，以為他的父親報仇。壯志未酬的約克公爵就這樣死去了，王后還將他的頭顱掛在他自己的城門上，以示警惕。

就在約克公爵被殺害的那一刻，天上突然出現了三個太陽，這三個太陽燦爛奪目，逐漸接近，最後聯合了起來，但又忽然分開為一盞燈、一片光芒，以及一個太陽。愛德華和理查這時剛從亂軍之中突圍，他們看到這個奇怪的現象，都不知道是什麼樣的預兆。

過了不久，他們就得知父親與弟弟都被殺害、父親的頭顱還被掛在城門上示眾的消息。愛德華悲痛地哭了出來，傷心欲絕，但理查卻十分冷靜地說，哭泣是為了減輕悲痛，只有嬰兒才會流眼淚，而他心裡想的卻是廝殺與復仇，他發誓一定要為父親報仇。

在倫敦的華列克聽到約克公爵的死訊後，也立刻挾持國王，並召集一支軍隊前去對付王后，要阻止她回到倫敦。雙方的軍隊再次在聖奧爾本遭遇，華列克的士兵聽說王后與克列福對約克公爵與戰俘進行的血腥屠殺，心生畏懼，紛紛臨陣脫逃。最後，華列克回去投靠了愛德華與理查，而約克的另一個兒子喬治也從法國趕回來，要助他的兄弟們一臂之力。愛德華在弟弟以及華列克伯爵的推舉下，繼承了約克公爵的名號，他們重整旗鼓，準備再次進軍倫敦奪取王位。

王后拯救了亨利王，將他帶回約克城。當國王看見掛在城門上的約克的頭顱時，發抖著一邊說道：「親愛的上帝呀，不要懲罰我，我是無辜的，我也沒有故意違背誓言。」

克列福鄙視地說：「野心勃勃的約克一心要奪您的王冠，可是當他皺起眉頭時，您卻總是在一旁陪笑。他只是個公爵，都想讓自己的兒子當國王了；而您是一國之主，卻打算剝奪兒子繼位的權利，這證明您是個毫無慈愛之心的父親啊！您的兒子因為您的過錯而失去了與生俱來的權利，多年後他只好對子孫說：『我的曾祖父和祖父辛苦得來的王位，被我那漫不經心的父親糊塗地送掉啦！』這難道不可恥嗎？」

亨利王聽了十分慚愧，王后也勸他振作起來，因為愛德華與支持者的軍隊就快要到了。克列福又對國王說，希望他遠離戰場，把軍隊交給王后與貴族們指揮，因為少了懦弱無能的他，反而更有機會取勝呢！亨利王只好無奈地離開軍隊，登上離戰場不遠處的山丘。

沒過多久，愛德華與他的弟弟和支持者們抵達了約克城外，與王后的軍隊陷入混戰。亨利王獨自站在山上，目睹了整場戰鬥的經過，他看見一個士兵在混亂中殺死了敵人，卻發現這個人的竟然是自己的父親；又看見另一個士兵為了搶走敵人口袋裡的錢財，也殺死這個敵人，卻發現那人正是自己的兒子。國王為自己臣民的不幸感到悲慟，他嘆道：「世人一定會為這些悲慘的事情來責怪我這個國王。」

激戰一陣子後，愛德華又再度被王后與克列福打敗。愛德華陷入了絕望，他認為上帝一定是放棄他們了，才會讓他們的軍隊一次又一次地戰敗。他想要逃離戰場，但理查卻告訴他們，他們的兄弟一一死在克列福的手下，無論如何都必須奮戰到底，為他們報仇。

華列克激動地說：「我要殺死我的馬，因為我絕不逃跑。我在這裡跪下向上帝發誓，除非命運讓我有機會報仇，否則我就戰死沙場，永遠閉上眼睛！」

愛德華也跪下發誓：「我們現在分手，重逢時不是在天堂便是在地上。」

在理查的激勵下，愛德華的軍隊逐漸反敗為勝，瑪格麗特王后與王子帶著亨利王落荒而逃，而克列福勳爵也在戰場上遇到理查，在交手一番受到重傷，沒多久就死去了。愛德華感慨地說，戰爭已經結束了，就算克列福是敵人，也應該好好埋葬他；理查卻反對這個命令，因為克列福曾經毫不留情地砍下他們的兄弟拉特蘭的頭，還殺死了他們的父親。

最後，理查也砍下了克列福的頭，把它掛在原本懸掛約克公爵首級的地方，他輕蔑地對著克列福的頭說：「克列福，你快請求我們寬恕吧，我們好拒絕你呀！」

愛德華封喬治為克萊倫斯公爵，理查為葛羅斯特公爵，並且派遣華列克出使法國，向法王路易十一的妹妹波娜公主求婚，以獲得法國的支持。之後，愛德華與兄弟們浩浩蕩蕩地進軍，將亨利的軍隊趕出了倫敦，他在那裡舉行了加冕儀式，正式成為英國國王愛德華四世。亨利王則逃到英國北部，得到蘇格蘭人的支持，但是蘇格蘭人卻沒有足夠的實力打贏愛德華，於是，亨利也派瑪格麗特去法國向法王討救兵。

沒過多久，亨利在樹林裡散步時，被兩名獵人抓住了，他們知道他就是以前的國王後，非常高興，立刻把他交給新的國王愛德華，以換取賞金。之後，亨利被愛德華下令關進了倫敦塔。

愛德華當上國王沒多久，有一位叫伊莉莎白的寡婦來見他。她說自己是理查．格雷爵士的夫人，格雷爵士在聖奧爾本戰役中戰死了，他的土地也被敵人奪走；這位夫人請求國王為她主持公道，歸還那些土地，因為她的丈夫正是為了讓約克家族的人當上國王才犧牲的。

愛德華王看上伊莉莎白的美色，於是告訴她，自己能夠答應她的一切要求，但條件是她必須成為自己的王后。格雷夫人非常驚訝，她說自己已經有三個兒女，沒有資格成為一國的王后，但也不願意委屈當國王的一個情婦，然而，愛德華最後還是強迫了格雷夫人嫁給自己。

所有大臣都對國王娶了一個寡婦錯愕不已，但葛羅斯特公爵理查卻大力贊成。因為他希望自己的兄長從此沉溺在女色之中，把自己的身體搞壞，甚至生不出兒子最好，那樣子的話，他就有機會在愛德華去世後成為下一任國王了。

另一方面，瑪格麗特與華列克一前一後抵達了法國。瑪格麗特先見到了路易王，告訴他亨利王被野心勃勃的臣子奪去王位、貶為平民了，她不得不帶著自己的兒子千里迢迢來到法國，要法國人為他們主持公道。路易王耐心安撫了瑪格麗特，向她承諾自己一定會盡力幫助亨利。

就在這時，華列克伯爵也到了，他向法國國王轉達愛德華王的友好之意，並代表英王向法王的妹妹波娜公主求婚。聽到華列克的條件，路易王頓時猶豫起來，他先是問起了愛德華的繼承權是否合法，又再三確認愛德華是否真心愛著他的妹妹，華列克都一一向法王作出保證。

法王聽完之後也相當滿意，他不顧一旁瑪格麗特的反對，當眾宣布：「我決定了，我要將妹妹許配給愛德華，並且給予她相應的嫁妝，我們立刻訂下婚約吧！」

然後，他還要瑪格麗特為兩國的結合作見證，但也不忘對她承諾：就算亨利不再是英國國王，法國也會根據他的身分，盡可能地善待他們一家人。瑪格麗特憤怒地大罵：「狡猾的華列克啊！你利用詭計，讓這樁婚姻破壞了我的要求，在你到來之前路易還是亨利的朋友呢！」

就在這時，一名英國的使者來到他們面前，向路易王、華列克伯爵、瑪格麗特王后都送上一封信。王后看了信之後笑顏逐開，華列克卻皺起眉頭來，法王更是氣得跺起了腳。原來，信上寫的正是愛德華王娶了格雷夫人的消息。

路易王恨恨地說：「這就是他和法國同盟的誠意嗎？他竟敢這樣嘲弄我嗎？」

瑪格麗特也在一旁煽風點火：「我早就說過了，這證明了愛德華的愛情和華列克的誠實究竟有多少份量！」

然而，華列克伯爵卻比法王與瑪格麗特還要生氣！他無法原諒愛德華王竟敢如此羞辱自己，憤怒之餘，他發誓要拋棄愛德華王，重新扶持亨利成為國王。接著，華列克與瑪格麗特盡釋前嫌，為了表示誠意，華列克讓自己的女兒安妮嫁給瑪格麗特的兒子，路易王也答應派出一支精銳部隊，幫助他們回到英國推翻愛德華。

華列克與法國人聯手的消息傳回了英國，在大臣之間引發軒然大波，有的人說國王不該那麼草率地娶伊莉莎白為王后，不僅失去了拉攏法國的機會，還製造出更強大的敵人；愛德華卻得意忘形地說，反正他是國王，愛怎麼樣就怎麼樣。

同時，國王又將原本打算嫁給克萊倫斯公爵的一位小姐賜給王后的兄弟，這讓他這個弟弟非常不滿，於是也帶著軍隊棄他而去，投靠了華列克。華列克對克萊倫斯公爵表示十分歡迎，還高興地將自己的另一個女兒嫁給她。

愛德華王聽說親信與兄弟一一背叛他，也立刻擺出陣勢，並且莊嚴地發誓：在他與華列克分出勝負之前，絕不闔上眼睛睡覺！為了表現出自己的勇氣，他甚至天真地獨自住在寒冷的曠野中，而將兵士留在城堡裡。果然，他的敵人很快地成全了他的勇氣，就在這一晚，華列克、克萊倫斯與法國人的軍隊偷襲愛德華的營帳，將他俘虜起來。

華列克責備愛德華說：「你不知道怎樣利用你的使臣，不滿足於一個妻子，不知道像兄長那樣善待自己的弟弟，不關心人民的幸福，不懂得保護自己不受敵人的侵犯，那麼，又如何能治理國家呢？」

他將愛德華頭上的王冠摘下，又把他囚禁起來，由約克大主教看管，之後就前往倫敦塔迎接被關在牢裡的亨利。愛德華的王后伊莉莎白這時已經懷了身孕，她得知丈夫戰敗的消息後立刻躲進教堂，以確保國王唯一的孩子不受傷害。

亨利王終於重見天日，為了感謝華列克與克萊倫斯將他從牢裡拯救出來，他當場宣布封這兩人為護國公，由他們來治理英國，自己則樂意過著隱居的生活。此時，他看到一旁的大臣帶著一位面目清秀的孩子，立刻向大臣問起他的名字。

「陛下，他是小亨利，里奇蒙德伯爵。」

亨利王撫摸著里奇蒙德伯爵的頭，向眾人說：「如果我的猜想應驗的話，這個漂亮的孩子將是國家之福，他的神色莊重和善，他的頭天生是要戴王冠的，他的手適合握權杖，他可能在未來的某一天登上寶座，大人們，你們要特別重視他。」

愛德華在約克主教的看守下，行動相當自由，他時常到附近的森林裡打獵取樂，這給了部下營救他的機會。沒過多久，愛德華就在葛羅斯特公爵的幫助下逃到法國，並得到勃艮第人的軍隊支援，重新返回英國奪回了他的約克城。

經歷過失敗的教訓之後，愛德華變得小心翼翼。他對葛羅斯特說，自己如今已經不再覬覦王位，只要能保住約克公爵的職位就夠了。但他的部下們不同意，都要求他放手一搏，以武力奪取一切。於是，愛德華在約克城堡裡宣布再次登基，並且在士兵們「愛德華四世萬歲」的高呼聲中，率領著大軍前往倫敦。

得知愛德華捲土重來的消息，讓王宮裡又陷入一片恐慌，華列克決定回到自己的領地號召朋友起兵，克萊倫斯公爵也離開倫敦，到英國南方徵集大軍。然而，還等不到他們帶回救兵，愛德華與葛羅斯特的大軍就攻進王宮，亨利王再度遭到俘虜，被關進倫敦塔。

之後，愛德華又率領軍隊來到華列克的城堡外，他對著城頭上的華列克說，只要他肯恭恭敬敬地跪下，叫自己一聲國王，再乞求赦免，自己就願意原諒他犯下的罪行。華列克也不甘示弱，說只要愛德華願意把軍隊帶走，承認自己是他的恩人，就讓他保留住約克公爵的爵位。兩人針鋒相對，誰也不肯向對方屈服。

這時，華列克的盟友牛津公爵率領著援軍前來，高喊「牛津！牛津！擁護蘭開斯特！」華列克連忙打開城門，讓他進入了城堡。沒過多久，蒙特克公爵與索默塞特公爵也各帶來一支軍隊，高喊著「蒙特克！蒙特克！擁護蘭開斯特！」「索默塞特！索默塞特！擁護蘭開斯特！」並一一進入城內。看到幫手陸續趕到，讓華列克的精神為之大振。

最後，華列克的女婿——克萊倫斯公爵喬治也趕到了，他帶來的人馬是所有人裡面最多的，華列克忍不住興奮地說：「看哪！克萊倫斯的正義感壓倒了兄弟的情份，他帶來的人馬足以和他的哥哥打一仗！來吧！克萊倫斯，我就知道你會來！」

沒想到，克萊倫斯卻從帽上摘下了紅玫瑰，將它擲向華列克，說道：「我絕不會毀掉我父親的家族，而去支持蘭開斯特！你以為我會如此無情、遲鈍、不義，竟對自己的哥哥與君王兵戎相見嗎？我對於我的過錯非常難過，為了求得我哥哥的原諒，我在此宣布你是我的仇敵，不論我在哪裡遇見你，我都要懲罰你將我引入歧途，傲慢的華列克！」

愛德華與葛羅斯特都對這位兄弟重回懷抱表示歡迎，而華列克則朝著他破口大罵：「叛徒！隨意發誓、毫無正義感的傢伙！」並且帶著所有的軍隊衝出城來。但是愛德華得到了克萊倫斯的幫助後實力大增，完全不把華列克看在眼裡，過不了多久，華列克與蒙特克公爵就受了重傷而死，牛津公爵與索默塞特公爵倉皇逃跑，投靠了瑪格麗特王后從法國帶回來的軍隊。

愛德華的軍隊毫無畏懼地乘勝追擊，沿路上高喊著「奮勇向前！」並在每一個路過的城市徵集士兵，就這樣順利地打敗了瑪格麗特的軍隊。愛德華下令處死索默塞特公爵，將牛津公爵關進大牢，接著又要士兵把亨利的王子押到他面前。

他問這位年輕的王子為什麼要反抗自己，王子勇敢地說：「驕傲的野心家愛德華！現在我代表我父親講話，叫你放棄王位，跪在我站著的地方，我要問你同樣的問題，由你這個叛徒回答！」

瑪格麗特聽了，忍不住嘆息：「唉，要是你的父親能像你一樣堅定就好了。」

王子又接著罵，說他們三兄弟分別是「荒淫的愛德華、滿口謊言的喬治、還有醜陋不堪的理查」，而且還都是叛徒，篡奪了他與他父親亨利的王位。愛德華與他的兄弟聽到這裡再也忍受不住，三個人都拔出劍刺向王子，將他殺死了。

王后哀傷地哭喊：「噢！你們把我也殺了吧！」然後就昏了過去，但馬上又清醒過來，她對著愛德華王詛咒道：

「願你和你後代的下場和這位王子一樣！」

這時，葛羅斯特公爵忽然想起什麼，向他的兄弟告別後就匆匆忙忙地回到了倫敦，原來，他想到亨利王還被關在倫敦塔裡呢！他要殺掉這個可能阻礙他成為國王的絆腳石。

亨利見到葛羅斯特，明白自己的死期到了，於是傲然地說道：「如果我早一些殺掉你，你就不會殺我的兒子了。你誕生時貓頭鷹叫了，這是不祥之兆；你的母親生你時受的痛苦異乎尋常，可是生下來的卻離她的希望甚遠；你是一塊畸形的怪東西，生來就有牙齒，表示你是來咬人的，唉！如果我的預言沒錯的話，你還要大開殺戒呢！」

不等亨利說完，葛羅斯特就將這位國王殘忍地殺害了，並且瘋了似地喃喃自語：「克萊倫斯，當心吧！你遮住了我的光，我要讓你過黑暗的日子。我要在外面散佈謠言，叫愛德華擔心你害他；為了解除他的恐懼，我要致你於死地。亨利與他的兒子都死了，接著該輪到你了，克萊倫斯！」

之後，瑪格麗特的父親安茹公爵花了大筆贖金，把女兒贖回了法國，而愛德華王則回到倫敦的王宮。反對他當國王的人都消失了，他終於可以安心地坐在寶座上，開心地與伊莉莎白王后逗著剛出生的王子小愛德華。令人煩惱的戰爭已經過去，所有人都享受著勝利的喜悅與王宮裡的慶典，愛德華王祈求英國能從此維持和平，而他與自己的父親、兄弟歷盡艱辛險阻所得來的王位，也能順利地由他的後代繼承下去，直到永遠。

9 理查三世

愛德華四世的弟弟葛羅斯特公爵理查是個手臂萎縮、跛腳且駝背的醜八怪，但他卻時時刻刻想從哥哥那裡奪取王位，自己當上國王。有一次，愛德華王聽信百姓之間流傳的一則預言：「有一個名字是G的人將會殺害他的繼承人，篡奪他後代的王位。」於是，他想起弟弟克萊倫斯公爵喬治的名字正是G，便毫不猶豫地把他關進倫敦塔。

大臣們都對國王的無情和輕率感到心寒，葛羅斯特聽說這件事之後，心中立刻產生一連串的陰謀。他在朝廷到處散佈謠言，說克萊倫斯之所以會被打入大牢，全都是王后伊莉莎白和她的親人在國王面前挑撥離間的關係；很快地，王后的家族就遭到朝廷重臣們的孤立與嫌棄，大家都逐漸向葛羅斯特公爵親近。

葛羅斯特又覬覦已故的華列克伯爵留下的龐大遺產，剛好華列克伯爵的小女兒安妮剛失去未婚夫不久，她的未婚夫正是被葛羅斯特殺死的亨利六世的王子。雖然自己與她有殺夫之仇，但為了得到豐厚的大筆財產，葛羅斯特還是厚顏無恥地向安妮示愛，懇求她嫁給自己。

安妮正在為死於非命的亨利六世哀悼，她見到凶手葛羅斯特前來，忍不住罵道：「滾開吧！醜陋的地獄使者！縱使當初你的力量能在國王的身體之前炫耀，現在對他的靈魂卻已無能為力了，你快滾開吧！」

葛羅斯特溫柔地對她說：「唇舌難以描繪的美人，請給我充分的時間為自己辯護。」

他解釋道，殺死王子的不是他，而是他的哥哥愛德華王，但事實卻被滿懷怨恨的瑪格麗特王后扭曲了；而亨利王的確是他殺的，不過那卻是為了讓他早日回到上帝的懷抱，因為天堂比人世更適合這位仁慈的君王。最後，葛羅斯特甚至誇張地說：亨利父子之所以會被殺，都是因為自己太愛她的關係，他希望能為安妮找到一個更好的丈夫——也就是他自己。

安妮厭惡地朝他的臉上吐了一口唾沫，詛咒他早日遭到報應。葛羅斯特聽了，立刻把自己那柄鋒利的劍交給她，並露出了自己的胸膛，對安妮說：

「若是你復仇的心不能寬恕，就把這柄劍插進我這真摯的胸膛裡，讓我那崇拜你的靈魂飛走吧！不要猶豫，因為亨利王與他年輕的王子的確是我殺死的，不過，逼我殺死他的卻是你的美貌，好了，動手吧！」

安妮不敢殺死她，手中的劍因為顫抖而掉在地上。葛羅斯特又說，如果她希望他自殺，他也很樂意照辦，只是這樣子她就罪加一等了，因為她不僅害死自己的丈夫，還害死一個比她丈夫更愛她的追求者呢！安妮終於被這些甜言蜜語打動，她戴上了葛羅斯特送給她的戒指，還答應住進他在倫敦的宅邸。

愛德華王這時已經病得很重了，伊莉莎白王后與她的兒子、兄弟都非常擔心，因為她們聽說國王打算在自己死後，封葛羅斯特公爵為護國公，讓他協助王子小愛德華治理國家，王后覺得葛羅斯特不喜歡她們，非常擔心他會報復她的家族。於是，王后的兄弟常向國王提起葛羅斯特面目可憎，一定不懷好意，勸國王多多提防他；但葛羅斯特也不想坐以待斃，他與白金漢公爵與黑斯廷斯勳爵聯合起來

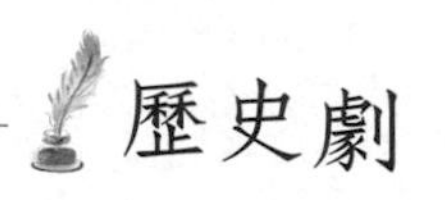

反對王后。

另一方面，葛羅斯特想起了被關在倫敦塔裡的克萊倫斯，他知道，當自己的王兄過世後，會阻撓他從侄子手裡奪取王位的人就只剩下這個哥哥了；一想到這裡，葛羅斯特就徹夜難眠。最後，他派出兩名殺手偽裝成國王的手下，到倫敦塔裡謀殺克萊倫斯。

就在前一晚，克萊倫斯也做了一個惡夢：在夢裡，他逃出了倫敦塔，與葛羅斯特一同坐船前往勃艮第；葛羅斯特邀請他離開船艙到甲板上散步，他們在甲板上遙望著英格蘭的土地，聊起許多在玫瑰戰爭時經歷的艱苦日子，忽然間，葛羅斯特的腳絆到東西，他為了避免摔倒，於是推了克萊倫斯一把，竟把他推下大海裡淹死了！他死去之後，在冥界看見了許許多多的沉船、屍體和骷髏，還遇到了華列克與戰死士兵們的鬼魂，嚇得立刻醒過來了。

他向看守他的典獄長感嘆地說，他一生幹下的壞事全都是為了他的王兄愛德華，這些罪現在成了他靈魂的包袱，讓他以後必須下地獄接受審判與酷刑，但是愛德華王不僅沒有回報他，還因為一點小事將他關進牢裡！說完，克萊倫斯公爵又昏昏沉沉地睡去了。

這時，偽裝成國王使者的殺手來了，他們把牢房的獄卒支開，正準備下毒手時，克萊倫斯又醒來了，他說：「典獄長，你在哪兒呀？給我一杯酒好嗎？」

殺手回答：「你馬上會喝個夠的，尊貴的大人。」

公爵發現這兩個人不是獄卒，大吃一驚，問道：「你們是誰？是來殺我的嗎？」

殺手說自己是國王派來處死他的，因為他曾經在戰爭時莊嚴地宣誓效忠蘭開斯特家族，後來卻又違背誓言，對他的君主刀兵相向，還親手刺死了年輕的王子，這麼做是為了代替上帝給他報應！

克萊倫斯辯駁說，他犯下這些罪行全都是為了愛德華，而且愛德華也參加了這些壞事，不應該以這樣的罪名來懲罰他。接著，他又懇求兩名殺手去見他的弟弟葛羅斯特，因為葛羅斯特很愛他，一定會為了他向國王求情的！

兩名殺手聽到克萊倫斯竟天真地以為葛羅斯特與自己站在同一邊，絲毫不知他才是派來殺自己的凶手，都忍不住笑了起來。最後，他們不顧克萊倫斯的求情，用刀把他刺死，還把他的屍體浸泡在裝滿了馬姆齊甜酒的酒桶裡。

不久之後，愛德華王的病越來越重，他很擔心王后與大臣們之間的糾紛越來越大，會危及下一任國王的統治。於是，他召集了所有王后的家人與朝廷的重臣，要他們當著自己的面握手言和，王后也熱切地向國王請求，希望他能赦免他的兄弟克萊倫斯公爵。

「怎麼！王后，」葛羅斯特裝出驚訝的樣子，「誰不知道高貴的公爵已經死了！你拿他的骸骨開玩笑簡直是對他的侮辱啊！」

所有人聽了這個消息都嚇了一跳，國王更是難以置信地說：「克萊倫斯死了？但是我已經收回命令了呀！」

葛羅斯特嘆了一口氣，說赦免的命令晚了一步到達，可憐的克萊倫斯已經因為國王的第一道命令被殺害了。這時，又有一位大臣對國王說，他的一位僕人因為殺死某位公爵的隨從而被判死刑，希望國王能赦免這位僕人的死罪。

愛德華王說：「我的弟弟並未殺人，他的罪過純屬猜測，但對他的懲罰卻是慘死，你們有誰為他求過情？而等到你們的車夫或僕人酗酒殺人時，你們卻跑來向我跪下乞求寬恕，而我呢？還不得不徇私枉法，網開一面！唉！可憐的弟弟，他在世時你們都受過他的好處，但卻沒有一個人願意為他請命，上帝一定會因此懲罰你我的啊！」

愛德華王大受打擊，病情也加重，沒多久就過世了。國王一死，大臣們都開始議論紛紛起來，因為新任國王愛德華五世還是個孩子，他的父王與母后的家族勢力都非常龐大，兩邊都摩拳擦掌想要消滅對方，而國王的叔父葛羅斯特公爵更是對他的王位虎視眈眈。

果然，葛羅斯特如火如荼地展開了他的奪權計畫，他搶先派白金漢公爵率領軍隊去迎接愛德華王子，又把王后的弟弟與兒子關進龐弗萊特的監獄。王后得知這些消息後，害怕地說：「專橫的暴政已在侵犯無辜而缺乏威嚴的王座了！我依稀看到了我們家族的毀滅。」她立刻帶著愛德華的弟弟約克王子躲進教堂尋求庇護。

葛羅斯特聽說王后與約克王子逃到教堂，下令紅衣主教進去逮捕他，但紅衣主教拒不從命，因為就算是國王，也沒有權力命令任何人侵犯神聖的庇護所。一旁的白金漢公爵詭辯道：

「把小王子搶出來算不上違反教堂的規定！教堂一向只庇護做了需要庇護的事，而且能夠思考、要求庇護的人。王子既未要求庇護，也沒有做過需要庇護的事，因此，教堂就沒有權力庇護他。」

於是，紅衣主教進入教堂，強行把約克王子帶了出來。葛羅斯特告訴兩位王子說，在為愛德華舉行加冕儀式之前，他們必須暫時待在倫敦塔裡，約克說他不敢住，因為倫敦塔裡有克萊倫斯叔叔的幽靈，愛德華卻勇敢地牽起弟弟的手，兩個人一起走進去了，完全不知道塔裡有什麼危險正在等著他們。

之後，葛羅斯特召開了兩個會議，效忠愛德華的大臣都聚集在倫敦塔的城堡，在那裡討論加冕儀式的事宜；而葛羅斯特與同黨則在自己的官邸秘密集會，商量該如何成功說服民眾支持他當國王。

在會議開始之前，葛羅斯特要凱斯比爵士為他試探一下黑斯廷斯勳爵的意向，因為這位勳爵過去對愛德華王一向忠心耿耿。當凱斯比離開後，白金漢公爵問葛羅斯特，假如黑斯廷斯不肯跟他們合謀該怎麼辦？葛羅斯特面不改色地說：

「砍掉他的腦袋！」

黑斯廷斯勳爵聽說王后的家人被關進龐弗萊特監獄，感到相當得意，又聽說他們即將被下令處死，笑得更開懷了！這時，凱斯比來了，他告訴黑斯廷斯，現在的時局動蕩不安，要是葛羅斯特不戴上王冠，國家的局勢是難以穩定的。

黑斯廷斯笑著說：「若是讓王冠錯誤地戴到那顆腦袋上，我寧可先把自己的腦袋先從肩膀上砍掉！雖然我很感激葛羅斯特為我除掉了仇敵，但要我站在他那一方，阻止先王的合法繼承人當上國王，我是至死也不會去做的！」

知道黑斯廷斯不會贊成他當國王後，葛羅斯特立刻作出殺掉他的決定。到了會議當天，黑斯廷斯勳爵與幾名大臣和主教來到倫敦塔，討論為愛德華王子加冕的日期，他們發現地位最高的葛羅斯特公爵竟然不在場，於是由黑斯廷斯代表公爵支持會議，所有人都認為事不宜遲，隔天就立刻為王子加冕。

忽然間，葛羅斯特帶著白金漢公爵怒氣沖沖地闖了進來，他指控有些人雇用巫婆，打算使用惡毒的妖術來對付他，那些妖術已經傷害了他的身體。他問黑斯廷斯，應該如何懲罰這些可惡的罪犯。

「無論他們是誰，」黑斯廷斯說，「我的意見是，將他們處以極刑。」

葛羅斯特立刻露出邪惡的笑容，他舉起天生萎縮的手臂說道：「那麼，就請各位用眼睛為他們的罪行作見證，看看妖術對我的傷害！這就是愛德華的妻子，那個惡毒的巫婆，勾結他的情婦利用巫術造成的，而這兩個女人就是受到你指使的，叛賊！」

說完，公爵下令逮捕黑斯廷斯，並且立刻處死。黑斯廷斯這時忽然想起，當他出門前，他的一個朋友曾夢見他們的頭盔被野豬叼走，而他在來倫敦塔的途中，馬匹也莫名其妙地害怕起來，這一切都是上天給他的預示，只是一切都太遲了。他喊道：

「啊！血腥的理查！痛苦的英格蘭！我預見你們將見到最淒慘的時代所能出現最可怕的時刻！」

黑斯廷斯被處決之後，葛羅斯特向倫敦市民公布了一連串捏造的罪名來指控他，說他打算在議會大廳暗殺他和白金漢公爵，他們為了維護自身的安危與英格蘭的秩序，不得不省去了審判的程序，私自決定將他處死。

除掉了一個又一個異議份子後，葛羅斯特開始為登基鋪路。他要白金漢公爵到城裡到處散佈流言，說愛德華王殘酷多疑，曾經因為一個市民要讓自己的兒子繼承「王冠」，就把他判了死刑，但最後卻發現，那只不過是他的房子叫做「王冠居」罷了；還說愛德華荒唐好色，到處強佔市民們的女僕、女兒、妻子供自己享樂；最誇張的是，愛德華根本不是約克公爵的親生兒子，因為當他的母親懷了他的時候，約克公爵正在法國打仗呢！

白金漢公爵到倫敦街頭，向市民講述了愛德華王的各種醜聞，又說葛羅斯特公爵不論是人格、長相都與約克公爵一樣地高貴、威嚴，還列舉了他過去一件件輝煌的戰功，但是人民都啞口無言，對他的演講也十分冷淡。

最後，他要民眾與他共同高呼「上帝保佑英格蘭至尊的國王理查！」所有人仍然宛如木雕一樣不發一語。白金漢公爵生氣地斥責市長，問他為什麼市民都不說話？市長只好解釋說，這是因為老百姓不習慣聽演講。不過，市長也看出葛羅斯特公爵想當國王的企圖，於是趕緊帶著一群市民來到公爵家門外，請求他登基為王。

葛羅斯特的部下告訴市長，公爵現在正與兩位淵博的神父一起在房裡參悟聖經中的哲理呢！不論是什麼世俗的請求，都無法讓他遠離他虔誠的修行。

白金漢公爵說：「看吧！這位公爵可不是愛德華那樣的人物，他不是在淫亂的床笫間嬉戲，而是在默默地祈禱沉思，若是這位德高望重的公爵能接過國柄親自執政，英格蘭便有福了！」

市長又向公爵的部下再三請求，一定要請他出來當英國的國王。於是，葛羅斯特才一臉不情願地陪著兩位主教走出來，對眾人說他才疏學淺，無法擔當這樣的重任，而且他自知有很多缺點，寧願當個普通的公爵，也不想當國王誤了國家。

「何況，」葛羅斯特說，「國王還留有子嗣繼承王位，雖然愛德華王子年紀還很小，但以後無疑會長大到足以當個國王；因此，把你們打算放在我肩上的重擔交給他吧！那是他與生俱來的權力與幸運。」

白金漢公爵又扯出一連串謊言，他說，愛德華王曾與一位叫露西的小姐訂有婚約，後來又派人與法國國王的妹妹波娜公主訂了婚，可是最後他卻被一個有了許多孩子的寡婦用美色誘惑，拋棄了國王的尊嚴，犯下重婚罪；因此，愛德華王與伊莉莎白王后婚姻是不合法的，而他與王后生下的王子也並非合法的王位繼承人。

葛羅斯特還是面有難色地說：「唉！你們為什麼偏要把這麼多憂患放到我肩上呢？我不適合承擔國家與王室的重任，我請求你們不要誤會，我絕對不會向你們讓步的。」

市長與白金漢公爵再一次拚命懇求他，還發誓除了他之外，他們不願意效忠其他的國王。葛羅斯特這才說，既然市民們硬要把命運加在他的身上，儘管這麼做有違他的良心和靈魂，但他還是只能勉為其難地接受了。他還強調，要是他登基為王的舉動招致了他人的誹謗和非難，他們必須為他洗清這些汙名，因為在場的人都能為他證明，他對這件事有多麼不樂意。

葛羅斯特終於答應接受擁戴了，白金漢公爵領著市民高喊：「英格蘭榮耀的國王理查萬歲！」他們決定按照原先預定的計畫，在隔天舉行加冕典禮，只是，接受加冕的人已經從愛德華王子換成了葛羅斯特公爵。

葛羅斯特公爵變成了理查三世，許多害怕他、跟他有仇的大臣紛紛逃到法國，投靠住在布列塔尼的里奇蒙德伯爵。理查王還想謀害在倫敦塔的愛德華五世與約克王子，他暗示白金漢公爵為他殺掉這兩個孩子，但白金漢卻認為這麼做太殘忍了，不肯答應，理查王因而漸漸疏遠了白金漢公爵。他找來一個叫提瑞爾的殺手，用黃金收買他，讓他把兩個王子活活悶死了。

殺掉愛德華王的兒子後，理查仍然不放心，他又把克萊倫斯公爵的兒子監禁起來，把他的女兒隨便嫁給一個窮人；他還打算向愛德華的女兒伊莉莎白求婚，為了達成這個目的，他偷偷把自己的妻子安妮毒死了。

理查的母親約克夫人和愛德華的王后聽到這些噩耗後哀痛欲絕，約克夫人擋在國王的馬前，對著他大罵：「我早該把你扼殺在我那不幸的子宮裡！要是當初把你殺掉，也就能阻止這種種的屠殺了！你就是為了把人間變成地獄才出世的，你的哥哥克萊倫斯呢？他的兒子呢？他們都去哪兒了？」

國王不想理會這個瘋言瘋語的老太婆，他命令隊伍趕快離開，不要理會她的胡說八道。另一方面，他又向伊莉莎白王后請求，希望她能把女兒嫁給他；王后卻回答，她寧願到處向人說自己是個不貞的人，她的女兒不是愛德華王的女兒，也不要讓她背負王室成員的頭銜，承受這種不幸的命運！她又說：「你要我用什麼名義向她求婚？說她父親的弟弟想做她的丈夫嗎？或者說那是她的叔叔？還是殺掉了她的弟弟、叔叔和舅舅們的凶手？她不會答應的！」

理查王說自己早已改過自新，現在的他有著更遠大的抱負，他還會用剩餘的生命全心全意地愛護她、給她幸福。理查更威脅王后說，這麼做全是為了英格蘭的和平！最後王后只好屈服，她答應代替理查王說服自己的女兒，然而卻私底下計畫將女兒嫁給年輕有為的里奇蒙德伯爵。

白金漢也逐漸對國王產生不滿，原來，理查在當上國王之前，曾許諾會將海福德伯爵的土地和愛德華王子的財產全部送給他，作為幫助自己登上王位的報酬。然而，理查後來卻反悔了，這讓白金漢公爵相當憤怒，他回到自己的領地，與威爾斯人聯手反對理查王。

沒過多久，遠在布列塔尼的里奇蒙德伯爵同樣起兵了，他率領一支強大的艦隊從法國的海岸出發，浩浩蕩蕩地向英格蘭進軍，英國的岸邊也出現一群暴徒，打算在里奇蒙德登陸後立刻前去投靠。理查王想起亨利六世曾經說過「里奇蒙德的頭天生是要戴王冠的，他的手適合握權杖，他可能在未來的某一天登上寶座」，不由得大為擔心。

德比勳爵向國王自告奮勇，說願意離開倫敦為國王招兵買馬，但理查卻懷疑他想趁機跑去投降敵人，還把他的兒子關起來當成人質，德比勳爵感到相當寒心，於是也私下背棄了理查。不久之後，德文郡、肯特郡又有貴族挺身而出反抗國王，越來越多的人成群結隊投奔叛軍，他們的勢力越來越大。

然而，叛軍很快就遭遇了挫折。白金漢公爵的軍隊在途中突然受到暴雨和山洪襲擊，他的士兵被沖得七零八落，白金漢也淪為階下囚，被理查王下令處決。里奇蒙德伯爵的艦隊則遇到暴風雨，折損不少船隻與士兵，在岸上接應他的暴徒們知道這個消息後，紛紛作鳥獸散了。

得到這些好消息後，理查王精神一振，他親自率領軍隊來到柏斯華斯原野，在這裡與里奇蒙德伯爵的軍隊對陣，他又發現，叛軍的人數只有自己的三分之一，心情變得更愉快了。國王先視察了軍隊，並作出一番部署後，就帶著輕鬆的心情入睡了。

當晚，亨利王的鬼魂出現在理查的營帳裡，他對睡著的理查說：「我活著時，我的身體被你戳滿了致命的傷口，想一想倫敦塔和我！亨利六世要你絕望而死。」接著，鬼魂又跑到里奇蒙德的營帳，對睡夢中的他說：「你道德高尚，情操聖潔，願你戰鬥勝利！曾預言過你會當國王的亨利願你繁榮興旺！」

之後，亨利王的王子鬼魂也出現了，他對理查說：「我明天要重重地壓在你的靈魂上！想想你是如何捅死了正在盛年的我！我要你絕望而死。」然後又去對里奇蒙德說：「歡樂吧！里奇蒙德，被理查殘殺的王公貴族的冤魂都在為你戰鬥！」

然後是克萊倫斯公爵的鬼魂，他告訴理查：「我，可憐的克萊倫斯，是被泡在酒裡嗆死的，是上了你的當含冤而死的，明天讓你在戰鬥時想起我，絕望而死吧！」又告訴里奇蒙德：「你，蘭開斯特家的後裔，我，約克家的冤魂在為你祈禱，願善良的天使在戰鬥中呵護你。」

愛德華王的兩個王子的鬼魂也出現了，他們對理查說：「夢見你在倫敦塔掐死的兩個親人吧！我們要像鉛塊一樣壓在你的心上，壓得你羞愧而死！」又對里奇蒙德說：「活下去吧，生出一代又一代幸福的國王！」

黑斯廷斯的鬼魂、王后家人的鬼魂、安妮的鬼魂、白金漢的鬼魂，以及許多被理查害死的冤魂也輪流出現在他們兩人的營帳裡；它們全都詛咒理查的命運，要他絕望而死，而祝福里奇蒙德伯爵打贏這場戰爭，奪得王位。

理查王從睡夢中驚醒，渾身發抖，衣服被恐懼的汗水浸溼了。他感傷地說，這世上沒有一個人愛他，如果他死了，沒有一個人會憐惜他，因為連他都無法從自己身上找到值得憐惜的地方；所有人都譴責他是個凶手，希望他失敗。

相反地，當里奇蒙德伯爵一覺醒來時，心情卻相當好。他告訴部下，他從來沒有睡過這麼甜蜜的一覺，因為被理查殺害的人的冤魂都跑到了他的夢裡，向他高呼勝利，讓他大受鼓舞，覺得這一定是老天在預示他的勝利。

決戰之前，里奇蒙德激勵士兵，對他們說這一仗是為了推翻血腥的暴君，這名暴君利用了朋友，卻又殺害了朋友，他靠著無數人的鮮血奪取了王位，因此，上帝一定會站在正義的那一方，幫助他們戰勝邪惡。士兵們聽了都大聲歡呼，發誓要為里奇蒙德伯爵奮戰到底。

另一方面，理查的軍隊士氣卻相當低迷，因為在戰鬥開始前，有一片雲忽然遮住了耀眼的太陽，理查忍不住說：「連上天也對我們的軍隊皺起了眉頭。」這時，又傳來德比勳爵背叛他的消息，里奇蒙德的軍隊也揮舞著旗幟朝他們衝過來了，於是，憤怒的理查王下令軍隊立刻出擊。

理查王身先士卒，在戰場上表現得相當英勇。他騎著馬在來回亂闖，一連殺死了好幾個里奇蒙德的替身。沒過多久，他遇到里奇蒙德本人，經過一番交手之後，這名暴君終於被殺死，而他的軍隊也很快就被打敗。

隨著理查三世的死亡，延續數代的玫瑰戰爭也從此劃下了句點。之後，里奇蒙德伯爵坐上了寶座，成為亨利七世，開創輝煌的都鐸王朝。為了消弭英格蘭長久以來的紛亂，讓象徵白玫瑰與紅玫瑰的兩個家族聯合起來，不再互相殘殺，亨利王迎娶了愛德華四世的女兒伊莉莎白，讓蘭開斯特與約克合而為一，兩個家族共同的後代都能永遠地統治英格蘭。

10 亨利八世

亨利七世的兒子亨利八世成為英格蘭國王之後，與法國國王在法國的安德倫峽谷會面，並且結下了兄弟之盟。在這次會面中，英國與法國都準備了豪華的排場，所有大臣與侍童都打扮得金光閃閃，貴婦們也因為穿著厚重的奇裝異服，被壓得渾身冒汗，還舉辦了假面舞會與比武大賽，要向彼此展示自己的國力。

這一場盛大的儀式，是由亨利八世的寵臣——約克紅衣主教沃爾西一手策劃的，在儀式開始前，他背著國王與國會自作主張，列出了一張名單，在名單上的貴族都必須擔任國王在這場儀式中的侍從。為了參加這場豪華的典禮，這些貴族變賣了他們的莊園，購買了奢侈昂貴的服裝，以滿足國王的虛榮心，許多人因此家道中落，再也不能像從前那樣富裕地過日子了。

而且，這次的盟約也沒有為英國與法國帶來長久的友好，沒過多久，法國就違犯盟約，在波爾多港扣住英國商人的貨物，這幅和平的假象也彷彿一只玻璃杯，輕輕一捏就碎了，於是，很多英國人紛紛將這一切怪罪在禍國殃民的沃爾西紅衣主教頭上。

在所有人之中，最憎恨紅衣主教的是白金漢公爵，他時常在阿伯根尼勳爵和諾福克公爵面前批評紅衣主教，說他那肥胖的身軀就好比一塊牛油，擋住了仁慈的太陽，不讓它的光輝照耀大地！

諾福克公爵卻憂心忡忡地提出忠告：「宮裡已經注意到你和紅衣主教間的私人爭執，為了你的榮譽和生命安全，我勸你要把紅衣主教對你的敵意跟他的權力放在一起考慮，還要進一步考慮他在極度的仇恨下，將會幹出什麼事。」

諾福克公爵還說，沃爾西紅衣主教是個有仇必報的人，而且爪牙很多，不論是誰得罪了他，都一定會遭到殘酷的報復！然而，白金漢公爵仍然理直氣壯地說，總有一天，他要將紅衣主教貪贓枉法的種種惡行都報告國王。

白金漢氣憤地說：「他不僅貪贓，而且叛國！他因為收了西班牙皇帝的賄賂，於是要國王撕毀與法國的和約。他就是這樣，為了自己一個人的利益，隨意拿國王的榮譽做交易！我一定要讓國王知道這件事。」

然而，還等不到白金漢公爵向國王告狀，他就面臨了牢獄之災，因為紅衣主教很快就以叛國的罪名指控白金漢公爵，他和阿伯根尼勳爵都被關進倫敦塔，等候法庭的宣判，他的懺悔神父與秘書也全部被抓了起來。

原來，白金漢公爵的一個管家曾因為犯了錯而被免職，懷恨在心，於是向紅衣主教密告：白金漢公爵聽信一位怪里怪氣修士的預言，認為自己總有一天會當國王，因此私底下籠絡老百姓，希望獲得他們的愛戴；還有一次，他被國王訓斥後，曾說過：「要是國王敢因此逮補我，我就要仿效我的父親打算對篡位者理查採取的行動，在向國王下跪行禮時，把刀子捅進他的身體！」

白金漢公爵的父親曾經陰謀推翻理查三世，但最後計畫失敗遭到處決，因此，當亨利王聽說白金漢公爵企圖仿效父親的行為時，忍不住捏了一把冷汗！他下令立刻將白金漢公爵帶上法庭，要親自聽取審判的過程。

在法庭上，亨利的王后凱薩琳苦苦哀求國王放過白金漢公爵，因為她知道他是清白的，也知道真正害慘國家的其實是紅衣主教，她指責紅衣主教慫恿國王向人民課徵重稅，藉口要用來跟法國打仗，這使得民怨沸騰，民眾紛紛將矛頭對準國王，就快要造反了！但沃爾西卻推諉地說，那些法令都是國王親口同意的，他只是聽從國王的指示罷了。

經過王后的一番勸說，國王也意識到稅賦太重，他下令寬恕所有拒絕繳稅的人民，沃爾西更假惺惺地說，自己願意為國王承受百姓們的所有指責。然而，對於白金漢公爵，他們仍然不肯輕易饒過，最後，白金漢在這場審判中被判了死刑。

當白金漢被拉上刑場時，他感嘆地向圍觀者說：「我與我的父親都是被僕人陷害的，因此，當你們對人慷慨陳詞、傾吐你的忠言時，千萬不可失去節制；因為被你當成好友推心置腹的那些人，往往在看到你們的命運遭遇到一點挫折時，就會像流水一樣從你的身邊退走，或是對你落井下石，使你萬劫不復！」

高貴的白金漢公爵就這樣死了，他的死讓世人明白了一件事：反抗紅衣主教絕對不會有好下場！後來，沃爾西更加肆無忌憚，只要是誰受到國王寵信，他都會找理由把那個人調到遠方去；大臣進獻給國王的東西，都必須先經過他挑選，剩的才會呈給國王；百姓都對他恨之入骨，但他仍然過著奢華的生活、在家中舉辦宴會，還時常準備各種有趣的玩意兒討好國王。

有一次，沃爾西又在宅邸舉行盛大的宴會，並邀請了各地的大臣與貴婦。當紅衣主教向所有賓客敬酒時，忽然有一群高貴的外國人前來拜訪他，這些外國人都戴著舞會的面具，並告訴紅衣主教，他們聽說今晚在他的府上有一個美女如雲的宴會，因此也想來湊個熱鬧，與女士們共同享受一小時的歡樂。

「你們的到來使得蓬蓽生輝，為了表示我的萬分感謝，請你們盡情歡樂吧！」紅衣主教說。

其實，這群外國人正是亨利國王與他的部下們，他們就這樣加入了宴會，各自挑選了自己的女伴，這時，國王挑中一位名叫安妮．波林的小姐，並迷上了她出色的美貌，他讚嘆道：「啊！美神，直到今天我才認識了你！」

事後，他問大臣這位小姐是誰，大臣回答：「她是湯瑪斯．波林爵士的女兒，也是王后的一位侍女。」

國上當時已經深深地愛上安妮，他看著她的背影說道：「她真是一位嬌滴滴的美人兒！可愛的心上人，要是我邀請你跳舞而不吻你，也未免太不禮貌了。」

不久之後，紅衣主教想出了一個陰謀，既可以得到國王更多的寵愛，又能夠報復曾經指責他的凱薩琳王后。他向亨利王灌輸了一些謠言，慫恿他與善良的凱薩琳離婚，娶回法國國王的妹妹阿倫森女公爵。

原來，凱薩琳王后在與亨利王結婚前，曾經嫁給亨利的哥哥亞瑟，但婚後不久，亞瑟就過世了。當時，亨利的父王為了維繫與凱薩琳的娘家——西班牙王室的關係，強迫她嫁給了當時還是王子的亨利，並成為日後的英國王后。

然而，紅衣主教卻告訴亨利王，正因為凱薩琳曾經是亞瑟的妻子，因此她與亨利的婚姻是不合法的！並且，就算她生下了國王的孩子，也無法成為合法的王位繼承人。另一方面，王后與國王結婚二十幾年，她的每個孩子不是死在胎中，就是一下子夭折，除了一個女兒存活以外，她遲遲無法為國王生下一位健康的王子，這也讓國王感到十分困惑，他認為這是上帝在懲罰他娶了兄長的妻子。由於亨利王是一位虔誠的天主教徒，於是沃爾西為國王請來了羅馬教廷的紅衣主教康佩阿斯，要他當面向亨利王解釋，他的婚姻究竟是不是合法的。

然而，還來不及等審判開始，亨利王就急著冊封安妮為彭布洛克侯爵夫人，並賞賜每年一千鎊的生活費用。

審判召開當天，法庭裡擠滿了國王的大臣與教會的人員，國王與王后陸續被傳喚到庭上。王后已知道自己即將面臨的命運，哀怨地說：「高貴的陛下，二十多年來我一直是您忠實而謙卑的妻子，不曾在任何事上損及自己的榮譽，違背自己的婚約；這回，我究竟在什麼事情上得罪了您？我的所作所為在哪一點上惹您生氣，使您竟然提出要把我拋棄，收回對我的寵愛？」

接著，她又轉向一旁的沃爾西紅衣主教，嚴厲地斥責他：「我相信你是我的敵人，因為正是你在我的丈夫和我之間煽風點火，但是上天一定會降下甘露，把它撲滅！我對你深惡痛絕，把你當做我最惡毒的仇敵！而且我相信，真理絕不會站在你的那一方！」

沃爾西面露微笑地狡辯道：「夫人，您冤枉我了！我對您絕無惡意，也沒有對你或任何人不公正。到目前為止，我所進行的事情，以及未來要進行的事情，都是根據羅馬的全體紅衣主教團的訓令。」但是，王后拒絕讓沃爾西作為自己的審判官，她嚷著要將自己的案件告到羅馬教廷，讓教皇親自來裁決，然後就離席了。

整個過程中，國王都坐在一旁不發一語，這時他才站起身，對著在座的所有教士說道：「由於我的婚姻合法性存在疑慮，上帝為了懲罰我，殺死了我所有的兒子。英國本來該由世界上最優秀的王子來繼承，卻因為我的罪失去了這種幸福；這件事為我帶來了無窮無盡的痛苦，使我不得不走上這一條路。」

國王希望法庭能立刻做出判決，但康佩阿斯卻堅持說，由於王后缺席，審判無法進行，必須留到改天。最後，國王自討沒趣地解散了法庭，而沃爾西與康佩阿斯則私下拜訪王后，企圖逼她合作。

沃爾西邀請王后到小房間內商量事情，王后回答：「憑著我的良心，我還不曾做過什麼虧心事需要到隱蔽的角落裡去談。有什麼話就請在這裡說吧！」

沃爾西又用拉丁文問了她一些問題，王后說：「我們身在英國卻說著外國話，這會使我的案子顯得更加奇怪而可疑，請說英語吧！」

紅衣主教陷害王后不成，只好說明了自己的來意：希望她能放棄自己的王后頭銜，不要向教廷告狀，並將命運完全交給國王，懇求他的保護。他們對凱薩琳說，國王是個仁慈且念舊的人，一定會盡可能地顧及她的名譽，否則一旦受到法律審判，她就只能帶著恥辱，不光彩地離開英國。

凱薩琳王后傲然地說：「不！我絕不敢自己放棄國王在婚禮中授予我的高貴封號——英國王后。除了死亡，沒有什麼事情能使我與我的王后尊嚴分離！」

兩位紅衣主教碰了一鼻子灰，再也不敢來找王后。同時，沃爾西發現國王竟愛上了王后的侍女安妮，由於他希望國王能娶身分高貴的阿倫森女公爵，因此急忙寫了一封信給教皇，請求教皇拖延審判的時間，好讓他有足夠的機會，把安妮從國王身邊分開。

想不到，這一封信竟然陰錯陽差地送到了國王那裡，亨利王這才明白這名紅衣主教是如何欺君犯上、拐彎抹角，只為了追求一己之私。同時，他又從沃爾西的僕人那裡拿到了記錄他所有財產的清單，上面列出了各式各樣的金銀器皿、貴重衣料與豪華的家具，這些東西遠遠超過了一名為人臣者應該擁有的。國王怒氣沖沖地前去質問沃爾西。

國王諷刺地說：「好大人，你渾身上下都充滿著神聖的特質，所以才沒有時間從你的宗教活動中抽出片刻工夫，來檢查你在塵世中搜刮的財產帳目吧？我認為，你在這方面缺乏一個好的財務管理人呢！」

說著，國王將清單以及他寫給教皇的信拿了出來，這名紅衣主教看到這些文件，知道事跡敗露，自己的好運終於到頭了！而大臣們也看出沃爾西垮台的時刻已到，紛紛跑到國王面前告狀。有的人說，沃爾西以教皇的代表自居，在英國的所有教會中作威作福，侵害了其他主教的管轄權；也有人說，沃爾西在寫給國外人士的信件裡，總是署名「我與我的國王」，彷彿把國王當成了他的臣僕；又有人說，沃爾西在出使外國時，未經允許就把國王的印章帶出國外，還擅自與外國諸侯訂下條約；更有人說，沃爾西把自己的聖帽鑄在國王的錢幣上，以滿足自己的野心；至於沃爾西家中搜刮來的大量財產，則是要送到羅馬賄賂教皇，以謀得下一任教皇的寶座，卻要國王與朝廷承擔人民的指責以及國家的未來。

還沒聽完大臣們的告狀，國王早已怒不可遏，他立刻下令剝奪沃爾西的紅衣主教職位以及印章，並沒收他的所有財物、土地、住宅，要他搬到溫徹斯特的官邸，在那裡等候發落。聽聞對自己的判決之後，沃爾西哀傷地說：

「唉！依賴君主的恩寵而生存的人是多麼可憐啊！在我們渴望得到的君主的和顏悅色與他們施加

於我們的毀滅之間，那存在的痛苦與恐懼，遠遠超過戰爭所能帶來的啊！」

另一方面，國王不等到教皇宣判他與凱薩琳的婚姻是否合法，就偷偷地與安妮結婚了。大臣們知道後都歡欣鼓舞，期盼她能早日為國王生下一位優秀的王子；此外，國王還派大臣到歐洲的天主教國家，收集各個教會的意見，他很高興地發現，大部分的人都贊成他離婚的決定，於是，他宣布讓安妮加冕成為王后。

加冕儀式的規模十分壯觀，成為王后的安妮在一群服飾豪華的貴婦簇擁下，端莊穩重地走向教堂聖壇，在那裡向觀禮者鞠躬，接著，坎特伯雷大主教將聖油、金冠、權杖等象徵榮耀的寶物都加在她身上。加冕完畢後，王后又在唱詩班悠揚的歌聲中離開了教堂，伴隨著盛大的排場，回到國王的官邸參加宴會。

然而，失寵的凱薩琳就沒有這麼風光了，由於她多次開庭未到，最後，英國教會單方面地宣布她與亨利王的婚姻無效，並允許國王離婚。凱薩琳的稱號由「王后」一夕間成為了「寡妃」，並且被送到金莫頓城堡，在那裡度過孤單的餘生。

令人欣慰的是，作惡多端的大主教沃爾西也死了。他被當成一位極其可恥的罪犯押解上路，就在前往審判的途中，突然生了一場大病，連騾子都沒辦法騎，只好在路上的一間修道院休息。當沃爾西躺在床上，他不停地沉思冥想、淚流滿面，悔恨不已，三天之後，這名大主教就在那間修道院裡平靜地嚥下了最後一口氣。

凱薩琳聽到仇人的死訊後不勝唏噓，她說，這是一個懷有無限野心的人，總是想使自己與君主們平起平坐，他使用詭詐的手段控制了國家，在國王面前肆無忌憚地撒謊；他對別人從來沒有憐憫之心，總是想著陷害別人。而如今他的下場卻是空空如也，足以為世人樹立一個壞榜樣。

凱薩琳說完這些話之後，就昏昏沉沉地睡去了。在夢中，她夢到六個身穿白袍的天使，他們一個接著一個走到她面前，向她鞠躬，然後就跳起舞來。他們跳完一段舞蹈之後，又拿出一頂花圈，高舉在她的頭上。凱薩琳彷彿受到了某種啟發，也開心地舉起了雙手，就在這時，這些天使卻拿著花冠消失了，於是凱薩琳也從夢中醒來。

她對著侍從說：「剛才有一群天使邀我赴宴，他們那明亮的臉就像太陽一樣，發出千萬條光芒照耀著我。他們答應讓我得到永恆的幸福，並為我帶來了花冠，雖然我還沒有資格戴上它，但總有一天會輪到我來戴的。」

侍從很高興女主人做了這樣一個好夢，但卻也憂心地發現，凱薩琳的臉忽然拉得好長，臉色也變得蒼白，而且異常冰冷；他們知道，她就快要死去了。

這時，亨利王派來了使者，要向他的前任王后表達慰問與歉意。凱薩琳請侍女將一封信交給了使者，上面寫著，希望國王看在她的份上，善待她幼小的女兒，以及所有的侍女與僕人。最後，她平靜地說：「請代我向國王致上謙卑的敬意。長期以來困擾著他的事現在就要從世上消失了，告訴他，我直到臨死前都在為他祝福，而且死後仍要為他祝福。雖然我的王后身分被廢黜了，但仍要像對待一位王后、一位國王的女兒那樣來埋葬我，讓世人對我表示一定的哀悼。」

凱薩琳去世了，而亨利的新王后安妮則為他懷了一個孩子。分娩當天，安妮的哀號聲響徹王宮，每陣痛一次，她所受的苦楚簡直就像是死過了一回！因此，所有人都擔心王后會在生產過程中死去，同時，他們也隱隱覺得她肚裡的一定是個不平凡的嬰兒。沒過多久，一名僕人匆匆忙忙跑到國王面前。

國王雀躍地問：「王后生了嗎？快說『是』，而且是個男孩！」

僕人回答：「是！是！生的是個女孩。不過生了女孩，以後就還有希望生男孩！請您立刻到王后那裡去，認識這個新的小生命吧！她長得完全像您，就跟兩顆櫻桃似的。」

安妮沒能生下一位王子，讓國王有些失望。但他很快又發現，讓他失望的事情還不只一樁呢！

沃爾西死後，坎特伯雷大主教克蘭默取代了他的位子，成為了亨利王跟前的第一寵臣，但也同時惹來了大臣們的嫉妒與陷害。由於坎特伯雷大主教與王后都是新教徒，而英國的眾多大臣與主教則是天主教徒，他們紛紛拿這件事來攻擊克蘭默，在國王面前指責他是異端份子，在全國散播妖言惑眾的思想。

亨利王拗不過這些大臣的請求，只好答應讓他們召開法庭，公開審判克蘭默。不過，國王又私下找來了克蘭默，告訴他那些大臣的陰謀，並且保證，自己一定會站在他這一邊。最後，他交給克蘭默一個戒指，告訴他：

「如果他們拿出一些事情對你指控，要把你關進監獄時，你儘管據理力爭反駁他們，如果你的懇求於事無補，就把這個戒指交給他們，並且向他們要求由我來作出決斷。」

審判當天，坎特伯雷大主教來到了法院，卻被看門人給擋了下來，原來，那些反對他的人想利用這種方式讓他難堪。克蘭默只得留在門外，與貴族們的僕役、侍童及馬伕一同等待。就在這時，國王的一位御醫也經過法院，他看到高貴的坎特伯雷大主教竟然被拒於門外，站在一群身分卑賤的人中間，非常不合理，於是他走進法院，向國王報告了這件事。

國王打開了窗戶，果然看到大主教就站在門外等待，他不高興地說道：「這就是我的大臣對彼此表示的尊重嗎？幸虧還有一個人權力在他們之上。我原以為他們會替對方保留一些顏面，至少也保持禮貌，沒想到他們竟然讓大主教這樣尊貴又受我寵愛的人如此受辱！」

大主教一直在門口等待了半個小時，才被允許進入法院。一進入法院，他又遭受到大臣們迎面而來的譴責，有人說，克蘭默透過自己和手下教士們的講道，在全國各地散佈危險的邪說，要是不立即阻止，就可能釀成災禍；也有人舉了德國宗教革命的例子，說明克蘭默的思想有多麼危險。

克勞默理直氣壯地辯解道，他為國家與教會付出了不少的努力，他所做的一切都是為了國家的長治久安；還說世界上沒有任何人比他更憎惡那些破壞社會治安的人了！最後他說道：「懇求諸位大人，讓那些控告我的人儘管站出來，公開對我提出控訴吧！」

但是法官卻說，由於他是英國至高無上的大主教，沒有人敢得罪他，必須先將他關進倫敦塔裡，讓他成為一個沒有公職的平民，才能讓那些控告他的人敢於出面，指出他的罪行。

克蘭默無奈地說：「難道我一定得到倫敦塔去，就像個叛賊一樣嗎？」

遺憾的是，在座的大臣都贊成把他關進牢裡。於是克蘭默拿出了國王交給他的那枚戒指，對著眾人說：「憑著這枚戒指，我把我的案子從冷酷無情的人們的掌握中解脫出來，把它交給一位最高貴的法官——我的主人國王去處理。」

一瞬間，法院裡的人都不約而同發出了驚呼，他們這才明白，原來國王一直都站在坎特伯雷大主教那一邊，因為他絕不會坐視他的寵臣受到任何一點傷害，而那些妄想陷害克蘭默的人，則會反過來被自己的石頭砸到！

國王走上了法庭，嚴厲地說道：「我原先以為，在我的法院裡總會有幾個明辨是非、通情達理的人，但是現在我連一個也沒有發現。你們讓這個善良、誠實的人像個下賤的小聽差在門外等候，這麼做難道是對的嗎？我看出來了，你們當中有些人是出於惡意，而非出於正義，只要一有機會就想把他徹底整垮。但是，只要我還活著一天，你們就休想得到這種機會！」

大臣們對國王心悅誠服，從此再也不敢陷害克蘭默了，最後，國王還要這位高貴的大主教為他剛誕生的女兒——伊莉莎白公主施洗。受洗儀式熱鬧非凡，王宮的牆邊擠滿了圍觀的民眾，大家都想一睹這位英國未來的女王呢！就在坎特伯雷大主教高聲的讚美與祝福聲中，英國也即將臨來她最光輝燦爛的年代。

關於莎士比亞

威廉．莎士比亞出生於一五六四年四月二十三日，出生地在雅芬河畔史特拉特福，他的童年也都在這裡度過，莎士比亞的父親約翰．莎士比亞是一個手套商人和市議員，母親瑪麗則是一個富裕地主的女兒。莎士比亞在八個孩子中排行第三，也是他父母存活下來的兒子中最年長的一個。

由於父親經商致富，又跨足政界，使得莎士比亞一家在史特拉特福市算得上是有頭有臉的家族，他的父親被市民稱為「閣下」，穿著體面的服裝，上街時還有侍衛為他開道，十分受人尊敬，莎士比亞也良好的家境下，五歲時就進入當地的文法學校就讀，在這裡學習拉丁語和古典文學。不久之後，史特拉特福市接待了一個倫敦來的劇團，在教堂中演出，他陪著父親坐上貴賓席，第一次觀賞了戲劇演出，並在他心中種下了創作的種子。

然而，好景不常，在他十三歲左右時，由於父親的投資生意失敗，莎士比亞一家陷入經濟困難的窘境之中，年輕的莎士比亞不得不從學校中輟，向父親學習手藝並協助勞動，以貼補家用。十八歲時，他與大他八歲的安妮．海瑟威結婚，在當時，十九歲才是法定的成人年齡，因此這樁婚姻曾經歷了一段波折。安妮是莎士比亞父親朋友的女兒，當時已懷有三個月的身孕，這或許是讓這對新人匆匆完成婚禮的主要原因。之後，他的三個兒女陸續出生，由於日常開銷大增，莎士比亞產生了離開家鄉闖蕩的念頭。

一五八七年，二十三歲的莎士比亞將妻兒留在家鄉，隻身跟隨巡迴劇團來到倫敦。起初，他擔任

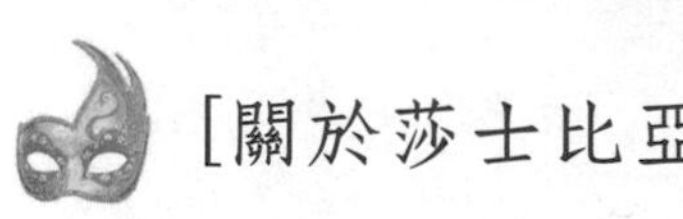

劇團的雜役與下級演員，後來開始跨足編劇工作，他先是參考當時的幾篇著作以及英國人熟知的歷史，與幾名的合夥人共同改編歷史劇，後來又以此為基礎，獨自撰寫了《亨利六世》，在愛國主義高張的伊莉莎白時代，這類戲劇一推出就廣受好評，莎士比亞也在倫敦打響名號。

之後，莎士比亞又嘗試不同的劇本類型，創作了著名的喜劇《馴悍記》、《仲夏夜之夢》、《威尼斯商人》，以及悲劇中最經典的作品——《羅密歐與茱麗葉》，他藉由這些劇本賺進了大筆財富，並在倫敦戲劇界站穩腳步，還開始對劇團、劇場進行投資。到了後來，他甚至與五名友人合夥集資，共同在泰晤士河南岸打造了高規格的劇院「環球劇場」，作為宮內大臣劇團的主要演出地點；還在家鄉史特拉特福買下了大量地產與豪宅。不過，他並未長期定居一地，而是時常往來於故鄉和倫敦，他在倫敦的住所也時常更換。

在一六〇六年之後，莎士比亞的作品數量減少，一六一三年與約翰．弗萊徹創作完《亨利八世》之後，就不再有新的作品問世。他將國王劇團（前身為宮內大臣劇團）主要劇作家的職務交給弗萊徹，自己回到了故鄉史特拉特福，在那裡度過剩餘的人生，事業有成的莎士比亞晚年過得相當富裕，他在一六一六年四月二十三日過世，與他的生日是同一天。莎士比亞的墓地位於市內的聖三位一體教堂，由於在教區內擁有地產權，他得以葬於教堂內的高壇。

莎士比亞在遺囑中很少提及他的妻子安妮，僅僅說了「將第二好的床留給她」，這可能代表莎士比亞與妻子的感情並不好，他曾在作品中說過「女人應當與比自己年紀大的男人結婚」，暗示了他對與年長自己八歲的安妮之間的婚姻感到有些遺憾。他與安妮生下了兩個女兒、一個兒子，兒子哈姆尼特在十一歲的時候夭折，讓莎士比亞十分傷心，他為此在《約翰王》中傾吐了自己的喪子之痛。長女蘇珊娜生下了三個孩子，但都在結婚前去世了；次女朱迪思生下一個女兒伊莉莎白，但伊莉莎白沒有再生下任何後代，莎士比亞的直系血緣到此斷絕。

在莎士比亞的早年生平中，有一段被後世稱為「行蹤成謎的歲月」，大約是在一五八五年他的雙胞胎兒女出生之後，到他首次在倫敦的劇院嶄露頭角之前。在這段時間內，歷史上關於莎士比亞的紀錄遺留極少，讓許多傳記作者在考據時大傷腦筋，許多人因此根據自己的想像虛構了很多故事，以填補這時期的空白。在莎士比亞的第一本傳記內容中，他在這段時期因為非法狩獵鹿而被起訴，不得不從家鄉逃到倫敦；在另一個版本中，莎士比亞在這時期成為了倫敦的劇院合夥人，從而開始他的戲劇生涯；又有一個版本說，莎士比亞被蘭開夏郡一所學校聘雇為校長。不過，這些故事至今沒有任何資料能夠加以佐證。

莎士比亞的宗教信仰與性向也一向是令學者感興趣的問題。在莎士比亞出生的時代中，英國的官方宗教是新教，羅馬天主教是不合法的，莎士比亞的母親來自一個虔誠的天主教家庭，他的父親更曾被人質疑信奉天主教，據說，他的父親曾簽署一份忠於天主教的聲明，這份聲明被藏與屋頂閣樓，直到十八世紀才被發現。因此，莎士比亞生在有天主教背景的家庭中，很有可能也秘密篤信天主教，有些學者曾提出他的戲劇中有支持天主教義的影子，他的女兒蘇珊娜也曾經因為缺席復活節活動而被指責；然而，莎士比亞終生未對此作出表態，至今也沒有人能真正證明莎士比亞的宗教立場。

在莎士比亞的所有十四行詩作中，絕大部分是寫給他的友人南安普敦伯爵，南安普敦伯爵是當時著名的俊俏男子，在十八歲那年結識了莎士比亞，兩人交情甚篤，還曾招待他入住自己的寓所。後來，莎士比亞受了伯爵之母所託，寫詩給伯爵伯爵，勸他結婚，然而，詩句中呈現的深刻友誼卻被後人指出是莎士比亞愛上這名伯爵的證據，更使得莎士比亞是「同性戀」的傳聞四百年來從未斷絕。然而，也有反對者指出，在莎士比亞後期的十四行詩中，有很多首是寫給一名已婚女子，足以說明莎士比亞是異性戀者。但真相如何，世人依舊不得而知。

更有甚者，由於莎士比亞的生平紀錄不多，且他豐富的文學涵養與對宮廷貴族的了解更是出乎尋常，許多學者因此提出了「莎士比亞是否真有其人」的疑問，並舉出許多可能是「莎士比亞」真實身分的人物。有人推測莎士比亞的真面目是著名的英國哲學家法蘭西斯·培根，理由在於莎士比亞戲劇中涵蓋的知識層面極廣，絕非一個出身卑微的平民所能創作得出來；另一方面，在伊莉莎白時代，多數的知識份子多以參與戲劇創作為恥，培根極有可能因此編造出一個筆名，來發表自己的作品。

還有另一個說法，即莎士比亞其實是同年代的劇作家克里斯多福·馬洛。馬洛是一名鞋匠的兒子，在劍橋大學取得藝術學位，於一五九三年遭到暗殺。但學者指出死亡的其實是馬洛的替身，之後，馬洛選擇隱居起來繼續創作劇本，為了躲避仇敵追殺，他的劇本交由一名叫莎士比亞的人，以他的名義在各地上演。提出這項說法的學者也指出，馬洛的肖像畫與莎士比亞全集初版的封面肖像極為酷似，足以證明兩人其實為同一人。

無論真相為何，莎士比亞留下的大量作品，已成為後世各種文學、繪畫、音樂、哲學、語言學等領域的研究目標與創作靈感，並造就出一代又一代的偉人，受到全人類一致推崇。與他同時期的作家本·瓊生讚頌莎士比亞是「時代的靈魂」，說他「不屬于一個時代而屬于所有的世紀」；俄國的偉大批評家別林斯基說莎士比亞作品的意義和內容「像宇宙一樣偉大和無限」；法國大文豪雨果說莎士比亞「集詩人、歷史學家、哲學家三種身分於一體」；德國哲學家馬克思則說莎士比亞是「人類最偉大的天才之一」。在世界文學史上，莎士比亞擁有任何人也難以企及的崇高地位，他與荷馬、但丁和歌德並稱世界「四大詩人」。

除了四百年來的文學家努力借鑑、學習莎士比亞的作品之外。心理學大師佛洛伊德亦利用莎士比亞的戲劇來進行精神分析，他提出了諸如哈姆雷特有戀母情節，《威尼斯商人》中的安東尼奧是同性戀者等觀點。而在其他藝術形式的發展上，貝多芬、李斯特、莫札特、史特勞斯、舒伯特、孟德爾頌、柴可夫斯基等音樂家都曾從莎士比亞的戲劇中汲取靈感，繪畫史上也出現過「莎士比亞畫派」，而歌劇、音樂劇、電影等影視作品更不計其數。

如今，「莎學」已成為一門世界級的學問，被譽為學術界的奧林匹克。研究莎士比亞的機構遍及世界各地，莎士比亞戲劇被譯成七十餘種文字，僅次於《聖經》，這些戲劇在近百個國家上演，研究莎士比亞的學術專著浩如煙海。此外，莎士比亞的劇本光在美國每年就能賣出一百萬冊，足見其暢銷程度。

沒有任何一個作家能像莎士比亞一樣，在全球人類的文化生活中有著如此廣泛的影響和享有如此崇高的聲譽。時至今日，在莎士比亞故鄉史特拉特福，可以見到空中飄揚著一百零五個國家的國旗，以表示世人對這位偉大作家的敬意。莎士比亞不單屬於一個時代，而屬於所有世紀；不單屬於英國，屬於全世界。

莎士比亞年表

時間	重要事紀	年齡
一五六四年四月二十三日	威廉‧莎士比亞在英格蘭中部華列克郡雅芬河畔史特拉特福出生，是家中第三個孩子。	0歲
一五六四年七月	黑死病從倫敦傳播到莎士比亞的故鄉史特拉特福，全市的人口死去六分之一，尤以嬰兒為多。	0歲
一五六四年	英國與法國締結和平，英國得以趁著法國與西班牙互相競爭時累積力量，抵抗西班牙。	0歲
一五六五年七月四日	莎士比亞的父親當選史特拉特福市參議員，莎士比亞的家族從此躍升為城裡的名門望族。	1歲
一五六六年十月	莎士比亞的弟弟吉伯特出生。	2歲
一五六七年七月	蘇格蘭女王瑪麗‧斯圖亞特讓位給一歲的兒子詹姆士六世（即後來的英王詹姆士一世）。	3歲
一五六八年	英國與西班牙開啟了長達二十年的抗爭，英國經常處於威脅之下，促成了愛國主義與民族主義的發展。	4歲
一五六八年九月四日	莎士比亞的父親當選市長，任期為一年。	4歲
一五六九年四月	莎士比亞的妹妹瓊出生。	5歲

時間	事件	年齡
一五六九年夏	倫敦的一個劇團在史特拉特福市演出，莎士比亞首次觀看戲劇，與父親共同坐在貴賓席。	5歲
一五六九年九月	莎士比亞進入市內的文法學校附屬幼學就讀，學習英語的讀和寫，以及簡單的算數。	5歲
一五六九年十一月	支持天主教的貴族在英格蘭北部起兵反抗伊莉莎白女王，史特拉特福市民也參與了平亂的軍事活動。	5歲
一五七〇年初	莎士比亞的父親開始有高利貸行為。	6歲
一五七一年九月	莎士比亞的父親被任命為副市長。 莎士比亞進入市內文法學校「愛德華六世國王新學校」，學習拉丁文與文學。莎士比亞在此時期接觸了古羅馬與中古時代的戲劇、詩文和奧維德的《變形記》，對日後的創作有很大影響。	7歲
一五七一年九月	莎士比亞的二妹安妮出生。	7歲
一五七二年夏	伊莉莎白女王出巡華列克郡，曾住在離史特拉特福市外不遠處的貴族府邸。	8歲
一五七二年	莎士比亞的父親被指控非法購進大量羊毛，進行商業投機行為。	8歲
一五七四年三月	莎士比亞的二弟理查出生。	10歲
一五七五年七月	伊莉莎白女王再次出巡，許多貴族在史特拉特福近郊舉行大型慶祝活動，白天打獵，夜裡放煙火，吸引數千民村民圍觀，這一事件給了莎士比亞日後《仲夏夜之夢》的部分創作靈感。	11歲
一五七六年十二月	倫敦成立第一家永久性的劇院，演員與劇團在社會上的地位大幅提升。	12歲

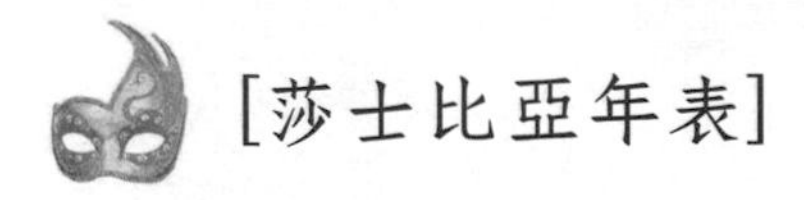

[莎士比亞年表]

一五七七年一月	莎士比亞的父親淡出政治界，同時期經商也遭遇失敗，家中的經濟開始出現危機。	13歲
一五七七年十一月十五日	英國航海家法蘭西斯．德雷克在女王支持下率領五艘船展開環繞地球之行。	13歲
一五七八年十一月	莎士比亞的父親由於欠債，將一部分的地產抵押給債主。	14歲
一五七九年	莎士比亞從學校輟學，以便跟父親學習手藝和勞動補貼家用。	15歲
一五七九年四月	莎士比亞的二妹安妮過世，死時僅八歲。	15歲
一五七九年十月	莎士比亞的父親將一部分的地產出售給朋友。	15歲
一五七九年十二月	史特拉特福有位叫做凱薩琳．哈姆雷特的少女在雅芬河中溺死，這一事件成了《哈姆雷特》劇中的創作靈感。	15歲
一五八〇年五月	莎士比亞的三弟愛德蒙出生。	16歲
一五八〇年六月	莎士比亞的父親被高等法院處以鉅額罰款，讓一家人的經濟情況雪上加霜。	16歲
一五八〇年九月	莎士比亞的父親借款逾期無力償還。	16歲
一五八〇年十一月	德雷克的船隊回到普利茅斯港，成為繼葡萄牙的麥哲倫之後，第一個完成繞地球航行的人。	16歲
一五八二年夏	莎士比亞的父親向高等法院要求庇護，自稱有人意圖危害他的生命。	18歲
一五八二年十一月底	莎士比亞與年長八歲的安妮．海瑟威結婚。安妮是莎士比亞父親的舊識之女，當時已有三個月的身孕。	18歲

一五八三年五月	莎士比亞的長女蘇珊娜出生。	19歲
一五八四年	英國與西班牙斷交，西班牙開始組織「無敵艦隊」，計畫攻擊英國。英國的雷利爵士在美國東岸探險，並將沿岸命名為「維吉尼亞」，即「處女」之意，用以紀念伊莉莎白女王。	20歲
一五八五年二月	莎士比亞的雙胞胎兒女誕生，兒子命名為哈姆尼特，女兒朱迪思。由於家中人口變多，開銷增大，莎士比亞開始考慮離開家鄉謀生。	21歲
一五八六年九月	史特拉特福市政委員會解除了莎士比亞父親的參議員身分，因為他已經許久未在議會出席。	22歲
一五八六年	羅馬教皇承諾贊助西班牙的無敵艦隊討伐英國。英國國內發生歉收，嚴重缺糧；馬鈴薯和煙草首度由美洲引進英國。	22歲
一五八七年二月八日	伊莉莎白女王為避免西班牙入侵英國時，利用信奉天主教的蘇格蘭女王瑪麗威脅她的新教政權，下令將瑪麗處死。	23歲
一五八七年夏	莎士比亞成為臨時演員，隨著劇團到倫敦，開始了他的戲劇生涯。	23歲
一五八八年七月	西班牙的「無敵艦隊」在英吉利海峽被英國海軍擊敗，船艦在海戰與風浪中損失大半。	24歲
一五八八年	莎士比亞完成《情女怨》一詩，並開始在倫敦劇團裡協助改編劇本。	24歲
一五八九年	莎士比亞參與編寫了兩部歷史劇《戰爭使大家成為朋友》、《愛德華三世》，並完成第一部喜劇《錯誤的喜劇》。	25歲
一五九〇年	莎士比亞開始修改兩部歷史劇，這些創作後來加入了《亨利六世》的中篇與下篇。	26歲

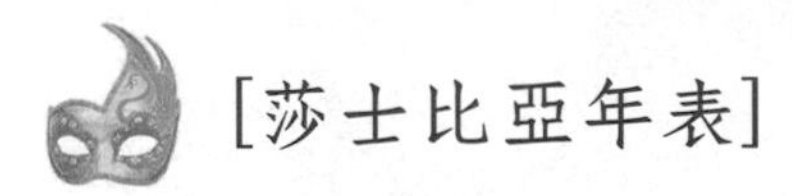

年份	事件	年齡
一五九一年	莎士比亞創作《亨利六世》三部曲、悲劇《泰特斯．安德洛尼克斯》，並開始寫十四行詩贈與友人南安普敦伯爵。	27歲
一五九二年六月	倫敦流行瘟疫，政府下令關閉所有劇院直到年底，莎士比亞暫時回到史特拉特福，在那裡寫作。	28歲
一五九二年	莎士比亞以故鄉的風土人情為背景，完成了《馴悍記》，並在隔年於宮內大臣劇團上演。	28歲
一五九二年夏	莎士比亞的朋友南安普敦伯爵在牛津大學領取學士學位，這一事件提供《仲夏夜之夢》的部分創作靈感。	28歲
一五九三年二月	由於瘟疫仍然嚴重，倫敦的劇院再度關閉，許多劇團在此期間因經濟困難而解散，演員人數和收入均銳減。	29歲
一五九三年四月	莎士比亞的長詩《維納斯與阿多尼斯》出版，十分暢銷。	29歲
一五九三年	莎士比亞完成《維洛那二紳士》、《理查三世》。	29歲
一五九四年五月	南安普敦伯爵在宅邸舉行結婚儀式，在典禮上首次演出《仲夏夜之夢》。 莎士比亞的長詩《露克麗絲失貞記》出版，並完成喜劇《愛的徒勞》。 宮內大臣劇團成立，前身為「史特蘭奇勳爵劇團」，莎士比亞是劇團的重要演員、股東和劇作家。	30歲
一五九四年八月	《威尼斯商人》的第一版首度上演。	30歲
一五九四年九月	史特拉特福大火，所幸莎士比亞的家無損失。	30歲
一五九五年初	莎士比亞開始寫作《理查二世》。	31歲
一五九五年	莎士比亞創作《羅密歐與茱麗葉》。	31歲

一五九五年九月	史特拉特福二度發生大火，莎士比亞的家再次躲過一劫。	31歲
一五九五年十二月	《理查二世》首次演出。	31歲
一五九六年八月	莎士比亞的獨子哈姆尼特夭折，年僅十一歲。	32歲
一五九六年夏	莎士比亞寫《約翰王》，劇中一段描寫了喪子的哀痛。	32歲
一五九七年初	莎士比亞完成《亨利四世》二部曲，創造出福斯塔夫這個深受觀眾喜愛的角色，伊莉莎白女王甚至命令莎士比亞為了這個角色再創作《溫莎的風流太太們》一劇。	33歲
一五九七年十月	《理查三世》完成並出版。	33歲
一五九八年夏	莎士比亞開始寫《無事生非》，於冬天完成。	34歲
一五九八年七月	《威尼斯商人》正式出版。	34歲
一五九八年冬	莎士比亞開始寫《亨利五世》，於隔年初完成。	34歲
一五九九年七月	環球劇場建成，成為宮內大臣劇團主要的演出場所，也是莎士比亞的主要舞台。莎士比亞是六位股東的其中之一，擁有八分之一的股權，他從劇場的經營事業中獲得大筆財富。詩集《熱情的朝聖者》出版。	35歲
一五九九年夏	莎士比亞完成《皆大歡喜》與《凱撒大帝》。	35歲
一六〇〇年	莎士比亞完成《第十二夜》與《哈姆雷特》。	36歲
一六〇〇年十二月	伊莉莎白女王批准「英國東印度公司」成立。	36歲

年份	事件	年齡
一六〇一年二月	埃塞克斯伯爵陰謀推翻伊莉莎白女王，但失敗被捕，部分同黨指稱這場行動是受了莎劇《理查二世》的情節啟發。所幸女王最後並未追究莎士比亞與劇團。	37歲
一六〇一年	莎士比亞完成《特洛伊羅斯與克瑞西達》，詩作《鳳凰與班鳩》出版。	37歲
一六〇一年九月	莎士比亞的父親過世，葬於史特拉特福。	37歲
一六〇一年十二月	倫敦發生地震，並遇日蝕。	37歲
一六〇二年	莎士比亞完成《終成眷屬》，取材自薄伽丘《十日談》裡的一個故事。	38歲
一六〇三年二月	莎士比亞與劇團在里奇蒙德行宮為病危的伊莉莎白女王演出。	39歲
一六〇三年三月二十四日	伊莉莎白一世逝世，終年七十歲，都鐸王朝結束，女王的表侄、蘇格蘭國王詹姆士六世在數日後南下即位，成為英王詹姆士一世。	39歲
一六〇三年五月	宮內大臣劇團改名為「國王劇團」。	39歲
一六〇三年	莎士比亞完成《奧賽羅》。	39歲
一六〇三年十月	英國發生某富商與三個女兒的案子，兩個已出嫁的大女兒要求法院判定父親神經失常，要把家產分掉，小女兒則希望法院不要這樣做，此案成了莎士比亞創作《李爾王》的題材。	39歲
一六〇四年	莎士比亞完成《一報還一報》。 英國和西班牙在經歷二十年的戰爭後，終於簽訂了和約。	40歲
一六〇五年	莎士比亞完成《李爾王》。	41歲

年份	事件	年齡
一六〇六年	莎士比亞完成《馬克白》。 倫敦的「維吉尼亞公司」領到王家特許證，前往美國的維吉尼亞殖民。	42歲
一六〇七年六月	莎士比亞的長女蘇珊娜與一名醫生結婚。	43歲
一六〇七年	莎士比亞完成《安東尼與克莉奧佩特拉》，與人合寫《泰爾親王佩里克利斯》。	43歲
一六〇八年	瘟疫流行，莎士比亞抱病在家中寫《科利奧拉納斯》和《雅典的泰門》。	44歲
一六〇八年二月	莎士比亞的外孫女伊莉莎白出生。	44歲
一六〇八年九月	莎士比亞的母親過世。 史特拉特福副市長的孩子出生，由莎士比亞擔任教父，並出席受洗禮。	44歲
一六〇九年五月	莎士比亞的《十四行詩集》出版。	45歲
一六〇九年	莎士比亞完成《辛白林》，靈感亦出自《十日談》裡的故事。	45歲
一六一〇年	莎士比亞完成《冬天的故事》。	46歲
一六一〇年十月	一名船員在出版的遊記中提到了在荒島上的奇遇，這些故事促使莎士比亞創作《暴風雨》。	46歲
一六一一年	莎士比亞回到史特拉特福居住，並完成《暴風雨》。 詹姆士一世解散國會，透過由親信組成的樞密院來治理國家。 由詹姆士一世下令翻譯的《欽定版聖經》出版，為日後的英語文學產生了極大的影響。	47歲
一六一二年	莎士比亞與約翰·弗萊徹合作寫《亨利八世》。	48歲

一六一二年十一月	詹姆士一世的王子亨利過世，群眾不喜歡詹姆士國王，對亨利王子寄以厚望，因此他的死引起人們的惋惜與悲痛。	48歲
一六一三年六月	國王劇團在環球劇院初演《亨利八世》時，劇裡鳴放的禮炮使劇院著火，最後焚毀，莎士比亞劇本的部分手抄稿在火災中佚失。	49歲
一六一三年	莎士比亞與弗萊徹合寫《兩位貴族親戚》。	49歲
一六一四年六月	環球戲場重建完成，屋頂從草改為瓦，舞台結構也翻新，但莎士比亞這次並未入股劇場。	50歲
一六一四年七月	史特拉特福第三次大火，莎士比亞家仍幸未波及。	50歲
一六一四年	詹姆士一世在位的第二屆議會召開，但沒過多久又被國王下令解散，且並未通過任何議案。	50歲
一六一六年一月	莎士比亞雇請律師為他起草遺囑。	52歲
一六一六年二月	莎士比亞的二女兒朱迪思與一名酒商結婚。	52歲
一六一六年四月二十三日	莎士比亞病逝於史特拉特福，終年五十二歲，遺體葬於聖三位一體教堂的高級墓區，因為他在教區內擁有地產權，而非由於他在文學上的成就。	52歲

博覽人類經典書
珍藏永恆智慧庫

福爾摩斯經典全集 上 下

享譽百年的偵探典型，
一生不可不讀的推理鉅作

亞瑟・柯南・道爾 / 原著
丁凱特 / 譯者
定價上冊 399 元 / 下冊 420 元

亞森・羅蘋經典探案集 上 下

引領預告犯罪之風潮，
史上歷久不衰的紳士怪盜

莫里斯 ・ 盧布朗 / 原著
楊嶸 / 譯者
定價上冊 420 元 / 下冊 420 元

Arsene Lupin
Gentleman Cambrioleur

和古人輕鬆對話，穿越古今無代溝

唐詩好好讀

清代 蘅塘退士/原著、詩詞專家 丁朝陽/編著

定價 420元

311首千古冠絕的唐詩×77位驚才絕艷的詩人
帶你一窺大唐的盛世風華，
品讀悲歡離合的人生滋味。

世說新語好好讀

魏晉的軼聞趣事

南朝宋 劉義慶/原著、史學專家 謝哲夫/編著

定價 380元

領略世家大族日常中的縱情瀟灑，
帶你一本看盡魏晉時期的政治社會和人文縮影。

史記好好讀

嚴選古文閱讀力大躍進35篇

史學專家 古木/編著、文學博士 遲嘯川/審定推薦

定價 350元

讓你一本搞定《史記》大考必中名篇，
迅速累積國學實力，戰鬥力一秒UP！

典藏閣　行銷總代理 采舍國際 www.silkbook.com

學習領航家——新絲路視頻

讓您一饗知識盛宴，偷學大師真本事！

活在知識爆炸的 21 世紀，您要如何分辨看到的是落地資訊還是忽悠言詞？
成功者又是如何在有限時間內，從龐雜的資訊中獲取最有用的知識？
巨量的訊息，帶來新的難題，新絲路視頻讓您睜大雙眼，
從另一個角度重新理解世界，看清所有事情的真相，
培養視野、養成觀點！

想做個聰明的閱聽人，您必須懂得善用新媒體，不斷地學習。**新絲路視頻** 便提供閱聽者一個更有效的吸收知識方式，讓想上進、想擴充新知的你，在短短 30 ～ 60 分鐘的時間內，便能吸收最優質、充滿知性與理性的內容（知識膠囊），快速習得大師的智慧精華，讓您閒暇的時間也能很知性！

師法大師的思維，長知識、不費力！

新絲路視頻 重磅邀請台灣最有學識的出版之神——王晴天博士主講，有料會寫又能說的王博士憑著扎實學識，被喻為台版「羅輯思維」，他不僅是天資聰穎的開創者，同時也是勤學不倦，孜孜矻矻的實踐家，再忙碌，每天必撥時間學習進修。他根本就是終身學習的終極解決方案！

在 **新絲路視頻** ，您可以透過**「歷史真相系列 1 ～」**、**「說書系列 2 ～」**、**「文化傳承與文明之光 3 ～」**、**「寰宇時空史地 4 ～」**、**「改變人生的 10 個方法 5 ～」**、**「真永是真 6 ～」**一同與王博士探討古今中外歷史、文化及財經商業等議題，有別於傳統主流的思考觀點，不只長知識，更讓您的知識升級，不再人云亦云。

新絲路視頻 於 YouTube 及兩岸的視頻網站、各大部落格及土豆、騰訊、網路電台……等皆有發布，邀請您一同成為知識的渴求者，跟著 **新絲路視頻** 偷學大師的成功真經，開闊新視野、拓展新思路、汲取新知識。

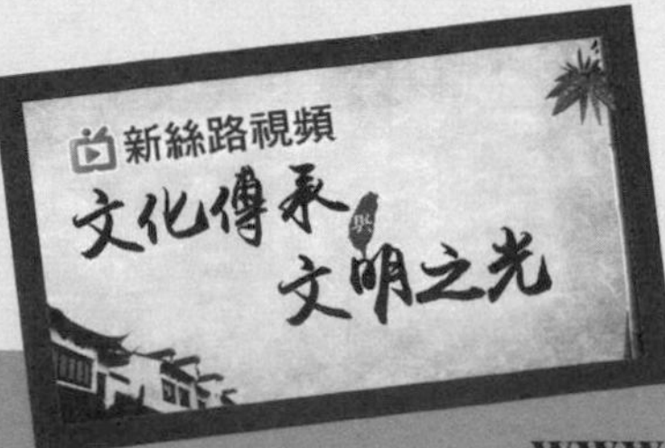

www.silkbook.com 新・絲・路・網・路・書・店 silkbook.com

國家圖書館出版品預行編目資料

戲劇之王：莎士比亞經典故事全集 / 威廉.莎士比亞 (William Shakespeare)原著；丁凱特編譯. -- 初版. -- 新北市：華文網, 2013.1　面；　公分

譯自：Works of William Shakespeare

ISBN 978-986-271-296-2(平裝)

873.4331　　101023150

戲劇之王：莎士比亞經典故事全集

出 版 者◤典藏閣

作　　者◤威廉・莎士比亞　　編　　譯◤丁凱特

品質總監◤王擎天　　文字編輯◤林柏光

總 編 輯◤歐綾纖　　美術設計◤蔡億盈

台灣出版中心◤新北市中和區中山路2段366巷10號10樓

電　　話◤(02) 2248-7896　　傳真◤(02) 2248-7758

ISBN◤978-986-271-296-2

出版日期◤2021年最新版

全球華文市場總代理／采舍國際有限公司

地址◤新北市中和區中山路2段366巷10號3樓

電話◤(02) 8245-8786　　傳真◤(02) 8245-8718

全系列書系特約展示

新絲路網路書店

地址◤新北市中和區中山路2段366巷10號10樓

電話◤(02) 8245-9896

網址◤www.silkbook.com

線上pbook&ebook總代理：全球華文聯合出版平台

地址：新北市中和區中山路2段366巷10號10樓

新絲路電子書城 www.silkbook.com/ebookstore/

華文網雲端書城 www.book4u.com.tw

新絲路網路書店 www.silkbook.com

本書係透過華文聯合出版平台自資出版印行。

本書採減碳印製流程，碳足跡追蹤並使用優質中性紙（Acid & Alkali Free）通過綠色環保認證，最符環保要求。

全球最大的華文自費出書集團

專業客製化自資出版・發行通路全國最強！